Ande, ande, ande, la Mari Morena

Ande, ande, ande, la Mari Morena

Megan Maxwell

Esencia/Planeta

© Megan Maxwell, 2025
© Editorial Planeta, S. A., 2025
Avda. Diagonal, 662-664, 08034 Barcelona (España)
www.esenciaeditorial.com
www.planetadelibros.com

Primera edición: noviembre de 2025
ISBN: 978-84-08-31070-9
Depósito legal: B. 17.192-2025
Preimpresión: Realización Planeta
Impresión y encuadernación: EGEDSA
Printed in Spain - Impreso en España

Para mis Guerreras y Guerreros.
Nunca hay que tener miedo a tomar decisiones o no se avanza.
Y nunca hay que dejar de superar niveles
para poder desbloquear nuevas pantallas.
La vida no siempre son trenes a los que hay que subir,
sino estaciones en las que hay que bajar.
¡Feliz Navidad!
Con amor,

MEGAN

Capítulo 1

Madrid, 20 de agosto de 2025

¡Cri..., cri..., cri!

¡Cri..., cri..., cri!

¡Madrecita, qué pesaditas son las chicharras con su canto!

Son las cinco de la tarde. Hace un calor del demonio y estos malditos insectos no se callan, y hasta con los auriculares puestos los escucho. Subiré el volumen un poco más.

Estoy tumbada en la cómoda hamaca del casoplón de toda la vida de mis padres en Majadahonda, Madrid, junto a Shirly Coco, mi perra. Una preciosa pomerania con increíble pedigrí, de color blanco perla, que me regaló mi amiga Soleá hace dos años. Su perra, Kira, tuvo una camada, y Soleá, sin dudarlo, dijo que uno de aquellos cachorros era para mí. Y la verdad, aunque en un principio me pareció una locura, pues adoro viajar, ahora no sé qué sería de mí sin mi perra.

—¡Selfi, Shirly!

Con cariño toco la cabecita de Shirly mientras escucho «Mystical Magical», del incombustible Benson Boone y me olvido de las chicharras. ¡Qué buen rollito me da esta canción!

De pronto cae agua sobre mí. ¡Me empapan! Y salto de la tumbona.

—A muerte con la Plebeya —escucho mientras el agua me da en la cara y apenas puedo respirar.

¡La madre que los parió!

Son Carlos y Ángel, mis hermanos. Que con unas pistolitas de agua, que la verdad no sé de dónde las han sacado, me están poniendo fina cuando grito:

—¡Pero vosotros estáis tontos, ¿o qué?!

Siguen disparando agua. Juegan como niños. En el fondo, son dos niños grandes, y yo, despavorida, corro por el jardín llamándoles de todo, y Shirly ladra y corre juguetona tras nosotros.

—Os juro que, como me sigáis mojando, rompo las entradas del cine que tengo para el sábado y os quedáis sin ver *Jurassic World: el renacer*.

—Morticia —se mofa Carlos—, ¡con eso no se juega!

Si algo ha gustado siempre a mis hermanos, en especial a Carlos, son los dinosaurios. Hemos visto todas las películas del mundo juntos, y aunque esta salió en julio, y vamos con retraso por temas de viajes y trabajo, la vamos a ver juntos.

—¡A por la Plebeyaaaaaa! —grita Ángel, empapándome con la puñetera pistola.

Cuando llego hasta el lateral de la casa, empapada, al ver que me han acorralado, decido contraatacar. Para ello, y olvidándome de mi feminidad, me lanzo contra Ángel como un jugador de rugby. Lo hago rodar por el suelo conmigo y arrebatándole la puñetera pistolita, ahora soy yo quien lo moja.

Ángel grita. Chilla. Se ríe. ¡Y maldita sea, me acabo de dar cuenta de que he perdido una de mis preciosas uñas de porcelana en mi ataque!

¡Maldita seaaaaaa!

Carlos sigue descargando agua sobre mí. Soy su objetivo. De improviso, oímos a papá:

—Dejad a vuestra hermana, o le haréis daño.

—Que tengan cuidado conmigo, a ver si el daño se lo voy a hacer yo a ellos —respondo con seguridad.

Papá me mira. En su cara veo ese gesto de desaprobación que pone cuando algo de lo que hago no le parece bien.

—¡María, basta! —me reprocha.

—¿Por qué no se lo dices a ellos? —me rebelo.

—Compórtate como una señorita, por favor —replica.

—No empieces con tus tonterías —respondo.

—No son tonterías, hija. Te he dado una selecta educación, como para que ahora te comportes como una bestia parda que parece que se ha criado en el monte. —Oír eso me joroba. Papá y yo tenemos una relación especialita. Él remacha—: Tienes treinta y cuatro años.

—Y ellos cuarenta y uno y treinta y siete —indico con cierto retintín.

—¡Eres una mujer!

—¡¿Y quéééé?!

—¡Vas a dejar de contestar! —insiste.

—¡No! —replico.

Papá pone los ojos en blanco. Está claro que no callarme le pone enfermo.

—Secaos y venid a mi despacho —zanja—. Hemos de hablar de varios temas de la empresa.

El buen rollito se acaba de un plumazo. Papá tiene ese efecto en nosotros. Nos corta el rollo de una manera increíble. Me mira.

—Tú no vengas —indica con su mala baba.

Maldigo. Que me excluya de los temas de la empresa y más cuando sé que van a hablar de algo que yo he propuesto, me enfada.

—No estoy de acuerdo en cuanto a eso de no ir —siseo.

—He dicho que no —sentencia.

—Pero uno de los puntos lo he propuesto yo.

—¡Es mi empresa!

Madrecita..., lo que me entra por el cuerpo. Papá, para ciertas cosas, parece que vive en el siglo pasado, donde los hombres hacían y las mujeres callaban.

—Por el amor de Dios, papá, ¿quieres no ser tan anticuado? —suelto, enfadada.

Mi padre me mira. En su mirada veo que prepara una de sus frasecitas lapidarias.

—Y tú, ¿cuándo vas a dejar de ser tan contestona y entrometida? —dice, y se aleja.

Vale. Ya estamos con el mismo rollo. Desde siempre he sido la hija díscola. Soy la que le contesta, le rebate, lo reta y saca de quicio, aunque también tengamos nuestros momentos bonitos. Pocos. Pero los tenemos.

Carlos agarra mi mano. La aprieta y, acercándome a él, me abraza y musita:

—Tranquila, Morticia. Ángel y yo apoyaremos tu idea cuando se hable. ¡Es fantástica!

Sonrío. Mis hermanos me llaman tanto Morticia, por aquello de que nos apellidamos Addams, Plebeya, por ser la exprincesita de papá, o Miércoles Addams cuando me enfado. Cambian de mote según vean mi estado de ánimo.

—¿Qué hace el suelo de la entrada mojado? —gruñe papá.

Mis hermanos y yo nos miramos. Hemos sido nosotros. Luisa, la maravillosa mujer que lleva toda la vida trabajando en casa, aparece con el mocho del suelo.

—Madrecita, señor, lo secaré rápidamente —indica.

Papá nos mira. En su mirada veo que nos recrimina nuestro acto.

—Vamos, Luisa, necesito entrar. No tengo todo el día —gruñe.

Oír eso me enferma. No puedo con sus exigencias. Y tras enviar a Shirly a la tumbona para que me espere o le comenzará a ladrar, me acerco a él. Soy consciente de que lo que voy a decir le enfadará más.

—¿Acaso no ves que Luisa está secándolo con la fregona? —le digo—. ¿Por qué le metes prisa?

Luisa me mira. Papá también. Y cuando voy a volver a abrir la boca, mamá se acerca.

—Bendito sea Dios, Rodrigo —interviene con su tono de tranquilidad—. Se está secando el suelo. Da unos segundos.

Pero mi padre es mi padre:

—Tus hijos, como siempre liándola —contraataca—. Da igual la edad que tengan, que siempre...

—Vaya —lo corto. Y mirando a mamá me mofo—: Como siempre, cuando hacemos algo que a él no le gusta, ¡somos tus hijos! De él no.

—¡Serás niñata!

—¡Rodrigo!

Mamá me mira. Papá también.

—Mejor no abras esa boca que solo dice maldades —no puedo evitar decir, cuando veo que él va a hablar.

—¡María Addams! ¡A tu padre no le hables así! —reprocha mi madre.

—Ah..., pero ¿es mi padre? —protesto.

—Miércoles, cierra el pico —musita mi hermano Carlos.

Papá y yo nos miramos. Ya no soporta a la que antaño fue su princesita.

—Mejor me voy —sisea, dándose la vuelta.

Y sin más, pisa lo que Luisa está fregando y desaparece dando un pequeño resbalón.

Mamá, Luisa y yo nos miramos.

—Todo está bien, Luisa. Puede marcharse —dice mamá, con su tono conciliador.

Con cariño, me acerco a aquella mujer a la que adoro.

—Siento haberlo mojado —me disculpo con Luisa al tiempo que la abrazo.

—Tranquila, mi niña.

Con la mirada, Luisa y yo nos entendemos, y cuando ella se aleja, mamá, con cierto reproche y celitos, murmura:

—El abrazo ha sobrado.

—¿Por qué?

—Porque no hay que ser tan pegajosa.

—¿Quieres tú uno?

Intento abrazarla. La abrazo porque me da la gana.

—Quita. No seas tonta. —Se deshace de mí.

Escuchar aquello me hace sonreír.

Mamá es la mujer más buena que existe, pero los abrazos y muestras de cariño son algo que no lleva en el ADN. Nada que ver con su madre, mi abuelita Manoli. A la que cada día añoro más. Murió el año pasado a los noventa y siete años, y su muerte me dejó un gran vacío. Si alguien siempre fue cariñoso con mis hermanos y conmigo, esa fue nuestra abuelita. Ella nos enseñó el maravilloso poder sanador de los abrazos de verdad.

La abuelita Manoli desesperaba a mi padre, como sé que lo desespero yo. Ella, a diferencia de mi madre, siempre ha sido una mujer con unos ovarios bien puestos. Tan bien puestos que mi madre debió de nacer sin ellos, a pesar de que nos parió a mis hermanos y a mí.

Mis hermanos se acercan a nosotras.

—Miércoles..., ahora lo has cabreado más —cuchichea Ángel.

Molesta, le disparo con la pistolita de agua.

—¡Que te den! —le suelto, mientras veo que el agua le corre por su rostro.

—Serás bestia, ¡me acabas de saltar un ojo! ¡Mamáááá! —protesta.

—Mira que eres bruta, hija mía —replica mi madre, mirándole el ojo.

Cuando mis hermanos desaparecen en el interior de la casa, mamá y yo regresamos a la piscina.

—María, no debes hablarle así a tu padre —me riñe.

—¿Y él a mí sí? —pregunto.

—Hija, ¿cuándo vais a parar de discutir? —dice, soltando un suspiro.

—¡Que pare él!

—Bendito sea Dios, María, no lo pongas más difícil.

¿Difícil? ¿Yo lo pongo difícil?

Mamá continúa su camino de regreso a la tumbona donde me espera Shirly Coco, a la que todos llamamos simplemente Shirly. Yo, al soltar la pistolita, me doy cuenta de que no solo he perdido una uña, sino más bien dos. ¡Qué desastre! Rápidamente llamo por teléfono a Conchi, mi esteticista, y quedo en que venga a casa de mis padres, esa misma tarde, a que arregle el estropicio. ¿Cómo voy a salir esta noche con estas manos?

A pocos metros y metida en la piscina está mi cuñada Inka, la simpática y particular mujer de mi hermano Ángel. Inka es rusa, rubia, alta, guapa, talla treinta y cuatro y modelo de oficio. Se cuida físicamente de una manera exagerada que a mi madre le encanta, pues en su juventud fue modelo y *miss* España.

En casa, por el hecho de que mi madre fue modelo, el tema de la alimentación se ha cuidado mucho. Pero una cosa es cuidarla y otra la obsesión que ella tiene y siempre, siempre, siempre cena verdura. Y, bueno, cada vez que ve que como algo supuestamente inapropiado le cambia la cara. Pero mira, ¡que yo ni soy ni quiero ser modelo!

Mis hermanos Ángel y Carlos son pelirrojos, como papá, y con unos impresionantes ojos azules heredados también de él. Venimos de familia de irlandeses. Y aunque no son guapos de manual, son tremendamente resultones.

Ángel, el mayor, tiene cuarenta y un años. Y hasta que conoció a Inka tuvo mil novias por las que sufrió por amor. Es dramático, como mamá, hipocondríaco y sentimental. Los sentimientos le pueden y es de los que llora conmigo en Navidad al ver los anuncios, algo que a mi padre lo enferma, porque él es más duro que una piedra.

Carlos, de treinta y siete años, es el soltero de oro al que se rifan las mujeres. Es resultón, simpático y tiene ese puntito canalla que vuelve locas a muchas, aunque luego es la persona más dubitativa que conozco en mi vida. Cualquier decisión lo paraliza, y eso le provoca una gran inseguridad tanto en el trabajo como en lo personal. Siempre le digo que se deje guiar por su instinto, como hago yo, pero prefiere que yo se lo resuelva.

En mi caso, yo me considero una mujer del montón. Soy la única de pelo moreno de mi familia, pues mi madre es rubia y mi padre pelirrojo. Eso sí, ¡qué pelazo tengo!

Mis ojos son de color miel como los de mamá, mido 1,70 y uso la talla cuarenta y dos. Soy decidida, empática, cariñosa y alegre. No soy guapa, pero tampoco soy fea. Vale. Está mal que yo diga esto, ¡pero sé que tengo mi puntito! Y me gusta dar y recibir amor, gracias a que mi abuelita Manoli me enseñó. Ella siempre decía que el amor era vida, porque si lo daba, lo recibiría.

Según mi padre tenga el día, o soy la bestia parda que se ha criado en el monte, o soy la «niñata malcriada» porque me pirran las cosas caras. Y sí. No lo voy a negar. ¡Me gustan! Me he criado en una familia con muchísimo dinero que me ha dado comodidades y caprichos, y oye, ¡pues los disfruto! ¿Por qué no? Y dicho esto, aunque me gusta lo bueno, también sé lo que cuesta la vida. Si algo me enseñó mi abuelita fue a ser consciente de la suerte que tengo por haber nacido en una familia con dinero y que, cuando se puede, siempre hay que ayudar a quien lo necesita.

En cuanto a mi cuerpo, me cuido lo normal. Por supuesto, menos de lo que mi madre esperaba de mí. Tengo mis curvas, y muy orgullosa de ellas que me siento, aunque mi madre, un día sí y el otro también, me aconseje cerrar la boca.

Lo de cerrar la boca es algo que oigo muy a menudo en mi casa. Mi madre me lo dice para que no coma y mi padre para no escucharme. Porque sí. De los tres hermanos, aun siendo la chica y la pequeña, soy la respondona y guerrera. Vamos, que no me callo si veo algo que no me gusta.

Se acaba la canción de Benson y comienza a sonar «End of the World», de Miley Cyrus. ¡Qué buen rollito me da también!

—¿Quieres un té rojo fresquito, cielo?

Miro a mi madre y sonrío. Odio el té de la modalidad que sea. Nunca me ha gustado, aunque ella sigue empeñada en que me tiene que gustar. Mi cuñada se lanza a toda prisa a por el té que Luisa lleva en la bandeja.

—Prefiero una Coca-Cola con mucho hielo. —Mamá resopla. Me juzga. Y antes de que diga nada que me pueda molestar, indico—: Que sea Zero, por supuesto.

Oír eso le agrada. Mira a Luisa, la señora que lleva trabajando toda la vida en casa.

—Luisa, por favor, traiga una Coca-Cola Zero con hielo para la niña —le pide.

Luisa, que es más lista que nadie y me conoce muy bien, asiente y señala la bandeja que lleva en las manos.

—Ya traje la Coca-Cola Zero, señora —dice—, junto con unas patatitas fritas de las que a María le gustan.

Mamá, al oír eso, va a protestar. ¿Patatas fritas? Pero yo me lanzo hacia Luisa y la miro a los ojos.

—Eres la mejor. Gracias, Luisa —susurro.

Sonriendo, cojo mi Coca-Cola y las patatitas y cuando ella se marcha, mamá me mira.

—¿Cuántas veces tengo que decirte que al servicio no se le abraza? —me recrimina.

—Ay, mamá, por favorrrrr —protesto.

—Luego no te quejes si no entras en el Yves Saint Laurent que te regalé.

Según dice eso, tomo aire y me muerdo la lengua. Soy una loca de la ropa gracias a mamá. ¡Me encanta la alta costura y sé que en mi armario tengo verdaderas joyas! Pero todas las que mamá me regala siempre suelen ser una o dos tallas menos de la que utilizo, por lo que suspiro y finalmente sonrío.

El cri cri cri de las chicharras sigue sonando. Las voces de papá y mis hermanos se oyen desde la casa. ¡Vaya tela! Ya discuten. Papá no tiene paciencia con ellos.

Y sí, mi padre es muy especialito. Y aunque suene feo decirlo, es un machirulo que en ocasiones parece recién salido de las cavernas. Algo que, cuando lo digo, le sienta fatal. Vamos, imagino que tanto como a mí lo de niñata o bestia parda.

Mis hermanos rara vez se enfrentan a él y a menudo, para evitarse problemas, simplemente le siguen la corriente. Entre uno que es hipocondríaco y el otro dubitativo, ¡lo llevo claro con ellos! Pero los adoro, y aun siendo la pequeña, cuido de ellos. Son lo mejor que tengo en mi vida. Y sé que siempre estarán para mí, como yo siempre estaré para ellos.

Para disgusto de mi padre, pero gracias a mi cabezonería y a la ayuda de mis hermanos, comencé a trabajar en la empresa familiar llamada Harry Addams. Una famosísima joyería, especializada en diamantes, que fundó mi abuelo paterno irlandés en Nueva York y que, gracias al éxito que tuvo en el pasado, ahora posee muchísimas delegaciones por todo el mundo. Incluida Madrid. España.

Conseguir trabajar con el rey de los diamantes, que es como llaman a mi padre, no fue tarea fácil. ¿Por qué? Por ser mujer y ser su tocapelotas particular. Según el Señoro, como lo llamaba mi abuelita para su disgusto, solo debían trabajar los machos de la familia. Y conmigo se rompió el molde.

Desde que tengo uso de razón he querido tener las mismas oportunidades personales y laborales que mis hermanos y nunca me he considerado el sexo débil. Quizá por eso, si mis hermanos hacían deportes como kárate, tenis o baloncesto, yo también. Si ellos montaban en moto o se tiraban en parapente, yo también. Si ellos se interesaban por los dinosaurios o los camiones, yo también. Siempre he odiado etiquetas como niñas de rosa y niños de azul. He luchado contra ello y seguiré luchando por todo aquello en lo que yo creo justo, aunque el Señoro y mi madre me miren con gesto arisco.

Mis artes culinarias, para horror de mamá y diversión de mi abuelita, se resumen a poco más que calentar algo en el microondas. Desde que me independicé, vivo en un piso en el centro de Madrid, donde hay infinidad de restaurantes. Y, sinceramente, ser ama de casa no es lo mío, por lo que llamo por teléfono y me traen la comida a casa. ¿Para qué necesito saber cocinar?

Sin dejarme vencer por lo que querían mamá y papá, estudié Administración y Dirección de Empresas, creación y diseño de joyas y diamantes y programación para crear páginas web. Las tres cosas me apasionan.

Lo bueno es que trabajo en Harry Addams y me encargo del departamento de diseño de joyas. Lo malo, que papá no me permite opinar sobre nada que no tenga que ver con ese departamento. Y, la verdad, en ocasiones me tengo que morder la lengua.

¿Por qué?

Pues porque, aunque papá no lo sepa, la niñata, a la que, según él, solo le interesan los hoteles de lujo, la ropa cara y llevarle la contraria, es quien suele ayudar a Carlos y a Ángel a solucionar muchas de las cagaditas empresariales que cometen. Algo que solo sabemos ellos y yo. ¿Por qué? Porque no seré yo quien los delate.

Estoy pensando en ello cuando las voces de papá y mis hermanos suben de tono. Shirly levanta las orejas. Oigo cómo la discusión se recrudece. Incluso se menciona mi nombre.

—¡Qué pesaditosss! —exclama mi cuñada Inka.

Suspiro. Mamá suspira. Y hasta creo que Shirly suspira.

—Disfrutemos del día, chicas —replico, después de tomar aire.

—¿Qué has hecho ahora? —pregunta mamá.

—Simplemente sugerir que abramos una tienda en Roma. En Italia no tenemos ninguna delegación, solo porque papá les tiene fobia a los italianos.

—Dios bendito —murmura mi madre.

Me río.

—¿Ya te ha dicho la tía Amparo la fecha de la boda de la prima Asunción? —pregunto para cambiar de tema.

—Me dijo mayo. Un excelente mes para celebrar una boda.

Asiento.

—Que te diga fecha concreta —pide Inka—, porque para ese mes suelo tener desfiles en distintas partes del mundo.

Mamá hace un gesto afirmativo. Sabe que Inka, por su trabajo de modelo, viaja mucho.

—Llamaré al atelier de Victorio y Lucchino en Sevilla —me dice, mirándome— para que nos citen y nos tomen medidas. Ellos nos harán unos vestidos espectaculares.

—Perfecto —asiento con agrado.

Después comenzamos a hablar de viajes y de hotelazos de cinco estrellas gran lujo a los que nos encanta ir.

Suena el timbre de la casa. Shirly ladra, y a los pocos segundos aparece Dani, mi chico. Mi novio. Me encanta ver que ya ha regresado de su viaje de trabajo a Estambul.

¡Pero qué guapo vieneeeee!

Shirly, al verlo, le muestra los dientes, pues tiene una relación muy rarita con él.

—¡Corre! ¡Ve a por él y cómetelo! —le digo, sonriendo.

Shirly sale disparada como una flecha y me río a carcajadas cuando llega hasta él y le comienza a saltar, y eso a Dani le agobia. Se puede decir que en eso es como mi madre. Parco en afecto. Algo que a mi abuelita no le hacía mucha gracia.

Dani, que hace malabarismos para que mi perra lo deje en paz, se acerca a mamá y entregándole algo que trae en las manos dice, omitiendo besarla:

—Carlota, he traído unos pastelitos de esos sin azúcar que tanto te gustan. Pero mejor llévatelos a la cocina o esta fiera se los come.

—Gracias, Daniel. Tan detallista como siempre.

Cuando mamá se marcha, mi chico se acerca a mí y me da un casto y rápido beso en la mejilla que me sabe a poco.

—Bonito Balenciaga —susurra.

Oír eso me gusta, pero me incomoda. ¿Por qué alaba al bikini y no a mí?

El bikini de Balenciaga que llevo me lo regalaron mis amigas Soleá y Pili hace una semana por mi cumpleaños. Cumplí treinta y cuatro. ¡Madrecita, cómo pasan los años! Y aunque eso del reloj biológico me importa cero patatero, ese día tuve que escuchar el maldito comentario infinidad de veces, comenzando por mi padre.

¿Cómo con treinta y cuatro años que tengo no estoy casada y con hijos?

Pero vamos a ver, ¿por qué todo el mundo es tan pesadito con eso de que se me pasa el arroz? ¿Y si yo no quiero nada de eso? ¿Y si vivo muy feliz soltera y sin hijos? ¿Y si prefiero viajar, conocer hoteles caros y comprarme toda la ropa que yo quiera?

—Por cierto, deberías hacerte la manicura —observa Dani—. Te faltan varias uñas, y esta noche vamos a salir.

¡Mierda! Se ha dado cuenta.

—Ya he llamado a mi esteticista —le informo—. La estoy esperando.

Mi chico asiente. Se quita la preciosa camisa de lino azul de Calvin Klein que lleva y las bermudas blancas de Hermès que le regalé y se queda solo vestido con su bañador de Versace. ¡Qué mono está!

Después de mostrarme con orgullo los abdominales que se curra en el gimnasio, deja toda su ropa impecablemente colocada sobre una de las hamacas, y acercándose al borde de la piscina, con elegancia, se tira de cabeza.

Dani, más conocido como Daniel Torrequebrada de Ortega San Juan, es un banquero inversionista de excelente familia, que aconseja a empresas o personas sobre cómo invertir su dinero para hacerlo crecer. No es un hombre alto, como siempre me gustaron, es más de mi estatura, pero es elegante en el vestir, correcto en el trato y, como siempre digo, ¡guapo de manual!

Nos conocimos en una fiesta hace diez años porque mi amiga Pili nos presentó, y aunque no fue un flechazo, comenzamos a quedar, y diez años después seguimos saliendo. A ambos nos gusta viajar, los buenos restaurantes, los hoteles con *spa* y la ropa de alta costura.

Decir que es mi hombre ideal sería mentir. Hay cosas que no me gustan de él, como sé que hay cosas que no le gustan de mí, pero seguimos juntos. Nos va bien.

Estoy pensando en ello cuando suena la puerta de nuevo y minutos después aparecen en el jardín mi amiga Pili, tan estupenda como siempre, y mi amiga Soleá con su hijo Adrián de once meses. Para mí, mis hermanas.

Somos amigas desde el colegio, y mientras Soleá lleva felizmente casada seis años con Mohamed, un ejecutivo del mundo musical, encantador y maravilloso, Pili es de las que sigue buscando a su príncipe azul. El problema es que todo el buen gusto que tiene para la ropa no lo tiene para los hombres. Siempre se fija en quien no le conviene.

Mi perra, al verlas, corre hacia ellas. Las adora. De hecho, Soleá es su abuela. A los pocos minutos aparecen mi padre y mis hermanos.

—Hombre, si llegaron el señor Daniel Torrequebrada de Ortega San Juan, la señorita Pilar Monteosca y la señora Soleá de Nazal —señala mi padre.

—¡Con Soleá vale! —corrige mi amiga.

Papá la mira.

—¿Tu marido no es el ejecutivo musical Mohamed de Nazal? —pregunta él sin dar tregua.

—Sí.

—Pues, para mí, eres la señora Soleá de Nazal.

Soleá me mira. Eso de que la llamen señora de... no es lo suyo, como no es lo mío. Pero con mi gesto le hago saber que ni caso. Mi padre entonces mira al bebé que lloriquea.

—¿No es un varón? —pregunta.

—Lo es —afirma Soleá.

—¿Y por qué lleva una camiseta rosa?

—Porque el rosa le queda muy bien —afirma Soleá.

Papá levanta las cejas.

—Sé un macho y deja de llorar como una nenaza —le ordena al pequeño.

¡Joder con mi padre y sus micromachismos! ¿Por qué no cerrará la boca?

Veo que Pili cruza una miradita traviesa con mi hermano Carlos. ¡No me jorobes que están liados otra vez!

Consciente de que como confirme lo que acabo de creer los voy a matar, veo que Pili se acerca a mi padre y le da un cariñoso beso en la mejilla.

21

—Rodrigo, tú, como siempre, tan encantador —le dice.

Oír eso me hace gracia. ¿Encantador mi padre?

Papá sonríe. Y cuando Pili viene hacia mí, murmuro:

—¡Me dejas muerta!

—Era lo que tocaba. Mujer, no me mires así.

—Joder con papuchi —musita Soleá por lo bajini.

Me río. Opino lo mismo que Soleá. Mis hermanos se acercan a mí y cuchichean:

—Imposible convencerlo para lo que has propuesto.

—Pero si es una idea estupenda. En Italia no tenemos ninguna tienda.

—Plebeya..., lo siento —se lamenta Ángel, abrazándome.

—¡Joderrrr! —protesto.

—Cagón, ¡otra vez has hecho popó! —exclama Soleá.

El niño, que es precioso y regordete, la mira.

—Ven conmigo, Soleá, para que le puedas cambiar el pañal —dice mi madre—. Y tú, Pili, ¡a ver si encuentras ya de una vez a tu media naranja!

—¡Mamáááá! —Esa frasecita de la media naranja es algo que no soporto. Pero ¿por qué no tener pareja te hace parecer que estás incompleta? Así que suelto—: Mamá, Pili por sí misma es una naranja entera. Déjate de tonterías.

Cuando mamá y Soleá se van con el bebé, Pili se sienta a mi lado.

—¡Qué bien te queda el bikini de Balenciaga! —susurra.

—¡Lo sé! —afirmo, segura de mí misma, pero algo cabreada.

Papá, sin mirarme, se mete en la piscina y comienza a hablar con Dani. Durante varios minutos los observo. Papá y Dani, aunque disimulan, no es que se entiendan muy bien. Según Dani, mi padre es un controlador. Según mi padre, Dani es un señorito al que solo le encanta mirarse al espejo para ver lo guapo que está. Pero se soportan. Sé que lo hacen por mí. Yo me levanto y me lanzo de cabeza a la piscina.

—Hija, ¿no puedes tener más cuidado? —oigo que gruñe mi padre cuando saco la cabeza del agua.

—Te recuerdo que estás en la piscina mojado —respondo—. No te he mojado yo.

Papá toma aire, y yo con mi mano le echo agua.

—Ahora sí te he mojado —le digo.

Madrecitaaaaa, ¡cómo me miraaaaaaa!

—Eres como tu *abuelita* —gruñe, limpiándose con su mano el rostro—. Respondona y retadora. Desde luego, eres su digna heredera.

Oír el modo en que nombra a la que para mí fue la mejor me joroba. Pero sé cómo devolverle el golpe.

—Que sepas que me acabas de decir el mejor piropo de tu vida —replico—. Nada me gusta más que parecerme a mi *abuelita*.

Papá me mira. Discutir se nos da de vicio. En sus ojos veo esa mirada que nunca lograré entender.

—Mira que te gusta cabrearme —se enfada.

—Tú ya naciste cabreado —respondo.

—Maríaaa —tercia mi novio.

Papá resopla. Que le conteste es algo que le sube la adrenalina.

—Algún día dejarás de enfadarme —dice.

—Lo dudo.

—No sé por qué te sigo soportando.

—Porque soy tu hija —matizo, mirando a Dani, que me hace gestos para que me calle—. Y aunque solo sea por ese pequeño detalle, me tienes que soportar el resto de tu vida, como yo te tengo que soportar a ti.

Me preparo para el bufido que me va a soltar.

—Lo que propusiste. Olvídalo —tira a dar.

—¿Por qué?

—Porque no me gusta.

Dani me mira. No sabe de qué habla mi padre.

—Propuse abrir una delegación de Harry Addams en Italia —le aclaro—. Concretamente, en Roma.

—¡No se nos ha perdido nada en Roma! —gruñe mi padre.

—Pero si es una excelente idea y un mercado por explorar maravilloso.

—¡No lo es!

—Que a ti no te gusten Italia y los italianos no quiere decir que al resto no nos tengan que gustar. Y...

—Y nada. Se acabó el tema.

Molesta, lo miro. Tras hacer un estudio de mercado, el mejor sitio para abrir actualmente una nueva tienda es allí.

—Te recuerdo que...

—Tú a mí no me tienes que recordar nada —me corta—. He dicho que en Italia no quiero abrir una tienda, y no hay más que hablar.

—Dijo el Señoro —me quejo, y veo venir a Pili hacia mí.

Papá despotrica. Mira a mis hermanos, que se hacen los despistados. Finalmente, clava su mirada en Dani.

—A ver cuándo te casas con ella y me dais nietos —le dice—. Que ya lleváis diez años juntos.

—Papá... —gruño, molesta, y más sabiendo lo que piensa de él.

Dani se ríe. A veces siento que le hacen gracia los micromachismos de mi padre.

—Respira, que te estoy viendo —murmura Pili, a mi lado.

Respiro. Tomo aire. Evito llamar a mi padre una vez más machirulo. Me giro hacia Dani.

—Y tú, sonrisitas, ¿de qué te ríes? —le pregunto, enfadada.

—No le hables así a Daniel —interviene mi padre.

—¿Tú me vas a decir a mí cómo he de hablar a mi novio?

Papá y yo nos miramos. Está claro que hoy no es nuestro día.

—María. No le hables así a tu padre —dice Dani, conciliador.

Los miro. Estoy por mandarlos a los dos a la mierda.

—Ven. Quiero enseñarte algo. —Pili me coge de la mano y tira de mí.

Salimos de la piscina mientras siento que mis ganas de gresca con mi padre se han acrecentado.

—Miércoles, cierra el pico o se va a liar más —me recomienda mi hermano Ángel, que se aproxima a nosotras.

Sin decir nada y dejándome guiar por Pili, nos alejamos de la piscina.

—Te juro que en ocasiones no sé qué les haría al Señoro y al Señorito —suelto—. ¡Y joder! ¿Por qué Dani me reprende ante él?

—Vamos a ver —murmura Pili—. Con respecto a tu padre, mejor no opino, pues ya sabemos la relación que tenéis. Y en cuanto a Dani, imagino que no quiere quedar mal con él.

—Al final, voy a tener que casarme contigo para que tu padre deje de atosigarme —se mofa Dani acercándose a nosotras. Oír eso me incomoda y, mirándolo, voy a hablar cuando prosigue—: Lo sé. No te ha gustado que te hablara así ante él. Pero, María, ¡es tu padre! ¿Qué quieres que haga? —Resoplo. Tomo aire. Dani cuchichea—: Me agobia mucho cada vez que menciona lo de la boda. ¿Acaso no se ha dado cuenta de que tú y yo no estamos todavía en ese punto?

Asiento. Estoy totalmente de acuerdo con él.

Aunque quiero a Dani, no me veo casada con él. ¿Por qué? No lo sé. Pero algo dentro de mí me grita que no he de hacerlo.

—¿Preparadas para lo de esta noche? —cambia él de tema.

Pili y yo nos miramos. Mohamed, el marido de Soleá, trabaja en una famosa discográfica, y eso nos permite ir a muchos conciertos pequeños e íntimos, pero de grandes músicos, y esta noche vamos al de Aitana.

Soleá se acerca con el pequeño.

—Va a estar genial —afirma al oírnos—, y me ha dicho Mohamed que nos presentará a Aitana.

—¡Genial! —exclamo, encantada.

—Me dijiste que venía la esteticista para arreglarte la manicura, ¿verdad? —pregunta Dani. Para él, estar perfecto en todo momento es indispensable.

—Sí, Dani. No creo que tarde.

Acto seguido, centro toda mi atención en Adrián. En aquel Buda pequeñito y redondito que me tiene loca.

—¿Lo coges un segundo, por favor? —le pide Soleá a Dani.

—¿Qué lo coja? —se sorprende él.

—Sí. —Mi chico no se mueve, y Soleá, con gesto de guasa, añade—: Tranquilo. No muerde.

Dani mira al pequeño, que tiene pompas de baba en la boca, y murmura:

—Pero mancha.

Oír eso me hace sonreír. Los niños le dan alergia a Dani, como los animales. No le gustan absolutamente nada, y por eso su relación con Shirly es la que es. Odio total. Por lo que, sin dudar, cojo al pequeño Buda entre mis brazos y lo disfruto. Los niños, aunque dudo que los tenga, me encantan, como me encantan los animales.

Durante un rato, los cuatro hablamos sobre la salida de aquella noche. Mamá viene hacia nosotros y coge a Adrián de mis brazos.

—¿Cuándo vamos a poder sacar el Valentino del armario? —pregunta, mirándome. Oír eso me hace resoplar. El Valentino es el espectacular vestido de novia con el que mi madre se casó. Desde pequeña, siempre dije que, si algún día me casaba, lo haría con él—. ¿Cuándo os vais a casar y me vais a dar nietecitos? —insiste—. Tengo tres hijos, ¡y ninguno me hace abuela!

¡Otra con lo mismo!

Joder, qué pesaditos mis padres con el tema.

Me paso el resto de la tarde intentando no tener gresca con papá. Pero es complicado. ¡Siempre me encuentra!

Capítulo 2

O Porriño, Galicia, 22 de septiembre de 2025

Son las once y media de la mañana, y tras una noche en la que no he estado bastante liado con el trabajo, estoy revisando unos correos en mi ordenador cuando me suena el teléfono móvil. Al ver que es del colegio, lo cojo de inmediato:

—Buenos días, Nico, soy Alfonso, el profesor de Eva.

—Buenos días, Alfonso.

—¿Cómo se encuentra Eva?

Me sorprendo. Que yo sepa, hace unas horas la mamá de un amiguito vino a recoger a Quique y Eva en su coche para llevarlos al colegio. Me levanto de un salto de la silla.

—Quique me ha dicho que hoy su hermana falta a clase porque se ha levantado con fiebre —continúa el profesor.

¡La madre que los parió! ¡Ya empezamos!

Incrédulo, resoplo. Eva está repitiendo curso y ¡joder! ¡Ya empezamos! Y consciente de que Eva vuelve a faltar al colegio, respondo sin querer meterla en problemas:

—Está un poco mejor.

Alfonso se calla. Sin verlo, imagino la duda en su mirada. El curso anterior Eva la lio de lo lindo escapándose del colegio cada dos por tres.

—Entonces, ¿está contigo en casa? —pregunta.

—Por supuesto. Está aquí con Sía y conmigo. ¿Dónde va a estar? —miento.

Segundos después, tras despedirme de Alfonso, suelto un bufido. Voy hasta la habitación donde está Sía. Duerme. Abro mi teléfono, marco el de Eva, pero no me lo coge. Lo intento varias veces, pero nada. Sigue sin cogérmelo.

¡Joder con la niña!

Al final, tomo la decisión de despertar a Sía. La pequeña, que tiene tres años, me mira con ojitos de sueño.

—Papi, *quedo domí* —murmura.

Asiento. Me sabe mal hacer aquello. Pero necesito ir a buscar a Eva.

—Te prometo, bollito, que en cuanto regresemos podrás dormir todo lo que quieras.

—*Quedo el tete.*

Sía asiente. Es un amor. Y tras darle su chupete y vestirla a toda prisa, la saco en brazos hasta la furgoneta y la siento en la sillita de atrás. Segundos después, mis perros Waldo y Homer se suben a la furgoneta y, tras indicar a Rubén y Beatriz que nos vamos, arranco a toda mecha. Intuyo dónde puede estar Eva.

Pocos minutos después, tras dejar a Sía en casa de tía Rosiña a regañadientes, pues como siempre no se quiere separar de mí, continúo el camino a pie con Waldo y Homer.

—Vamos. Busquemos a Eva —les digo.

Los perros me entienden. Se puede decir que ellos son mis mejores aliados desde que vivo en estas tierras y cuando empiezan a avanzar, Waldo más lento porque es más mayor, yo camino con ellos.

Por suerte, voy conociendo los sitios preferidos de Eva. Y sí. No tardo en localizarla. Está sola. Sentada bajo un enorme árbol con sus cascos de música puestos, y al verme se levanta, tira el cigarro que tiene en las manos y me mira. Desde que cumplió trece años, hace unos meses, su rebeldía se ha acrecentado y yo no sé qué hacer.

En silencio, nos miramos los dos. Como se suele decir, a buen entendedor pocas palabras bastan, y acercándome a ella le hago el gesto para que se quite los cascos de las orejas.

—¿Repetimos, además de curso, malas acciones? —le pregunto. Eva me mira. En sus ojos veo eso que veía en su madre cuando ésta se enfadaba, y no responde. Nunca responde. Me contengo, como siempre—. Campeona, te he llamado mil veces al teléfono móvil. ¿Por qué no lo coges?

—Porque paso.

—Eva...

—Estoy aquí *de chill* y vienes tú a cortarme el rollo.

Estar *de chill* es estar tranquila.

Igual que voy conociendo sus sitios preferidos, voy aprendiendo la jerga de los adolescentes, pero estoy enfadado. Molesto. Volver a vivir las mismas situaciones que el curso anterior es agotador, y tengo un miedo atroz a perderla. Quiero a Eva. La adoro. Comprendo que la adolescencia no es fácil, como no es fácil todo lo que ha pasado. Pero no entiendo qué hago tan mal para que cada vez esté más lejos de mí.

Respiro. Sé que he de respirar. El adulto soy yo. Ella no está pasando por una situación fácil, ¡pero, joder!, mi situación tampoco lo es.

—Quiero que venga Marie Chantal —dice de pronto.

La simple mención de ese nombre me jode. Me incomoda. Es alguien egoísta. Una persona sin escrúpulos que no se portó bien.

—Eva. Ya no estamos juntos —respondo.

—¿Y porque vosotros no estéis juntos yo tengo que dejar de verla?

Suspiro. Contarle la realidad de lo que pasó es duro. Demasiado para una niña como ella; pero insiste:

—Si la llamas, seguro que vendrá. ¿Por qué no lo haces?

—Eva, ¡basta!

Estoy preparándome para un nuevo azote de Eva cuando, de pronto, me sorprende.

—Vale.

Oír eso hace que algo en mi interior se serene. Me encantaría regañarla como se merece. Pero sé que si lo hago, se alejara más de mí, por lo que ignorando a la que, para mí, es una innombrable, me centro en lo que realmente me importa.

—Acabas de empezar el curso, campeona —digo—. Me prometiste que este año todo sería diferente. Que no te escaparías, estudiarías e irías a clase. Sabes que los profesores están pendientes de ti. ¿En serio quieres que pasemos un curso como el anterior? —Eva no responde, yo continúo—: Intento ser paciente. Hablar. Dialogar. Darte mil oportunidades, y...

—Echo de menos a mamá, a papá y también a Marie.

Oír eso me parte el alma. Yo también añoro a mi hermana. No hay día en que no la recuerde.

—Lo sé, cielo. Sé que echas mucho de menos a tus padres, pero la situación es la que es. Yo me esfuerzo todo lo que puedo para intentar que...

—Te he dicho que lo siento —me interrumpe.

—Con sentirlo no basta, Eva.

—¿Y qué quieres?

—Responsabilidad. Y que entiendas que esto, por duro que sea, es lo que nos ha tocado vivir a ti, a mí y a todos.

Eva suspira. Asiente, se pone los cascos en las orejas, y no dice más. Por lo que comenzamos nuestro camino de regreso, uno al lado del otro, junto a Waldo y Homer, sin hablar.

Cuando llegamos a casa de tía Rosiña, antes de recoger a Sía, abro la furgoneta para que Eva se meta en ella, luego la miro y, quitándole los cascos de las orejas, porque está escuchando a Aitana, su cantante favorita, a todo volumen, le pido:

—Dame tu teléfono móvil.

—¿Para qué?

—¡Dámelo! —insisto. Eva, enfadada, me lo entrega, y yo, cogiéndolo, se lo enseño. Se merece estar sin él un mes, pero si hago eso, será peor.—. Dile adiós, porque vas a estar unos días sin él.

—¡No lo dirás en serio! —grita, molesta.

—Totalmente en serio.

—¡Esto es muy *heavy*! Pero ¿quién te crees que eres?

—Vuelve a gritarme así y te quedarás sin él dos meses —apostillo.

—¡Pero estaré incomunicada y no podré escuchar mi música de Spotify!

—No es mi problema. Y como siempre te digo, toda acción tiene su consecuencia. —Eva refunfuña, yo vuelvo a la carga—: Si llevas tabaco, dámelo.

—No tengo tabaco.

Pero la conozco. Conozco bien sus caras.

—Muy bien. Dame tu mochila para que la revise —le pido.

—Pero...

—Y dales la vuelta a los bolsillos de...

—¡Tomaaaa, cortarrollos!

De malos modos, me entrega un paquete de tabaco y un mechero que se saca del bolsillo de la cazadora.

—¿Por qué tienes que mentir? —pregunto.

Eva no responde. Levanta la barbilla. Mira hacia delante, y yo, viendo su reacción, decido cerrar la puerta y respirar. Es lo mejor.

—Si intenta salir, avisadme —les digo a los perros, que me miran.

Acto seguido, camino hacia la casa de mi tía, y cuando esta me ve, abre la puerta con gesto preocupado.

—¿La encontraste? —pregunta. Asiento. Tía Rosiña mira hacia el coche y murmura—: ¿Fumando otra vez?

—Sí.

—¿Qué vamos a hacer con ella?

—No lo sé, tía.

—Mira, *neno*, te digo una cosa. No estoy a favor de darles una cachetada a los niños, pero, en ocasiones, les viene bien para que aprendan de qué va la vida. En mis tiempos, no había tantos remilgos. Es más, se decía eso de un bofetón a tiempo quita mucha tontería.

—Tía...

—A ver, *neno*. Esa nena no te respeta. Te tiene cogida la medida y hace contigo lo que quiere. ¿Por qué no la mandas aquí conmigo?

—Tía, no digas tonterías.

—No digo tonterías. Esa nena necesita alguien que le cante las cuarenta cada vez que haga algo malo, y tú eres demasiado bueno y permisivo con ella. Y encima, en poco tiempo llegan las Navidades.

Suspiro. Tiene razón. Soy demasiado permisivo, y Eva odia la Navidad.

—Nuestra niña necesita tres cosas. Límites. Que no seas tan blando con ella, y una madre. Te lo he dicho mil veces, *neno* —continúa tía Rosiña.

—No empecemos, por favorrrrr.

Pero diga lo que diga, mi tía, por cierto, hermana de mi fallecida madre, hace lo que le da la gana. A sus ochenta años no se corta nada.

—Pero también te digo que un loro como la estúpida de la Mari no te conviene. ¡Menuda impresentable!

—Tíaaaa...

—Si ya te lo decía yo, ¡esa no era trigo limpio!

Resoplo. Habla de Marie Chantal. La mujer con la que estuve durante unos años, y con la que pensé que tenía algo, pero no. Estaba equivocado.

—Me dijo Andresito —prosigue tía Rosiña— que el cuidador que tenías para ayudarte con los nenes y la casa se fue hace una semana. ¿Por qué no me lo dijiste?

Resoplo. En los últimos años han pasado distintas personas para echarme una mano, pero siempre se van. Los niños, especialmente Eva, no se lo ponen fácil.

—Andrés me dijo ayer que, a través de su prima, cree haber encontrado a alguien —le explico.

—¿Mujer esta vez?

Asiento. Para la ayuda que necesito con los niños y la casa, me da igual si es un hombre o mujer.

—Sí. Pero en unos días me lo confirmará.

Tía Rosiña afirma con la cabeza.

—Los niños lo que necesitan es una madre, no una cuidadora —vuelve a la carga.

—La verdad, tía Rosiña, es que encontrar una mujer como tú sería lo ideal.

—Ay, *neno*, ¡serás zalamero!

Divertido por aquello, toco el anillo que llevo colgado de una cadenita al cuello. Era el anillo de mi madre. Se lo enseño.

—¿Quieres casarte conmigo? —pregunto.

—Si me hubieras pillado con cuarenta años menos, y sin ser mi sobrino, te aseguro que tú no te me escapabas.

Ambos reímos por aquello.

Tía Rosiña es una viuda de ochenta años, que no tuvo hijos, a la que debo muchas cosas. Entre ellas, los consejos y la ayuda que siempre me ofrece desinteresadamente en todos los aspectos. Para mí, es como mi madre, y sin ella y sus amigas Magda y Emi, todo, cuando llegué a Galicia, hubiera sido imposible. Muy complicado.

—Papi, la abu *ma dao* galletas *dicas* —dice Sía, acercándose con su inseparable chupete en la mano.

Sonrío. Para los niños, la tía Rosiña es la abu.

—Esta *riquiña* es mi perdición —le dice, y agachándose hacia ella, indica—: Pero tienes que dejar el chupete. Ya eres mayor, Sía. Y los chupetes son para bebés.

—¡Ehhhh, mío! —musita la pequeña.

Me río. El amor que le tiene Sía a su chupete es algo que no logro entender. Guardo el anillo bajo mi jersey y cojo a mi pequeña en brazos.

—Gracias por cuidar de Sía, tía —digo.

—No digas tonterías, *neno*. Estoy aquí siempre para ti.

Me despido de ella y meto a Sía y a los perros en el coche y conduzco hasta casa mientras la pequeña, a diferencia de su hermana, no para de hablar.

En el camino recibo varias llamadas telefónicas relativas al trabajo que atiendo con el manos libres, y las soluciono como puedo.

Al llegar, Eva se baja del vehículo de muy malos modos y Sía, al verla, me mira y cuchichea, quitándose el chupete:

—*Tene* el *modo tocido*.

Asiento. Tiene razón. Su hermana tiene el morro torcido, pero no quiero que ella pague el mal humor que Eva con sus acciones me produce.

—¿Qué quieres comer hoy? —le pregunto.

—*Macadonessssss*.

Cuando Sía corre hacia la casa, Beatriz se acerca a mí.

—¿Todo en orden? —se interesa. Suspiro. La miro y ella, intuyendo lo ocurrido, explica—: Rubén, a su edad, también estuvo insoportable. A Felipiño y a mí nos volvió locos su adolescencia. Pero todo cambiará el día que le haga un clic en la cabeza. Ya lo verás.

Pongo los ojos en blanco. Si la adolescencia es así, todavía tengo que pasar por dos más.

—Quiere que llame a quien te imaginas... —le digo.

Beatriz asiente.

—¿Por qué no hablas con ella seriamente? —me recomienda—. Eva ya tiene edad de entender muchas *cosiñas*.

Rubén, el hijo de Beatriz, se acerca a nosotros.

—Madre, dice padre que antes de regresar a casa pases por donde la tía Lola y recojas algo que nos ha dejado el cartero —le dice. Sonrío. Dirijo una pequeña granja ecológica de vacas. Un proyecto que inició mi hermana y que, al morir ella, yo continué. Rubén se dirige a mí—: Hay que comprar pienso de perro para El Refugio de Waldo. Esta mañana abrí el último saco de veinticinco kilos que nos quedaba.

Asiento. Aparte de la granja ecológica, dirijo un pequeñito refugio de animales abandonados al que llamo El Refugio de Waldo. Un sitio donde cuidamos y amamos a esos animales a los que la vida no les ha favorecido, hasta encontrarles un hogar donde serán queridos y cuidados. En la actualidad, tengo veinte perros y siete gatos, pero, por desgracia, sé que, después de Navidad, el número de animalitos subirá, porque hay personas que regalan un animal como si fuera un objeto, sin ser conscientes de que regalan una vida, y no un sombrero al que puedas olvidar.

—Llamaré a Rómulo y hoy mismo nos lo traerán —aseguro.

Me despido de ellos y entro en casa, Sía, acompañada por el bueno de Waldo, se entretiene con los juguetes que hay sobre la manta que está junto al sofá. Miro el reloj, ya es la una y media de la tarde, por lo que, sin dudarlo, comienzo a hacer la comida. ¡Macarrones con tomate!

A las cinco de la tarde, a través de la ventana, veo a Quique bajarse del coche de Sofía, la madre de su mejor amigo, y sonrío. A diferencia de Eva, con Quique siempre es todo fácil. Es un niño encantador. Sonriente. Me facilita la vida en todo.

—¿Qué les han pasado a tus gafas? —le pregunto cuando entra en casa.

El niño las trae en la mano.

—¡Que me caí y se me rompieron! —las señala con gesto gracioso.

Sonrío. Quique, además de un encanto, es algo torpe. Me da un beso en la mejilla, como hace siempre que regresa del colegio.

—Ponte las de emergencia —le sugiero—. Llevaré estas mañana a la óptica para ver si se pueden arreglar. Pero, Quique, ten más cuidado. Que el año pasado tuve que comprarte tres pares de gafas.

Quique asiente. Sabe que llevo razón.

—Lo sé, papá. Soy un pringado —admite, tras ponerse las gafas de emergencia.

Suspiro y, cuando deja la mochila en el suelo, me acerco a él.

—¿Por qué mientes por Eva en el colegio?

Quique se encoge de hombros y con esa verdad que tiene en sus ojos, responde:

—Porque sé qué la mejor opción es no llevarle la contraria.

Oír aquello, en el fondo, me hace gracia. Quique, a sus nueve años, es un buenazo.

—Pues más te vale cambiar, campeón, o las mujeres te van a comer —le recomiendo, revolviéndole el pelo.

Su sonrisa me hace sonreír a mí también. Luego, saca su tesoro más preciado de la mochila: su álbum de cromos de dinosaurios.

—Mi amigo Javi me ha dicho que su primo, el que vive en Holanda, puede conseguirme el cromo del espinosaurio. Y el del triceratops.

Sonrío. Si algo adora Quique son los dinosaurios.

—¿El del triceratops no lo tenías ya? —pregunto, curioso.

—Qué va, papá. Ese no.

—¿Seguro?

—Sí, papá.

Asiento. Si él lo dice será verdad.

—Javi dice que el del espinosaurio costará, como poco, ¡veinte euros! —añade.

—¡*Carallo*! Un poco caro, ¿no?

—Papá. ¡Es el espinosaurio! —insiste.

—Vale, campeón. Si te lo consigue, dile que se lo compramos.

—¡Guayyyyy! Le he dicho que le pregunte a su primo por los cromos del tecodontosaurio y braquiosaurio. —Sonrío. Su felicidad por terminar aquella colección me encanta. Se recoloca sus gafitas redondas, y dice—: Papá, ¡vas a flipar con lo que te quiero enseñar! —Sonriendo, va hasta el ordenador portátil que tengo sobre la mesa y, mirándome, pregunta—: ¿Puedo?

—Claro que sí.

Veo cómo Quique teclea algo.

—Mira qué pedazo de dinosaurio biónico que escupe fuego tan increíble.

Rápidamente miro aquello que el niño me enseña. Quique es un loco de los dinosaurios.

—Guauuuu, ¡impresionante! —exclamo, al ver las fotos.

Segundos después, cuando va hacia sus hermanas para saludarlas, los observo. Aquellos que ahora son mis hijos, en realidad, son mis sobrinos. Mi hermana Clara y su marido Vasile murieron en un accidente de tráfico; Eva tenía entonces diez años, Quique, seis y Sía, cuatro meses. Recibir aquella noticia, cuando me estaba estableciendo en Abu Dabi por trabajo, fue un gran palo. Yo adoraba a mi hermana. Ella, junto a tía Rosiña, era mi única familia viva, puesto que mi padre nos abandonó cuando éramos muy niños, y mi madre había muerto de cáncer. Y, cuando se abrió el testamento y en él ponía que la casa donde vivían en O Porriño era mía y que, si algo les ocurría a ellos, yo era el único tutor legal de los niños, me sorprendí.

¿Yo? ¿Tutor de tres niños?

Vasile, mi cuñado, al ser rumano, no tenía familia en España. Y la familia de Rumanía no podía hacerse cargo de tres niños, por lo que, al final, no dudé en cambiar mi vida y adaptarme a la nueva situación para ocuparme de mis sobrinos. Era lo mínimo que podía hacer por mi hermana y por ellos.

Pero entonces pasé de ser un prestigioso cirujano veterinario que trabajaba viajando por el mundo, a un veterinario de pueblo que, además de llevar una pequeña granja de vacas ecológicas y el refugio de animales, atiende vacas, ovejas y los animales de los alrededores. Algo que, por cierto, me encanta, pero mentiría si no dijera que, en ocasiones, añoro mi vida anterior y la libertad que ella me daba.

Estoy pensando en ello cuando noto que alguien se agarra a mi pierna derecha con fuerza. Al mirar veo que se trata de mi precioso bollito.

Sía tenía cuatro meses cuando llegué a su vida, y ella, sin yo proponérmelo, me otorgó el título de papi, aunque en su habitación tiene la foto de mi hermana y de su padre. Quiero que siempre sepa quiénes eran ellos.

Quique comenzó a llamarme papá muy pronto. Mi relación con él es inmejorable, y es un buen niño, a pesar de que a veces haga trastadas típicas de su edad. En el caso de Eva, la palabra *papá* no ha salido nunca de su boca. Para ella soy el cortarrollos que le coarta, y más desde que mi ex y yo nos separamos. Se trae conmigo un tira y afloja continuo que reconozco que a veces es agotador, pero yo se lo aguanto. Y lo hago porque no quiero que se aleje más de mí.

—Papi. Tengo pisito —murmura mi bollito de ojos color miel y pelo rubio.

¡Papi! ¡Papá! Cada vez que ella o Quique me llaman así, el corazón me explota de felicidad. Adoro ser eso para ellos. Me siento un privilegiado porque ellos me han elegido. Y aupando a Sía en mis brazos, entre risas y planeando como si fuera un hada voladora, la llevo hasta el baño. Por fin, Sía ha aprendido a pedir algo que le ha costado la vida, y menudo ahorro que tengo ahora que no compro pañales.

Capítulo 3

Madrid, 2 de octubre de 2025

—Me parece una joya extremadamente preciosa y delicada. Creo que es un excelente acierto para la siguiente colección incluirla como juego de gargantilla y pendientes —afirmo, viendo algo que he diseñado y que los orfebres del taller han confeccionado tras mi boceto.

Lucas y Mireia, felices, se miran. Está claro que en cuestión de diseño y realización nos comprendemos a la perfección.

—Este lateral de la joya yo lo redondearía más —me indica Mireia—. Creo que la haría parecer más delicada y etérea. Incluso si el diamante lo pones más arriba, quedará bien.

Asiento. Mireia tiene razón y una vez que termino de despachar aquello con ella y Lucas, cuando se marchan, cojo mi botellita térmica de Ralph Lauren y le doy un trago. Que rica está la agüita de Madrid.

Después entro en el baño que hay dentro de mi despacho, me lavo las manos y me miro en el espejo. Mi cabello se ve sedoso y cuidado. ¡Qué pelazo tengo! Y me encanta cómo me queda el traje de chaqueta blanco de Prada que llevo. ¡Qué cucada!

Al salir, me siento en la mesa, abro mi portátil y consulto sillitas plegables para perro. Quiero comprar una para Shirly, para cuando salimos a pasear.

—María, necesito tu ayuda —dice Carlos, entrando en mi despacho.

—¿Qué pasa?

—Primero necesito un abrazo.

Me levanto y se lo doy. Los abrazos para nosotros son sagrados. La abuelita nos lo inculcó como algo necesario y que recargaba energía, y tras unos segundos en los que mi hermano y yo nos abrazamos, cuando nos separamos me mira.

—Estoy dudoso —me dice.

—¡Qué raro! —sonrío.

—Morticia, no te rías.

Pero es imposible que no lo haga. Carlos es la duda personificada.

—No me decido en algo.

—¿Se trata de los proyectos que terminamos el otro día?

Carlos se retira el flequillo de la cara y asiente. Hace unos días, se presentó en mi casa, y, como siempre, le ayudé a crear dos proyectos para presentar a papá.

—¿Qué hago? ¿Cuál le presento?

—¡Madrecitaaaa, Carlos! —me mofo, sentándome en mi silla—. ¿Todavía estás con eso?

—No sé qué hacer.

—Fácil, Carlos. Preséntale el proyecto que más te guste a ti.

—¿Cuál te gusta a ti?

Lo miro. Quiero que decida por sí mismo, pero insiste:

—¿Tú por cuál te decantarías?

Vale. Sabía que la siguiente pregunta sería esa.

—Le presentaría el número uno —señalo, para terminar con el problema—. Da más beneficios, aunque tarde un poco más.

Carlos asiente. Sonríe. Ya le he solucionado la papeleta y cuando se sienta frente a mí, viendo lo que lleva en las manos me mofo.

—Uisssss, carpetitas doradas.

Mi hermano, tras mirar hacia los lados para cerciorarse de que nadie lo puede oír, murmura, poniendo las carpetas ante mí:

—Si papá se entera de que me estás ayudando con esto, me la lía.

Esbozo una sonrisa. Sin que me lo diga él, ya lo sé yo. La puerta de mi despacho se vuelve a abrir. Ahora es Ángel. Entra con gesto descompuesto.

—¿Y a ti que te pasa? —pregunto.

Ángel cierra la puerta.

—La he cagado..., la he cagado... —balbucea él, con la voz entrecortada y los ojos llorosos.

—Como siempre... —murmuro con tranquilidad.

Acto seguido, Carlos y yo nos levantamos para abrazarlo. Sin que lo diga, sabemos que necesita nuestra positividad y energía, y, cuando el abrazo termina, los tres nos sentamos.

—Mi vida se va a la mierda —empieza Ángel, que es puro drama.

—No jodas, macho —se burla Carlos.

—A ver..., señor dramas, ¿qué ocurre? —pregunto.

Ángel se da aire con la mano. Conociéndolo, pronto le faltara el aliento.

—Ayer por la tarde, al salir de la oficina, me llamaron Jacobo y José —dice—. Estaban en una fiesta en Aravaca. Me dieron la dirección, y, bueno, el caso es que me acerqué, y al llegar, me encontré allí con Macarena.

—¡¿Macarena?! —exclama Carlos.

—¡Me dejas muertaaaa! —exclamo yo.

Ángel asiente. Macarena fue su última novia. Fue quien le presento a Inka, que luego se convirtió en su mujer. Por aquel hecho se creó entre ellas un mal rollito considerable, y más cuando Inka, tiempo después, descubrió que el idiota de mi hermano, tras la boda, seguía en contacto con Macarena.

Eso ocasionó una separación en la pareja que, por suerte, se arregló. Pero Inka le hizo prometer que nunca volvería a estar en el mismo espacio donde Macarena estuviese o se separaría de él.

—Dime que no te quedaste en la fiesta —dice Carlos.

Ángel no responde, se levanta de la silla.

—Madrecita, ¿cómo eres tannnn tonto? —le recrimino.

—Jacobo y José me convencieron para quedarme. No me acerqué a ella. Lo juro. Solo la vi desde lejos y...

—¿Se lo dijiste a Inka al llegar a casa? —lo interrumpo.

Ángel niega con la cabeza.

—¡Pero tú eres idiota! —suelto.

Mi hermano, que es el hipocondríaco de la familia, se sienta en la silla. Rápidamente comienza a hiperventilar. Lo sabía. Y yo, como en otras ocasiones, abro mi cajón y saco una de las bolsas de papel que tengo como kit de emergencia para Ángel.

—Respira. Vamos, ¡hazlo! —digo.

Angustiado, mi hermano me obedece. Respira con la boca dentro de la bolsa de papel marrón, mientras Carlos y yo nos entendemos con la mirada. Ángel, de lo bueno que es, es tonto.

—Inka se ha enterado —confiesa.

—No me jodas —murmura Carlos.

—Macarena ha subido una foto a su Instagram en la que se la ve cerca de mí y me ha etiquetado. E... Inka me acaba de llamar para decirme ¡que quiere el divorcio!

—¡Joder! —exclamo.

—¿Qué hago? —me pregunta.

—Para empezar, hablar con ella —le recomiendo.

—¿Y si no quiere?

—Pues no sé, Ángel. Inka es tu mujer, ¡tú la conocerás mejor que yo! —insisto.

Ángel lloriquea. Dramatiza. Como siempre, espera que le dé una solución a su problema y cuando tira la bolsa de papel marrón a mi papelera, indico:

—No me mires así. Busca tú la solución. ¡Es tu vida y tu cagadita!

—¡Pero te necesito! —implora.

Carlos pone una mano sobre el hombro de Ángel, y este lloriquea más. Ver aquello me enciende. Ambos siempre acuden a mí ante cualquier cosa que les pasa.

—¿En serio me voy a pasar mi existencia solucionándoos la vida? ¿Acaso no os dais cuenta de que vuestras dudas y problemas, sean de la índole que sean, siempre, al final, me los tengo que comer yo, que soy vuestra hermana pequeña?

—Es que eres la más lista y resolutiva —reconoce Ángel.

—O la más osada —matizo yo, llenando un vaso de agua para que Ángel beba.

—Morticia, el traje que llevas te queda de escándalo —observa Carlos con desvergüenza y una gran sonrisa.

—Prada siempre me sienta bien —afirmo. De inmediato me doy cuenta de que su halago es para hacerme la rosca. No me da tiempo a replicar porque se abre la puerta. Es papá.

Pero ¿desde cuándo mi despacho es la sede general de la empresa?

—Acabo de tener una videoconferencia con las delegaciones de Harry Addams en todo el mundo y me han felicitado —nos informa—. Tu nueva colección de joyas y diamantes les ha encantado.

—¡Qué bien! —me alegro.

—Eso es fantástico —afirma papá eufórico, y añade—: Por eso he pensado que podrías ampliar el catálogo con un par de piezas más. ¿Qué te parece?

Oír eso me gusta. Me lo curro mucho con los diseños que creo para que sean originales.

—¡Me dejas muerta! —asiento, feliz.

Papá vuelve a sonreír, tanto, que incluso le veo los empastes de las muelas.

—Enhorabuena, hija.

Contenta, sonrío, y él corresponde a mi sonrisa. Hay momentos en los que papá y yo conectamos. Volvemos a ser los de antes. Y me gusta. Me gusta mucho. De pronto, cambia su gesto y mira a mis hermanos.

—¿Qué ocurre aquí? —pregunta. En silencio, los tres nos miramos. De repente, se fija en Ángel, y le espeta—: ¿Qué has hecho ahora para que estés llorando como una nenaza?

Vale. Mi padre ya comienza. ¡Mal rollo!

Ángel no contesta. Papá ya lo ha intimidado, y yo estoy a punto de decirle cuatro cosas por el micromachismo que acaba de soltar, cuando, de pronto, él se fija en las carpetas que tengo frente a mí.

—¿Qué haces tú con esas carpetas doradas? —quiere saber.

Madrecitaaaaaa. ¡Esto va de mal en peor!

Supuestamente, las carpetas doradas están vetadas para mí. Solo puedo gestionar las carpetas blancas.

—He preguntado que qué haces tú con esas carpetas —repite.

Rápidamente miro a mi hermano Carlos.

—A ver, papá... —empieza Carlos.

—No. A ver, papá, no —lo corta con severidad—. Si por un casual cualquiera de vosotros ha traído esas carpetas a este despacho para pedirle ayuda a vuestra hermana, consideraos inmediatamente despedidos. Pero ¿cómo sois tan inútiles?

—Papáááá. —me levanto.

Pero papá es papá. Y comienza a atosigarnos, agobiarnos y acobardarnos. Como un perro de presa, nos ataca con cientos de cosas. Siempre es implacable con nosotros, y cuando no puedo más, cojo las malditas carpetas doradas y se las tiro a mi padre.

—Ellos no las trajeron. ¡Las cogí yo! —grito.

—No, María, no digas eso —murmura Carlos.

Pero sí. Estoy harta del trato que mi padre nos da a todos. Lidiar todos los días con un padre y un jefe así es deprimente. Complicado.

—Yo las cogí —repito, dejándome fluir.

—Maldita niñata entrometida —musita mi padre.

—Quería ver una cosa. Por lo tanto, si quieres despedir a alguien, querido hombre recién salido de las cavernas, por no decir ¡machirulo creído y prepotente!, despídeme a mí.

Papá me mira. Las formas y términos en que le he hablado lo cabrean más.

—Tu falta de respeto es inaceptable —sisea, con gesto hosco.

—Tu falta de empatía sí que es inaceptable —respondo.

—¡Qué sabrás tú!

—Desde luego, más que tú, que soy una de las que la sufro.

—¡Niñata insolente! —escupe, molesto—. Te he malcriado tanto que te he convertido en un monstruo, y ni el tonto de tu novio se quiere casar contigo.

—Pero qué tontería estás diciendo.

—Digo la verdad. Y sí. Yo seré un machirulo como dices, pero tú eres una malcriada metomentodo insoportable.

Papá da un golpe con su mano en la mesa y el vaso de agua que hay sobre ella sale despedido y cae sobre mi precioso traje de Prada.

—¡Mira cómo me has puesto! —grito.

Papá me mira.

—Es solo agua —trata de minimizar Ángel.

—Me da igual —malhumorada, levanto la voz—. Mira qué lamparones tengo ahora en mi traje de Prada.

—Hay cosas más importantes que llevar unos lamparones —gruñe mi padre.

—¡Será para ti! —siseo molesta.

Papá y yo nos enfrentamos. Él me chilla. Yo le chillo. Él me recrimina. Yo le recrimino. No me callo. Ni puedo, ni quiero.

—Estás despedida —sentencia.

—¡Papááááá! —exclaman mis hermanos al unísono.

De pronto, oír que me despide no me produce ni frío ni calor.

—Se acabó. No te soporto más —zanja—. Fuera de mi vista.

—Será un placer —sentencio sin amilanarme, mientras observo horrorizada los manchurrones de agua que tengo sobre mi traje.

En su gesto veo la sorpresa. Que no le rebata lo que ha dicho le sorprende.

—¿Acaso te importan más los lamparones que lo que te acabo de decir?

—En este momento, sí —afirmo.

Papá levanta la voz. Discute. Mis hermanos se meten por medio.

—¡¿Por qué no puedes ser una mujer como Dios manda?! —grita.

—Porque soy una mujer como YO quiero —lo increpo, enfatizando el *yo*.

Humo. Desde mi posición veo que le sale humo de las orejas.

—Fuera de mi empresa. ¡Estás despedida! —repite.

Veo cómo Carlos y Ángel se miran, y cuando van a hablar, levanto la mano, los callo y con una tranquilidad que me sorprende, le espeto:

—¿Sabes, papá? Métete tu jodida empresa por el culo.

—Maríaaaa —musita Carlos.

Papá, acalorado, se acerca a mí, y retirándose su pelo rojo de los ojos, sisea:

—Si no te quisiera como te quiero, te juro que...

—Papá, ¡basta! —lo frena Ángel, que hiperventila.

Papá y él se miran.

—Sí. Mejor me callo —dice mi padre.

Ángel hiperventila con los ojos lagrimosos. Si algo ha llevado siempre fatal es lo duro que en ocasiones es mi padre conmigo. Oigo que respira mal. Como siempre, me preocupo por él, por lo que saco otra bolsita de papel de mi cajón y se la entrego.

—Respira, cielo. Vamos, ¡hazlo! —le digo.

—Lloras como una nenaza —le recrimina mi padre—. ¿De verdad tienes que respirar dentro de la puñetera bolsita?

Ángel lo mira.

—Pues sí, papá —replico yo, molesta—. Ángel, por si lo has olvidado, es asmático, y cuando se pone muy nervioso, hiperventila. Y respirando dentro de la bolsita inhala parte del dióxido de carbono que ha perdido y eso hace que sus niveles en sangre se normalicen. Y en cuanto a que llore, lo hace porque, además de tener un bonito corazón, necesita exteriorizar sus sentimientos. Algo que, por supuesto, no lo hace menos hombre que tú. Y que sepas que ya no te aguanto un micromachismo más. ¡Se acabó!

—Dijo la jodida feminista.

Carlos me mira con gesto de «¡Cállate!». Pero yo soy incapaz de hacerlo.

—No tienes ni puñetera idea de lo que significa la palabra *feminista*, ¿verdad? —respondo. Papá me mira y yo prosigo—:

Para tu información, soy feminista porque defiendo mis derechos y respeto los derechos de los demás. Ser feminista no significa querer ser más que un hombre. Simplemente significa ¡igualdad! A ver cuándo te entra eso en ese melón que tienes por cabeza. Y sí, papá, sí. Te pasas la vida diciendo cosas sexistas que ayudan a perpetuar roles de género y a colocar a la mujer en una posición inferior a la del hombre en ámbitos sociales, jurídicos, sociales o familiares.

—Pero ¿qué tonterías estas diciendo? —gruñe.

—De tonterías nada, papá. Llevas toda la vida siendo un Señoro de ordeno y mando. Y lo más cachondo es que te crees gracioso cuando dices cosas tan terribles como «lloras como una nenaza». Y antes de que digas nada, se lo acabas de soltar a Ángel.

Papá, en silencio, me observa. En su mirada veo aquel distanciamiento que nunca he conseguido entender, y yo necesito marcharme de allí, porque no lo aguanto un segundo más. Comienzo a recoger mi mesa.

—Ese bolígrafo y esos cuadernos que te guardas son de mi empresa —le oigo decir a mi espalda.

Boquiabierta, lo miro. Me está tocando bien los ovarios y entonces me ocurre eso que me pasa siempre cuando me pongo nerviosa. ¡Me entra la risa! Sé que eso siempre ha desesperado a mi padre. Y ya no puedo controlar a la bestia parda malhablada que hay en mí.

—Tienes razón —afirmo entre risas—. Esto lo ha pagado tu puta empresa, pero fíjate, ¡me los voy a llevar! ¿Y sabes por qué? Porque en ellos están mis diseños y anotaciones, que, por supuesto, no te voy a dejar. Y porque me sale del mismísimo potorro. Y sí, estoy siendo la bestia parda ordinaria y malhablada que tanto odias, pero es lo que te mereces.

—Cuando hablas así no te soporto.

—Tú no me soportas ni cuando duermo —le reprocho.

—María... —murmura Carlos.

Pero yo estoy que trino. Ya me da igual todo.

—Carlos, sabes que llevo razón —digo, sin poder parar de reír—. Papá no me soporta. ¿Acaso yo tengo que soportarlo a él y no tratarlo como él me trata a mí?

Mis palabras envenenan a mi padre. Lo veo en su rostro. En su gesto. En cómo me mira.

—Tú, tu madre y yo vamos a tener una conversación muy seria —suelta.

—¡Papá! —protesta Ángel.

—¡Madrecita, qué ilusión! Dime fecha y hora, y allí me tendréis como un clavo —me mofo.

Ver que me río con sarcasmo lo envenena más.

—Cuando te aclare ciertas cosas —añade—, y sepas tu verdadera posición, se te va a quitar toda la tontería.

Dicho eso, coge las carpetas doradas del suelo, se da la vuelta y se va. Rápidamente, Carlos me mira. Su cara de circunstancias es como la mía.

—¿De qué iba lo que ha dicho? —le pregunto a Ángel. Él lloriquea. Respira dentro de la bolsita y, cabreada como una mona, digo—: ¡Me voy!

—A ver, Morticia, relájate y piensa —me pide Carlos.

—No tengo nada que pensar. Paso de papá y de su puta empresa. ¡Me voy!

—María, pero ¿qué dices? —musita Ángel entre sollozos.

—¡Que me piro! —insisto. Mis hermanos, con gesto de circunstancia, se miran—. No voy a seguir trabajando para alguien que no me valora y que me humilla constantemente. Me da igual si es mi padre o el Pato Donald. Nivel superado, ¡a desbloquear siguiente pantalla!

—¿Y dónde se supone que vas a trabajar? —pregunta Carlos.

Me encojo de hombros. No lo sé. Es la primera vez en mi vida que me planteo trabajar fuera de lo que es la empresa.

Y tras darles a ambos un beso en la mejilla con su correspondiente abrazo, salgo de mi despacho ante la cara de sorpresa de muchos de los trabajadores que habrán escuchado los gritos de mi padre, y sin mirar atrás voy al aparcamiento, cojo mi estupendo Audi, subo la música a todo volumen y me voy.

Capítulo 4

O Porriño, 13 de octubre de 2025

Hace mucho viento. Miro el cielo y llueve.

Mientras espero a Quique y a Eva en el colegio, me suena el teléfono móvil y, al ver quién llama, lo cojo.

—¿Qué pasa, Chisco?

—Nico, necesitamos que vengas a la granja cuanto antes.

—¿Qué ocurre?

—Por culpa del viento que hace, se ha caído el lateral izquierdo de la nave y lo ha hecho sobre varias vacas.

Oír eso me alerta. La situación es grave.

—Chisco, estoy en el colegio —le digo. Ya veo salir a Quique—. Recojo a los niños, aviso a tía Rosiña y voy para allá.

Eva se une a Quique y ambos corren hacia el coche donde los espero.

—¿Tienes las entradas del cine? —me pregunta Quique al entrar.

Asiento pero maldigo. Les había prometido llevarlos al cine y después de compras.

—Lo siento, chicos —respondo—. Tenemos que dejar los planes para otro día.

—Joderrrrr.

—Campeona, ¡esa boca!

—Quería ir de compras —protesta Eva.

—¿Qué pasa? —quiere saber Quique.

—Chisco acaba de llamar. Ha tenido un percance grave en la nave donde están las vacas y necesita mi ayuda. Vamos, poneos los cinturones de seguridad.

Sin rechistar, Quique asiente, mientras Eva con sus resoplidos me hace saber su enfado. En silencio, solo interrumpido por los canticos de Sía, llegamos hasta la casa de tía Rosiña. Allí me bajo del coche un segundo. Le explico la situación, y ella, sin dudarlo, se pone una chaqueta y corre hacia mi vehículo.

Cuando llegamos a casa, me cambio rápidamente de ropa.

—Tía, para cenar hazles unas tortillas con patatas fritas —le digo, entrando en la cocina—. Como teníamos previsto ir al cine, iban a cenar hamburguesa.

—¡Jopééé! Quería ver si ya estaban poniendo las luces de Navidad —se queja Quique.

—Mierda de Navidad —oigo murmurar a Eva. Tía Rosiña y yo nos miramos, la niña insiste—: ¿Cuándo me vas a llevar de compras?

—Otro día.

—¡Otro día! ¿Cuándo? Si estuviera Marie Chantal, ella me llevaría —protesta, alejándose.

—¡Eva! —la regaña tía Rosiña.

—*Quedo i* contigo, papi —pide Sía.

La cría me mira. Desde bebé tiene una gran dependencia de mí. De hecho, por eso decidí que no comenzara el colegio hasta el curso siguiente, por lo mal que lo pasa cuando se aleja de mi lado. Me agacho hasta ponerme a su altura.

—Escucha, bollito —le digo—. Papi tiene que salir un ratito.

—*Pedo* no *quedo* que te vayas.

—Tengo que curar a unas vaquitas, y, como llueve, no puedes venir conmigo.

Sía me mira. Me encantaría saber qué pasa por su cabecita.

—¿*Pedo domí* en tu cama? —pregunta.

Asiento. Aunque le diga que no, se va a meter igualmente.

—Claro que sí —cedo.

—*Quedo coquetas* y gusanitos —pide, la muy bruja, con una gran sonrisa.

Tía Rosiña me mira. Hoy ha sido fácil convencerla de que me tengo que marchar.

—Tía Rosiña te hará croquetas, pero los gusanitos los dejaremos para otro momento.

—¿*Coquetas* con *quechuuuu*?

—Con mucho kétchup —afirmo divertido.

Eva, con su gesto serio, nos mira. No dice nada. Intuyo que está enfadada por el cambio de planes. Quique, en cambio, disfruta de su álbum de cromos.

—Ve con tranquilidad, *neno* —dice tía Rosiña—. Yo me quedo aquí y dormiré en la habitación de invitados, como en otras ocasiones.

Asiento. Con celeridad, les doy un beso a los niños. Por suerte, todavía Eva, en ocasiones, me permite hacerlo.

—No sé qué haría sin ti —le digo a mi tía, dándole un sonoro beso en la mejilla.

—Lo que tienes que hacer es buscarte una buena mujer. Eso es lo que tienes que hacer.

—¡Tíaaaaaa, no empecemos!

Con una sonrisa, salgo de casa. El viento arrecia. Waldo y Homer, mis perros, vienen hasta mí.

—Entrad en casa y quedaos con ellos —les ordeno, tocándoles el hocico con mimo.

Como siempre, mis perros me entienden. Salgo disparado en la furgoneta, rodeo mi pequeña granja para ver que todo está en orden y me paso por el refugio. Los perros están tranquilos y bajo techado. Después de hacer esta comprobación, voy a toda prisa hacia la nave. Las ráfagas de viento y la lluvia a veces zarandean el coche.

Tan pronto me aproximo al lugar donde me esperan, veo el desastre.

La nave es vieja. Antigua. Sus paredes de piedra, en esta ocasión, no han soportado el viento, por lo que corro hacia Chisco, que viene hacia mí mientras la lluvia nos empapa.

—Al final son cuatro vacas —me informa—. Una de ellas sabemos que está muerta, pero las otras tres están vivas.

A toda prisa, vamos al epicentro del problema. Al llegar, me encuentro con Laura, la hermana de Chisco, y ganadera como él.

—Sabía que esto algún día iba a ocurrir. ¡Lo sabía! —sentencia, con gesto serio—. Llevo años diciendo que esta nave cualquier día nos iba a dar problemas de estructura y...

—Escucha, Laura —la corto, pues está histérica—. Ahora es momento de actuar, ¿vale?

Asiente. Me entiende. Y nos dirigimos a toda prisa hacia donde varios hombres de la nave se afanan en quitar escombros para poder sacar a los animales que con sus mugidos nos piden ayuda.

Durante un par de horas, todos trabajamos bajo el viento y la lluvia. Cada vez estamos más cerca de las vacas y cuando conseguimos sacar a la primera, a pesar de ver su pata rota, nos alegramos.

Nos cuesta un poco más llegar a la segunda. Pero con esfuerzo y solo utilizando nuestras manos lo hacemos, y, aunque está herida, está bien. El problema se nos presenta con la siguiente vaca. Cuando conseguimos avanzar hasta ella nos damos cuenta de que está muy malherida. Una pesada viga la ha dañado en la cabeza y tiene otras vigas clavadas en el cuerpo.

Miro a Chisco y a Laura. Nos entendemos sin pronunciar palabra, y hago lo que corresponde para que el animal deje de sufrir.

A las seis de la mañana, una vez que está todo controlado y las vacas atendidas, Laura y Chisco se acercan con sus parejas y traen café. Durante un rato hablamos de lo ocurrido y de las cosas que ahora tienen que plantearse para su ganadería.

Observo la buena conexión que tienen ellos con sus parejas, y me alegro mucho por ellos, aunque, inconscientemente, me pregunto: ¿tendré yo alguna vez una conexión así con una mujer?

En los años en los que viví viajando de un lado para otro, y era un conocido y reputado cirujano veterinario, conocí infinidad de mujeres. Pero tanto ellas como yo sabíamos que aquello era algo pasajero, hasta que la última, Marie Chantal, una francesa muy guapa, directora de una famosa cadena de restaurantes, me hizo creer que teníamos algo más.

Con ella tuve la relación más larga que he tenido con una mujer. Cuatro años. Y creí que todo iba bien, incluso que quería a los niños, hasta que un día me dijo que, si quería que continuáramos juntos, tendría que regresar a mi anterior trabajo y renunciar a Quique y a Sía, porque eran pequeños y molestos, para quedarnos solo con Eva. Su preferida por la edad. Oír eso me dolió. Pero ¿qué tonterías estaba diciendo?

Recuerdo la gran discusión que tuvimos el último día que fui a verla a Burdeos. Me echó en cara todo lo que había dejado de hacer por culpa de los niños, y al final, cuando me cansé de escuchar tonterías, me despedí de ella y regresé a mi casa. Se acabó el drama, aunque mi corazón estaba destrozado.

¿En serio esa mujer no me quería como yo la quería a ella?

Cuando volví a casa, fui incapaz de contarles la verdad a los niños. Decir que aquella desechaba a Quique y a Sía para quedarse solo con Eva, porque ya era mayor, me resultó cruel, y me callé. Simplemente les dije que nuestra relación se había terminado de mutuo acuerdo, y eso Eva no me lo perdonó. Adoraba a mi ex.

No hay semana en que no reciba algún mensaje de mi ex que, por supuesto, no contesto. Y gracias a eso me he enterado de que ahora sale con Dominic Martinez, un empresario francés con el que, al parecer, se va a casar en mayo.

Cuando me contó lo de su boda, no le contesté. Pasé. Conozco a Marie Chantal y sé que a la única persona a la que ella quiere es a sí misma y, cuando yo dejé de darle la buena vida que ella quería, se buscó a otro tonto, y lo encontró. Solo espero que ese empresario le dé la vida que ella siempre ha querido.

En varias ocasiones he pensado en bloquearla. En terminar con eso definitivamente. Pero no puedo. Todavía no entiendo por qué no estoy preparado para ello.

Los niños son lo más puro, verdadero e importante que tengo en el mundo, y si algo tengo claro es que ni ella ni nadie harían que renunciase a ellos. Por lo que, desde hace meses, asumo mi soledad. ¡Es lo que hay! Entiendo que llevar en mi mochila a tres niños no es algo que muchas mujeres deseen.

Me termino el café, me despido de todos ellos y regreso a casa. Pero antes paso por el refugio de perros. Allí está Rubén, encargándose de darles de desayunar, y prosigo mi camino tranquilo. Después de aparcar la furgoneta, entro en la nave donde tengo mis cincuenta vacas. Beatriz me saluda con la mano y por su gesto sé que todo va bien. Waldo y Homer, mis perros, vienen a mi encuentro, y tras darles su ración de cariño, entro en la casa y me voy derecho a la ducha. Huelo fatal.

Después, fresco y limpio, hago mi ronda familiar. Voy habitación por habitación viendo a los niños, y sonrío al ver a Sía en mi cama. En otra habitación, tía Rosiña lanza unos ronquidos, como dice Quique, ¡de dragón!

Me dirijo al salón donde la chimenea está encendida, le meto un par de troncos para avivar la llama, y luego me acomodo en el sillón. Noto cómo me duermo. Estoy agotado.

Capítulo 5

Madrid, 17 de octubre de 2025

Estoy dando un paseo por la calle Serrano para despejarme. Bueno, realmente estoy de *shopping*. ¡Lo que me gusta comprar!

Llevo días sin ir a la oficina y estoy que me subo por las paredes, porque las personas que trabajaban conmigo no paran de llamarme. Necesitan instrucciones para seguir adelante con muchos de los proyectos, y yo ya no se las voy a dar. Me niego. Que se las dé el Señoro, que tan listo es.

Mamá me llama por teléfono mil veces, alterada. Está claro que lo ocurrido la tiene en un sinvivir e intento tranquilizarla. Pero ¿qué le pasa? ¿Por qué está tan nerviosa?

Dani, que está de viaje de trabajo, también me llama, preocupado. Al pobre le ha sorprendido la noticia sobre mi cese en la empresa. Todavía no se cree que yo no vaya a seguir trabajando en el negocio familiar.

Mis hermanos, Pili, Soleá y Luisa vienen a verme a casa. Incluso Mohamed, el marido de Soleá, me ha llamado para decirme que no me preocupara. Que, llegado el momento, él tiraría de contactos para conseguirme trabajo. ¡Es tan monoooo!

Mis amigas y mis hermanos están pendientes de mí y me devuelven todo el cariño que siempre les he dado. Si algo me ha gustado siempre es cuidar de los míos. Mi abuelita siempre decía una frase que a mí se me grabó en el corazón: «Cuida de los demás como te gustaría que te cuidaran a ti». Y sí. Lo hago. Y ahora siento el cariño que doy al recibirlo de todos ellos, aunque siento la ausencia de papá. Está claro que sigue muy enfadado.

Pero, inconscientemente, por las noches, cuando me meto en la cama, pienso qué voy a hacer ahora con mi vida. Si no trabajo en la empresa familiar, ¿dónde voy a hacerlo?

Mi padre, desde nuestra discusión en la oficina, no ha dado señales de vida. Vamos, lo normal en él. Desde hace años está acostumbrado a que sea yo siempre la que dé el primer paso. La que se acerque a él. El amor que siento por él, a pesar de que nos tiremos los trastos a la cabeza es enorme, pero en esta ocasión no va a ser así. Me lo he prohibido a mí misma. Si él es cabezón, ¡yo también!

Aun así, dijo que él y mamá tenían que hablar conmigo seriamente, y, la verdad, estoy deseando saber qué es lo que me quieren decir.

Suena mi teléfono. Es Soleá.

—Si te das la vuelta, me ves —me dice.

Hago lo que pide, y al verla sonrío.

—¡Me dejas muerta! —exclamo, sorprendida.

Está a menos de cinco metros.

—¿Cómo está mi chicarrona hoy? —me pregunta cuando se acerca a mí.

—Feliz, aunque principalmente sea para joder a mi padre.

Soleá me da un cariñoso beso y un sentido abrazo. Me encantan los abrazos. Sabe que, por lo sucedido con mi padre, no estoy pasando por un buen momento y pregunta.

—¿Qué haces por aquí? —quiere saber.

—De *shopping*, para despejarme.

Soleá me entiende, mira las bolsas que llevo en las manos. Mientras caminamos le explico:

—He comprado, además de unas cremas antiedad increíbles, unos Christian Louboutin que cuando te los enseñe te enamorarás.

—Sin verlos ya me he enamorado. Sabes que me encantan los zapatos de esa marca.

Ambas reímos cuando vemos la marquesina de un autobús con un anuncio de Navidad.

—En nada llega tu época favorita del año —me dice.

Sonrío. Me encanta la Navidad. Se puede decir que soy la loca de la Navidad, gracias a mi abuelita. Ella me hizo amarla, disfrutarla, vivirla.

—Me muero por decorar la casa como si fuera la mismísima cueva de Santa Claus —replico.

—¿Ya has elegido color?

Soy de las que cada año decora todo en un mismo color.

—Este año la tendencia es el blanco —respondo.

Nos reímos.

—¡Selfi! —digo, sacando el móvil.

Soleá y yo sonreímos, y foto que hago.

—Acompáñame —dice Soleá.

—¿Adónde?

—Tengo que comprar regalitos. En Navidades nos vamos con la familia de Mohamed a Ceuta, y voy adelantando compras.

Encantada, asiento. Estar con Soleá siempre me gusta. Ella es increíble y ha sido en todo momento mi cable de conexión con la tierra. Nos conocimos de niñas en el colegio y desde entonces no nos hemos separado.

Soleá procede de una familia pudiente, aunque no tan excesiva como la mía, y en uno de nuestros locos viajes a Groenlandia conoció a Mohamed, y todavía nos reímos al recordar que fue verlo y decir: «¡Ese morenazo es para mí!». Y lo que comenzó como una broma acabó en boda al cabo de dos años.

Seguimos hablando cuando entramos en una tienda de camisas.

—¿Ves a Mohamed con este color? —me pregunta, enseñándome una de color naranja. Sin dudarlo, asiento, y ella confiesa—: Mira, últimamente cuando veo que se mete la camisa por dentro de los vaqueros y se pone un cinturón, no me queda más que decirle: «Cariño..., padreas».

Eso nos hace reír a las dos. Padrear o madrear para nosotras es cuando alguien comienza a quedarse anticuado en el vestir.

—¡Qué horror! —exclamo.

Al salir de la tienda de camisas, nos vamos a tomar unos cafecitos al Starbucks. Lo que nos gusta un *latte macchiato*.

Acabado el cafetín, nos despedimos y cada una regresa a su casa. Mientras voy pensando en mis cosas me suena el teléfono. Mi novio Dani me manda un wasap.

> **Mi amor:** Ya he regresado del viaje y estoy en casa, ¿estás bien?

Leo eso y sonrío. Estaba de viaje de trabajo en Barcelona y por sus palabras intuyo que está preocupado por lo ocurrido con mi padre, por lo que respondo:

> Todo bien. Tranquilo.

Durante unos instantes veo que escribe algo.

> **Mi amor:** ¿Cenamos esta noche en Chef Louis?

Acepto encantada. Me parece una excelente idea.

A las nueve de la noche y ataviada con un vestido de Carolina Herrera de lo más ideal que me compre en Nueva York, en mi última visita con mis amigas, entro en Chef Louis. Un carísimo restaurante, donde la comida es increíble y al que reconozco que me encanta ir. Por supuesto, me hago un selfi en la puerta, que subo a mi red.

Dani ya me espera en la mesa. Está guapísimo con la camisa de Lacoste y la americana Burberry. Este no padrea nada de nada. Lo que le gusta ir a la moda.

—Bonito Carolina Herrera —me dice, levantándose.

Vale. Ya se ha fijado en el vestido antes que en mí.

—¿Y yo? —pregunto.

—Tú, puntual y perfecta, como siempre.

Pienso si mandarlo a la mierda o no. ¿En serio me dice eso? Pero no. Mi plan es ser feliz con estilo.

—Pero bueno, parejita, qué alegría veros por aquí —oímos a nuestra espalda.

Al mirar veo que son Ricardo y Eloísa. Unos asesores fiscales, amigos de Dani.

Durante varios minutos hablamos con ellos.

—Sí. Dani ya me comentó lo de la cena del mes que viene —contesto cuando me preguntan sobre ese asunto, y agarro la mano de mi chico.

Dani se deshace de mi mano.

—He contratado a un chef reconocidísimo mundialmente para que nos haga la cena. Pero... ¡es una sorpresa! —nos dice Eloísa, sonriendo.

—¡Madrecitaaaaa! —sonrío al ver la emoción de ella.

Segundos después, cuando ya estamos solos, mi chico murmura:

—Eso de madrecita es una vulgaridad típica de Luisa, no de ti. Como también sabes que no me gustan las demostraciones de afecto en público o que me llames Dani. Soy Daniel.

Resoplo. No estoy yo para que me toquen los ovarios, y menos hablándome de mi maravillosa Luisa. Y sí, ante sus amigos, hay cosas que debo de controlar, por lo que cuchicheo, intentando no mandarlo a la mierda:

—Mmmmmm, *chardonnay* francés.

Dani finalmente sonríe. Si algo tiene bueno es que sus enfados igual que le vienen se van, cosa que no me ocurre a mí. Me retira la silla.

—Lo mejor. Para la mejor —susurra cuando yo me siento.

Oír eso me hace sonreír. ¡Es tan mono cuando quiere!

Ya acomodados, le damos un traguito al vinito.

—¿Qué te parece si pasamos las Navidades en Washington? —me pregunta.

Niego con la cabeza. Las Navidades me gusta pasarlas con mis hermanos, pues mis padres siempre se van a Sierra Nevada.

—Ya sabes que no. Para mí es importante pasarla con mis hermanos.

Dani me mira. Sé que le molesta que sea tan familiar con Carlos y Ángel, pero se calla. Si quiere irse a Washington, que se vaya él.

—¿Qué tal la reunión en Barcelona? —pregunto.

—Bien. Pero se alargó tanto que me tuve que quedar allí a dormir. —Lo miro a la espera de más información, y él añade—: De la reunión no puedo hablar, pues es confidencial. Si tu padre se entera de que te he contado algo, me traerá problemas.

Al oírle, mi gesto se ensombrece.

—¿Crees que yo se lo voy a contar? —no puedo evitar estar molesta.

—A ver, María...

—Mira, Dani —lo interrumpo—. Si te pregunto por esa maldita reunión, es porque ha sido posible gracias a la buena amistad que tengo con Pedro García.

—¿Conoces a Pedro?

—Estudiamos juntos la carrera de ADE y tuvimos un rollito en ese tiempo.

Boquiabierto, Dani me mira. Está claro que Pedro, como le pedí, no me ha mencionado.

—Pedro habló de tus hermanos, como si ellos hubieran conseguido cerrar esa reunión. No me comentó ni siquiera que te conociera y...

—Fui yo quien cerró esa reunión. Ellos ni lo conocen. Pero a papá, ¡ni mu!

Le doy otro traguito al *chardonnay*.

—Tienes que hablar con tu padre y disculparte por lo que pasó —me dice.

—¡Antes me tiño el pelo con la bandera de Japón!

—María, ¡no digas tonterías!

Me siento incómoda. Que Dani reaccione así, aun habiéndole contado lo ocurrido, me encabrona.

—Todavía no puedo entender por qué siempre estás a la gresca con tu padre.

—Mejor pregúntate por qué él siempre lo está conmigo.

—A ver, María, ya sabemos cómo es, pero tuvo la deferencia de permitir que trabajaras en su empresa, y...

—¿Has dicho que «tuvo la deferencia»?

—Sí.

—Joder, Dani, ¡que soy su hija! ¡Una Addams! Pero ¿qué tontería dices?

Él se calla. Omite decir que le desagrada que diga palabrotas como *joder*.

—Escucha, María —dice por fin—. No quiero que nos afecten a nosotros los problemas que tengas con tu padre. ¿Qué tal si nos olvidamos de lo hablado y disfrutamos de nuestra velada?

Asiento. Tiene razón. Cualquier cosa en la que mi padre esté metido siempre nos va a traer mal rollo y digo:

—Me parece genial. —Sonrío y cambio el chip.

Durante las siguientes dos horas, Dani y yo pasamos una agradable velada en la que, por supuesto, ni me roza, ni me besa, y cuando acabamos y vamos hacia el ropero de la entrada para recoger los abrigos, se disculpa un momento.

—Voy al baño un segundo.

Recojo los abrigos, y mientras espero, algo cae del bolsillo del abrigo de Dani. Agachándome, lo recojo. Es una tarjeta de un hotel de cinco estrellas, el Arts, de Barcelona. Veo que está la fecha de ayer, y el número de habitación, la 702. Sin más, vuelvo a meterla en el bolsillo de su abrigo. Está claro que es donde ha dormido la noche anterior.

Un rato después, tras coger su precioso coche y circular por Madrid, detiene su vehículo en la puerta de mi casa y sonrío. Me he puesto un conjuntito de ropa interior monísimo, y acercándome en plan sexy, cuchicheo:

—Qué tal si aparcas y subes.

Dani me mira.

—María, estamos en el coche. —Se echa hacia atrás.

Sé dónde estamos. Pero está oscuro y no pasa nadie por la calle.

—Un poquito de emoción y morbo nunca viene mal —murmuro, pasando mi mano por encima de su pantalón.

Su gesto lo dice todo. Le incomoda lo que propongo, hago y digo.

—Estoy cansado. ¿Qué tal si lo dejamos para otro momento? —me dice.

Oír eso no es algo raro. Dani no padrea en cuanto a la ropa, pero bisabuelea en cuanto al sexo; sin embargo, no me puedo quejar porque, desde que lo conozco, siempre ha sido así. Antes de estar con él, los hombres con los que estuve eran sexualmente activos, y en un principio me pareció curioso lo comedido que era con el tema sexo, pero hoy en día me parece aburrido. Tremendamente aburrido.

En varias ocasiones le he dejado caer que me gustaría que fuera más fogoso en nuestra intimidad, pero siento que mis palabras le entran por un oído y le salen por el otro. Está claro que, para él, el sexo es algo secundario en nuestras vidas.

Sé que Dani y yo nos respetamos y nos tenemos cariño. Pero ¿eso es suficiente para estar juntos?

Mentiría si no reconociera que alguna vez he pensado que nuestra relación no va a llegar a buen puerto. La verdad es que estar el resto de mi vida así no es algo que yo quiera, incluso no sé si a él le pasará igual, y creo que por eso evitamos hablar de boda, compromiso y niños.

En infinidad de ocasiones he hablado sobre el tema sexo y Dani con mis amigas, y ambas piensan lo mismo. ¡Se tiene que acabar! Y yo he llegado a la conclusión de que seguimos juntos por costumbre, no porque nos queramos. Ambos estamos en esa zona de confort que no da problemas y no exige, pero sé que, tarde o temprano, esto se va a acabar, y creo que él también lo sabe.

Pero eso no sucederá hoy.

—De acuerdo —digo, encogiéndome de hombros.

—Como siempre digo, eres la mejor.

Me despido de él con un casto beso en la mejilla y salgo del vehículo. Instantes después, veo cómo se aleja en su carísimo Aston Martin DB12, y cuando voy a entrar en el portal pensando en quién me espera, con pilas recién puestas, en el cajón de mi mesilla de noche, me suena el teléfono. Es Soleá. Sorprendida de que me llame casi a las doce de la noche, lo cojo de inmediato.

—Madrecita, Soleá, no me asustes.

—Tranquilaaaaaaa, chicarrona. Todo está bien. Solo es que acabo de hablar con Pili y por su voz siento que algo le pasa. ¿Has hablado con ella?

—No.

—Vale. Pues queda activado el plan Drama Club, y Mohamed se queda con el niño. ¿Dónde estás?

—En el portal de mi casa. Acabo de cenar con Dani y...

—¿Tenéis planes?

—No. Ya se ha marchado.

—Pues no te muevas de ahí, que en cinco minutos te recojo.

Asiento y corto la comunicación. El plan Drama Club es algo que nos inventamos siendo unas niñas. Si alguna veía a otra rara, se activaba ese plan, que es comprar helado, patatas fritas y juntarnos para hablar.

Si algo bueno tenemos Soleá, Pili y yo es que estamos pendientes las unas de las otras siempre. Somos hermanas. Nos queremos y respetamos. Y estoy pensando en qué puede estarle pasando a Pili, cuando oigo un claxon, y al mirar veo que es Soleá. Rápidamente me monto en su coche.

Por suerte, vivimos todas en el centro de Madrid, muy cerca unas de otras. Tras aparcar el vehículo y entrar en una tiendecita a comprar varias bolsas de patatas y varios helados de litro, nos dirigimos a su portal. El ascensor nos deja en la quinta planta.

—¿Qué hacéis aquí? —pregunta al vernos ante su puerta.

—¡Drama Club al rescate! —afirmamos Soleá y yo, enseñándole las provisiones que llevamos en las bolsas.

Pili sonríe. Nos abraza.

—No hacía falta chicas —dice, y luego me mira y me pregunta—: ¿Algo nuevo con tu padre?

—Sin novedad en el frente.

Nos quitamos los abrigos, los zapatos y nos ponemos cómodas. Al hacerlo, Pili desaparece con la munición para meterla en el congelador de la cocina.

—Woooo, chicarrona..., estás impresionante con ese vestido —me piropea Soleá.

—Gracias.

—Es el Carolina Herrera que te compraste cuando estuvimos en Nueva York, ¿verdad? —Hago un gesto afirmativo, y ella prosigue—: ¿Y Dani, viéndote con él, no te ha empotrado contra la pared?

—No. —Me río—. Pero me esperaba un tal Momoa en mi mesilla con pilas recién puestas.

—¡Esa es mi chicarronaaaaaa! —ríe Soleá, guiñándome un ojo.

Pili regresa al salón. Se sienta en medio de nosotras.

—Bueno, Pili..., ¿qué pasa? —pregunto yo, abriendo el bote de helado de chocolate belga.

Mi amiga abre una bolsa de patatas fritas y empieza a mojarlas en el helado de nueces de macadamia que Soleá tiene en sus manos.

—Estoy con un tío que sé que básicamente pasa de mí —dice en bajito.

—Y si lo sabes, ¿qué haces con él? —quiere saber Soleá.

Pili suspira.

—Porque me vuelve loca en la cama y me encanta su bisexualidad —reconoce—. Es una máquina de dar y recibir placer. Teníais que ver cómo grita.

—Buenooooo...

—Le encanta que me ponga en plan dominante en los tríos, y que le abra las cachas del culo para que...

—¡Para! —grita Soleá—. ¡Excesiva información!

—¡Madrecitaaaaaa! —exclamo divertida.

Eso nos hace sonreír a Soleá y a mí.

—Se vuelve loco al ser mi sumiso —nos explica—. Me vuelvo loca al sentirme su dominante y, uf, solo de recordarlo se me erizan los pezones y el clítoris me comienza a palpitar.

—Tranquiliza a tu clítoris —se mofa Soleá.

En cuanto al sexo las tres somos bastante abiertas de mente, aunque se puede decir que Pili lo es mucho más. Y aunque nos lo contamos todo, Soleá y yo somos más comedidas, pero Pili se recrea en sus descripciones una barbaridad.

—¿Y se puede saber quién es esa máquina del placer? —pregunto curiosa.

Pili no responde.

—¿Lo conocemos? —indaga Soleá.

A Pili se le saltan las lágrimas, y Soleá y yo la achuchamos. Pobre. Lo que sufre por los amores no correspondidos.

Durante un rato nuestra amiga solloza mientras yo mojo las patatas fritas en el helado de chocolate belga, y cuando veo que se tranquiliza, pregunto:

—¿Sergio, José, Kevin, Raúl?

—¿Fernando, Andrés, Gustavo? —prosigue Soleá.

Pili no responde. Sabemos que con aquellos tipos ha hecho tríos, porque nos los cuenta con pelos y señales.

—No me digas que mi hermano Carlos es bisexual y hace tríos —se me ocurre de pronto.

Pili sigue muda. Coge una patata y, tras mojarla en el helado, se la mete en la boca.

—¡Se dice el pecado pero no el pecador! —replica, con gesto demudado.

Soleá y yo nos miramos. Pili y mi hermano Carlos ya se han liado varias veces. Esta sería una más. Pero ¿mi hermano hace tríos y es bisexual?

—Vamos a ver, Pili —insisto, ya curiosa—. Por tu gesto intuyo que es mi hermano y, tranquila, que no le voy a mencionar nada relativo a su vida sexual, porque ni me va ni me viene. Pero, joder, Pili, ¿acaso no sabes que Carlos no busca una relación con nadie? Pero, de verdad, ¿todavía no te has dado cuenta de eso?

Pili no responde.

—Pili, hija. No escarmientas. ¡Sigues viviendo en las nubes! —ataca Soleá.

—Lo malo no es vivir en las nubes, sino bajar de ellas —apostillo, consciente de que tengo que volver a hablar con el idiota de mi hermano.

La siguiente hora la pasamos despotricando contra Carlos, pero también le echamos la bronca a Pili. Pero ¿cuántas veces tiene que golpearse contra la misma piedra para aprender?

Las primeras tarrinas de helado caen.

—Voy al baño y me paso por el congelador a por munición —digo, y me levanto.

Soleá y Pili asienten, y yo salgo pitando para el baño.

No cierro la puerta. ¿Para qué, si estamos solas?

Me subo el vestido y al hacerlo me quito las medias. Me aprietan. Las dejo sobre la encimera del lavabo y bajándome las bragas me siento en el inodoro y hago pis. Uf..., qué bien.

Cuando estoy tirando de la cadena y voy a coger las medias, un estuchito blanco muy coqueto que hay sobre la encimera llama mi atención. Yo tengo uno como ese, y entonces leo «Hotel Arts Cinco Estrellas GL, Barcelona».

Ver aquello me hace parpadear. Qué coincidencia. Es el mismo hotel donde ha pasado la noche Dani. Sin más, agarro las medias para irme, pero me paro, y sin saber por qué cojo el estuchito.

Curiosa lo abro. En él hay detallitos de regalo del hotel, además de lubricante, y entonces el corazón se me paraliza al encontrar una tarjeta en la que pone la fecha de ayer y el número de habitación 702.

¡Madrecitaaaaaaa!

Parpadeo. No puede ser. Leo de nuevo la fecha y el número de habitación.

Dani, ¡mi Dani me está poniendo los cuernos con Pili!

No. No puede ser. Pero sí. Coincide todo. Día. Hotel. Número de habitación. Y de pronto me siento en el inodoro y mi mente comienza a pensar en fechas donde Dani ha estado de viaje y Pili también. Incluso me vienen a la mente situaciones en las que los tres hemos salido de copas, y siempre, primero me dejaban a mí en casa. Pues ellos dos vivían más cerca.

Temblorosa, miro el lubricante y de pronto soy consciente de que el bisexual sumiso del que habla es Dani, y que le gustan los tríos. Algo que nunca me ha comentado.

Pero ¿cómo puede ser?

¿Cómo puedo llevar diez años con un tipo que me ha ocultado semejante información?

¡Me acabo de quedar muertaaaaaa!

Las rodillas me tiemblan y se me aceleran el pulso y la respiración. ¡Menuda traición!

¿Pili y Dani? ¿Dani y Pili? ¿Tríos? ¿Dani bisexualidad? ¿En serio? Pero ¿por qué no me lo ha dicho?

Calor. Me da un calor tremendo ante la batería de preguntas sin respuesta que me hago mientras me abanico con la mano, no me lo puedo creer. Dani, el tipo soso y apático que en la cama conmigo es un muermo, ¿hace tríos y es bisexual?

Pero ¿desde cuándooooo?

El calor me consume y noto cómo me sube la mala leche por el cuerpo. ¡Madre mía! ¡Madre mía! Sé que cuando salga del cuarto de baño, todo va a cambiar. No puedo perdonarles aquello.

Si mi vida hasta el momento era un desastre, ahora ¿qué coño es?

—Chicarrona, ¿estás bien?

Es la voz de Soleá. Debo de estar tardando mucho en regresar, por lo que, con las pulsaciones a mil, me levanto del inodoro, me miro en el espejo, me coloco el cabello y me dirijo al comedor.

—¡Eres una zorra! —suelto, parándome delante de mis amigas. Ellas me miran cuando, acelerada, pregunto—: ¿Cuándo pensabas decirme que Dani y tú estáis liados?

Pili se queda sin habla. Me mira. Y al ver lo que llevo en las manos, sabe que lo he descubierto.

—Pero ¿qué dices? —se sorprende Soleá.

Enfadada y con la tensión por las nubes, asiento y le enseño el estuchito.

—Acabo de descubrir que Dani es con quien Pili hace esos increíbles tríos —afirmo, contundente—. Y que anoche estuvieron juntos en el hotel Arts de Barcelona.

Soleá, tan boquiabierta como yo, se levanta del sillón.

—¿Dime que eso no es cierto? —pregunta, mirando a Pili.

Pili tiembla. Acabamos de descubrir su juego sucio.

—¡¿Sabes, guapa?! —grito, fuera de mí—. Efectivamente, ¡eres lo peor! No solo te has vuelto a liar con quien no debías, sino que, con lo que has hecho, acabas de romper nuestra amistad. Pero ¿en qué coño estabas pensando? ¿En serio el sexo ha podido más que nuestra amistad?

Me pongo los zapatos, cojo mi abrigo y, antes de salir de la casa, al ver que Pili encima se levanta y me grita, levanto una mano para que se calle.

—Al que le tengo que pedir explicaciones es al que era mi novio —digo—. Pero ¡joder, Pili! ¡Que tú eras como mi hermana! Que a él lo conozco desde hace diez años, pero a ti desde hace treinta.

Pili grita. Encima tiene la poca vergüenza de gritarme cosas que me enfadan.

—En la vida he discutido por un hombre y no lo pienso hacer ahora —replico.

Y sin más, sin escuchar a la pobre Soleá o a la sinvergüenza de Pili, salgo de aquel piso. Por no esperar, no espero ni el ascensor. Me bajo los cinco pisos a pie y cuando llego a la calle, voy alterada, terriblemente alterada.

—Trágame tierra y escúpeme en las Bahamas —siseo.

Pero ¿cómo mi novio y mi amiga me han podido hacer esto?

Son las tres de la mañana. Estoy muy cabreada. No encuentro un taxi y, parándome en medio de la calle, busco en mi teléfono al que yo pensaba que era «Mi amor», y lo llamo. Un timbrazo. Dos. Tres...

—María, ¿qué ocurre?

Oír la voz del que yo tenía por un hombre que me respetaba me encoleriza.

—Ocurre que eres un pedazo de cabrón de mucho cuidado —suelto, dejando aflorar a la bestia parda que hay en mí—. Ocurre que conmigo siempre eres un frígido en la cama, y ahora me entero de que eres bisexual y te encanta hacer tríos. Ocurre que anoche estuviste con Pili y a saber con quién más en el hotel Arts de Barcelona pegándomela. Y ocurre que no te quiero volver a ver nunca más en tu puta vida. ¡Eso es lo que ocurre, pedazo de cabrón!

Y sin más y notando que se me va a salir el corazón por la boca, corto la comunicación. No quiero escuchar su voz. No quiero explicaciones absurdas. Lo que han hecho aquellos dos no tiene explicación.

—Chicarrona. —Al volverme, me encuentro con Soleá. En su gesto veo el desconcierto por lo ocurrido, como sé que ella lo ve en el mío. Dice—: Traigo helado y patatas.

Asiento. Intuyo que lo ha cogido del congelador de la perra de Pili. Me empiezo a reír a causa de los nervios.

—Cómo ha podido hacerme esto.

—¿Quién? ¿Ella o él?

—¡Los dos! —respondo.

Soleá me abraza. Con su abrazo me dice que está a mi lado y ella, en silencio, y yo, riéndome, caminamos hasta su coche, y de allí nos vamos a mi casa. Activado el plan Drama Club.

Capítulo 6

O Porriño, 20 de octubre de 2025

—Papi, *quedo* galletas de *cocholate dosas*.

No puedo evitar una sonrisa. Miro a Eva y a Quique, que, tras recogerlos del colegio, están conmigo en el supermercado haciendo la compra.

—Te compro diez cajas de galletas de chocolate si tiras el chupete a esa papelera —le propongo—. Sía, cariño, ya eres una niña mayor.

Sía me mira. Mira la papelera. Después mira su chupete y con un puchero murmura:

—*Pobesitoooo*.

Vale. Ya ha podido conmigo. La niña va a llevar chupete hasta que se vaya a la universidad.

—Coged galletas para Sía —claudico.

—*Quedo* de las *dosas* y las *asules*.

Si por el bollito fuera, se compraría todas las galletas del mundo.

—Debes elegir —le digo, intentando educarla—. O las rosas o las azules. Solo puedes llevarte una.

Sía mira las galletas y con toda la tranquilidad del mundo dice:

—Las *dosas* de *cocholate*.

Asiento. Cojo las que me ha pedido y las meto en el carro.

—Papá, ¿puedo coger galletas de dinosaurios? —pregunta Quique.

—Claro que sí, campeón —afirmo, observando el chichón que tiene en la frente. Feliz de la vida, Quique las coge. Yo indago, curioso—: ¿Cómo te has dado ese golpe?

Quique se toca el chichón y se encoge de hombros.

—Se me cayó el lápiz al suelo —me explica—, me agaché a por él y al incorporarme, ¡zasca! Me di contra la mesa.

—Cuando lleguemos a casa recuérdame que debemos poner hielo y pomada.

—De acuerdo, papá.

Eva se encuentra con su mejor amiga Nidia. Dándoles su espacio, observo cómo aquellas dos adolescentes cuchichean y ríen. Ver a Eva hablar con su amiga con aquella sonrisa me encanta. El rostro se le ilumina. La pena es que, cuando vuelva a mi lado, el rostro se le volverá a ensombrecer.

—Papá, ¿cojo croquetas? —pregunta Quique.

Le hago un gesto afirmativo. Me acerco con él hasta el refrigerador de congelados y examino los productos.

—Estas croquetas están de oferta —apunto—. Hay un tres por dos. ¿Qué te parece?

—¡Guay, papá! ¿Cojo tres paquetes, entonces?

Asiento, y Quique señala:

—Esas croquetas deben de estar buenísimas. Valen el doble que estas.

—No todo lo más caro es siempre lo mejor, campeón —apostillo.

Económicamente vivimos sin agobios. Mi trabajo anterior me hizo ganar mucho dinero, que, por suerte, ahora me permite una vida tranquila con los niños, aunque me gusta enseñarles el valor de las cosas. En especial, del dinero. Soy de los que piensa que el dinero es para disfrutarlo, pero siempre con cabeza y responsabilidad. Eva se acerca a nosotros, ya con su gesto serio.

—¿Queda mucho? —pregunta.

—Cuando lo tengamos todo, habremos terminado —respondo, y le muestro el papel donde tengo apuntado todo lo que necesitamos.

—¿Pasaremos a ver si ya están poniendo las luces de Navidad? —pregunta Quique.

Sonrío. Vigo, desde hace unos años, se ha convertido en la ciudad de las luces de Navidad.

—¡No! —suelta Eva, antes de que yo pueda contestar.

Quique y yo nos miramos. Su mal humor se multiplica a medida que se acerca esa época del año.

—Porque tú no quieras ir a verlas, no quiere decir que Sía y yo no queramos —protesta Quique.

—Vais otro día que yo no esté —indica Eva, luego me enseña su teléfono móvil y dice—: Este móvil es una mierda. A Nidia le han comprado un iPhone, y yo quiero uno como el que ella tiene.

Suspiro. Si por mí fuera, ya le habría comprado a Eva lo que desea, pero sé por qué no lo hago.

—Con ese móvil, para lo que tú lo usas, tienes más que suficiente —replico. No le gusta oír eso. Como no le gusta nada de lo que le suelo decir. Miro a Quique, que en silencio nos observa, y digo—: Otro día te llevaré a ver si han puesto las luces de Navidad, ¿vale, campeón? —Quique, que es el ser más comprensivo del mundo, asiente. Yo sin quitarle ojo a Eva, pregunto—: ¿Quieres comprar para ti alguna galleta en especial?

—¿Tienen la marca de galletas que Marie Chantal me trae?

Joder con la niña. Lo que le gusta cabrearme. Y, sin responder, para no discutir continúo comprando.

Miro la lista y tacho los huevos, leche, carne, pescado, verduras, galletas, pasta, tomate y veo que nos falta el gel de Sía.

Rápidamente nos dirigimos hacia el pasillo donde está, y oigo a mi espalda.

—Pero, Nicolás, qué alegría verte por aquí.

Al volverme, me encuentro con Ángela y su hija Josefina. Quique, divertido, se acerca y cuchichea.

—Papá, nos han cazado. ¡Radio Fuentezuela!

Oír eso me hace sonreír. Ángela y su hija son la emisora de rumores del pueblo. Todo rumor comienza por ellas. Y aquella mujer tan pesadita no para de tirarme indirectas en referencia a su hija Josefina. Para ella, y sé que para muchos, que Josefina y yo comenzáramos a salir sería lo ideal, pero no, definitivamente, no.

—Hombre..., qué alegría encontraros —las saludo.

Ambas sonríen. Nos damos los besos de cortesía.

—No sé cómo te apañas tú solo para hacer la compra con tres niños —dice Ángela—. Mira que te he dicho veces que, cuando lo necesites, Josefina estará encantada de acompañarte y ayudarte.

—Lo que me faltaba —oigo murmurar a Eva.

Conteniendo la gracia que me hace su comentario, miro a la joven, que me contempla con una radiante sonrisa.

—Gracias a ti y a tu madre por el ofrecimiento, pero no es necesario. Nosotros nos apañamos muy bien.

—No lo dudo, Nico —insiste Ángela—. Pero un toque femenino para hacer la compra y llevar un hogar nunca viene mal.

Sonrío. Sonríen. Y tras esquivar varias indirectas nos despedimos de ellas y continuamos haciendo la compra.

Mientras busco el gel que usa Sía, que tiene la piel atópica y utilizo con ella geles hipoalergénicos, me fijo en que Eva se queda parada ante un estante. Curioso, me muevo para ver qué es lo que mira con tanto detenimiento, y compruebo que son los esmaltes de uñas.

—¿Quieres alguno? —le pregunto, acercándome a ella. Mi ofrecimiento la sorprende. Es la primera vez que le pregunto si quiere algo de este tipo, y sin entender nada sobre el asunto, le señalo—: Este color es bonito.

Eva lo mira. El que yo le acabo de mostrar es un tono rosado. Discreto.

—Me renta más este. Es lo que se lleva —dice, señalando el pintaúñas negro.

¡¿Negro?! ¿Se lleva el negro? ¡Qué horror!

—Marie Chantal hace tiempo me dijo que este color se iba a llevar.

No respondo. Paso. Ella insiste:

—Tú me has preguntado qué color me gusta, y yo te he respondido.

—Pues no se hable más. —Trato de sonreír—. Lo compraremos en negro.

Eva levanta las cejas. La acabo de sorprender.

—¿Lo dices en serio?

—Pues claro que sí. Si es lo que se lleva, ¡no hay más que hablar!

Emocionada, veo que coge el esmalte de uñas y, mirándome, dice con cierta complicidad:

—Necesitaré también acetona y algodoncitos.

Contento por conseguir con ella aquel pequeño momento bonito, la ayudo a buscar lo que pide, y cuando lo echamos todo en el carro de la compra, Sía señala:

—Yo *quedo* uno *dojo*.

—Si tiras el chupete a esa papelera, te lo compro —le propongo, dándole un mordisquito en el dedo con el que señala.

—Nooooo —murmura, metiéndose el chupete en la boca.

Con toda la compra en el carro, los cuatro nos acercamos hasta las cajas. Allí esperamos nuestro turno, y cuando nos toca, muy bien coordinados, sacamos y metemos todo en bolsas. Esto lo tenemos muy bien controlado.

Ya en el coche, me suena el teléfono móvil.

—Hola, Andrés —saludo, dándole al manos libres.

—¿Qué pasa, Nico? ¿Por dónde andas?

—Saliendo en este instante del supermercado con los niños. ¿Pasa algo?

—Tranquilo. Es solo para decirte que mi prima ha encontrado a una persona muy competente para que te eche una mano con la casa y los niños.

—¡Estupendo! —exclamo.

Echo una ojeada por el espejo retrovisor interior y veo cómo Eva y Quique se miran. Si algo me ha quedado claro es que no quieren que nadie los supervise cuando yo no estoy.

—Es extremeña y puede ir a trabajar a tu casa pronto, pero me lo tienen que confirmar —me explica Andrés.

Asiento. Me parece bien y, tras despedirme de Andrés, digo:

—Ya habéis oído, campeones.

—¿Por qué tiene que venir una extraña a cuidarnos?

—Porque trabajo, y cuando os den las vacaciones de Navidad en el colegio, necesito que alguien esté con vosotros.

—Llama a Marie Chantal. Seguro que ella nos cuida —apostilla Eva.

Tomo aire. Cada vez que la menciona, reconozco que se me revuelve el estómago.

—Nosotros solitos también nos cuidamos bien —interviene Quique.

—Marie Chantal nos cuidará mejor —se emperra Eva.

—Nooooo.

—Estoy con Sía. Ella no. Es muy tonta —sentencia Quique.

—Tú sí que eres tonto —gruñe Eva.

Por el retrovisor veo cómo Quique y Eva se miran. Cada uno a su manera recuerda a mi ex.

—A ver, chicos. Necesitamos que alguien nos ayude en temas de comidas y acondicionamiento de la casa. Además, sabéis perfectamente que mi trabajo no tiene horarios, y que puedo ser requerido tanto por la mañana como por la noche.

—¿Y la abu? —pregunta Quique.

—Campeón. Tía Rosiña encantada se queda con vosotros. Pero ya tiene una edad y no quiero que por nuestra culpa enferme.

—Como se entere de que has dicho eso ¡te mata! —se mofa Quique.

Su comentario me hace gracia.

—Por favor, colaborad, y no hagáis que la persona que venga se quiera ir de casa a la media hora de entrar por la puerta. —Por el retrovisor veo cómo Quique y Eva se ríen—. ¿Qué os parece si hacemos un trato? —se me ocurre de pronto.

—¿Cuál? —pregunta Quique.

Consciente de que necesito con urgencia que alguien me ayude con ellos y la casa, sin dudarlo, digo:

—Si la persona que venga aguanta hasta después de la Navidad, prometo que hablaré muy seriamente con los Reyes Magos para que os traigan el regalo que vosotros queráis.

Se miran sorprendidos. Como siempre, cuando no quieren que yo me entere de lo que hablan, se comunican en rumano.

—Yo *quedo* un hada *dodada*.

—De acuerdo —afirmo sonriendo.

Mientras, Quique y Eva cuchichean en rumano.

—¿Te acuerdas del dinosaurio biónico que escupe fuego que te enseñé hace unos días? —pregunta el niño.

—Sí.

—Pues yo quiero pedirle eso a los Reyes Magos.

Recuerdo que valía como doscientos setenta euros.

—Me parece bien —asiento.

—Yo quiero un iPhone 16 Pro nuevo y blanco —suelta Eva.

Por el retrovisor la miro. Ella sabe quiénes son los Reyes realmente.

—Un iPhone no sé si los Reyes lo podrán traer —dudo.

Ella se encoge de hombros.

—Tú has dicho que pidiéramos lo que quisiéramos. Y yo quiero eso.

Suspiro. Por edad, los regalos de Eva siempre son los más caros.

—De acuerdo. Intentaré convencer a los Reyes Magos de vuestros regalos —claudico finalmente, sin querer llevarle la contraria—. Pero, ya sabéis, solo si el trato se cumple. La persona que venga tiene que aguantar las Navidades con nosotros.

—¡Genial!

Veo que se sonríen. Y, aprovechando que Eva también lo hace, propongo:

—¡Hagamos un selfi!

Todos se colocan con rapidez. Hago la foto y, viendo lo bien que han salido mis pequeñajos, me la pongo de perfil en WhatsApp. Todos sonreímos.

Capítulo 7

Madrid, 29 de octubre de 2025

Ayer estuve en Sevilla. Fui con mamá al atelier de Victorio y Lucchino para encargar los vestidos para la boda de Asunción, pero ya estoy de regreso en Madrid.

Tengo la tensión por las nubes, y cuando estoy nerviosa me vuelvo una compradora compulsiva. He comprado ropa, zapatos, cremas, cosas para Shirly y un nuevo teléfono móvil. El anterior me lo regaló Dani, y odio seguir con él.

Como es lógico, cuando me bajé de la nube toda la información al nuevo teléfono, el grupo de WhatsApp que teníamos las tres amigas, llamado «Divas Divinas», lo elimino. No quiero saber nada de Pili. Por lo que Soleá y yo abrimos otro al que bautizamos con el nombre de «Helados y patatas fritas».

Dani, por su parte, no para de llamarme. De perseguirme. De acosarme.

Quiere explicarme, decirme, contarme, pero yo no quiero saber nada. Si no me lo explicó en su momento, ¿por qué voy a querer saberlo ahora?

Al final, aparece en casa una tarde que Soleá, Mohamed y el pequeño están conmigo. Aconsejada por mis amigos, hablo con él y entonces me entero de que me lleva engañando con Pili desde el principio de nuestra relación. ¡Diez años!

¡Madre mía! Pero ¿en qué mundo absurdo vivía yo?

Me dan igual sus explicaciones. Sus súplicas o ruegos. Y cuando me suelta que soy la mujer de su vida, me quito el colgante que me regaló y no se lo traga porque Mohamed me frena. No puedo perdonar lo que ha hecho. Me niego. Por lo tanto, y como siempre digo, ¡nivel superado, a desbloquear nueva pantalla!

Decir que tengo el corazón roto por haber terminado mi relación con él sería una gran mentira. Me duele, ¡claro! Le tenía cariño, ¡por supuesto! Estábamos bien, ¡eso parecía! Pero con lo que ha pasado me siento mal, ¡fatal! Pero no sé por qué sigo pensando en él. ¿Acaso soy idiota profunda?

En cuanto a Pili, vino a casa un día y tuvimos una tremenda discusión. Ese día, mi examiga sacó todo aquello que durante años se había estado guardando, y ¡joder!, me di cuenta de todo el odio que sentía hacia mí, por el simple hecho de que Dani me eligiera a mí como novia oficial y no a ella. Me dijo tantas cosas desagradables, que al final fue Soleá quien la echó de mi casa, porque o se iba o yo la tiraba por el balcón.

¡Tremendo!

Como siempre, pasear por el parque del Retiro escuchando música en mis cascos es una maravilla, a pesar del fresquito que hace. Escucho una de mis *playlist* cuando comienza a sonar la canción «Conexión psíquica», de Aitana. Desde el día que fui a su concierto, me encantó y me cayó fenomenal. Qué chica más maja. Y bueno, sonrío cuando tarareo eso de «si está mal, que se joda». Porque sí..., si Dani está mal, ¡que se joda! Él se lo ha buscado.

Mientras paseo y tarareo música, me voy fijando en las parejitas que me cruzo a mi paso, y soy consciente de que en diez años nunca paseé con Dani de la mano por la calle, ni me dio un beso en público. ¡Qué triste!

Miro a Shirly, que va en su precioso carrito plegable, rojo y azul. La tía va sentada en él como una reinona, cuando, de pronto, veo que se incorpora y comienza a ladrar. Al mirar hacia donde ella mira, me sorprendo. Mi padre. ¿En serio ha dado él el primer paso?

Intentando no tropezarme del susto me acerco a él. Veo que mira el carrito y leo en sus labios que dice:

—¡Qué ridiculez!

Malo. Si empezamos así..., la cosa no va a fluir. Me hace un gesto para que me quite los cascos de las orejas.

—Hola, hija —me saluda.

Sé que espera a que yo dé el primer paso de acercarme a él para besarlo. Pero no. No pienso hacerlo. Que se acerque él a mí.

—Hola, papá.

No se mueve. No hay beso. El silencio nos envuelve.

—¿Cómo te encuentras? —me pregunta—. Tu madre me ha contado lo que ha ocurrido con el Señorito y, bueno, hija, yo creo que...

—Mira, papá, bastante tengo como para que vengas ahora a reprocharme o a decirme algo que me vaya a cabrear más.

—Estoy aquí para preguntarte cómo estás.

—Pues, papá, estoy jodida, pero contenta —contesto con rapidez, a pesar de mi sorpresa—. Jodida, porque nunca esperé esa traición por parte de esos gilipollas. Y contenta, porque ya no rayo los techos de Madrid siendo una maldita cornuda.

Papá resopla. Conociéndolo me dirá que se ha gastado un pastizal en mi educación para que me exprese como una ordinaria.

—Quiero que sepas que siento mucho lo ocurrido y que estoy contigo al cien por cien —dice—. Nunca esperé de esos dos sinvergüenzas algo así, como imagino que tampoco lo esperabas tú.

—Pues no, papá. No lo esperaba.

—Ni que decir tiene que, de carácter inmediato, dejo de trabajar con él. No lo quiero cerca de nosotros.

—Eso ya lo decides tú. Es «tu» empresa —digo con cierto retintín.

El silencio nos vuelve a rodear. La incomunicación entre nosotros es tan grande que incluso no entiendo qué hace aquí.

—Las decepciones nos hacen más fuertes —suelta la frase lapidaria—. Y tú eres una mujer fuerte. Siempre has tenido más carácter y decisión que tus hermanos y...

—Y por eso no me soportas, ¿verdad?

—Eso no es así, María.

—¿Ah, no?

—No, María, no es así —repite—. Y antes de que sigas, tú tampoco me lo pones fácil. Te encanta retarme y...

—¿Y por qué siempre rechazas mis ideas empresariales? ¿Por qué me ridiculizas? ¿Por qué me despediste? ¿Por qué casi todo lo que hago te parece mala idea? Tengo tantos porqués que preguntarte que podría no acabar nunca.

—No he venido aquí para discutir. Estoy aquí para apoyarte por lo que ha ocurrido y...

—Pues si has venido a apoyarme, lo ideal hubiera sido que, al verme, siendo mi padre, me hubieras demostrado tu cariño dándome un beso o un abrazo. Porque sí, papá, sí. Eso es lo que hacen los padres. No esperar a que sea yo, como siempre, la que se acerque a besarte a ti y...

Y entonces lo hace. Me abraza. Y yo cierro los ojos y lo disfruto. Adoro a papá. Lo quiero locamente, pero su manera de ser, en ocasiones, puede conmigo y hace que nos tratemos como nos tratamos. En el fondo, como dice mamá, somos iguales.

—Cariño, estoy contigo al cien por cien —murmura—. Y odio que esos sinvergüenzas se hayan portado contigo como lo han hecho. Y aunque siempre he soportado al Señorito porque era tu novio, también sabes que en alguna ocasión te he dicho que era un idiota, que solo se preocupaba de su apariencia física.

—Lo sé.

—Y en cuanto a tu examiga, mejor no hablar.

—Gracias, papá.

Tras unos segundos, nos soltamos. Sonriendo, nos miramos. Cuando nos encontramos, siento lo mucho que nos adoramos.

—¿No dijiste que mamá, tú y yo tendríamos una conversación? —recuerdo, de pronto.

Noto cómo la respiración le cambia.

—Olvídalo.

—No, papá. No quiero olvidarlo.

—Que lo olvides —insiste.

—Quiero saber qué era eso tan importante que...

—Con respecto a la empresa, creo que...

—Paso de la empresa —lo corto—. Si algo he aprendido trabajando para ti es que donde no me quieren y no me valoran, no merece la pena que invierta mi tiempo.

Que diga aquello le pica. Le escuece. Lo estoy rechazando yo a él. No él a mí.

—Debes regresar a tu puesto. ¡Te necesitamos! —me pide, derrumbando de nuevo el muro entre nosotros.

¡¿Cómo?! ¡¿He oído bien?! ¿Me necesitan?

—¿Me necesitáis? —me sorprendo.

—Sí —afirma, pero añade—: Pero que no se te suba a la cabeza.

—¡Me dejas muerta!

Papá y yo nos miramos. Me da la sensación de que quiere decirme algo más.

—Lo he hablado con tu madre, y creemos que debes regresar —dice—. Eres buena en el diseño de joyas y...

—¿Lo has hablado con mamá?

—Sí. Dijo que te lo plantearía.

Eso me sorprende. Ayer ambas estuvimos en Sevilla, pero no me dijo nada.

—Pues no me lo ha planteado, pero mi respuesta es ¡no! —soy rotunda.

—María...

—No es no, papá.

Resopla. Su paciencia suele ser escasita conmigo.

—Tu madre hablará contigo, pero no le digas que yo te lo he dicho. Adiós.

Y sin más, se da la vuelta y se aleja, dejándome boquiabierta y sin palabras.

¿Acaba de decir que puedo regresar a la empresa? ¿Que me necesitan? ¿En serio?

Madrecita, ¡esto es un bombazo que no me esperaba!

Durante unos minutos observo cómo mi padre se marcha. Mi corazón me grita que corra tras él y lo abrace como cuando era su princesa. Me quiere y lo quiero. A pesar de lo que ha pasado, a pesar de nuestras discusiones, sé que nos queremos. Pero somos tan iguales que nuestro orgullo no nos permite dar un paso más.

Cuando él desaparece, me vuelvo a poner los cascos por donde sigue sonando mi música y comienzo a correr con Shirly en su carrito. Necesito correr para despejarme. Al poco rato, oigo el sonido del teléfono. Es mi hermano Ángel en el grupo de WhatsApp que tenemos Carlos, él y yo, llamado «Los tres mosqueteros». Me invita a cenar a su casa. Acepto. No tengo nada mejor que hacer.

Cuando esa noche llego a casa de Ángel, no me sorprende ver el coche de Carlos allí aparcado. Al entrar y besuquearlos a los dos, pregunto por Inka, y a Ángel se le humedecen los ojos. Inka no está. Sigue enfadada y se ha marchado unos días a París. Tenía allí un desfile.

Estoy hablando con ellos cuando de pronto aparece Luisa. Mi Luisa. Rápidamente, al verme, viene hacia mí para abrazarme.

—¿Qué haces tú por aquí? —pregunto.

—Llamé a Ángel para ver cómo se encontraba —responde ella, que es todo amor—, y me comentó lo de vuestra cena, por lo que decidí escaparme un rato de la casa de tus padres y traeros unas croquetas de chipirones, que sé que os gustan mucho.

Oír eso me emociona. Luisa tiene detalles que mamá no tiene. Siempre nos da ese calor que cada uno de nosotros necesita.

—Madrecita del amor hermoso, te estás quedando en los huesos —observa.

—No exageres, Luisa.

—Si te viera la abuelita Manoli, se preocuparía —insiste—. Tantos disgustos a la vez no pueden ser nada buenos.

Al ver su mirada, sé que está preocupada. Luisa me conoce como me conocía la abuelita. Y sabe que, aunque ante todos intento ser una mujer dura y con carácter, en el fondo soy todo sentimientos.

—Tranquila, que me encuentro bien —respondo, y me dejo abrazar por ella. Luego le pregunto—: ¿Cuándo te vas a tu pueblo?

—En cuanto tus padres se vayan para Sierra Nevada con sus amigos.

Asiento. Entiendo que Luisa quiera pasar las Navidades con su familia. Es lo normal.

—Yo estoy pensando en irme de viaje unos días antes de Navidad, para volver a reconectarme. Tantos disgustos juntos, reconozco que me tienen demasiado alterada.

—Harás bien —afirma con mimo.

Durante varios minutos hablo con ella, hasta que mis hermanos se acercan, y Luisa, con su manera de ser, nos da amor, abrazos y cariño a todos. Pronto se despide. Tiene que regresar a casa de mis padres.

Cuando se va y nos quedamos los tres solos, me percato de que mis hermanos se miran con complicidad. Sé que es porque tienen algo que decirme.

—Vamos, ¡soltadlo ya! ¿Qué pasa? —los apremio.

Mis hermanos resoplan.

—De verdad, Morticia, que lo tuyo es pura brujería —se burla Carlos—. ¿Cómo sabes que tenemos que decirte algo?

—Porque os conozco.

De nuevo se miran.

—Inka dice que pasará las Navidades en París, y yo quiero ir allí para pasarlas con ella —me informa Ángel.

—Y yo he pensado irme a Menorca con una amiga —añade Carlos de inmediato.

Oír eso, en cierto modo, me rompe el corazón y ¡me deja muerta!

Mi abuelita no está, Luisa se marcha a su pueblo, mi amiga Soleá se va a Ceuta con la familia de Mohamed, mis padres se van a Sierra Nevada como cada año, y mis hermanos, por primera vez en la vida, tienen planes. Y Dani y Pili ya no existen. Está claro que me esperan unas Navidades algo solitarias junto a Shirly.

—Vale. Este año os vais a librar del pijama y las orejas de reno para cenar.

Mis hermanos se ríen. Cada Nochebuena con la abuelita, para hacerla sonreír, hacíamos eso. Instauramos esa tradición que espero que sigamos manteniendo, aunque este año nos la saltemos.

—Espero que me traigas regalos tú de París y tú de Menorca —les pido, sin drama alguno.

Mi contestación les hace sonreír.

—¿No te importa? —pregunta Ángel, con un cierto alivio.

Me importa. Claro que me importa. Serán mis primeras Navidades totalmente sola. Pero la felicidad de mis hermanos es la mía e intento entender la situación, aunque ellos no hayan pensado en mí.

—Claro que no, tonto.

—¿Seguro? —insiste Carlos.

—A ver, chicos —intento disimular—. ¡Ya somos adultos! Y esto tenía que pasar alguna vez. Y bueno, este año sois vosotros, y puede que el año que viene sea yo. Por lo tanto, pasadlo bien y recordad, ¡quiero regalitos!

Mis hermanos me abrazan y siento que se relajan, mientras yo por dentro me muero de la decepción. ¿Qué voy a hacer sola en Navidades?

Cenamos en el precioso jardín cubierto de Ángel. Allí, el servicio que tiene en la casa nos atiende y, por supuesto, nos sirve las croquetas de Luisa. Son lo mejor de la noche. Qué bien cocina nuestra Luisa.

—Os tengo que contar una cosa. —Mis hermanos me miran expectantes, y yo suelto—: Hoy he visto a papá. Y me ha dicho algo que, ¡joder!, no sé cómo gestionarlo.

—¿Qué te ha dicho? —pregunta Carlos.

—Un bombazo.

Ángel comienza a hiperventilar. Pero ¿qué le pasa?

Carlos y yo, como siempre, nos preocupamos, y yo dirigiéndome hacia una mesita que tiene en el salón, donde sé que tiene bolsitas para casos así, saco una y se la entrego.

—Cielo, respira.

Ángel me obedece.

—María, yo te quiero y Carlos te quiere también —susurra a los pocos segundos.

Lo miro sorprendida.

—¿Y eso a qué viene ahora? —se adelanta Carlos.

—A que nada tiene que cambiar —afirma Ángel. Yo parpadeo, sin entender nada, y él me dice—: Habla con mamá. Ella te lo explicará.

—¿Qué me tiene que explicar mamá?

—Lo que papá te ha dicho —musita Ángel.

—¿Tú sabías que me iba a decir que regresara a la empresa? —quiero saber.

—¡No me digasssss! —aplaude Carlos.

Ángel me mira. En su rostro veo cierta indecisión.

—A..., algo he oído —admite.

—Os juro que cuando me lo dijo me dejó muerta —reconozco, divertida—. Incluso me ha dicho que me necesita. Menuda bajada de pantalones que papá me pida que regrese.

Mientras Ángel se normaliza, los tres comentamos aquello. Hablamos de papá y de su frialdad y, cómo no, mis hermanos se enfadan conmigo cuando les repito veinte veces que no voy a volver a trabajar en la empresa.

De la empresa saltamos a Dani y a Pili.

—Si te soy sincero —dice Carlos—, al gilipollas de tu ex, aunque me caía bien, siempre lo vi como una persona estirada a la que solo le importaba llevar lo último en alta costura.

—A ver, hermano, aquí la Plebeya también es así —interviene Ángel antes de que yo pueda decir nada.

Oír eso me incomoda, aunque sé que tiene razón.

—Vale. A la Plebeya le gusta la ropa cara e ir siempre perfecta —replica Carlos—. Pero es una disfrutona de la vida. Yo, que he viajado con ella, algo que tú no has hecho, la he visto dormir en sitios que nada tenían que ver con los hotelazos a los que va, y la he visto comer en sitios en los que...

—... que hoy en día no comería —termino la frase.

Carlos y yo sonreímos. Tenemos vivencias maravillosas los dos juntos. Viajes locos con amigos que, con Ángel, por ser el mayor, nunca vivimos.

—Por cierto, espectacular el Chanel que llevas —observa.

—Lo sé, ¡es lo más! —afirmo, encantada, tocando mi traje *tweed* escocés.

Entre risas, y ya con Ángel normalizado, continuamos hablando. De la mesa nos vamos a un bonito espacio de sillones y mesa que tiene junto a la piscina infinita.

—Desde luego, hermanita, a ti te han echado un mal de ojo —dice Carlos—. Porque que te pase todo lo que te ha pasado al mismo tiempo ¡es de traca!

—Y dicen que no hay dos sin tres —me mofo.

—Calla..., calla —murmura Ángel, que añade—: La vida, que es así de fea en ocasiones.

—Discrepo —indica Carlos—. La vida es bella. Los feos sois vosotros.

Ángel y yo nos miramos. Sin hablar nos entendemos. Carlos es un insensible. Nunca se ha enamorado. Nunca le han roto el corazón.

—Arrieritos somos y en el camino nos encontraremos, hermanito —me burlo—. Cuando alguien toque el ladrillo que tienes por corazón, ¡veremos si eres un nuevo feo!

Carlos se ríe. Oímos el timbre de la puerta.

—¿Esperamos a alguien más? —me extraño.

Ángel, tan sorprendido como yo, se encoge de hombros cuando entra Jesús, una de las personas que tiene de servicio. Se acerca a mi hermano y le dice algo.

—Es mamá —informa Ángel.

Carlos y yo sonreímos. Ver a mamá siempre es bonito, a pesar de su frialdad.

—Ni una palabra de que Luisa nos ha traído croquetas y ha estado aquí, o se la montarán —les advierto—. Ya sabes lo envidiosa que es con ella.

Mis hermanos asienten. Saben que tengo razón.

—Estoy por matarte, ¿cómo puedes ser tan tonto? —dice mamá, mirando a Ángel, nada más entrar. Ángel suelta un bufido. Está claro que mamá no le perdona que Inka siga pidiéndole el divorcio. Luego se dirige a mí y afirma—: Qué bien te queda el Chanel que te compré. Cómo se nota que has adelgazado de los disgustos.

¡Tócate los...!

Mi madre, como siempre, a lo suyo.

—Gracias, mamá. Tú siempre tan maravillosa. —Y alzo la copa con el martini que tengo entre las manos.

Carlos y Ángel la miran con gesto tenso.

—¡Qué mal me sabe lo que te ha pasado! —exclama ella, cambiando el tono de voz.

Y se acerca a mí, pero no me abraza, ¿para qué?

—¿En concreto a qué te refieres? —pregunto—. ¿A lo que me ha pasado con el machirulo de tu marido o a lo que me ha pasado con los amantes de Barcelona?

—Ese machirulo es tu padre. No hables así de él.

Resoplo. Aquello es lo más fino que puedo decir de mi progenitor.

—Y con respecto a los amantes de Barcelona, prefiero ni mencionarlos —dice, sentándose frente a la piscina—. ¡Vaya dos sinvergüenzas! —Yo suspiro y ella pregunta—: Bueno, ¿y qué vas a hacer ahora?

Me siento a su lado.

—Pues, la verdad, no lo sé. En cuanto al trabajo, me voy a tomar un tiempo para investigar y ver opciones —respondo con tranquilidad, a ver si ella me dice algo—, y en cuanto a lo otro, no quiero opciones que no sean follamigos.

—¡Maríaaa Addams! No seas ordinaria —levanta la voz mi madre. Mis hermanos y yo nos reímos, y ella, horrorizada, exclama—: Hija, ¡tienes treinta y cuatro años!

—¡¿Y?!

—Que se te pasa el arroz para boda y niños.

—Mamááá, por favorrrr —se quejan Carlos y Ángel.

—Tiene que encontrar a su media naranja —insiste.

Me llevan los demonios al oírle. Llevo toda la vida diciéndole que yo solita soy una naranja entera.

—Escúchame, mamá, y, por favor, abre bien las orejas —empiezo, tras tomar aire—. Lo primero, ¡soy una naranja entera! No necesito a nadie para sentirme completa. Lo segundo, dudo de que con lo que me acaba de pasar me enamore, me case y tenga hijos. Si en diez años eso no ha ocurrido, no creo que ocurra en dos meses. Lo has entendido o te lo repito más despacito.

Mamá hace un aspaviento con la mano.

—Con lo que te gustan los niños, ¡serías tan buena madre! —replica.

Durante un rato los cuatro hablamos con tranquilidad. Cuando no está papá, todo es más sosegado. Y, cómo no, sale a relucir Dani.

—¡Pedazo de cabrón! —suelta mi madre.

—Mamááá —la regañan mis hermanos, sorprendidos.

—Por una vez —me mofo— has reaccionado como lo hubiera hecho la abuelita Manoli.

—Al final, le vas a tener que dar las gracias a Pili —indica Ángel— por haberte quitado a ese sinvergüenza de encima.

No respondo. No quiero ni pensar en Pili.

—¿Por qué no dejas de decir tonterías? —dice Carlos, poniéndose al lado de Ángel.

—No creo haber dicho ninguna tontería.

—Eres un idiota si mencionas a Pili ante la Plebeya —insiste Carlos.

—Idiota tú.

—Noooo, idiota tú. Que por tu torpeza quizá pierdas a tu mujer.

—No me digas eso —dramatiza Ángel.

—Pues te lo digo porque eres muyyyy tonto —apostilla Carlos.

—Muchachos, ¡por favor! —intercede mi madre.

Mis hermanos, para variar, comienzan a empujarse. Eso es algo muy de ellos. De ahí que yo sea tan bruta. O aprendía o me comían. Pero, al final, o se les para o terminas a golpes. Mamá, que, como yo, los conoce, rápidamente se levanta. Se mete en medio e intenta calmarles. Pero Ángel, que esta calentito por lo de Inka, continúa, y Carlos lo sigue.

Viendo que mamá no consigue apaciguarlos, me levanto para ayudar, y cuando me acerco a ellos, mamá se escurre, se agarra a mí, yo me agarro a Carlos, Carlos a Ángel, y los cuatro caemos en bomba a la piscina infinita.

¡Madrecita!

¡No me jorobes, que es octubre y son las diez de la noche!

Pero tan pronto saco la cabeza del agua, el ataque de risa que me da es colosal y más cuando escucho a mamá gritar:

—¡Mis zapatos Jimmy Choo!

—¡Mamáá! —grito.

—Por Dios, hija, ¡tu Chanel! —se horroriza.

Está claro que si nos ahogamos nosotros da igual, pero no que se ahoguen los Jimmy Choo y mi traje de Chanel. ¡Esta mujer es tremenda!

Como podemos salimos de la piscina y mamá, como Ángel, dramatiza. Lo que les va un drama. Finalmente, Ángel nos busca ropa para cambiarnos y media hora después, cuando los cuatro estamos secos y sentados en el sofá del salón, mamá mira sus zapatos y murmura:

—Creo que hemos perdido a Jimmy y a Chanel.

—Oremos por ellos —me burlo, consciente de que son cosas materiales.

Mis hermanos se ríen. Mamá no.

—Deberías irte unos días de viaje a las Maldivas a descansar —me dice—. Un poco de sol y playita te vendrán muy bien.

—¿Por qué no te vienes conmigo? Hagamos un viaje madre-hija.

—¡Qué ideaza! —exclama Carlos.

Al ver que Ángel sale del salón, mi madre me mira.

—No puedo dejar a tu padre solo —confiesa.

—¿Qué pasa? ¿Que si le dices que te vienes conmigo se va a enfadar? —la increpo. Mamá no contesta. Está claro que he dado en el clavo. Yo continúo—: Por cierto, hoy papá me soltó cierto bombazo que no esperaba. Y mira, no te lo iba a comentar, pero creo que lo tenemos que hablar sí o sí.

A mi madre le cambia el gesto. ¿Qué sucede?

Le comienza a temblar la barbilla. ¿Qué le ocurre?

Por cómo me mira, sé qué hay algo que no me ha contado.

—Tu..., tu padre me dijo que no te diría nada —tartamudea.

—Pues me lo ha dicho —insisto.

—Hija..., yo...

Y entonces comienza a llorar como si no hubiera un mañana mientras Carlos y yo, boquiabiertos, nos miramos. ¿Qué le ocurre?

Sin moverme de mi sitio, la observo hacer aspavientos con las manos.

—María, si no te lo he contado es..., es... porque no sabía cómo decirte que no eres hija biológica de tu padre —susurra.

—¡Mamááá! —suelta Ángel, que en ese momento entra por la puerta.

¡¿Qué?!

¡¿Cómo?!

Boquiabierta. Incrédula y en shock, parpadeo.

¡Ay, Dios, dame paciencia, porque pelazo ya me has dado!

Pero ¿en serio acabo de escuchar lo que he escuchado?

No sé si he oído bien o, como últimamente me pasa de todo, estoy alucinando. Mamá me abraza y, ahogándome, porque no sabe abrazar, añade, con su dramatismo:

—Tu padre y yo pasamos una mala época cuando tus hermanos eran pequeños. Y yo..., yo... salí sola una noche. Fui a un local de copas y...

—¡¿Y?!

—Conocí a un hombre. Hablamos. Bebimos y..., y... tuve una noche de pasión con él.

¡¿Quéééé?!

Pero ¿qué diceeeee?

Carlos se levanta como un resorte. Ángel coge una bolsita para respirar dentro de ella. Y yo, deseosa de que deje de abrazarme mi madre, porque me asfixia, murmuro:

—Mamá, pero ¿qué dices?

Sin parar de llorar, mamá me suelta.

—Fue solo esa noche y jamás lo volví a ver.

—¿Tuviste sexo con un desconocido? —pregunta Carlos, boquiabierto.

Mamá asiente.

—Se llamaba Francesco y era italiano —murmura—. Monísimo, por cierto. ¡Pero fue un escarceo!

—¿Soy el resultado de un escarceo? —pregunto, incrédula.

Mis hermanos me miran.

—A los dos meses de que eso ocurriera —prosigue mamá—, tu padre y yo decidimos darnos una nueva oportunidad. Nos queríamos. Y entonces descubrí que estaba embarazada. Fue duro para ambos, pero decidimos tenerte y criarte.

Madrecita, qué calor me entra. Me arden hasta las orejas.

Vale. Ahora entiendo porque no soy pelirroja como mis hermanos y mi padre, ni rubia como mi madre.

—¿Mi padre era italiano? —quiero saber.

—Sí. De Roma.

—Pero..., pero... ¿Quién?

—Hija, no lo sé. Te acabo de decir que fue solo una noche. Pero sí te puedo decir que tenía los mismos ojos que tú. ¡Idénticos!

Parpadeo mientras soy consciente de cómo mamá, Ángel y Carlos me miran, y sin saber por qué miro hacia el techo.

—¿Dónde está la cámara oculta? —pregunto—. Porque es imposible que todo me pase a mí.

Ángel respira dentro de la bolsita. Mamá lloriquea. Carlos creo que no respira, y entonces, como siempre que me pongo muy nerviosa, me da la risa. Me parto de la risa.

¿De verdad me tengo que reír ahora?

¿En serio, me tiene que pasar esto también?

¿Papá no es mi padre, porque es un italiano?

Minutos después, consigo parar de reír y veo cómo mamá me mira con su habitual dramatismo.

—Papá no me dijo nada de esto —confieso.

—¿Qué te dijo tu padre? —pregunta mamá con un hilo de voz.

—Que habíais hablado y decidido que yo regresara a la empresa.

La cara de mi madre es un poema.

Me acaba de soltar lo más grande creyendo que mi padre se había ido de la lengua, cuando la que se ha ido de la lengua ha sido ella.

—Bendito sea Dios. Bendito sea Dios... —Sus lloros y su dramatismo se duplican. Se siente culpable por haber revelado el gran secreto familiar, y mientras Ángel respira dentro de la bolsita como un loco, mamá murmura—: Hija, tu padre te quiere. Te quiso desde el instante en el que te cogió entre sus brazos. Para él eres tan hija suya como los son tus hermanos. Y...

—Mamá, ¡cállate! —consigo decir.

—Pero, hija...

—Mamá, ¡cállate! —repito con más énfasis.

Mi cabeza va a mil y no sé qué pensar. Mi novio me la pega con mi mejor amiga. Mi padre me echa de la empresa. Y ahora resulta que mi padre ¡no es mi padre!

¡Madrecita, qué culebrón, y sigo siendo la protagonista!

—¿Lo veis como no hay dos sin tres? —logro articular.

Carlos y Ángel me abrazan. Como siempre, me hacen sentir su amor y su cariño, y yo, necesitada, se lo agradezco.

—Yo lo sé porque, hace años, los pillé hablando del tema —admite Ángel—, y cuando les pregunté, me hicieron prometer que nunca te lo diría. Perdóname, María. Y por favor, entiéndelo.

Asiento. A Ángel no le tengo nada que perdonar. Entiendo que, si no lo hizo, fue por el cariño que me tiene. Lo beso en la mejilla.

—Tranquilo. Te sigo queriendo exactamente igual —digo, como la mamá pato que soy.

La siguiente hora es un caos, pero no por mí, sino por mamá, que llora con dramatismo mientras da infinidad de explicaciones.

Mientras la observo, mi mente no para de darle vueltas a todo. Creo que lo más lógico sería dramatizar como hace mi madre, pero yo no puedo, ¡a mí no me sale! Sé que descubrir que tu padre no es tu padre es, como poco, traumatizante, pero estoy tan bloqueada que no puedo ni reaccionar ni llorar.

—¿Estás bien? —pregunta Carlos, que no suelta mi mano.

—Sí.

—Si necesitas llorar, llora. Estoy aquí.

—Y yo también —apostilla Ángel.

Sus palabras me llenan el corazón. Mis hermanos, como siempre, están a mi lado. Los abrazo. No tengo ganas de llorar.

—Tranquilos. Estoy bien —contesto.

—Tu padre te quiere mucho, y lo sabes, María. Es un gruñón. Es especialito en muchas cosas. Pero siempre has sido su princesa —dice mi madre.

—Y su niñata y su bestia parda —afirmo, para su espanto.

Poco a poco, mamá baja su intensidad de dramatismo y eso hace que todos nos relajemos, mientras mastico la nueva noticia como puedo. Sé que mamá y yo tenemos que hablar más sobre aquello. Merezco explicaciones. Pero creo que, por hoy, para mí, ya es suficiente.

—Necesito perderme... —digo.

—Me parece bien, pero antes de hacerlo, habla con tu padre —me corta mamá—. Cuando le cuente que te lo he dicho por error, no sé cómo va a reaccionar.

—Pues no se lo digas.

—Hija, ¿cómo no se lo voy a decir?

—Muy fácil, mamá. Lo omites durante treinta y cuatro años, como me lo has omitido a mí. —Carlos aprieta mi mano. Con ese gesto me da fuerza, al tiempo que me pide tranquilidad. Yo continúo—: Escucha, mamá. En este momento, mi jodida vida es un caos. No sé qué le he hecho al universo para que todo, absolutamente todo, me tenga que pasar a mí. Por lo que ahora no me pidas que hable con papá, porque no sé lo que le voy a decir tras saber que me lleváis engañando treinta y cuatro años.

—Vete al hotel Sheraton en la Polinesia —suelta Ángel—. Estuve de viaje de novios con Inka cuando nos casamos, y lo recuerdo como un lugar inigualable. Allí seguro que puedes serenarte y pensar.

Hago un gesto afirmativo. Las Maldivas, Australia, la Polinesia o cualquier lugar que me aleje de todo, pueden ser sitios maravillosos para desconectar.

—Es tarde. Necesito irme y dormir —dice mamá, levantándose del sofá.

¡Tócale los... a mi madre!

Me suelta lo más grande y tan fresca dice que se va. ¡Esta mujer nunca dejará de sorprenderme! Mamá es como un avestruz, siempre que hay un problema, se las ingenia para abrir un hueco en el suelo y meter la cabeza para evitar ver y oír.

—Lo sé —admite—. Necesitas respuestas y prometo que te las daré a partir de mañana, pero he de descansar. Me va a explotar la cabeza.

Me mira. En sus ojos veo el caos que siente por lo que ha revelado.

—Vale, mamá —claudico, queriéndola entender, como siempre hago. Me acerco a ella. Necesito un abrazo.

—Aisss, hija. No seas pegajosa —me dice.

Mis hermanos al ver aquello se ofenden. Imagino que piensan que, después de lo sucedido, mamá debería ser más afectuosa, pero no dicen nada. Solo esperan en silencio a que se vaya. Cuando nos quedamos solos, Carlos me abraza y Ángel se une a nuestro abrazo.

—Sabes que te queremos y que nada cambia entre nosotros, ¿verdad? —dice Carlos.

—Lo sé.

En silencio nos quedamos unos segundos.

—No me voy a Menorca —dice Carlos—. Paso las Navidades contigo.

—Yo también me quedo —afirma Ángel.

Ver cómo me miran me duele. En sus ojos veo pena, desconcierto, tristeza, y sacando esa bestia parda de la que mi padre tanto habla y que me hace ser esa mujer fuerte y segura, respondo:

—Os vais a ir los dos, porque ahora soy yo la que necesito que os vayáis.

—Pero, María...

—Ángel —lo corto—. ¡No hay más que hablar!

—Pero, Ma...

—¡Carlos! Cierra el pico.

Nos callamos los tres. Saben que cuando hablo así no me voy a bajar del burro.

—Con esto de papá, no puedo decir eso de ¡nivel pasado, desbloqueo siguiente pantalla! —digo.

Carlos y Ángel se miran. Me entienden.

—¿Por qué no me dijiste nada? —le pregunta Carlos a Ángel.

—Porque no podía —responde él.

—Pero ¿por qué has llevado este secreto tú solo a tus espaldas? —insiste.

—Porque María lo merece —replica Ángel, que, con lo sensible que es, debe de tener el corazón partido—. Ella es lo mejor que tú y yo tenemos en nuestras vidas y lo último que deseaba era que sufriera por algo que no se merece.

Su respuesta me toca el corazón. Adoro a mis hermanos. En silencio, los tres nos volvemos a abrazar.

—Papá no es mi padre... —murmuro.

—Lo es. ¡Claro que lo es! —afirma Ángel.

Pero mi cabeza va a mil. Una noticia así te hace replantearte muchas cosas.

—Tienes que hablar con papá mañana mismo —me recomienda Carlos.

—No... —murmuro con un hilo de voz.

—¿Por qué no quieres hablar con él?

Confundida, lo miro.

—Porque no sé qué le voy a decir —admito—, y tampoco estoy preparada para las cosas que él me pueda decir.

—Pero ¿qué crees que te va a decir? —dice Ángel.

—No lo sé. —Estoy desconcertada.

Ambos, por cómo me miran, sé que entienden mis miedos y mis dudas. Aquello que acabo de saber sin duda es ¡un bombazo!

Durante una hora hablamos. Me animan. Me hacen saber cuánto me quieren ellos y mis padres, hasta que me levanto y cojo mi bolso.

—Me voy —les digo.

—Quédate a dormir —propone Ángel.

—No, cielo, me voy. —Y mirándolos con cariño, digo—: Posiblemente mañana me pierda por el mundo y no regrese hasta después de las Navidades.

—De eso nada, María.

—De eso todo, Carlos —lo contradigo.

—Pero ¿adónde vas a ir? —pregunta Carlos.

—No lo sé...

—Pero, María...

—Estoy totalmente perdida en estos momentos y necesito encontrarme.

Se miran y sé que me comprenden.

Todo mi mundo ha sufrido un tsunami que ha puesto mi vida patas arriba.

—Lleva mi Chanel al tinte, y ya os llamaré —le digo, mirando mi atuendo.

Una vez en mi coche, mientras conduzco en dirección a mi casa, sigo sin derramar una lágrima y pienso que mi padre, mi novio, mi amiga y mi trabajo... ¡todo ha volado por los aires!

Todo aquello que para mí, hasta hacía bien poco, era mi vida y mi zona de confort acababa de desintegrarse y ya nada sería igual.

Pero ¿cómo me había podido ocurrir algo así?

¿Por qué a mí?

¡Plan Drama Club! Necesito a Soleá.

La llamo desde el coche por el manos libres y, a pesar de la hora que es, me atiende y quedo con ella en mi casa. ¡Es que la adoro! Como adoro a Mohamed, que nunca pone objeciones. ¡Es un bendito!

Al llegar a casa, Shirly me hace uno de sus bonitos recibimientos. Durante un rato, y sentada en el suelo, mi perra me regala su amor desinteresado y yo, necesitada, se lo acepto.

Suena el timbre de la puerta y al abrir, allí está mi Soleá, con patatas fritas y helado. ¡Es la mejor!

Durante horas hablamos. Se sorprende, como yo, de lo de mi padre, y entiende que me haya quedado muerta. Sigo sin llorar. No me sale una lágrima y juntas decidimos que necesito irme de viaje a un hotelazo *spa* cinco estrellas gran lujo, con sus correspondientes asteroides, cometas y meteoritos. He de pensar, tranquilizarme y reencontrarme.

Vamos hacia mi habitación. Abro el armario, y Soleá saca mi maleta de Louis Vuitton, que comienza a llenar con ropa de verano y de invierno, mientras yo la miro sentada sobre la cama, y mojo las patatas fritas en el helado de nueces de macadamia. Me da igual lo que meta en la maleta. No sé adónde voy a ir. No sé si hará frío o calor. Y al final, llena dos maletas de Louis. Con una me dice que no tengo suficiente. Tiene razón.

Cuando acabamos, nos tumbamos en la cama y pensamos adónde ir. Australia. Maldivas. Polinesia. Canadá. Nueva York. Los Ángeles. Al final, decidimos que cuando vaya al aeropuerto tomaré la decisión. Compraré un billete para mí y para Shirly, y juntas nos perderemos hasta después de la Navidad en algún hotelazo *spa*. Lo necesito. Necesito aclararme.

Cuando Soleá se va a las siete de la mañana, pues tiene que ocuparse de su hijo antes de que su marido se vaya a trabajar, le prometo que la llamaré cuando llegue a mi destino. Y la verdad, pobre, se va preocupada.

Una vez sola, vuelvo a tumbarme en la cama y miro el techo. Madrecita, las cosas que me han pasado. Papá. El trabajo. Los amantes de Barcelona. ¿Qué más me puede pasar?

Pienso. Pienso y pienso... hasta que me quedo dormida.

Cuando me despierto, sobresaltada, recuerdo lo que he soñado, y me siento en la cama. ¿Y si...?

Sonrío. Hacer aquello sería algo que nadie espera. Todos me buscarán en los mejores hoteles *spa* de la Conchinchina, pero nadie me buscará por España.

¡Qué ideaza!

En España hay increíbles hoteles donde perderse, y levantándome, me ducho, me arreglo y bajo a Shirly y las maletas a mi Audi. Después de abrocharme el cinturón de seguridad, arranco, y sin programar GPS, simplemente conduzco y dejo que el destino decida por mí.

¿Adónde me llevará?

Capítulo 8

O *Porriño, 30 de octubre de 2025*

La fiesta de disfraces de cumpleaños a la que hemos sido invitados está en todo su esplendor.

Disfrazados, sonrío al ver a mis tres pequeños monstruitos pasarlo bien. Eva, que va de bruja maléfica, disfruta con sus amigas, mientras soy consciente de cómo tontean con el grupo de chicos de la derecha. Vamos, cosas de la edad, pero reconozco que me inquieta. Mi pequeña está creciendo.

Quique está con sus amigos Álvaro y Ginés, y van vestidos de dinosaurios. Los veo correr de un lado para otro de la sala donde estamos, y tengo que reír al ver que se acercan a unas niñas de su edad y estas huyen despavoridas. Pobres.

Sía está conmigo. A diferencia de sus hermanos, no quiere separarse de mi lado. Si algo le gusta a mi pequeña es estar conmigo, por lo que la llevo sobre mis hombros, mientras desde la distancia controlo a Eva y a Quique.

—Pero qué *neno* más *riquiño* que hay por aquí.

—Oy..., oy..., oy..., ¡y guapo!

Al mirar me encuentro con tía Rosiña, y sus amigas, Magdalena y Emilia. Todas ellas más conocidas como las Susis.

Puedo decir que aquellas tres mujeres han sido mi gran tabla de salvación desde que vivo aquí y cuido de los niños. Sin ellas, no sé qué habría sido de mí.

Mi madre era gallega, concretamente de Pontevedra, pero, cuando se casó con mi padre, se fueron a vivir a Zaragoza. Lugar donde nacimos y nos criamos mi hermana y yo. Cuando papá se marchó para no volver, a pesar de que tía Rosiña le pidió a mamá que regresara a Vigo, mamá se negó. Ella tenía su trabajo en Zaragoza y mi hermana y yo nuestras vidas.

Pero cuando Clara tenía veintiún años y yo diecisiete, mamá murió. Un cáncer de esos galopantes se la llevó, y nos dejó devastados. Tuvimos unos meses complicados. La ausencia de mamá nos rompía por dentro, hasta que a Clara le salió un trabajo en Londres y, sin dudarlo, nos marchamos. Necesitábamos cambiar de aires. Comenzar de nuevo. Allí ella empezó a trabajar en unas oficinas de electricidad mientras me cuidaba y yo estudiaba.

Un par de años después, Clara conoció a Vasile. Un simpático rumano que, como nosotros, se buscaba la vida en Londres, y tres años después se casaron. Con veintidós años, yo estudiaba la carrera de veterinaria. Los animales siempre han sido mi gran amor, y al mismo tiempo trabajaba por las noches en un pub poniendo copas.

Una de aquellas noches, hubo un problema en el pub e hirieron a un muchacho. Como pude, lo ayudé. Lo reanimé. Y cuando se lo llevó la ambulancia, me dijeron que si estaba vivo era gracias a mí. Saber eso me gustó. Me hizo sentir bien.

Pocos días después, apareció en el pub un hombre llamado John Spencer preguntando por mí. Era el padre del chaval, que venía a darme las gracias por lo que había hecho por su hijo. Y, casualidades de la vida, resultó ser veterinario, y cuando se enteró de que eso era lo que yo estudiaba, no lo dudó, y me ofreció trabajar en su clínica veterinaria. Algo que acepté sin saber que era el veterinario de los ricos y famosos de todo el mundo.

El tiempo fue pasando y mi hermana y Vasile tuvieron a Eva y a Quique, y decidieron regresar a España. Con lo que habían ahorrado, se compraron la casa que estaba en venta cerca de la tía Rosiña, en O Porriño, y decidieron crear su propia granja de vacas ecológicas. Su marcha me dolió, pero supe que retornar a nuestras raíces era lo que mi hermana y sus niños necesitaban.

El señor Spencer, con el paso del tiempo, me nombró su ayudante y comencé a viajar con él por el mundo. Él era un afamado veterinario cirujano y junto a él me labré un futuro, un nombre y una carrera. Durante años, disfruté de una vida de grandes lujos y viajes, hasta que recibí la llamada de tía Rosiña, para decirme que mi hermana y Vasile habían muerto.

El shock inicial por la noticia me dejó noqueado. Apenas podía pensar y razonar. ¿Cómo a mi hermana, una mujer tan emprendedora y con tanta vida, le podía haber pasado eso?

En un principio, pensé que los niños se quedarían con tía Rosiña. ¿Quién mejor que ella para cuidarlos? Pero cuando se abrió el testamento, y escuché lo que mi hermana había estipulado, no pude decir que no. Si mi hermana me había cuidado con mimo y dedicación cuando mi madre faltó, ¿cómo no iba a hacer ahora yo eso por sus hijos?

Los primeros meses fueron complicados para todos. Los niños apenas me conocían y, lógicamente, lloraban porque querían que su mamá y su papá regresaran. Tía Rosiña, al explicarles las cosas, lo hizo de tal manera que ellos creyeron que sus padres se habían marchado de viaje y, finalmente, tuve que ser yo quien les aclaró cuál era el viaje que habían emprendido.

Aquello fue duro. Sin lugar a dudas, lo más duro que he hecho en mi vida. Ver las caritas de los niños al entender que el viaje de sus padres no tenía retorno me partió el corazón.

Y a partir de ese instante comenzó el odio de Eva hacia mí. No me aceptaba a su lado.

Por lo que respecta a mi trabajo, todo cambió. Pasé de ser un cirujano veterinario que viajaba por el mundo y se estaba afincando en una lujosa casa en Abu Dabi, a un veterinario de pueblo en Galicia. Mi trato con el señor Spencer y varios de los clientes sigue siendo excelente. Incluso contaban conmigo en ciertos casos e hice varios viajes. Tía Rosiña, cuando viajo, se queda a cargo de los niños. Pero, la verdad, ahora mi vida está centrada en O Porriño. Los niños son mi prioridad. No quiero fallarles ni a ellos ni a mi hermana.

—Abu, ¡soy una *madineda*!

La lengua de trapo de Sía siempre nos hace sonreír a todos.

—¡Eres la *madineda* más bonita de la fiesta! —afirma Magda.

Sía sonríe. Yo también.

—¡Y papi va de *dacula tedodifico*! —señala, apoyando su mentón en mi cabeza.

—¡Me muero de miedo! —exclama sonriendo Emilia.

El teléfono me suena. Y al ver que es Andrés, bajo a Sía de mis hombros.

—Quédate con ellas un segundo —le digo a la pequeña—, he de hablar por teléfono.

—¡*Quedo i* contigooooooo! —protesta.

Tía Rosiña la coge de la mano.

—Venga, Sía, ¡vamos a bailar! —le dice.

Cuando veo que aquellas tres mujeres se la llevan, salgo del local donde la música es atronadora y al llegar a la calle abro mi teléfono.

—Hola, Andrés —saludo.

—Nico, tengo un problema con la vaca que parió hace dos días.

—¿Con Sultana?

—Sí. ¿Puedes pasarte mañana y echarle un ojo?

—Por supuesto. A primera hora me tienes allí.

—Y, por cierto, me ha llamado mi prima para decirme que la mujer contratada para que te ayude en la casa cree que llegará esta noche.

—¡¿Esta noche?!

—Sí.

Escuchar eso me agobia. La esperaba, pero no ya.

—Las referencias que me dio mi prima de ella son colosales —añade—. Es una excelente cocinera, organiza bien las tareas de la casa y tiene una estupenda mano con los niños.

Aquello es justo lo que necesito.

—Gracias, Andrés. La esperaré, y mañana sin falta iré a ver visitar a Sultana.

Cuelgo el teléfono y sonrío. Aunque me agobia que llegue esa mujer, en el fondo lo agradezco. Vuelvo a entrar en el local, y me dirijo hasta donde está tía Rosiña con sus amigas y Sía, y disfruto de la fiesta.

A las ocho de la tarde llegamos a casa y truena y diluvia de una manera que parece que el cielo se va a caer. Los niños están agotados, pero hambrientos. Veo las bolsas moradas que les han dado al irnos de la fiesta.

—Las quiero todas sobre la encimera de la cocina —les ordeno, señalándolas.

—Dijo el cortarrollos.

—Eva...

—Jopetas, ¡tengo hambre! —protesta Quique.

Miro las bolsas. En ellas hay latas de Coca-Cola, patatas fritas, cortezas, ganchitos, gominolas, caramelos, nuebecitas e infinidad de chucherías de todas las formas y colores. Vamos, ¡un cóctel de azúcar!

—Vamos, ¡a la ducha! Y después os prepararé algo de cena.

—¡*Macadonesssss*!

—Hoy toca sandwichito calentito de jamón y queso. ¡Qué bien, ¿verdad?! —digo, mirando a Sía, divertido.

—*Pefiedo* los *macadones* —aclara, metiéndose el chupete en la boca.

Cuando los niños acaban de ducharse para quitarse la pintura que recubre sus rostros, le estoy secando el pelo a Sía, cuando me suena el teléfono.

—Hola, Claudia, ¿qué pasa?

—Nico, disculpa que te moleste a estas horas. Sé que Andrés te llamó esta tarde, pero es que Sultana ha empeorado, y no sabemos qué hacer.

—Tranquilos. Aviso a tía Rosiña, y en cuanto llegue, voy para allá.

Llamo a mi tía, pero no me coge el teléfono. Decido esperar unos minutos. Seguro que estará llegando a su casa.

Mientras espero, termino de ponerle el pijama a Sía, y, luego, voy hasta el salón donde están Quique y Eva con la música a todo trapo.

—Campeona, por favor, ¿puedes bajar la música? —le pido. Ni caso. La voz de Aitana, su cantante favorita, suena a todo meter. Insisto—: Eva, ¿me has oído? —Ella me mira con su cara de querer matarme, pero finalmente la baja—. Tengo que ir a la granja de Claudia y Andrés, pues tienen un problema con una de sus vacas. La tía Rosiña, en cuanto la localice, vendrá para estar con vosotros. Ahora os preparé los sándwiches para que os los cenéis.

Estos asienten. Sé que no les gustan los días con rayos y truenos.

—Papi, voy contigo —dice Sía, agarrándose con fuerza a mi pierna.

Malo. Cuando empieza así, sé que vamos a tener drama.

—Escucha, bollito. Llueve mucho y...

—Tengo susto y *quiedo i* contigoooo.

Marco de nuevo el teléfono de mi tía, pero nada, no lo coge. Eso, unido al apretón de Sía, me empieza a agobiar. No puedo irme y dejar a los niños solos con la tremenda lluvia acompañada por truenos y relámpagos que hay.

Con Sía agarrada a mi pierna, preparo los sándwiches en la sandwichera.

—¿Podemos coger alguna chuche de las bolsas moradas? —pregunta Quique mientras cenamos.

—Por hoy ya habéis tomado bastante azúcar. Prohibido coger nada de esas bolsas —respondo.

—Qué *cotadollos edes*, papi —murmura Sía, dejándome boquiabierto.

Durante un buen rato sigo marcando el teléfono de la tía, pero no hay manera de localizarla. De pronto Waldo y Homer comienzan a ladrar mirando hacia la puerta y segundos después alguien llama con urgencia.

Los niños y yo nos miramos extrañados. No espero a nadie y a quien quiero localizar no me coge el teléfono. ¿Quién viene a la casa con la que está cayendo?

Rápidamente camino hacia la puerta seguido por ellos y, al abrirla, un rayo cruza el cielo y un trueno suena en todo su esplendor. Inconscientemente, todos damos un salto y ante nosotros aparece una mujer vestida de negro que tiene un pequeño perro en sus brazos. Ambos están empapados y embarrados. La mujer tiene la pintura de los ojos corrida por el rostro.

—Increíble tu disfraz —murmuro, intuyendo quién es.

Me mira. Veo cómo le castañetean los dientes.

—Hola. Siento llegar así. Pero... —dice.

—¡Llegas en el momento justo! —la interrumpo, sin dejarla hablar—. ¡Pasa!

Entra en casa y, cuando cierro la puerta, seguro de que es la mujer que viene a cuidar de los niños, me dirijo a Eva.

—Campeona, trae una toalla para que se seque y otra para su perro —le pido. Ella obedece.

Veo que Homer se acerca lentamente al animal que ella trae consigo.

—¿Perra o perro? —pregunto.

—Perra.

Eso me tranquiliza. Los míos son perros.

—Deberías haber avisado de que traías un animal.

La mujer me mira. Parece sorprendida por lo que le digo.

—Mola tu disfraz de Morticia Addams —se mete Quique.

—Pues que sepas que Addams es mi apellido —explica ella, y se nota que la recorre un escalofrío—, y mis hermanos a veces me llaman así.

—¡Molaaaaa! —exclama Quique.

—¿Cómo se llama la *pedita*? —pregunta Sía, sin soltarse de mi pierna.

—Shirly —responde, retirándose con la mano el agua que le cae por el rostro.

—Holaaaa, *chiliiiii*.

—Shirly —insiste ella.

—*Chiliiii* —afirma Sía.

Acelerado porque tengo que marcharme, cuando Eva llega con las toallas secas, me pongo la sudadera y el chubasquero a toda prisa.

—Bollito, tengo que marcharme —digo, agachándome para mirar a Sía.

—Noooo, papiiii.

—Regresaré cuanto antes.

—No *quedo quedame* con ella. Es una *bujaaaaa*.

Sía hace un puchero. Nunca quiere separarse de mí e insisto, dándole un mimito, al tiempo que le meto el chupete en la boca.

—Te lo prometo, mi amor. Regresaré pronto y ella no es una bruja.

Eva, consciente de mi urgencia, agarra a su hermana y la coge en sus brazos.

—¿Qué tal si jugamos al veo-veo? —le dice.

Sía la mira. Y se distrae. Le encanta jugar a eso. Miro agradecido a Eva, y luego me dirijo a la recién llegada:

—Bienvenida. Ellos son Eva, Quique y Sía. Yo soy Nico y los perros se llaman el grande Waldo y el pequeño Homer. Y siento recibirte así, pero tengo que salir a una urgencia médica. La cocina está a la derecha. Han cenado y solo les queda tomar algo de postre. Dales lo que quieran. Tu habitación es la que está al fondo de la primera planta. Ya te la indican ellos. Imagino que regresaré en unas cuatro o cinco horas. Mi teléfono lo tienen los niños. Si lo necesitas, llámame.

La mujer me mira y parpadea. Veo que se seca el rostro con la toalla con premura.

—¿Te vas? —pregunta.

Hago un gesto afirmativo. No miro a Sía, que sé que me pone ojitos de llorar.

—Sí. —Cojo las llaves de la furgoneta—. Acomódate, y mañana por la mañana hablamos. —Luego les digo a los niños—: Vosotros portaos bien, ¿de acuerdo?

Y, tras darle un rápido beso a mis pequeños, abro la puerta y corro hacia la furgoneta. Tengo una urgencia en el trabajo.

Capítulo 9

Cuando aquel tipo cierra la puerta, me sorprendo.

¿En serio se ha ido y me ha dejado en su casa con los niños?

¡Me deja muerta!

Incrédula, no sé qué decir. Siempre había oído hablar de la amabilidad de las gentes del norte de España, pero ¿tanta?

Sin moverme, observo cómo los niños me miran. ¿Dónde estoy? ¿Qué lugar es este?

—*Edes* una *buja* fea y sucia.

—¡Estoy contigo, Sía! —murmura la niña mayor.

Suspiro. Mi pinta ha de ser deplorable. Bruja. Fea y sucia.

—Y encima he perdido dos uñas —me lamento, enseñándole mi mano derecha.

—Uisss, ¡qué ascoooo! —exclama el niño.

Cuando comenzó a llover, nunca pensé que caería agua como si el mundo se fuera a acabar. ¡Pero cómo llueve en el norte de España!

Al dejar la carretera principal, me metí en un camino de tierra que pensé que me llevaba a un hotelito, pero me quedé empantanada en una horrible zanja. Durante un buen rato intenté buscar cobertura en mi móvil para llamar a una grúa, pero, nada. ¡Imposible!

Viendo que la noche se me echaba encima, salí del vehículo e intenté empujarlo. Imposible también. Yo sola era incapaz de sacarlo de aquella zanja embarrada y por aquel camino no pasaba nadie. Al final y tras rescatar mi iPhone del mayor charco que había y viendo que la lluvia no daba tregua, cogí mi bolso y a mi perra, y abandoné el coche para caminar bajo la torrencial lluvia. Hacerlo supuso perderme, resbalarme, caerme, embadurnarme de barro y, por supuesto, empaparme de agua.

¡Madrecita, qué mal lo he pasado!

Tiritando estoy cuando oigo que suena música.

—Bonita canción —digo.

La niña mayor me mira.

—Ni que tú la conocieras —suelta con chulería. La miro. En su gesto veo el reto, y pregunta—: A ver listilla, ¿cómo se llama?

¡¿Listilla?! ¿Me ha llamado listilla esta niña? ¡Pero bueno!

Y clavando mis ojos en ella con su misma chulería, aunque me castañetean los dientes, respondo:

—Se llama «Seis de febrero». —El gesto de la niña cambia. La acabo de sorprender y añado—: Y como soy una listilla, te diré que la canta Aitana y la conozco personalmente.

—¿Cómo te llamas? —pregunta el niño.

—María.

El niño se ríe. La niña no. Ella dice algo en otro idioma y el niño responde. Durante unos segundos aquellos hablan algo que no entiendo.

—¿En qué idioma habláis? —pregunto.

Los niños me miran. No responden.

—*Dumano* —dice la pequeñita.

¿*Dumano*? ¿Qué es *dumano*?

—Si quieres ir a cambiarte de ropa —dice el niño, antes de que yo pueda preguntar nada—, te digo cuál es tu habitación.

—Excelente idea —afirmo, y observando el colgante que lleva en el cuello le digo—: Bonita garra de velociraptor. —El crío abre mucho los ojos y explico—: Mis hermanos, en especial Carlos, son unos locos de los dinosaurios. ¿Te gustan?

—Son una pasada —afirma.

El crío sonríe. Yo también.

—Vamos —apremia la hermana mayor.

Los críos van hacia unas escaleras y yo les sigo. Veo que mi perra y el perro pequeño de la casa se huelen con curiosidad.

—Vamos, Shirly —digo.

Ella me mira, y viendo que no tiene intención de hacerme caso, voy hasta ella, la cojo entre mis brazos y comienzo a subir las escaleras.

La casa no está mal, pero, claro, nada que ver con mi casa, que es actual y cómoda, además de que la tengo decorada con exquisitez, no como esta que se la ve algo anticuada. Cuando llegamos a la última puerta del pasillo, la niña mayor dice:

—Esa es tu habitación.

Rápidamente la abro y se me cae el alma a los pies.

¡Madrecita, qué horror!

La habitación es amplia, pero fría e impersonal. Cama. Mesillas. Tocador y armarito color oscuro. Y unas horribles cortinas a juego con el edredón de dibujos de ciervos con más años que Matusalén y que con toda seguridad tuvieron tiempos mejores.

—¿No tiene baño la habitación?

Los niños se miran. Vuelven a hablarse en aquel extraño idioma.

—El baño es la segunda puerta de la derecha —informa la mayor, señalando al pasillo.

¡Una habitación sin baño propio!

—Gracias —murmuro, consciente de que solo pasaré una noche allí.

—Quique —dice la niña mayor, que todavía lleva en brazos a la pequeña—, dejemos que se duche para que se quite el barro y se cambie de ropa.

Cuando se van, me meto a toda prisa en la habitación y cierro la puerta. Miro a Shirly, a la que, por suerte, he secado con la toalla y ha quedado perfecta.

—Tranquila —le digo—. Solo será una noche.

Cuando pienso en ducharme, maldigo. No tengo ropa. He dejado las maletas en el coche.

—¡Perdonad! —digo, abriendo la puerta. Los críos se paran, se dan la vuelta para mirarme—. No tengo ropa para cambiarme. ¿Podríais dejarme algo?

Se miran. En sus gestos veo que aquello les hace gracia y soltando a la pequeña de sus brazos, la niña mayor abre una puerta que parece un armario, y segundos después, se acerca a mí.

—Toma.

Horrorizada, cojo la ropa que me entrega, ¿qué es esto?

—Gracias —murmuro.

Cierro de nuevo la puerta de la habitación y me fijo en lo que me ha dejado. Un pantalón gris de chándal con pelotillas, una sudadera roja en la que caben dos como yo, unos horribles calcetines marrones y... ¡¿unos calzoncillos?!

¿En serioooo?

Con dos dedos los cojo. Pero ¿cómo me voy a poner eso? Y cuando levanto la vista de aquellos calzoncillos, que, por cierto, no tienen marca, me encuentro con mi reflejo ante un espejo del tocador y exclamo:

—¡Madrecitaaaaaaa!

Mi imagen es tremenda. ¡Terrorífica! No solo estoy empapada y embarrada, sino que la pintura de ojos se me ha corrido por el rostro y parezco..., parezco Morticia Addams. ¡Qué razón tenía el niño!

Pienso en mi amiga Soleá. Tengo que contactar con ella. He de decirle dónde estoy, pero no tengo teléfono.

Con pesar, miro mi preciado teléfono nuevo. Al salir del coche tratando de conseguir alguna rayita de cobertura, resbalé y caí al suelo con la mala suerte de que el móvil fue a parar a un charco, y cuando conseguí recuperarlo, ya se había ahogado. Intento darle calor. Darle mimo para que se encienda, pero nada. Definitivo adiós a mi iPhone. Por suerte, tengo todo subido a la nube, por lo que cuando compre otro, lo recuperaré. ¡Menos mal!

Durante varios segundos y bajo la atenta mirada de Shirly, pienso qué hacer. Tengo dos opciones. Marcharme o quedarme en aquel horrible lugar. Pero al oír un trueno y el sonido de la lluvia golpear en el cristal de la ventana, sé que definitivamente me tengo que quedar.

¿Adónde voy a ir con la que está cayendo?

Necesitada de entrar en calor y quitarme el barro de encima, decido ducharme, y al abrir la puerta Shirly sale corriendo. La llamo, pero hace oídos sordos. ¡Maldita sea, qué desobediente es cuando quiere!

El baño, que es la segunda puerta a la derecha, es estrecho, y, bajo mi punto de vista, necesita una actualización. Aunque, bueno, está limpio y plagado de infinidad de dinosaurios y muñequitos. El portarrollos, el toallero y la cortina de la ducha son amarillos y esta última tiene un gigantesco muñecajo de lo más horrible. Pero qué mal gusto.

Cuando me meto en la pequeña bañera y echó la cortina, al mirar hacia arriba veo una simple alcachofa.

—Por Dios, ¿cómo pueden vivir sin una ducha efecto lluvia? —murmuro.

Horrorizada, observo los botes de gel y champú que allí hay.

Pero ¿qué marcas tan raras utilizan aquí?

Con curiosidad, las huelo, y oye, no huelen mal. Incluso hay un gel que pone olor a chicle. Y sí. Huele a chicle. ¿Será esto bueno para el cuerpo?

Consciente de que aquello es lo más lejano a un *spa* que estaré en mi vida, abro el agua de la ducha, y al notar cómo sale calentita y corre por mi cuerpo, murmuro:

—¡Qué gustito!

Pero según digo eso, doy un chillido de puro pavor al notar que el agua se pone fría. Gélida. No tengo espacio posible para moverme en la pequeña bañera y el agua me congela mientras cae y la puñetera cortinilla amarilla se me pega al cuerpo, ¡qué ascooooooo!

El rato de ducha es un infierno. Tan pronto sale fría como caliente, por lo que termino lo más rápido que puedo y tan pronto me seco con las toallas que encuentro allí, maldigo al no tener mis cremas reafirmantes de cuerpo y cara. Todas se quedaron en el coche.

Miro los calzoncillos. ¿Me los pongo? ¿No me los pongo?

Finalmente, y tras mirar el enorme pantalón de chándal gris con pelotillas, decido ponerme los calzoncillos. Es totalmente necesario. Después les toca a los horribles calcetines marrones, y cuando me miro al espejo no me reconozco.

—¡Eres la antítesis de la elegancia! —exclamo.

Después de desenredarme el pelo con un peine de la Sirenita, recojo mis mojadas pertenencias, y sin zapatillas, pues lo único que tengo son los horribles calcetines marrones, abro la puerta del baño y casi me mato al tropezarme con el enorme perro que está tumbado en la puerta.

Lo miro. ¿Cómo me dijo que se llamaba?

—¡Waldo! —recuerdo—. Un poco más y me quedo sin dientes.

El perro, que es un enorme mastín color claro, me mira. Su cara de bonachón me hace saber que sin duda lo es, y como a mí los perros me vuelven loca, pues muchas veces pienso que tienen mejores sentimientos que las personas, me agacho y le doy un beso en su enorme cabezota.

—Eres un perro muy bonito.

Acto seguido, el animalito me da un lametón, y yo sonrío. Está claro que aquel grandullón es encantador y, tras darle un nuevo beso en la cabeza, bajo directamente al salón.

Al llegar veo a los niños que están con Shirly y su perro viendo la televisión.

—Eso es de papi —dice la pequeña, quitándose el chupete.

—Pues qué mal gusto tiene tu papi —farfullo.

Por suerte, no me oyen. Me doy cuenta de que la niña mayor me escanea.

—¿Cómo te llamabas? —le pregunto a la más chiquita.

—Sía.

—¿Sía?

—Sí.

—Oye, tienes un nombre precioso, ¿lo sabías? —pregunto sonriendo.

—Eva y Quique también —asiente la niña.

—Por supuesto. Aquí todos son preciosos —me muestro de acuerdo.

Eva y Quique me miran con curiosidad.

—¿Dónde puedo dejar esto? —les pregunto, señalando mi ropa mojada.

—En el cesto de la ropa para lavar de la cocina —responde el pequeño.

Miro mi empapado vestido *casual* negro de Yves Saint Laurent y la chaqueta de Roberto Cavalli. Qué pena..., qué tristeza, ¡cómo han podido acabar así!

—¿Dónde ponéis lo de llevar a la tintorería?

Los niños se miran.

—Aquí se lava todo en la lavadora —replica la mayor sin mirarme.

Sorprendida, asiento. ¿En serio no llevan nada al tinte?

—Bonitas uñas negras —le digo a la niña, mirando sus manos. Ella parece observarme ahora con interés, y yo añado—: Si te quitaras las cutículas, la uña se vería más estilizada.

—¿Qué son las cutículas? —pregunta la cría interesada.

Se lo señalo en su dedo.

—Pero que sepas que llevarlas en ese color te hace tener un estilo chic, atrevido y vanguardista, ¡son tendencia! —le digo. La niña esboza una tímida sonrisa. Yo pregunto—: ¿La cocina estaba por allí?

Los niños asienten.

Al llegar a la cocina no puedo evitar sorprenderme. A diferencia del baño y la habitación que me han asignado, aquella es una cocina moderna y actual. Está claro que la han reformado. ¡Qué amplia y bonita!

Tras dejar mis pertenencias al lado del cesto, los tres niños entran detrás de mí en la cocina.

—*Quedo pote* —dice la pequeña.

—¿Qué?

—*Quedo pote.*

—Ha dicho que quiere postre. La erre no la sabe pronunciar —indica Eva, con cierta desgana.

Vale. Ahora comprendo por qué no la entiendo. Pero me conmueve. Aquello que le pasa a Sía, según me contó mi abuelita Manoli, me pasaba a mí. Yo tampoco pronunciaba la erre. Rápidamente pienso que *dumano* era ¡rumano! ¿Por qué hablan estos niños ese idioma?

Pero no pregunto.

—¿Qué queréis de postre? —Recuerdo que su padre me ha dicho que les diera lo que quisieran.

Los niños se miran cuando la pequeñaja, empujada por el niño, dice:

—Yo *quedo* lo que hay en la bolsita *modada.*

—Se dice morada —corrijo.

—*Modada.*

—Mor-r-r-r-r-r-r-r-rada —insisto.

—*Modddada* —repite la cría.

—No la corrijas más —me corta la niña mayor.

—¿Por qué?

—Porque es pequeña.

Semejante argumento no me convence, pero asiento y callo. ¿Qué me importa a mí?

—*Quedo* eso —insiste la pequeña.

Señala a la encimera en donde hay tres bolsas moradas.

—Nosotros también queremos, pero solo si tú nos dejas —interviene la mayor.

Aissss, ¡qué monaaaaaa! ¡Solo si yo los dejo!

Y sin dudarlo y sin mirar, cojo las bolsitas. Cuando están ahí es por algo.

—¡Que os aprovechen!

—¿Nos lo podemos comer todo? —pregunta Quique.

—Por supuesto —afirmo convencida.

Los niños con rapidez agarran sus bolsas y desaparecen de la cocina.

—Pues sí que tenían ganas de postre —le digo a Shirly.

Al quedarme sola en la cocina no sé qué hacer. El caso es que yo también tengo hambre, por lo que abro la nevera y me sorprendo al ver la cantidad de túpers que hay en ella.

Madre mía, ¡qué apañado es este hombre!

Capítulo 10

La noche es terriblemente fea, pero, por suerte, me conozco los caminos y sé perfectamente por dónde he de ir y no ir.

Cuando llego a la granja de Andrés y Claudia, aparco el vehículo y tras saludar al perro Sancho, un antiguo inquilino de mi refugio, voy hacia la nave.

Al entrar me encuentro con Claudia y Andrés, iluminados por un farol. En sus gestos veo la preocupación. Al verme sueltan un suspiro de alivio.

—¡Ya estoy aquí!

De inmediato me fijo en Sultana. Está tumbada. Apenas se mueve.

—¿Desde cuándo está así? —quiero saber.

—Desde hace un par de horas —responde Claudia—. Antes estaba inquieta de pie. Pero desde que se tumbó, no se ha vuelto a levantar.

Comienzo mi examen. Le tomo la temperatura rectal, miro sus constantes y me concentro en detectar cualquier anomalía que yo pueda ver. Sultana parió hace unos días y aunque el parto fue bien y su ternero está estupendo, está claro que algo ese día se torció, por lo que me empleo a fondo en examinarla hasta que descubro que tiene dañada la pared de la vagina.

Abro mi maleta de medicamentos. Selecciono algunos de ellos y luego extiendo una pomada en la pared vaginal de la vaca.

—Tiene un feo desgarro en la pared vaginal —les explico.

—Ay, *pobriña* —se lamenta Andrés.

—Le voy a inyectar varios medicamentos que le harán mejorar en las próximas horas, y, tranquilos, que dolor no tiene.

—Menos mal —suspira aliviada Claudia.

—En este papel os receto los medicamentos que Sultana ha de tomar. Si todo va bien, mañana se levantará sin problema. En el caso de que no se levante, llamadme y volveré para ver qué ocurre, ¿de acuerdo?

Andrés y Claudia asienten agradecidos.

—Vamos —me dice Claudia—. Entra en casa y come algo. Que seguro que no has cenado.

Voy tras ellos. Mis tripas rugen de hambre y los tres en la cocina cenamos las exquisitas empanadillas y tortillas que Claudia prepara. Les pregunto por Arturo, su hijo. Y me dicen que está durmiendo, como es lógico.

Cuando terminamos de cenar, mientras disfruto de unas ricas filloas, a Andrés le suena el teléfono y mientras se levanta para atenderlo, mira a su mujer.

—Vamos. Dile a Nico quién llamó el otro día —le dice.

Sin que diga el nombre, intuyo quién es. Claudia y mi ex, cuando ella venía de Burdeos para pasar unos días conmigo, tenían una buena relación.

—Sorprendentemente, me llamó la Wiwi y me preguntó por ti.

Oír aquel apodo por el que llamaban mis amigos a mi ex, por ser francesa, me vuelve a hacer gracia.

—¿Y qué le dijiste?

—Que estabas bien. Soltero y con muchas mujeres llamando a tu puerta.

—Excelente matización —me mofo.

—La verdad. Aunque tú no quieras —afirma ella. Sonrío. Claudia, como casi todos, intenta buscarme novia. Algo en lo que yo no estoy interesado. Ella agrega—: Y bueno, tras contarme lo maravillosa que es su vida con ese empresario, cosa que me importa un *carallo*, la muy idiota me pidió que te dijera que la llamaras o le contestaras a algún mensaje de los que te envía, porque sigue pensando en ti. Cosa que espero que no se te ocurra hacer, o juro que te despedazaré.

No puedo evitar reírme.

—Lo último que haría en la vida sería llamarla —replico—, aunque fuera la última mujer de la tierra. Por lo tanto, si te vuelve a llamar, díselo.

—No sabes cuánto me alegra oírte decir eso, porque tan pronto me dijo eso, la mandé a la *merdiña* y le colgué. ¡No creo que vuelva a llamarme!

No puedo evitar pensar en los niños. El tiempo que estuvimos juntos, creí que ella los quería, pero ya luego me di cuenta de que no era así.

—Por cierto —dice Andrés, ya de vuelta—, era mi prima para decirme que la mujer que hoy tenía que llegar a tu casa, al final no irá. Al parecer, le ha surgido una urgencia familiar, por lo que ya está buscando a otra.

—Pero si esa mujer ya está en mi casa —me sorprendo.

—Yo solo te digo lo que acaba de contarme mi prima —dice Andrés, asombrado—. Por lo visto, Patricia...

—¡¿Patricia?! —Cuando Andrés asiente, yo ya me estoy levantando—. La que está en mi casa se llama algo de Addams. Creo que Morticia, pero...

—¿Morticia Addams? —pregunta Claudia.

Mis amigos sorprendidos se miran.

—Me voy —digo, saliendo acelerado.

—¿Voy contigo? —pregunta Andrés.

—No. Pero si no te llamo en veinte minutos, ¡llama a la policía!

Agobiado y angustiado, me monto en la furgoneta y salgo derrapando. Llamo al teléfono de Eva. Pero no me lo coge. ¡Joder con la niña!

Tiemblo. Me tiembla todo el cuerpo. ¿Con quién he dejado a los niños?

Por suerte, es la una menos cuarto de la madrugada, hace un tiempo terrible y por los caminos que transito no hay gente, por lo que voy más rápido de lo normal. Finalmente, llego a la granja y llevo el coche casi hasta la puerta. Al salir del vehículo con rapidez, oigo música a todo meter. El corazón se me va a salir de la boca y segundos después, cuando abro la puerta y entro en el salón, me sorprendo al ver a los niños bailando y cantando a gritos.

Saltan sobre los sillones. Tiran los cojines por los aires. Ríen y cantan. Y yo, acelerado, voy hacia el equipo de música y lo paro.

—¿Qué *carallo* estáis haciendo?

Los niños me miran. Se ríen. Los veo acelerados.

—¡Papiiiiiiiiii, *mida*! ¡Eva me enseñó a *pedear*! —grita Sía, moviendo el trasero.

¿Cómo que Eva le enseñó a perrear? Pero ¿estamos locos? No entiendo nada. Miro alrededor. Veo a Waldo dormido ante la chimenea.

—¿Dónde está la que os tiene que cuidar? —pregunto.

—*Dumiendo*.

¿Durmiendo?

¿Cómo que durmiendo?

Incrédulo, parpadeo, cuando veo las bolsitas moradas sobre la mesita baja del salón e infinidad de chucherías y latas de refresco abiertos.

—No me digáis que os habéis comido todo eso.

—¡Sí! —afirma Sía.

—¡Morticia nos dejó! —dice Quique.

Boquiabierto, al ver el acelere que tienen los chicos por la sobredosis de azúcar que llevan en el cuerpo, pongo un gesto serio.

—¡A dormir ya! —les ordeno.

—No seas cortarrollos.

Oír eso no es lo mejor en estas circunstancias.

—Eva, ahora no es el momento.

Luego me dirijo a la escalera y la subo a grandes zancadas. Veo a Homer tumbado delante de la puerta del fondo.

—Pero ¿tú que haces aquí que no estás abajo con los niños?

El perro me mira, y yo sin más abro la puerta y enciendo la luz.

—¡Tú! ¡Morticia! ¡Fuera de esta casa ya! —grito enfurecido.

Desde mi posición veo que ella de un salto se sienta en la cama. Me mira con ojos adormilados mientras su perra comienza a ladrar.

—¿Qué pasa? —pregunta.

Sin más, me acerco a la cama, tiro del edredón y se lo quito de encima.

—¡Pasa que no sé quién eres! —grito—. Y no entiendo que estés aquí durmiendo mientras los niños están totalmente descontrolados en el salón, cuando deberían de llevar horas dormidos.

—¡¿Qué?!

—Lo que has oído —siseo furioso.

La desconocida se levanta de la cama. Está en calzoncillos con una vieja sudadera mía.

—¿Qué haces con esa ropa? —pregunto.

Veo que se da cuenta de lo que enseña. Por cierto, tiene bonitas piernas. Y rápidamente, se pone un pantalón gris que vuelvo a reconocer como algo mío.

—Me la dieron tus hijos cuando me duché —explica—. Y, por cierto, ¿a ti nadie te ha dicho que los colores burdeos y marrón no combinan?

Incrédulo, la miro. Señala mi ropa. Pero ¿esta tía es tonta?

Y cuando le voy a decir lo que le combinaría yo, en este instante añade:

—Lo de Morticia no tiene gracia. ¡Me llamo María! —¿María? ¿¡En serio!? Joder..., ese nombre me persigue—. Y un apunte más —apostilla—. A ver si jubilas esta ropa que llevo, porque tiene más años que el hilo de coser.

Pero ¿de qué habla esta?

—Vamos. Recoge tus cosas y tu perra, y fuera de aquí —le pido, molesto.

Boquiabierta, no se mueve.

—Dame cinco minutos —dice.

—¡Dos!

—¡Por favorrrrr, no me agobies! —oigo que gruñe.

—Ya me has oído, ¡fuera de mi casa! —insisto.

Mira el reloj que lleva en la muñeca, después mira a la ventana.

—Pero si es tardísimoooooo —dice.

—Morticia...

—Que no me llamo Morticia.

—Tu nombre me da igual, ¡fuera de esta casa!

—Pero..., pero... ¡está diluviando!

—¡Déjate de peros y márchate!

—¡No tengo teléfono móvil! Se ahogó, y no puedo llamar a nadie.

—Ese no es mi problema.

La mujer levanta el dedo para decirme algo en plan peleón cuando me suena el teléfono. Es Andrés. Cuando contesto veo que Waldo entra en la habitación y aquella mujer le hace una carantoña.

—Todo bien, Andrés —le digo—. No hace falta que llames a la policía.

Después de colgar, la desconocida me mira.

—¿Policía?

—Si quieres la llamo, y para que no te mojes bajo la lluvia, duermes en el calabozo. ¿Prefieres eso?

En su rostro se dibuja la sorpresa. Echo a Waldo de la habitación.

—Mi ropa está empapada junto al cesto de la ropa sucia que hay en la cocina y...

—Tranquila —la interrumpo—. Puedes llevarte la que tienes puesta. Era para donar a la beneficencia.

Haciendo un gesto raro, coge sus botines, que están empapados, y veo que son de la marca Burberry. Marca elitista. Sin duda, por eso está tan pesadita con la ropa.

La mujer, tras mirar los botines se los pone y la sensación de frío que debe percibir al hacerlo la siento hasta yo por el gesto que hace.

—Voy a acostar a los niños. Cuando regrese, no quiero veros ni a ti ni a tu perra aquí —le suelto.

Al darme la vuelta, Quique, Eva y Sía están detrás de mí, junto a Waldo y Homer. Los cinco me miran.

—Cada uno a su cama ¡ya! —levanto la voz.

—Pero...

—Eva —le corto—. ¡Ya es ya!

—Pero no la puedes echar. ¡Está lloviendo mucho y no tiene adónde ir! —insiste, sorprendiéndome.

Voy a protestar cuando interviene Quique:

—No te enfades con ella por algo que nosotros hicimos mal.

—Quique... —murmuro.

—¡No es justo! —insiste.

—Lo que no es justo —levanto la voz— es que vosotros estuvierais haciendo lo que estabais haciendo a la una de la madrugada cuando deberíais llevar dormidos horas. ¡Eso es lo que no es justo! Y que sepáis que a las siete y media os vais a levantar para ir al colegio. ¿Me habéis oído?

Los críos se miran. Es la primera vez desde que vivo con ellos que les hablo de esta manera. Suelo ser tranquilo. Condescendiente y conciliador. Pero la tensión que he sufrido al darme cuenta de que los había dejado con una extraña me tiene acelerado.

—Tranquilos, chicos —oigo a mi espalda—. Yo cargo con todas las consecuencias ante este troglodita del norte recién salido de las cavernas.

—¿Me acabas de llamar troglodita del norte? —pregunto, molesto.

—Con todas las letras —replica, sin cortarse un pelo—. ¿No me llamas tú a mi Morticia?

Oír eso me encabrona. Pero ¿esta de qué va? Y más cuando veo que los niños sonríen.

—Sois unos niños encantadores, a pesar de que sois un poquito cabroncetes —les dice, guiñándoles un ojo—, por cómo me la habéis jugado. Pero ahora todos a la cama. Haced caso a vuestro padre.

—Pero...

—Quique, cielo, por favor —insiste ella—. Vete a la cama para que el troglodita de tu padre deje de mirarme con cara de querer asesinarme.

Los niños, sorprendentemente, desaparecen en sus habitaciones.

—Te has pasado tres pueblos —le digo, ofuscado.

—Tú cinco ciudades —me suelta.

Atónito, porque no se calla, exijo:

—Recoge tus cosas de la cocina y vete.

Veo cómo agarra a su perra con la correa que lleva en las manos y pasa por delante de mí sin decir nada. Al hacerlo, de pronto siento cierta pena. Hace una noche horrible, pero sin querer bajar la guardia la sigo hasta la cocina. Allí veo que coge un gurruño de ropa negra y empapada, y lo mete en su enorme bolso.

—Ya lo tengo todo —dice.

—Pues ¡adiós!

—Oye, no sé qué hice mal, pero...

—Lo primero que hiciste mal fue meterte en mi casa, como si fueras alguien que no eras sin aclararlo. Y lo segundo, irte a dormir y dejar que los niños se pusieran hasta arriba de chucherías y refrescos. Pero ¿es que tú no sabes que eso los sobreexcita y es nocivo para su salud? Y lo tercero, llamarme troglodita del norte.

Ella me mira. En sus ojos veo una furia que minutos antes no tenía.

—Quizá la culpa también es tuya por presuponer que yo era esa persona sin hacer más preguntas, ¿no?

Oír eso me escuece. Tiene razón.

—Sobre los niños, los acosté antes de irme a dormir, pero debieron de levantarse cuando me dormí. Y en cuanto a las chucherías y los refrescos, no sabía que fuera tan grave que...

—Con la edad que tienes —le corto—, ya te vale no saberlo.

—¿Sabes tú cuál fue el diamante más grande del mundo? —La miro. Pero ¿qué clase de absurda pregunta es esa?—. Pues lo mismo te digo. Con la edad que tienes, ya te vale no saberlo.

Nos miramos. Su mirada es desafiante cuando veo que da un beso a Waldo en la cabeza.

—Mi coche está por ahí perdido, metido en una zanja, y no sé cómo llegar hasta él —me explica.

—¡Fácil! Recorre el mismo camino que hiciste para venir hasta aquí.

—¿De noche, sin luz y diluviando?

Vuelve a tener razón. Para alguien que no es de la zona, puede ser complicado lo que dice.

—¡Adiós, Morticia! —digo, queriendo encabronarla.

Asiento. Asiente. Y la acompaño hasta la puerta de la casa. Al abrirla, la lluvia nos da de pleno. Realmente hace una noche de perros.

—Madrecita, ¡qué nochecita! —exclama.

Cuando sale de la casa, directamente de un portazo cierro la puerta y, enfadado, miro a mi alrededor. Ver los cojines tirados por el suelo junto con las latas de refrescos abiertos, y las chucherías, me hace entender que ella ha dejado que los niños hicieran lo que quisieran.

—Esta vez has sido tú quien la ha echado. No nosotros —oigo decir a Quique.

—¡A la cama! —voceo.

—Papi. *Pobesitaaaaaaa.*

—¡A la camaaaaa! —repito.

Tan pronto oigo los pasos de los niños correr hacia sus habitaciones, me acerco a la ventana y veo a la mujer sentada en medio de un charco. Intuyo que ha resbalado y caído. Como puede, se levanta y siento pena. Yo no soy así. Si he reaccionado como lo he hecho ha sido por el susto que he sentido en el cuerpo. Homer se sube a la mesa para mirar por la ventana y lloriquea al igual que Waldo.

Diluvia. Hace frío y, tras resoplar, voy hacia la puerta y la abro.

—Eh, ¡ven aquí! —grito.

La mujer se da la vuelta.

—¡No, gracias! —grita ella.

—¡María! —insisto.

Ella vuelve a mirarme y sacándome un dedo, me lo muestra.

—¡Que te den, troglodita del norte! —dice.

Boquiabierto, por aquel feo gesto, estoy por entrar en casa y olvidarme de ella.

—*Carallo*, mujer, ¡que está diluviando!

—Anda, mira, ¡no me había dado cuenta! —oigo que se burla.

Sigue caminando. Se aleja con su bolsazo y su perra en brazos. Pero por cómo se toca el trasero con la mano libre, sé que al caer se ha hecho daño.

—¡¿Estás bien?! —grito.

—A ti te lo voy a decir.

Pero no. No puedo dejar que se vaya. Con seguridad, su excursión nocturna terminará mal y será por mi culpa. Salgo de la casa, corro hacia ella y la cojo del brazo.

—Vamos, María. No seas cabezota y regresa —le digo.

—¡Nivel superado, a desbloquear nueva pantalla!

Oír eso me deja parado. No sé a qué se refiere. Ella se suelta de mi mano. Su perra me enseña los dientes cuando la deja en el suelo.

—No necesito tu ayuda. ¡No necesito la ayuda de nadie! —grita, con el agua corriéndole por el rostro—. Yo sola me las apañaré.

—Pero, mujer...

—Me echas de tu casa de malos modos, me llamas Morticia y ahora dices que regrese. Mira, troglodita del norte, ¡que te den!

¿Me acaba de llamar otra vez troglodita del norte?

Continúa andando mientras Homer se posiciona junto a la perra de ella y yo, entendiendo el enfado de la mujer, voy hasta ella.

—Lo siento —me disculpo, quitándome el agua del rostro. Me mira. En su cara veo el enfado. Yo añado—: Esperaba a una mujer que venía a cuidar de mis hijos mientras yo iba a atender una urgencia médica. Llegaste tú y te confundí con ella. Y luego me enteré de que esa mujer no iba a venir y me asusté porque no sabía quién eras tú y con quién había dejado a los niños.

—Me doy cuenta de que mis palabras la sorprenden—. Lo admito. Me he comportado como un troglodita del norte al levantarte de la cama como te he levantado y al gritarte como te he gritado. Pero es que, para mí, Eva, Quique y Sía lo son todo en la vida.

En silencio y mientras la lluvia nos cala nos miramos. Le tiendo la mano.

—Soy Nicolás Andazola —me presento—. Siento haberme puesto como un troglodita del norte y haberte llamado Morticia. Y bueno... si aceptas mis disculpas puedes regresar a la casa y llamarme Nico.

Sonríe. Vaya. Me gusta su sonrisa.

—Efectivamente, te has comportado como un troglodita del norte. Pero tras tu explicación entiendo por qué —dice y estrecha mi mano—. Siento no haber sabido cuidar bien de tus hijos y haberte llamado troglodita del norte. Y vale, te disculpo lo de Morticia. Pero que sepas que llevo toda mi vida cargando con ese nombrecito por mis apellidos y la inicial de mi nombre, y que me lo diga un desconocido no me agrada. —Me río. Se ríe, y añade—: Encantada, Nico, soy María Addams, y como hice varias cosas mal, te pido disculpas.

Dicho esto, sin soltar su empapada mano, tiro de ella y los dos corremos hacia la casa acompañados por nuestros perros, mientras sin saber por qué nos reímos.

Capítulo 11

Cuando termino de ducharme en la pequeña ducha y entro en calor, contenta, me desenredo el pelo de nuevo con el peine de la Sirenita. Es lo que hay.

Entiendo la explicación que me ha dado el tal Nico sobre las razones de su enfado. No la cuestiono. Ya me pareció raro que me aceptara en su casa así como así.

Al salir del baño, miro el reloj. Las dos de la madrugada. La casa está en total silencio, pero yo ahora no tengo sueño. Me he desvelado. Por lo que, sin hacer ruido para no despertar a nadie, bajo los escalones y me sorprendo al ver a Nico sentado frente a la chimenea mirando su teléfono móvil.

—¿No duermes? —me pregunta al verme.

Me acerco a él. Tiene el pelo mojado como yo por la ducha.

—Me he desvelado —le digo, y me siento—. ¿Y tú?

—Lo mismo.

Ambos sonreímos.

—Gracias por el pijama —le señalo la ropa que llevo. Nico asiente y yo, incapaz de callar, añado—: Por cierto, y no te lo tomes a mal, pero esto padrea. ¿Cómo puedes usar un pijama así?

Me mira sorprendido y me doy cuenta de que he sido demasiado sincera. Pero es que el pijama verde con cuadros marrones creo que es la cosa más fea que me he puesto en mi vida.

—Vale. Me he excedido en mi comentario —admito—. Pero es que...

—¿El pijama es cómodo y calentito? —pregunta. Hago un gesto afirmativo. Es de franela y comodísimo—. Entonces, el que sea feo queda en un segundo plano, pues cumple su función.

No puedo rebatirlo. El pijama más feo no puede ser, pero cumple su función.

—Viéndolo así, tienes razón —claudico—. Imagino que también es para donar a la beneficencia.

—No. Me lo compré la semana pasada —responde.

¡Madrecita! ¡Mejor me callo!

Durante unos instantes los dos permanecemos callados. Waldo, el enorme mastín con cara de bonachón, se acerca a mí y con su enorme cabeza me da en la mano para que lo acaricie. Lo hago. Le gusta cómo lo toco.

—¿Qué quiere decir *padrea*? —quiere saber él.

—Para otros no sé, pero para mi amiga y para mí, significa que está algo pasadito de moda y te hace parecer mayor —explico.

—¿Sabes cuál fue el diamante más grande del mundo? —pregunta de nuevo.

—Por supuesto. El diamante Cullinan.

Me mira sorprendido. Y me enseña su teléfono, donde veo que lo estaba consultando.

—¿Y por qué lo sabes?

Sonrío. Decirle que lo sé porque mi familia se dedica a la alta joyería con diamantes no creo que sea buena idea.

—Me gusta estar informada de todo. ¡Soy curiosa! —respondo.

Asiente. Deja su teléfono sobre la mesita.

—¿Qué has querido decir antes con eso de ¡nivel superado, a desbloquear nueva pantalla!? —sigue curioseando.

Oír eso me hace gracia. Está claro que he llamado su atención y, tomando aire y dándome un masaje cerca del culo, digo:

—La vida es como un videojuego. Vives, luchas, juegas para superar niveles y, una vez concluido, se desbloquea el siguiente nivel para continuar viviendo, luchando y jugando.

Le hace gracia mi explicación.

—¿Duele? —se interesa.

Sé que se refiere a mi trasero, y asiento.

—Entre las caídas de esta tarde y la que me he dado hace un rato, me duele el culo una barbaridad. Y encima he perdido otra uña, ¡un horror!

Entonces se levanta, desaparece en la cocina, y vuelve casi de inmediato.

—Para tus uñas no tengo remedio, pero esta es una pomada que utilizo con los niños cuando se caen. Creo que te vendrá bien. Pero, doliéndote donde te duele, es mejor que te la eches tú.

—Totalmente de acuerdo contigo —digo, agarrando con seguridad el frasco que me tiende.

Se sienta de nuevo y el silencio nos vuelve a rodear.

—¿Cómo puedes vivir sin una ducha efecto lluvia? —pregunto.

Sonríe, y tras mover la cabeza responde:

—Porque aquí, en Galicia, el efecto lluvia lo tengo siempre que quiero.

Vale. Se está riendo de mí cuando murmuro.

—Esta vez el agua de la ducha ha salido todo el rato caliente —le digo—. Tienes que hacerlo mirar, porque esta tarde, cuando me duché, el agua no paraba de cambiar de fría a caliente. Más que una ducha, ¡fue una tortura!

—Dale las gracias a Eva por esa tortura.

Parpadeo, sin entender, cuando Nico aclara:

—Si abres el grifo del agua caliente de la cocina, en el baño de los niños sale fría. Por eso tenías agua fría y caliente. Porque seguramente ella lo abría y cerraba.

Boquiabierta, no sé qué decir, cuando añade:

—No eres la primera persona a la que le hace esa travesura. Eva es especialista en ciertas cosas, y temo que Quique y Sía, con el tiempo, se le unan.

Oír aquello de pronto me hace gracia. Mis hermanos y yo a la edad de Eva hacíamos infinidad de trastadas.

—Leche con miel y pan con mermelada. Tómalo. Te sentará bien —señala una bandeja.

Sin dudarlo, hago lo que me pide. En silencio, disfruto de aquello que se convierte en un exquisito manjar.

—Qué rica leche, pero la mermelada es ¡excelente! —alabo.

—La leche procede de mis vacas ecológicas y la mermelada la hacen mi tía y sus amigas.

—Impresionantes ambas cosas, pero la mermelada es exquisita.

—Gracias.

Está riquísima. Nico se levanta a echar otro tronco en la chimenea y no sé por qué me fijo en su trasero. Vaya..., lo tiene durito y respingón. ¿Irá al gimnasio? Uf... Me encantaría extenderle la pomada a él.

Divertida por lo que pienso, me fijo por primera vez en aquel tipo. Es un hombre alto, moreno, ojos azulados y con barbita de un par de días. Y aunque no es el típico guapo de manual como lo era Dani, reconozco que es atractivo. Eso sí, su manera de vestir es tremendamente rural. Es más, no diría ni que padrea, básicamente ¡abuelea!

Curiosa, observo cómo aviva el fuego. Luego agarro mi bolso y al sacar mi ropa húmeda no puedo evitar una exclamación.

—¡Madrecita, qué desastre!

Mi vestidito *casual* de Yves Saint Laurent y la chaqueta de Roberto Cavalli parecen dos puñeteros trapos. Pero, sin querer dramatizar, pues eso se lo dejo a mi madre, los coloco en un lateral de la mesa para luego llevarlos a la cocina.

—Muerto por ahogamiento —diagnostico, sacando mi móvil.

Nico me mira.

—Gran putada, es un iPhone, ¿verdad? —deduce, rápidamente.

—Sí. Lo compré hace días —aclaro.

—Doble putada.

—Me compraré otro. —Y lo dejo sobre la mesa.

Veo que Nico asiente. Yo saco el tabaco.

—¿Puedo preguntarte dónde estamos? —quiero saber—. Sé que llegué a Galicia, pero, si te soy sincera, no sé realmente dónde estoy.

Nico se ríe y se vuelve a sentar en el sofá.

—O Porriño —informa.

Al oírle, niego con la cabeza. Y le enseño el paquete de tabaco que he sacado de mi bolso.

—Fumo algún cigarro que otro —explico—, pero *porriños* precisamente no.

Él suelta una carcajada.

—Te estoy diciendo que estás en el municipio de O Porriño —explica, muerto de risa—. No que fumes *porriños*.

¡¿O Porriño?! ¿Qué es O Porriño?

Debe de leer en mi gesto que no sé de qué me habla, así que me aclara:

—O Porriño es un municipio de Pontevedra. Que limita al norte con Mos, al sur con Tuy, al oeste con Gondomar y al noroeste con Vigo.

—Vigo... me suena.

—Está a unos veintiséis kilómetros.

Estoy segura de que debe de estar pensando que soy una idiota.

—¿Eres médico? —le pregunto, más que nada para cambiar de tema y que deje de mirarme como si fuera tonta.

—Veterinario.

En silencio, saco de mi bolso el neceser con las pinturas y sobre la mesa lo vacío en busca de mi labial reparador. Tengo los labios secos y agrietados.

—¿Las iniciales que hay grabadas en tu bolso son por ti? —me pregunta cuando lo estoy extendiendo.

Rápidamente miro lo que él señala. Aquel bolso de Loewe me lo regaló mi hermano Ángel. Y por hacerme una gracia, ordenó poner una plaquita en un lateral con mis iniciales M. A.

—Uisss, qué va. Es por Morticia Addams —me río.

—¿No te llamas María Addams? —se mofa.

—Así me llamo. Pero esas iniciales son simple casualidad. Mi hermano lo vio, y como alguna vez me llama Morticia, no dudo en comprármelo.

—Por tu acento, eres de Madrid, ¿verdad? —observa, recostándose en el sillón.

—Sí.

—Pero tu apellido, Addams, no es muy madrileño.

—Mi abuelo era americano, descendiente de irlandeses.

—¿Americano de dónde?

—De Nueva York.

—Vaya... —murmura.

Mi mente comienza a trabajar. No quiero que sepa quién soy. No deseo que me prejuzgue por el dinero que tiene mi familia, como suele hacer todo el mundo, aunque dudo que este veterinario de pueblo conozca las joyerías Harry Addams.

—Tú, para vivir aquí, no tienes mucho acento gallego —trato de desviar la conversación.

—En la *terriña* solo llevo viviendo tres años. —Y cambia el tono a otro más gallego.

Sonreímos.

—¿Dónde vivías antes?

—Se puede decir que fui ciudadano del mundo. —Está claro que él tampoco desea dar mucha información sobre sí mismo—. ¿A qué te dedicas?

Tomo aire.

—Estoy en paro —respondo, mientras voy guardando lo que he sacado de la bolsita. Es verdad. No estoy mintiendo. Mi padre me ha dado la patada. Pero al ver cómo me mira, observando que Waldo está dormido frente a la chimenea, añado—: Trabajaba en una perfumería. Pero cuando se me acabó el contrato, me echaron.

—¡Qué fatalidad!

Me encojo de hombros. Me toco el anillo de oro blanco con diamantes que fue de mi abuelita Manoli y que nunca me quito del dedo porque es mi amuleto de la buena suerte.

—La vida en ocasiones es así de caprichosa —sentencio. Me mira. Reconozco que su intensa mirada me pone nerviosa—. ¿Puedo preguntarte algo muy muy, pero que muy personal? —trato de cortar ese momento. Él asiente y pregunto—: ¿Dónde está la madre de los niños?

—Murió. —Oír eso me deja sin respiración. ¡Oh, por Dios! Él añade—: Y su padre también.

Aquello sí que no me lo esperaba.

—¡Me dejas muerta! —exclamo, con sorpresa—. Y perdón por lo de muerta.

Como siempre, ya había sacado yo mis conclusiones.

—Mi hermana Clara y su marido Vasile murieron hace tres años en un accidente de tráfico —me explica—. Y desde entonces, soy yo quien se ocupa de los niños.

—Pensé que eran tus hijos. Te llaman *papá* —replico, intrigada.

Veo que sonríe. Luego le da un largo trago a su leche.

—Esa vida caprichosa de la que hablas —dice— fue la que hizo que Eva, Quique y Sía ahora sean mis hijos y mi vida. Y, aunque me ha costado adaptarme a la situación, como a ellos, aquí estoy, luchando por sacar adelante la granja y los niños, e intentando que esta vida sea una buena vida para los cuatro.

Se me eriza la piel de todo el cuerpo.

—¿Puedo hacerte otra pregunta indiscreta? —murmuro.

—Puedes...

—¿Por qué los niños hablan rumano?

—Vaya. Veo que ya lo han hecho delante de ti.

—Sí.

—Mi cuñado Vasile era rumano. Y él les enseñó su idioma.

Vaya. Ahora lo entiendo todo.

—Siento mucho lo de tu hermana y tu cuñado.

—Gracias.

—Yo tengo dos hermanos, y si algo les pasara, yo me moriría.

—Por desgracia, la vida es así de cabrona —replica, con una triste sonrisa—. Pero hay que seguir viviendo y desbloqueando pantallas, como tú dices.

Guardamos silencio unos instantes.

—¿Puedo preguntarte qué haces por aquí? —vuelve él a la carga.

—Cuando me quedé en paro, decidí hacer un viaje y, bueno, acabé aquí —contesto.

Le cuento mi odisea con el coche, la zanja, el barro, la lluvia, el móvil y cómo llegué hasta su casa. Al relatarle mi torpeza, se ríe.

—Mañana hablaré con Quin —dice—. Tiene una grúa de coches y seguro que él o su hija encuentran tu vehículo y sin problema lo sacan de la zanja.

—Te lo agradeceré un montón.

Nos miramos sin decir nada. Solo se oye el golpeteo de la lluvia contra la casa y el crepitar del fuego. El momento es tranquilo, relajado. Durante un rato bromeamos sobre nuestro raro encuentro y la confusión.

—Entonces, ¿cuándo vendrá la mujer que esperabas? —quiero saber.

Suspira. Por su gesto deduzco que pasa algo.

—Según me ha dicho Andrés, al final no vendrá. Le ha surgido una urgencia familiar y...

—¿Te ha dejado colgado?

Asiente.

—Tengo que seguir buscando, aunque, por suerte, puedo contar con tía Rosiña y las Susis.

Volvemos a quedarnos callados. Lo que se me pasa por la cabeza es una locura. Algo que en la vida me hubiera imaginado que propondría.

—¿Qué te parece si yo ocupo su lugar?

¡Madrecitaaaaaa!

¿Pero qué acabo de decir? ¿Acaso me he vuelto loca o es que la leche y la mermelada que estoy tomando llevan setas alucinógenas?

—¡¿Tú?!

—Estoy sin trabajo —insisto.

Vale. Los niños siempre me han gustado, y la verdad, cuidarlos no tiene que ser difícil.

—A ver, María. No tengo nada en tu contra. Pero yo necesito una persona que esté con los niños las veinticuatro horas del día, se ocupe de la casa, y no se agobie por vivir en una granja de vacas.

—¿Y crees que yo me agobiaría?

—Sí.

Su aplastante sinceridad me sobrecoge.

—¿Y por qué lo crees?

—Porque eres urbanita. Mujer de ciudad. Y demasiado... fina.

Asiento, pero me molesta.

¿Por qué papá me dice que soy una bestia parda y este me dice que soy muy fina?

¿Acaso no encajo en ningún sitio?

Vale. Reconozco que soy una urbanita por excelencia que adora la ciudad y sus comodidades. Pero también creo que tengo la suficiente capacidad como para adaptarme a cualquier medio que me proponga. Y dispuesta a conseguir lo que no sé por qué de pronto me parece una excelente idea, pregunto:

—¿Alguna vez has vivido en una ciudad?

—Sí.

—¿Y te adaptaste a vivir en ella?

—Por supuesto.

—¿Y qué te hace pensar que yo no puedo adaptarme a vivir en el campo?

—Porque el marrón y el burdeos no combinan.

Me río. Se ríe. Y madrecita cómo me mira. ¡Qué miradaaaaaa!

—Vamos. Sé sincero. ¿Por qué crees que no seré capaz?

Nico asiente.

—¿En serio lo quieres saber, Morticia?

—En serio..., troglodita del norte.

Ambos reímos.

—¿Te ves haciendo la compra en el súper, preparando comidas, limpiando y ordenando la casa, y sobre todo cuidando de unos niños sin preocuparte de si los colores de tu ropa combinan o no?

Uf..., lo pienso. Vale, no sé cocinar, pero para algo existen los restaurantes. Si algo me gusta es comprar, y me encanta tener la casa ordenadita. Odio el desorden. En cuanto a los niños, si sé cuidar de mi perra, digo yo que podré cuidar a unos niños y, por supuesto, soy totalmente capaz de conseguir que los colores de mi *outfit* combinen.

¿Pero qué dice este?

—¿También habría que hacer tareas en la granja? —pregunto.

—No. Pero toda mano siempre es buena —indica Nico, que no para de sonreír. Me río. Se ríe. Y luego, ese desconocido para mí que no me quita ojo, indica—: Las condiciones son las siguientes. Mil doscientos euros al mes y ocuparías la habitación que ya conoces.

¿Mil doscientos euros al mes? Pero, por favor, si eso me lo gasto yo en unos zapatos.

—El trabajo consiste en cuidar a los niños y ocuparte de las cosas de la casa. Las tareas de la granja no serían de tu competencia, aunque, como te digo, una mano extra siempre es bien recibida. Eva y Quique se levantan todos los días a las siete y media de la mañana para entrar al colegio a las nueve en Vigo y han de desayunar antes de marcharse. Sía estaría contigo todo el día, pues hasta el curso que viene no irá al colegio. Quique y Eva se quedan en el colegio a comer, por lo que no hay que recogerlos hasta las cinco los lunes y los miércoles. Los martes y los jueves se los recoge a las siete, pues tienen actividades —Asiento. Pero ¿por qué asiento? Él prosigue—: Cuando llegan del colegio, tienen que merendar y hacer los deberes, algo que a Eva no suele gustarle y más porque repite curso. Y sobre las ocho se duchan y ponen el pijama, para estar cenando a las nueve menos cuarto. Suelen acostarse sobre las diez menos cuarto de la noche, más o menos. Eso de lunes a viernes. Los fines de semana, los horarios son más flexibles, pero igualmente hay que ocuparse de ellos y de la casa. Dicho esto, en diciembre les darán las vacaciones de Navidad, y entonces los tendrás las veinticuatro horas del día en casa a los tres. Por lo que tendrías que buscar actividades para entretenerlos.

Vuelvo a asentir.

Aunque tengo cara de enterarme de todo, realmente no me estoy enterando de nada.

—Las dietas están incluidas y tendrías un día a la semana libre —añade—. Pero sobre todo y muy importante es tener el compromiso de que estarás con nosotros hasta después de la Navidad.

—¿Por qué hasta después de Navidad?

—Porque, como te he dicho, en Navidad a los niños les dan las vacaciones en el colegio y no puedo permitirme que nadie me deje colgado. —Ante mi gesto afirmativo, continúa—: Además de los niños, atiendo la granja y asisto como veterinario a las granjas de alrededor. También tengo una pequeña protectora de animales, y en Navidad me encargo de gestionar el mercadillo navideño de O Porriño, donde personas como mi tía y sus amigas venden su mermelada.

—¿Esta mermelada? —Señalo el bote.

—Sí.

—¿La hacen ellas?

—Sí. Ya te lo dije.

—Guauuuu. Está buenísima.

Nico sonríe. Qué sonrisa más bonita tiene. Me siento cautivada por el momento, su sonrisa, y la sinceridad de su mirada.

—Quiero ayudarte —digo—. Dame ese trabajo y te prometo que hasta después de Navidad me tendrás por aquí. Pero eso sí, que tu amigo siga buscando a alguien que luego venga y te ayude con los niños, porque yo regresaré a Madrid. Tengo mis propios planes —miento.

¡¿Qué?! ¿Pero qué acabo de decir? ¡¿Acaso me he vuelto loca?! ¿Pero qué voy a hacer yo en... O Porriño? ¿En serio voy a cuidar de unos niños y una casa? ¿De verdad acabo de decir que quiero pasar las Navidades aquí? ¡Cuando se lo cuente a Soleá va a flipar! Pero, por Dios, ¡si ya estoy flipando hasta yo!

Madrecita, qué mal estoy. Sin duda, estoy perdiendo la razón.

Durante unos segundos, Nico y yo nos miramos. Imagino que está valorando mi propuesta.

—¿Por qué no pasas la Navidad con tu familia? —se interesa.

Pienso en Carlos y en Ángel. Este año será la primera vez que la pasaré alejada de ellos. De mis padres ya estoy acostumbrada.

—Es personal y largo de contar —respondo, y sin querer dramatizar.

Nico asiente. Respeta mis motivos y no indaga más.

—De acuerdo, María —me tiende la mano—. El trabajo es tuyo a partir de este instante.

Estrecho con firmeza su mano, como se tiene que hacer cuando se cierra un trato, pero, a diferencia de otras veces, el roce de su piel contra la mía hace que mi estómago se contraiga.

—Gracias —murmuro.

Nico suelta mi mano.

—Ahora, es mejor que nos vayamos a la cama. —Se levanta—. A las siete y cuarto sonará el despertador, y aunque me duela, los niños van a ir al colegio.

Estoy acostumbrada a madrugar. Me levanto y hago ademán de retirarme.

—Esto es mejor que no se quede aquí —oigo que dice, y señala las tazas, la mermelada, la leche y el pan.

—Pienso como tú —replico. Nos miramos, y entonces caigo en la cuenta de qué quiere decir—. Ahhhh, ¡vale! Ahora mismo lo llevo a la cocina.

—Te ayudo.

Mientras él coge el pan, la leche y las tazas, yo agarro la mermelada y mis pobres Yves Saint Laurent y Cavalli.

—La mermelada métela en la nevera —me dice, al llegar a la cocina—. Primer estante a la derecha.

Él pone el pan en un pequeño cesto que cierra con un trapito, y luego mete las tazas en el lavavajillas.

—Eso es para la tintorería —señalo. Veo que parpadea y aclaro—: Que, por supuesto, pagaré yo.

Asiente. Mira lo que llevo en mis manos y no dice nada. Después se dirige a las escaleras.

—¿Dónde está mi perra? —pregunto.

—No lo sé. —Al mirar, veo solo a Waldo durmiendo junto a la chimenea. Nico dice—: Tranquila. Estará con Homer. Déjala y no te preocupes. De aquí no escapará.

Subimos la escalera. La casa está totalmente en silencio. Él se para de pronto y choco con él. Uf..., qué bien huele.

—Antes de dormir, siempre échales un ojo a los niños —me explica—, por si necesitan ser arropados o cualquier cosa.

Asiento, y para quedar genial, abro una puerta, veo a Quique dormido. Abro otra, Eva está dormida también, pero cuando abro la tercera puerta, al no ver a la pequeña en la cama, lo miro alarmada. Él, sonriendo, hace un gesto y abre la puerta de al lado.

—Sía suele levantarse por la noche para meterse en mi cama —señala.

Al ver a la pequeña en el centro de aquella enorme cama, esbozo una sonrisa. Entramos juntos en la habitación.

—Esta habitación es enorme —digo, echando un vistazo alrededor.

Nico asiente. Con cuidado, coge a Sía entre sus brazos.

—La llevo a su cama.

Al quedarme sola, miro a todos lados. Aquella habitación, además de grande, es acogedora y bonita, y posee una chimenea de esas de película. ¡Qué pasada! La estancia es muy masculina. Tonos grises para las cortinas y el edredón, muebles oscuros, y sobre la chimenea hay varios marcos de fotos que no acierto a ver desde donde estoy. Curiosa, voy hasta una puerta entreabierta y al ver el bonito baño reformado con una preciosa bañera estoy a punto de silbar.

—Tienes baño propio —digo, al ver que él entra de nuevo en la habitación.

—Beneficios de ser el papi de la casa.

—Está recién reformado, ¿verdad?

—Lo terminé hace apenas un mes.

—¿Lo hiciste tú?

Nico asiente y yo no sé por qué sonrío. De pronto me invade una especie de nerviosismo al encontrarme a solas con él allí.

—Bueno. Me voy a dormir. Buenas noches —me despido a toda prisa.

—Buenas noches —lo oigo decir.

Me dirijo a la habitación que tengo asignada y cuando entro en ella me quedo sin habla al ver a Shirly y Homer durmiendo sobre la cama.

—¿Se puede saber qué ocurre aquí? —Los perros me miran, y yo, empujando a Homer, musito—: Vamos, Romeo, ¡fuera de aquí!

Cuando el perro sale de la habitación, cierro la puerta.

—Ándate con ojo, Shirly Coco Addams. Solo te digo eso —le susurro a mi perra, que me observa.

Capítulo 12

31 de octubre de 2025

Un golpe en el costado me despierta.

¡Joderrr!

Como cada noche, es Sía, que ha vuelto a mi cama cuando estoy dormido. Con cariño la miro. Reconozco que esta pequeñaja puede conmigo, y cuando la arropo, miro el reloj y me levanto. Son las siete y diez y el despertador sonará en breve.

Metiéndome en la ducha me reactivo. No hay nada mejor que una ducha para despertarse. Oigo cómo suenan los despertadores de Quique y Eva. Los paran. Y seguro de que no se han levantado, voy hasta sus puertas y las abro.

—Vamos, ¡arriba! —les digo. Los dos me miran con cara de enfado. Tienen sueño—. Ah..., lo siento. Si servís para trasnochar, servís para madrugar.

Esbozo una sonrisa de vuelta a mi habitación, aunque me siento mal, porque sé que los niños están cansados. Instantes después, mientras me lavo los dientes, los oigo trastear por sus habitaciones y hablar. Prefiero no saber lo que dicen.

Quince minutos después, ya vestido, salgo al pasillo. Son las ocho menos cuarto. Afino el oído, pero no escucho movimiento en la habitación de María. Me acerco, y golpeo con los nudi-

153

llos en la puerta. Nadie contesta. Vuelvo a llamar. Lo hago varias veces y al no recibir noticia, soy consciente de que se ha dormido.

¡Pues sí que comienza bien el primer día!

No sé qué hacer. ¿La aviso? ¿No la aviso? Pero al final me decido por la primera opción. Si fuera el caso contrario, me gustaría que hicieran lo mismo por mí. Pero antes regreso a mi habitación y con decisión voy hasta un arcón que hay debajo de la ventana y uso como asiento.

Allí hay ropa y cosas personales de mi hermana y de mi cuñado. Las guardé en cuanto llegué a la casa para evitar que los niños las siguieran viendo. Sin pensar demasiado, cojo un vaquero, una camiseta, un jersey y unas botas de agua. Mi hermana y María parecen de las mismas medidas. Espero que le valga.

Vuelvo a la habitación de María, toco con los nudillos y abro la puerta con decisión. Está enroscada en la manta.

—María..., María... —digo desde la puerta.

Se mueve. Se enrosca más en la manta y soy consciente de que o subo la voz o no me va a oír.

—Morticia, ¡hay que levantarse! —exclamo.

Ella da un salto en la cama y se sienta. Su gesto adormilado y su cara me hacen saber que me ha oído.

—Ok. Troglodita del norte.

Me río. Se ríe. Que se levante de buen humor siempre es bueno.

—¿Has olvidado poner la alarma del móvil?

Su gesto cambia y se levanta de la cama a toda velocidad. Al hacerlo, veo que, como la noche anterior, solo lleva la parte superior del pijama.

—Vamos. Vístete. Iré preparando el desayuno —le digo, y dejo la ropa que llevo en mis manos sobre la cama, intentando no mirar sus bonitas piernas.

Con rapidez, salgo de la habitación. Saco la leche del frigorífico y preparo varios tazones. También saco el Cola-Cao y la caja de galletas.

En la moderna máquina de café que me compré, meto una cápsula y pacientemente espero a que el café salga mientras cojo el bolígrafo que tengo sobre la encimera y apunto en la lista que hay que comprar leche.

—Nenoooo..., ya estoy aquí. —Instantes después entra en la cocina tía Rosiña. Deja sobre la encimera una bolsa—. Madre mía, hijo, ¡qué tiempo más *feuchiño*! Sigue orballando. —Sonrío. Tiene razón. Seguimos con llovizna. Pregunta, abriendo la bolsa—: ¿El perrillo que está con Homer es uno nuevo para el refugio? —Miro a la perra de María, con el pelo seco parece otra cosa, mi tía continúa—: Uis, *neno*, parece un perro de esos como los que tienen las *Cagasian*.

Sonrío. Sé de lo que habla. Ella y sus amigas adoran cierto *reality* que hay en la televisión.

—Kardashian, tía. Kardashian —la corrijo.

—Bueno. Tú me has entendido, ¿no? —Asiento. Mi tía es especialista en cambiarle a todo el mundo el nombre—: Mira que son guapas y buenas mozas todas ellas —afirma—. Por cierto, traigo magdalenas recién horneadas.

—Hummm, ¡qué ricas!

De pronto entra María en la cocina y se dirige a mí, apurada:

—Madrecita. Disculpa. Se me olvidó recordarte que no tenía teléfono móvil y que me tenías que despertar. —Por encima de la cabeza de María veo la cara de tía Rosiña. No sabe quién es. Es la primera vez que la ve, y antes de que yo pueda decir algo, María añade—: Te agradezco muchísimo la ropa. Pero, sinceramente, mi *outfit* es horroroso, ¡*madreo* con él! —¿¡Madrea!?—. Lo bueno que tiene el jersey es que su color es tendencia. Las botas de agua, además de feas, me quedan grandes, pues son un cuarenta y yo uso un treinta y nueve. Lo pantalones vaqueros son de mi talla y, bueno, son unos básicos. Pero la camiseta al menos tiene diez años. ¡Pero si esta marca ya no existe! ¿Esto también era para la beneficencia?

—¿Y tú quién eres?

María rápidamente se da la vuelta. Mira a mi tía con la misma curiosidad que mi tía la mira a ella y recogiéndose el cabello con el bolígrafo que tengo sobre la encimera le extiende su mano.

—Soy María Addams. Encantada de conocerla, señora.

Tía Rosiña me mira. Yo sonrío.

—¿Otra Mari?

—¡Tía!

Veo que mi tía saca sus propias conclusiones.

—Aquí, *riquiña*, saludamos dando dos *bicos* y un abrazo —dice.

Con una sonrisa, María lo hace. Su actitud ante mi tía me agrada. Mi exnovia jamás hizo semejante cosa.

—Y ella es mi perra Shirly —dice cuando nota que el animal se mete entre las piernas en busca de cariño.

—Uisss..., la Chirli, qué graciosa es.

—Es Shirly —corrige María.

—Pues eso, ¡Chirli! —Mi tía, que ya ha bautizado a la perra, me mira e indica—: Pero, *nenoooo*, ¡qué calladito te lo tenías!

Suspiro. En su mente se está componiendo algo que no es.

—María se ocupará de los niños y de la casa a partir de hoy —aclaro.

Mi tía asiente.

—Ais, Mari, qué alegría saberlo —dice.

—María —corrige ella.

Vale. También acaba de bautizar a María.

Acto seguido, entran Quique y Eva en la cocina.

—Maríaaaaaa, ¡estás aquíííí! —grita Quique.

Ella sonríe. Quique la abraza y, sorprendentemente, Eva también sonríe.

—¿En serio crees que son *chic*? —pregunta, enseñándole las uñas.

—Tremendamente *chic*. Y si quitamos la cutícula y le ponemos una joyita de *strass* en el centro, ¡quedarán ideales!

Tras aquella rara conversación entre ellas, que no entiendo, Quique y Eva se dirigen a la mesa.

—Papá, María sabe que esto es una garra de velociraptor —me susurra Quique.

—¡*Carallo*! —sonrío divertido.

Pero en sus caras está el cansancio de no haber dormido las horas suficientes.

—¿Y esas *cariñas* de sueño? —pregunta la tía Rosiña.

—Eso se debe a que anoche estuvieron de juerga —respondo. Los niños ni me miran. Saben que lo que hicieron estuvo mal, y yo sentencio—: Y por eso, este fin de semana, los dos estáis castigados.

—¡Jopetassssss! —gruñe Quique.

—¡Qué cortarrollos eres! —se suma Eva.

—Sí, Eva, sí —afirmo—. Lo sé. Soy tu cortarrollos particular. Pero, como siempre os digo, toda acción tiene su consecuencia. Y ahora... solo hay que asumirla. Por lo que...

—Realmente —interrumpe María— lo que ocurrió anoche creo que fue culpa mía. No supe gestionar bien lo que tenía que hacer y...

—Vamos. Desayunad —le corto.

—Oye, ¡estaba hablando yo! —gruñe María.

—Yo también hablaba.

—Odio que hablen cuando interrumpo —insiste.

Incrédulo, la miro. Desde luego, esta mujer es única.

—Desayunad. Nos tenemos que ir —ordeno.

—¿De dónde has sacado eso?

Eva se refiere a la ropa que María lleva.

—Lo sé —suelta ella—. Mi *outfit* es un horror. Pero es la ropa que me ha dado tu padre, que, por cierto, lleva un jersey horroroso. —Y me señala.

—¿Por qué lleva ropa de mamá? —gruñe Eva.

—Madrecita..., retiro lo de *outfit* de horror.

Eva me mira. Espera una contestación.

—Lleva la ropa de tu madre porque se va a ocupar de vosotros —explico—, tiene que acompañarme a Vigo para saber dónde está vuestro colegio, y no puede hacerlo en pijama.

—¿Y tiene que ser la ropa de mamá? —insiste.

Al oírla, soy consciente de que he actuado sin pensar.

—Lo siento... Lo siento... Me la quitaré ahora mismo —se disculpa María, antes de que yo pueda decir nada.

Cuando María va a salir por la puerta, Quique la agarra del brazo.

—No te la quites —le pide.

Tía Rosiña y yo nos miramos.

—Quique, lleva la ropa de mamá —dice Eva.

—¿Y qué? A ella le gustaría.

Desde mi posición veo cómo Eva y Quique se miran a los ojos. En silencio siento que se comunican.

—Te aseguro, Eva, que molestarte es lo último que quiero —interviene María—. Si esta ropa es de tu mamá y no quieres que me la ponga, estás en todo tu derecho de...

—Quique tiene razón —dice ella.

¡*Carallo*!

—A mamá le gustaría que la utilizaras —repite Eva.

Al oírla, se me eriza el vello del cuerpo. Yo que llevo ocultando todas las cosas de mi hermana y de mi cuñado para que Eva no sufra, y ahora veo que aquella ropa le hace bien.

—Estás muy guapa, Morticia —declara Quique—. Uis, perdón, ¡María!

—¡Serás bicharraco! —se ríe María.

Veo cómo mis niños tocan aquel jersey con mimo. Está claro que verlo y su tacto les trae bonitos recuerdos. Quizá me equivoqué guardando tan rápidamente todo lo de mi hermana.

—Estoy segura de que vuestra mamá está muy orgullosa de vosotros —declara María.

Malo. Si algo no soporta Eva es que hablen de su madre.

—¿Tú crees? —pregunta Quique.

—Por supuesto que sí. —El gesto de Eva cambia. Se vuelve más sombrío. María, ajena a aquello, mira a la niña y dice—: Mi abuelita Manoli, que está en el cielo, siempre decía que su amor y todo lo que me enseñó sería lo que me guiaría y fortalecería en cada paso que diera en la vida. Y vuestra mamá seguro que os lo enseñó, ¿verdad? —Los niños asienten; ella continúa—: Mi abuelita también decía que cuando ella estuviera en el cielo, cada vez que viera que yo era amable, cariñosa y buena persona con alguien, se sentiría muy orgullosa de mí y sonreiría. Por eso, aun sin conocer a vuestra madre, sé que ella estará muy orgullosa de vosotros y sonriendo. —Para mi sorpresa, Eva no protesta como pensé que iba a hacer—. Mi abuelita también decía que los abrazos son sanadores y recargan la energía. ¿Necesitas un abrazo?

Eva rápidamente niega con la cabeza. Pues no es ella rarita para los cariñitos.

—Yo síííí quiero unooooo —reclama Quique.

Sonriendo María lo abraza; Eva los mira y sé que, aunque le gustaría ser abrazada, se hace la dura.

—Ay, *neno*..., qué *riquiña* la Mari —me susurra mi tía, emocionada.

Conmovido por el momento y la situación, hago un gesto afirmativo.

—Ya que estás aquí, necesito que te quedes con Sía, que aún duerme —le pido a mi tía—. Tengo que enseñarle a María dónde está el colegio de los niños, e iremos juntos en mi coche a Vigo.

Mi tía asiente cuando María, que ya no abraza a los niños, me mira y pregunta:

—¿Dónde tienes los copos de cereales?

—¿Desayunas eso? —pregunta Quique.

Niega con la cabeza.

—Yo no. Pero ella sí —Y señala a su perra, que está a su lado.

Oír eso me hace gracia. ¿En serio que la perra desayuna copos de cereales?

Los niños y mi tía se miran sorprendidos, para luego mirarme a mí.

Creo que es la primera vez que oyen algo así. Yo abro la puerta de la pequeña alacena de la derecha y señalo al saco de pienso para perros que tengo allí.

—Waldo y Homer comen eso —le digo—. Tu perra lo puede comer también.

María se acerca al saco. Lo examina.

—No conozco esta marca de pienso.

—Es buena.

—No lo dudo. Pero no la conozco.

—Soy veterinario. Fíate de mí.

María abre el saco. Mete la mano y, enseñándome una de las bolas, pregunta:

—¿Cuánto pesa Waldo?

—Cincuenta y cinco kilos.

—¿Y Homer?

—Nueve.

—Shirly pesa tres kilos doscientos cuarenta gramos. ¿De verdad crees que esta bola de pienso tan descomunal para su boquita no la ahogaría?

Boquiabierto la miro. El pijismo de esta mujer es increíble. Mis perros del refugio, a excepción de los cachorritos, comen cualquier tipo de pienso que les pongo.

—¿Sabes lo que es el wifi? —pregunta.

Imagino que piensa que, por vivir en una granja, somos unos cromañones que desconocemos las nuevas tecnologías.

—¿Es una marca de comida de perros? —indago.

Resopla.

—¿Pero en qué siglo crees que estás?

—¿No estamos en el XVII? —De nuevo María me mira boquiabierta, y yo me río e indico—: A ver, María, ¡claro que sé lo que es el wifi! ¡Y estamos en el siglo XXI!

—¿Y tenéis wifi aquí?

—Pues claro que tenemos —afirma Eva, con gesto molesto.

—¿Podrías comprar la comida que yo te diga para Shirly? —me pregunta—. Es que no tengo móvil, si no, lo haría yo misma. Por supuesto, te la pago, ¡faltaría más!

—La compraremos en Vigo después de dejar a los niños en el colegio. Mi amigo Rómulo tiene una tienda de animales.

—¡Estupendo! —afirma, y sonriendo y mirándonos a todos, dice—: Shirly come unos sobrecitos de *mousse* de pavo con verduritas que están enriquecidos con ácidos grasos omega 6, que le ayudan a tener una piel hidratada y el pelaje impresionante.

Mi tía y los niños me miran. El que la perra desayune copos de cereales y coma *mousse* de pavo con verduritas creo que les ha volado la cabeza.

—Vamos, o llegaremos tarde —los apremio.

Minutos después, cuando los niños terminan su desayuno y cada uno retira su tazón, miro a una desconcertada María, que sigue mirando la comida de los perros.

—Ponte esa parka y vayamos para el coche.

—¿No la tienes en otro color? —pregunta, mirando la prenda de color marrón.

Abro los ojos como platos. ¿Ha preguntado lo que he creído oír?

—No. No la tengo en otro color —respondo.

—Pues no me gusta.

—Pues no hay otra.

—Pero ese color...

—¡¿Qué pasa con el color?!

—Que es color mierda.

—Uisss, ¡lo que ha dicho! —se mofa mi tía.

—Póntela —insisto.

—Pero ¿de quién es algo tan horroroso?

—Es mío —contesto, crispado.

Por su expresión intuyo que piensa que tengo un gusto espantoso.

—Además de no ser tendencia —replica—, y tener un color pésimo, no es mi talla. No. Definitivamente, no me la voy a poner.

—Hace *fresquiño* y llueve —interviene mi tía.

Ella niega con la cabeza, y yo, sin ganas de insistir ante algo tan absurdo como el color o la talla de una parka, salgo hacia el coche seguido por los niños, mientras comienzo a dudar si he hecho bien contratando a aquella mujer.

Ya en el coche, mientras los niños se ponen los cinturones de seguridad, veo que María sale. Tan pronto lo hace se queda paralizada. Su gesto de frío lo dice todo. Y segundos después vuelve a entrar en la casa.

—¿Qué hace? —pregunta Quique.

No sé qué responder. No sé qué está haciendo la señorita *outfit*. Segundos después, sale de nuevo, y veo que lleva su bolsazo en la mano. Da dos pasos y se vuelve a parar. Mira hacia el coche con gesto congelado y dándose la vuelta entra otra vez en la casa. ¡Joderrrr, que vamos a llegar tarde!

Instantes después repite el proceso. Esta vez, además de su bolsazo, lleva la parka puesta.

—Aunque su color es horrible, me quede grande y no sea tendencia, su cometido lo cumple a la perfección —admite cuando se sube en el coche. De pronto mira hacia la derecha, donde Beatriz abre una puerta por donde salen unas vacas, y pregunta—: Madrecita, ¿esas son vacas ecológicas?

—Aquí, en la granja, todas las vacas son ecológicas —aclara Quique.

María mira las vacas que Beatriz saca al prado cuando murmura:

—Uisss..., pues llamadme tonta, pero al ser ecológica yo pensé que... —murmura.

—¿No me digas que pensaste que eran verdes? —Quique, Eva y yo nos tronchamos. María no. Y recordando una coletilla que ella suele decir cuando se sorprende por algo, murmuro—: Te he dejado muerta, ¿ehhhh? —Finalmente se suma a nuestras risas, e intentando que empiece a comprender el entorno en el que se mueve, le explico—: Cuando digo que nuestras vacas son ecológicas, me refiero a que su alimentación se basa únicamente en ingredientes naturales y orgánicos.

Antes de salir de la granja, vuelve a preguntar:

—¿Eso son gallinas?

—Sí. Y ponen unos huevos riquísimos —apostilla Quique.

En el camino hacia el colegio de los niños, que está en Vigo, le voy describiendo lo que nos rodea y veo cómo María lo mira todo con sorpresa y expectación, pero ¿de dónde ha salido?

Al llegar al colegio, les digo a los niños antes de que se bajen del coche:

—María vendrá a buscaros esta tarde. Por lo tanto, estad pendientes.

Eva y Quique asienten. Quique me da un beso, pero Eva no.

—¿Eva no te da un beso? —se sorprende María, tan pronto se bajan los niños.

—No.

—¿Por qué?

—Pues no lo sé, María, no se lo he preguntado.

—Pues muy mal. Los besos refuerzan los lazos de cariño. Mi abuelita Manoli, siempre que nos llevaba al colegio, nos exigía besos. Y la verdad, ahora lo recuerdo como algo muy bonito y especial.

Sus palabras me hacen recordar que mi madre nos hacía lo mismo cuando nos acompañaba al cole.

—¿Tengo que venir sola esta tarde a buscar a los niños?

—Sía te acompañará. El camino, como has visto, no tiene pérdida. Es todo recto.

—¿Y he de traer este *outfit*?

Me río. Reconozco que me empieza a hacerme gracia su pijismo.

—Eso depende de ti —respondo—. Si quieres, puedes venir en pijama.

Lo que le digo la horroriza. Lo veo en su cara.

—¿Y en qué vehículo vendré? —vuelve a preguntar. Mira a su alrededor, y murmura—: ¿Tengo que venir en este trasto?

—Si quieres, encargo una limusina con chófer —me mofo. Mi Nissan Patrol tiene alrededor de dieciséis años.

—No es automática, ¿verdad? —quiere saber.

Toco la palanca de cambio. María la mira.

—No me digas que no sabes conducir un coche de la manera tradicional —cuestiono, divertido.

—A ver. Claro que sí.

—¿Entonces?

—Pues que donde esté la comodidad de un coche automático que se...

—¿Te apetece un café? —la corto.

—Oye..., estaba hablando.

—Lo sé.

—Y si lo sabes, ¿por qué me interrumpes?

Arranco el vehículo y a pesar de que lo que he hecho no está muy bien, replico:

—Porque lo que ibas a decir ¡no es tendencia!

—¡Serás idiota!

—¡Oyeeee...!

Nos reímos. Yo avanzo por Vigo. En nuestro camino se interesa por lo que ve. Un año más, Vigo está dispuesta a convertirse en el lugar donde se viven las mejores Navidades del mundo, y yo decido hacerle un *tour* por la ciudad. Tras dejar a los niños, no tengo prisa.

En nuestro camino le explico que cada año Vigo se convierte en un espectáculo con millones de luces LED, impresionantes adornos e infinidad de actividades que atraen a visitantes de todo el mundo. Todo lo que le cuento le sorprende y maravilla, y me pide que visitemos Vigo por la noche. Yo acepto, quiero que vea la ciudad iluminada.

—Eva seguramente no querrá acompañarnos —le advierto.

—¿Por qué?

—Porque, desde que sus padres murieron, digamos que le ha cogido manía a la Navidad. Y, en el fondo, la entiendo, pues para mí la Navidad ya no es lo que era cuando Clara estaba viva.

Me mira sorprendida.

—La Navidad es una fiesta que siempre se tiene que celebrar. ¡Es mágica! —exclama.

—María, a Eva le faltan su madre y su padre, y...

—Pero tiene a sus hermanos, te tiene a ti, y también está tu tía. La Navidad no es lo que se tiene, sino a quién se tiene. ¿Realmente vas a permitir que Eva no celebre nunca más en su vida la Navidad? —La entiendo. Entiendo lo que dice. Ella prosigue—: ¿Quique y Sía qué opinan de eso?

—Sía es pequeña y yo intento hacer cosas por Quique. A él le gusta la Navidad, aunque por su hermana sé qué se contiene. Es complicado, pues si contento a Quique, enfado a Eva, y viceversa.

María asiente. Creo que me entiende, porque no vuelve a preguntar nada más. Poco después paro el coche en doble fila.

—La tienda de animales de mi amigo Rómulo es esa —le señalo—. Entra y compra lo que le tengas que comprar a tu perra. Dile que vas de mi parte.

Se quita el cinturón, baja y desaparece en el interior de la tienda portando su enorme bolso. Pasan cinco minutos. Diez. Quince, ¡joder que me van a poner una multa! Y cuando estoy a punto de bajar porque ya han pasado veinte minutos, la veo salir cargada con dos enormes bolsas. Pero ¿qué come su perra?

María abre la puerta trasera del coche. Mete aquello que ha comprado, y luego ocupa el asiento del copiloto.

—Tu amigo Rómulo muy simpático —dice—, pero conjuga fatal los colores de su *outfit*.

Eso me hace gracia. Rómulo es especial vistiendo.

—¿Qué has comprado que ocupa tanto? —me intereso.

—Una camita para Shirly de lo más ideal. La he visto y, por favor, ¡no he podido resistirme! También le he comprado un chubasquero nuevo y unas botas de agua. Aquí los va a necesitar. Ah, y les he comprado a Waldo y Homer unos chubasqueros monísimos. Van a estar muy guapos con ellos. —La miro sorprendido. ¿Ha comprado unas botas para su perra? ¿En Madrid a los perros los ponen botas de agua? Antes de que yo pueda intervenir, añade—: Y, por supuesto, cereales para su desayuno y sus sobrecitos de *mousse* de pavo con verduritas. Ya tiene para quince días como poco. —No doy crédito. La tontería que tiene con la perra sin duda es de urbanitas, y cuando voy a arrancar, pone su mano sobre la mía y dice—: ¿Puedo pedirte otro favor?

Confieso que cuando me mira con esos ojos y veo su dulce rostro, me pongo nervioso. Esta chica me está ganando, a pesar de sus pijerías.

—Lo siento, pero no tengo tiempo para ir a comprar ropa para solucionar tu *outfit*. Es más, conociéndote seguro que eres de las que, para comprarse algo, tardas horas.

—Depende. En Armani y Carolina Herrera no suelo tardar nada porque es todo ideal de la muerte. Pero reconozco que hay otros diseñadores que mmmm, me lo tengo que pensar.

—Durante unos segundos guardamos silencio y creo que hasta sonreímos. Luego continúa—: Puedo dejar para otro momento la ropa y la manicura, pero necesito ¡urgentemente! comprarme un teléfono móvil. Te recuerdo que el que tenía se ahogó.

Lo entiendo. La última vez que se me rompió el mío, tuve una extraña sensación hasta que me compré otro.

—¿De la marca manzanita?

—¡Sí!

Sonrío. Lo sabía. Ya sé adónde tengo que ir. Al poco rato aparco y nos bajamos.

—En este centro comercial hay una tienda Apple —le digo.

—¡Estupendo!

Al cabo de diez minutos, nos encontramos ya en la tienda y somos atendidos por un amable dependiente. Mientras María y él hablan, yo curioseo entre los aparatos que sé que Eva quiere de regalo, y ¡joder! qué precios. A mi manera de ver, que una cría de apenas trece años tenga un teléfono tan caro es una locura. Me gusta que los niños tengan lo que necesitan, pero, la verdad, esto me parece excesivo.

Tengo claro que he de hablar con Eva para hacerle cambiar de idea. Luego me acerco a María y me sorprendo al ver que se ha comprado precisamente un iPhone 16 con infinidad de accesorios. ¿Necesita todo eso?

Sé que el material que el dependiente deja sobre el mostrador cuesta un pastón. María saca la tarjeta de su cartera y, al hacerlo, inevitablemente se me van los ojos. Aquella tarjeta de crédito es una American Express Centurión, de color negro, y me sorprendo. Es una tarjeta que solo he visto a mi antiguo jefe en Londres, y sé que hay muy poca gente que la tiene.

—¿Eso es tuyo? —pregunto.

—Sí.

—¿Y es de verdad? —María asiente y yo murmuro—: ¡Me dejas muerto!

Perplejo, no sé qué decir. ¿En serio posee esa tarjeta?

Segundos después, salimos de la tienda Apple y decido llevarla a un sitio que a una urbanita como ella le va a encantar. Y sí. Le gusta. Lo veo en cómo se transforma su rostro al entrar.

—Un Starbucks, ¡qué ilusión! —exclama.

Me hace gracia. Estos urbanitas son la leche.

—¿Qué quieres tomar? —le pregunto.

Feliz, veo que se acerca hasta el mostrador.

—Yo te invito —ofrece.

—No hace falta.

—Lo sé. Pero quiero invitarte por tu amabilidad.

No voy a discutir.

—Hola. Soy María y quiero un *latte macchiato* suave y ligero —oigo que le pide a la chica del mostrador—, con un toque de espumosa leche semidesnatada presentada con arte y elegancia en un vaso alto de cristal, por favor.

La chica del Starbucks me mira boquiabierta. Creo que nunca le habían pedido nada de aquella manera.

—Yo un expreso —le digo.

Mientras esperamos a que nos sirvan, veo a María emocionada. Muy sonriente. Está visto que tener teléfono móvil y estar en este local le hace sentir bien, y cuando nos entregan el pedido le falta levitar de la emoción.

Ocupamos una mesa para tomarnos con tranquilidad los cafés.

—Tengo una curiosidad —dice de pronto.

—Tú dirás.

—¿Por qué tu tía, cuando ha oído mi nombre, ha dicho «otra Mari»?

El teléfono me suena. Con un gesto, le pido unos segundos. Es Iria, la hija de Quin.

—Buenos días, Nico.

—Buenos días, Iria.

—He encontrado el vehículo del que le hablaste a mi padre en el camino del perito andaluz. Cuando le dijiste que se había quedado tirado en un socavón, y me lo comentó, supe que sería en ese punto, pues cuando llueve, o eres cuidadoso al pasar por ahí, o te quedas tirado. Ya lo saqué con la grúa, y lo acabo de dejar ante tu casa. Por cierto, ¡qué buenas están las magdalenas de tía Rosiña! —Sonrío. Si alguien encuentra siempre los coches cuando se pierden por los caminos son Quin y su hija Iria—. Una cosa, Nico —añade—, el coche es impresionante.

—¿Ah, sí? —pregunto curioso mientras María gesticula y disfruta de su café.

—En la vida había visto uno tan de cerca.

Sorprendido, me levanto para alejarme de María.

—Es un Audi TTS Coupé TFSI 225 de 306 cv —explica—, pero ¿tú sabes lo que cuesta ese bicho? —Sin entender la emoción de Iria, no sé qué decir, cuando oigo—: Solo viéndolo por fuera, y sin examinar del todo el equipamiento que tiene, debe de costar alrededor de unos setenta y cinco mil euros.

¡Joder!

Aquello me deja patidifuso, o mejor, ¡me deja muerto!, como ella suele decir. Para gastarte ese dinero en un coche,

¡debes de tener un dineral! Recuerdo entonces la tarjeta de crédito negra.

—Pero ¿qué dices? —murmuro.

Desde que la conozco, nunca había visto así de emocionada a Iria.

—¿Pero a quién tienes metido en tu casa? —pregunta—. Tía Rosiña me ha comentado que es una joven muy *riquiña* llamada Mari, y *riquiña* debe de serlo en todos los aspectos. Un bicho así no está al alcance de cualquiera. Y, por cierto, estaba tremendamente embarrado y al llegar a tu casa le he dado un manguerazo. No podía permitir que esa maravilla de coche no luciera como se merece.

Miro a María. Lo cierto es que apenas sé nada de ella, a excepción de que es puntillosa con todo lo que nos rodea y que le gusta lo caro.

—Gracias por llevar el coche a casa. Ya me dirás cuánto es para decirle a la *riquiña* que os pague vuestro trabajo —le digo a Iria y, acto seguido, me despido de ella.

Mi mente va a mil y comienzo a armar el puzle que en mi cabeza tengo en lo relativo a María. Está claro que le gustan las cosas caras. Su ropa. Sus accesorios. Su coche. ¡Pero si hasta su perra desayuna copos de avena!

—El mundo se ve diferente ante un estupendo café o un *latte macchiato*, ¿verdad? —me dice cuando vuelvo a sentarme junto a ella. Me mira. La miro. Y añade—: Estoy tan feliz que soy capaz de obviar la horrible parka color mierda que llevo puesta, las terribles botas de agua y que me faltan tres uñas. Y, por cierto, sigo esperando a que me respondas a lo que te pregunté a por qué tu tía te dijo eso de «otra Mari»

—¿Tu coche es un Audi TTS Coupe? —pregunto sin contestar a lo que quiere saber.

—Sí.

—Pues que sepas que la hija de mi amigo, Iria, ya lo ha localizado. —Sorprendida, me mira cuando aclaro—: Anoche, antes de dormir, le envié un mensaje a Quin, para decirle que necesitaba que encontrara un coche que estuviera en un radio de dos a tres kilómetros de mi casa, que se había quedado tirado por culpa de una zanja, y bueno, ya lo ha localizado y lo ha remolcado hasta mi casa.

—¡Qué eficiente!

—Lo es —afirmo convencido, cuando me suena el teléfono móvil y al mirar, digo—: Me acaba de decir Iria la totalidad que le has de pagar por el trabajo hecho.

—¿Sabes si lo puedo pagar por Bizum, cheque o transferencia?

Dudo que Quin tenga Bizum, por lo que le escribo a Iria para preguntar. Segundos después, ella me indica que sí. ¡Qué moderna! Y tras ponerles en contacto para que le pase la factura a María, esta teclea en su iPhone.

—¡Hecho! Pagado —dice.

—¿Es de tu propiedad ese coche?

—Sí.

—Pero ¿tuyo... tuyo o alquilado?

—Mío. Mío. Y totalmente pagado —afirma.

—Y dime, ¿cómo te puedes permitir ese coche trabajando en una perfumería? —Su gesto cambia. Veo que algo pasa, yo insisto—: ¿Quién eres tú para que tengas ese coche y manejes una tarjeta de crédito como la que llevas en la cartera?

Me mira. Su cara es un poema. Nos interrumpe mi móvil. Contesto.

—¿Qué pasa, Andrés? —Durante unos segundos lo escucho y finalmente digo—: Estoy en Vigo, pero en media hora estoy ahí. —Acto seguido, me levanto y apremio a María—: Nos tenemos que ir. Te dejaré en casa.

—¡Estupendo!

A medida que caminamos por la calle en dirección a mi coche, la sensación de malestar crece en mí. Pero ¿qué he hecho? ¿Por qué la he contratado sin referencias? ¿Y si es una asesina, ladrona o estafadora?

—Creo que anoche no pensé con claridad y no es buena idea que cuides de los niños y de la casa —le digo cuando nos metemos en el vehículo. María me mira y yo añado—: Mira. No sé quién eres, pero sé que mientes. Y si algo odio es a la gente falsa y mentirosa, porque mi cupo de soportar mentiras ya está lleno. Por lo tanto, creo que lo mejor es que recojas tu coche, a tu perra y te vayas por donde has venido. —Abre mucho los ojos por la sorpresa—. ¿Realmente te llamas María Addams o te lo has inventado? Porque, sinceramente, ya hasta dudo de eso.

Se retira el pelo del rostro. Lo que estoy diciendo no se lo esperaba.

—De acuerdo. Tienes razón —admite—. Hay cosas que he omitido. Pero solo te he dicho unas pequeñas mentirijillas.

—Oh, ¡qué detalle el tuyo! —me mofo molesto.

—Créeme cuando te digo que me llamo María Addams Rodríguez. Por favor, déjame que te explique.

—Ahora no tengo tiempo, ni me apetece.

—Pero...

—Pero nada —la corto—. Anoche era el momento de contarme quién eras. No ahora.

En un silencio incómodo sigo conduciendo por la carretera. Cuando llegamos a mi casa, lo primero que veo allí aparcado es el coche. Un cochazo blanco que respira potencia, y dineral. Está limpio. Reluciente. Como Iria me dijo, le dio un manguerazo y durante unos segundos ambos lo contemplamos.

—¡*Carallo*! Bonito coche.

—Lo sé —afirma, rotunda.

Una vez más el silencio nos envuelve.

—María, ha sido un placer conocerte —hablo yo primero—, pero ahora entra en la casa, recoge tus cosas, quítate mi parka color mierda y vete.

—Es la segunda vez que me echas.

—Y la última —afirmo con seguridad.

En sus ojos denoto cierta tristeza.

—De acuerdo —claudica, tras tomar aire—. Me iré. Pero antes déjame darte las gracias por la estupenda charla que tuvimos anoche y por tu amabilidad. Nunca imaginé verme en una situación como la que me encontré y que alguien me abriera las puertas de su casa como tú lo hiciste.

Y sin más, se baja del coche, abre la puerta de atrás, coge sus bolsas, y luego, cuando camina hacia la casa, veo que Homer y su perra se le acercan, y ella con cariño los acaricia. De inmediato, sin ganas de pensar en nada más, arranco la furgoneta y me voy. Andrés me espera.

Capítulo 13

Cuando oigo que el vehículo se aleja, con cierta tristeza lo miro. No sé por qué me apena que aquel tipo me eche de su casa y de su vida, si apenas lo conozco, pero la verdad es que me caía bien.

Tomo aire y miro mi coche. Está bien limpito, con lo embarrado que lo dejé en la zanja. Saco de mi bolso el mando a distancia, que ha sobrevivido, y le doy a abrir.

El maletero se abre automáticamente y al ver mis dos maletas sonrío. Por fin puedo utilizar mi ropa. Abro la puerta y meto las bolsas que llevo con las cosas que he comprado para Shirly. Desde luego, allí no las va a utilizar. Luego, con rapidez, agarro una de mis maletas. Con una me sobra para cambiarme, y cuando cierro el maletero oigo a mi espalda.

—Iria, la hija de Quin, trajo ese coche y me dijo que era tuyo. —Es tía Rosiña.

—Así es —afirmo.

—Le ha dado un manguerazo para quitarle el barro. Dijo que una maravilla así no podía estar tan sucia.

—Pues ya me cae bien Iria —intento sonreír.

—Bonita maleta, por cierto.

—Es de Louis Vuitton.

—¿No es tuya?

Sonrío con tristeza. Explicar que Louis Vuitton es una marca me cuesta y, para desviar el tema, le enseño la bolsa de Apple que llevo.

—Tengo que cargar mi nuevo teléfono móvil y bajarme todo de la nube —le digo.

Veo que la mujer mira hacia el cielo y pregunta:

—¿De qué nube?

Sonrío. Si a mí a veces me resulta complicado entender las cosas tecnológicas, imagino que a ella, que ya tiene una cierta edad, le es más complicado.

—La nube es un servicio de almacenamiento de datos que... —trato de explicar.

—¿Y eso está en las nubes? —me interrumpe con estupor.

Niego con la cabeza.

—Se llama nube, pero no se refiere a las nubes.

Rosiña suspira.

—Este mundo se está volviendo loco con tanto nombrecito raro que les dais a las cosas —murmura, sonriendo. Con pesar, asiento. Mi abuelita decía lo mismo—. ¿Qué te ocurre? —pregunta.

—Me ocurre de todo —respondo, con pesar y encogiéndome de hombros—. Me faltan varias uñas. Llevo un horroroso *outfit*. No paro de superar niveles y desbloquear pantallas y...

—¿Desbloquear pantallas?

Sonrío. El gesto de la mujer de no entender nada lo dice todo.

—Decir eso es como decir que me pasan cosas, y sigo adelante —aclaro.

—Uisss, nena..., qué raramente habláis la juventud de hoy en día. Entre las *cosiñas* que dicen Eva y Quique, y ahora tú, ¡me vais a volver loca!

—Nico ha dicho que recoja mis pertenencias y me vaya —le explico.

—¿Por qué?

—Por omitirle cosas como que tengo ese coche, y otras cosillas más.

—Por lo de las uñas no te preocupes, que podrás vivir sin ellas —replica—. El *oplis*, no sé lo que es. Y en cuanto al *neno*, ¡ni caso! Cuando venga, yo hablaré con él, y...

—No, señora —la interrumpo—. No quiero ocasionarles problemas, y...

—Llámame tía Rosiña, ¿de acuerdo? —Con una sonrisa asiento, ella me coge del brazo y dice—: Vamos a la cocina a tomarnos un *cafeciño*.

En silencio las dos entramos en la casa. Nos dirigimos a la cocina y, una vez allí, dejo la maleta con el bolso a un lado y me quito la parka.

—Tienes razón, Mari, nunca me había fijado en el color mierda que tiene. —Y señala la prenda.

Sus palabras me hacen gracia. Estoy a punto de corregirle mi nombre, pero, la verdad, ¿qué más da, si me voy a ir?

—¿Has desayunado?

—Me tome en Vigo un *latte macchiato*.

—¿Y eso qué es?

Ya me doy cuenta de que no sabe de qué hablo, igual que no sabía qué era Louis Vuitton. Se lo explico.

—¿Y eso está bueno? —se interesa.

—¡Buenísimo!

—Tendré que probarlo —afirma sonriendo.

Estoy a punto de decirle que yo la invito, pero ¿cuándo lo voy a hacer si me tengo que marchar? Pone frente a mí un tazón de porcelana, que llena de leche.

—¿Cola-Cao o *cafeciño*? —me pregunta.

—Café.

Me echa el café en la leche y yo mientras saco el móvil de la caja para ponerlo a cargar. Si me voy, necesito que tenga suficiente batería.

—¿Así vale?

—Sí. Gracias.

Ella se prepara otro tazón, y después pone en un platito varias magdalenas.

—Vamos. Sírvete —me ofrece—. Las hice esta mañana.

—Tienen pinta de estar buenísimas, pero...

—¿Pero?

Tomo aire. Seguro que lo que voy a decir a ella le parece una tontería.

—Como diría mamá, esa magdalena estará unos segundos en mi boca y cinco meses en mis caderas.

Ella suelta una carcajada.

—¿Tu madre dice eso?

—Sí.

—¿Y por qué dice eso?

—Porque fue modelo y *miss* España hace años y es de las que cuida mucho su alimentación para tener siempre un cuerpo perfecto.

—¿Fue *miss* España?

Asiento. Veo que le sorprende.

—Y tú, por lo que veo, eres como ella. Guapa y con un cuerpo perfecto.

Ahora la que se ríe soy yo.

—Si te oyera mi madre, te diría que soy la imperfección personificada.

—¿Pero qué tontería es esa?

—Cosas de mamá.

—¡Pero si estás en los huesos!

No puedo evitar reírme. Aquello era algo que mi abuelita Manoli siempre me decía.

—Cómetela —me dice, cogiendo una magdalena—. Si vas a cuidar a estos niños y hacerte cargo de esta casa, lo vas a necesitar.

Miro la magdalena. Lo cierto es que tiene una pinta increíble. Es gordita. Esponjosa. Y el azuquítar que tiene sobre ella le da un aspecto de lo más tentador.

—Me la comeré —digo, cogiéndola—, aunque dudo que yo vaya a hacer nada de lo que dices. Nico me ha dejado bien clarito que...

—¡Ni caso al *neno*! —Sonrío, y ella, mirándome con sus bondadosos ojos, pregunta—: ¿Qué es lo que ha pasado para que el tonto del *neno* te haya dicho que te vayas?

Mastico la magdalena.

—Me preguntó en qué trabajaba y le dije que ahora estaba en paro y que había trabajado en una perfumería. Y sí, me inventé esa mentirijilla de la perfumería. Pero actualmente estoy en paro, porque mi padre me echó de su empresa.

—¿Qué tu padre te ha echado?

—Sí. Aunque días después me dijo que podía volver.

Tía Rosiña, sonriendo, mueve la cabeza.

—Seguro que a tu padre le encanta tener a su niñita cerca.

Al oírla, no puedo evitar sincerarme y contarle parte de mi vida y mierdecitas a aquella mujer que me mira con los ojos bien abiertos. Eso sí. Omito de qué familia provengo. Paso de que me juzguen por el dinero.

Le hablo de mi padre, que ahora resulta que no es mi padre, y la tensa relación que tengo con él. Le cuento lo buena que es mi madre, pero al mismo tiempo lo fría que es. Lo maravillosos que son mis hermanos y Soleá. Y, por último, no podía faltar hablar de los amantes de Barcelona.

—Ese exnovio tuyo y esa examiga son unos sinvergüenzas.

—Lo sé.

—¡No te merecían!

—¿Cómo pudieron hacerme algo así? —me sigo preguntando.

—Porque no te querían ni respetaban. Por eso lo hicieron. —No me queda más remedio que darle la razón—. Tu madre, ¿en serio que es tan fría?

—Es fría en besos y abrazos, pero igual que te digo eso, también he de decir que siempre está pendiente de nosotros y nunca nos ha faltado de nada.

—Me apena lo que me cuentas. —Más me apeno yo, cuando murmura—: En cuanto a tu padre...

—Ay, tía Rosiña, estoy tannnn confundida. Toda mi vida llevo creyendo que él es mi padre y ahora, enterarme de esto, me tiene totalmente descolocada.

—Creo que debes tener una conversación con él.

—Lo sé. Pero ahora no sé cómo tratarlo.

—Tienes que tratarlo como lo que es: ¡tu padre!

Suspiro. Puedo entenderla, a pesar de que mi cabeza divague y piense tonterías. Ella continúa:

—Mira, hija, un padre es quien te cuida, te cría y te quiere. No solo quien pone la semillita. Un padre es quien hace por conocerte y quien se esfuerza en enseñarte. Y si te digo esto es porque el *neno*, hoy en día, es el padre de Eva, Quique y Sía. Por supuesto que sus padres biológicos siempre serán mi preciosa Clara y Vasile, pero el que se esfuerza por que no les falte de nada y les da una educación, una familia y unos valores, ese es mi *neno*. Y solo espero que esos tres niños, cuando crezcan, sepan recompensarle, por todo lo que él se esfuerza y se sacrifica para que a ellos no les falte de nada. Aunque Eva le está haciendo pasar las de Caín. La niña no se puede portar peor con él, aunque él aguanta.

Quisiera saber más de por qué Eva se comporta así con Nico.

—¿Tú tienes hijos? —curioseo.

—No, hija. Dios no quiso que los tuviera. Pero a cambio me dio un buen marido, que me quiso mucho, hasta que una leucemia se lo llevó.

—Vaya, lo siento...

—Yo también. Mi Tomasiño era maravilloso. Pero hay que aprender a aceptar la parte injusta de la vida. No queda otra.

Me apenan sus palabras. Sin duda, la vida igual que nos da, nos quita cosas; añade:

—Pero igual que te digo lo que la vida me quitó, también he de señalar lo que la vida me dio. Para mi suerte, me dio una bonita familia y excelentes amigas. Tengo al *neno*, que es mi niño mimado, y tres *netiños* que me llaman abu, y me hacen muy feliz. —Ambas sonreímos. ¡Qué monaaaaaa! Sigue indagando—: Hablando de tu padre, ¿hace muchas diferencias entre tus hermanos y tú?

—En lo personal, no. Pero a nivel profesional, sí.

—Explícate.

—En lo personal, papá siempre ha sido justo y lo que le ha dado a uno, nos lo ha dado al resto. Si hemos estado enfermos, se ha desvivido por nosotros. Incluso recuerdo que, cuando yo tenía quince años y me operaron de apendicitis, papá no se movió del hospital. Mamá iba y venía para ocuparse de mis hermanos junto a mi abuelita, pero papá no se movió de allí. En ese momento para mí fue el mejor padre del mundo, aunque nuestra relación después cambió.

—Pues eso dice mucho de él, ¿no crees? —musita la mujer. Supongo que tiene razón—. ¿En qué momento vuestra relación cambió? —se interesa.

Me encojo de hombros y suelto un suspiro.

—A medida que fui creciendo, porque él y yo chocábamos en todo. Cuando cumplí dieciocho años, mis amigas y yo planeamos un viaje a Verona. Italia. Queríamos ir a ver la casa de Julieta, y, por supuesto, conocer a algún italiano buenorro, y papá se negó. Bajo ningún concepto quería que yo fuera a Italia, y discutimos. Ese día nos dijimos cosas terribles, y a raíz de esa discusión ya nada volvió a ser como antes entre nosotros.

—Tan pronto digo eso siento cómo todo el vello de mi cuerpo se eriza, y murmuro—: Madrecita, me acabo de dar cuenta de una cosa.

—¿De qué?

—De que papá no quería que fuera a Italia, porque mi padre biológico era de allí. Por eso odia tanto Italia.

—Quizá tenía miedo de que lo pudieras encontrar y conocer.

—¡Pero si yo no he sabido nada de esta historia hasta hace unos días!

—Ya, hija. Pero los miedos y las inseguridades son incontrolables. Y a tu padre la cabeza le daría vueltas pensando en a saber Dios cuántas tonterías, y temía perder a su niñita.

Sin haber hablado con él, estoy totalmente convencida de que los tiros iban por ahí.

—A raíz de esa discusión, papá y yo ya no volvimos a ser lo que fuimos —explico—. Mamá me dijo que tenía que pedirle perdón. Que lo que le había dicho le había dolido mucho, pero me negué. Él también me dijo cosas que me dolieron, y, bueno, el tiempo fue pasando, y entre nosotros se creó un distanciamiento que nos ha llevado a donde estamos hoy.

—¿Y dónde estáis hoy?

—En la incomunicación total. Por eso me despidió de la empresa. Porque no nos podemos soportar. Y, bueno, a nivel laboral, nunca me ha querido en su empresa. Siempre creí que era porque yo soy mujer, pero ahora sé que, además, era porque yo no soy su hija.

—Algo me dice que eso no es así. Apenas te conozco, pero se te ve una nena sensata y con un bonito corazón, aunque tengas tu carácter. ¿Qué padre no iba a querer tener una hija como tú? —Sus palabras me hacen sonreír, y actúan como una especie de bálsamo. De inmediato me pregunta—: ¿Por qué quieres pasar las Navidades con nosotros?

Vale. Aquí voy a ser un poquito mentirosilla. No le voy a contar que les voy a decir a mi familia, excepto a Soleá, que estoy en Australia.

—Primero, porque este año mis hermanos tienen sus propios planes. Segundo, porque aquí estaré acompañada y no sola.

—¿Y tus padres?

—Ellos tienes sus planes navideños con sus amigos.

—*Carallo*, ¿y eso?

—Porque cuando cumplí dieciocho años, para castigarlos, decidí dejar de pasar las Navidades con ellos. Me iba con mis amigos a cualquier lado para no estar en casa.

—¿Fue por la discusión con tu padre?

Hago un gesto afirmativo. Aquella tremenda discusión sé que nos separó.

—Mis hermanos comenzaron a hacer lo mismo, y mis padres finalmente decidieron irse todos los años en Navidad a esquiar con sus amigos. Eso provocó que dejaran a mi abuelita Manoli sola en la casa. Y, bueno, eso yo no lo podía consentir y comencé a pasar las Navidades con ella y con mis hermanos, que se unieron a nosotras. Pero la abuelita Manoli murió el año pasado y...

Tía Rosiña pone su mano sobre la mía. A su manera sé que intenta darme cariño.

—Aquí, en O Porriño, no es que hagamos nada del otro mundo —me dice bajito con cariño—, pero acompañada estarás. Hacemos un mercadillo navideño donde los vecinos vendemos nuestros productos y el pueblo se pone a reventar de visitantes.

—¡Qué divertido!

—Podrías ayudarnos en el puesto, si quieres.

—¡Me encantará! —exclamo, y muestro una gran sonrisa.

—No sé si el *neno* te ha dicho que Eva en Navidad se pone más intratable que nunca —me explica—. Con lo mucho que a ella le gustaba disfrutar de estas fechas.

—Lo sé. Ya me contó Nico.

—Seguro que algún día el *neno*, los niños y tú iréis a ver las luces de Navidad y a disfrutar de las actividades que en Vigo se organizan. ¡Ni te imaginas lo bonita que se pone la ciudad tan llena de luz y magia! Vamos..., ¡que no te lo puedes perder! Pero cuando pasen las Navidades y regreses a Madrid, tienes que prometerme que hablarás con tu padre. Ese hombre te ha criado y, por muy gruñón que sea, te quiere, como tú le quieres a él.

Sé que tiene razón. Papá y yo nos merecemos esa conversación.

—Eso sí. De mi parte le dices a tu padre que es un *mamalón* —apostilla. Ante mi expresión de incredulidad, aclara—: *Mamalón* es un tonto. Un imbécil.

Vale. Ya sé lo que significa.

—Si le digo eso, tía Rosiña, ¡mal comenzaríamos!

Soltamos una carcajada.

—Pero ¿de verdad tu padre cree que una mujer no es tan válida como un hombre al frente de una empresa? —pregunta.

—Lo cree —afirmo.

—¡Manda *carallo*! —exclama, moviendo la cabeza—. Cuánto *mamalón* hay suelto por el mundo. ¿El *neno* sabe lo que me has contado?

—No —murmuro con pesar—. Pero es que tampoco se dio la conversación para que yo le contara mi vida y miserias.

—Anda, bájate de las nubes lo que necesites y explícame qué es eso del *oplis* que decías esta mañana, cuando te referías a que estabas horrorosa —me pide, sorprendiéndome.

Divertida, comienzo a toquetear el teléfono mientras le explico que el *oplis* como dice ella, realmente se dice *outfit* y simplemente es la combinación de las prendas de vestir.

—*Carallo*, nena —se ríe—. Qué complicaditos sois para hablar.

Ambas nos reímos, y, curiosa, me pregunta sobre mi vida en Madrid.

—Por lo que veo, llevas una buena vida en Madrid en la que no te falta de nada. ¿Acaso eres como una *Cagasian*?

¿En serio ha dicho *Cagasian*? Intuyo de quién habla, así que no la corrijo.

—A tanto no llego. Pero no me puedo quejar.

—Esta mañana te oí decir que los abrazos dan energía y positividad, ¿quieres uno?

Y entonces, abre sus brazos y yo me cobijo en ellos. Abrazarla me recuerda a cuando mi abuelita lo hacía.

—Gracias por escucharme —le digo, contenta.

Durante unos instantes permanecemos abrazadas, en silencio, cuando de pronto oímos:

—¡*Madíaaaaaa*!

Al mirar, veo que la pequeñaja de la casa viene corriendo hacia mí con su chupete y la cojo en mis brazos.

—Es María. Di ¡Ma-r-r-r-rí-a!

—*Maddddía*.

La cara con que me mira la pequeña es para sonreír.

—¿Cómo puedes estar cada segundo más bonita?

—Lo que tiene que hacer esta nena tan bonita es decirle adiós al chupete —murmura Rosiña—. Sía, mi amor, ya tienes tres años y...

—El *tete* es míooooo —se niega ella.

—Por Dios, hija, ¡qué amor le tienes a tu *tete*! —insiste la mujer.

Divertida, le doy un besote en el rostro. Sía le echa los brazos a la tía Rosiña, que la coge para besuquearla y luego, poco rato después, sienta a la pequeña en una trona para que desayune.

—En cuanto a eso de marcharte, ¡olvídalo! —me dice.

—Pero Nico...

—Con el *neno* ya hablaré yo. Porque te voy a decir una *cosiña*. Serás muy tiquismiquis en no ponerte una parka color mierda, o en que tu perra coma *mousse* de pavo con verduritas. Pero lo que hoy he visto en los niños llevaba tiempo sin verlo, y, sin lugar a dudas, eso es gracias a ti.

Sorprendida por lo que dice, no sé qué responder; ella añade:

—Quique y Eva esta mañana al verte sonrieron felices. Les alegró que estuvieras aquí. Y Sía, hace unos segundos, acaba de hacer lo mismo. Por lo tanto, si alguien va a cuidar a mis niños, esa vas a ser tú.

—A ver, tía Rosiña. Yo no he dicho que me fuera a quedar aquí para siempre. Solo le dije a Nico que podría ayudarlo hasta después de Navidad. Pasada esa fecha, él tiene que tener a alguien porque yo regresaré a Madrid, donde buscaré un trabajo y pondré en orden mi vida.

De repente, el timbre de la puerta nos interrumpe y ella va a abrir.

—Son las Susis. ¡Te las presentaré! —me informa.

¿Las Susis?

Instantes después oigo risas y jaleo, y cuando aparece en la cocina con dos mujeres de su edad, dice:

—Susis, os presento a Mari. Mari, ellas son Magda y Emi. Mis amigas y hermanas de vida.

Las dos mujeres, curiosas, me miran y rápidamente vienen a achucharme.

—Oy..., oy..., oy... ¿Otra Mari? —dice Magda, la más alta.

Vale. Es la segunda vez que escucho esa pregunta.

—La otra era rubia y esta es morena —observa tía Rosiña.

—Entonces, esta es ¡la Mari Morena! —afirma la mujer más menudita.

Se ríen. Se tronchan. Comienzan a cantar el villancico de *La Marimorena*, y yo, al final, me tengo que reír. Llevo toda la vida con nombrecitos como Plebeya, Morticia, niñata, bestia parda, y he de admitir que Mari Morena me hace hasta gracia.

Cuando dejan de canturrear y de reír, porque vaya guasa que se traen las tres a mi costa, mirando a tía Rosiña, pregunto:

—¿Por qué las has llamado Susis si son Magda y Emi?

—Así nos conocen en el pueblo a las tres —me explica Magda—. En nuestra juventud, un año, en una fiesta, nos pusimos finas de albariño fresquito y terminamos cantando el «Susanita tiene un ratón». De ahí lo de las Susis.

Me río.

—¿Quién es la otra Mari Rubia? —pregunto sin poderlo remediar. Las mujeres se miran. Por sus gestos intuyo que es alguien importante; las apremio—: Vamos, Susis, ¡me muero por saber el cotilleo!

Se ríen, y tía Rosiña baja la voz para que Sía no la oiga.

—Era la novia que tuvo mi *neno* hasta hace unos meses —dice—. Se llamaba Marie Chantal y era francesa. Y, bueno, esa sinvergüenza con ínfulas de grandeza, que tiene una nariz que parece un *loriño* jorobado, no se portó nada bien con mi *neno* y le rompió el corazón.

Y sentándonos alrededor de la mesa, me río con las cosas que aquellas tres señoras estupendas me cuentan.

Capítulo 14

Por la tarde, cuando regreso a casa tras pasar el día, primero visitando a Andrés y, luego, a Carol y a Jesús en su granja, voy ceñudo.

Sigo molesto por lo que ha pasado con María. Saber que me ha tomado el pelo con respecto a quién era me escuece. Estaba claro que, siendo una urbanita, podía entender que fuera tiquismiquis con la ropa y demás, pero, joder, ¿tan tonto me veía?

Estoy pensado en ello cuando llego a la granja. Veo que el coche de María no está, y respiro. Se ha ido.

Miro el reloj. Son las cinco menos diez. Tía Rosiña y Sía habrán ido a recoger al colegio a Quique y Eva.

Al bajarme del coche, miro a mi alrededor. Waldo y Homer, por lo general, son los primeros que vienen a saludarme, y al ver solo a Waldo, me extraño. ¿Dónde está Homer?

Me dirijo a donde se encuentra Beatriz con nuestras vacas, y me informa de que una de las cinco que tenemos está embarazada. Se llama Amapola. Está un poco raruna, y voy a verla.

Como dijo Beatriz, Amapola esta raruna, y eso me hace saber que he de estar más pendiente de ella y mucho más porque la vez anterior su embarazo no tuvo buen término.

Me despido de ella y me dirijo tranquilamente hacia la casa. Por la hora que es, la tía no tardará en regresar con los niños, así que me da tiempo a ducharme antes de que lleguen. Tengo que inventarme algo sobre María, porque me van a preguntar por ella.

—Papiiiiiii —oigo al abrir la puerta.

Sía viene corriendo hacia mí seguida por Homer y Shirly. ¿Qué hace en casa? Y, sobre todo, ¿qué hace aquella perra aquí?

—*Madía sa ío* con las Susis, y los *tates ahoda vinen.*

Sin entender nada, la cojo en brazos cuando aparece la tía Rosiña.

—Ha ido a recoger a los niños al colegio —me dice.

—¡¿Qué?!

—Lo que has oído, y no te enfurruñes —zanja.

Oír eso me enfada más. Voy a protestar, cuando tía Rosiña me quita a Sía de los brazos.

—Sía, en la cocina he dejado un cuenco con gusanitos para ti —le dice, dejándola en el suelo.

La niña corre que se las pela seguida de los perros. No hay nada que le guste más que los macarrones y los gusanitos. Cuando nos quedamos a solas, se me acerca mi tía.

—A ver, *neno*, ¿cómo se te ocurre decirle a la Mari Morena que se vaya? Pero ¿acaso no viste la buena disposición de Quique y Eva esta mañana?

—¡¿Mari Morena?! —pregunto, entre incrédulo y descolocado.

Mi tía sonríe. Está claro que la ha rebautizado.

—Para diferenciarla del *loriño* francés que era rubia, a esta las Susis y yo la hemos bautizado como Mari Morena. ¿A que es estupendo?

—Estupendísimo —murmuro, disgustado.

—Esa muchachita es encantadora, y es justo lo que necesitas.

—Pero, tía, ¿qué estás diciendo?

—Digo lo que veo. Esa muchacha, en apenas unas horas, no sé de qué manera, se ha metido a los niños en el bolsillo y...

—Tía. Esa mujer me ha engañado. Me hizo creer que...

—No te ha engañado, ¡ha omitido! Vale que te dijo que trabajaba en una perfumería y es como una *Cagasian*, pero, hijo, ¿acaso tú nunca me has dicho una mentirijilla piadosa?

—Pero ¡qué *carallo*! —suelto; Waldo, que está tumbado, levanta la cabeza.

—Habla con ella.

—No tengo nada que hablar con ella.

—*Neno*, no todas las mujeres son iguales. Y esta es muy *riquiña*, en todos los aspectos.

—¡Tía!

—Hacéis una parejita de lo más mona.

—Tía, ¡por favor!

Comienzan a sonar unos pitidos que vienen del exterior. Rápidamente, tía Rosiña y yo abrimos la puerta, y veo que es el coche de María el que pita. Segundos después, frena delante de nosotros con la música a tope, y Eva, abriendo la puerta del copiloto, me mira y dice emocionada:

—¡Qué fuerteeee! ¡No veas la cara de mis amigos cuando me han visto montar en este coche! ¡Y cómo suena la música!

Quique, que sale del vehículo, me mira con el gesto encendido.

—Madre mía, papá, ¡cómo tira ese bicho! —dice.

Boquiabierto e incrédulo, veo que María para el motor, y cuando se baja, Sía sale escopetada de la casa hacia ella. Me fijo en la indumentaria que lleva. Ya no viste con la ropa que yo le dejé. Está muy guapa con aquel pantalón oscuro y la camisa beige. Coge a Sía en sus brazos.

—*Neno*, si la dejas marchar, serás un *mamalón* —susurra mi tía.

Molesto por que mi tía me llame idiota, resoplo. María y los niños se acercan a nosotros, y tía Rosiña coge en brazos a Sía.

—Entrad a por la merienda —les dice a Quique y a Eva—. Ahora entrarán ellos.

Segundos después, María y yo nos quedamos solos en el porche de la casa. Su apariencia ha cambiado. Ahora va maquillada. Para mi gusto está más guapa al natural. Nos miramos. Waldo se acerca a ella.

—Hola, guapetón —lo saluda ella, rascándole las orejas.

Me hace gracia. Pero más me sorprende la aceptación de mi perro. Por norma, es un perro bastante desconfiado con los extraños, pero con ella no es así.

—Iba a marcharme, pero tu tía se empeñó en... —empieza ella a explicarse.

—En esta granja y en esta casa, mando yo, no mi tía.

Me siento ridículo, pero ¿qué gilipollez acabo de decir? ¿Acaso soy verdaderamente un troglodita del norte?

—No te preocupes, que en menos de cinco minutos recojo mis cosas, meto a mi perra en el coche y me voy. —Con gesto ofuscado la miro, y ella me pide paso—. Voy a buscar mis cosas.

—Ve —me aparto y, cuando entra, mi corazón se pone a mil. ¿Pero qué me ocurre?

¿Por qué esta mujer a la que no conozco hace que me sienta como un tonto y el corazón se me acelere?

Tomo aire y entro en la casa. Los niños y mi tía están en la cocina.

—¿Sabes que María estuvo en un concierto íntimo de Aitana? —me dice Eva con una bonita sonrisa, tan pronto entro en la cocina—. Me ha comentado que una amiga suya está casada con alguien de la discográfica y que le va a pedir un autógrafo para mí. ¿A qué es guay?

Su emoción me hace gracia. Sé cuánto le gusta Aitana. Es su cantante favorita, pero me sorprende su efusividad. Añade:

—¡Es maja María!

Tía Rosiña me mira.

—No veas cómo controla María de dinosaurios —interviene Quique, tras tragar lo que tiene en la boca—. ¡He flipado, papá! Ha visto la nueva peli de *Jurassic World: el renacer*, y le ha gustado tanto como a mí. Pero si hasta sabe que un tecodontosaurio tiene cuatro dedos en sus patas traseras y cinco en sus patas delanteras. Y que un braquiosaurio pesa cincuenta toneladas y mide veintiocho metros.

Yo sí que estoy flipando.

—Con el dinero que tengo ahorrado de mi cumple —vuelve a hablar Eva—quiero comprarme unos pantalones cargo para el festival de Navidad del colegio, y unas zapatillas Vans. Y la verdad, creo que me renta ir de *shopping* con María al centro comercial.

¡¿Shopping?!

¿Desde cuándo utiliza ese término Eva para decir que va de compras?

Oír esa palabra en la boca de Eva me hace mucha gracia. Ver la emoción que tiene por ir de compras con María, sin que me mencione a mi ex, me hace entender las palabras de tía Rosiña, y antes de que aquella baje con sus cosas, digo:

—Subo un momento a la habitación.

Con rapidez, voy a la primera planta y busco a María en la habitación de invitados.

—De acuerdo —claudico—. Quédate hasta después de Navidad. Pero cíñete a lo pactado. Cuida a los niños, ocúpate de la casa y evitemos problemas.

María sonríe. De pronto su sonrisa, no sé por qué, hace que el corazón se me acelere, y dándome la vuelta salgo de su habitación para entrar en la mía. Cierro la puerta y me apoyo en ella.

Pero ¿qué estoy haciendo? ¿Por qué le acabo de decir a ella que se quede?

De pronto, oigo unos golpes en la puerta. La abro de inmediato y veo a María delante de mí.

—Me acabas de dejar muerta —suelta, antes de que yo pueda decir algo. Y, sin mediar palabra, se tira a mi cuello, me abraza y murmura—: Gracias. Gracias. Gracias.

Su olor es maravilloso. Su cercanía me transmite una sensación agradable y sintiéndola pegada a mí, soy incapaz de moverme.

—Esta noche, cuando los niños duerman, quiero hablar contigo —digo—. Necesito saber con quién dejo a mis hijos.

—Lo sabrás —contesta ella, asintiendo—. Y perdona mi efusividad. Pero es que soy mucho de abrazar.

Yo guardo silencio. Y cuando ella se da la vuelta y se va, cierro la puerta y parpadeo confundido, al ser consciente de que ese abrazo me ha gustado más de lo que esperaba y que el que se ha quedado muerto soy yo.

Capítulo 15

Después de cenar, cuando me bajo toda la nube a mi teléfono móvil, y vuelve a funcionar con normalidad, me peta.

Tengo mensajes y llamadas perdidas de mis hermanos, Soleá y mamá. De papá ni rastro, aunque de Dani sí.

Mis hermanos se interesan por saber dónde estoy y mi madre me informa de que en una semana se marchan a Sierra Nevada y que antes he de hablar con mi padre, porque ella no ha sido capaz de contarle lo que me dijo. Vale... Como siempre, mamá haciendo el avestruz.

Saber aquello me hace entender que papá no me escribe porque sigue enfadado y quiero pensar que, si mamá le hubiera contado algo de lo que me dijo, ya me hubiera escrito. O quizá no.

Ufff..., no sé qué pensar.

Dani, en sus mensajes, quiere que volvamos a hablar. Que no podemos terminar así lo nuestro. Yo ni me molesto en contestarle. Dejo que siga arrastrándose por el suelo como el gusano que es.

Con tranquilidad, tomo la decisión de escribir al grupo familiar llamado «La familia Addams» que tenemos en WhatsApp.

> Hola, familia. Estoy bien. Solo os escribo para deciros que estoy en Australia y ya os llamaré.
> Un beso para todos.

Claro y conciso. ¡Estoy en Australia! Leo el mensaje un par de veces y lo envío.

A Dani no le contesto. Paso. Y a Soleá, en nuestro nuevo grupo de WhatsApp, llamado «Helado y patatas fritas», le hago saber que estoy en O Porriño, Galicia.

> Hola, cielo. Ni Polinesia ni Maldivas. Estoy en O Porriño. Galicia. Aunque a la familia les acabo de decir por un wasap que estoy en Australia. Me encuentro bien. No te preocupes por nada. Ya hablamos.

Casi de inmediato, recibo un mensaje de Soleá.

> **Soleá:** ¿O Porriño? ¿Pero qué haces en O Porriño? ¿Puedo llamarte ahora por teléfono?

Vale. Está visto que esperaba mi mensaje y que le ha sorprendido, y respondo:

> Te llamo en otro momento y te cuento. Ahora no puedo hablar.

Cuando voy a dejar el móvil recibo un nuevo mensaje.

> **Soleá:** Chicarrona, no me dejes así, ¿con quién estás?

Estoy pensando en cómo explicarle cómo he acabado aquí, en una granja y no en un hotelazo, cuando la puerta de mi habitación se abre. Aparece la cabecita de Sía.

—¿Me cuentas un cuento *pada domí*? —me dice.

Sonrío. Hacer aquello que me pide, me parece de lo más dulce.

—En un segundo estoy en tu habitación.

Cuando se marcha, miro mi teléfono móvil y escribo a toda prisa:

> Tranquila. Estoy bien. ¡Hablamos!

Al dejar el teléfono sobre la mesilla, suena de nuevo e imagino que Soleá se está cagando en mi padre. Levantándome, me miro en el espejo y sonrío. El precioso pijama de Armani que llevo es una delicia de suavidad y me siento mejor. Huelo bien. Me he echado mi perfume y me he dado mis cremitas. ¡Esta sí que soy yo!

Voy hacia la habitación de Sía y me siento con ella en su cama. Comienzo a contarle uno de los cuentos que mi abuelita Manoli nos contaba a mis hermanos y a mí.

Instantes después, entran Quique y Eva. Se sientan también en la cama y en silencio me escuchan relatar aquel cuento de hadas mágicas, que cuando comían muchos caramelos se tiraban pedetes. Cosas de mi abuelita.

Cuando la pequeñaja se queda dormida con su chupete, soy consciente de que Nico está apoyado en la puerta.

—Campeones, a dormir —ordena con suavidad.

Los chicos me miran, yo les guiño un ojo y ellos obedientemente se van.

—¿Qué cuento era ese? —me pregunta Nico cuando salgo de la habitación de Sía.

Me río.

—Como he visto que a Sía le gustan las hadas, le he contado uno que me contaba mi abuelita y me hacía sonreír.

Nico asiente.

—Bonito pijama —dice, mirándome y sonriendo.

—Lo sé. Es de la última colección de Armani —afirmo con seguridad.

—*Carallo*...

En silencio nos miramos.

—Ve bajando al salón —dice—. Voy a darles las buenas noches a los niños.

Estoy nerviosa. Voy a hablar con Nico. Le voy a contar quién soy realmente y por qué estoy aquí, y solo espero que me escuche y no me prejuzgue.

Le doy vueltas al anillo de mi abuela que llevo en el dedo y que para mí es un amuleto de la buena suerte y me siento en el sofá ante la chimenea encendida. Disfruto en silencio mirando el fuego hasta que llega Nico y se sienta en el otro extremo del sofá.

—En mi casa no tengo chimenea, pero me encanta buscar en la televisión vídeos de YouTube donde se ven chimeneas encendidas, y las disfruto mientras leo en mi sofá junto a Shirly.

Nico sonríe. Le hace gracia aquello que digo.

—Mucho mejor esto que es real, ¿verdad?

—Sin duda alguna.

Nico y yo nos miramos. Su mirada me pone nerviosa.

—¿Mari Morena? —pregunta.

—Cosas de tu tía y las Susis —afirmo.

Nico asiente. Sé que espera que sea yo la que comience la conversación.

—No sé por dónde empezar.

—Por donde quieras. Pero si algo tienes que saber es que no quiero ni una sola mentira. Si vas a quedarte en mi casa y especialmente con mis hijos, quiero que seas totalmente sincera, ¿entendido?

Hago un gesto afirmativo con la cabeza. Lo intentaré.

—Mi nombre, como te dije, es María Addams Rodríguez —empiezo—, tengo treinta y cuatro años, vivo en Madrid y soy la pequeña de tres hermanos. Carlos y Ángel se llaman. Mi padre es el propietario de unas joyerías llamadas Harry Addams y...

—¡¿Harry Addams?! —me interrumpe.

—¿Lo conoces?

—Por supuesto —afirma con convicción.

—Nunca imagine que un tipo como tú conociera esas joyerías —me sorprendo.

—¿Porque soy veterinario y vivo en un pueblo?

Ante sus palabras guardo silencio. No quiero que piense que por vivir en un pueblo yo creo que él es menos.

—Sabiendo que eres la hija del propietario de Harry Addams —dice—, ahora entiendo por qué sabías el nombre del diamante más grande del mundo. Como entiendo el porqué de ese coche, la tarjeta de crédito negra, y tu exigencia con respecto a la ropa, por no hablar de la comida de tu perra.

Sin saber por qué, sonrío. No sé si eso que dice es para bien o para mal.

—Puedo pedirte, por favor, que no le digas a nadie quién es mi padre —le ruego—. No quisiera que se corriera la voz.

Accede con un gesto. Intuyo que sabe por qué lo digo.

—Lo que no entiendo es por qué siendo quién eres y teniendo esa cómoda vida, apareciste ante mi puerta como lo hiciste —quiere saber.

—Porque necesitaba salir de Madrid y alejarme de todo.

—¿Y la vida te trajo hasta mi puerta?

—Así es —afirmo. Creo que le convence lo que oye. Yo continúo—: Quise salir de Madrid por tres cosas. La primera, porque mi padre me despidió de la empresa. Segunda, porque descubrí que mi novio desde hace diez años y mi amiga desde hace treinta estaban liados. Y tercera, porque, si eran poco las dos anteriores, me enteré de que mi padre no es mi padre biológico.

—¿Qué *carallo* dices?

Asiento.

—Lo sé. Demasiada desgracia junta —admito, encogiéndome de hombros—. Mira que siempre quise una vida de película, pero desde luego nunca la quise de peli dramática.

Me mira. Lo miro. No respira. Yo sí. Y remato:

—Te aseguro que hubo un momento en el que pensé que había una cámara oculta grabándome. ¿Cómo podían pasarme tantas cosas malas?

Nico se mueve en el sofá. Por su gesto veo que lo que le acabo de decir le impresiona. Se acerca a mí y me coge la mano.

—Lo siento, María. ¿Estás bien?

Sin dudarlo, asiento.

—En otro momento de mi vida —respondo, mirando mis desastrosas uñas—, creo que me hubiera hinchado a llorar, pero no sé si es porque estoy bloqueada, pero no puedo hacerlo.

Nico, con su fuerte mano, se toca la barba.

—Llorar no es malo.

—Lo sé.

—Yo diría que incluso en ocasiones es sanador.

Me muestro de acuerdo. Que diga eso me gusta. Eso me hace saber que no tiene una masculinidad frágil y que es una persona sensible cuando pregunta.

—¿Tu familia sabe que estás en O Porriño?

Afirmo sin vacilar. ¡Ya estoy mintiendo!

—Por supuesto que lo saben. —Sin querer pensar en mi mentira, agrego—: Les parece bien que pase las Navidades con vosotros en la granja y entienden que quiera alejarme de Madrid.

Nico asiente.

—¿Cómo te enteraste de lo de tu padre? —cambia de tercio.

—Mamá, por un comentario que hice, creyó que papá me lo había dicho, y bueno..., imagínate.

—¡*Carallo*!

Nico aprieta mi mano. No la suelta y con esa paz que él me da, le cuento toda la historia con puntos y comas. En ningún momento me interrumpe. En ningún instante me cuestiona. Simplemente me escucha.

—Y bueno, ellos ahora se irán a Sierra Nevada con sus amigos a esquiar.

—¿Se van a Sierra Nevada con lo que está pasando?

—Mamá me ha dicho que no ha sido capaz de decirle a mi padre lo que ella me contó. Y bueno, creo que es mejor que papá pase una Navidad tranquila y ya a nuestro regreso hablaremos. Aunque, si te soy sincera, cuando hable con él no sé si querrá que lo siga llamando papá.

—No lo conozco y por lo que dices es un tipo duro de roer —dice Nico, sin soltar mi mano en ningún momento—. Pero, sinceramente, dudo que él no vaya a querer que lo llames por el mayor honor que la vida te puede otorgar.

—Qué bonito lo que dices.

Ambos sonreímos.

—Quique y Sía desde el principio me lo han puesto fácil. Sía era un bebé de apenas cuatro meses cuando pasó lo de mi hermana, y Quique apenas tenía seis años. Con ellos dos, y a pesar de la situación, la conexión fue rápida. Pero con Eva, que tenía diez años, fue diferente. Ella nunca me lo pone fácil, pero el amor que siento por ella es incondicional. ¿Y sabes por qué?

Niego con la cabeza.

—Porque sé que a pesar de ser su cortarrollos particular, me quiere y me necesita, como yo la quiero y la necesito a ella. Simplemente le hace falta un poco de tiempo para que se dé cuenta, y yo se lo voy a dar.

Oír eso me conmueve. Hace que todo el vello de mi cuerpo se erice.

—Eres un amorrrrrr —susurro. Nico sonríe. Oye..., qué bonita sonrisa tiene—. Cuando la Navidad pase y regrese a Madrid, tendré una conversación con papá, aunque, como siempre, tendré que ser yo quien dé ese primer paso.

Nico, de pronto, sorprendiéndome, me da un beso en los nudillos de mi mano.

—Da igual quien dé ese primer paso —sostiene—. Lo importante es que lo deis.

Oír eso en este momento tan íntimo me acelera el pulso. Su dulce beso en los nudillos de mi mano y sus palabras me tocan el alma y me llegan al corazón y, mirando sus bonitos ojos azules, sonrío.

En silencio nos quedamos. Algo me dice que él está tan confundido como yo por el momento íntimo que hemos creado entre los dos.

—¿Y de tu ex qué me dices? —pregunta, soltando mi mano.

—Pues de él solo puedo decir que es un sinvergüenza que me tenía muy engañada, mientras sigo preguntándome cómo es posible que no me diera cuenta de que durante diez años me la estaban pegando con la que yo creía mi amiga.

—¿Diez años?

Asiento. Es muy fuerte decirlo.

—Sí. Al parecer, llevaban liados desde que nos conocimos. Ella fue quien me lo presentó.

—¡Manda *carallo*!

—Lo que más me ha dolido ha sido la traición a la que fui sometida por los dos. Y aunque no quiero volver, sigo pensando en él. Han sido muchos años juntos, y bueno..., tengo que olvidarlo. Aunque, como siempre digo: ¡nivel superado, a desbloquear nueva pantalla!

Nico sonríe. Madrecita, cómo sonríe.

—¿Sabes que tienes una forma de expresarte muy graciosa?

Me hace gracia. Si algo le molestaba a Dani era justamente eso: mi forma de expresarme.

—Gracias.

De nuevo Nico sonríe.

—¿Y lo del despido cómo lo llevas? —se interesa.

—Bien. Aunque papá, días después, me buscó y me dijo que, si quería, podía regresar a la empresa. Pero, claro, eso fue antes de enterarme del bombazo de mi vida.

—¿Qué puesto tenías en la empresa?

—Diseñadora y jefa del departamento de diseño de joyas. Me encanta diseñar. Tengo un máster en diseño de joyas, además de ser titulada en ADE y en programación de páginas web.

—*Carallo*..., eres un buen partido —se mofa.

No puedo evitar reírme.

—Siempre he sido una mujer curiosa a la que le encantan los retos, y bueno, de los tres hermanos, siempre he sido la más activa, implicada e inquieta. Algo que, a mi padre, el Señoro, le jorobaba mucho.

Nico asiente. Me percato de que le sorprende lo que le cuento.

—Por las cosas que te han pasado —constata—, entiendo que quisieras salir de Madrid para encontrarte. Pero lo que no entiendo es por qué quieres quedarte cuidando de unos niños en una granja, cuando tu vida es mucho más.

En lo de la granja tiene razón. ¿Qué hago allí pudiendo estar en un hotelazo *spa*?

Pero sus palabras de pronto me duelen. No me gusta que se sienta inferior por trabajar en una granja.

—Déjame decirte que tu vida también es mucho más —señalo—. No te infravalores.

Nico sonríe. Qué bonita sonrisa tiene.

—Mira, la verdad es que cuando dijiste que te habían dejado colgado, pensé: ¿por qué no ayudarle cuando no tengo nada mejor que hacer en Navidad? Pero siendo sincera, igual que sé que puedo cuidar de los niños, pues cuido a mi perra, también sé que mis artes culinarias y de ama de casa rozan el suspenso.

—Mari Morena, no me digas eso —se burla, sonriendo. Hago un gracioso mohín, y él pregunta—: ¿Entonces no puedo esperar ricos estofados?

—Si los encargo en el restaurante del pueblo, ¡por supuesto! —La sonrisa de Nico me llena el corazón—. No quiero engañarte en eso y, por favor, no necesito que me pagues. El simple hecho de que me permitas quedarme aquí, con vosotros, ya es suficiente para mí.

—No digas tonterías, María. —Ambos sonreímos, Nico se mofa—: De todos modos, admito que ahorrarme mil doscientos euros al mes me vendría de lujo, pues, aunque suene feo lo que te voy a contar, les prometí a los niños que, si la persona que llegaba aguantaba hasta después de Navidad, les hacía unos regalos extras.

Me hace gracia lo que dice. Cuando éramos pequeños, papá también nos motivaba con buenos regalos si sacábamos buenas notas.

—¿Y qué te pidieron? —pregunto, curiosa.

—Sía, un hada dorada. Que es un hada que vio en el centro comercial uno de los días que vino conmigo. La vio ¡y se enamoró de sus brillos!

—¿Y Quique y Eva?

—Quique, que, como has podido comprobar, es un loco de los dinosaurios, me ha pedido un dinosaurio biónico que escupe fuego. Y Eva, un iPhone 16, nuevo y blanco, que dudo que le compre, porque es muy caro y no se lo merece. —Se interrumpe un instante, y luego añade—: No puedo no pagarte, María. Me sabe fatal. Todos trabajamos por dinero.

—Utiliza el dinero que me tienes que pagar para comprar esas cosas a los niños. Pero, por favor, con saber que me permites quedarme aquí con vosotros en Navidad, es más que suficiente.

Nico sonríe. Su sonrisa me enamora, y durante un rato hablamos. Nos comunicamos. Le hablo de mis hermanos, de mi amiga Soleá, de todo lo que él me pregunta, y yo, encantada, le respondo. Pero mi curiosidad por él se acrecienta. Quiero saber de él. Quiero conocer a aquel tipo que, si me hubiera cruzado por la calle, ni lo hubiera mirado, pero que, sin saber por qué, me parece el hombre más interesante del mundo.

—Y tú, ¿qué me cuentas de ti? —pregunto.

—¿Qué quieres saber?

Me pienso la pregunta. No quiero desaprovecharla.

—¿Por qué conoces Harry Addams?

—Porque viví en Nueva York, y todos los días pasaba por delante de la bonita tienda que allí tenéis. —Parpadeo, con cara de sorpresa, y él inquiere—: ¿Te acabo de dejar muerta?

—Muertísimaaaaaa. —Soltamos una carcajada. Yo sigo curioseando—: ¿Viviste en Nueva York?

—Y en Londres, Ámsterdam y Abu Dabi. —Patidifusa, lo miro sorprendida. Pensé que era un veterinario de pueblo de toda la vida. Él continúa con su explicación—: Soy cirujano veterinario, especializado en caballos y trabajaba junto a uno de los mejores veterinarios del mundo. De ahí que viviera en distintos países y viajara continuamente. De hecho, en estos años, en alguna ocasión he viajado para asistir con él a alguna operación fuera de España. Me gustaba mi trabajo. Me encantaba viajar, pero ahora mi vida es otra cosa. Tengo tres niños que dependen de mí, y eso es lo que me importa y me motiva.

No me esperaba oír eso y mentalmente me guardo el dato de que tengo que buscar sus redes sociales. ¿Tendrá?

—¿Dejaste tu glamurosa vida por los niños? —pregunto.

—Sí.

—¿Por qué?

—Porque mi hermana me lo pidió y porque, para mí, la familia siempre es lo primero.

—Papiiiiiii.

Al oír la voz de Sía, voy a levantarme cuando Nico me para. Al hacerlo, nuestros cuerpos se juntan demasiado.

—No te levantes —dice en un tono muy sensual.

—¿Seguro?

Asiente. Mira mis labios como yo miro los suyos. Uissss... Uisss..., qué tentación. Se levanta, carraspeando.

—Voy yo. Vuelvo enseguida.

Se va y ¡madrecitaaaaaa! Pero ¿qué acaba de ocurrir?

Me entran los calores. He estado a punto de lanzarme a su boca. Me bajo del sofá y me siento sobre la alfombra. Sin entender lo que ha estado a punto de suceder, me doy aire con la mano. Aquel hombre tan diferente a lo que yo estoy acostumbrada, con su manera de ser, de explicarse, de vestir, de enfocar la vida y sobre todo de querer a los niños, me acalora locamente. Cuando regresa, yo aún me estoy abanicando con la mano.

—Sigue dormida. Falsa alarma —dice, sentándose a mi lado sobre la alfombra.

Eso nos hace reír a los dos.

—¿Sales con alguien? —pregunto, acalorada.

Tan pronto suelto esa pregunta tan directa, quiero que la alfombra se abra y me trague. Pero ¿qué acabo de preguntar?

Nico sonríe. Yo también. Pero sé que es por los nervios.

—¿Y esa pregunta? —susurra, y mira de nuevo mis labios.

—Puro cotilleo —consigo responder con normalidad—. Como te he contado mis mierdas con mi ex, llama mi atención saber si sales con alguien.

Sé la respuesta. Tía Rosiña y sus amigas esta tarde me lo contaron, pero quiero conocer su versión.

—Estuve saliendo con una mujer durante casi cuatro años —me explica—, pero hace ocho meses nuestra relación se acabó.

—¿Puedo preguntar por qué?

—Porque cuatro para ella éramos multitud, y se avergonzaba de mi nueva vida.

Parpadeo con sorpresa. Él agrega:

—Me conoció en una vida en la que los viajes, las fiestas y los hoteles caros eran nuestro día a día. Pero cuando todo cambió, y tuve que ocuparme de tres niños y cambiar los hoteles por una granja, no lo aceptó.

¿En serio? Las Susis no me contaron ese dato sobre la Mari Rubia.

—Te juro que me dejas sin palabras.

—El clasismo, unido al dinero y a la tontería, es lo que tiene.

Asiento. Lo entiendo. Espero que no me considere igual que ella, a pesar de saber de qué familia provengo. Por desgracia, he conocido a muchas personas clasistas, que trataban de manera diferente a la gente dependiendo de los ceros que se tuvieran en el banco. Antes de que yo pueda hablar, dice:

—Lo malo de todo esto no es haber acabado con mi ex. Lo malo es que Eva no me lo perdona.

—¿Por qué?

—Porque entre ellas había una buena relación. O eso creía yo.

—¿Creías?

—Sí. Creía.

—Pero ¿Eva sabe la verdad de por qué lo dejasteis?

—No.

—¿Por qué?

—Porque es una niña, y no quiero que sepa que esa a la que tanto adora se avergonzaba de nuestra casa y, llegado el momento, quería separarla de sus hermanos.

—¡¿Qué?!

A cada palabra que dice me deja más muerta.

—Me enteré por un amigo común francés de que ella, cuando venía a visitarme a España, decía que yo vivía en un hotel y que mi vida seguía siendo la que era, pero que me había afincado en España.

—¿Qué?

Nico asiente y, con cierta dejadez en la voz, añade:

—Le avergonzaba decir que yo vivía en una granja. —Nos miramos. Parpadeo, y él continúa hablando—: Y eso no fue lo peor. Lo peor es que pretendía que yo regresara a mi anterior vida y me olvidara de Quique y Sía dejándolos con tía Rosiña. Ellos dos, al ser tan pequeños, le sobraban. Solo quería a Eva, pues al ser la mayor, era la que, según ella, menos atención necesitaba. Y bueno, en la actualidad, vuelve a tener novio. Es un empresario francés y se casa en mayo con él.

—Pero esa tía es idiota —murmuro ofendida. Nico no contesta, y yo repito, por si no he entendido bien—: ¿Me estás diciendo que pretendía que te olvidaras de Quique y Sía, y...?

—Sí —me corta.

—Y que teniendo novio y casándose en unos meses, sigue molestándote.

—Sí.

Guarda silencio durante unos instantes.

—Si te enseño algo que solo yo he escuchado y que me envió en su momento, ¿me guardarás el secreto? —pregunta.

Sin saber a qué se refiere, afirmo con la cabeza. Que vaya a confiar en mí sin apenas conocerme me gusta y al mismo tiempo me hace saber que necesita hablar de ello. Lo veo trastear en su teléfono móvil, me lo da.

—Escucha este mensaje —dice.

Sin vacilar pongo su teléfono en mi oreja, le doy al *play* y oigo una voz de mujer:

▶ Escucha, *mon amour*. Sé que lo que hablamos el otro día no te gustó, pero te lo voy a repetir por aquí, para que lo escuches tantas veces como lo necesites. Eres un gran profesional que se merece el reconocimiento y la buena vida que llevaba antes de que tu hermana muriera, y no ser un simple veterinario de pueblo. Sabes que soy mujer de ciudad y me niego a vivir en una maldita granja, rodeada de vacas, bichos y demás. ¿Has pensado qué dirían nuestros amigos si se enteraran de dónde vives? *Mon amour*, esa vida no es para mí. En cuanto a los niños, me niego a cargar con Quique y Sía. Son pequeños, ruidosos y demandan un tiempo y unos sacrificios que a mí no me competen. Te quiero. Eres mi media naranja. Pero te quiero a ti. ¡No a ellos! Y no voy a sacrificar mi cómoda vida ni mi tranquilidad por unos niños que no son míos y mucho menos vivir en una apestosa granja. En cuanto a Eva, al ser la mayor y valerse por sí misma, puedo hacer una excepción, pero en cuanto a los otros dos ¡no! Por lo tanto, si realmente quieres que lo nuestro continúe, solo tienes que renunciar a esos niños y regresar a tu vida anterior. En caso contrario, quédate en ese pueblucho y en esa granja, cuidando de los hijos de tu hermana y olvídate de mí.

A medida que voy oyendo el mensaje mis ojos se abren como platos. No me lo puedo creer. Estoy totalmente en shock.

—Idiota, no. ¡Esta tía es gilipollas! —no puedo evitar un pequeño arranque de furia.

Nico coge su teléfono y lo guarda en el bolsillo de su pantalón.

—Ni que decir tiene que eso fue lo que puso fin a nuestra relación —concluye—. Prefiero estar solo que mal acompañado. Pero los niños, los tres, se quedan conmigo. Y, por supuesto, la granja también.

Afirmo con un gesto. Tiene razón. Estar acompañado de quien no te merece o valora es un gran error. Durante un rato hablamos sobre lo acontecido y me doy cuenta de que nunca menciona el nombre de la francesa. Y si no lo dice es porque todavía le duele.

—¿Aún la quieres? —pregunto.

Me mira.

—No —responde al cabo de unos segundos.

—¿Pero?

—Pero, como te pasa a ti con tu ex, he de olvidarme de ella. El día que la bloquee en mi teléfono móvil, sabré que definitivamente todo se ha terminado.

Asiento. Los sentimientos son algo que no se pueden controlar.

—Eso mismo haré yo el día que sepa que definitivamente con mi ex todo se ha terminado —me muestro de acuerdo. Ambos sonreímos. El amor, como lo estamos viviendo con nuestros ex, es una mierda. Yo siento curiosidad por una cosa, y pregunto—: ¿Por qué guardas ese mensaje?

—Para tener claro, por si flaqueo, lo que no quiero en mi vida.

—¿Tanto piensas en ella?

—Más de lo que debería.

La expresión de sus ojos me da una idea de lo mucho que Nico ha sufrido.

—¿Sabes una cosa que siempre he odiado? —le digo.

—¿El qué?

—Esa tontería que la gente suele decir sobre encontrar a tu media naranja o ser la media naranja de alguien. Pero vamos a ver, cada uno de nosotros, por sí solos, somos una naranja entera con la suficiente fuerza como para salir adelante. Y si conoces a alguien que sume a lo que tú tienes, ¡estupendo! Pero si no lo conoces, tampoco pasa nada.

Nico se ríe.

—Si esa mujer te hubiera querido, dudo que te hubiera planteado algo tan horrible.

—Lo sé. Pero si algo he aprendido es que quien quiera estar conmigo, primero tiene que querer a los niños y respetar mi trabajo.

—Nunca aceptes lo contrario.

—Nunca.

Nos miramos. Solo se oye el crepitar del fuego, y soy consciente de que me mira los labios, como yo se los miro a él. Estamos solos. Solteros. No tenemos que dar explicaciones a nadie, y cuando comenzamos a acercarnos, él se para.

—Voy a ser sincero contigo —dice—. Me pareces una mujer preciosa e interesante, y sin duda una tentación a la que en este instante me muero por besar. Pero creo que sabiendo lo que sabemos el uno del otro, no deberíamos dar un paso más para no confundir ni liar las cosas.

¡Joderrrrrr!

Sé que lo dice porque yo pienso en Dani, y él piensa en la francesa.

—Ya que hemos decidido que te vas a quedar para ayudarme con los niños —agrega—, lo mejor es poner ciertos límites en lo que a nosotros se refiere. ¿Te parece bien?

No. No me parece bien. Pero asiento. Cualquiera dice que no.

—Puede que no seas la persona que buscaba para ello, pero algo me dice que eres la persona que los niños necesitan en este momento, porque eres un chorro de aire fresco.

Vaya. Mira que me han llamado cosas en mi vida, pero chorro de aire fresco es la primera vez.

—Vale. Lo entiendo —consigo articular.

¿Que lo entiendo? ¿Qué voy a entender yo?

¿Ya estoy mintiendo?

Joder..., lo que más deseo es besarlo. Pasear por su boca mi húmeda lengua, para después morderle los labios. A ver, que yo no busco un novio. No busco un marido. Pero si en el camino me puedo divertir, ¿por qué no hacerlo?

Nos callamos un instante, y ¡joder! este hombre me atrae, pero no entiendo por qué. Es un desastre vistiendo, con esa camisa de cuadros y los pantalones caqui de a saber Dios qué temporada. Su estilo de rudo leñador no me llama precisamente la atención, pues siempre me he fijado en hombres que visten con estilo y glamur. Pero él tiene ese algo especial que me resulta tremendamente sexy y cautivador. No sé si es su sonrisa. Su mirada. Su manera de ser. O la seguridad que proyecta, pero siento que me trastoca.

—Creo que es mejor que me vaya a dormir. —Y me levanto del suelo.

—Yo también lo creo —afirma sin moverse.

Miro a mi alrededor. Busco a mi perra, pero solo veo a Waldo dormido ante la chimenea.

—Estará con Homer —afirma Nico, dándose cuenta de qué es lo que busco.

Con una sonrisa y sin hablar, asiento. ¡Menuda descarada que es doña Shirly!

Nos damos las buenas noches. Me encamino hacia las escaleras y subo al primer piso. Joder, qué calentón llevo y no me he traído al Momoa. ¡Mierda!

Echo una ojeada a los niños. Los tres están dormidos. Al entrar en mi habitación y cerrar la puerta, me dirijo a la ventana. Desde allí veo correr a mi perra con Homer.

—Di que sí. Tú que puedes. Pásalo bien —murmuro.

Capítulo 16

8 de noviembre de 2025

María lleva varios días en casa y, la verdad, es un desastre.

Se asusta si una vaca se le acerca. Las gallinas le dan pavor. Los niños hacen con ella lo que quieren. No sabe cocinar y menos recoger o limpiar. Todo lo que cocina se le quema. Algo que a los niños les encanta, pues saben que rápidamente María llama por teléfono a la pizzería o al restaurante de Germán y tema solucionado.

Tía Rosiña, que se ha dado cuenta como yo de que María le pone empeño pero que no sabe hacer ni un huevo frito, con paciencia le enseña. Y la noche que hizo tortillas francesas de cena y no las chamuscó, el fiestón que hicimos fue increíble. Lo que nos pudimos reír.

En cuanto a la casa me tiene loco. Cada noche, cuando regreso, veo que ha movido algún mueble de lugar, pero no le digo nada. La realidad es que como ella lo coloca queda mejor.

Al tercer día se cargó la lavadora. No sé qué le hizo, pero lo cierto es que dejó de funcionar, y antes de que yo pudiera comprar otra, ella ya lo había hecho. ¡Qué rápida es comprando! Le dije que se la pagaba; al fin y al cabo, es mi casa, pero ella se negó. Bajo ningún concepto me lo permitió y ahora tenemos una lavadora secadora de última tecnología, con más luces que el alumbrado de la Navidad de Vigo, que ha debido de costar un pastizal, pero que, oye, ¡lava de maravilla!

Aunque María no dice nada, intuyo que Eva sigue jugándosela cada mañana con el agua de la ducha. Y lo intuyo porque, en ocasiones, la oigo dar un grito cuando se ducha, aunque María no lo ha vuelto a mencionar.

En el único sitio en que la veo relajada es en el refugio. Que los perros la rodeen le gusta y veo que los trata con cariño. Está claro que es una amante de los animales como yo, y eso me gusta. Me gusta mucho. Quizá porque a mi ex le horrorizaban. Para ella un perro era un simple chucho y poco más.

María me propone crear una página web para El Refugio de Waldo. Y yo acepto. Era algo que ya había pensado, pero por falta de tiempo no lo he hecho. Y toda la visibilidad que le pueda dar a los perretes nunca está de más. Muchas noches, cuando regreso del trabajo y los niños están dormidos, me la encuentro con su portátil creando la web. Estoy deseoso de ver el resultado.

Pero cada mañana me desespero. Se cambia cien veces de ropa hasta que encuentra, como ella dice, el *outfit* perfecto para llevar a los niños al colegio, y lo gracioso es que cuando regresa, vuelve a cambiarse de ropa para ir con Sía a recoger los huevos. Está claro que dependiendo de adónde vaya, así ha de ser su *outfit*, aunque para mi gusto es exagerado. ¿Cómo puede ir a coger huevos con tacones?

El primer día que le puso a la perra las botas que compró donde mi amigo Rómulo lo que me pude reír. Ella me miraba sin entender mi cachondeo, pero lo captó de inmediato cuando la perra, cinco minutos después, apareció sin botas, y embarrada como una croqueta. Shirly será muy fina. Tendrá un excelente pedigrí, pero le encanta rebozarse en los charcos como a cualquier perro.

Los niños, para mi sorpresa, están felices, aunque Eva conmigo sigue en su línea. Parece como si necesitasen a su lado a alguien al que ellos puedan enseñar ciertas cosas, y no al revés. Y con María es así. Incluso Sía, que nunca me la he quitado de las piernas, ahora se va con ella, y aunque eso me gusta, reconozco que siento ciertos celitos al ver que mi bollito ahora está siempre detrás de *Madía*, como la llama ella.

Aunque le prometí que no le revelaría a nadie quién era ella realmente, he buscado información en Google y he encontrado varias cosas que me han dejado sorprendido. ¡Menudas casas que tienen todos ellos! En mi búsqueda descubrí cientos de fotos de ella en fiestas y viajes, sola o con su familia, y sigo sorprendido de que esté aquí, en la granja. Encontré también fotos del que fue su ex. Del tal Daniel. Y, lo cierto es que, viéndolos juntos, parecían una parejita muy bien avenida. Ambos guapos, elegantes y con dinero, llevando una buena vida llena de lujos y glamur. Algo que, en la granja, no existe.

Hoy, que es sábado, cuando me despierto la casa está en silencio y disfruto de ese instante mientras pienso en el sobresaliente en matemáticas que Quique trajo el día anterior. Eso, sin duda, es gracias a María.

Cuando salgo de la ducha me encuentro a Sía tumbada en mi cama con su chupete.

—Papi, vamos de *compas* con *Madía*, ¿te *venes*? —me dice.

En los días que María lleva allí, sé que ha ido varias veces de compras con Sía, tras dejar a los niños en el colegio. Me acerco sonriendo a la pequeña y le hago cosquillas.

—No puedo, bollito. Tengo que ir al refugio, porque hoy vienen a llevarse a un perrito.

—¿A cuál?

—No lo sé. Pero cuando se lo lleven, te lo digo, ¿vale?

Sía se ríe. Tiene infinidad de cosquillas. Llaman a la puerta y oigo:

—Nico. Necesito que Sía baje a desayunar.

Es María. Me levanto de la cama con la niña en brazos y abro la puerta.

—Toda tuya —le digo, entregándosela. Me doy cuenta de cómo María me mira. Solo llevo una toalla blanca alrededor de la cintura y consciente de ello, me disculpo—: Perdón. No me acordaba de que acababa de salir de la ducha.

María asiente. Sonríe. En sus ojos veo el deseo que seguro ella ve en los míos. Desde aquella noche en la que establecimos nuestros límites, no hemos vuelto a acercarnos.

—¿Qué es eso? —señala lo que llevo colgado al cuello.

—El anillo de mi madre —respondo, tocándolo con mimo. Asiente. No dice nada más, yo le recuerdo—: Tienes que pasarte por el supermercado.

—Lo sé.

—La lista de la compra está en la nevera.

—Lo sééééé. Como sé que he de limitarme al presupuesto semanal y que la tarjeta para pagar esa compra está en el segundo cajón de la entrada.

Sonríe. Sonrío. Las primeras compras que hizo fueron un desastre. Mucho gasto y poca comida. Espero que esta vez sea más coherente. Nos miramos de aquella manera que hace que se me reseque hasta el cerebro.

—Bonito tatuaje —dice.

Dirijo la mirada al tatuaje que tengo en mi hombro izquierdo.

—Es un tatuaje polinesio que me hice en Nueva Zelanda —explico.

—Yo también tengo un tatuaje —revela ella, cogiendo en brazos a Sía.

Me sorprendo.

¿En serio una mujer tan elitista como ella tiene un tatuaje?

—¿Dónde lo tienes? —curioseo.

María sonríe con picardía.

—En un lugar que solo lo ve quien yo quiero —responde, alejándose.

No sé por qué me excita saber eso. Me pica la curiosidad. Y cuando desaparece en las escaleras, cierro la puerta y sonrío. Esta mujer me hace sonreír.

Me visto y me miro en el espejo algo más de tiempo del habitual en mí, en busca de que mi *outfit* le agrade. Bajo a la cocina y espero que me diga un halago. Estreno camisa.

—¡Lo he conseguido! —exclama.

—¿El qué? —pregunto curioso.

María, que lleva puesto un elegante traje gris, señala la mesa donde los niños desayunan.

—Preparar el desayuno sin que se me quemen las tostadas, y que los niños se lo coman sin rechistar —informa.

Eso vale más que el halago que esperaba. María levanta su mano derecha, la pone ante mí y yo chocándosela me río.

—¡Logro conseguido! —exclama—. ¡A desbloquear la siguiente pantalla!

Su entusiasmo ante aquellos logros me hace gracia. Nos tomamos juntos un café, y ella repara en mi camisa nueva. ¡Biennnn! Luego me despido de ellos deseándoles una bonita mañana de *shopping* en Vigo y me voy caminando con Waldo, Homer y Shirly. Tengo cosas que hacer.

Tras hablar con Berta y ver que las vacas se encuentran bien y que el parto de Amapola se acerca, me dirijo hacia el corral donde tenemos las gallinas. Allí, como cada mañana, meto en un cesto los huevos que han puesto y sonrío al recordar cómo hace unos días María corría despavorida porque Gucci, así ha bautizado ella a una gallina, la perseguía.

Después me dirijo hacia el refugio donde tengo a los perretes sin hogar. Estos, al verme, rápidamente me saludan con cariño y olisquean a Shirly con curiosidad. Para ellos, aunque ya la han visto, ella sigue siendo una novedad.

La perra se pone a jugar con ellos y cuando veo que se reboza en un charco, murmuro:

—Cuando tu dueña vea tu *outfit*, le va a encantar.

Con gusto, limpio sus dependencias, pongo agua fresca y les doy de desayunar. Shirly, encantada, repite. Está claro que el pienso que les pongo a los perretes a ella también le gusta. Liado con todo aquello estoy cuando suena mi teléfono móvil y al mirar leo un mensaje:

Marie Chantal: Sigo esperando tu llamada, *mon amour*.

Molesto, cierro el teléfono. ¿Cuándo va a parar de escribir?

Olvidándome de ella sigo a lo mío, cuando el sonido de un vehículo llama mi atención. Al mirar hacia la entrada sonrío. Son Benjamín y Ale. Un matrimonio amigo del pueblo de al lado en busca de un animalito al que querer.

Como siempre que me ven, me regalan una caja de su cerveza. Una maravillosa cerveza artesanal que fabrican ellos y que es muy conocida en Vigo.

Durante un buen rato, los tres hablamos y les hago saber que, en breve, el refugio tendrá una página web. Eso les alegra. Como yo, saben que estar actualizado en el mundo es lo ideal.

—Creo que hay candidatos que os quieren conocer —les digo. Saben que lo digo por unos cachorretes que se han sentado frente a nosotros—. Estos son Dey y Deyna. Sía les puso los nombres. —Todos sonreímos—. Tienen unos siete meses y, por lo que he podido ver, son un cruce de beagle con otra raza pequeña. Los encontramos hace dos meses en un contenedor de basura muy desnutridos, pero hoy en día están muy bien.

Benjamín, al que los amigos llamamos Min, se agacha y, tocando a los cachorritos, saluda:

—Hola, pequeñajos.

Los cachorros le lamen la mano. A pesar de lo que les ha pasado, y de no haber tenido una vida fácil en sus comienzos, no son miedosos y solo desean querer y ser queridos.

—La gente no tiene conciencia —murmura Min conmovido—. ¿Cómo se le puede ocurrir a alguien hacer algo tan terrible con estos animalitos?

—Por suerte, las leyes con respecto a los animales se están endureciendo —le explico—. Pero todavía hay mucha mala persona que sigue sin entender que un animal tiene derechos, además de corazón y sentimientos.

—¿Qué te parecen, cielo? —pregunta Ale—. Veníamos a por uno, pero sabiendo que son hermanos, ¿cómo los vamos a separar?

Min sonríe. Toca la cabecita de aquellos lindos cachorros.

—Bienvenidos a la familia, Dey y Deyna —dice con decisión.

—Podéis cambiarles de nombre.

—Nos gustan esos nombres —afirma Ale sonriendo.

Eso me hace feliz. Saber que esos dos perretes tendrán un bonito hogar donde serán cuidados y queridos es una de las cosas que más me gustan en el mundo.

—Seguidme. Arreglamos el papeleo, y en cuanto les ponga los chips y las vacunas que les toquen, os los podéis llevar.

Una hora después, tras despedirme de mis amigos, que se van felices con los nuevos integrantes de su familia, sigo arreglando cosas en el refugio con los perretes a mi lado. Con ellos me siento muy bien acompañado.

Capítulo 17

Cuando vamos en el coche para ir de *shopping*, observo a Quique por el retrovisor.

—¿Con qué te has golpeado esta vez? —le pregunto, al ver un nuevo chichón que trajo el día anterior del colegio.

El niño se toca y sin darle importancia responde.

—Con el pico de una silla —responde, tocándoselo, pero sin darle importancia.

—La torpeza es lo suyo —interviene Eva—. Cuando no se rompe las gafas, se hace un chichón.

Veo que Quique se muerde los labios. Ese gesto me hace saber que estaba a punto de decir algo cuando la niña coge mi teléfono.

—Es un iPhone 16 Pro, ¿verdad? —pregunta.

—Sí.

—¿El de la más alta gama?

—Sí.

—Me muero por tener uno. El teléfono que yo tengo es una mierda.

Sonrío. Sé que Nico les prometió ciertas cosillas, si yo aguantaba hasta después de las Navidades.

—Pues pórtate bien —respondo—, y quizá los Reyes Magos te lo traigan.

Eva me mira. Y sin más, agarro mi teléfono y se lo quito de las manos.

—¿Tienes redes sociales? —pregunta ella.

Miento. Niego con la cabeza. Si digo cuál es mi red social, sabrá quién soy. Los críos son curiosos y lo encuentran todo.

—¿Y tú, Quique o Nico? ¿Vosotros tenéis redes sociales? —pregunto, aprovechando el momento.

—Papá y yo, no —contesta Quique—. Eva, Instagram.

Asiento. Con razón no encontraba a Nico de ninguna de las maneras.

—¿Nico sabe que tienes Instagram? —le digo a Eva.

—Sí —afirma ella—. Él me dio permiso para tenerlo.

Que lo sepa Nico es importante. Tal y como está el mundo de loco, soy de las que piensan que los menores deben tener ciertos controles, en especial en las redes sociales.

Antes de ir al centro comercial, pasamos por el supermercado para comprar las cosas que Nico ha ido apuntando en la lista.

Sentamos a Sía en el carrito, y vamos metiendo en él las cosas de la lista.

—Yo *quedo* esas galletitas —pide la pequeña.

Encantada, cojo el paquete.

—Se dice qui-e-r-r-r-ro —le digo.

—*Qui-e-dddo*.

—Sía. Mira mi boca. Ro..., ro..., ro...

La cría, curiosa, me observa.

—Do..., do..., do... —repite.

Vale. Está claro que va a ser complicadito el tema.

—¡Y esasssssss *tambénnnn*! —grita ella, señalando otras galletas.

Sin dudarlo, cojo aquellas nuevas galletas.

—¿Vas a gastarte todo el dinero de la compra en galletas? —pregunta Eva cuando estoy metiendo las galletas en el carro.

Al ver cómo me mira, voy a hablar, pero la cría me regaña—: No puedes comprar todas esas galletas.

—Son las que Sía quiere.

Quique y Eva se miran.

—Tienes que decirle que elija un paquete de galletas —dice Eva.

—¿Por qué?

—Porque tenemos un presupuesto y hay otras cosas que comprar —finaliza Quique.

Tiene razón. Debo comprar comida, no caprichos. Tenemos un presupuesto al que ceñirnos, y tras razonar con el bollito, que no pone ninguna objeción, nos quedamos con un paquete de galletas y el resto lo devolvemos a su sitio.

Con la ayuda de los niños, vamos llenando el carro.

—Ese detergente no, María. Es mejor comprar este —me recomienda Quique.

Con el detergente en la mano, miro el producto que Quique señala.

—Esa marca no la conozco, pero esta sí —replico.

—Esa marca es muy cara —indica Eva.

—Será porque es mejor —respondo sin pensar.

—Pero la que tiene Quique está de oferta, y la que tú tienes en la mano, no —apostilla Eva.

Miro el precio. La diferencia es apenas de tres euros.

—Prefiero llevar esta —insisto.

—María —musita Quique—, el detergente que está en oferta es el que nosotros solemos comprar. Y pillarlo de oferta ¡es genial!

Claudico. Dejo el detergente que yo había cogido y Quique mete en el carro el otro.

—Papá siempre dice que lo más caro no siempre es lo mejor —aclara el pequeño.

Lo sé. Aunque vivo en un mundo en el que lo caro es lo normal, y donde nunca me han enseñado a valorar el dinero, sé que tienen razón. Estos niños me están dando una clase magistral de cómo hacer la compra con cabeza y ciñéndose a un presupuesto.

—Tu papá tiene toda la razón —afirmo, con una sonrisa.

Al salir del supermercado y dejar la compra encargada para que nos la lleven a casa, nos vamos de *shopping*. Eso me gusta más. En el centro comercial disfruto viendo tiendas con los niños, incluso me animo a comprar unas cortinas para el salón que me parecen bonitas y, madre mía, ¡qué baratas son!

Al salir de la tienda noto que mi teléfono móvil, que llevo en el bolsillo, vibra y pita. Con disimulo lo saco y lo miro. Mi familia y Dani no paran de escribir. De preguntar cómo estoy, y yo ahora no puedo responder.

—¿Nos hacemos un selfi con tu teléfono? —propone Eva.

Al ver que los niños me miran, asiento. Desbloqueo el teléfono cuando Eva me lo quita de la mano.

—Vamos. Colocaros. Lo hago yo —propone.

Con una maestría que me sorprende, veo cómo la niña agarra el teléfono y hace varias fotos.

—¿Cómo lo has cogido para hacer los selfis?

De inmediato, Eva me enseña cómo colocar la mano, y oye, ¡qué comodidad!

El teléfono vuelve a pitar. Acabo de recibir un nuevo mensaje que Eva ve.

—¿La familia Addams? —pregunta.

Sonriendo asiento.

—Es el grupo de WhatsApp de mi familia —le digo, quitándole el teléfono—. En él estamos mis padres, mis hermanos y yo.

—Me mola el nombrecito Morticia —se ríe Quique.

Mientras se ríen, compruebo que ha sido mi hermano Carlos el que ha escrito en el grupo, pero no contesto.

Observo las fotos con los niños. Estamos genial, pero yo no sé por qué me veo diferente y lo achaco a mi *outfit*. Madreo con el jersey que llevo. Mi móvil vuelve a pitar.

—Vaya..., qué solicitada estás —murmura Eva.

Y al mirar leo.

> **Mi amor:** Sé que estás en Australia.
> Ángel me lo ha dicho, y me encantaría
> estar contigo. ¿Estás en Melbourne,
> Adelaida o Sídney?

¡Mierda!

¡Voy a matar al bocazas de mi hermano!

Al Señorito lo sigo teniendo grabado como «Mi amor», y la verdad, he de cambiar ese ridículo nombrecito. Lo haré más tarde. Ahora no. Pero al comprobar que los niños no me ven, contesto:

> Olvídate de que existo.

Tan pronto le doy a enviar, me siento bien, cuando el móvil me vuelve a sonar, y leo:

> **Mi amor:** Imposible. Te quiero.

Boquiabierta e incrédula, releo lo que ha puesto. Es la primera vez que me dice «Te quiero» en diez años. Nunca me lo había dicho, ni escrito, y furiosa por que haga eso ahora, que ya no tiene sentido, tomo aire y decido ignorarlo. Es lo mejor.

Por ello me guardo el teléfono móvil en el bolsillo y obviando que el móvil me vibra y pita en varias ocasiones, sigo de compras con los niños. Paso de Dani.

Un buen rato después, mientras Eva se prueba ropa, recibo una llamada. Veo que es Soleá.

—Tranquila, sigo viva —le contesto.

223

—Por Dios, chicarrona, me tienes en un sinvivir.

—¿Por qué?

—Porque tú eres mujer de hotelazo cinco estrellas con cometas. ¿Qué haces en una granja de vacas y gallinas?

Soleá tiene toda la razón del mundo. Lo pienso cada mañana cuando veo que mi bonita manicura no existe, y que la cabrita de Eva, cuando me ducho, me pone el agua fría. Pero todo cambia cuando veo las caritas de los niños, recibo los abrazos de Quique y Sía y Nico me mira.

—Te entiendo. Ni yo misma sé qué hago aquí —admito.

—Por cierto. Lo de Mari Morena me gusta.

—Soleáááá.

Nos reímos.

—Tus hermanos y tu madre, como tú no les llamas ni les contestas a sus mensajes, siguen llamándome para saber de ti —me informa.

—¿Y?

—Les digo que sé lo mismo que ellos: ¡nada!

—Perfecto. Por cierto, hoy me escribió el Señorito.

—¿Por qué no lo bloqueas de una vez?

Tiene razón. Debería hacerlo. La primera que lo sabe soy yo.

—Porque necesito ver cómo se arrastra como un gusano por el barro y me suplica una clemencia que yo, ni borracha, le voy a dar.

—Uisss, ¡qué bicha!

—Hoy me ha dicho que me quiere.

Soleá suelta tal despropósito que es mejor no repetirlo.

—Tranquila. Saber eso no me provoca ni frío ni calor —la tranquilizo, muerta de la risa.

—Me alegro.

—Te echo de menos —me dice.

—Y yo a ti, pedorrilla.

—¿Y si voy a verte?

—La casa no es mía, Soleá. No puedo invitarte.

—Eso lo entiendo, pero ¿y si nos vamos Mohamed, el niño y yo un fin de semana a algún hotelito de por allí?

Uf..., eso me encantaría.

—Quiero verte antes de marcharme a Ceuta a pasar las Navidades.

—¿Cuándo os vais?

—Para el 10 de diciembre. —Todavía faltan varias semanas—. Venga. Di que sí —me anima.

Lo pienso. Tener a Soleá cerca me encantaría.

—Vale —cedo—. Déjame que busque un buen hotel en Vigo, y te digo.

—¡Genialllllll! —Ambas sonreímos por eso, y ella indaga—: ¿Dónde estás ahora?

Con una sonrisa miro a Quique y Sía. La niña está sentada en su cochecito tranquilamente y entonces me fijo en que Quique parece esconderse detrás del cochecito. Eso llama mi atención. Con disimulo miro y entonces veo a tres niños que van solos. Se ríen. Se empujan entre ellos y cuando desaparecen, le contesto a mi amiga:

—De *shopping* en un centro comercial con los niños, y no te lo vas a creer, pero he comprado unas cortinas en color crudo ya confeccionadas para el salón, por cuarenta euros, que son preciosas.

—Pero ¿qué haces comprando esas cosas?

—No lo sé. Pero tengo que quitar la horterada granate que hay en la casa, que solo da oscuridad y es un horror.

Oigo que Soleá se carcajea.

—¿Estás tú sola con los niños de compras? —me pregunta.

—Oye, guapa. A ver si te crees que no sé cuidarlos —me hago la ofendida.

—¡Yo no he dicho eso, Mari Morena!

—Valeeeee...

—Bueno, cuéntame, ¿qué tal con el veterinario? ¡Me muero por conocerlo!

Al pensar en Nico, sonrío. Reconozco que me atrae ese hombre, tan opuesto a lo que a mí me suele gustar. Se lo había comentado a Soleá en una de nuestras conversaciones.

—Cero contactos —admito—. A este paso regresaré a Madrid más monja de lo que me fui. —Soleá se ríe. Entonces veo a Eva que sale del probador, y digo—: Un segundo, Soleá. —Rápidamente me acerco a la niña, que me mira, y le sugiero—: Este pantalón cargo te queda mejor que el otro. Se ajusta más a tu cuerpo y la caída de la tela es magnífica.

—Pero este cuesta treinta euros y el otro veintidós.

—¡Solo son ocho euros!

—¡Para mí ocho euros es mucho!

—Merecen la pena esos ocho euros de diferencia. Hazme caso —insisto.

La niña se mira en el espejo. Vestida así esta preciosa. Yo le entrego una camiseta y una cazadora que he visto que miraba.

—Pruébate esto —le recomiendo—. Creo que es un conjunto ideal.

Eva mira lo que le entrego y busca la etiqueta.

—La cazadora vale ochenta y cinco euros —se queja.

—¡Yo te la compro!

La cría parpadea ante mi insistencia, y mira a Quique y Sía que están tranquilos.

—Pruébate lo que te guste. Yo me hago cargo de ello.

A partir de ese instante, Eva se vuelve loca, coge otras prendas y las mete en el probador. Divertida por ver aquello me pongo el teléfono en la oreja y le digo a mi amiga:

—Esta niña es como yo. ¡Le encanta la ropa!

Durante unos minutos, prosigo hablando con Soleá, hasta que veo que Eva sale del probador y me despido. Quedo en llamarla.

—La verdad es que me gusta todo esto —dice la niña con cierta timidez—. Pero he echado cuentas y son ciento setenta y cinco euros.

Me hace gracia. Eso no es nada para lo que yo me suelo gastar en ropa.

—Estaré encantada de regalártelo —le digo, cogiendo lo que lleva en las manos.

—Pero es mucho dinero.

Sonrío. Si comparo lo que cuestan aquellas prendas con lo que yo me gasto en alta costura, son menudencias.

—Es un dinero bien invertido, cariño —le aseguro—. Estás preciosa.

Eva sonríe. Está claro que la ropa le hace feliz.

—¡Me renta salir de compras contigo! —exclama.

Durante horas me dedico a complacer a los niños y ellos se sorprenden porque a todo les digo que sí. Pero ¿cómo les voy a decir que no con las insignificancias que piden?

Estamos disfrutando de la mañana de compras cuando Sía, a la que llevo sentada en su sillita, se ha quedado dormida con su chupete. Está agotada.

—Espera —murmura Eva. Y tocando un botón de la silla indica—: El respaldo se echa hacia atrás para que vaya más cómoda mientras duerme.

Al incorporarse después de colocar el respaldo, señala una tienda.

—Esos bombones son los preferidos del cortarrollos —dice.

—¡Eva! —la regaño—. No hables así de él.

La niña pone los ojos en blanco y al mirar veo que es una tienda de mi marca preferida de bombones: Lindt. ¿En serio es la marca preferida de Nico también?

—Pues llevémosle bomboncitos. —No lo dudo ni un segundo.

Sonriendo, entramos a por ellos, y ufff..., ¡me vuelvo loca rodeada de tanto bombón! Eva se ofrece para coger una selección y a mí me parece bien. Mejor que los elija ella, porque yo me los llevaría todos. La dependienta se nos acerca a Quique y a mí, que estamos probando unos bombones.

—¿Os gustan los bombones a ti y a tu mamá? —le pregunta al niño.

¡¿Mamá?!

¿Pero qué ha dicho esta mujer?

¿Madreooo?

¿En serio tengo yo pinta de madre?

—No soy su mamá —aclaro rápidamente.

Ella, con gesto de apuro, se disculpa, y cuando se aleja, Quique musita:

—Molaría que fueras mi mamá.

Sorprendida e incrédula, no sé qué decir. Eva se acerca hasta nosotros con una bolsa llena de bombones.

—Los cogí, ¡ya los tengo! —nos dice.

Sin más, nos acercamos a la caja a pagar. Veo que Eva escribe en su teléfono. Lleva toda la mañana comunicándose con alguien.

—¿Con quién hablas? —curioseo.

La niña se guarda el teléfono de inmediato.

—Con mi amiga Nidia —responde.

Sonrío. Sé quién es Nidia. Es una cría de lo más angelical. Como diría Soleá, es un ratoncito de Disney.

—Otro día podemos traerla de *shopping* con nosotras.

—¡Genial! —exclama la niña.

Al salir de la tienda, Quique, que va masticando otro bombón, pregunta:

—¿Podemos entrar allí?

Se trata de una tienda llena de adornos de Navidad.

—No —dice Eva, antes de que me dé tiempo a responder.

—¡Joooo, Evaaaa! ¡Yo quiero ir a la tienda de Navidad!

—¡He dicho que no!

—¡Evaaaa! —grita Quique.

Los niños comienzan a discutir, y yo, que no estoy acostumbrada a verlos así, al instante digo:

—Vamos a ver, pero ¿qué os ocurre?

—Ocurre que no le gusta la Navidad —explica Quique, mientras Eva refunfuña—, y por eso no quiere entrar en esa tienda. Pero yo quiero entrar. Quiero comprar adornos y un árbol de Navidad.

—No vamos a poner árbol de Navidad.

—¡Porque tú lo digas!

—Pues claro que porque yo lo digo —apostilla Eva.

—Joooo, Evaaaaa.

—Quique, ¡no me rayes!

—No me rayes tú a mí.

Mientras siguen discutiendo, miro alrededor en busca de una salida. Creo que necesitamos tomar algo fresco que nos tranquilice.

—¿Qué tal si nos sentamos allí a tomar un refresco? —les propongo.

Ambos asienten y con caras largas me acompañan. Sía sigue dormida en el carrito.

—¿Qué queréis tomar? —pregunto cuando nos sentamos.

—Que elija Eva —protesta Quique—. Al fin y al cabo, siempre se hace lo que ella quiere.

Me apena oírle.

—Tres refrescos de naranja por favor —le pido al camarero cuando se acerca. Tan pronto se aleja el camarero, un silencio incómodo nos rodea. Yo quiero saber qué ocurre—: ¿A ver? ¿Qué pasa? —Ninguno habla, por lo que suelto—: Tengo dos hermanos, Carlos y Ángel. Y aunque no siempre estamos de acuerdo en muchas cosas y discutimos muchísimas veces, siempre intentamos buscar un punto intermedio para poder entendernos.

—Con ella es imposible —se queja Quique—. O se hace lo que ella quiere, o monta un numerito.

—¡Serás idiota!

—Eso no, Eva —le corto—. Descalificaciones y faltas de respeto no. Las cosas se solucionan hablando con respeto.

Eva resopla. Mira a Quique. Y como siempre que no quieren que me entere de algo, hablan en rumano.

—¿Se puede saber qué has dicho? —le pregunto.

Eva se calla.

—Me ha dicho que me va a meter las gafas por el culo —traduce Quique.

—¡Eva! —protesto.

La niña se mueve en la silla. Le joroba lo que su hermano ha dicho. Yo intento no perder la paciencia.

—Ahora iremos a esa tienda. Tranquilo —le digo al niño.

—No vais a poner árbol de Navidad —gruñe Eva.

Quique resopla.

—¿Por qué? —le pregunto yo a la niña, haciéndome la nueva.

Eva me mira. Su gesto ya no es sonriente.

—Porque no —se obceca.

Quique vuelve a resoplar.

—Porque no no es una respuesta, Eva.

—Porque odio la Navidad. ¿Te gusta esa respuesta?

Niego con la cabeza, y ella vuelve a dirigirse a Quique en rumano. Joder, que no sé lo que dice. Por lo que, molesta, la miro y le hablo en alemán.

Quiere idiomas, ¡yo le voy a dar idiomas!

Durante un buen rato le echo una buena parrafada en alemán. Controlo aquel idioma y el inglés, y cuando termino, Eva me mira.

—¿Qué te parece no saber lo que te he dicho? —le pregunto—. ¿Te gusta la sensación? —Eva no responde. Creo que la he sorprendido, y prosigo—: Eso que haces de hablar en un idioma que yo no entiendo ante mí es una terrible falta de respeto. ¿Acaso nunca te lo han dicho?

—Sí —gruñe Quique—. Papá.

Eva se levanta y con gesto agrio y tocándose la barriga de malos modos, dice:

—Voy al baño. Me duele la barriga.

—No le duele nada —me dice Quique cuando la ve alejarse—. Solo lo dice por jorobar. —Suspiro. Quique me explica—: Todos mis amigos en Navidad decoran sus casas. Ponen árbol, luces de colores y yo quiero eso. Mamá y papá lo ponían. ¿Por qué ahora ya no lo podemos poner?

Me duele oír eso. No sé qué responderle.

—Quizá —aventuro— porque a Eva le duele que tu mamá y tu papá ya no estén con vosotros para...

—A mí también me joroba que mamá y papá no estén —me corta—. Pero creo que a ellos les gustaría que siguiéramos celebrando la Navidad. —Su carita de pena me destroza. Quique es un niño. Solo tiene nueve años, pero en muchos aspectos es mucho más adulto que Eva—. Yo quiero celebrar la Navidad. —Y bajando la voz, cuchichea—: Y aunque ya sé quiénes son Papá Noel y los Reyes Magos, quiero que Sía tenga sus regalos debajo del árbol. —Oír eso me hace parpadear, y más cuando añade—: Me lo dijo Eva el año pasado y me enseñó que papá tenía guardados los regalos debajo de la cama, aunque no le dije nada.

¡Me cago en Eva!

Me sabe fatal que se fuera de la lengua siendo Quique todavía tan pequeño.

—Siento que Eva te lo contara —le digo.

—Ella es así. Pero no voy a dejar que se lo cuente a Sía.

Ver la convicción con que lo dice me hace sonreír, y me digo que estoy dispuesta a comprarle todo aquello que este año pida en sus cartas.

—Debes seguir creyendo en la Navidad. Tienes que pedirle deseos desde el corazón y verás como la magia de la Navidad hará todo lo posible por intentar concedértelos.

Quique sonríe. Yo también.

—Papá, para que Eva no se enfade —revela—, compra cositas para poner en mi habitación y en la de Sía, ya que la caja de adornos de Navidad que mamá tenía seguro que Eva la tiró a la basura.

—Nooooo.

Asiente el crío apenado.

—Yo quiero decorar la casa y tener un árbol grande en el salón donde Papá Noel y los Reyes Magos dejen los regalos para Sía. Pero Eva no quiere. Es una egoísta.

Suspiro. No sé qué decir.

—Hablaré con Eva —le aseguro—. La Navidad es cosa de todos, no solo de ella. —Quique asiente y yo, dándole un beso en la cabeza, digo—: Voy al baño para ver si Eva está bien. ¿Te quedas con Sía?

—Claro, ¿puedo pedir unas patatas fritas?

—Por supuesto.

Al entrar en el baño, descubro que Eva no está allí. Eso me alerta. ¿Adónde ha ido? Cuando salgo, veo una puerta en un lateral y al abrirla veo que da a una terraza y allí al fondo está Eva.

—¡Evaaaaa! —grito al ver lo que hace. La niña rápidamente tira el cigarro y cuando me acerco, bufo—: Eva, *carallo*, ¿qué haces fumando? —No contesta. Se calla. Por cierto, ¿he dicho yo *carallo*? Tiendo la mano y le ordeno—: Dame el tabaco y el mechero.

—¡Joderrrrr!

—Esa lengua, jovencita. Y vamos. Dame lo que te he pedido.

Nos miramos. No me muevo. Eso sí que no se lo voy a consentir, y finalmente claudica. Me lo da.

—¿Nico sabe que fumas? —Acto seguido, sonríe. Eso me hace saber que lo sabe, y murmuro—: Eva, por favor, ¡que solo tienes trece años!

Molesta y sorprendida por haber descubierto aquello, le doy la típica charla que me dio mi abuelita cuando descubrió que yo fumaba. Recuerdo que me entró por un oído y me salió por el otro, pero está claro que aquello es lo que tengo que hacer y me da igual que le salga por el otro oído.

Cuando termino y me guardo el tabaco y el mechero en el bolso, me siento a su lado.

—No quiero hablar de la Navidad —dice.

—De acuerdo. No hablemos de la Navidad. Pero qué tal si hablamos de Quique y de Sía. —Ella me mira. Yo continúo—: Quique desea celebrar la Navidad y que Sía también la disfrute. ¿No crees que lo más justo para los tres es que todos podáis vivir lo que deseáis?

Eva no responde.

—Mira, cariño. Sé que no es fácil lo que os ha pasado. Pero no es fácil ni para ti, ni para Quique ni para Sía. Incluso no es fácil para Nico. Pero la vida continúa, y uno no se puede quedar anclado en el pasado porque es un gran error.

Eva me mira. En sus ojos veo el desconcierto cuando susurro:

—Escucha, Eva. Tú has tenido la gran suerte de haber disfrutado de tus padres y sus costumbres durante años en Navidad. Seguro que ellos ponían árbol, belén y decoraban la casa, ¿verdad? —La cría asiente, y yo prosigo—: ¿No crees que Sía y Quique también merecen disfrutar de eso que a tus padres les gustaba hacer contigo?

Una lágrima resbala por la mejilla de Eva.

—No puedo... —murmura.

—Sí puedes, cariño.

—Pero ellos no están.

Ver el dolor en su mirada y en sus palabras me toca el corazón profundamente. Tomo aire.

—Entiendo lo que dices, cielo. La Navidad siempre te hace recordar a esas personas que no están, pero la Navidad también te hace sentir, y ver a las personas que siguen a tu lado, y disfrutar de ellas. Debes quedarte con eso, Eva, y debes creer en la magia de la Navidad.

—Yo no creo en esa tontería de la magia de la Navidad.

—Pues muy mal. Si no lo haces, nunca te concederá deseos.

La niña me mira. Me encantaría saber qué piensa.

—El cortarrollos ya les decora sus habitaciones de Navidad —suelta.

—A ver, Eva. No me parece bien que cada vez que hables de Nico, lo menciones por ese apodo tan poco bonito.

—Es el que se merece.

—¿Por qué se lo merece? ¿Por preocuparse y cuidar de ti? —La niña me mira. Le guste o no lo que digo, lo tiene que escuchar, cuando añado, omitiendo lo que sé—: Eres injusta con Nico, como has sido injusta con Quique. ¿Por qué le has contado quienes son los Reyes y Papá Noel?

—¿Será chivato?

—No, bonita. ¡La chivata has sido tú! Pero ¿cómo se te ocurre decírselo? —La niña no contesta—. Eva, te voy a decir una cosita que mi abuelita solía decir, y es que nuestras decisiones definen quienes somos. Y esa acción tuya es de ser una niña injusta y sin sentimientos. ¡Piénsalo! —Ni se inmuta. Está claro que lo que digo le entra por un oído y le sale por el otro, pero yo insisto—: De acuerdo, Eva. No seguiré hablándote de ello, pero permite que Quique pueda disfrutar de entrar en esa tienda de Navidad para comprar lo que quiera. Respétale y él te respetará.

Por fin, la niña accede, y las dos regresamos a donde están los niños. Y al acercarnos veo que no están solos. Están con los niños a los Quique miraba antes.

A medida que nos acercamos me fijo en el gesto de Quique. En sus ojos veo algo que recuerdo haber visto en la mirada de mi amiga Soleá cuando éramos pequeñas.

—¿Esos quiénes son? —le pregunto a Eva.

La niña mira con desgana y pendiente de su teléfono móvil, explica:

—Compañeros del cole de Quique.

—¡Hola a todos! —saludo cuando llegamos a su lado. Los niños me miran, y, deseosa de saber, pregunto—: Soy María. ¿Y vosotros quiénes sois?

—Yo soy Guille —dice el más alto—. Y ellos Alonso y Pablo.

Quique instintivamente se acerca a mí.

—Ya..., ya nos vemos el lunes en el cole —dice.

El más alto, el tal Guille, que parece llevar la voz cantante y que tiene cara de listillo, asiente. Su sonrisita, a pesar de ser un crío de poco más de doce años, no me gusta.

—¡Nos vemos en el cole! Y recuerda traerme ese cromo que te dije —le dice, alejándose.

Quique asiente y cuando se marchan, al ver que Eva está a su rollo con su teléfono móvil, miro al pequeño.

—¿Pasa algo? —pregunto.

Rápidamente el niño niega con la cabeza. Pero sí. Pasa algo. Lo sé. Esa mirada asustadiza era la misma que tenía Soleá cuando la conocí.

—Quique, cariño, ¿quieres contarme algo? —Me siento junto a él.

Niega con la cabeza y cuando voy a hablar, el terremoto Sía se despierta y se acaba la tranquilidad. Cuando terminamos los refrescos y las patatas, pago, y sabiendo que quizá no sea una excelente idea, digo:

—Eva. Quique, Sía y yo vamos a entrar en la tienda de Navidad. ¿Quieres venir o prefieres esperarnos en aquel banco con el cochecito?

Ella elige la segunda opción sin vacilación. No se baja de la burra. Y cuando la dejamos, al entrar en aquel espacio lleno de magia, colores y luz, Quique, como niño que es, sonríe, y Sía, con los ojos muy abiertos, murmura:

—Qué *gonitoooooo*.

Sonrío. ¿A qué niño no le gusta todo eso?

Durante un buen rato, Quique y Sía disfrutan de todo aquello que a los niños enamora. La Navidad. Sus luces. Sus adornos. Sus colores. Sus villancicos. Y yo, deseosa de darles todo eso que desean, cojo un par de cestas y comenzamos a echar en ellas lo que nos queremos llevar.

Me lo estoy pasando en grande cuando veo unas bolas de Navidad firmadas, curiosamente, por la cantante preferida de Eva. Sin dudarlo, las compro. Como compro unos pijamas navideños rojos y blancos. No se lo he comentado a Nico, pero este año les voy a hacer a todos ponerse esos pijamas para la cena de Nochebuena. ¡Tendré pijamada!

Cuando salimos de la tienda cargados como si no hubiera un mañana, Sía corre hacia su hermana.

—¡Tengo *catas pada* los *Deyes* y Papá Noel! —grita.

Eva mira lo que ella lleva en sus manos.

—Tenéis que escribir vuestras cartas —les digo—, y otro día venimos a echar la de Papá Noel, al buzón del Polo Norte. Y la de los Reyes, al buzón de Oriente.

Sía, emocionada, asiente. No sabe aún escribir, pero ya le escribo la carta yo.

—¿Qué habéis comprado? —pregunta Eva.

—Media tienda. ¡Mola salir de compras con María! Ha comprado hasta un enorme árbol de Navidad que nos llevarán a casa —afirma Quique encantado.

Eva me mira con gesto adusto.

—Si hace falta lo pondré en mi habitación —le digo—. Pero este año Papá Noel y los Reyes Magos dejarán sus regalos bajo ese árbol.

Sía, a la que le he comprado un disfraz blanco con alitas y corona, mira a su hermana.

—Soy un hada de la Navidad muy guapa —dice.

Eva hace un gesto. Y yo le enseño las bolas de Navidad firmadas por su cantante preferida.

—¿Te gustan? —le pregunto.

Al verlas, Eva parpadea. Por su gesto sé que le gustan.

—No —replica, negando con la cabeza—. Y deja ya de cortarme el rollo, ¿vale?

—Tú sí que eres una cortarrollos —gruñe Quique.

Con tranquilidad, asiento. Qué rápido se le corta a esta niña el rollo, pero como hubiera dicho mi abuelita «No se ganó Zamora en una hora».

—No hay problema. Me las quedaré yo —digo, guardando las bolas con el resto de las cositas que he comprado.

En el viaje de regreso en el coche, la alegría que llevaba Eva en la ida ha desaparecido, pero Quique y Sía siguen tan felices, y yo decido unirme a su felicidad. ¿Por qué no?

Al pasar frente a cierto establecimiento, Quique y Sía piden cenar hamburguesas, y yo, encantada, les doy el capricho. Con tal de no tener que chamuscar la cena, ¡lo que sea!

Cuando llegamos a casa veo a Nico hablando con Beatriz cerca del establo de las vacas, y uf..., se me acelera el corazón. Lleva un jersey de lana azulón, probablemente con pelotillas, bajo un peto verde de plasticucho y las botas llenas de barro. Su *outfit* es un desastre, pero yo no sé por qué lo veo sexy y provocador. Madrecita, ¿estaré perdiendo el gusto?

Detengo el coche, Eva coge sus compras y, sin decir más, sale del vehículo, da un portazo y se va. Quique y yo nos miramos, y mientras desabrocha el cinturón de la sillita de Sía, murmura:

—Eva es una niñata.

—Quique —lo regaño—. No digas eso de tu hermana.

—No se merece todo lo que le has comprado.

—Eso da igual, tesoro.

—No. No da igual. Es una egoísta y una desagradecida.

El niño suspira. Desde luego, criterio y paciencia tiene con ella. Y cuando Sía queda liberada, sale del vehículo, y corre hacia Nico gritando.

—¡Papiiiiii, *Madía* me ha *compado* un *disfas* de hada de Navidad y tengo *catas pada* los *Deyes* y Papá Noel!

Nico la coge entre sus brazos, y mientras camina hacia el coche, se la come a besos y cuando finalmente la deja en el suelo y esta sale corriendo hacia Beatriz para enseñarle su disfraz, él mira hacia mí.

—Eva, como diría Sía, «viene con el *modo tocido*» —le comunico.

—¿Qué ha pasado? —se interesa.

A grandes rasgos le explico lo ocurrido.

—Papá, ¡vas a flipar con lo que ha comprado María! —interrumpe Quique, que está emocionado con las compras.

—¿Qué ha comprado?

Quique saca del maletero varias bolsas.

—Cosas de Navidad y pijamas para la noche que venga Papá Noel.

—¿¡Pijamas!?

Nico me mira.

—Esa noche, mis hermanos, la abuelita y yo siempre cenábamos vestidos con un pijama navideño algo hortera.

—¿Pretendes que cenemos todos en pijama?

—Por supuesto. ¡Es mi tradición!

Nico y Quique se miran.

—También ha comprado un árbol gigante que nos traerán en unos días a casa —cuenta el pequeño.

Nico parpadea. Y yo, para evitar un mal comentario, pues con lo de los pijamas creo que ha cortocircuitado, saco otra bolsita.

—Traemos la cena, ¡hamburguesas y patatas fritas! Y lo mejor, ¡sin chamuscar! —exclamo.

Nico se ríe. Me encanta su sonrisa y cuando se acerca a mí, como diría Juan Luis Guerra, ¡me sube la bilirrubina!

Nos miramos. ¡Madrecitaaaaaa, cómo nos miramos! Entre nosotros hay una tensión sexual no resuelta tremenda.

—También hemos traído bomboncitos —logro articular, con la boca seca.

—Vaya...

—Eva dijo que eran tus preferidos.

—¿Eva lo dijo? —pregunta curioso.

Asiento, y percibo que saber aquello le agrada, mientras soy consciente de cómo me mira los labios. ¡Uf..., uf...! Y con las pulsaciones a dos mil revoluciones por microsegundo, le enseño el paquetón de bombones que hemos comprado.

—Me gustan mucho esos bomboncitos.

—A mí también —afirmo, acalorada.

De pronto, veo un manchurrón oscuro que viene rápidamente hacia mí a toda mecha. Lo miro con curiosidad, y veo que se trata de Shirly.

—¿Otra vez? —Pongo los ojos en blanco.

—Le encanta hacer la croqueta en los charcos —afirma Nico.

Horrorizada por lo salvaje que se está volviendo Shirly desde que llegamos allí, entramos en la casa.

Capítulo 18

María le da una ducha a Sía y, una vez que le ha puesto el pijama, baja a la cocina. En el pilón que hay al lado de la lavadora, en el cuartito anexo a la cocina, María baña a su perra que un día más se ha puesto fina.

Estoy tomándome una cerveza cuando Sía entra en la cocina.

—Papi. Soy un *dobot* —dice, mirándome.

Me fijo y veo que algo tieso y blanco le sobresale de las orejas y, antes de que pueda decir nada, Shirly sale del cuarto anexo a toda pastilla. Tras ella lo hace María, que al ver a la niña se detiene.

—Pero, Sía, ¿de dónde has cogido eso? —pregunta.

—Del baño.

Veo que María va a hacia ella con rapidez. Le saca de las orejas a la niña lo que le sobresale y murmura:

—Esto no se coge. ¿Vale?

—¿*Po qué*? Es suavecito.

—Anda, bollito, vete a ver dibujos. —Y le da un beso en la mejilla.

—¿Qué tenía metido en las orejas? —curioseo, cuando la niña sale de la cocina. María me enseña lo que tiene en las manos y pregunto—: ¿Tampones?

María asiente.

—Debió de abrir mi neceser del baño —supone, y los tira a la basura.

Ambos nos echamos a reír.

—¿Te apetece una? —pregunto, enseñándole mi cerveza.

—Sí. Creo que, tras el día de hoy, ¡me la merezco!

Me hace gracia oír eso, y cuando le paso la cerveza, pregunta:

—¿Dónde están Quique y Eva?

—Imagino que duchándose.

María asiente. Da un trago a su cerveza y cuando ve que la miro, musita:

—Si mi madre me viera beber a morro, le daba algo.

Eso nos hace sonreír a los dos.

—¿Has hablado con tus padres? —le pregunto, interesado por las cosas que he visto en Google sobre ella y su familia.

—Con mamá.

—¿Y les parece bien que estés en la granja?

—¿Y por qué les iba a parecer mal?

—Quizá porque esto no tiene el glamur al que estás acostumbrada —observo.

María me mira. Intuyo que imagina por qué lo digo.

—¿Me stalkeas? —se sorprende.

Me río. Jamás he controlado yo la vida de nadie por las redes sociales.

—No —replico, pero al ver cómo me mira, confieso—: Vale. Lo admito. Te busqué en redes y te cotilleé un poco.

—A ver, no te voy a negar que cuando les dije que estaba en una granja, les sorprendió —reconoce, sonriendo—. ¡Soy mujer de hotelazo y ciudad! Pero como ven que estoy bien, y los mantengo informados, pues les parece estupendo.

Me gusta su contestación. Veo que mira interesada la botella de cerveza.

—¿Qué cerveza es esta? —quiere saber—. No conozco esta marca.

—Es una cerveza artesanal típica de Vigo. La fabrican mis amigos Min y Ale. Estuve hoy con ellos en el refugio y me trajeron una cajita de regalo.

—Pues está buenísima.

Acto seguido, María comienza a comentar su día con los niños y mientras lo hace, apoyado en la mesa, la observo. Su manera de explicarse y expresarse me hace gracia e intento disimular la atracción que siento por ella.

Pero ¡*carallo*! Qué sonrisa más bonita tiene.

Intento parecer indiferente. No quiero que note que la miro con cara de tonto interesado, pero María se mueve y yo la sigo con la mirada. Su gracia natural unida a su pijismo en ciertas cosas me tiene descolocado, como me tiene acelerado el corazón.

Pero ¿qué me ocurre con esta mujer?

—¡Ya me duché! —dice Quique, entrando en la cocina.

María y yo lo miramos.

—En cuanto baje Eva, calentamos las hamburguesas y cenamos —le digo.

—¡Guay! Eva ya se está duchando.

—Esta es la míaaaaa —canturrea María.

Y dejándonos boquiabiertos a Quique y a mí, vemos que se acerca al grifo de la cocina, y abre y cierra el agua caliente varias veces. ¿En serio está haciendo lo que veo? Segundos después, oímos a Eva dar chillidos.

—Donde las dan, las toman —suelta María, tan ancha.

—Halaaaaaa —murmura Quique.

María con tranquilidad da un trago a su cerveza, mientras repite lo de abrir y cerrar el agua, y cuando deja la botella sobre la mesa mira a Quique.

—Disfruto el momento. Elimino las pruebas y lo niego todo —confiesa, cómplice.

—Halaaaaaaa...

—María, pero ¿qué maldad le enseñas? —murmuro divertido.

Ella me entiende.

—Olvida lo que he dicho —le sonríe al niño—. Pero recuerda que lo que no quieras que te hagan, no lo hagas tú.

Quique me mira. Está tan sorprendido como yo.

—Eva te va a matar —anuncia.

—Lo sé —admite con gracia.

Boquiabierto, Quique me vuelve a mirar. Aquello que ha hecho María es toda una provocación.

—Ya sabes, campeón —le digo—. Como te ha dicho María, no hagas lo que no quieras que te hagan. Lo otro que ha dicho, ¡olvídalo! —Quique asiente, y yo, divertido con su gesto, le pido—: Ve con Sía. Ahora cenamos.

Y me burlo de María cuando el niño sale de la cocina:

—¿En serio?

—Ella me lo hace todas las mañanas. Por un día que se lo haga yo, no creo que pase nada.

Me río. Se ríe. Pero la sonrisa se nos corta cuando aparece Eva hecha una furia con el albornoz.

—¿Tú de qué vas? —Mira a María.

—Eva —murmuro.

—Me estaba duchando y ella ha abierto el grifo del agua caliente —insiste.

María me mira. En sus ojos leo que desea que me mantenga al margen.

—¿Sabes, Eva? —responde—. Simplemente, voy de lo mismo que tú. ¡De listilla! —Las dos se miran. Se retan. Y cuando Eva va a abrir la boca, María canturrea—: Cuidadito con lo que vas a decir, no sea que la vayas a cagarrr.

Eva abre los ojos. Está indignada. La conozco. Por fin me mira a mí, que me estoy aguantando las ganas de reír.

—Sube a tu habitación y ponte el pijama —le digo—. Te estamos esperando para cenar.

Ofuscada, Eva se da la vuelta. Sale de la cocina. Sube las escaleras corriendo y, como siempre, al entrar en su habitación da un portazo.

—Si yo fuera tú, como castigo le quitaba la puerta.

Nos reímos.

—Eso que has hecho con el agua es una provocación en toda regla.

—Lo sé. —Y añade—: Pero ella me provoca todas las mañanas, y creo que se lo merecía. Que aprenda que donde las dan, las toman.

Suspiro. Sé que tiene razón y acercando mi botella a la suya, las chocamos.

—Tienes toda la razón —me muestro de acuerdo.

Tan pronto terminamos nuestras cervezas, con coordinación comenzamos a calentar las hamburguesas en el horno y diez minutos después todos alrededor de la mesa cenamos. Eso sí, Eva con sus modales nos hace saber lo enfadada que está. Algo que a mí me incomoda, pero que a María parece no molestarle.

Capítulo 19

Acabada la cena, mientras Nico sube a Sía en brazos, pues se ha quedado dormida, con la ayuda de Quique retiro las horribles cortinas granates del salón y coloco las que he comprado en el centro comercial. ¡Quedan ideales!

—¿Te gustan? —pregunto. Quique las mira. Asiente. Y segura, afirmo—: Mañana ya verás la luz tan bonita que entrará al salón. Incluso parecerá más grande.

—Qué guayyyy.

Aún estamos admirando las cortinas cuando indago sobre un asunto.

—¿Los niños que vimos en el centro comercial son tus amigos?

Quique se lo piensa un ratito.

—Sí —murmura al fin.

Miente. Lo sé. Y si miente es por algo. Intuyo que algo le pasa con aquellos niños. Miro su chichón.

—Mi mejor amiga se llama Soleá —le cuento—, y nos conocimos en el colegio cuando éramos pequeñas.

Me mira con interés.

—Nunca olvides que los amigos de verdad son aquellos que te respetan, te quieren y son leales. Nunca tomes por amigo a alguien que no sea así, ¿vale?

Quique asiente. En su cara veo una cierta confusión. Yo prosigo:

—Cuando yo era pequeña e iba al colegio, por mi carácter, nadie se metía conmigo. Pero un día vi que dos niñas, que por cierto eran las chulitas del colegio, empujaban a otra niña contra la pared mientras le pegaban. Esa niña asustada era Soleá.

—¿Tu amiga?

—Sí. En ese momento, no conocía a Soleá, pero ver aquello me enfadó. ¿Por qué le hacían aquello a esa niña que parecía tan asustada? Y sin saber lo que pasaba me acerqué y fue cuando me enteré de que las dos abusonas se comían todos los días el rico pastelito que ella llevaba para el recreo.

Quique parpadea. Me mira y yo cuchicheo:

—Ese día me metí por medio. Yo hacía kárate en el colegio y, bueno, le di un puñetazo a cada una, y conseguí que dejaran en paz a Soleá.

—Pero pegar no está bien...

—Lo sé, cielo. Tienes razón. Pegar no es manera de resolver los problemas. Lo ideal es usar la palabra. Intentar dialogar y, por supuesto, cuando eres pequeño, buscar ayuda en un adulto.

—No quiero que papá tenga más problemas —admite en bajito—. Ya le da muchos Eva como para que yo...

—Quique, cariño, te aseguro que eso no le dará problemas a tu papá. Es más, te agradecerá que le pidas ayuda para que el conflicto no vaya a más.

—¿Tú les pedías ayuda a tus padres? —quiere saber.

Al pensar en aquello, asiento. Mis padres siempre han estado ahí, especialmente mi padre, por mucho que me regañara por mi manera de ser.

—Sí.

—¿Y no te regañaron ese día que les pegaste?

Sonrío. No lo puedo remediar.

—Claro que sí —afirmo—. Se enfadaron mucho, y recuerdo que me castigaron una semana sin poder ver la televisión y sin ir a kárate. Pero ese día aquellas niñas se pusieron tan chulitas que quise que probaran de su misma medicina.

—¡Halaaaa, Maríaaaaaaa...! —exclama sorprendido.

—Lo ideal es buscar ayuda, pero, en esa ocasión, me pilló con el morro torcido, y bueno..., ¡puñetazo que les di!

Divertido, Quique me mira.

—Gracias por contarme lo que me has contado —me dice.

Sonrío.

—Tengo dos hermanos con los que tuve que aprender a defenderme —susurro—. Si quieres, te puedo enseñar un par de derechazos que...

—¡Halaaaa, síííííí! —se emociona. Nos reímos. Él cuchichea—: ¿Sabes? Este año quiero creer en la magia de la Navidad, aunque Eva me contó lo que ya sabes.

Oír eso me gusta. Aunque la puñetera de la niña le ha jorobado esa magia, estoy encantada de que él quiera seguir creyendo en ella.

—Harás bien, porque quizá la magia te sorprenda —afirmo.

Con cariño, Quique me abraza. Es un amor. Es el niño más cariñoso que he conocido.

—¿Te vas a ir después de las Navidades? —pregunta.

—Sí, cielo. ¿Por?

El niño resopla y cuchichea:

—Porque molas mucho y no quiero que te vayas.

Reconozco que sus palabras me llegan al corazón.

—Mi vida está en Madrid —respondo, sentándome junto a él—, y cuando regrese he de buscar trabajo y...

—¿Y por qué no sigues aquí? ¡Ya tienes trabajo!

¡Lo adoro! Su inocencia puede conmigo.

—Vosotros necesitáis a alguien que os cuide muy muy bien, y además sepa cocinar, y hacer todas las cosas que yo hago mal.

—Pero si tú nos cuidas muy muy bien. Y, además, ¡ya no quemas las tostadas!

Divertida, sonrío.

—Gracias, cielo. Pero quiero trabajar de lo que me gusta. No es que cuidar niños sea malo, pero he estudiado mucho para poder disfrutar del diseño de las joyas, y me gustaría seguir haciéndolo. —Quique asiente, y yo le hago una recomendación—: ¿Sabes? Lo que tenemos que hacer es disfrutar del tiempo que estemos juntos. El resto ya se verá, ¿vale, campeón?

—¡Vale!

Le doy un besote y me llevo las horribles cortinas granate al cesto de la ropa para lavarlas. Al regresar al salón veo que Nico ya ha bajado y Quique, emocionado, le enseña los adornos de Navidad que hay dentro de las bolsas.

—¿Y dónde se supone que vamos a poner todo esto?

—Por tooooooodaaaaa la casa —afirma Quique.

La cara de circunstancias de Nico es un poema. Sé que piensa en Eva. En su reacción.

—Tranquilo. Todo saldrá bien —le digo, con seguridad.

Entre risas y buen humor continuamos hablando; de pronto me doy cuenta de que, al cambiarme de ropa, he dejado el teléfono sobre mi cama. Rápidamente subo a mi habitación. Allí está. Lo apago y lo guardo.

Al salir de mi habitación, veo que, por debajo de la puerta de Eva, se ve luz y, sin pensármelo, doy con los nudillos y abro la puerta.

Eva está sobre su cama con su teléfono móvil.

—¿Qué quieres? —pregunta con gesto hosco, al verme.

—Ver que estás bien y desearte buenas noches.

La niña me mira. En su gesto se refleja lo que le encantaría decirme, que por cierto no es nada bonito. Al ver las zapatillas que se compró esta tarde en el centro comercial con su dinero, indico:

—Me parecen preciosas.

—Voy a apagar la luz.

Vale. Me está echando.

—Recuerda, Eva —le digo—. Lo que no quieras que te hagan no lo hagas tú. Buenas noches, cielo.

No dice nada. Solo me mira y sin más salgo de la habitación. Al hacerlo me encuentro con Quique, y este acercándose a mí, me abraza.

—Me voy a dormir —me dice.

Lo abrazo con mimo. Es tan dulce. Tan lindo este niño. Y después de darle un beso en la frente me mira y añade:

—Gracias por las cosas que me has comprado. Me lo he pasado hoy muy bien de compras contigo. ¡Molas mazo, María! Y ojalá no te vayas.

Oír eso me llega al corazón. Quique es un niño pacífico y encantador, y tras darme un cariñoso beso en la mejilla y un abrazo, se va a su habitación.

Sonriendo por el cariño recibido por el pequeño, bajo las escaleras y al llegar al salón veo que Nico me mira.

—¡Quique es para comérselo! —susurro.

—Y Eva, para habérsela comido —matiza.

Ambos sonreímos. Me dispongo a trabajar en la web con mi ordenador portátil cuando le oigo decir:

—Ya no solo mueves los muebles, sino que cambias las cortinas.

—¿Te gustan?

Veo que asiente.

—Me gustan —afirma mientras se escucha música en la radio.

—¡Estupendo! Porque la luz que entrará por las mañanas con ellas será fantástica. ¡Ya lo verás!

—Si me dices lo que te han costado, te las pago.

—Nooooo.

—Pero...

—Nico, por favor, es un regalo.

—¿Tan horrorosas te parecían las otras?

Ufff. Horrorosas no. Horripilantes. A ver cómo se lo digo suavemente.

—Eran excesivamente *vintage*.

Me mira. Ufff, cómo me mira. De repente, desvía la mirada.

—¿Quieres una copa de vino ahora que los niños están durmiendo? —Y me enseña una botella.

Bueno..., bueno..., primero cerveza y ahora vinito.

Es la primera vez desde que llegué a la casa que por la noche me invita a pasar un rato los dos a solas. Por norma, tan pronto se acuestan los niños, si él está en casa, o se va él o me voy yo, para dejarnos espacio.

—¿Tienes *chardonnay*? —pregunto, sin pensar.

—No. Pero tengo este excelente albariño. —Hace que me ponga muy nerviosa mientras echa vino en unas copas, y al entregarme la mía, me pide—: Pruébalo y dime qué te parece.

Lo paladeo. No soy una experta en vinos, pero qué rico.

—Excelente albariño. —Y no miento.

—No lo más caro es siempre lo mejor.

Me río. ¿Dónde he oído yo eso?

—Quique me dijo eso mismo hoy en el supermercado —admito—. Le estás enseñando muy bien.

—Me alegra saberlo. Si algo quiero es que aprendan a apreciar el valor de las cosas. No siempre lo más caro es lo mejor, como tampoco lo es lo más barato. Hay dos cosas que deseo enseñarles. La primera, que sepan apreciar lo que tienen, antes de que la vida les haga aprender a apreciar lo que tenían. Y la segunda, que las cosas se consiguen con esfuerzo y trabajo.

—Estoy totalmente de acuerdo contigo. Aunque sé que pensarás que mi vida ha sido fácil, por haber nacido en una familia con dinero. Y sí, no te voy a decir que no. Me gustan los hoteles caros, la alta costura o los restaurantes con estrella Michelin, pero...

—No te estoy juzgando, María.

Sonrío. Entiendo lo que dice.

—Papá a su manera nos enseñó el valor de las cosas —trato de explicarle—, y lo que cuesta conseguirlas, pero quien realmente me hizo entenderlo y tener los pies en la tierra fue mi abuelita Manoli. Recuerdo que nos decía cosas como: el dinero puede comprar una cama, pero no el sueño. Puede pagar un buen médico, pero no la salud. El dinero puede comprar un carísimo reloj, pero no el tiempo. Incluso puede comprar el sexo, pero no el amor.

—Sabia, tu abuelita Manoli.

Sonrío haciendo un gesto afirmativo con la cabeza.

—También decía —continúo— que hay que cuidar de la manera más bonita lo que con dinero no se puede comprar, porque es lo verdaderamente importante en la vida.

—¡Fan total de tu abuelita!

Ambos sonreímos por aquello, y yo, atacada de los nervios por cómo me reacciona el cuerpo ante su sonrisa, me separo de él y me siento sobre la alfombra. Veo a Shirly dormida junto a Homer.

—Está claro que se han gustado —murmuro.

Divertidos, miramos a los perretes que con gusto duermen juntos.

—¿Qué sabes de los amigos de Quique? —pregunto para desviar la conversación. Me mira sin entender, y yo le explico—: Hoy nos encontramos con unos en el centro comercial, y por su reacción me dio la impresión de que, más que amigos, eran enemigos.

—Que yo sepa, Quique es un niño que se lleva bien con todo el mundo.

Estoy de acuerdo en que llevarse mal con Quique es complicado; de todas formas, sin querer acusar a nadie, dejo caer:

—Aun así, estate pendiente de lo que digo, ¿vale?

Nico sonríe y asiente, imagino que no necesita más quebraderos de cabeza. Luego me intereso en otra cosa:

—¿Has llevado a Sía al logopeda por lo de la «erre»?

—Sí. La llevé hace unos meses a uno que me recomendaron en Vigo, y tras hacerle una valoración, me dijo que esperara a que cumpliera cuatro años. Si a esa edad seguía sin pronunciarla, entonces que regresara.

—¿Te importa si yo comienzo a trabajarlo con ella? —le pido.

—¿También eres logopeda? —se mofa.

Me río. Niego con la cabeza.

—No. Pero, al parecer y según me contaba mi abuelita, yo tuve el mismo problema que Sía —le explico—. Y gracias a que ella me hacía repetir la erre siempre que no la decía bien, al final, lo corregí. —Nico se ríe. Y al ver su guasa, afirmo—: Yo también decía que me llamaba *Madía*.

—No tengo problema en que lo trabajes con ella, pero siempre y cuando sea un juego para ella —accede.

—Por supuesto. —Yo ya he cogido carrerilla, y pregunto otra vez—: ¿Sabías que Eva fuma?

—Sí. Lo tiene prohibido, pero, por lo que veo, sigue desobedeciendo.

Estoy por contarle también que Eva le ha jorobado la Navidad a Quique revelándole el mayor secreto que ha de guardar, pero decido que no. Bastante tiene con lo del tabaco.

—No sé qué voy a hacer con ella —se lamenta, sentándose en la alfombra a mi lado.

—¿Has probado a castigarla?

—¿Por qué crees que soy su cortarrollos?

Nos reímos.

—¿Puedo ser sincera contigo y decir lo que yo veo? —pregunto.

—Por supuesto.

—Desde mi punto de vista, creo que lo que Eva necesita son normas y límites. Eso que tú llamas castigos a ella no le producen ni frío ni calor. Creo que es preciso que te vea seguro y tajante ante lo que dices para que se lo crea. Si continúas pareciéndole dudoso y blandito, seguirá haciendo lo que quiere contigo.

—Puede ser...

—¡Es! —afirmo con seguridad.

—Lo cierto, María, es que nunca me imaginé ejerciendo de padre de mis sobrinos y sé que tengo mucho que aprender. Intento hacerlo de la manera que creo conveniente con ella, pero está visto que no lo hago bien y he de cambiar.

Nos miramos. Ufff, cómo nos miramos.

—¿Te apetece un bombón? —propone.

Estoy por decirle que un bombón como él, ¡por supuesto! Pero mejor me callo. No quiero que piense lo que en el fondo es. Pero, la verdad..., vino, bombones, musiquita y él..., ¡madrecitaaaaaa, qué cóctel más explosivo! Y al ver que señala a la bolsa que he comprado hago un gesto afirmativo.

—Hummm, qué rico un bomboncito.

En silencio, solo interrumpido por la música que suena en la radio, abrimos el paquete y directamente busco uno de papel dorado. Sé que son de chocolate blanco y cuando lo desenvuelvo y me lo meto en la boca cierro los ojos.

—Esto es mejor que un orgasmo —susurro.

La risa de Nico me hace abrir los ojos.

—Eso puede tener dos interpretaciones: o que hace mucho que no tienes uno o que nunca has tenido un buen orgasmo.

—Más bien lo primero que lo segundo —respondo, divertida.

—¿Entonces has tenido buenos orgasmos?

Sin dudarlo, asiento. Y una vez que el sedoso chocolate se deshace en mi boca y corre por mi garganta, respondo:

—Antes de mi ex, salí con otros chicos con los que tuve excelente sexo.

—¿Con tu ex no fue excelente?

—No.

—¡*Carallo*!

—Es más, llegué a pensar que el sexo le aburría. Pero cuál no sería mi sorpresa al enterarme de que era un follador nato con la que era mi amiga, además de bisexual, y que le encantaban los tríos calentitos.

El gesto de Nico es de sorpresa total cuando pregunto:

—¿Te he dejado muerto?

—Muertísimo.

Nos reímos. De repente empieza a sonar una canción en la radio.

—Para mí oír esta canción es la Navidad —admito.

Noto cómo Nico se estira para escuchar y saber de qué hablo y sonriendo afirma:

—Qué sería de la Navidad sin esta canción —se muestra de acuerdo.

Ambos sonreímos. Suena «Last Christmas», del mítico grupo Wham!

—Te podría decir que esta es una de mis canciones preferidas en el mundo —afirmo.

—¿Ah, sí? Es una bonita canción, aunque la historia que cuenta quizá es un poco triste, ¿no?

En cierto modo tiene razón. La canción habla de un precioso amor de Navidad que acabó no muy bien.

—Yo la veo como una canción que nos habla sobre la desilusión y la superación —opino—. La letra menciona a una persona que la Navidad anterior entregó su corazón a otra, y esta no lo supo valorar. Pero me gusta que se termine con una nota de esperanza al aludir a que siempre hay que pensar que el amor verdadero está por llegar.

—Bonita reflexión sobre la letra. —Ambos sonreímos, y él, sorprendiéndome, pregunta—: ¿Tu ex nunca te habló de sus preferencias en el sexo?

Vale. Quiere continuar con el tema. Yo le doy un sorbito a mi copa de vino, que, por cierto, está buenísimo, antes de responder.

—Nunca.

—¿Por?

—No lo sé. Y mira que soy abierta de mente en lo que a sexo se refiere y a hablar de cualquier tema sin problema.

—¿Te van los tríos? —quiere saber.

Divertida, lo miro.

—No —contesto con seguridad—. Acepto a quien le gusten y lo respeto, porque pienso que el sexo se puede disfrutar de la manera que uno elija, pero yo no comparto.

—Yo tampoco.

No sé por qué me gusta y me excita oír eso.

Pero vamos a ver, ¿qué hacemos teniendo una conversación así? ¿Acaso no tenemos claro que no nos podemos liar?

Permanecemos un rato en silencio mientras la dulce canción continúa y yo me termino el albariño. Por ello, cojo la botella, vuelvo a rellenar las copas y al sentir su mirada sobre mis labios, pregunto:

—¿Y tú con tu ex, el sexo bien?

—No estaba mal.

—¿Fogosa? —Nico se ríe y yo, que quiero saberlo todo, insisto—: Vamos, contéstame.

—En ese sentido no me podía quejar.

Saber que su ex, la Mari Rubia, era fogosa en la cama con él, de pronto me incomoda. ¿Por qué he preguntado? Cojo otro bombón y lo desenvuelvo.

—A falta de orgasmos, al menos me queda el chocolate —digo.

—¿Tanto llevas sin un orgasmo?

Asiento. Mentir es una tontería y sin retener mi lengua, respondo:

—A ver cómo te lo explico para que lo entiendas. Llevo años sin tener un orgasmo a nivel de pareja, pero a nivel soledad, poco menos de un mes. —Nico, curioso, me mira, y yo bajando la voz murmuro—: Por suerte, tengo un maquinote en mi mesilla de noche que me da unos orgasmos increíbles. Pero, para mi desgracia, se me olvidó y en casa se quedó.

—*Carallo*..., lo siento.

—¡Más lo siento yo!

Me río. Se ríe.

Pero ¿por qué nos reímos?

Madrecittttaaaa, ¿hacia dónde va esta conversación?

—Me estás poniendo muy nerviosa —admito.

—¿Por qué?

¿Cómo que por qué?

¿Acaso no se da cuenta de cómo me mira o del tono de voz íntimo que está utilizando para hablar?

Y dispuesta a que se dé cuenta de lo que hablo, me pongo en modo seductora y modulando mi voz en un tono que sé que es provocador respondo:

—Porque tú y yo estamos debatiéndonos entre el deseo y la prudencia.

Y él asiente. ¡Joder, lo que he dicho!

Sonríe. ¡Joder, cómo sonríe!

—¿Y quién crees que va a ganar? —pregunta, sorprendiéndome, y en un tono excesivamente íntimo.

¡La madre que lo parió!

¿Me está retando?

Y cuando tengo claro que va a ganar el purito deseo, y siento que comenzamos a acercarnos, de pronto oímos.

—Papiiiiii.

Es Sía. Los dos nos levantamos con rapidez del suelo.

—Ahora mismo subo, bollito —dice él, antes de que yo pueda abrir la boca. Acto seguido, me mira. Observa mis labios. En sus ojos veo el mismo deseo que él tiene que ver en los míos—. Mejor dejémoslo aquí. Buenas noches.

—Buenas noches —consigo decir.

Cuando él desaparece, miro hacia el ordenador portátil y me dejo caer en el sofá.

Pero ¿qué hemos estado a punto de hacer?

Sin querer pensar, lo abro, lo enciendo y me pongo a trabajar en la página web que estoy creando para el refugio. Pero, joder. No me puedo concentrar. ¡Qué calentón tengo!

Capítulo 20

20 de noviembre de 2025

Estoy pasando consulta en la granja de Josué, y el día se me complica cuando recibo una llamada de Berta para decirme que Amapola, una de nuestras vacas, está de parto.

Al terminar la consulta, me monto en el coche y me voy para la casa. Al llegar veo que María, junto con Sía y Berta, están en la valla.

—¡Papi, Amapola va a *tené* a su bebé! —grita Sía corriendo hacia mí.

Le doy un beso y miro a María, que tiene cara de sorpresa.

—Siento haberte llamado —me dice Berta con gesto preocupado—, pero quería que estuvieras aquí, por si algo se tuerce como la última vez.

Asiento. Es la segunda vez que Amapola va a ser madre, pero la primera se malogró cuando el ternero que tuvo, por complicaciones que surgieron, nació muerto.

Seguro de mí mismo, me acerco a la valla donde está Amapola sujeta con una cuerda para que no se mueva.

—¿Todo va bien? —pregunta María con un hilo de voz.

—Eso voy a ver —afirmo mientras me pongo unos guantes obstétricos que me llegan hasta el hombro.

—¿Qué..., qué vas a hacer? —quiere saber María.

—Explorar y ver que todo va bien.

Con cuidado hago lo que he dicho. Amapola se mueve.

—Pero ¿hasta dónde le vas a meter el brazo? —se sorprende María.

La miro. Entiendo que para una urbanita como ella el que haga una palpación rectal a la vaca le resulte extraño.

—Tranquila. Sé lo que hago —respondo.

Horrorizada, María me mira mientras Amapola muge y jadea.

—Quizá le estás haciendo daño —dice.

—Créeme que no.

—Ay, Dios mío, ¿eso qué es?

—Líquido amniótico —respondo, al ver la sustancia ligeramente amarillenta que expulsa.

—Madrecita..., creo..., creo que me voy a marear.

—Pues siéntate —le recomiendo—, porque tengo que atender a Amapola, no a ti. —Veo que mira alrededor y, divertido, musito—: Sí, en el suelo. No voy a ir a por una silla para ti.

Rápidamente termino la palpación rectal y cuando me quito el guante desechable y lo tiro en una bolsa, le indico a Berta:

—Perfecto.

Berta y yo sin decir nada más nos entendemos. Amapola nos preocupaba por su anterior parto y durante varios minutos vemos cómo la vaca se mueve al tiempo que su cuerpo se contrae una y otra vez.

Así está como quince minutos en los que María creo que ni parpadea.

—¿Qué..., qué es eso que comienza a salir? —pregunta de pronto.

—Eso que ves son las manitas del ternero —respondo.

Con ojos de niña chica, veo que asiente. Está expectante. Amapola se deja caer de lado en el suelo en busca de una posición cómoda y yo veo que el parto sigue su curso.

—Ahora solo hay que darle su tiempo —digo.

—¿Cuánto puede durar el parto de una vaca?

—Depende. Pero si todo va bien entre treinta minutos y cuatro horas.

María asiente. No puede quitar la vista de Amapola y posicionándose a mi lado me sorprendo al ver que saca su teléfono móvil.

—¿Te importa si hago alguna foto o vídeo? —pregunta.

—No.

—¿Y que me quede a ver el parto?

—Claro que no. ¿Nunca has visto el nacimiento de un ternero?

—Nunca.

—Pues entonces no te lo puedes perder. Pero avísame si te vas a desmayar —me mofo.

Sía, que está más acostumbrada a aquello, cuando se aburre se va a corretear con Shirly, Homer y Waldo.

—Estoy nerviosa —reconoce María.

—Tranquila.

—Necesito fumarme un cigarro, ¿te importa?

Niego con la cabeza.

—Nico, estaré con las otras vacas —me dice Berta—, pero si necesitas ayuda, avísame.

Cuando ella se marcha, observo a María. Está nerviosa. Se lo noto en cómo fuma y contempla a Amapola.

—Relájate. Todo está bien —la tranquilizo.

—Pero ¿es sano tener al bebé aquí?

—Sí.

—¿En el suelo?

—Sí.

—¿No es mejor poner una sabanita o algo para que Amapola se tumbe?

No puedo evitar una sonrisa.

—María. Estamos en el campo. Y que nazcan así es lo normal —replico.

—¿Qué es eso que sale ahora?

—Eso que ves ahora es la naricilla y lengua del ternero. La posición normal para el parto es que aparezca la cabeza apoyada sobre las patas delanteras extendidas, justo tal y como lo ves.

Veinte minutos después, viendo los esfuerzos que hace Amapola decido acercarme para ayudarla en el proceso. Con templanza, agarro las patitas del ternero y con decisión, pero delicadeza, comienzo a tirar, mientras María, con los ojos bien abiertos y el teléfono móvil en la mano observa. Como imaginaba, el cuerpo del ternero sale resbaladizo y cuando por fin este queda totalmente en el suelo, oigo:

—Madrecitaaaaa.

Al mirar a María, la veo emocionada. En sus ojos hay lágrimas y yo, sonriendo, suelto de la cuerda a Amapola y despejo las vías respiratorias del ternerillo para que pueda respirar.

—Todo ha ido sin problemas —afirmo.

Amapola se levanta del suelo y dándose la vuelta, se acerca al ternero. Lo huele y acto seguido lo lame. Lo limpia. Su faceta de madre comienza en ese momento.

Con profesionalidad, reviso la boquita del recién nacido para ver que no hay líquido amniótico, ni nada que le impida poder respirar, y cuando veo que todo está en orden, levanto una de sus patitas.

—Es una preciosa hembrita —indico.

María asiente. Y cuando me levanto y me limpio las manos en agua y me seco con un trapo, se acerca a mí.

—Este ha sido uno de los momentos más bonitos de mi vida —murmura, abrazándome.

Conmovido por sus palabras, no sé por qué la abrazo.

—Me agrada mucho saberlo —respondo, tras darle un beso en la cabeza con cariño.

En silencio y abrazados, nos quedamos mirando a la mamá y a su bebé, y al ver que Sía sigue corriendo con los perros, digo:

—¿Qué nombre quieres ponerle? —María me mira y yo insisto—: Vamos. Se llamará como tú quieras.

—¿Lo dices en serio?

Asiento.

—Totalmente en serio —afirmo, retirándole con mimo el cabello de su rostro.

Ella sonríe de una manera que rompe todos mis esquemas.

—Prada —susurra.

Oír aquel nombre me hace sonreír. No me sorprende viniendo de ella, que ha bautizado a algunas de las gallinas con nombres como Chanel, Vuitton, Verino o Dior.

—¡Prada! Es un buen nombre para la ternera —me mofo.

Nos miramos. Uf... ¡*Carallo*!

Mi instinto me grita que la bese, pero mi prudencia me frena. No debo confundir conceptos. No quiero liar las cosas porque ambos venimos de dos relaciones que todavía flotan en el ambiente. Por lo que aflojo mis brazos y dejo de abrazarla. Ella también se desengancha de mí y mirándonos estamos cuando Sía se acerca a nosotros.

—¡Papiiiii, ¿yaaaa?! —grita.

—Es una ternerita. —Y agachándome para estar a la altura de mi pequeña—: Y María le ha puesto el nombre de Prada.

Sía asiente.

—¡Hola, *Padaaaa*! —grita con la felicidad que un niño de tres años suele tener.

—Sía —dice María—. Repite conmigo Prrrra-da.

—*Paaaa-da*.

—Prrrra-da —insiste ella.

—*Paaaaa-da* —dice Sía.

Con tranquilidad, veo que María sonríe cuando Berta se acerca y comienzo a hablar con ella sobre la nueva integrante de la familia. Me aseguro de que dentro de las seis horas posteriores consuma calostro de la madre. Eso le proporciona anticuerpos que le serán necesarios para combatir posibles enfermedades.

María nos observa. Soy consciente de ello. Pero sin querer confundirme, ni confundirla a ella, indico:

—Berta, me voy. Cualquier cosa me llamas.

Berta asiente y sin mirar atrás, camino hacia mi coche con las pulsaciones aceleradas y sé que eso me lo provoca ella. María.

Capítulo 21

23 de noviembre de 2025

Los días pasan y yo cada vez me veo más integrada en la granja. Es tal mi adaptación que ver mis uñas sin manicura o darme una ducha rápida sin exfoliarme es de lo más normal, pero, desde que nació Prada, Nico apenas se acerca a mí.

¿Qué le pasa?

Hoy domingo, tras practicar con Quique los movimientos de kárate que le estoy enseñando, Nico se ha marchado con los niños al cumpleaños de un amigo suyo y yo me tomo mi día libre. Es el primero que tengo para mí y no porque él me los niegue, sino porque yo prefiero estar con ellos.

En un principio, pensé en irme a pasar el día en Vigo, pero, al final, decido ponerme ropa cómoda y salir a correr. Correr por el campo es una maravilla, a pesar de que hay más barro y charcos de los que me gustaría. Me acompañan Shirly, Homer y Waldo. Y yo me acomodo a su paso. En especial al de Waldo, que ya está mayor.

Disfruto del momento mientras observo el precioso paisaje que me rodea. El aire puro que respiro no lo tengo en Madrid y, uf..., ¡qué bien me sienta! Pero cuando comienza a lloviznar decido regresar. Necesito ducharme, depilarme y hacerme un *peeling* general con tranquilidad. Y hoy que no están los niños, es el día idóneo para ello.

Cuando deja de lloviznar, me doy un paseíto hasta el refugio acompañada por Waldo. Qué amor me ha cogido el animal. Allí saludo a los perretes, que, al verme, mueven sus rabitos felices, y durante un buen rato estoy con ellos y les hago fotos para la web. Creo que presentarlos uno por uno y contar sus historias puede ayudar a que la gente se interese por ellos y se anime a adoptarlos.

Cuando regreso del refugio y voy escuchando música en mis AirPods, suena de mi lista de Spotify la canción de Ava Max llamada «Christmas Without You», y soy consciente de que las Navidades se acercan, y este año no las voy a pasar con mis hermanos. Es la primera vez en mucho tiempo que ellos y yo no vamos a estar juntos, pero he de entenderlo. Ellos tienen su propia vida, aunque yo no tenga y, por supuesto, quiero seguir creyendo en la magia de la Navidad.

Pensar en Ángel y Carlos me hace necesitar hablar con ellos. Llevo muchos días sin escuchar sus voces, y cuando llego a la casa y avivo la chimenea con un par de troncos, decido hacerles una videollamada, pero he de hacerla en un sitio en el que ellos se crean que estoy en Australia.

Pienso, y de inmediato doy con la solución. Debo hacerles creer que estoy en un *spa*. Para ello voy al cuarto de baño de Nico, que tiene una enorme bañera y es muy bonito. Tras valorar la situación y ver el potencial, abro el grifo para que la bañera se llene de agua. Bajo al salón a por unas plantas que coloco con mimo en los laterales de la bañera y después voy a por unas velas. Solo encuentro dos algo lánguidas, pero tras cortarlas en pequeños trozos, sé que me valdrán.

Con las velas y las plantas colocadas con gusto, busco sales de baño, pero nada. Allí no hay. Voy al baño de los niños y tras coger el gel con olor a chicle, echo un chorretón en la bañera que ya está casi llena y rápidamente consigo espuma. ¡Genial!

Con todo aquello preparado, busco una toalla blanca que me pongo de la forma más glamurosa en mi cabeza y ya está todo listo para hacer creer a mis hermanos que estoy en Australia en un hotel *spa* cinco estrellas y varios cometas. Coloco mi teléfono en el sitio estratégico donde solo se vea lo que yo quiero, me meto desnuda en la bañera y rodeada de espumita con olor a chicle, hago una videollamada por WhatsApp a nuestro grupo de «Los tres mosqueteros».

Ángel es el primero en aparecer. Por lo que veo, está en su casa de Madrid.

—Plebeya..., ya era hora de que te dignaras a llamar —me saluda.

Carlos aparece en otra pantallita.

—Hombre, ¡pero si es Morticia Addams! —exclama.

—Sois unos pedorros, ¡que lo sepáis!

Nos reímos.

—Qué pasa hermanitos, ¿cómo va eso? —saludo yo, metida en la bañera.

—Mejor dinos cómo vas tú —gruñe Carlos—. Ya que te llamamos y no hay manera de hablar contigo.

—Ufff, chicos... Solo os diré que el hotelazo *spa* es impresionante, pero la señal wifi es nefasta.

—¿Qué hotel es? —pregunta Ángel.

—No te lo voy a decirrrrrr... —canturreo—, y por cierto, ¿por qué le dijiste al imbécil de Dani dónde estaba?

—¿Has hecho esoooo? —pregunta Carlos.

Ángel resopla. Mueve la cabeza y murmura:

—Me lo encontré en un restaurante, y sin querer se me escapó y...

Me río. Carlos también.

—¿Cómo estás, María? ¿Estás bien? —pregunta.

Asiento con firmeza. Y me invento todo lo que puedo y más sobre lo bien que me lo estoy pasando en Australia.

—Por lo tanto, tranquilos —les digo cuando acabo—. Estoy estupenda porque el hotelazo donde estoy no puede ser mejor. —Me río, sabedora de la realidad—. Tenemos que hacer un viaje aquí los tres, ¡os va a encantar!

Ellos me creen.

—A ver... A ver... Enséñame tus manos —me pide Ángel.

¡Joder!

Sé por qué lo dice.

—Tú sin manicura... —murmura cuando las muestro a la cámara.

—¿Quién eres tú y dónde está Morticia? —se mofa Carlos.

Me río. Ellos no.

—Chicos, estoy aprendiendo surf —improviso, cuando veo su gesto serio—. Y las uñas largas no van bien para los movimientos que tengo que hacer. Y aunque estoy en un precioso y carísimo lugar —abro los brazos—, he decidido olvidarme de las uñas y disfrutar del surf. Ya me las pondré cuando regrese a Madrid.

No me cuestionan. Se creen todo lo que les digo, ¡angelitos!

—Bueno. Contadme. ¿Cómo va todo por ahí? —pregunto.

Ángel me habla de Inka, su mujer. Me dice que han tenido una conversación calmada, y que poco a poco todo se puede solucionar. Me alegro. Juntos son encantadores. Carlos comenta que todo bien, pero sin nada especial. Lo entiendo y no insisto.

Hablan de nuestros padres. Al parecer se han ido unos días a Canarias. Y cuando van a comenzar a taladrarme sobre el tema de papá, me niego. No quiero hablar de ello. No puedo.

Ante mi negativa a hablar de papá y del tema, me cotillean sobre los típicos líos de empresa Al no estar papá en Madrid, ahora son ellos quienes tienen que resolver ciertas cosas, y como siempre, les ayudo. Si me necesitan, ¿por qué no echarles una mano?

Durante cerca de una hora conversamos los tres con toda tranquilidad y cuando me despido, me apena. Necesitaba hablar con ellos. Los quiero tanto.

Tan pronto corto la comunicación, estoy tan a gustito dentro de la bañera que decido quedarme un poco más. Total, ¡estoy sola!

Encantada por el maravilloso olor a chicle que sube de la agüita, abro el grifo del agua caliente y de nuevo la bañera se templa. ¡Qué maravilla! Voy a darme un bañito corto. Me lo merezco. Con deleite, cierro los ojos, me recuesto y no sé cuánto tiempo pasa.

—Papi, *Madía etá* aquí —oigo de repente.

Abro los ojos de golpe. De un salto me siento en la bañera.

—¿Qué le has hecho a mi baño? —pregunta Nico, entrando en la estancia y con cara de sorpresa.

Incómoda por haber sido descubierta, suspiro.

—Vale. Asumo y acepto mi error —me disculpo—. No te pedí permiso para utilizar tu bañera. Iba a darme un baño cortito, pero tanta paz y tranquilidad han hecho que me quede dormida y...

—Te veo las tetitas —cuchichea Sía, sonriendo.

Entonces me doy cuenta de que estoy sentada, no recostada. ¡Joderrrrr! Y tapándome rápidamente los pechos, miro a Nico.

—Te dejaremos tranquila —dice.

Cuando se va, llevándose a la niña, yo salgo de la bañera a toda velocidad.

Sin tiempo que perder, recojo todo lo que allí he organizado. Velas. Plantas. Toallas. Y, ya vestida, salgo del baño y de la habitación a toda mecha.

Media hora después, cuando bajo al salón y dejo las velas en la cocina y las plantas en el salón, todos me miran, pero nadie dice nada. ¡Madrecita, qué apuro! Siento que me he extralimitado al hacer uso de algo para lo que no me han dado permiso.

Y cuando esa noche los niños se van a dormir, Nico se acerca hasta la mesa donde estoy liada con el ordenador, y dice:

—Cuando quieras usar mi bañera, hazlo. No hay problema.

Sin más, se va, y yo, con apuro, solo murmuro:

—Gracias.

Capítulo 22

26 de noviembre de 2025

Intento alejarme de María. La tentación que siento cada vez que estoy cerca de ella se me hace irresistible y tengo que contenerme. Ella está aquí para echarme una mano con los niños, no para otra cosa y ¡*carallo*! A medida que pasan los días me resulta más difícil.

Y hoy, cuando estaba desayunando con ella y con Sía, he recibido una llamada de la gasolinera. Cuando fue Lorenzo a abrirla, se encontró en la puerta una caja y dentro de ella había dos cachorros de perro abandonados.

Ante casos así, siempre me llaman a mí. Ellas dos se empeñaron en acompañarme para recoger a los cachorretes.

Mientras conduzco de regreso al refugio Sía lleva un cachorro entre sus brazos y María otro.

—¿Quién ha podido abandonar algo tan dulce? —pregunta ella.

—Los tontos —murmura Sía.

Sonrío.

—Dentro de lo malo —matizo—, los han dejado en un sitio donde alguien los iba a encontrar. Peor es cuando los abandonan en la basura o a su suerte en la carretera o en cualquier otro sitio.

No quiero mirar a María, pero, inconscientemente, con el rabillo del ojo veo cómo abraza al cachorrete mientras la escucho susurrar: «Me muero de amor», y estoy a punto de decirle que yo me muero por ella.

Miro hacia la carretera. Intento concentrarme y no pensar en lo que no debo.

—¿Sabes de qué raza son? —pregunta María.

—Por esas patazas, parecen mastines, como Waldo.

—Aisss, Waldo. Qué perro más maravilloso —afirma María.

Asiento. Sonrío. No puedo estar más de acuerdo.

—Waldo llegó a la granja al día siguiente de llegar yo —le cuento.

—¿Y eso?

—Lo encontré junto a la carretera abandonado cuando regresaba de Vigo de firmar unos papeles. Estaba desnutrido, herido y sin fuerzas. Por lo que me lo traje a casa, puse varios anuncios por los alrededores, pues no tenía microchip, y como nunca lo reclamó nadie, se quedó conmigo.

—¿Waldo era un perro abandonado?

—Sí. Pero aquí encontró su hogar.

—¿Por eso se llama El Refugio de Waldo?

—Exacto. Él fue el primero en llegar y quien me dio la idea de crear ese sitio para los animalitos que, como él, lo necesitaran.

María me mira. Intuyo que, en su bonita y perfecta vida, nunca había reparado en pensar en algo así.

—Eres increíble, y contigo Waldo encontró el mejor hogar —dice.

—Lo sé.

—¡Serás creído!

Nos reímos.

—Papi, ¿esta es *pedita* o *pedito*? —pregunta Sía, señalando al perrito que lleva en sus brazos.

—Perrita. Y el que lleva María, perrito.

—Se llama ¡Banana! —exclama.

Volvemos a reírnos.

—Banana, ¡qué bonito nombre! —digo.

—*Madía*, ¿cómo se llama el *pedito*?

María me mira. Piensa.

—Valentino —suelta.

Sía asiente, y yo me río. Conociéndola, no podía esperar otra cosa.

—¿Por qué a tu perra no le pusiste un nombre de diseñador como le pones a todo? —quiero saber.

—Porque el nombre se lo puso Soleá, pero su nombre completo es Shirly Coco. Aunque todos la llamamos Shirly.

No puedo evitar una carcajada. ¡¿Shirly Coco?! ¡Manda *carallo*!

Cuando llegamos al refugio, al bajar del vehículo entro en la consulta y me ocupo de atender a los cachorritos, ayudado por dos excelentes enfermeras, Sía y María.

Cuando compruebo que están en perfectas condiciones y los acomodo en uno de los espacios que tengo para los cachorretes, regresamos a casa. Para alejarme de María me encamino hacia las cuadras donde está Beatriz con las vacas.

Ella me mira y yo, sorprendido, le pregunto:

—¿Qué te has hecho?

Ella, que nunca ha sido una mujer presumida, de pronto se toca el pelo.

—Ayer llegaba Felipiño de viaje y la Mari Morena me dijo que unas *mechiñas* en tonos claros me rejuvenecían —confiesa—. Y bueno, fui a la peluquería de Rosi, la hija de Juani la Hondureña, y me las dio. ¿Qué te parecen?

Estoy asombrado. Es la primera vez, en los tres años que la conozco, que Beatriz se preocupa por su aspecto.

—Te quedan muy bien —reconozco.

—Gracias.

—¿Qué ha dicho Felipe?

Beatriz sonríe. Lo hace con una picardía que me sorprende.

—Mejor que lo que ha dicho es lo que hecho —replica, alejándose.

—¡Manda *carallo*! —murmuro divertido.

Una hora después, veo que María y los niños regresan. Desde la distancia los saludo con la mano cuando Beatriz pregunta.

—¿Estás buscando sustituta para cuando se vaya la Mari Morena? —pregunta.

—Andrés está sobre aviso.

—Lo vas a tener *complicadiño*.

—¿Por qué dices eso?

—Porque esa *mociña*, a pesar de su particular forma de vestir y ver la vida, es encantadora, y se está convirtiendo en alguien muy importante y necesario para los niños y para muchos de los que estamos por aquí.

—No me digas eso...

—Lo siento, *riquiño*, pero te lo tengo que decir —afirma.

Sé que lo que dice Beatriz es cierto.

Por raro que parezca, María se ha acoplado con los niños y al entorno mejor de lo que yo nunca imaginé, y de pronto me agobio.

Un buen rato después, cuando por fin me decido a entrar en casa, me extraña no encontrarme a nadie en el salón.

¡Qué silencio!

Sorprendido me asomo a la escalera y entonces oigo cuchicheos.

—¿Qué hacéis todos arriba? —pregunto.

Todos se callan. Malo.

Subo las escaleras, y cuando llego al descansillo, me encuentro con Eva y María. Me miran. En sus caras veo desconcierto.

—¿Qué pasa?

Eva mira a María. Y esta, tomando aire, dice:

—A ver, todo está bien, pero han ocurrido un par de cosas.

Oír eso me altera, Quique sale de su habitación y veo que tiene el labio partido.

—¡Manda *carallo*!

Quique parpadea. Y yo, recordando que últimamente María le estaba enseñando ciertas cosas, pregunto:

—¿Para esto le estabas enseñando a dar puñetazos?

—No. Pero...

—¿Qué te ha pasado, campeón? —interrogo, sin dejarle terminar.

Quique mira a María en busca de ayuda, como hace infinidad de veces.

—Que se ha defendido de unos abusones que desde el año pasado le estaban amargando la existencia —replica ella, asiéndole de la mano—. Eso es lo que ha pasado.

Boquiabierto, no sé qué decir. ¿Abusones? ¿Qué abusones? María se dirige al niño:

—Vamos, cielo, dile a tu padre lo que ha pasado.

Quique, ese pequeño al que adoro, me mira tras sus gafitas redondas.

—Hoy, Guille me hartó y tuve que darle un derechazo —explica.

¿Que Guille le hartó? ¿Derechazo?

María, mirándome, parece leerme la mente.

—Lo admito. Yo se lo enseñé.

Incrédulo, me quedo sin palabras.

—No te enfades con ella, papá —vuelve a hablar Quique—. María me dijo que te lo tenía que decir a ti. Que tenía que buscar ayuda de un mayor. Pero hoy, cuando no le llevé el cromo del tiranosaurio que él quería, me tiró al suelo, me dio un puñetazo y..., y... entonces, yo no pude más, y me defendí. Papá, estoy harto de que me rompa las gafas, de los chichones por

275

sus golpes y de tener miedo por no llevarle los cromos que él me pide. Y sí, sé que no está bien pegarse, pero hoy ya no pude más.

Sorprendido e impresionado a partes iguales, parpadeo. Recuerdo que María me preguntó por los amigos del colegio de Quique. ¿Cómo ella pudo darse cuenta de algo así y yo no?

—Juro que no sabía nada —indica Eva, enfadada—, porque si lo hubiera sabido, el puñetazo al idiota de Guille se lo habría dado yo.

Intento procesar la información.

—Tranquilo. Lo entiendo —digo, mirando al niño con cariño—. Pero tú y yo vamos a tener una conversación.

—Vale, papá.

—Y, por si eso fuera poco —prosigue Eva—, la segunda cosa que ha pasado es que cuando hemos llegado a casa yo estaba depilándome las piernas con...

—¿Tú te depilas las piernas? —pregunto.

—Sí.

—¿Desde cuándo?

La niña ante mi gesto y mis preguntas me mira.

—Sí, Nico —explica María—. Eva se depila las piernas y, al parecer, lo hace desde el verano pasado.

Impactado al descubrir este nuevo dato que desconocía, voy a hablar cuando Eva se adelanta:

—Marie-Chantal me dijo que tenía que quitarme los pelos de las piernas, porque era como un oso romano.

¡¿Qué?!

¡Manda *carallo* con la idiota de mi ex!

—Ella..., ella me compró unas cuchillas cuando estuvo aquí el verano pasado, porque dijo que todavía era muy pequeña para hacerme depilación láser y..., y...

—¿Y? —pregunto boquiabierto.

—¡Hola, papi!

Entonces miro a Sía.

—*Carallo*... —musito con un hilo de voz.

—Lo sé —susurra María.

—¿Dónde..., dónde están sus cejas? —consigo articular.

—En la cuchilla de depilar de Eva —murmura Quique.

—Papi. Me *lepililado*. ¿Estoy guapa?

Miro a María. Su cara es un poema como lo es la mía. Al ver que Sía espera contestación, murmuro:

—Sí, bollito. Estás preciosa.

Minutos después, María envía a los niños a sus habitaciones para que hagan los deberes y, sobre todo, para que yo sea capaz de respirar y procesar todo aquello.

—Quique con un labio partido porque ha dado un derechazo a un niño. Eva se depila las piernas y Sía sin cejas. ¿Algo más? —pregunto, un poco atemorizado, al quedarnos solos.

—Sí.

Me pongo tenso de nuevo, y ella remata:

—Me he comprado unas botas Burberry ¡monísimas!

Oír eso de pronto, contra todo pronóstico, me hace reír. Y los dos, muertos de risa, bajamos a la cocina, donde, al entrar, me contengo para no besarla.

Capítulo 23

1 de diciembre de 2025

El nacimiento de la pequeña Prada me tocó el alma, como me tocó el corazón que Nico aquel día me pidiera que le pusiera un nombre.

Pero desde ese día, siento que Nico, aunque es agradable conmigo, está distante. Muchos días no aparece para comer, y por las tardes, cuando llega, se centra en los niños, y cuando estos se marchan a dormir, se sienta a ver la televisión o se pone a leer ante la chimenea, y no me habla. Por lo que yo me voy a mi habitación a leer, escuchar música, o simplemente trabajar en la página web del refugio.

El tema de Quique parece que se ha resuelto después de que Nico fuera al colegio para hablar sobre lo ocurrido y tras tener una conversación con el niño sobre que pegar nunca es la mejor opción. Vale. Lo apoyo. Aunque, en ocasiones, un buen derechazo evita muchas tonterías.

Eva, tras lo ocurrido con Quique, me consta que está más pendiente de su hermano en el colegio. Y en cuanto a lo de depilarse las piernas, después de eliminar las cuchillas de su baño porque estaba claro que era peligroso para Sía, le compré crema depilatoria. De momento, le he sugerido que tenga la crema en su habitación en los estantes superiores de su armario. Eso evitará que Sía vuelva a hacer otra de las suyas.

En cuanto a Sía, cuando la vio tía Rosiña, qué susto se llevó la mujer. Y la verdad, la niña sin cejas me recuerda al extraterrestre ET y solo le falta decir eso de «Mi casa», «Teléfono». ¡Qué cabrona soy!

Cada vez que voy al colegio a buscar a los niños, o salgo con Sía fuera de la granja, le calo un gorro hasta los ojos. No quiero que la gente cotillee y piense que la cuido mal.

Hoy, antes de recoger a los niños en el colegio, paso con Sía por el centro comercial. Allí he descubierto una tienda monísima multimarca, que, reconozco, me ayuda a no desesperar. Tras echar un ojo a las prendas, me compro un par de pantalones, varias camisas, y algún jersey. Mi ropa de alta costura, aunque es ideal, no es buena para una granja y esta, aunque es fina y elegante, es bastante más práctica.

A Sía le compro una muñeca vestida de hada. ¡Lo que le gustan las hadas! Intento intercambiársela por su chupete, pero nada, no hay manera de que lo suelte.

A las cinco en punto, como cada tarde, espero a los niños en la puerta del colegio, y, como cada tarde, me siento observada. Todos me miran y yo me limito a sonreír, y poco más.

—¿*Pedo quitame* el *godo, Madía*?

—No, cielo —se lo recoloco para ocultar sus no cejas—. Hace mucho frío.

—¡María!

Veo que Eva se acerca corriendo.

—¿Puedo acompañar a Nidia al centro comercial a comprar unas cosas? —pregunta. Eso trastoca mis planes. Ella añade—: Te llevas a Quique y a Sía a merendar y en dos horas te veo en la salida del centro comercial. ¿Qué te parece?

—Cielo. Creo que eso se lo tendrías que preguntar a Nico.

—Joooo, Maríaaaaa.

—Lo siento, Eva, pero eso es así. Llámale delante de mí, y si te deja, ¡no hay problema!

La sonrisa de Eva se desvanece.

—¿De verdad necesitas que haga eso? —pregunta.

Asiento sin vacilar. Quique se acerca hasta nosotras. Sin pedírselo, me da un beso en la mejilla, y cuando se mete en el coche, veo que aquellos que le martirizaban ni lo miran.

—Gracias por nada —oigo a Eva.

—Eva...

—Iré a por mi mochila. Se la quedó Nidia.

Mientras se aleja, suspiro. Una parte de mí la hubiera dejado ir con su amiga, pero la otra me dice que antes de tomar una decisión así se lo pregunte a Nico. Por lo que me meto en el coche.

—¿Adónde va Eva? —pregunta Quique.

—A por su mochila, que la tiene Nidia.

Con tranquilidad, los tres esperamos metidos en el coche, mientras chispea. No me extraña que Galicia esté verde, con tanta lluvia, cómo para no estarlo. Yo estoy feliz, porque es 1 de diciembre.

—En mi casa mis hermanos y yo tenemos una tradición —digo.

—¿Cuál? —se interesa Quique.

Rápidamente conecto mi teléfono móvil al coche y comienza a sonar una canción.

—Desde hoy, hasta el 7 de enero, solo escuchamos canciones de Navidad.

—¡Molaaaaaa! —afirma el niño.

Pongo «Like It's Christmas», de los Jonas Brothers y encantada la comienzo a cantar, mientras bailoteo en el coche junto a Quique y Sía.

—¿Cuándo nos traen el árbol de Navidad? —pregunta Quique.

—Me dijeron que nos lo servirían para primeros de diciembre, por lo que no creo que tarden mucho.

Sía y Quique se miran. Están emocionados porque este año van a tener árbol de Navidad y no pueden parar de bailotear al son de la música. Al mirar por el espejo retrovisor descubro a Eva, a Nidia y a un par de chicos que corren en dirección a la parada del autobús. Incrédula, me doy la vuelta para cerciorarme de que son ellos y al ver que se montan en un bus, arranco el vehículo de inmediato.

—La madre que la parió... —farfullo.

—¿Qué pasa?

—Quique, ponte el cinturón, ¡ya!

El niño, sin entender el cambio en mi tono de mi voz, me mira.

—¡Noooooo...! ¡Eva tiene que *veníííí*! —grita Sía, cuando se da cuenta de que el coche se mueve.

Eva, ¡la madre que parió a Eva!

—María, ¡no nos podemos ir sin Eva! —insiste Quique alarmado.

Acelerada, voy hasta la rotonda para dar la vuelta e ir tras la «tan» mencionada Eva.

—Eva —digo—. La muy sinvergüenza, como le he dicho que no podía irse con su amiga Nidia, desobedeciéndome, se ha montado en ese autobús.

—¿En cuál? —pregunta Quique.

—En ese que ha girado en la esquina —respondo, molesta.

—¡Será niñataaaa! —gruñe Quique.

Como puedo, conduzco tras el autobús. Tengo las pulsaciones muy aceleradas, y soy consciente de que al salir he derrapado y algunos padres del colegio nos están observando. Pero, joder. Llevo prisa. Si algo le ocurre a Eva, Nico no me lo va a perdonar, como no me lo voy a perdonar yo.

Con prudencia, porque llevo a dos niños en el coche, alcanzo al autobús, y cuando paro en paralelo en un semáforo, veo desde mi asiento a Nidia. A ese ratoncito de Disney, sentada sobre uno de los chicos, con su lengua metida en la campanilla de él.

¡Joder con Nidia! De ratoncito Disney ha pasado a conejita.

—Halaaaaaaa, qué ascooooo —murmura Quique.

Oír eso me hace darme cuenta de que ve lo mismo que yo; entonces me fijo en que Eva, que está sentada en el asiento de atrás con el otro chico, está haciendo lo mismo. ¿Otra conejita?

—¡La voy a matar!

Como si fuera conductora de *rally*, acelero el coche y me cruzo delante del autobús para bloquearlo. Los coches pitan. La gente que camina por la calle se para para mirarme. Pero, obviando aquello, me bajo del vehículo, me acerco a la ventana del autobusero, que me mira con cara de no entender nada, y bajo la lluvia grito:

—¡¿Por favor, sería tan amable de abrir la ventana?!

Este la abre. Los coches pitan. El semáforo se ha puesto verde, pero con la que he liado de allí nadie se mueve y ¡joder! el pifostio que estoy organizando.

—Disculpe, señor. Pero la niña a la que cuido, que, por cierto, es menor de edad y una puñetera rebelde, se me ha escapado y se ha metido en su autobús. ¿Podría abrir la puerta para bajar a esa insensata antes de que la cague más?

El hombre parpadea. Mira hacia atrás, y cuando imagino que localiza a Eva, musita:

—Jodidos adolescentes. Mis mellizos tienen catorce años y no paran de cagarla.

Asiento. Está claro que me entiende. Quique, que ha salido del coche y se pone a mi lado, remacha:

—Mi hermana Eva es una lianta.

El hombre suspira y, accionando una palanca, abre la puerta.

—Vete al coche con Sía.

Quique obedece, y yo, rodeando el autobús subo a él. Todos los pasajeros me miran.

—Eva —le ordeno—. Tienes dos segundos para bajar y meterte en el coche.

Colorada como un tomate, se levanta. No tengo que insistir. Camina hacia mí apuñalándome con la mirada, y cuando pasa por mi lado, y sale del autobús, miro al conductor.

—Muchísimas gracias, señor —le digo—. Ha sido usted muy amable, y espero que las cosas con sus mellizos se solucionen.

Con las mismas que subí en el autobús, me bajo. Al entrar en el coche, Eva, muy enfadada, ya tiene puesto el cinturón, y tras ponerme yo el mío, obviando los pitidos de los vehículos, y las cosas nada bonitas que me dicen algunos de los conductores, acelero porque el semáforo está verde, y me encamino hacia casa cuando comienza a sonar a toda mecha la canción de Navidad «Sleigh Ride», cantada por las Ronettes.

—Ni una palabra o la vamos a tener —le digo a Eva al notar que ella me mira.

La niña se calla. No protesta. Y se come la canción de Navidad.

¡Menudo numerito hemos organizado!

Las canciones de Navidad no han dejado de sonar en todo el camino a casa. Al llegar, Eva, de malos modos, sale del vehículo y desaparece. Quique me mira.

—¿Se lo vas a decir a papá? —quiere saber Quique.

—Sí.

Lo que ha hecho la niña de escaparse es tan grave que tengo que contárselo.

Al entrar Sía en la casa, se sienta a ver la televisión y Quique se pone a hacer deberes. Es muy responsable.

283

Cuando les doy de merendar y me fumo un par de cigarros para tranquilizarme, porque con uno no tengo bastante, sin demora subo las escaleras. Tengo que hablar con Eva. Llamo a su puerta.

—Eva, voy a entrar —anuncio.

Ella no responde, y cuando voy a hacerlo, la puerta tiene la llave echada por dentro.

¡Joderrrrrr!

Tomo aire. Respiro.

—O abres la puerta o te juro que como la abra yo, lo vas a lamentar —la amenazo.

—¡Vete! —grita.

—¡Eva! —levanto la voz—. ¡Abre la puerta!

—Esta es mi habitación y tú no eres bien recibida en ella. ¡Vete!

Suspiro. Resoplo.

Madrecita, dame paciencia, porque como me des más fuerza, ¡la mato!

Aquella situación, pero a la inversa, la he vivido con mi padre. Enfadada, yo cerraba la puerta por dentro y él desde fuera me gritaba.

Miro la puerta. Verla cerrada a cal y canto me ofusca y de pronto valoro la paciencia que en aquellos momentos tuvo papá, y recordando lo que él me decía, que me acojonaba viva, digo, levantando la voz:

—Mira, niñata, o abres la puerta o te juro que la tiro abajo. Pero la puerta la abro sí o sí, como que me llamo María Addams.

¡Toma ya! ¡Lo he dicho!

No pasan ni dos segundos cuando oigo el clic de la cerradura.

Vaya, ¡aquella frasecita lapidaria de papá sigue siendo efectiva! Y sin pararme a pensar, abro. La miro.

—¡¿Me has llamado niñata?! —me grita antes de que yo pueda decir nada.

Asiento. Veo que esa palabra le molesta tanto como cuando mi padre me la llama a mí, y repitiéndola, como suele hacer mi señor padre para demostrarme lo cabreado que está, insisto:

—Sí. Niñata te he llamado porque lo eres.

—¡No soy lo que dices!

—Sí. Sí lo eres. Con lo que has hecho, ¡lo eres! —Ahora no dice nada, yo prosigo—: Te digo que no a algo y tú vas, ¡y te escapas!

Eva se mueve por la habitación y señalando unas fotos que tiene en la pared grita:

—¡Ella tenía que estar aquí! No tú.

Miro las fotos. Sé que aquella que señala es Marie Chantal. Lo sé porque uno de los días que entré en la habitación para dejarle la ropa limpia sobre la cama, Sía me lo dijo.

—Pues lo siento, pero soy yo la que está aquí —replico, tras tomar aire.

Eva está roja de rabia. De ira. Lo ocurrido y que yo esté aquí lo lleva fatal, pero me da igual. Solo tiene trece años. Ella es mi responsabilidad.

—Que te quede claro que mientras estés a mi cuidado no voy a permitir tonterías —le digo, enfadada—. Y menos como la que has hecho hoy. Deberías ser consciente de...

—Eres tan cortarrollos como él —me interrumpe.

Woooo, lo que me entra por el cuerpo. Si por mi fuera, esta se quedaba castigada sin salir y sin teléfono móvil para el resto de su vida, pero comprendo que no soy quién para hacerlo.

—¿Por qué somos cortarrollos, Eva? ¿Por preocuparnos por ti? —Ella no contesta—. Deberías alegrarte por tener personas que te quieren y se preocupen por ti, a pesar de que te comportas como una niñata malcriada, consentida y maleducada.

Eva me mira. En su gesto veo ese desdén con el que suele mirar a Nico.

—¡Es mi vida! —grita.

Suspiro. Esa frasecita se la solía yo soltar a mi padre.

—Mientras estés a mi cargo —replico—, también es mi vida, por lo tanto, ¡compórtate!

Me sorprendo por mis propias palabras. Acabo de decir ¡justo lo que papá me decía a mí! ¿Pero qué hago repitiendo patrones? Madrecita, con lo mal que me sentaba a mí oír todo eso.

—¿Se lo vas a decir? —pregunta.

—Por supuesto que sí.

—¡Serás chivata! —grita.

En cierto modo, me duele lo que dice.

—Prefiero ser una chivata a una mentirosa como eres tú —suelto.

—Vete a...

—Me mentiste —la corto, antes de que diga algo que me cabree más—. Dijiste que ibas a por tu mochila, ¡pero me mentiste y te escapaste!

Ella sonríe. Su sonrisa me subleva. Sé por qué lo hace. Para provocarme. Pero intentando no caer en su provocación, para zanjar el tema antes de decir lo que no debo, concluyo:

—Si por mí fuera, estabas castigada el resto de tu vida.

Dicho esto, me doy la vuelta y salgo de la habitación. Esta vez soy yo la que da el portazo. Y siento que me he comportado como mi padre.

Furiosa, al llegar al salón no sé qué hacer, pero necesito desfogarme con algo, por lo que decido mover una librería. Eso me mantendrá ocupada y me hará descargar adrenalina.

Esa noche, cuando Nico llega a la casa, antes de que yo le cuente nada, ya me está preguntando qué ha pasado. ¡Joder, lo que corren los chismes allí!

Capítulo 24

6 de diciembre de 2025

Han pasado cinco días desde que ocurrió el episodio del autobús y estoy muy enfadado con Eva. Pero ¿cómo pudo haber hecho eso? ¿Cómo repite acciones que me prometió que no volvería a hacer?

Tuve una conversación con ella en la que, como siempre, más bien fue un monólogo, pues solo hablé yo. Ella con mirarme tuvo suficiente. La castigué sin salir con sus amigas el fin de semana y le quité el teléfono. Y lo cierto es que la sensación que me dio es que no sintió ni frío ni calor. Se muestra indiferente.

Dentro de mi enfado y de hacerle saber que lo que ha hecho está muy mal, intenté controlarme. Sé que, si le digo lo que realmente querría decirle, mi escasa popularidad bajaría de forma fulminante, y aunque me jode, y no hago lo que María dijo, me contengo.

Por suerte, poco a poco, a Sía le van creciendo las cejas, aunque María y yo cada vez que nos miramos, nos reímos.

¡Vaya dos gilipollas estamos hechos los dos!

En cuanto a María, me parece bien cómo procedió con lo de Eva. Yo también hubiera bloqueado el tráfico para hacerla bajar del autobús. Y eso me hace saber que en ella tengo a una excelente aliada. Nunca, ninguno de los cuidadores que he tenido ha estado tan implicado con los niños como lo está ella. Y se lo agradezco un montón. Aunque, según ella, soy un blando con Eva.

Cuando comenzó el mes de diciembre hablé con María sobre su sueldo. Sé que lo que yo le puedo pagar es una menudencia para ella, pero quisiera hacerlo. Como imaginaba, se niega en redondo, pero yo también soy muy cabezota y no me bajo del burro. Al final, cuando le entrego los mil doscientos euros los mete en un bote que deja sobre la chimenea del salón, y me hace saber que ese dinero es para los niños.

¡Qué cabezota es!

Hoy María está contenta. Viene de Madrid una amiga suya llamada Soleá y me ha pedido libre el sábado y el domingo. Algo que, por supuesto, he aceptado. Desde que llegó aquí no se ha tomado un solo día libre. Al parecer, su amiga viaja con el marido y su hijo, y cuando le dije a María que se podían alojar en casa porque hay sitio, me dijo que no. Intuyo que tras lo de Eva, y el mal rollito que llevamos viviendo esta semana con ella, necesita alejarse de nosotros y respirar. La entiendo. Así que ha pillado un par de habitaciones en uno de los hotelazos de Vigo para ella y sus amigos.

Estoy pensando en ello, tocando el anillo de mi madre, cuando Quique me mira.

—Papá, ¿por qué se va María? —me pregunta.

—No se va, campeón.

—Pero ha hecho una maleta.

—Como ya os ha explicado, vienen unos amigos suyos de Madrid.

—¿Se va por lo que pasó con Eva?

—No, campeón. Se va porque quiere pasar el fin de semana con sus amigos.

—Pero después va a regresar, ¿verdad?

Su preocupación me inquieta. Si el niño en un mes le ha cogido tanto cariño, ¿qué pasará cuando María tenga que irse definitivamente?

—Papiiii, no *quedo* que se vaya *Madía* —murmura Sía, que junto a Quique ve la televisión.

—Escucha, bollito. María regresará mañana y...

—*Pedo* no *quedo* que se vayaaaa —repite.

Con cariño, me levanto para cogerla cuando oigo los pasos de María bajando las escaleras. Como siempre, va impecablemente vestida y, como siempre, está preciosa.

—¿Qué tal me veis hoy? —pregunta con gracia.

Quique asiente, Sía también.

—Perfecta —afirmo.

—Por Dios, Nico.

—¿Qué pasa? —pregunto alertado.

Rápidamente, María se acerca a mí, y tirando de mi camisa, la saca fuera de mis pantalones.

—No te la remetas así, que ¡padreas! —me regaña.

Oír eso me hace gracia. Ella y su particular forma de hablar.

—*Carallo*..., padreo —murmuro.

María sonríe. Qué preciosa sonrisa tiene.

—¿Qué pasa? —pregunta al ver nuestras caras.

Sía comienza a llorar y Quique creo que no lo hace por vergüenza.

—No quieren que te vayas —le explico.

El gesto de María al saber aquello me enternece y más cuando esta viene hacia nosotros. Coge a Sía entre sus brazos sin importarle que le manche la camisa, y mira a Quique.

—Os prometo que regreso mañana —afirma.

—Me *quedo i* contigo —lloriquea Sía.

Me levanto y cojo a mi pequeña en los brazos.

—De eso nada, bollito. Tú te quedas con papi —susurro en su oído.

—¿Qué os parece si el fin de semana que viene, si nos han traído el árbol de Navidad, lo adornamos? —propone María. Los niños se miran sorprendidos, pero ella clava los ojos en mí, y dice rotunda—: Este año hay que ponerlo sí o sí.

Entiendo sus palabras. Ya lo hemos hablado. Eva no puede seguir saliéndose con la suya. Hay que comenzar a ponerle límites. De pronto se oye fuera el sonido de un coche acercarse.

—¡Seguro que son ellosssss! —grita María emocionada.

Shirly comienza a ladrar, y María corre hacia la puerta.

—Madrecitaaaaa, ¡qué biennnnn teneros aquíííí! —oigo que grita.

Quique, Sía y yo la seguimos mientras Shirly ladra como una loca. Al salir por la puerta vemos a la perra dando saltos. María está abrazada, y dando saltos como la perra, a una chica de su edad, mientras que un hombre moreno y elegantemente vestido, las observa sonriendo.

Con seguridad, cojo a los niños de la mano y el hombre, que repara en nosotros, se acerca.

—Hola. Imagino que eres Nicolás. Soy Mohamed. El marido de Soleá —dice, tendiéndome la mano. Encantado se la estrecho, y él, agachándose, se dirige a los niños—: Y vosotros sois Quique y tú..., Sía.

Vale, veo cómo mira sus cejas.

—Decidió depilarse por su cuenta —explico rápidamente.

Mohamed asiente. Me mira. Sonríe. María se acerca a nosotros y abraza a Mohamed con cariño.

—Nico. Ella es mi amiga y hermana, Soleá —me presenta.

La saludo con agrado.

—Encantada de conocerte, Nico —dice ella, tras darme un repaso de arriba abajo.

—Lo mismo digo, Soleá.

También saluda a los niños y mira a Sía con el mismo gesto de extrañeza que la miramos todos. Luego coge a Shirly, que parece haberse vuelto loca.

—¿Cómo está mi nietecitaaaaa? —dice.

¿Nietecita?

Pero de pronto recuerdo que María me contó que Shirly era hija de la perra de Soleá, y sonrío. ¡Vaya tela con estas urbanitas!

—Cariño, saca al niño —indica Soleá.

—¿Hay un niño el coche? —pregunta Quique.

—Sí.

—¿Y cómo se llama?

—Adrián.

—Papi —dice Sía—. *Quedo ve a Adián.*

Cojo en brazos a mi pequeña y cuando me alejo oigo que la tal Soleá le dice a María:

—Woooo, chicarrona. Pedazo de trama sexy que tiene esta película.

Eso me hace sonreír. Aunque esté mal que lo piense, sé que lo dice por mí. Mohamed saca a un gracioso niño del coche. Lo pone en el suelo y Sía y él hacen buenas migas de inmediato.

Encantado con la visita y viendo cómo miran todo alrededor, me ofrezco a enseñarle la granja y ellos aceptan. Mientras llevo en mis brazos a Sía, Quique camina a mi lado y Mohamed lleva a su hijo, soy consciente de que María y Soleá cuchichean y ríen. ¿De qué hablarán?

Waldo y Homer observan a los recién llegados con curiosidad, mientras Shirly no para de saltar llena de felicidad. Está claro que los recién llegados tienen ese efecto en ella.

Una hora después, tras enseñarles las vacas, las gallinas y el refugio, cuando regresamos hacia la casa veo que Eva nos contempla desde la ventana de su habitación. Me consta que María también la ve, y con una mirada nos entendemos. No bajar a saludar a los recién llegados es la manera de Eva de intentar jorobarnos, pero, mira, qué haga lo que quiera.

Al llegar a casa, María entra rápidamente con Shirly mientras los niños y yo nos despedimos de Soleá y de su familia. A los pocos segundos, María sale con una de sus maletas, pero sin la perra. Motivada y feliz, veo que se la da a Mohamed, que la guarda en el maletero del coche.

—He metido a Shirly en la cocina y he cerrado la puerta —me dice—. ¿De verdad que no te importa quedártela?

Intento sonreír, aunque admito que su marcha me deja tan desolado como a los niños.

—Claro que no me importa —respondo, y con cierta mofa añado—: La señorita Shirly Coco estará bien. Vete y disfruta de tus amigos.

María me abraza. De pronto, deseo que ese abrazo no se acabe, pero se acaba. Después, les da un rápido beso a los niños y tras echar una ojeada hacia la ventana donde sé que está Eva, se monta en el vehículo y se marchan.

Sía lloriquea. Quique se queda muy serio.

—¿Quién quiere comer pizza? —pregunto, en un intento de animarlos.

Eso les hace cambiar su gesto al instante y entramos en casa, donde, de pronto, siento que hay una gran ausencia.

Capítulo 25

El hotelazo, con sus comodidades y sus sábanas de fino hilo, es maravilloso, pero mientras me revuelco en la enorme cama Queen Size, no puedo dejar de pensar en Nico y los niños. ¿Qué habrán hecho hoy durante el día? ¿Qué habrán cenado?

Solo llevo fuera de la granja diez horas y los echo tanto de menos que ya le he escrito a Nico dos veces para preguntarle por Shirly y, de paso, por ellos. Su respuesta es clara y concisa. Todo va bien.

El día ha sido genial. Cuando nos marchamos de la granja, nos dirigimos a Vigo para hacer el *check-in* en el hotel, y después nos fuimos a comer a un precioso restaurante que Nico me recomendó. El sitio era bonito. Elegante. Y nos pusimos de marisquito, vinito y excelente carne gallega hasta las orejas. Después nos fuimos a pasear por el centro para ver las luces de Navidad.

En mi paseo no dudo en comprar una cosa que creo les gustará a las Susis y a los demás vendedores del mercadillo, y después también adquiero algunos regalos de Navidad. Al estar con Sía continuamente, no puedo hacerlo. Mohamed se marcha con el niño y Soleá se viene de *shopping* conmigo.

Compro juguetes y ropa para los niños. Sé perfectamente lo que quieren. Para Nico he elegido un bonito reloj, un par de camisas de Ralph Lauren y algunos libros, y para tía Rosiña, un masajeador cervical de lo más cuqui que creo que le encantará.

Al terminar mis compras, pido que me las lleven, ya envueltas para regalo, a la granja el lunes a la hora de la comida, que no están los niños y Sía duerme. No quiero que los vean. Deseo sorprenderles con esos y otros regalos que he pedido por internet.

Terminado todo, Soleá y yo nos vamos a buscar a Mohamed y al niño para seguir nuestro paseo. Vigo de noche y con las luces de Navidad encendidas es todo un espectáculo. Es como vivir en un cuento de Navidad, y tengo más que claro que Nico y yo tenemos que traer a los niños a verlo. Si Eva no quiere acompañarnos, que no venga. Pero Quique y Sía lo tienen que disfrutar.

Agotados de tanto andar y cargada con unos cojines de color crudo que he comprado para el sofá, cuando llegamos al hotel decidimos cenar en él. De nuevo, degustamos un excelente menú, y cuando el pequeñín se duerme, nos despedimos, y Soleá queda en pasarse por mi habitación.

Mientras me doy una duchita con efecto lluvia que me sabe a gloria, pues nadie me abre y cierra el grifo para que me congele con el agua fría, sonrío, pero de nuevo me doy cuenta de que estoy pensando en ellos. ¿Pero qué me pasa?

Al salir de la ducha, me doy mis cremas y me pongo el pijama. Llaman la puerta, y al abrir, sonrío. Ante ella está Soleá en pijama y en sus manos lleva un par de bolsas de patatas fritas y un par de tarrinas de helado. ¡Trae municiones!

—¡Noche Drama Club!

—¿De dónde has sacado eso?

—Lo pedí por una aplicación y me lo trajeron al hotel.

Sonrío. Nos quitamos las zapatillas y nos subimos a la cama.

—Tengo que contarte una cosa —me dice.

—Tú dirás.

—Es sobre Pili.

—No me interesa.

—Es un cotilleo bastante jugosito —insiste.

Me entra la risa.

—Entonces, ¡cuenta! —la animo.

—Según he sabido, se la ve últimamente con Pedro Juan Sierra, ¿lo recuerdas?

—¿El dueño de la naviera andaluza?

—Sí.

—¿Pero no está casado?

—Estaba —indica Soleá—. Al parecer, hace un mes su mujer le pidió el divorcio, cuando lo pilló con quien tú ya sabes en su casa.

No me sorprende lo que dice. Pili los busca con dinero y complicaditos.

—Desde luego, esta tía es más tóxica que el amianto —suelto—. Pero ¿cómo no nos dimos cuenta antes?

—Porque la queríamos.

Qué razón tiene Soleá. Lo ciego que uno está cuando quiere de corazón. Pero no deseo seguir hablando de ella, porque para mí no es nadie.

—Si Sía viera estos helados se volvería loca —digo, señalando las tarrinas.

Mi amiga sonríe.

—¿Te has dado cuenta de la cantidad de veces que hoy has mencionado a esos niños y a su padre? —pregunta. Asiento. Mentir es una tontería. Ella me pide—: Mari Morena, me muero por saber tu vida de granjera. Cuéntame.

Abrimos las municiones y comenzamos a comer, mientras yo le cuento las trastadas de los niños. Cómo quemo la comida día sí y día también. Mi particular relación con las gallinas. Cómo me cepillé la lavadora. El cambio continuo de muebles. Lo simpáticas que son tía Rosiña y las Susis o el nacimiento de la vaquita Prada. Hablar de todo aquello me hace sonreír como una tonta.

—Chicarrona..., contra todo pronóstico, pues estás fuera de lo que es tu hábitat natural, ¡te veo feliz! —observa Soleá. Sonrío. No lo puedo remediar, y ella apunta—: ¿No te estarás enamorando de este lugar con sus gallinas y vacas?

—Puede ser —afirmo.

—¿Y podría ser que también te estuvieras enamorando de esos niños y de su padre?

—Soleá...

—Tenías razón. La niña es igualita a ET, sin cejas.

—¡Soleáááá!

—Es broma. —Nos reímos, y Soleá prosigue—: Sonríes de una manera especial cuando hablas de ellos. Por no hablar de la cantidad de regalos que les has comprado.

—Es Navidad, Soleá, ¡y son niños!

—Por cierto, madrecita, cómo está el veterinario. ¿De verdad que todavía no le has arrancado la ropa a mordiscos?

—¡Serás brutaaaaa!

—Por Dios, chicarrona, ¿pero te has fijado qué culito tiene? Claro que me he fijado.

—Pues si vieras sus abdominales —añado— y el tatuaje que tiene en el hombro, ¡no te digo nada! Lo de arrancarle la ropa a mordiscos se queda corto.

Soleá y yo con complicidad nos miramos. Nos entendemos. Seguimos hablando de Nico y de los niños, y le cuento las cosas que últimamente nos pasan con Eva.

—Está claro que la niña es algo rebelde, ¿no te recuerda a alguien? —pregunta. Se ríe. Yo no—. Quizá ahora entiendas un poco mejor a tu padre.

Suspiro. Capto por dónde va. Desde luego, no sé cómo papá, cuando yo tenía la edad de Eva, no me tiró por la ventana.

—Siento que en ocasiones soy más dura con ella que Nico.

—¿Por qué dices eso?

—Porque me he dado cuenta de que él, aunque la regaña, se contiene. Tiene miedo a decir algo inapropiado que haga que la niña se aleje más de él, y creo que eso hace que la niña se comporte como una tirana. En eso, él no es como mi padre.

—Pues en eso tiene que cambiar —afirma Soleá, mojando una patata en el helado—. Entiendo que encontrarte de pronto siendo el padre de tres niños y que tu vida se trastoque por completo, no ha de ser fácil. Pero tiene que ponerse duro con esa niña y hacerse respetar, o será su eterno grano en el culo.

Me muestro de acuerdo con ella.

—Y ahora vayamos a lo jugoso e interesante, ¿ya habéis...? —no acaba la frase.

—No.

—¿Pero tú eres tonta?

—Sí. Y prudente.

—Me estás hablado de sus abdominales y su tatuaje y no has...

—Que noooooo.

Suspiro. Reconozco que solo de recordarlo se me seca el paladar.

—Hay entre nosotros una tremenda tensión sexual no resuelta —admito, consciente de la realidad.

—¡Pues resuélvela!

—No puedo. Él me rehúye.

—¡Anda ya!

—Te lo digo en serio.

—¿De verdad vas a regresar a Madrid sin haber probado a semejante...?

Mi teléfono móvil pita. Es un wasap.

—¡No me jodas! —exclamo.

Soleá, cogiéndolo, lee:

> **Mi amor:** Dime dónde estás e iré.
> Necesito verte.

Según lo lee, me mira y murmura:

—¿Lo matas tú o lo mato yo?

Oír eso me hace gracia. Mojo una patata en el helado.

—Pasa de él como hago yo —respondo, después de tragarme la patata.

—¿Por qué no lo has bloqueado?

—Porque soy una bruja malvada y me encanta ver cómo se arrastra y suplica clemencia.

Nos reímos. De pronto comienza a sonar en mi teléfono la melodía de *Tiburón*.

—Ah, noooo. ¡Ella ahora no! —me lamento.

—¡Cógelo!

—¡No!

—Chicarrona, es tu madre, ¡habla con ella!

—Que no.

—No me jodas, María. Estoy harta de que me llame a mí y mentir más que Pinocho. Por lo tanto, haz el favor de atender la llamada de tu madre, y mentir tú también un poquito.

Niego con la cabeza. No estoy preparada para hablar con ella, pero la cabrona de mi amiga desliza su dedo sobre mi teléfono. Acepta la llamada poniéndola en manos libre y escucho la voz de mi madre.

—María... ¡Hija!

Soleá me hace un gesto. Estoy a punto de matarla.

—¡Hola, mamá! —saludo.

—Hija, bendito sea Dios, qué angustia, ¡me tenías en un sinvivir!

—Mamá...

—Pero ¿cómo puedes ser tan cruel y no cogerme el teléfono? Tu padre y yo nos comenzábamos a desesperar.

Eso me hace gracia. En todo aquel tiempo mi padre no ha dado señales de vida. Está visto que el que le dijera que no quería volver a la empresa lo tiene muy enfadado.

—Sí..., seguro que papá está desesperado —replico, con un cierto retintín.

—Por supuesto que sí, hija. Tu padre te adora.

—Mamáááá.

—Bendito sea Dios, hija, ¡estamos muy preocupados por ti! —repite.

Vale. Voy a creerla. No voy a poner en duda lo que dice.

—Estoy bien, mamá —le digo para tranquilizarla—. Si no os he llamado es porque necesito...

—Cuando tu padre se entere de lo que le oculto, ¡me mata! —me corta, bajando la voz—. No me lo va a perdonar en la vida. Pero, hija, como dijiste que te había soltado un bombazo que no esperabas, yo pensé que...

—A ver, mamá...

—¿Comes bien? ¿No te estarás poniendo morada a carbohidratos?

¡Joder con mi madre!

Como siempre, pasa de un tema a otro sin pensar. Soleá, divertida, me enseña una patata frita.

—¿Qué hora es en Australia? —pregunta mi madre.

Pongo la misma cara de horror que veo en Soleá.

¡Madrecitaaaa!

Me entra la risa. No sé qué hora es en Australia. ¿Qué le digo? ¿Qué mentira me invento? Y, para salir del embolado, sin saber por qué, doy un fuerte manotazo a la cama. El móvil salta por los aires.

—Bendito sea Dios, ¿qué ha sido ese ruido?

Soleá y yo nos miramos. Nos reímos. Ella coge de la mesilla el bote de crema para el cuerpo y lo señala.

—Se me ha caído el bote de crema —digo—. ¿Qué tal por Sierra Nevada?

Mamá me cuenta vida y milagros de los amigos con los que todos los años se reencuentran allí, y yo, deseosa de que no me pregunte lo que no quiero responder, le hago un tercer grado.

—Tu padre y yo hemos hablado de coger un vuelo e irnos a Australia a pasar las Navidades contigo —dice de pronto. Me sorprendo. Que ellos hicieran algo así sería un hito para señalar en el calendario; ella continúa—: Cariño, te han pasado demasiadas cosas en un breve espacio de tiempo. Y eso desestabilizaría a cualquiera. Y bueno, creemos que...

—Estoy aprendiendo surf —miento, para cortarla.

—Eso me dijeron tus hermanos, pero ¿estás loca?

—No.

—¿Y si te caes de la tabla y te rompes los dientes o una cadera? Hija, por Dios, ¡que ya tienes una edad!

—Mamá, por favorrrr.

—Deberías estar buscando a tu media naranja, no aprendiendo surf.

¡Joder con mi madre y con la mierdecita esa de la media naranja!

Soleá me pide paciencia con las manos, y yo ya necesito cortar aquella conversación antes de que mi madre siga diciendo cosas que al final me van a hacer estallar.

—Uissss, ¡se cor-ta...! Ma-ma... Jiiiiii... Ma... Juuuu... Ma... —empiezo a hacer muecas.

Y, sin más, corto la comunicación. Miro a mi amiga que se ríe.

—Te voy a matar —siseo.

—Mátame mañana, que ahora tenemos mucha plancha —se mofa Soleá, muerta de la risa.

La siguiente hora hablamos y hablamos y hablamos sobre todo lo que últimamente me pasa y aunque hablamos y hablamos, lo único que tengo claro es que necesito seguir fuera de la órbita de mi familia. Necesito estar desconectada de todo.

A las tres de la madrugada, tras varios bostezos, nos damos un cariñoso beso y un abrazo, y ella se marcha para su habitación.

Tiro a la papelera eso que si mi madre viera le entrarían los siete males, y me meto en la cama. Al coger mi teléfono móvil, me fijo en que Nico está en línea en su WhatsApp. Abro su foto. En ella se le ve con los tres niños sonriendo en el coche, ¡y están tan monos!

Mirar las caritas de los cuatro me enternece, y durante unos instantes me planteo si escribirle o no. ¿Será buena idea? ¿Por qué estará conectado? ¿Con quién hablará?

Al final, no lo hago. No quiero que piense cosas que no son, aunque, la verdad, lo son.

Capítulo 26

Sentado en el sofá ante la chimenea, termino de apuntar todos los regalos que los niños quieren para Navidad. He de ir de compras con urgencia o, al final, como vulgarmente se dice, me pillará el toro y no encontraré lo que los niños han pedido. A diferencia de María, a mí no me gusta ir de compras, y menos en estas fechas cuando el consumismo es tremendo, pero no me queda otra. Si quiero cumplir con mi obligación de padre y tener regalitos, tengo que hacerlo.

Un rato después, cuando termino de revisar algunos e-mails y decido ponerme una película en la televisión, mi teléfono suena. Al mirar, veo que no reconozco el número, y rápidamente pienso en María. ¿Y si ha perdido su teléfono y me llama desde el de su amiga? Así que lo cojo.

—Dígame.

—*Mon amour.* —Cierro los ojos al oír aquella voz—: Te llamo desde otro teléfono, pues sé que si te llamo desde el mío no lo cogerás.

—¿Qué quieres, Marie Chantal?

—Verte.

—No.

—*Mon amour...*

—Deja de llamarme y enviarme mensajitos de una santa vez.

—Pero...

—Tú y yo ya no somos nada. ¿O acaso no lo recuerdas?

—¿Quién es esa tal María que vive ahora con vosotros?

Vale. Su informante ya le ha hablado de María.

—Nadie que te interese —respondo. No estoy dispuesto a contarle nada. Oigo un gemidito. Conociéndola, ya está con sus lágrimas de cocodrilo. Yo le pregunto—: ¿Por qué le dijiste a Eva que se depilara las piernas? Maldita sea, ¡es solo una niña!

—Lo dije por su bien. Es morena y velluda.

Resoplo. Tomo aire. Como no lo haga voy a explotar. Ella dice:

—Te echo de menos.

—Yo a ti no.

—Podríamos vernos de vez en cuando.

Incrédulo, me río. Era lo último que esperaba oír.

—¿Pretendes que seamos amantes? —pregunto.

—*Mon amour.*

—Déjate de tonterías —digo, molesto.

—Tú y yo en la cama siempre lo hemos pasado bien y...

Disgustado por ver el sucio juego que quiere tener conmigo, maldigo. Ella solo me querría utilizar en la sombra para pasarlo bien, mientras, a ojos de todos, llevaría su lujosa vida con su empresario.

—Olvídalo —siseo.

—Piénsalo. Deberíamos hablar y...

—Tú y yo no tenemos nada de que hablar —la interrumpo—, porque entre nosotros no hay nada. Estás con Dominic Martinez, y, como tú me dijiste, os vais a casar en mayo, ¿verdad? —Ella no contesta, y yo prosigo—: Marie Chantal, déjame en paz y olvídate de que existo. Porque si no lo haces, al final no me quedará otro remedio que llamar a Dominic y contarle que...

—No lo harás.

—Lo haré, Marie Chantal. Claro que lo haré —afirmo, molesto—. Y lo haré porque cada vez que me escribes o me llamas, me incomodas. No quiero saber nada de ti, porque tú para mí ya no eres nadie, y quiero que me dejes en paz. ¿Te queda claro?

Enfadado, corto la comunicación. ¿Pero esta tía es idiota? ¿En serio se creía que yo iba a aceptar ser su amante?

Suelto el teléfono de inmediato sobre la mesa, cojo el mando de la televisión y pongo una película. Pero estoy alterado. Mi ex me ha alterado de tal manera que no me entero de lo que estoy viendo, por lo que finalmente la quito. Ya la veré en otro momento.

Acto seguido, cojo el teléfono y reviso mis wasaps. Al hacerlo, me doy cuenta de que María está conectada a su WhatsApp. Está en línea.

Durante unos minutos me pienso si escribirle o no. Son las tres y diez de la madrugada. ¿Qué hace despierta a esas horas? ¿Estará con alguien más, además de sus amigos?

Dudo. No sé qué hacer. Observó su fotografía de perfil, en la que está preciosa, y miro a Shirly, que está con Homer subida en el sofá a mi lado.

—Shirley Coco, ¿tú qué harías? —le pregunto. La perra me mira, Homer me mira, y yo musito—: Olvidad mi pregunta.

Pero estoy raro. Me siento incómodo y alterado, y no solo es por Marie Chantal.

Tomo la copa de vino y le doy un trago. Me guste o no reconocerlo, desde que María se marchó con sus amigos en el coche, no he podido dejar de pensar en ella. En el poco tiempo que lleva en la casa, como me dijo Beatriz, me pasa como a los niños, y se ha vuelto indispensable. Pero ¿qué tontería estoy pensando?

Soy consciente de que mis sentimientos hacia mi ex se esfumaron desde que llegó María. Por fin, el tiempo que empleaba en pensar en ella se acabó, y eso me gusta, aunque ahora en quien pienso es en María.

El problema es que sé que ella piensa en su ex, o eso me dijo, y no quiero atosigarla, como no me gusta que me atosiguen a mí.

Pero miro el WhatsApp. Sigue en línea. Y sin poder contener el deseo que tengo por saber de ella, escribo:

¿Despierta?

Y justo cuando le voy a dar a enviar, deja de estar en línea. Rápidamente, borro lo escrito y me regaño. Pero ¿acaso estoy tonto?

Capítulo 27

7 de diciembre de 2025

El domingo por la mañana disfrutamos del bonito día que ha amanecido en Vigo y terminamos en el monte de O Castro, un sitio emblemático en la ciudad con bonitos jardines y unas hermosas vistas. Es impresionante.

Sobre la una de la tarde, decidimos comer en otro restaurante que Nico me recomendó, que está muy cerca de la plaza de la Constitución. Una vez más, mis amigos y yo nos deleitamos con la rica gastronomía de la tierra, y cuando terminamos Mohamed va a buscar el coche. Me acercarán a la granja y después continuarán su camino. Vamos silenciosas, Adrián duerme en su cochecito.

—¿Tanto te gusta ese veterinario? —pregunta Soleá.

Negar lo evidente es una tontería.

—Más que el helado con patatas —admito, tras tomar aire.

—¿Atracción física o algo más?

—Te diría que es atracción física, pero pienso en él más de lo que creo que debería y...

—En eso te doy la razón —me interrumpe—. No has parado de mencionarlo ni a él ni a los niños. Y conociéndote como te conozco, sin duda haces eso porque ese veterinario es algo más.

Suspiro. Cuando pienso en Nico, mi corazón se acelera, e incluso siento que la vida es más bonita.

—Con Dani nunca me sentí así —reconozco.

—Ay, chicarrona, ¡que te estás enamorando!

—No digas tonterías.

—No digas tonterías tú. ¿Desde cuándo no sentías ese tipo de atracción por alguien? Y, sobre todo, ¿desde cuándo no te sentías así?

Lo pienso. Lo que Nico me hace sentir es tremendo. Sin proponérmelo y sin proponérselo él, ese hombre se ha instalado en mi corazón de una manera que no entiendo, pues ni un maldito beso nos hemos dado.

—Quiero pensar que es tensión sexual no resuelta —trato de engañarme.

—¿Y si no lo es? ¿Y si es algo más? —Suspiro. No sé qué contestar. Ella dice—: Solo sabrás lo que es cuando resuelvas esa tensión sexual. Si una vez resuelta sigues deseando más, ¡lo siento, Mari Morena, pero te habrás enamorado!

—Yo no creo en los flechazos. ¡La que cree eres tú!

Nos reímos.

—Chicarrona, ¿qué te he dicho siempre?

—Que las cosas no suceden por casualidad.

—Exacto. ¿Quién te dice que tu destino no era llegar hasta esa granja para poderte enamorar?

—Anda ya, Soleá.

—Oye..., que yo tuve que ir hasta Groenlandia para que me ocurriera, ¡recuérdalo!

Volvemos a reírnos.

—Pero Soleá, Nico y yo no tenemos nada que ver —intento rebatir.

—¿Y qué? ¿Acaso Mohamed y yo teníamos mucho que ver? —Me río. Sé por qué lo dice—. ¿Te ves viviendo en la granja? —pregunta. Parpadeo. ¿Yo viviendo en la granja? Aún lo estoy pensando cuando remacha—: Si no has dicho «¡nooooo!» rápidamente es porque en ti está esa posibilidad, ¿no?

—Pero qué tontería dices. ¿Cómo voy a vivir yo en una granja?

—A ver, cielo. Lo importante no es dónde, sino con quién. Lo importante en una pareja es quererse, dialogar y respetarse. Si eso existe, el resto ¡es pan comido!

Mohamed llega con el coche. Nos recoge y de buen rollo vamos hasta la granja.

Al llegar me fijo en que no está el coche de Nico. Parece que se ha ido. Al bajarme, oigo.

—¡*Madíaaaaaaaaa*!

Sía viene corriendo hacia mí con Quique, Shirly y Homer. Tía Rosiña desde la entrada sonríe junto a Waldo, y yo, agachándome, abrazo a los niños y a los perros, que se vuelven locos al verme.

—Aisss, *Madíaaaa... Madíaaaaa...*, que contigo inventan la Barbie granjera —murmura Soleá desde el coche.

Al mirarla la entiendo. En mi cara debe de ver la felicidad que siento. Tía Rosiña se acerca a nosotros.

—¡Qué alegría de que ya estés aquí! —me dice—. El *neno* se fue a ayudar a unos amigos.

Le presento a mis amigos y, encantados, estos la saludan. Diez minutos después, cuando Soleá y su familia se van, aunque me da pena, me siento bien. Vamos, ¡un lío!

Capítulo 28

Estoy en la granja de Angelita y Juan, junto a otros amigos. Entre todos los estamos ayudando a poner unas cercas que necesitaban para el ganado y como agradecimiento nos han preparado una exquisita barbacoa.

Miro mi reloj. Son las ocho y diez de la tarde y sé, porque Quique me ha enviado un mensaje, que María ya está en casa. Saber eso me alegra. Me pone de buen humor. Andrés me está contando que su prima sigue buscando a alguien para cuando María se vaya.

—¿Y esa sonrisa? —pregunta de repente. Yo lo miro y antes de que pueda responder, me informa—: La Wiwi ayer volvió a llamar a Claudia. —Eso hace que le preste toda mi atención. Está visto que ayer María Chantal nos llamó a varios—. Al parecer, quería preguntarle sobre la Mari Morena —me explica—. Y Claudia, enfadada, le colgó.

—Me alegra que lo hiciera —afirmo. Andrés y yo nos miramos, yo le confieso—: A mí también me llamó. —Mi amigo levanta las cejas y sin contarle el motivo de la llamada, pues me parece ridículo, indico—: Yo también le colgué.

Eso hace que Andrés y yo choquemos nuestras botellas de cerveza.

—¿Quién será el que habla con la Wiwi y la tiene informada? —pregunta él.

Miro a los amigos, como hace Andrés. Todos los que hay allí la conocen. Saben quién es. La soportaron cuando era mi pareja, pero dudo que ninguno de ellos mantenga el contacto.

—No lo sé. Pero espero que esto se acabe —le digo.

Durante un buen rato Andrés y yo hablamos, intentando dilucidar quién podría tener contacto con mi ex.

—Me voy a ir —anuncio, al ver la hora que es.

—Yo también —apostilla Andrés.

—Es tarde y mañana tengo que madrugar.

Andrés asiente. No cuestiona. Ni pregunta. Y tras despedirme de todos, camino hacia mi coche e, inconscientemente, me doy cuenta de que llevo la camisa por dentro del pantalón y me la saco. No quiero padrear, y me muero por verla. Quiero ver a María.

Capítulo 29

Tía Rosiña ya se ha marchado y yo me encuentro nerviosa.

Cuando la intensidad de Quique y Sía ante mi llegada se relaja, y consigo que cenen, se acuesten y se duerman, voy a mi habitación para cambiarme de ropa.

Al entrar y ver aquel espacio que el primer día me pareció tan horrible, sonrío. Poco a poco he ido comprando cosas para él, he cambiado los muebles de posición, junto con las cortinas y el edredón, y la habitación ahora tiene su encanto.

Con tranquilidad, me cambio de ropa. Me desmaquillo. Y tras ponerme mi precioso pijama de Armani, salgo de la habitación.

Al pasar ante la puerta de Eva, me paro. La niña, aunque ha bajado a cenar, no me ha dirigido la palabra. Pero quiero tender puentes hacia ella. No quiero que sigamos enfadadas. Golpeo con los nudillos en su puerta, abro y la veo sentada en su cama mirando unos libros.

—En diez minutos tienes que apagar la luz, que mañana hay colegio —le digo. Eva me mira. En su rostro, como siempre, veo incomodidad. Espero que me pregunte si lo he pasado bien con mis amigos, pero al ver que no lo hace me intereso—: ¿Estás bien?

—Sí.

Entro en la habitación.

—Cuando tenía tu edad me encantaban las matemáticas —murmuro al ver los libros.

—A mí no me gustan.

Lo sé.

—¿Por qué no te gustan? —Me acerco a ella.

—Porque no las entiendo.

Su respuesta no me sorprende. A mi hermano Carlos le pasaba lo mismo.

—¿Qué no entiendes de ese ejercicio? —le pregunto, mirando lo que tiene que hacer.

Sorprendentemente, Eva me lo explica. En su voz percibo cierta tranquilidad, a pesar de que no me hablaba desde el día que pasó lo del autobús. Me siento junto a ella en la cama, y, tras escucharla, le expongo el ejercicio tal y como yo lo veo, y ella, minutos después, lo resuelve.

—¿Solo era eso? —se sorprende.

—Ya ves que sí.

Asombrada, vuelve a mirar el cuaderno, cuando la animo:

—Vamos. Haz el siguiente, a ver si te sale.

Sin demora, la cría comienza a trabajarlo, e inconscientemente se me van los ojos a las fotografías que tiene en la pared, donde está Marie Chantal. Con disimulo las observo. Aquella francesa es una mujer alta, rubia, guapa y con estilo.

—¡Lo terminé! ¿Está bien? —dice la niña.

Miro lo que me enseña Eva. Mi mente lo procesa a toda velocidad.

—Campeona, ¡choca esos cinco! —exclamo, levantando la mano.

Con una sonrisa, Eva lo hace. Choca su mano con la mía, y yo, para no hacer ni decir nada que pueda romper este bonito momento, me levanto de la cama y sin darle un beso, pues sé que no lo aceptaría, digo:

—Descansa, cielo.

—Buenas noches, María.

Cuando salgo de la habitación, sonrío. ¡Me ha dicho «buenas noches»!

Aquello, que puede parecer algo tonto, es un acercamiento que ella ha permitido. Feliz, bajo al salón, y tras echar un par de troncos a la chimenea, y colocar los cojines nuevos que he comprado, miró a Shirly y la cojo entre mis brazos.

—Hola, cosita linda —susurro—, ¿me has echado de menos?

Oigo el ruido de un motor. Me acerco a mirar a la ventana y veo que se trata del coche de Nico. Me entran los nervios y de pronto, ¡quiero estar sexy!

Miro mi pijama de Armani. Es monísimo, pero sexy, lo que se dice sexy no es.

—Me desabrocharé un par de botoncitos —me digo. Lo hago, aunque al final murmuro—: Tres mejor.

Alterada por saber que Nico llega, me siento en el sofá y cojo un libro. Durante varios instantes busco la posición perfecta. Quiero estar sexy. Subo la pierna. Subo el brazo. Me coloco el pelo. Abro el escote del pijama. ¡Necesito parecer casual!

Oigo que la puerta se abre. Instantes después escucho las pisadas de Nico, y cuando este aparece en la puerta del salón, levanto la mirada del libro, que, todo sea dicho, me doy cuenta de que lo tengo al revés y lo dejo sobre el sofá.

—Hola, ¡buenas noches! —saludo.

—Buenas noches —responde.

—¿Has cenado?

Según digo eso me sorprendo. ¿Desde cuándo pregunto yo eso? Pero ¿acaso soy mi abuelita? Vamos, que solo me ha faltado decir si quiere que le carbonice unos huevos fritos con patatas y pimientos.

—Sí. No te preocupes —responde.

Nico se acerca al sofá, y dejando su teléfono móvil sobre la mesa, se sienta.

—¿Nueva adquisición? —pregunta, mirando los cojines.

—Quedan ideales, y hacen juego con las cortinas. No digas que no.

Sonríe. Madrecita, cómo me gusta ese hoyito que le sale en el lado izquierdo de la mejilla.

—Tienes razón. Quedan bien —se muestra de acuerdo.

—Lo sé.

—Oye..., eres una creída.

Eso nos hace sonreír a ambos. Nico examina con detenimiento los cojines y cuando los suelta, pregunta.

—¿Piensas redecorar toda la casa? —pregunta cuando los deja en su sitio. Sonrío. Y cuando abro la boca para probablemente decir una tontería, prosigue—: ¿Cómo lo has pasado con tus amigos?

—¡Genial! Hemos ido a los restaurantes que me dijiste y ¡son magníficos! Anduvimos por Vigo por la noche viendo las luces de Navidad, que, por cierto, tenemos que llevar a los niños, y todo ha sido estupendo.

—Me alegro.

—¿Y tú con tus amigos?

—Bien. Nos hemos juntado unos cuantos para ayudar a Angelita y a Juan en su granja.

Estoy nerviosa y percibo que él está nervioso. Esta tensión sexual no resuelta cada vez se nota más. Día a día nos es más complicado disimularla, y en silencio nos miramos.

¡Madrecitaaaaaa!

Mi corazón se acelera al ver cómo mira mis labios. Uf..., cómo los mira. Y cuando estoy a punto de lanzarme hacia los suyos, musita:

—No es buena idea.

—Lo sé...

—¿Entonces?

—No lo sé...

Nos miramos.

Nos tentamos.

Nos deseamos.

Hoy caemos. Lo sé. Lo presiento. De hoy no pasa.

—María...

¡Noooooooooooooooooooo! ¿Otra vezzzzzzz?

Nico y yo nos alejamos, y a los pocos segundos, desde lo alto de la escalera, oímos la voz de Eva.

—María, ¿puedes subir un segundo?

Nico se levanta a toda velocidad. Y acercándose a la escalera, veo que mira hacia arriba.

—¿Qué ocurre, campeona? —pregunta.

—Nada. Que venga María.

Como ha hecho él, yo también me acerco a la escalera.

—Voy —digo, al ver cómo me mira Eva.

Al llegar hasta ella, la cría coge mi mano y, sorprendida, me dejo guiar hasta su habitación. Tras entrar en ella, cierra la puerta.

—¿Qué pasa? —pregunto. La niña me mira con ojos húmedos, pero no habla, y yo insisto—: Eva, ¿qué pasa?

Por fin se mueve. Se levanta la camisola del pijama y veo una mancha roja entre sus piernas.

—Tranquila, ¿estás bien?

La cría asiente, mientras yo ordeno mis ideas para ayudarle de la mejor manera.

De pronto, me viene el flashazo de cuando me vino la regla por primera vez. Llamé a mamá y esta, al verlo, primero se puso a llorar como si pasara algo malo, y segundo, me habló de la regla como si fuera una vergüenza y un tabú que no se comenta.

—¿Sabes lo que te ha pasado? —le pregunto.

—Que me ha venido la regla —solloza.

Vale. Por ahí vamos bien. No sé hasta qué punto está informada de este tema, cuando, obviando que no le gusta que la abracen, lo hago.

—¿Tienes compresas? —La cría niega con la cabeza—. Yo tampoco. Solo tengo tampones y los que tengo, tú no los puedes usar. —Ambas nos miramos—. Le diré a Nico que vaya a una farmacia de guardia a comprarlas. —Es lo único que se me ocurre.

—Nooooo. ¡Qué vergüenza!

—De vergüenza nada, cielo —le digo, negando con la cabeza—. Tener la regla no es una vergüenza. Te ha venido y necesitas compresas. —La cría, nerviosa, se retuerce las manos. Sé que aquello es algo que una tiene que hablar con su madre, pero la situación es la que es. Con quien lo está hablando es conmigo. Yo trato de tranquilizarla—: Mira, cariño, que tengas el ciclo menstrual no es algo tabú, ni algo que ocultar, como me hicieron creer a mí. Eres una niña que ha dado un paso más en la vida, y aunque veas esto como algo raro o complicado, créeme que no lo es y pronto te darás cuenta. Y lo mejor es que estás rodeada de personas que te quieren y que siempre te van a ayudar. —Eva me mira. Intento darle positividad a un momento extraño para ella—: ¿En el colegio os han hablado del ciclo menstrual?

—Mi amiga Nidia tiene la regla desde hace un año.

Saber eso me facilita las cosas.

—¿Y qué te ha dicho Nidia al respecto?

—Que es un rollo que suele durar una semana. Que viene todos los meses. Y qué dependiendo del mes, le duele la tripa o no. —Asiento. Nidia, el exratoncito de Disney, a su manera, se lo ha explicado muy bien; Eva, secándose las lágrimas, murmura—: Menos mal que estás tú aquí. —Conmovida, porque intuyo que piensa en su madre, voy a hablar, cuando pregunta—: ¿Qué va a decir Nico?

Ver su preocupación me hace gracia.

—Pues va a decir que lo tienes a su entera disposición las veinticuatro horas del día, para lo que necesites, como siempre —contesto con rapidez—. Y se va a sentir muy orgulloso de saber que su niña poco a poco se está convirtiendo en una mujer.

Eva se seca las lágrimas. Lo que le he dicho creo que le ha gustado.

—He terminado una fase de mi vida y he desbloqueado la siguiente pantalla, como dices tú, ¿verdad? —dice, sorprendiéndome.

Escuchar aquello me hace gracia. Está claro que esa frase mía a todos les ha encantado.

—Así es, mi niña. ¡Todos vamos pasando por distintas etapas en la vida que hay que saber aceptar y superar! Y creo que lo que ahora toca es contarle a Nico lo que pasa. Se ha quedado preocupado y necesitamos su ayuda para que vaya a la farmacia de guardia. —Eva suspira e insisto—: Comprar compresas es algo tan normal como comprar pasta de dientes o champú. Incluso algún día, cuando tengas más edad y estés en otra etapa de tu vida, tendrás que comprar preservativos, y eso, cariño, es de lo más normal. Créeme que es así.

La niña, roja como un tomate, asiente. Sé que en unos días Nico o yo tendremos que tener una conversación relativa a la sexualidad.

—Siento haberme escapado el otro día y haberte hablado como te hablé —susurra, agarrándome de la mano—. Sé que lo que hice está mal y te pido perdón.

Me sorprendo y me alegro a partes iguales cuando la oigo decir eso. Saber que la niña es capaz de darse cuenta de sus errores y reconocerlos es algo positivo.

—Yo también siento si te dije algo que no te gustó —digo.

Sonreímos las dos.

—¿Me acompañas a decírselo? —me pregunta, mirando hacia la puerta.

—Por supuesto.

Cuando abrimos la puerta de la habitación, no me sorprendo al encontrarnos a Nico en el pasillo. En su expresión está reflejada la ansiedad por saber qué pasa. Eva me mira y yo le hago un gesto afirmativo.

—Me ha venido la regla —le dice.

Nico da un paso atrás y se apoya en la pared. Veo que no se esperaba eso y ha quedado descolocado. Así que toma aire.

—¿Estás bien, campeona? —pregunta.

—Sí.

Durante unos segundos, veo que se miran.

—¿Qué necesitas? —dice Nico.

Eva me mira. No sabe qué pedir. Y él, su cortarrollos particular, sin que ella le pida ayuda, ya sé está ofreciendo.

—Necesita compresas y alguna pastilla para el dolor menstrual —digo yo, con rapidez.

Sin dudarlo, Nico asiente, y por cómo lo hace, sé que está nervioso. Y tras acercarse a Eva y darle un abrazo y un beso en la cabeza, la suelta y entra en su habitación.

—Un segundo.

Eva y yo nos miramos. ¿Para qué entra en su habitación? Cuando sale pone ante la niña una *tote bag* en la que se ve a Aitana, la cantante preferida de la aquella.

—Tenía esto guardado, pues sabía que este día iba a llegar —dice. Eva, tan sorprendida como yo, coge la *tote bag*, y Nico añade—: Como no sabía qué necesitarías, compré compresas con alas, sin alas, acolchadas y sin acolchar. También

318

una cosa que se llama copa menstrual y unas pastillas para el dolor.

Aisss, por favorrr, ¡me lo comooooooo! Pero ¿se puede ser más ideal?

Boquiabierta y enternecida por aquello, asiento. Está claro que Nico es previsor, y cuando veo que la niña mira lo que hay dentro de la *tote bag* me acerco a él.

—Eres el mejor.

Nico sonríe. Yo también.

—Gracias —murmura Eva.

Sé que a Nico se le esponja el corazón cuando escucha esa bonita palabra, y con mimo toca la cabeza de Eva.

—De nada, campeona. Estoy aquí para todo lo que necesites.

Los tres nos miramos con una gran sonrisa.

—Tenemos que entrar en la habitación —digo.

Nico asiente, y cuando Eva y yo nos metemos en su habitación y cerramos la puerta, miro a la niña.

—El cortarrollos es un buen padre, Eva. Quiérelo, porque él te adora.

A Eva se le saltan las lágrimas. Yo saco el arsenal de compresas que hay en la *tote bag* y le explico la diferencia que hay entre unas y otras. Cuando decide con cuál quiere probar, le enseño como colocarla en su braguita y una vez que lo hace y se mete en su cama, le doy un beso en la frente.

—Ahora duerme.

Eva asiente y tras salir de su habitación, al ver que las luces de la planta de abajo están apagadas, presupongo que Nico se ha ido a dormir. Me acerco a su habitación y al acercar la oreja a la puerta oigo correr el agua de su baño. Seguramente se esté duchando.

¿Entro? ¿No entro?

La duda me puede. ¿Qué hago?

Pero, al final, al recordar sus palabras de que no era buena idea, doy el tema por zanjado, paso a ver a Quique y a Sía, que duermen como benditos, me voy a mi habitación. Es lo mejor.

Eso sí, ¡Momoa, te echo de menos!

Capítulo 30

10 de diciembre de 2025

Estoy tomando una cerveza con los amigos en el local de toda la vida, y no puedo dejar de pensar en lo ocurrido hace unas noches con María. Si no hubiera sido porque Eva nos interrumpió, nos hubiéramos besado y, con seguridad, habría pasado algo más, pero ¿estamos locos o qué?

Estoy pensando en ello cuando se acerca hasta mí Claudia, la mujer de Andrés.

—Andrés me dijo que te comentó que me volvió a llamar la Wiwi y que la mandé a la *merdiña*.

Nos miramos.

—¿Cuándo me vas a presentar a la Mari Morena? —pregunta, y luego, bajando la voz, murmura—: He coincidido varias veces con ella a la salida del colegio.

—¿Y?

—Madre mía, Nico. Siempre va guapísima vestida. ¡Qué estilazo!

Sonrío. Me consta que la ropa de María es algo que está llamando la atención. Su forma de vestir para ir a buscar a los niños al colegio o al supermercado del pueblo es una de las comidillas, según me dice tía Rosiña.

—La verdad es que tiene mucho estilo vistiendo —me muestro de acuerdo.

Segundos después, se nos acercan Andrés y su hermano Luis.

—¿Cuándo vamos a conocer a la Mari Morena? —me pregunta Luis.

—Algún día —murmuro.

—¿Amiga con derechos? —quiere saber Luis, que es un ligón redomado.

—¡Luissss! —protesta Claudia.

Me río. La comidilla del pueblo es la clase de relación que tenemos María y yo.

—Dejémoslo en persona que cuida de mis hijos —respondo con seguridad.

Instantes después, entran varios amigos más, y riendo estamos cuando me suena el teléfono. He recibido un wasap.

Marie Chantal: *Mon amour*, pásalo bien, aunque yo no esté ahí contigo.

Maldigo con disimulo. ¿Otra vez? No quiero que nadie note mi incomodidad.

¿Cómo sabe que no estoy en casa?

Eso me agobia. Le enseño la pantalla de mi móvil a Claudia.

—¡Manda *carallo*! —exclama ella—. Pero ¿a qué juega esta tipa? —En silencio nos miramos, y ella pregunta—: Pero ¿quién informa a la Wiwi de tus movimientos?

Miro a mis amigos. De todos los que están allí, no puedo decir que alguno de ellos tuviera buena relación con mi ex.

—No tengo ni idea —respondo, encogiéndome de hombros.

Claudia es requerida por Andrés y cuando se marcha abro el mensaje de Marie Chantal y, cansado de aquel acoso, decido enviarle un mensaje de voz.

> ▶ Tengo la conversación del otro día grabada en donde me proponías ser tu amante. Si me vuelves a escribir o a llamar, esa conversación llegará a Dominic, y dudo que te cases en mayo. Se acabó el juego.

Es mentira lo que le digo. No tengo esa conversación. Pero necesito acabar con eso, así que le doy a enviar y acto seguido la bloqueo.

Min y Ale se acercan y me presentan a su prima Berta. Una muchacha morenita y muy mona procedente de Cádiz que ha venido a O Porriño a pasar unos días. Berta es simpática y tras dos cervezas me reta a los dardos, cosa que acepto.

Mientras jugamos y mis amigos me hacen gestos para hacerme saber que he ligado, yo sonrío y niego con la cabeza. Aunque esta chica a la que acabo de conocer no está mal, no quiero nada con ella. Si tenemos sexo, estoy convencido de que después querrá algo más, y no, no estoy por la labor de darle nada a ninguna mujer, y menos aún de quedar mal con Min y Ale.

Acompañado por el resto de los amigos, jugamos la partida de dardos y cuando acabamos y me río porque ella ha ganado, Rómulo se acerca a mí.

—Esta mañana vino tu amiga, la Mari Morena, a la tienda con Sía —me dice.

—Necesitaría comida para su perra.

—El pastizal que se gasta en esa perra, ¡increíble! —se ríe. Asiento. Sé perfectamente por qué lo dice—. Hoy vino a comprarle bragas a la perra. —Eso es nuevo. ¿Ahora la perra lleva bragas? Él continúa informándome—: Al parecer, le ha venido el periodo y teme que Homer le haga un apaño.

¡Joder! ¿A otra que le viene la regla? ¿Y esta epidemia?

Como diría tía Rosiña, si éramos pocos, parió la burra. Rómulo sigue contándome:

—Por cierto, ha dejado pagada la comida para tu refugio de animales durante un año. —Sorprendido por aquello, no sé qué decir, y él concluye—: Esa chica es maja y simpática. Nada que ver con la Wiwi.

Hago un gesto afirmativo. Mi ex nunca le cayó bien a casi ninguno de mis amigos. Para ella, que iba de marquesa, Rómulo y el resto se le hacían poco.

—Sí, es simpática —me muestro de acuerdo.

Brindamos porque Juan y Lucía van a ser padres de nuevo.

—Vendrás a la cena el día del festival de los niños, ¿verdad? —me pregunta Juan. Sin dudarlo, asiento, y él indaga—: ¿Solo o invitarás a Berta?

Oír eso me hace gracia. Todos están como locos por que rehaga mi vida.

—De momento, voy solo —replico.

Juan asiente. Me entiende. Es casi la una de la madrugada, y estoy cansado.

—Gentuza, ¡me voy! —les digo.

Como es de esperar, intentan que me quede, pero no. Quiero irme a casa.

Veinte minutos después, paro en el refugio donde tengo a los perretes, y tras ver que todo está bien, y saludar a Waldo, que hoy ha decidido quedarse allí con ellos, prosigo hasta la casa.

Al bajarme, veo que hay luz en el salón. Eso me agrada. Me apetece ver a María y más ahora que definitivamente he bloqueado a mi ex.

Cuando entro y me dirijo al salón, me quedo sorprendido. María, en pijama, está de pie en el sofá con su perra en lo alto, mientras que Homer se lanza sobre ella.

—¡Socorrooo!

—¡Homer! —regaño.

—¡Esto es un desastre! —dice.

Recordando rápidamente lo que Rómulo me dijo en cuanto a la perra, agarro a Homer y lo llevo a la cocina. Allí cierro la puerta. Después regreso al salón, donde María sigue de pie sobre el sofá.

—Intenté meterme en la habitación con Shirly —explica—, pero Homer no paraba de llorar y golpear la puerta e iba a despertar a los niños. Por eso estoy aquí.

Sonrío. La imagen que ella me ofrece, despeluchada y con la perra en bragas en sus brazos, es graciosa. Imagino que el olor de la menstruación de la perra a Homer lo está volviendo loco.

—A Shirly le ha venido el periodo —añade.

—¿Es la primera vez? —me intereso.

—No. Ya lo ha tenido con anterioridad. Pero..., pero se me olvidó que le tenía que llegar otra vez.

Asiento. Que no sea la primera vez que lo tiene me tranquiliza.

—Por cierto, hablando de menstruación, no sé si lo has pensado, pero creo que deberías tener una charla con Eva con respecto al tema sexo..., chicos, etc. —dice ella de inmediato, mirándome.

Suspiro. Ya lo he pensado.

—Si te da apuro, puedo tenerla yo con ella —se ofrece.

—Apuro me da, pero si es preciso, la tendré. Pero pensando en ella, creo que, si la tiene contigo, en vez de conmigo, lo agradecerá.

María asiente. Me entiende.

Guardamos silencio un momento. Oímos a Homer ladrar.

—Homer no para de perseguir a Shirly para lo que ya sabes —explica María—. Y lo peor, ella está receptiva y entregada a la causa.

—*Carallo*...

—Incluso se quitaba las bragas con los dientes.

No me quiero reír para que no se ofenda.

—Tengo un aerosol que mitiga el olor. Eso los tranquilizara —le propongo.

Me dirijo a la habitación que uso como despacho. Allí tengo las medicinas y cosas que necesito para los animales y una vez localizado el aerosol, regreso al salón.

Bajo la atenta mirada de María, le quito a la perra las glamurosas bragas para rociarla.

—Esto neutraliza el olor sexual y...

—No será malo para ella, ¿verdad? —me interrumpe.

—Tranquila. Esto no afecta a su periodo hormonal.

—Aun así, le voy a poner las bragas —dice.

—Doble protección —afirmo, sonriendo.

Cuando acaba de colocarle las bragas rosas con corazoncitos a la perra, al ver que no hace ademán de ponerla en el suelo, le digo:

—Puedes soltarla. Homer está encerrado en la cocina.

—¿Y Waldo dónde está?

—En el refugio. Y él está castrado. Homer todavía no.

Suspira. La tranquilidad vuelve a su rostro, y cuando suelta a la perra y esta se revuelca en la alfombra, murmura:

—Shirly Coco Addams, como vea que te vuelves a quitar las bragas, la vamos a tener.

La perra la mira y se acurruca.

—Tranquila. No va a pasar nada —afirmo.

Con gracia, María se retira el pelo del rostro.

—Tenías que haber visto cómo Homer la perseguía y ella se colocaba. Te juro que ha habido un par de veces que he temido lo peor.

Sonrío. Me lo puedo imaginar. Ella me regaña:

—No te rías. No tiene gracia.

Pero sí. La tiene. Ella acaba también por sonreír, y cuchichea:

—Madrecita, lo que me ha costado contener a esos dos. Al uno por salido y a la otra por entregada.

Soltamos una carcajada, y, como siempre, comenzamos a hablar. Comentamos cómo nos ha ido el día a cada uno y le hablo de la copichuela que me he tomado con mis amigos en el pueblo. Lo que no le digo es que lo hago para llegar tarde a casa. Para evitarme la tentación.

—Yo eso, hasta que no regrese a Madrid, no lo podré hacer.

—¿Por qué?

—Porque mis amigos no están aquí. ¿Con quién voy a salir?

Entiendo lo que dice. Desde que ha llegado, se ha dedicado al cuidado de los niños, y yo he evitado presentársela a mis amigos.

—Voy a llevar el espray a su sitio, pero ven conmigo —le pido, levantándome—. Así sabes dónde está para que mañana por la mañana se lo eches.

María y yo en silencio, mientras Shirly sigue tumbada junto a la chimenea, vamos a mi despacho. Al entrar, ella, curiosa, mira alrededor. No es la primera vez que entra.

Estoy a punto de decirle que definitivamente he terminado con una parte de mi pasado que me atormentaba, pero me contengo. No quiero preguntar si ella ha bloqueado a su ex. No sé si quiero saber que aún piensa en él. Estoy confuso. Desconcertado. María, ese chorro de aire fresco que un día llegó a la puerta de mi casa para revolucionarlo todo, me hace sentir cosas que no esperaba.

—Qué caballo más impresionante —dice.

Dejo el espray y miro la foto que ella observa.

—Se llamaba Atenus Padan y lo compró un emir de Dubái hace unos años por cuarenta y cinco millones de dólares.

—¡¿Qué?! —exclama.

No me extraña que se sorprenda, porque lo que le cuento es una locura.

—Fue un excelente caballo de carreras y uno de los mejores sementales del mundo. Sus crías se vendieron por tres millones de dólares y tuve la suerte de conocerlo tanto a él como a varias de sus crías. Impresionantes todas.

María me mira con cara de asombro. Me sorprende que, viniendo del mundo del que ella viene, le impresione lo que digo.

—Mi familia vive bien, pero te aseguro que nunca se hubiera gastado en un caballo cuarenta y cinco millones de dólares —replica, como si me leyera la mente.

—Yo no he dicho nada.

—Pero te lo he visto en la cara.

Eso nos hace reír a los dos, y tras sentarnos en las sillas, curiosa, me pregunta por otras fotografías de otros momentos de mi vida, y yo, encantado, se las explico.

Su cercanía me gusta, como me gusta ese momento con ella en el que disfrutamos simplemente de nuestra compañía. De pronto oímos un ruido y al mirar vemos a Quique salir del baño. Este nos mira con cara de sueño.

—Bajé a beber agua a la cocina —dice—. Tenía mucha sed y luego hice pis. ¿Qué hacéis?

María y yo asentimos, pero de repente ella se da cuenta de algo y sale escopetada del despacho.

—No..., no..., no..., nooooooooo —murmura.

No me jodas... No me jodas.

Quique corre tras ella, y parándose en la puerta del salón exclama:

—¡Halaaaaaaaaaaaaaaaa!

Tras Quique llego yo. ¡Y joderrrrr!

Homer y Shirly están enganchados. Quique, al entrar en la cocina, dejó libre al perro, que salió disparado en busca de la perra, que se ha quitado las bragas con los dientes. María los mira horrorizada y cuando veo que los va a separar, la paró.

—Déjalos —le pido.

—¡Pero tú estás tonto!

—María.

—Pero que están...

—Si los separas ahora, puedes provocarles un fuerte desgarro.

Horrorizada, se lleva las manos a la boca.

—Papá, ¿Shirly y Homer van a tener cachorritos? —pregunta Quique.

María me mira.

—Venga, campeón, vete a dormir —le digo al pequeño.

Quique obedece y María y yo nos quedamos solos.

—¿Tuviste una conversación con Shirly Coco relativa al sexo y los machos? —pregunto.

María me mira. En su mirada veo que se contiene para no matarme, cuando los perros sueltan un jadeo y la oigo murmurar:

—Madrecita, ¡que nos van a hacer abuelos!

Escuchar eso me hace gracia. ¿Abuelos?

Capítulo 31

12 de diciembre de 2025

Han pasado un par de días desde el episodio vivido con Shirly y Homer, y María, como si ella fuera la posible embarazada, está en un sinvivir. Necesita saber urgentemente si la perra está encinta, y yo tengo que tranquilizarla. Hay que esperar un tiempo.

Me encuentro solo en el centro comercial de Vigo. He venido a hacer las compras de Navidad y estoy en una juguetería en busca de varios de los regalos que quieren los niños. Me vuelvo loco. Aquello está a reventar de padres que, como yo, buscan lo que sus hijos han pedido, y cuando tengo todo lo apuntado en la lista, paso por la caja aliviado. ¡Lo tengo todo!

Cuando salgo de la juguetería me dirijo a varias tiendas de ropa juvenil que sé que a Eva le gustan. En ellas compro varias cosas y después paso por otra tienda donde elijo unos auriculares nuevos. Me consta que los que tiene están ya muy viejos.

Entro en un par de tiendas más y finalmente me meto en una librería donde compro un par de libros para María. Hablando con ella, me comentó que tenía ganas de leerlos y, como estará en Navidad, quiero que tenga regalos como el resto.

Al salir de la última tienda miro todo lo comprado. ¡Menudo pastizal me acabo de dejar! Pero estoy feliz. Son regalos para los niños, y mi tía y María, que esconderé bajo la cama y dividiré entre Reyes y Papá Noel.

Al pasar por una joyería decido entrar para comprarles a mi tía y a las Susis unas pulseras. ¡Adoran las pulseras! Y cuando veo un colgante solitario en oro blanco, pienso en María. ¿Le gustará?

Dudo. No sé qué hacer. Imagino que tendrá unas joyas increíbles y caras. Pero ese simple solitario me parece bonito, por lo que me decido a llevarlo. Espero que le guste.

Acabadas mis compras, paso por la granja de Andrés y compruebo que la salud de Sultana vuelve a ser excelente. Bromeamos un buen rato.

—¿Sabes que por el pueblo se dice que la Mari Morena es tu nueva novia? —me comenta.

—Que piensen lo que quieran —respondo.

Andrés me mira, y yo, cuando veo que lleva la camisa por dentro del pantalón, le suelto:

—Sácate esa camisa, que ¡padreas! —Me río y él pone cara de extrañeza porque no sabe de qué le hablo—. Eso me dice María cuando ve que la llevo así —le aclaro.

Andrés se saca la camisa de inmediato. Está visto que, sin conocer a María, valora aquel comentario.

—El otro día la vi en la puerta del colegio, cuando fue a recoger a los niños —me dice—. Y oye, qué clase tiene y ¡qué cochazo maneja!

Sonrío. Lo sé.

Suena mi teléfono. Es tía Rosiña.

—*Neno*, ¿cómo va el día?

—Bien. ¿Y el tuyo?

Oigo que mi tía se ríe.

—Iba bien hasta que me llamó María —dice.

—¿Qué pasa?

—Nada grave, pero ven a la granja en cuanto puedas.

—¿Es por Homer y Shirly?

—Uis, *neno*, no... Es por otra cosa. Por cierto, han traído tres enormes cajas que, según María, son el árbol de Navidad que compró. ¿Vais a poner árbol?

—Al parecer, sí —afirmo convencido.

—¡Cuánto me alegro! —exclama, feliz, aunque luego añade—: Vamos, *neno*, ven rapidito.

Oír eso me altera. Aunque no sea grave, que mi tía diga que debo ir a la granja me hace suponer que es urgente, por lo que después de colgar miro a Andrés.

—Me voy. Ya hablamos —me despido, y me dirijo a mi coche.

—¿Contamos contigo para la cena de después de la fiesta de los niños en el colegio?

—¡Por supuesto!

Cuando arranco, no sé por qué voy acelerado. Si la urgencia no es por Shirly y Homer, ¿qué ha pasado ahora?

Quince minutos después llego a la granja, veo a la tía, junto con María, Sía y Beatriz hablando. Rápidamente paro el coche, y, al bajarme, Sía viene corriendo.

—¡Papiiiiiiii!

Encantado, cojo entre mis brazos a mi pequeña. El tema cejas ya casi está solucionado.

—Hola, bollito —la saludo, dándole un mordisquito en el cuello.

Sin tiempo que perder me acerco a ellas y, cuando miro a María, sé que algo pasa. En su gesto veo algo que no entiendo.

—Tu vaca se ha tragado el anillo de mi abuelita —dice.

Parpadeo. Sía va corriendo tras Waldo y Shirly.

—Daisy *tene* en su *badiguita* el anillo de *Madía* —dice la niña, antes de desparecer.

Incrédulo, parpadeo. ¿Mi vaca Daisy se ha tragado un anillo que valdrá un pastizal? ¡Joder! ¡Eso es un problema!

Miro a María. Está tan compungida que ni corrige a Sía.

—Hemos venido a ver a Prada —me explica—. Y estaba acariciando a Daisy cuando no sé por qué ella ha llevado su boca a mi mano y cuando me he querido dar cuenta, se había tragado el anillo.

Oír eso me hace gracia, como les hace gracia a la tía y a Beatriz.

—No te rías —me dice cuando ve que empiezo a sonreír.

—A ver, María...

—No tiene ninguna gracia —gruñe.

Vale. Cambiaré mi gesto. Ella continúa:

—Tu vaca se come mi anillo. Tu perro se tira a mi perra...

—Ah, no. Eso sí que no —la corto—. Homer tiene su culpa, pero Shirly, como bien dijiste, estaba más que entregadita a la causa.

—Uis, la Chirli..., qué lagartona nos ha salido —se mofa mi tía.

María se mueve de un lado a otro. Está nerviosa y hace como si no hubiera oído nada.

—Tengo que recuperar ese anillo como sea.

—Al parecer, es un diamante, *neno* —afirma mi tía.

—Un diamante rosa de Argyle —cuchichea Beatriz, y mirando su teléfono móvil comenta—: Y según estoy viendo en Google, cuestan un pastizal.

—Pero ¿qué dices? —murmura mi tía, mirando el teléfono.

María las observa.

—El pastizal que cuesta es lo que menos me importa —suelta, con cierto gesto molesto.

—Pues, nena, debería importarte —matiza Beatriz.

—A mí lo que me importa es el valor sentimental que ese anillo tiene para mí. —Y mirándome pregunta—: ¿Qué podemos hacer?

Beatriz me mira. Sabe, como yo, la respuesta. Y consciente de que no podemos hacer nada, respondo:

—Esperar.

—¡¿Esperar? —pregunta María.

Hago un gesto afirmativo.

—Habrá que revisar sus defecaciones durante los próximos días —le explico.

María da un paso atrás. Me entiende. Su cara de preocupación se transforma por otra de auténtico horror.

—Lo dirás de broma.

—No.

—¿Qué hay que hacer quéééé?

Beatriz y tía Rosiña se dan la vuelta para reírse.

—Hay que revisar sus cacas —digo, ya más preciso—. El anillo ahí aparecerá.

La cara de asco de María es tremenda.

—Si quieres recuperar tu anillo, eso es lo que tienes que hacer —aclaro, conteniendo la risa.

—¡¿Yo?!

Asiento.

—Tengo mucho trabajo y no puedo estar pendiente de algo así —oigo decir a Beatriz, antes de que yo pueda hablar.

—Uis, nena, yo tengo cosas que hacer. Hoy mismo comienzan a montar el puesto para la venta de mermelada en el mercadillo de Navidad, y pasaré allí bastante tiempo —afirma tía Rosiña.

María me mira. Veo su cara totalmente desencajada.

—El anillo es tuyo —indico, intentando no reír. Horrorizada, se mueve de un lado a otro mientras mira a Daisy, que tranquilamente está a nuestro lado—. Para facilitarte la revisión —preciso—, pondremos a Daisy sola en aquella zona. Así te asegurarás de que las cacas que revisas son solo las de ella.

—Pero..., pero... ¡yo no sé!

Para mis adentros me río. ¡Pobre! Entiendo que, para una urbanita como ella, lo que digo es tremendo.

—Tranquila, Mari Morena, que lo sabrás hacer —interviene tía Rosiña—. Te pones unos guantes, rebuscas entre la mierda, ¡y encontrarás el anillo de tu abuela!

—¡Madrecitaaaaa! —oigo que murmura.

—Míralo por el lado bueno —añade mi tía—, así desbloquearás otra pantalla, como tú dices.

Me muerdo los labios por dentro para no soltar una carcajada. No le hago una foto a María en este instante, porque sé que me mataría.

—Lo siento, pero si quieres recuperar el anillo lo tienes que hacer tú porque los demás tenemos otras cosas que hacer —le digo—. Pero tranquila, no es difícil. Solo es rebuscar. —Finalmente, María, sin estar muy convencida, asiente y yo, con guasa—: Llevaré a Daisy a aquel corral para que esté sola.

—Te acompaño —dicen Beatriz y mi tía al unísono.

Cuando nos alejamos de una descolocada María, que con gesto descompuesto camina hacia la casa, mi tía, Beatriz y yo, comenzamos a reír. No podemos aguantar más.

Poco después, cuando María sale con Sía para ir a buscar a los niños, con diligencia meto los regalos comprados en la casa y en mi habitación. Cuando los tengo todos debajo de la cama, sonrío. Ya lo tengo todo comprado, envuelto y escondido.

Capítulo 32

Sigo en shock cuando voy a recoger a los niños al colegio.

Saber que tengo que hurgar y rebuscar entre las cacas de la vaca es algo terrible. Horrible, pero ¿cómo he podido llegar a esto?

Cuando llego al colegio escuchando cancioncitas de Navidad, porque es la tradición, aparco, me quedo dentro del coche y miro mi mano. Echo de menos el anillo de mi abuelita.

—Me gusta *eta* canción, que se oyen *peditos* —dice Sía.

Suena «Puppies Are Forever», de la cantante Sia.

—¿Sabes que quien la canta se llama Sia como tú? —le digo.

La cara de la niña al saber aquello me hace gracia. Su nombre no es muy común.

—Molaaaaaa —suelta.

Divertida, sonrío. Sía imita y repite casi todas las cosas que dice Quique. En ese instante, Eva entra en el coche y poco después lo hace Quique, que me da un beso.

—¿Sabes, campeón? Hoy trajeron el árbol de Navidad —le informo.

—Síííí —aplaude Sía.

—Guayyyyyyy —festeja el niño.

Eva me mira. Ya oigo su protesta antes de que hable.

—Lo vamos a poner en el salón, y si tú no quieres verlo, no lo mires —le digo.

Como imaginaba, la niña se enfurruña, pero ni me inmuto. Que haga lo que quiera.

Antes de ir a casa pasamos por el centro comercial. Allí echamos las cartas a Papá Noel y los Reyes en sus buzones correspondientes y siento que eso les hace feliz. Incluso Eva sonríe.

Cuando llegamos a casa, canturreando canciones de Navidad, Quique, emocionado, mira los tres enormes bultos que hay en un lateral del salón, junto a las bolsas donde están guardados los adornos.

—¿Os parece si lo ponemos mañana? —pregunto.

Quique y Sía asienten al instante.

—Mañana me iré a casa de mi amiga Nidia —dice Eva.

—De acuerdo. Yo te llevaré.

—Y que sepas —me informa— que para la cena de Nochebuena no pienso ponerme el ridículo pijamita que compraste.

—Pues tú te lo pierdes —respondo, aunque me repatea su negativa.

Me percato del gesto de Eva al oír mis palabras. Esperaba que le contradijera. Que le dijera cualquier cosa menos lo que le he dicho.

—Daisy se comió el anillo de *Madía* —explica Sía—. Lo tiene en su *badiguita* y *ahoda Madía* tiene que *midad* sus *miedas* todos los días.

Oír eso me horroriza. Y son tantas las cosas que en una frase le tengo que corregir a Sía que no tengo fuerzas.

—¡¡¡Halaaaaaaaaa!!! —exclama Quique.

Eva se ríe. Disfruta con aquello que sabe que tengo que hacer.

—Por recuperar el anillo de mi abuelita, ¡lo que sea! —replico. No pienso darle el gusto de verme contrariada.

Los niños se ponen a hacer los deberes, y yo estoy nerviosa. Eso de tocar mi dedo y no sentir el anillo es una sensación que no me gusta. Necesito encontrarlo.

—Ahora vuelvo —digo.

Al salir de casa, me congela el aire helado del exterior. Me acerco a la valla donde está Daisy y miro al suelo.

—Pero, criatura, ¿cuánto cagas tú? —me sorprendo.

Convencida de que lo tengo que hacer sí o sí, me meto por dentro de la valla y me acerco hasta la caseta que me dijo Nico. Allí hay unas batas de plástico desechable, junto con guantes y hasta gafas que parecen de bucear.

¿En serio me tengo que poner todo aquello?

Durante unos segundos, dudo, pero viendo el tamaño de las cacas de la vaca, me convenzo. No me quiero manchar.

Ya vestida con aquella indumentaria, salgo de la caseta y me acerco a la primera de las mierdas. La miro. El estómago se me pone del revés. ¿En serio lo voy a hacer?

Durante un instante observo aquella plasta que en la vida pensé que fuera a tocar, y tras ponerme tres pares de guantes en cada mano, me agacho y comienzo a escarbar y rebuscar mientras me muero del asco e intento no respirar.

¡Madrecitaaaaaa!

Me muero..., me muero..., ¡me muerooooooo!

Qué asco..., qué asco..., ¡qué ascooooooo!

Si Soleá, mis padres o mis hermanos me vieran haciendo lo que estoy haciendo, pensarían que he perdido la razón.

A punto de la asfixia, me incorporo. Me alejo mientras con horror miro mi mano pringada de mierda.

—¡Por favorrrrrr, qué ascooooooo!

Pero, sin darme tregua o no continuaré, voy a la siguiente caca. Contengo la respiración y repito la acción. Toco. Busco, rebusco.

Daisy se acerca a mí, me mira y cuando por fin me levanto y me alejo para respirar, murmuro:

—Daisy, serás ecológica, pero tus cacas huelen como el peor perfume barato.

La vaca me mira mientras se relame y mueve la cola. Durante un buen rato, repito la operación con asco y esfuerzo, y cuando la doy por finalizada con la última mierda, me alejo hasta la valla.

Me quito los guantes, voy hasta un lateral y abro el grifo del agua. Está congelada. Pero eso no evita que me lave las manos y la cara. Necesito que el olor desaparezca de mi nariz.

Una vez finalizado el proceso, me pongo guantes limpios, agarro una pala, un saco grande vacío y sin pensármelo, o no seré capaz de continuar, comienzo a recoger aquellas enormes mierdas con un brío que hasta yo me sorprendo. He de quitarlas de en medio para no repetirlas. Al concluir, me quito los guantes, las gafas y la especie de bata y cierro la bolsa.

—Abuelita, conociéndote, lo que te estarás riendo —murmuro.

Y hasta yo me río. ¿En serio he hecho lo que acabo de hacer?

Capítulo 33

13 de diciembre de 2025

Cuando abro un ojo, sonrío al ver a Sía dormida contra mí.

Con cariño, miro a mi pequeño bollito, y ella, abriendo los ojillos, murmura:

—Papi.

Me deshago.

Me desintegro.

Reconozco que escuchar aquella palabra tan importante y bonita para mí me pone muy tonto, y, abrazándola, comienzo a hacerle cosquillas, y ella se parte de risa.

Tras mi bonito despertar, voy a lavarme los dientes y Sía corre a despertar a sus hermanos. Bajo en pijama a la cocina donde, antes de entrar, oigo música de Navidad y a María tarareándola. Suena la canción «Please Santa», de David Kater, y al entrar en la cocina me sorprendo al ver a María.

—Acabo de hacer mis primeras magdalenas —me dice.

Sorprendido, miro lo que ella señala. La pinta que tienen es estupenda. Se parecen a las de tía Rosiña, pero cuando voy a coger una, ella las retira.

—Pero no las pruebes, que están asquerosas —dice.

—¿Por qué?

—Me equivoqué, y en vez de azúcar les puse sal.

340

Me río. Se ríe. Estos tontos momentos con ella me gustan. Son absurdamente especiales. Entra Quique corriendo y al ver las magdalenas, grita:

—¡Halaaaaa, ¿has hecho magdalenas?!

María asiente y casi de inmediato aparece Eva con Sía en los brazos.

—Pero no las comáis. Están horribles —dice María.

Los niños bromean. Se ríen. Lo hace hasta Eva. Y como si fuéramos una familia, coloco los vasos sobre la mesa, María los llena de leche, Quique saca las galletas y Eva sienta en la silla alta a Sía.

Desayunamos entre confidencias. María nos cuenta que tras haber hecho la revisión en las cacas de Daisy, el anillo sigue sin aparecer. Eso nos hace gracia. A ella no.

—Os juro que esta es la mejor mermelada que he comido en mi vida —dice María. Todos asentimos. La mermelada que hacen la tía y las Susis es una obra de arte; entonces ella pregunta—: ¿Crees que me podré llevar varios botes cuando me vaya?

—No *quedo* que te *vadassss* —musita Sía.

—Ni yo —afirma Quique.

María les sonríe, y de pronto noto que lo que ella ha dicho me incomoda tanto como a los niños. Pensar en que se tiene que marchar, me corta, en cierto modo, la respiración.

—Quique, Sía. María se tiene que ir a su casa —interviene Eva.

—Pero yo quiero que esta sea su casa —insiste Quique.

—*Quedo* que sea mi mamá —musita Sía.

Veo que María da un respingo.

—Sía... ¡No digas tonterías! —gruñe Eva.

—Pues molaría —afirma Quique.

Eva protesta. Refunfuña. Noto que María sigue sin respiración.

341

—Campeón, ya hemos hablado sobre el porqué María se irá —intervengo yo, para desviar el tema—. Y...

—Pero si ella aquí tiene trabajo y en Madrid no, ¿por qué no se queda? —insiste.

—Porque ella quiere un trabajo mejor que cuidar de unos niños, ¿verdad, María?

No sé por qué me molesta lo que dice Eva.

—Aunque me gusta mucho cuidar de vosotros, Eva tiene razón —responde María—. Soy una profesional y quiero seguir trabajando en lo que me gusta. —Quique suspira. Sía hace un puchero, y María sugiere—: ¿Qué tal si disfrutamos del desayuno mientras estoy aquí?

—¡Eso! —afirmo, intentando dar positividad al momento, y añado—: Retomando lo que antes has preguntado de la mermelada, no habrá problema para que te lleves. Seguro que en la fábrica...

—¿Fábrica? ¿Qué fábrica?

—La que tienen las Susis —responde Eva.

María me mira. Creo que eso la ha sorprendido.

—Lo llamamos la fábrica, pero es una casona vieja de la familia —aclaro— que ellas han acondicionado para la elaboración de la mermelada.

—Pero ¿tanta mermelada fabrican?

—Es el puesto que más gente tiene durante los días de venta —afirma Eva.

María asiente. Aquello la ha vuelto a sorprender.

—¿Hoy pondremos el árbol? —quiere saber Quique.

Miro a Eva.

—Por supuesto que sí —dice María—. Lo haremos después de comer.

—¡Guayyyyy! —exclama Quique mientras Sía aplaude.

Con disimulo, sigo pendiente de Eva, cuando esta se levanta sin decir nada y sale de la cocina.

María y yo nos miramos, y levantándome voy tras ella.

—Eva. Espera un segundo.

La cría se para. Se da la vuelta y me mira y yo digo:

—Escucha, campeona. Con respecto al árbol...

—Ya veo que aquí lo que diga María es lo que se hace, ¿no?

—Uf..., que comience así no es lo idóneo, cuando sorprendiéndome suelta—: No quiero participar en nada de lo que ella proponga, por lo tanto, ¡ni se os ocurra preguntármelo! Y..., y... que sepas que estoy deseando que se vaya.

Y sin más, se da la vuelta, se marcha y yo me quedo como un tonto observándola.

Finalmente, tomo aire y regreso a la cocina. Eva no me ha dejado hablar, pero si algo tengo claro es que las cosas, en la casa, tienen que comenzar a cambiar. Vuelvo a sentarme con María y los niños y continuamos desayunando.

—¿Ya visitaste a Daisy? —quiero saber.

Horrorizada, veo que María deja caer la cabeza sobre la mesa y todos nos reímos. ¡Qué graciosa es!

Horas después, tras haber recogido los huevos en el corral, y haber pasado por el refugio a dar de comer a los animales, decido ser yo quien prepare la comida. Los niños me lo agradecen y María también. Con agrado, preparo un arroz meloso con bogavante. María es mi pinche. Está atenta a todos mis movimientos y disfruto de su compañía, mientras Quique y Sía ven dibujos y nosotros cocinamos.

Durante la comida, el ambiente es relajado, aunque Eva ya no está participativa. El arroz meloso con bogavante es uno de mis platos estrella, y cuando todos lo han degustado, me llevo infinidad de halagos. Cuando acabamos recogemos la mesa.

—Me voy a mi habitación —dice Eva.

—¿No quieres que te lleve con tu amiga Nidia? —pregunta María.

—No.

Que se vaya a su habitación me apena, pero no puedo obligarle a que se quede. Sé que poner el árbol está generando una nueva tensión, pero he de hacerlo. No puedo seguir privándolos de aquello a Quique y Sía.

Cuando María, Sía, Quique y yo vamos al salón, Quique está nervioso. Eso que vamos a hacer para él es importante.

—Verás qué bonito va a quedar todo —le dice a Sía, ejerciendo de hermano mayor—, y tú tienes que ayudar, ¿vale?

—Vale —afirma Sía.

Quique es un amor. Adora a Sía. María se sienta en el sofá, y coge su móvil.

—Primer paso, ¡poner música de Navidad! —dice.

—Síííí —aplaude Sía.

—Molaaaaa.

—Y, por supuesto —prosigue María con una preciosa sonrisa—, la primera canción que tiene que sonar es la canción de Navidad más bonita del mundo.

—¿Y cuál es? —pregunta Quique.

Hechizado, miro a María. Intuyo cuál va a decir cuando comienzan a sonar los primeros acordes.

—«Last Christmas», del grupo Wham!

—¡Sé cuál es, y molaaaaa! —exclama Quique.

—Me encantaaaaaa que sepas cuál es —ríe María, que comienza a bailar, y a los pocos segundos Quique y Sía le imitan.

Los tres bailan sin ninguna vergüenza ante mí en el salón.

—Vamos troglodita del norte, ¡baila! —me anima María.

Me río. No soy bailón. Nunca lo he sido. Pero contento por ver la felicidad de los niños, sin pensármelo, cojo a Sía entre mis brazos y comienzo a bailar. Durante un rato los cuatro disfrutamos entre risas y bromas de aquel momento diferente y mágico que María ha creado con su locura. Pienso en lo que Quique y Sía han dicho durante el desayuno. El cariño que le tienen a María hace que la quieran como mamá, y eso comienza a ser un problema. Un gran problema. Cuando la canción acaba, los cuatro sonreímos abiertamente.

—Segundo paso: decidir dónde ponemos el árbol —nos guía ella de nuevo.

Todos comentamos. Opinamos. Y juntos acordamos que el sitio idóneo para colocarlo es el que está a la derecha de la ventana.

—Tercer paso —anuncia María mientras suena música de fondo—: Sacar el árbol de las cajas y montarlo.

Dicho y hecho. Abro las enormes cajas de donde extraigo un enorme árbol dividido en varios trozos mientras suena la canción «Underneath the Tree», de Kelly Clarkson.

—Me gusta esta cantante —digo.

—Es buenísima —afirma María.

Con diligencia y animado, monto el árbol, y cuando este queda ante nosotros veo que casi llega al techo.

—¿No lo había más grande? —me mofo.

María y Quique se chocan las manos.

—Molaaaaaaaaaa —dicen al unísono.

Sía está emocionada. Lo veo en sus ojos.

—Cuarto paso: decorar el árbol y poner las luces —señala María.

Quique, encantado, abre las bolsas que llevan días en el lateral del salón. De ellas comienza a sacar preciosos adornos navideños.

—¿Por qué todos los adornos son blancos? —pregunto al ver el color.

—Porque este año este color es tendencia. Y que todos los adornos en el árbol sean del mismo color le da clase, distinción y elegancia —afirma María con convencimiento.

Las siguientes horas las pasamos divertidos decorando el árbol, la cocina, el baño, el salón y la entrada de la casa. Quique está emocionado, pero Sía está feliz. Es la primera vez que hace aquello, y eso de poner donde ella elija un adorno le encanta. La vuelve loca.

En un momento dado, me doy cuenta de que Eva está sentada en las escaleras observándonos.

—Campeona, ¿quieres ayudar? —le pregunto.

Ella niega con la cabeza, se levanta y se va. Vuelve a desaparecer en su habitación. Entristecido, me quedo mirando, María se acerca a mí.

—El primer paso ya está dado —me dice—. Ahora solo hay que ir caminando poco a poco para que las cosas sucedan. No te agobies.

La entiendo. Comprendo lo que quiere decir con eso.

—Daría lo que fuera por que ella estuviera aquí con nosotros disfrutando del momento —replico, de todas formas.

—Dale tiempo y lo hará.

—¿Y si no lo hace? —insisto.

María me mira.

—Lo hará. Ten fe —susurra, acariciando mi mejilla con su mano.

Su voz. Sentir su mano en mi mejilla. Ver cómo sus ojos me miran.

¡Joder, deseo besarla! Entre ella y yo hay una tremenda atracción.

—Papá, ¿aúpas a Sía para que ponga la estrella en la punta del árbol? —nos interrumpe Quique.

Volviendo en sí, dejo de mirar a la mujer que me está volviendo loco.

—Por supuesto, campeón.

Con ganas y gusto, cojo a mi pequeña, que lleva una estrella con plumas rosa en sus manos.

—Tienes que ponerla en la ramita más alta que veas, ¿vale? —le dice María.

Sía, encantada, asiente. Y cuando segundos después la niña corona el árbol, Quique y María aplauden y Sía se abraza a mí tremendamente feliz.

Capítulo 34

14 de diciembre de 2025

Busco y rebusco entre las cacas de Daisy.

¿Pero cuánto caga esta vaca?

Ataviada con guantes, gafas, máscara y uno de esos pijamas de plástico verdes que suele utilizar Nico cuando está atendiendo a las vacas, me muevo alrededor de Daisy mientras hago eso que en la vida me imaginé haciendo.

Una vez que recojo la enorme cagada de la vaca para no volverla a mirar, prosigo con la siguiente y... ¡oh, Diossss! De pronto parece que toco algo redondo, duro y consistente. Se me acelera el corazón. Y cuando saco mi mano de la mierda, entre mis dedos veo el anillo de mi abuelita. Sí..., sí..., sí..., ¡lo conseguí!

Ante mis ojos tengo aquello que sé que, cuando lo limpie en profundidad, volverá a ocupar mi dedo. Feliz, comienzo a saltar, sin importarme tener la mano llena de mierda.

Acelerada y emocionada a partes iguales, voy hasta el cubo de agua y tan pronto le doy una agüita al anillo y me quito los guantes, la mascarilla y el horrible pijama verde, corro hacia la casa. Todos duermen. Subo los escalones de dos en dos, voy hasta la habitación de Nico, abro la puerta y cuando entro y la cierro, salto sobre la cama.

—¡Lo tengooooooo! —grito.

Nico da un salto en la cama. Con cara de sueño me mira.

—¡Tengo el anillo de mi abuelita! —exclamo.

—Muy bien, campeona —dice él, sonriendo. Estoy feliz. Y que me llame campeona me hace gracia, yo me fijo en el anillo que lleva colgado al cuello y dice—: Pues ya sabes, nivel superado, ¡a desbloquear nueva pantalla!

Ambos reímos. Entonces soy consciente de que está desnudo de cintura para arriba y mirando aquel tatuaje, que reconozco que me pone a mil, me levanto de la cama.

—Madrecita. Disculpa. Fue tal mi entusiasmo que... —digo, azorada.

Nico me coge de la mano. No permite que me levante de la cama.

—No pasa nada. Me gusta que estés aquí —dice, sonriendo.

Oír eso me pone tonta. Me encanta y entonces sin pensarlo me acerco a él y lo beso.

Ese beso que yo inicio me pilla tan de sorpresa como soy consciente de que le pilla a él, y cuando lo damos por finalizado, mirándonos a los ojos, murmuro:

—Lo siento. Me he dejado llevar.

Pero esta vez el beso me lo da él. Al hacerlo, me dejo caer sobre la cama y no pasan dos segundos cuando siento que él está sobre mí. De un beso pasamos a otro y cuando vamos a por el tercero murmuro.

—Huelo fatal. Creo que...

—Hueles maravillosamente bien.

De pronto oímos el ruido de una puerta y unas pisadas. Ambos sabemos que es Sía, y con rapidez me dejo caer por el lateral de la cama para esconderme, cuando la puerta de Nico se abre.

—Papiiiiii...

Nico, desconcertado por la culada que me he dado, me mira desde la cama. Yo le hago una seña para que se mueva, y levantándose coge a la pequeña.

—Acompáñame a lavarme los dientes —le dice, entrando en su baño.

Cuando los dos desaparecen en el baño, me levanto del suelo. Ufff..., qué culada me he dado. Y, sin hacer ruido, salgo de la habitación. Al entrar en la mía voy acalorada. He besado a Nico. Nico me ha besado a mí y... ¡madrecita, cómo besaaaaa!

Me doy una ducha que me refresca, pues estoy caliente no, ¡lo siguiente! Luego bajo a la cocina, con el anillo de mi abuelita limpito y puesto en el dedo, miro a los niños y a Nico que desayunan.

—¡Mirad lo que tengo! —señalo.

Los niños miran mi dedo.

—Vayaaaa, ¡lo conseguiste! —dice Nico, haciéndose de nuevas.

Divertida, asiento, y los niños se alegran.

Desayunamos todos juntos, y como casi siempre bromeamos. Digo casi siempre, porque todo depende del día que tenga Eva, y hoy parece que lo tiene bueno. Como en otras ocasiones, les indico que podrían hacer una piscina en el lado derecho de la casa. Allí tienen un precioso jardín que con una piscina en forma de ele quedaría de lo más ideal, pero Nico se niega. Pasa de meterse en obras.

Terminamos el desayuno y hemos decidido que nos vamos a pasar el día en Vigo. Cuando los niños se marchan a sus habitaciones para cambiarse de ropa, Nico me mira.

—Oye, con respecto a lo que ha pasado antes... —empieza.

No le dejo terminar, pongo mi mano en su boca. Sé que ha sido un tremendo error.

—Olvídalo, como ya lo he olvidado yo —susurro.

Mentira, y gorda.

Pero ¿quién puede olvidar ese pedazo de besazo?

Ahora que lo tengo delante de mí, lo que más me apetece es tirarme a su cuello y volverlo a besar, pero, como veo que asiente, no digo más. Está claro que lo ocurrido ya está olvidado.

Capítulo 35

Intento parecer normal, pero me siento como atontado.

Desde que María me besó esta mañana y yo la besé, una loca necesidad por repetir lo ocurrido se ha metido en mi cabeza y en mi cuerpo y no puedo dejar de pensar en ello.

Como planeamos, hoy nos hemos venido los cinco a Vigo. Pasaremos el día y veremos las luces al anochecer.

Después de dejar el coche en el aparcamiento del paseo marítimo, damos un paseo por la preciosa playa de arena fina de Samil y le cuento a María que es la playa urbana más grande y una de las más populares de la ciudad, y más teniendo las vistas de las islas Cíes.

Cuando abandonamos la playa, caminamos por la ciudad. María se interesa por las cosas que vamos viendo, y yo, como puedo, le contesto. Aunque llevo viviendo allí tres años, no conozco todo lo que ella pregunta, pero rápidamente Eva y Quique lo buscan en internet, y todos aprendemos.

Paseamos por la plaza de la Princesa, por la emblemática calle de los Cesteiros y al pasar la calle Real, llegamos al casco antiguo.

Quique se empeña en enseñarle a María el olivo de Vigo. Un árbol situado en el paseo de Alfonso XII y que dicen que tiene más de doscientos años. De hecho, el árbol es tan querido que figura en el escudo de la ciudad. Como era de esperar, a María le encanta.

Para comer, decido llevarlos a la rúa Chao. Allí hay un restaurante maravilloso de unos amigos y, como imaginaba, degustamos unos platos excepcionales.

Al salir del restaurante, vamos caminando y nos animamos a subir hasta los restos de la fortaleza de San Sebastián, un lugar que, por sus vistas, maravilla a María.

Por suerte, a pesar del fresco, el día hoy no es lluvioso y nos permite disfrutar de Vigo en toda su amplitud.

Cuando comienza a anochecer, sabedor de dónde están las luces que a los niños y a María les encantarán, los llevo hasta las calles Porta do Sol, Colón, Urzaiz, Príncipe, Policarpo Sanz, García Barbón y Gran Vía. Me maravilla ver su expresión ante aquel espectáculo.

Las caras de Quique y Sía son de fascinación total, y la de Eva, a pesar de que quiere parecer algo enfurruñada, también lo es. Sé que en el fondo le gusta, aunque se empeñe en parecer enfadada.

—¿Te gusta, campeón?

—Cómo mola, papá —asiente Quique, feliz, de la mano de María.

Sonrío. Sía grita ante todo lo que sus ojos ven.

Observo a Eva. María la lleva sujeta del brazo.

—¿Te gusta, campeona? —le pregunto.

La niña se encoge de hombros cuando, de pronto, sonríe y al mirar veo que es porque al fondo descubre a sus amigos. María ve lo mismo que yo. Nos miramos y nos entendemos perfectamente sin necesidad de decir nada.

—¿Quieres irte un rato con tus amigos mientras nosotros damos un paseo por aquí? —le propongo. Eva me mira y yo añado—: María, los niños y yo vamos a tomar algo. Si te apetece, en ese rato, puedes quedarte con tus amigos. Eso sí. Quiero el teléfono operativo en todo momento para que cuando nos vayamos te pueda localizar.

Eva, sorprendida por aquello, parpadea, y yo sé que me la estoy jugando. Eva es Eva, y a saber cómo se va a tomar aquello.

—Vamos —la anima María—. Ve y disfruta un rato con tus amigos. Pero recuerda lo que Nico te ha dicho del móvil, ¿de acuerdo?

Sin tiempo que perder, la niña se aleja.

—Me empiezo a arrepentir —admito cuando desaparece de nuestra vista.

—Es que eres un blandengue.

—No, perdona. Soy un troglodita del norte.

—Tranquilo. No creo que la cague —replica.

Con Quique y Sía, que están flipando ante el enorme árbol de Navidad, proseguimos caminando por las iluminadas calles de Vigo y llegamos hasta una noria. Los niños quieren montar y los cuatro lo hacemos y podemos disfrutar de unas preciosas vistas de las luces de la ciudad y de la ría de Vigo.

Contento por ver la alegría de los niños y de María, disfruto del momento, aunque no puedo dejar de pensar en Eva. Espero que no me la juegue.

Al bajar de la noria, con los niños de la mano, nos acercamos a otras atracciones de la feria donde Quique y Sía se montan. María y yo pacientemente los esperamos.

—¡Madrecita! —exclama de pronto.

—¿Qué pasa?

—¿Cómo usa ese tipo de top con esos pantalones? —me dice, señalando a una mujer. Me río. Ya estaba tardando en no criticar el *outfit* de alguien—. De verdad te lo digo —afirma—. Qué mal gusto tienen algunos para vestirse. —Divertido, sonrío, cuando pregunta—: ¿Aquello qué es?

—El barco de Navidad —explico, después de ver lo que señala.

—¡Qué ideal!

—Es un recorrido por la ría iluminada en la que ves una perspectiva diferente de la ciudad y sus luces. Lo que no sé son los horarios. Lo miraré para hacerlo otro día.

—¡Genial! —afirma María.

Parados frente a la atracción donde Quique y Sía están montados, al ver cómo su rostro se ilumina por las luces que nos rodean, deseo besarla. Desde que ella ha llegado a la casa, reconozco que la vida, y en sí la Navidad, ha tomado otro color. No dejo de pensar en ello.

—Siento lo que ha ocurrido esta mañana —dice de pronto—. No debí entrar en tu habitación, y no debí haberte besado. Pero me dejé llevar por el momento, y bueno, pasó lo que pasó.

—No te disculpes. Yo también me dejé llevar por el momento y te besé. Pero eso no puede volver a ocurrir. Entre tú y yo no puede haber nada.

—Y no lo habrá —afirma con seguridad.

Noto cómo los nudillos de nuestras manos se rozan.

Su tacto. Su mirada. La magia del momento. Todo me grita que la bese, pero no. No debo hacerlo. Primero, porque acabamos de decir que no habrá nada entre nosotros. Y segundo, porque ambos sabemos que sería una locura.

Pero la realidad es que entre nosotros hay una química tremenda, como hemos podido comprobar por los besos de esta mañana. La atracción donde montan los niños termina y los dos volvemos a centrarnos en ellos. Ellos son lo importante.

Después nos subimos en el tren de la Navidad, que nos da un agradable paseo. A las nueve y media de la noche, decido llamar por teléfono a Eva. Para mi sorpresa, tras dos timbrazos la niña me lo coge, quedo con ella, y media hora después volvemos a estar los cinco.

Eva viene feliz y contenta por haber pasado unas horas con sus amigos. Y yo más feliz no puedo estar por su felicidad, y por cómo se está desarrollando el día. Como si fuéramos una familia, paseamos por un mercadillo donde les compramos cosas a los niños, y nos comemos unos trozos de pizza.

Esa noche cuando llegamos a casa, Sía ya va dormida. En brazos la subo, le pongo el pijama y cuando salgo de la habitación, tras pasar por las de Quique y Sía, al bajar al salón, María me mira. En sus ojos veo lo que llevo viendo desde hace tiempo y estoy convencido de que ella lo ve en los míos.

—Me voy a la cama. Buenas noches —se despide, cogiendo a su perra.

—Buenas noches —consigo decir.

Cuando desaparece, reconozco que siento cierta decepción. Me hubiera gustado haber estado con ella un rato, pero que se vaya es lo mejor. Debemos evitar la tentación.

Capítulo 36

19 de diciembre de 2025

Ha caído una nevada impresionante, pero cuando salgo de la ducha, miro mi dedo y sonrío al ver el anillo de mi abuelita.

Hoy a las cuatro de la tarde, los niños tienen en el colegio su festival de Navidad y posteriormente comienzan sus vacaciones.

¡Madrecita, qué voy a hacer con ellos todo el día a mi cargo!

El día anterior les dieron las notas, y mientras Quique aprobó todo, a Eva le quedaron tres. Nico, al ver aquello, se limitó a mirarla. No dijo nada. Ni siquiera la castigó. Y yo obvié lo que pensaba. Era lo mejor. Y más ahora, que de nuevo Eva me vuelve a hablar.

Tía Rosiña, Sía, Nico y yo vamos en coche al colegio donde los niños harán su función de Navidad, y personas que no conozco vienen a saludar, mientras yo me toco el dedo y estoy feliz por haber recuperado mi anillo.

El teléfono me vibra. Al mirar, veo que se trata de mi hermano Carlos. Quiere saber si todo va bien, y me contengo de responder. Ya lo haré más tarde. Sigo en Australia.

Nico me presenta a padres de otros niños y vecinos, que me miran con curiosidad.

—¿Por qué me miran así? —le pregunto, cuando se van.

—Porque se han enterado de que has tenido que revisar las cacas de Daisy.

—¡¿Qué?!

—Es bromaaaaa.

Se ríe a carcajadas. Lo miro. Estoy por darle un puñetazo en toda la nariz cuando dice:

—Te miran porque sienten curiosidad.

—¿Qué saben de mí?

—Nada. Pero viendo tu coche y tu manera de vestir, ¡dan por hecho que tus números en el banco son muy buenos, y eso es doble curiosidad!

Comprendo lo que quiere decir. Me desabrocho mi gabardina beige de Karl Lagerfeld, sabedora de que muchos ojos me observan.

—Por cierto, ya casi tengo terminada la página web del refugio —le informo. Nico me mira sorprendido, y encantada cuchicheo—: Está mal que yo lo diga, pero creo que me está quedando preciosa. Solo faltan unos detallitos y después te la enseñaré.

—Me muero por verla —murmura él, mirándome de esa manera que hace que se me caliente hasta el alma.

—Nicolás —dicen dos mujeres acercándose—. Sabía que te encontraríamos aquí.

Una es de la edad de mi madre y otra de la mía. Ambas me miran con curiosidad.

—Ángela. Josefina. Encantado de veros —las saluda Nico.

—Bonita gabardina. ¿Original o imitación? —me pregunta la mayor, haciéndome un escaneo en toda regla.

¡¡Pero buenoooooo!! ¿Qué clase de ataque es este?

Estoy por decirle que original. Yo no llevo nada que no sea así. Pero quiero ocultar ciertas cosas de mi vida.

—Imitación —suelto.

—Se nota —afirma ella, tocando la chaqueta que lleva.

Pero, bueno, ¡será imbécil la tía!

Nico me mira. En su gesto veo la sonrisa.

—Hemos venido a ver a mi sobrino Pelayo —explica la más joven.

—Ella es María. María, ellas son Ángela y su hija Josefina. Vecinas y amigas —nos presenta.

Las mujeres me miran. Me sonríen.

—Un placer, ¿estarás mucho por aquí? —pregunta de nuevo la mayor.

—Hasta después de Navidad.

Ellas se miran, y la mayor, ignorándome, le dice sonriendo a Nico.

—Ya sabes que Josefina está a tu entera disposición cuando la necesites para lo que sea. Solo tienes que llamar. Ya tienes nuestro número de teléfono.

—Gracias por el ofrecimiento, Ángela. Pero ahora, si nos disculpáis, tía Rosiña nos llama.

Ellas asienten y yo capto su gesto y avanzo hacia donde Sía nos llama a gritos.

—Será idiota la tía. Pues no dice que se nota que es imitación mi estupenda gabardina de Karl Lagerfeld cuando la suya es una imitación barata de Chanel.

Nico suelta una carcajada.

—Acabas de conocer a Radio Fuentezuela. —Yo lo miro y él añade—: Todos los rumores comienzan por ellas. Por lo tanto, en un rato, todo el mundo sabrá que la gabardina que llevas es falsa.

Al llegar a nuestros sitios, de nuevo me presentan a más personas y yo, encantada, las saludo, mientras soy consciente de cómo las dos mujeres anteriores, desde sus asientos, nos miran con cierta curiosidad.

—María, te presento a Andrés y a su hermano Luis. Andrés es quien me ayuda a encontrar a alguien para el cuidado de la casa y de los niños.

—Encantada de conoceros.

Según les tiendo la mano con seguridad, estos, sorprendidos, se miran.

—Saludas con fuerza —dice el tal Luis, agarrando mi mano.

—Es que tengo fuerza.

Eso les hace gracia.

—Oh, por Dios... —oigo que se queja alguien—, ya están los pesaditos de todos los años copando las primeras filas para hacer las fotos. Os juro que a veces me gustaría decirles cuatro cosas, pero si no se las digo es por no montar un numerito.

Al mirar, veo a una mujer de mi edad.

—María. Ella es Claudia, la mujer de Andrés. Claudia, ella es María —nos presenta Nico.

La mujer y yo nos miramos. Por cómo me observa, tengo claro que ya me ha visto.

—¡¿Morticia y Mari Morena?! —pregunta.

—La misma —afirmo.

—¡Por fin nos presentan! —me dice, con una gran sonrisa—. Y que sepas que eres la comidilla del pueblo y de la fiesta.

—Me gusta ser la comidilla —respondo.

Ambas sonreímos y nos damos un par de besos en la mejilla.

—Encantadísima de conocerte —dice.

—Lo mismo digo, Claudia.

—¡Me encantan tus pendientes!

Inconscientemente me los toco. Son unos diamantes que papá me regaló hace años.

—La próxima vez que nos veamos te los dejo —respondo con tranquilidad.

Durante un rato, aquella mujer y yo hablamos. Es ocurrente. Divertida. Me recuerda a Soleá por su simpatía, y me parto de risa cuando me comenta que Nico le dijo a Andrés que si no quería padrear que se sacara la camisa del pantalón. ¿En serio Nico dijo eso?

—¿Vendrás esta noche a la cena? —me pregunta el tal Luis.

Miro hacia la derecha. Allí, uno de los hombres que me han presentado me mira y yo no sé qué decir. No sé nada de ninguna cena.

—Claro que sí —interviene Nico, sorprendiéndome.

Anda, ¡voy de cena!

—¿Y los niños? —pregunto yo.

—Tía Rosiña se quedará con ellos en su casa. —Y acercándose, murmura—: No hace falta que regreses a Madrid para que te tomes una copa fuera de casa. Yo te presentaré a mis amigos.

Sonrío, impresionada. Socializar siempre me ha gustado, por lo que miro al tal Luis, que, todo sea dicho, no me quita ojo.

—Ya lo has oído. Iré.

Este sonríe. Por cómo lo hace sé que quiere ligar conmigo, noto entonces que Nico pone su mano en mi cintura y me mueve de sitio.

—La función va a comenzar. Siéntate al lado de la tía —dice.

Rápidamente las luces se apagan y yo ocupo mi lugar. Nico se sienta al otro lado con la pequeña Sía sobre sus piernas y Luis queda alejado de mí.

El espectáculo comienza y los niños, por cursos, salen al escenario para presentarnos su actuación. Sía, encantada, observa todo con los ojos muy abiertos y reconozco que yo también. Es la primera vez que asisto a algo así desde que yo iba al colegio, y oye ¡estoy emocionada!

Cuando le toca a la clase de Quique, al verlo en el escenario bailando y cantando no puedo dejar de sonreír. Por favorrrrr, ¡me lo comooooooo!

Le hago mil fotos y vídeos con el teléfono móvil, al igual que Nico, y cuando su actuación acaba, silbamos y aplaudimos felices. Nuestro Quique lo ha hecho fenomenal.

Clase por clase presentan su actuación, hasta llegar a la de Eva. Al verla tan radiante con su pantalón vaquero cargo, su camiseta rosa y los graciosos moñitos que le hice en la cabeza, suspiro. Me fijo en que mira hacia el público como buscándonos, y sin poder evitarlo levanto la mano para saludarle. Ella sonríe.

Al ver aquello, Nico, que está a mi lado, se acerca.

—¿Qué has hecho para que Eva te sonría así? —me pregunta.

—Hablarle sin miedo.

Nico me mira. Ufff..., cómo me mira.

La actuación de Eva comienza y disfrutamos el momento viendo cómo ella y las niñas de su clase nos deleitan con su baile. Y, por cierto, lo hacen muy bien. De nuevo, Nico y yo no paramos de hacer fotografías.

Cuando el festival termina y las luces se encienden, la directora del colegio dice unas palabras y tras desear unas felices Navidades, todos nos dirigimos hacia una sala colindante, donde me dicen que habrá una copa y algo de picar. ¡Me muero por un vinito fresquito, un cóctel y algún canapé!

Pero mi gozo cae en un pozo al ver que la copa no es otra cosa que agua, refrescos de limón y de naranja o Coca-Cola, todo servido en vasos de plástico, y que de comida solo hay ganchitos y patatas fritas.

¿En serio?

¿Pero qué cutrada de fiesta es esta?

Tía Rosiña y las Susis se nos unen. Con ellas no puedo parar de sonreír. Con curiosidad les pregunto por la mermelada que hacen. Está exquisita. Me cuentan que la elaboran desde hace mucho tiempo y que la venden todos los años en el mercadillo de Navidad. Al final, me hablan de la fábrica y quedo con ellas en ir al día siguiente para conocer el lugar y posteriormente el puesto donde las venderán. Eso llama mi atención.

Entre risas, me cuentan que se conocieron en su juventud, cuando, a escondidas de sus padres, asistían a unas clases de teatro que se daban en Vigo. Las tres querían ser actrices, aunque eso nunca ocurrió. La vida les cambió al casarse y tener hijos, a excepción de tía Rosiña, que nunca los tuvo.

Durante un buen rato me cuentan cosas que me dejan sin palabras. Sus vidas están llenas de luces y sombras. De risas y penas, y mientras bebemos Coca-Cola caliente suena mi teléfono. Al ver que he recibido un wasap de Soleá para ver cómo me encuentro, sonrío.

—¿Buenas noticias? —pregunta Emi.

—Es un wasap de mi amiga Soleá para cotillear cómo va todo.

—Oy..., oy..., Soleá, ¡qué nombre más bonito!

—¿Vosotras tenéis WhatsApp?

Todas asienten. ¡Qué modernas!

—Ahora que no usamos el yayamóvil, ¡sí! —señala tía Rosiña.

—¿Yayamóvil? —pregunto sorprendida.

Veo que las tres se miran.

—Hasta hace unos meses las tres teníamos teléfono con teclas —explica Emi—. Mi *nietiña* lo llamaba el yayamóvil. —Oír eso me hace pensar en el Nokia de toda la vida de mi abuelita, cuando añade—: Y como queríamos tener *guasá*, le pedimos a Nico que nos comprara unos teléfonos más modernos pero que nosotras pudiéramos entender.

—El *neno* nos los compró y ahora tenemos *guasá*.

—«¡Con batas y a lo loco!», se llama nuestro grupo.

«¡Con batas y a lo loco!». Me río.

—Oy..., oy..., el *jodío* de Nico, qué ideas tiene —interviene Magda.

Divertida, miro a Nico, que está hablando con sus amigos. Que se preocupe por tantas cosas me gusta. Es un amor con todos, y eso me agrada porque me hace saber que tiene un bonito corazón.

—Pues mañana ya me estáis dando vuestros números de teléfono para agregaros al mío y, por favor, el tiempo que esté aquí, me encantaría estar dentro del grupo «¡Con batas y a lo loco!».

Ellas asienten encantadas. Les parece bien. Es un gustazo ver que, a pesar de su edad, intentan estar al día para poder comunicarse.

—¿Tenéis redes sociales? —curioseo.

Se miran. Y con su particular guasa, porque se ríen hasta de su sombra, tía Rosiña dice:

—Manejamos la red del chorro.

¿La red del chorro?

Parpadeo, perpleja.

—La fuente de nuestro pueblo es el centro de información no oficial —aclara Magda—, donde se generan los cotilleos más calientes y, diría yo, jugosos de la zona. Cuando vamos, Radio Fuentezuela, que tiene una *tendiña* frente a la fuente, u otros que pasen por allí te cuentan quién ha discutido, quién se compró un coche nuevo, quién se divorcia o si menganito se ha liado con fulanita.

Divertida por lo que aquella mujer me cuenta, sonrío. Sé quiénes son Radio Fuentezuela. Me río. No lo puedo remediar. Aquellas mujeres y su manera de ver la vida me encantan.

—Me tenéis que llevar a esa fuente —les pido—. Quiero conocer de primera mano la red del chorro.

—Mañana mismo —afirma Emi encantada.

A las siete y media de la tarde, tras confraternizar con personas que no conozco y que me entero de que son los padres de amigos de Quique y Eva del colegio, Nico nos reúne a todos para hacer fotografías. Intento apartarme. Ser yo quien haga esas fotografías, pero nadie me lo permite y al final salgo en todas.

A las nueve menos cuarto de la noche, cuando dejamos a los niños en casa de tía Rosiña, que se los queda encantada, Nico y yo nos dirigimos a casa. Vamos a cambiarnos de ropa para ir a la cena.

Al llegar, saludamos a Shirly y a su amante Homer y yo suspiro, ¿estará mi perra embarazada? Pero ante la prisa no lo pregunto. Sé que estoy muy pesadita con el tema.

Nico y yo entramos en casa. Es la primera vez que estamos solos en ella y noto cómo el estómago se me encoge mientras subimos las escaleras que van a nuestras habitaciones. Uf..., qué tensión.

Nico no me mira. Va serio y cuando llega a su habitación, se para.

—Tienes media hora —me dice.

—¿Solo media hora?

—He quedado a las diez en el restaurante y odio la impuntualidad.

—Pero he de arreglarme y eso lleva su tiempo.

—Yo ya te veo bien, ¿qué más te quieres arreglar?

Encantada, sonrío. ¡Qué monooooooooo! Y tras echarle una sonrisita apurada, prosigo hasta mi habitación donde al entrar cierro y, apoyándome en la puerta, murmuro:

—Madrecita...

Tomo aire, abro el armario y reviso lo que tengo. Para la noche tengo lentejuelas, brillos, terciopelo, pero no sé si la cena será de ir muy arreglados o no, por lo que, dudosa, salgo de la habitación y toco con los nudillos en la puerta de Nico.

No pasan ni dos segundos cuando la puerta se abre. Nico está desnudo de cintura para arriba.

Ufff..., qué abdominales.

Madrecita, qué brazacos.

Wooooo, ¡el tatuaje polinesio!

—Perdona que te moleste —digo, como si su apariencia no me afectara—. Pero ¿qué clase de cena es?

—Una cena de amigos.

—¿Pero hay que ir muy arreglada?

Nico sonríe.

—Simplemente ponte algo con lo que te sientas bien —responde, encogiéndose de hombros.

Con la boca seca asiento, me doy la vuelta y regreso a mi habitación.

Uf..., qué bonito tono de piel tiene.

Miro el armario y finalmente me decido por un vestido a media pierna en negro, de Emporio Armani, con escote de lentejuelas en uve. Es una monada.

Bajo el elegante vestido me pongo un conjuntito monísimo de lencería negra y por supuesto medias de cristal. El vestido lo pide a gritos. Acabo de vestirme, me miro en el espejo. ¡Me gusta lo que veo!

Dudo sobre qué zapatos ponerme y acabo por decantarme por unos zapatos de tacón bastante alto, que no son muy cómodos, pero que con el vestido quedan de muerte.

El cabello, como no tengo tiempo de lavármelo, me lo recojo en un moño alto. Este tipo de moño italiano, pero informal, siempre me ha salvado.

Estoy repasándome el maquillaje cuando oigo unos golpes en mi puerta.

—Vamos, Morticia. No quiero llegar tarde.

—Dame cinco minutos.

—¡Dos!

—¡Tres y medio!

Cuando noto que se va, me repaso enseguida el maquillaje. Me hubiera gustado cambiarlo. Darle un tono más oscuro para la noche, pero con las prisas no me da tiempo.

Tras coger de nuevo mi preciosa y auténtica gabardina de Karl Lagerfeld salgo de mi habitación, y al llegar al salón veo que Nico está con su teléfono, Uf..., ¡qué tentación más tentadora! Y cuando voy a hablar, él levanta la vista y mirándome, suelta un silbido.

Vale. Eso sé que es de aprobación.

—Estás impresionantemente guapa —dice.

Aisss, ¡qué monooooooo!

Sonrío con satisfacción, e inconscientemente pienso que Dani se hubiera fijado en el vestido de Armani, pero Nico se ha fijado en mí. Eso me gusta.

—Si te pones para cenar con los amigos esto, ¿qué te pones para ir a una fiesta? —pregunta. Me hace gracia el comentario, y veo que él está también guapísimo con aquel pantalón negro y la camisa gris, pero antes de que le pueda piropear, me indica—: Con esa fina gabardina, tal y como vas vestida, vas a pasar frío. Ya sabes que ha nevado.

Asiento. Lo sé. Pero en mi maleta no metimos ni Soleá ni yo nada de más abrigo. Él hace ademán de señalar su parka color mierda, pero yo lo freno.

—Ni se te ocurra mencionarlo.

Nico se ríe. Yo no. Se encoge de hombros.

—¿Te importa si vamos en tu coche? —me pide.

—Claro que no.

—Pues entonces, ¡vámonos!

Tras despedirnos de nuestros perretes, que se quedan acurrucados frente a la chimenea, cojo las llaves de mi coche y se las tiro a Nico.

—¿Quieres que lo lleve yo? —me pregunta.

—Con estos tacones, es mejor.

Encantado, asiente. En el tiempo que llevo allí nunca me ha pedido el coche para probarlo, y cuando salimos de la casa, ¡joder!, qué fríooooooo. Pero consciente de que en ocasiones para ir mona hay que sufrir, decido callar, corro hacia el vehículo, me meto a toda velocidad y pongo la calefacción. Qué gustito los asientos calefactados.

El camino hacia Vigo lo hacemos hablando sobre lo acontecido aquella tarde y nos reímos recordando las caras de Quique en su actuación. Es tan mono.

Tras aparcar el vehículo, llegamos a un restaurante y, al entrar, me sorprendo al ver que se trata de un buen grupo de amigos. Al menos, veinte. Nico rápidamente me los presenta a todos, mientras noto su mano en mi espalda y reconozco que me gusta.

Hechas las presentaciones, percibo que todos me miran con curiosidad. En comparación con ellos, parece que yo voy vestida para una boda.

Durante la cena, el buen humor reina, y soy consciente de lo querido y valorado que es Nico entre ellos y de cómo una chica llamada Berta lo mira. Conozco esas miraditas.

Acabada la cena, nos dirigimos andando hacia un local llamado El Tiempo. Caminar con los tacones que llevo por el empedrado y nevado suelo es complicado, pero Nico con galantería me agarra, y yo se lo agradezco.

Al entrar en aquel local, la música y el ambiente nos atrapa y encantados nos dirigimos hacia la barra. Estamos hablando cuando se nos acerca Luis.

—¿Algún problema si la saco a bailar? —le pregunta a Nico.

—Claro que no —responde.

Sonriendo, voy hasta la pista con él, y con ganas de pasarlo bien comenzamos a movernos y a hacer el tonto. Luis es divertido. Y yo, cuando me pongo, soy una payasa. En cierto modo,

Luis me recuerda al ligón de mi hermano Carlos, y cuando dejamos de bailar y vamos hacia la barra para pedir algo, pregunta:

—¿Qué quieres beber?

—*Gin-tonic.*

Luis los pide, y, mientras los preparan, me observa con esa miradita que suele echar mi hermano Carlos a las mujeres que le gustan.

—Te han dicho alguna vez que eres una mujer muy elegante.

Vale. Está ligando conmigo.

—Sí. Alguna vez me lo han dicho —respondo, mirando a Nico, que está a mi derecha.

Luis asiente, y como sabe que es alto, mono y tiene cuerpazo, pregunta:

—¿Hasta cuándo vas a estar por aquí?

—Hasta después de Navidad —contesto, sin dejar de mirar a Nico, que también me mira mientras habla con Berta.

Luis habla. Me entero de que es policía nacional, pero todos mis sentidos están centralizados en el hombre que está a varios pasos de mí, y al ver que coge de un cuenco un bombón y se lo mete en la boca, suspiro.

¡Quién fuera bombón!

Luis, que no repara en que no lo escucho, continúa hablando, cuando se nos unen varios amigos y yo lo agradezco. El camarero trae las copas que le habíamos solicitado y durante un rato bromeamos, mientras observo a Nico hablar con la mujer.

En un momento dado, Nico y Berta se acercan a nosotros, y él se pone a mi lado, y noto que pone su mano en mi cintura.

—¿Lo pasas bien, Morticia? —pregunta, en ese tono íntimo que me pone tan nerviosa.

Cada vez que dice ese nombre, sé que lo hace para picarme. Por lo que le doy la réplica.

—Muy bien, troglodita del norte.

—Nico, ven. Quiero presentarte a mi hermana Lola.

Nico de nuevo se aleja de mí y vale, reconozco que esta vez me molesta.

¿Por qué no se queda conmigo? ¿Acaso le interesa la tal Berta?

El resto de la noche, Nico y yo apenas hablamos, pero sí nos miramos. La tensión sexual que hay entre nosotros esta noche la dejamos salir a pasear y cuando salgo del aseo y me estoy lavando las manos, se abre la puerta del aseo de al lado y sale Claudia, la mujer de Andrés.

—¿Qué haces para tener el pelo tan sedoso? —me pregunta.

—Utilizo una mascarilla que lleva argán marroquí. ¡Es estupenda!

—Uis..., pues ya me dirás cuál es para comprarla.

—¡Claro que sí!

Claudia sonríe. En su rostro veo esa gratitud de buena persona que me llena el alma.

—¿Dónde te has comprado ese vestido? —pregunta de nuevo.

Decir que me lo compré en la tienda de Armani en Nueva York y que es de su última colección, de pronto se me hace pomposo y rimbombante. Como papá me ha enseñado siempre, hay que saber comportarse, dependiendo de con quién se esté.

—Si te soy sincera, no lo recuerdo —respondo, omitiendo una vez más de dónde vengo.

—Es precioso. Me encanta —dice sonriendo—. ¿Te parece que un día salgamos de compras, a ver si lo encontramos?

—¡Genial!

—Por cierto, ya me dirás dónde te compras la ropa, porque, chica, siempre que te he visto en la puerta del colegio, reconozco que me has impresionado, y nada me gustaría más que un día impresionar a Andrés y dejarlo con la boca abierta.

Oír eso me hace gracia.

—Te ayudaré a dejar a tu marido con la boca abierta —afirmo.

Ambas reímos.

—Le gustas mucho —dice. Imagino que se refiere a su cuñado, pero añade—: Conozco a Nico y solo he visto mirar así a la Wiwi. En cuanto a mi cuñado Luis, ni caso, que es un picaflor que hoy te adula y mañana ni te saluda.

Vale. Oír eso me gusta.

—¿Quién es la Wiwi? —pregunto, interesada.

—La francesa.

—¿Su ex?

Ella afirma con la cabeza, y acercándose a mí, cuchichea:

—Ella y yo nos llevábamos muy bien. Creí que era una tía legal. Pero cuando hizo lo que le hizo a Nico, mi concepto de ella cambió. ¿Y sabes? La muy tonta me ha llamado varias veces para preguntarme por él. Incluso la última vez para preguntarme por ti.

—¿Ah, sí?

—Al parecer, ella lo llama y le escribe, pero él no contesta. Pero ¿qué esperaba?

Aquel dato de que lo llama y escribe Nico no me lo ha contado.

—¿Regresamos con todos? —dice Claudia cuando termina de lavarse las manos.

Nada más volver, Luis se sitúa de nuevo a mi lado y ya no se aparta en toda la noche.

A las tres de la madrugada, Nico se acerca a mí.

—Es tarde. Yo me voy para casa —anuncia.

—Tranquilo. Luego yo la acerco —dice Luis, al oírlo.

¡¿Perdonaaaaaaa?!

Pero no. Yo decido por mí.

—Nico. Me voy contigo —digo.

Sé que a Nico le gusta, y tras despedirme de un apenado Luis, al que he dejado planchado, y de todo el grupo, salimos del local.

En silencio caminamos por la calle nevada, cuando me agarra de la cintura.

—No sé cómo puedes andar con esos tacones —dice.

—No lo sé ni yo —respondo notando cómo resbalo con la nieve.

Agarrada por él, voy caminando.

—¿Te has divertido? —me pregunta.

—Sí. ¿Y tú?

—Ha estado bien.

Seguimos avanzando.

—¿Con Luis bien? —indaga de nuevo.

—Sí. ¿Y tú con Berta?

—Entretenido.

Según dice eso, ya no puedo más. Llevamos toda la noche mirándonos. Llevamos toda la noche tentándonos. Tengo el deseo y la libido por las nubes. Y parándome, lo freno con mi cuerpo y le miro a los ojos.

—Definitivamente, el deseo gana a la prudencia y haciendo honor a mi nombre, voy a armar la marimorena —no me resisto.

Y sin más, lo empujo contra la pared y agarrando con mis manos su cabeza, lo beso. Me lo como. Por fin disfruto del roce de sus labios, de su lengua, de su boca. Y cuando siento cómo sus manos envuelven mi cintura, estoy por gritar de felicidad, cuando de pronto se aleja de mí unos milímetros.

—Vaya con la Mari Morena —dice.

Y cogiéndome entre sus brazos, me besa de tal manera que ¡madrecitaaaaa!, creo que acabo de tener un orgasmo.

Un beso nos lleva a otro mientras me lleva entre sus brazos hacia el coche. Sentir su libertad al hacer eso, sin importarle que lo vean, me gusta. ¡Joder, me gusta mucho!

Al llegar al coche, de nuevo los besos se convierten en nuestra forma de respirar. No hace falta ni poner la calefacción ni calefactar los sillones. Él se para.

—O esperamos a llegar a casa o... —dice.

No finaliza la frase. Como una tigresa en celo, me siento sobre él, y me lo como de nuevo. Lo devoro. Pero cuando me clavo el volante en la espalda y mis medias de cristal se rompen, Nico, cogiéndome, me sienta en el asiento del copiloto.

—Ponte el cinturón —dice—. En quince minutos llegamos.

Eso me provoca risa. Dani en la vida hubiera hecho algo así. Besarme en la calle. Llevarme en sus brazos. Besarme en el coche. Dejar que me pusiera sobre él. Y, feliz por vivir aquello que deseo, hago lo que me pide y con buen humor y risas conduce hasta casa.

Cuando llegamos, al parar el motor, me quito el cinturón de seguridad, abro la puerta y me bajo. Recuerdo que los niños están durmiendo en casa de tía Rosiña. Nico sale del coche, lo rodea y cuando llega hasta mí, me sorprende cogiéndome de nuevo entre sus brazos con ímpetu y me besa.

¡Madrecitaaaaaa! Me siento como la prota de la película *Oficial y caballero*.

Apasionados, su boca y la mía se dan un buen festín, hasta que finalmente, en sus brazos, me lleva hasta la casa y cuando entramos sin hacer caso a Homer y Shirly, que vienen a saludarnos, nuestras ropas comienzan a volar por los aires. Adiós vestido. Adiós camisa. Adiós tacones. Adiós pantalón.

Entre besos, risas y tocamientos subimos las escaleras como podemos y cuando entramos en su habitación, dejando a los perros fuera, nos dejamos caer en la cama.

Sin hablar y desnudos gozamos. Me toca. Lo toco. Me come. Lo como. Termina de romperme las medias con ímpetu y estoy por gritar: «¡Sí..., sí!».

Disfrutamos del momento con total libertad y conexión.

—Como dijiste, tu tatuaje no lo ve cualquiera —dice.

Sonrío. Llevo una pequeña mariposa en el hueso de la cadera, que solo la ve quien yo quiero.

—No sabes cuánto te deseo —murmura.

¡Madrecitaaaaaa! ¡Me deseaaaaaaa!

Escuchar aquello y sentirlo, que es aún mejor, me pone a dos mil, cuatro mil, seis mil revoluciones, ¡wooooooo, me deseaaaaaa!

Nico goza besando y lamiendo mi tatuaje y alrededores, y yo, simplemente, lo dejo. Lo permito. Lo disfruto.

La sensación de deseo y entrega que siento con él es algo que nunca sentí con Dani. Empezando porque a Dani le horrorizaba mi tatuaje, y terminando porque nunca me deseó así.

No sé cuánto tiempo pasa cuando veo que Nico se pone un preservativo, se coloca sobre mí y, mirándome a los ojos, pone la punta de su erecto pene en la entrada de mi húmeda vagina y sin hablar, solo mirándonos, nos poseemos.

Sí. Sí. ¡Nos poseemos! Yo a él y él a mí. Mi deseo es tan incontrolable como el suyo y necesito y quiero que lo sienta. Y lo siente, ¡vaya si lo siente!

El momento es caliente, tórrido, y cuando sus embestidas se aceleran y el movimiento de nuestros cuerpos se acopla a un maravilloso baile que nos hace no solo jadear de sofoco, al unísono soltamos un jadeo que nos hace saber que hemos llegado al clímax. ¡Y qué clímax!

Tumbado sobre mí y con la respiración acelerada, Nico se incorpora. Me mira. Con mimo, pasea su nariz por la mía, al tiempo que nuestras bocas se encuentran, y consciente de haber disfrutado de algo que llevaba tiempo sin sentir, murmuro:

—Gracias... —Su gesto me hace entender que no me entiende, y añado—: Por el increíble y maravilloso orgasmo que me has hecho sentir.

Nico sonríe. Yo también. Cinco minutos después, volvemos al ataque. Esta noche aquí no se duerme.

Capítulo 37

A las cinco y diez de la madrugada, María va a su habitación a no sé qué, y luego baja a la cocina a por la segunda botellita de vino. Estamos sedientos. Mientras se ocupa de eso, yo aprovecho para avivar el fuego de la chimenea de la habitación. Le echo varios troncos y pienso en lo ocurrido.

¿Estoy loco? ¿Qué estoy haciendo? Pero ¿acaso no sé de primera mano que María igual que apareció desaparecerá? Pero lo mismo que me pregunto eso, sonrío como un tonto, pues llevo tiempo sin sentirme tan atraído y cautivado por una mujer.

—Tienes un bonito trasero.

Oír aquello amplía mi sonrisa, e incorporándome la veo llegar hasta mí desnuda.

—El tuyo sí que es bonito —replico, cuando acerca su boca a la mía.

Reímos. Nos besamos. Volvemos a dejarnos llevar, hasta que, separándose de mí un milímetro, murmura, asiendo el anillo que llevo colgado en el cuello:

—Anillo de oro blanco labrado de catorce quilates con zafiro. Muy bonito.

—Has acertado en todo.

—Trabajo en ello. ¿Cómo no voy a saber?

Ambos sonreímos.

—¿Qué historia tiene? —pregunta.

Mis manos van hasta el anillo. Lo aprieto y digo.

—Cuando mi padre nos abandonó, se lo llevó todo, incluido el conjunto de pendientes y anillo que mi abuela le regaló a mi madre. Y bueno, años después, mi hermana Clara y yo, tras muchos meses de ahorrar, en Navidad le regalamos un conjunto de pendientes y anillo. Queríamos dejarle claro lo mucho que la queríamos y que nunca la abandonaríamos. Y cuando ella murió, Clara se quedó con los pendientes y yo con el anillo.

María me mira. Con cariño, me da un abrazo y guardamos silencio. Un silencio agradable. Muy agradable.

Pasado un rato, veo que se mueve.

—Tenemos que recoger la ropa que hemos dejado desperdigada por el salón y las escaleras —murmura.

—Tranquila. Luego la recogemos.

María asiente, y atrayéndola de nuevo hacia mi cuerpo, la beso. No sé qué me pasa, pero tengo una loca urgencia por besarla. Por abrazarla. Por sentirla conmigo, y cuando nos separamos, veo que mira las fotos que tengo sobre la chimenea.

—¿Esa es tu ex? ¿La Wiwi? —pregunta.

Sin mirar, asiento. Tengo que acordarme de quitar aquella foto.

—¿Quién de mis amigos te ha dicho lo de la Wiwi? —quiero saber.

—Claudia. ¿Por qué la llaman Wiwi? —pregunta.

—Porque, al ser francesa, para decir sí decía «Oui..., oui», y se quedó con la Wiwi —explico.

Veo que se ríe. Me gusta su sonrisa.

—También me ha dicho que te escribe y llama, pero que tú no le contestas. Incluso que la llamó para preguntarle por mí.

Afirmo con la cabeza. Lo que Claudia le ha dicho es verdad.

—Hace días que la bloqueé.

—¿En serio?

—Totalmente en serio.

—¿Ya no piensas en ella?

Sonrío. Me encantaría decirle que ahora en quien pienso es en ella, en la mujer que tengo delante de mí.

—Absolutamente nada —respondo—. Y como te dije, la bloqueé cuando supe que todo lo que tenía con ella, definitivamente, se había acabado para mí.

En su gesto veo que eso le sorprende.

—¿Tú has bloqueado a tu ex? —Yo necesito saberlo.

—Sí.

¡*Carallo*!

Saber eso me alegra. Eso significa que ya no quiere saber nada de él. Que por fin ha pasado página como yo.

—¿Esa es tu madre? —indaga otra vez.

Con cariño, miro la foto que señala.

—Sí. Fue la última foto que nos hicimos ella, mi hermana Clara y yo. Dos días después, le diagnosticaron el cáncer, y ya no quiso hacerse más fotos.

María me abraza. Con ese abrazo soy capaz de sentir un cariño que nunca sentí con mi ex, y mirándola, digo:

—He de confesarte algo.

—Dime.

Soltándola, me acerco a la botella de vino.

—Estoy contento por lo ocurrido —reconozco mientras la abro—, pero no paro de preguntarme, ¿por qué lo hemos hecho?

—Fácil. ¡Porque soy irresistible!

Me río. No puedo evitarlo. Esta mujer, tan diferente a la que fue mi ex en todos los sentidos, me está rompiendo los esquemas.

—Esta noche, cuando te vi con Luis y le vi desplegar todo su cortejo hacia ti —admito—, me sentí fatal, porque quería ser yo quien estuviera en su lugar.

María sonríe. Asiente.

—He de confesarte algo —reconoce, mientras lleno su copa.

—Dime.

—Cuando vi cómo Berta tonteaba contigo, yo también me sentí fatal, porque quería que la atención que le estabas dedicando a ella fuera para mí.

—¡*Carallo*!

—Eso digo yo..., ¡*carallo*!

Ambos sonreímos. Instintivamente, nos acercamos para darnos un beso y después, tras brindar, bebemos vino. En ese instante noto que la recorre un escalofrío. Por ello le entrego mi camisa y ella rápidamente se la pone. Está preciosa con ella. Tentadora. Y encantado con lo que ha dicho y consciente de que lo hecho, hecho está, pregunto:

—Pantalla superada, ¿verdad?

María me mira. Entiende lo que le estoy preguntando con aquello.

—Me gustaría seguir disfrutando de esta pantalla, mientras esté aquí, siempre y cuando tú también lo quieras —responde.

—Quiero. Pero es complicado. Ya viste que el otro día tanto Quique como Sía comentaron que les gustaría que fueras su mamá —afirmo con seguridad.

—Oír eso me dejó muerta.

—Lo sé. Lo vi en tu cara.

Nos miramos. En nuestras miradas sé que hay preguntas sin respuestas.

—Soy consciente de que esto es algo estacional como la Navidad —digo, pensando en todo lo que nos rodea—. Porque, cuando acaben las fiestas, te marcharás. Y ahí es donde está el problema, María. Si se tratara solo de mí, diría, ¡adelante! Tengamos un tórrido romance en Navidad. Pero están los niños y...

—Te entiendo. Lo último que querría es confundirlos.

—Nuestras vidas y obligaciones no tienen nada que ver, y ambos lo sabemos. Además de que yo no soy el tipo de hombre que llama tu atención. ¿O me equivoco?

—No te equivocas. Pero lo has hecho. Quédate con eso.

Vale. Me gustan sus palabras.

—¿Y yo soy el tipo de mujer que llama tu atención?

—¿En serio? Pero ¿a quién no le ibas a gustar tú?

—Dios..., ¡qué mono eres!

En silencio nos miramos. Tomamos un sorbo de vino.

—Esto que ha pasado. Es solo esta noche, ¿verdad? —quiere saber.

—Sí.

—¿Y si lo llevamos en secreto?

Levanto las cejas cuando añade:

—Con ser discretos yo creo que lo salvaríamos.

—¿Tú crees?

María, con seguridad, asiente.

—Llámame troglodita del norte, pero si yo veo que Luis o cualquier otro tontea contigo, no sé cómo lo iba a llevar —afirmo, rotundo.

Me río. Decir eso me hace gracia. En la vida he sido celoso. Creo que los celos son una grave enfermedad de inseguridad, pero reconozco que eso es lo que en este momento ella me genera.

—Recuérdame que compre tarrinas de helado y patatas fritas. Para los momentos Drama Club, vienen genial —dice, levantándose.

—¿Drama Club?

Me explica lo que es.

—A falta de patatas y helado, el chocolatito me vale —propone.

La veo salir por la puerta. Oigo cómo sus pasos bajan y suben las escaleras rápidamente, y cuando entra en la habitación, trae la bolsa de bombones.

Quedándose de pie en la habitación, la miro. María, con mi camisa semiabierta, y el pelo recogido en un extraño moño que se ha hecho con un bolígrafo, está sexy, cautivadora, tentadora y, ¡*carallo*!, me vuelve loco.

Sin reparar en la sensualidad que desprende, la veo abrir un bombón. Acto seguido, lo pone ante mi boca y yo le doy un mordisquito, para después ella metérselo en la boca.

—Hummm..., qué rico el bomboncito —murmura.

Locura. Noto cómo la sangre de todo mi cuerpo se acelera. Cómo mi corazón bombea a mil por hora. Cómo mis sienes retumban. Esta mujer, sin darse cuenta, consigue que todo mi cuerpo se revolucione de una manera que ni yo mismo entiendo, y acercándome a ella, la aúpo entre mis brazos.

—Tú sí que eres un rico bomboncito —susurro, antes de besarla.

La pasión me lleva. Me guía. Me hace entender que disfrutar de aquel momento con ella es lo único importante, y durante varios minutos jugueteamos como dos locos hasta que, consciente de algo, digo:

—Voy a ponerme un preservativo.

Asiente. Lo entiende. Hemos de tener cuidado. No somos pareja. No somos nada. Pero ambos sabemos que en el sexo hay que ser prudente y hacerlo con seguridad. Espera pacientemente a que termine de colocarlo y cuando la vuelvo a coger entre mis brazos ella, riendo, pregunta:

—¿Eres un empotrador?

Divertido, me río y sin saber por qué respondo:

—Soy lo que tú desees, bomboncito.

E introduciendo mi duro pene en ella, y con una fuerza y una seguridad que yo no sabía ni que tenía, le hago con demencia el amor. Sí. Sí. El amor.

María, loca de deseo, se sujeta a mis hombros mientras yo no puedo parar de poseerla. De tenerla. De apretarla. Y sí. En este loco momento, me siento su empotrador.

Una y otra vez entro en ella, arrancándole locos jadeos de placer, como ella me los arranca a mí. Somos dos locos perdidos en el mundo del disfrute y cuando siento que me voy a correr, la aprieto contra mi cuerpo con la misma magnitud que ella se aprieta contra mí y, ¡*carallo*!, qué orgasmo más intenso.

Acalorados, y en mi caso agotado por tenerla a pulso todo el rato, cuando la bajo al suelo, murmuro:

—Ser empotrador es más duro de lo que yo pensaba.

Ambos reímos y, tras besarnos, nos sentamos en la cama con nuestras copas de vino y los bombones, y dialogamos en busca de una solución.

Capítulo 38

20 de diciembre de 2025

—Oy..., oy..., oy..., ¡qué brazacos tiene este muchacho!

—Esto en mi época se llamaba folleteo en toda regla.

—¡Magda, por favor, que están los niños!

—Pero que se han pimplado dos botellitas de vino y todo, ¡qué apañaos!

—Oy..., oy..., oy..., ¿habéis visto cómo están rotas esas medias?

—Madre mía, *nenooooo...*, ¡eres un fiera!

—¿Y qué me decís de la ropa por toda la casa? ¡Menudo fiestón se han pegado!

Tan pronto oigo aquellos murmullos, abro los ojos y lo primero que veo es a Nico. Está frente a mí y su cara de sorpresa al abrir los ojos es como la mía.

—¡Papiiii! ¡*Madíaaaaa*! ¡*Despetaddddd*! —Es Sía.

¡No me jorobes!

No. No puede ser.

Rápidamente, Nico y yo damos un salto en la cama, y yo, como puedo, me tapo los pechos. Si no queríamos que lo supieran, nos han pillado con todas las de la ley, la tía con sus amigas y los niños.

—Como no dabais señales de vida, y no cogíais los teléfonos móviles —dice tía Rosiña, riendo—, tras darles a los niños de comer, pensé que lo mejor era venir, y más cuando habíamos quedado con la Mari Morena para enseñarle dónde cocinamos nuestra mermelada y el puesto de venta que comienza hoy.

Es verdad. Había quedado con ellas en eso.

La respiración de Nico se acelera, consciente de cómo los niños nos observan desde la puerta. Pobre, qué mal rato está pasando.

—Se acabó el espectáculo —zanja la tía Rosiña—. Todos a la cocina. Dejemos que la parejita se levante y adecente.

¡¿Parejita?! ¡Madrecitaaaaaa!

—¡Yo me quedooooooo! —grita Sía.

—Tú te vienes —afirma Magda, agarrándola con seguridad.

Eva, seria, desaparece cuando Quique, que sonríe, levanta los pulgares.

—Papá, ¡María mola mazo! —suelta.

Horrorizada, no me muevo, y cuando la puerta se cierra, Nico y yo nos miramos.

—¡*Carallo*! Pero ¿qué hora es? —pregunta.

Al mirar el reloj de su teléfono móvil, pues el mío está en mi habitación, vemos que son las cuatro y veinte de la tarde. Con razón ellos han comido y están allí.

—¿Y ahora qué hacemos? —pregunto, mirándole.

Nico se levanta. Uf..., qué bonito trasero tiene.

—No lo sé. Pero levántate —dice, al tiempo que se viste.

Le hago caso. Me levanto. ¿Me llamará bomboncito como anoche? Y cuando busco mi ropa, recuerdo dónde está.

—Con razón dice tía Rosiña cómo tenemos la casa de ropa.

—Y entonces empiezo a reír y sin poder frenarme, digo—: Vaya pillada.

—¿Quieres dejar de reír? —protesta Nico.

—No puedo. Los nervios me hacen reír. A ver ahora qué nos inventamos.

Nico está serio. Muy serio.

—Ve a tu habitación y vístete —me dice cuando acaba de vestirse.

Asiento. Y muerta de la risa al tiempo que desnuda, salgo de la habitación a toda mecha.

—¡Madrecita! —exclamo al entrar en la mía.

Riéndome, me visto. Sé que la cosa no tiene gracia. Ninguna.

Me siento en la cama, saco mi teléfono móvil del cajón y lo enciendo. Veo que tengo un par de mensajes de mis hermanos y los escucho cuando la puerta de la habitación se abre.

—Yo *també duemo* con papi —dice Sía, entrando.

Asiento. Sonrío. Yo dormir..., dormir..., lo justito, cuando pregunta:

—*Madía...*, ¿me pones el «*Budito sabanedo*»?

Sonrío. A Sía le encanta aquel villancico con el que David Bisbal lo petó el año anterior.

—Claro que sí, mi vida —digo, dejando el móvil sobre la cama—. Vamos al salón y te lo pongo.

Me levanto y me miro en el espejo, donde veo que mi apariencia, aún sin maquillar y sin cremas, es pasable, y salgo de la habitación con Sía.

Al llegar abajo, veo toda la ropa que se quedó desperdigada dobladita en una silla, y a los niños sentados en el salón.

Me miran. Quique sonríe. Eva no. Y yo, acercándome hasta la *tablet*, busco lo que la niña me ha pedido y se lo pongo. De inmediato la niña se pone a cantar. Eva, con gesto serio, se acerca a mí.

—¿Desde cuándo estáis liados? —pregunta.

—A ver, Eva...

—¿Desde cuándo? —exige.

—Oye. A mí no me hables así —respondo, molesta.

—Te hablo como me da la gana.

—¡Eva!

—Me mola que estéis juntos. ¡Qué guayyyy! —afirma Quique, contento.

385

—Ni es guay ¡ni mola! —protesta Eva. Sía, feliz con lo que canta, anima a Quique, y cuando este bailotea con la pequeña, Eva, acercándose a mí, cuchichea—: Nico va a volver con Marie Chantal. Y que tú te metas en su cama no es algo que me guste y seguro que a ella tampoco le va a gustar. Por lo tanto, ¡no vuelvas a hacerlo!

Vale. Estoy por mandar a la niña a la mierda. Pero ¿quién es ella para hablarme así? Pero me doy cuenta de lo que ha dicho y necesito sacarle información.

—¿Tienes contacto con Marie? —pregunto. Que se quede callada y me mire como me mira me hace saber la respuesta y, tremendamente sorprendida, quiero saber—: ¿Nico lo sabe?

—No voy a responderte a eso.

Saber aquello me incomoda. No quiero ser partícipe de un secreto así. Sin duda, la francesa juega sucio.

—Creo que deberías hablar con Nico de eso —le recomiendo.

—No.

—¿Por qué?

—Porque mintió cuando me dijo que ambos habían decidido dejarlo. ¡Es un mentiroso! Él la dejo a ella porque él estaba liándose con otras mujeres como tú. Incluso él le prohibió acercarse a mis hermanos y a mí.

Maldita Marie. ¡Será mentirosa!

Nico, que se desvive por los niños, en su afán de protegerlos, les oculta cosas que deberían saber, por duras que sean.

—Voy a la cocina a tomarme un café. Lo necesito —le digo.

Al dirigirme a la cocina, me cruzo con mi perra y con Homer.

—Muy mal —les gruño bajito, mirándolos—. Teníais que haber avisado. Pero ¿qué clase de perros sois?

Shirly y Homer pasan de mí y cuando entro en la cocina, Magda dice:

—Oy..., oy..., oy..., qué bonito tatuaje tienes, *jodía*.

—Hacéis una excelente parejita.

—Tía, te acabo de decir que... —suelta Nico, ceñudo.

—Lo que tú me digas me entra por un oído y me sale por el otro —lo corta—. Yo sé lo que he visto. Qué no, *neno*..., que no me cuentes batallitas, que ya tengo muchas canas, y no solo en la cabeza.

—¡Tíaaaa!

Rosiña sonríe. Yo, al mirarla, también sonrío.

—¿Y tú no tienes nada que decir a esto? —me pregunta ella.

Miro a Nico. Veo la tensión en su rostro. Está incómodo por la pillada que hemos tenido.

—Yo... lo que diga Nico me parece bien —replico.

Tía Rosiña refunfuña. Dice algo en gallego que no entiendo.

—¿Lo que suena es el «Burrito sabanero»? —pregunta Emi.

Asiento. Quique y Sía la cantan a gritos, cuando la mujer, sonriendo, afirma:

—¡A mis nietos los vuelve locos este villancico! Por cierto, cómo habéis decorado la casa, y no me refiero a la ropa que he recogido del suelo y las escaleras y dejado sobre la silla, está preciosa.

No sé qué replicar, ella tira a dar.

—¿Preparada para venirte con nosotras? —pregunta Magda.

Sin saber qué decir, las miro. No creo que sea el mejor momento para aquello.

—No es buen día para que... —dice Nico, que está muy serio.

—Aisss, *neno*, qué enfurruscado estás. ¿Por qué no va a ser buen día?

Nico, que se toma un café apoyado en la pared, me mira.

—Ay, *pobriña*, tienes hasta ojeras —murmura Emi.

—¡Benditas *olleiriñas*! —se mofa Magda.

Se ríen. En silencio se comunican entre ellas.

—Vamos, Mari Morena —zanja la tía Rosiña—. Te vienes con nosotras.

—Necesito una ducha.

Nico, molesto y enfadado, sale de la cocina.

—Con el enfado que tiene el *neno* —señala la tía— porque os hemos pillado folleteando en la cama, es mejor que le des *tempiño* a que se le pase. Es de los que necesita su *tempiño* cuando se enfurrusca.

—Pero los niños...

—Los niños estarán bien. Ya lo conocen —insiste.

Asiento. Si Nico necesita espacio porque está enfurruscado, sin duda se lo doy. No quiero discutir.

—¿Seguro que no huelo mal? —pregunto.

Las mujeres se miran. Se ríen.

—Hueles a fragancia de la pasión —responde la tía Rosiña.

—Y tienes el cutis muy terso, gracias a esa pasión —añade Emi.

¡Serán cabronas!

Quince minutos después, tras montarnos en el coche de Emi, llegamos hasta una casucha que parece estar en medio de la nada.

—Bienvenida a nuestra pequeña fábrica —me dicen cuando nos bajamos.

Curiosa, veo a varias personas que al llegar nos saludan. Huele muy dulce.

—Amalia, Tomás —dice Emi—. Venid, que os presentamos a la Mari Morena.

Aquellas personas se acercan. Me miran con curiosidad.

—Pero esta Mari... ¿es la Wiwi? —pregunta la mujer.

—Nooooo —responde Rosiña—. La otra era la Mari Rubia y esta es la Mari Morena.

Encantada, los saludo con dos besos.

—Son nuestros trabajadores —me explica Magda cuando se alejan.

—¿Vuestros trabajadores? —pregunto, sorprendida.

—Cada año, en esta época, contratamos a seis trabajadores que nos ayudan con las cajas y los botes de mermelada. ¡Ni te imaginas el lío que es!

No entiendo muy bien lo que me explica.

—Esta es la antigua casa de mis abuelos —aclara tía Rosiña—. Hace años, las chicas y yo la reformamos por dentro y pusimos una cocina industrial para elaborar nuestras mermeladas. Y lo que comenzó como un *hobby*, se convirtió en algo más.

Sorprendida, entramos en aquel lugar, y me quedo sin habla al ver una enorme cocina de lo más equipada. En el paseo que me dan por el lugar veo cestos con naranja, mandarinas, peras, piñas, etc., y me explican orgullosas que aquellas frutas son su materia prima. Más tarde me quedo boquiabierta al entrar en una habitación repleta de cajas con botes de mermelada separados por sabores.

Según estoy mirando los botes, Magda se acerca a mí.

—Casi todo esto lo venderemos durante el mercadillo de Navidad —señala—. Y lo que sobra, lo guardamos para el siguiente invierno. Aunque durante el año, hay vecinos muy interesados que nos compran la mermelada.

Estoy impresionada. No podía imaginar aquella producción.

—¿Pero tenéis el certificado de sanidad y todos los papeles necesarios en regla para hacer todo esto? —pregunto.

Ellas se miran.

—¡Pues claro, Mari Morena! —afirma Magda—. Mi sobrino Rodolfo trabaja en esos temas y es quien nos ayudó para tenerlo todo en regla. Nuestra fábrica, aunque pertenezca a tres abuelitas, es legal y pequeñita. Y pagamos todos los años religiosamente a Hacienda. Incluso hemos pasado inspecciones sin ningún problema.

—El *neno* nos ayuda cuando recibimos algún *papeliño* de Hacienda —indica Rosiña.

—¿Y cuál es vuestro *business name*?

—Oy..., oy..., oy... ¿Tenemos *busimé*?

—¿Y eso qué es lo que es? —pregunta Emi.

—De verdad, hija, entre Eva con sus palabras raras, que me vuelve loca, y ahora las tuyas, una parece que es tonta *perdía* —murmura tía Rosiña.

Sonrío. La entiendo. Actualizarse en lo relativo a los nombres que se utilizan hoy para denominar algunas cosas no es fácil.

—Me refiero a que cómo os llamáis —les traduzco.

—Ya lo sabes, hija, Emi, Magda y Rosiña.

Oír eso me hace gracia.

—Eso lo sé. Pero mi pregunta es qué nombre comercial tenéis —aclaro. Ellas se miran, y yo me explico mejor—: A ver, hay marcas de leche, como de mantequillas, o coches, ¿vuestra mermelada tiene un nombre de marca?

—As tres avoíñas, que en castellano significa Las tres abueliñas —indica Magda.

Las tres se ríen.

—La gente que viene al mercadillo —dice Emi— busca la mermelada de As tres avoíñas. Nosotras solo vendemos nuestra mermelada en el mercadillo de Navidad.

—Pero ¿y si pudieseis venderlas todo el año? —Ellas se ríen, y yo, que mi cabeza va a mil, digo—: Una buena página web, junto a unas bien llevadas redes sociales, os puede abrir una estupenda ventana al mundo.

Se miran.

—Oy..., oy..., oy..., demasiada modernidad —admite Magda.

Lo entiendo. Comprendo que aquello que propongo tan alegremente ellas lo vean como algo complicado.

—Estudié ADE y creedme que con la calidad de vuestras mermeladas tenéis un buen negocio —las animo—. Quien la pruebe ¡repetirá!

—¿Empresarias a nuestros ochenta años?

—Ehhh, que yo tengo setenta y cinco —corrige Emi.

—Y yo setenta y ocho.

—Magda —replica tía Rosiña—. No me tires del *piquiño*, que tú naciste un año antes que yo. Por lo tanto, ¡tienes ochenta y uno!

Se mueren de la risa.

—¿No decíais ayer que esperáis a que os toque la lotería para iros a hacer un crucero por las islas griegas a ver si conocíais a vuestro Zorba, el griego? —pregunto, enseñándoles un frasco de mermelada.

Se miran y Rosiña, cogiéndome del brazo, dice:

—Anda, nena, vámonos a tomar un café y deja de meternos *paxariños* en la cabeza.

Entre risas, las cuatro salimos de aquel lugar que huele de maravilla, nos montamos en el coche de Emi y vamos hasta el pueblo. Después de aparcar, vamos a una cafetería y, muerta de hambre como estoy, me meto entre pecho y espada un sándwich de jamoncito dulce y queso con patatas, tamaño XXL, que, si lo ve mi madre, me retira el saludo de por vida.

—¿Estaba rico? —pregunta Emi.

—Riquísimo —afirmo encantada.

—¡Pero si aquí están las Susis! —exclama una mujer que se nos acerca por mi derecha. Al verme, pregunta—: ¿Y tú quién eres?

—Es la Mari Morena —responde Rosiña.

Entonces, la mujer me escanea en profundidad.

—Pero Mari, Mari... ¿la Wiwi? —murmura.

—Nooooo. La Mari que tú dices era francesa y rubia, y esta es morena y española, ¡la Mari Morena!

La mujer asiente.

—Ella es Antía. La dueña de la cafetería —la presenta Emi.

Encantada, la saludo.

—El sándwich ¡riquísimo! —afirmo.

Antía sonríe y, al poco rato, nos deja solas. Tía Rosiña saca su móvil.

—Saca el tuyo —dice— e inclúyete en el grupo de «Con batas y a lo loco».

Divertida, voy a hacerlo, cuando me doy cuenta de que, con las prisas y el jaleo del momento, no he cogido el móvil. Lo he dejado sobre mi cama. Les pido a todos los santos habidos y por haber que a nadie de mi familia le dé por llamarme.

—No lo tengo aquí —les explico—. Se quedó en la granja. Pero enviadme una invitación y, cuando llegue, la acepto.

—¿Y eso cómo se hace? —pregunta Emi.

Asiendo el teléfono de tía Rosiña, me envío a mi teléfono una invitación.

—Hecho. Cuando tenga mi teléfono lo acepto.

—Pero ¿cómo has hecho eso?

Como puedo les explico cómo he procedido y cuando termino, Magda indica:

—Esto me sigue pareciendo cosa de meigas.

Pagan la cuenta, pues tampoco he traído el bolso, y vamos hasta la plaza donde hay varios puestos. Curiosa, veo que vecinos de la zona que he visto al ir al supermercado están ahí llenándolos con sus productos, y las Susis me los presentan. Como es lógico, explican mil veces que soy la Mari Morena, no la Mari Rubia, y, al final, reconozco que me tengo que reír. Vaya nombrecito que me han buscado.

Aquellos vecinos, al igual que hacen ellas con la mermelada, ponen a la venta mantequilla, quesos, galletas, miel, hidromiel, sidra y cervezas artesanales, entre otras cosas. Vamos. ¡Que allí no falta de nada! Y todo artesanal, ¡qué maravilla!

Después de pasar por el puesto de ellas que veo que tienen petado de mermeladas de distintos sabores, salimos de allí y nos dirigimos hacia un sitio donde hay varias personas de pie.

—Bienvenida a la mejor red social, ¡la red del chorro! —exclama Emi.

Encantada, miro aquella fuente que hay junto a una plaza cuando se nos acercan unas personas.

—Paqui, Duarte, Eulalia, os presento a Mari Morena —dice Rosiña.

Las dos mujeres y el hombre me miran, y este último, bajando la voz, murmura:

—Pero esta es la Mari... la Wiwi...

¡Joderrrrr! Y esta vez soy yo la que contesto:

—No. La Wiwi era la Mari Rubia, y yo soy ¡la Mari Morena!

—¿Cómo el villancico? —pregunta el tal Duarte.

Sin poder evitarlo, sonrío. Y sin más, tras escucharlos cantar con guasa el villancico, como bien dijeron las Susis, la red del chorro comienza a dar información, y aquello es un no parar.

Capítulo 39

Anochece y María no llega.

Lleva todo el día con las Susis y reconozco que no puedo dejar de mirar el teléfono, por si me llama, y de asomarme a la puerta, por si regresa.

La noche que he pasado con ella casi la podría catalogar como la mejor noche de mi vida. No solo tuvimos buen sexo, sino que nuestra comunicación fue increíble. Tanto, que todavía no me lo creo.

Quique y Sía han estado tranquilos. Incluso no se han quejado de que esta noche les he puesto de cena varitas de pescado. Pero Eva me está dando el día, porque no para de lanzarme pullitas con lo que ha visto. ¡Joder con la niña, lo tocapelotas que es!

¿Cómo hemos podido ser tan imprudentes María y yo de quedarnos dormidos?

Pensar eso me sigue molestando. Yo quería que los niños, mi tía y las Susis no se enteraran, pero, para mi desgracia, se han enterado. Y como imaginaba, han sacado sus propias conclusiones, y veo a Quique feliz. Sía es muy pequeña para enterarse de nada, pero está claro que a Eva no le ha gustado. No hay más que ver cómo me mira cuando sale de su habitación para saber lo molesta que está.

Pero pensar en María me hace sonreír, a pesar de que en ciertos momentos su actitud con la ropa me encrespa. Eso de que se cambie varias veces cada mañana hasta dar con el *outfit* correcto sigo sin entenderlo, pero en cuanto veo que sonríe, se me pasa.

La intimidad que tuvimos anoche me gustó, y la necesitábamos. Para ser nuestra primera vez, la cosa fluyó maravillosamente bien. Y pensar en ella sobre la cama, con mi camisa puesta, tomando vino y comiendo bombones, me excita una barbaridad y quiero repetir.

Los niños están tranquilos, aunque Sía no para de preguntar por ella. Quique ve una película de dinosaurios en la televisión y Eva, aunque ha estado todo el día en su habitación, ahora está en el sofá sentada.

Estoy echando unos troncos en la chimenea del salón cuando oigo el ruido de algo que cae.

—¡Maldita sea! —grita Eva a los dos segundos. Al mirarla, veo que tira una bola del árbol contra la pared y se hace añicos. Vuelve a gritar—: ¡Esta mierda no la teníais que haber puesto!

—Eva, eres tonta, ¡la has roto! —se enfada Quique.

Oír a la niña me subleva. Por norma, intento tomarme las cosas con tranquilidad para no crear más conflicto entre nosotros. Pero recordé lo que María me dijo, que ella le hablaba a Eva sin miedo y con sinceridad.

—A ver, campeona —le digo—. Creo que lo que acabas de hacer no está bien, ¿no crees?

—Esa maldita bola me dio en la cabeza y...

—Jopé, Evaaaaa, ¿y por eso la has tenido que romper? —se queja Quique.

—¡Ni jopé ni jopá! La maldita bola me cayó a mí. No a ti —insiste.

—Pero, Eva...

—¡Que te calles, Quique! —le ordena.

Su tiranía me molesta. En los últimos años he entendido que su dolor no le permitía celebrar las Navidades, pero hasta aquí hemos llegado. Quique y Sía necesitan vivir la Navidad. Lo desean. Y no sé si es porque estoy enfurruscado, como dice mi tía, pero hoy no me voy a quedar callado.

—En esta casa no solo vives y opinas tú, Eva. También vivimos Quique, Sía, y yo.

—Y María —apostilla Quique.

—Me da igual —replica ella—. Ese árbol con los adornos, si tanto lo queréis, ponedlo en vuestras habitaciones, pero aquí no debería estar.

—Porque tú lo digas —gruñe Quique.

—Por supuesto que porque yo lo digo.

—Eva... —murmuro.

—¿Eva qué? —me reta, levantando la voz. Y antes de que pueda contestar añade—: Esto es una mierda. La Navidad es una mierda. Y a ti te tendría que dar vergüenza por haber engañado a Marie Chantal, ¡tu novia!, con la tonta de María.

—No es mi novia, y te estás pasando —apostillo, molesto.

Como era de esperar, Eva comienza a hablar en rumano. Sé que lo hace para enfadarme más. No entiendo nada. Solo el nombre de mi ex.

—¡Basta ya, Eva! —siseo—. Te he dicho mil veces que hacer eso es una falta de respeto. Por lo tanto, lo que quieras decir delante de mí, dilo en español, para que yo lo entienda.

La cría me mira. De pronto, Quique coge el teléfono móvil de Eva y lo tira contra el suelo para después lanzarse sobre ella para pegarle.

Sorprendido por aquel arranque tan poco normal en el niño, rápidamente lo sujeto. Lo separo de su hermana y cuando voy a reprenderlo, llorando grita:

—¡Eres mala, Eva! No digas esas cosas. Mamá y papá tienen que estar muy enfadados por lo que has dicho.

La cría coge su teléfono del suelo y nos mira. Y yo, viendo a Quique llorar como nunca, voy a hablar, cuando la puerta de la calle se abre. Aparece María. Entra sonriendo, pero su sonrisa se disuelve en dos segundos.

—¿Qué ocurre? —pregunta.

—No *llodes*, Quique. No *llodes* —murmura Sía con un puchero.

No sé qué ha dicho Eva para que Quique se haya puesto así. Y Sía, que no sabe rumano, sé que no lo ha entendido. Pero las palabras de Eva, desde luego, al niño le han dolido. María se acerca a nosotros y coge a Sía entre sus brazos para consolarla.

—¿Qué ha pasado? —Me mira.

A grandes rasgos le comento lo ocurrido.

—¡Ha pasado lo que tenía que pasar! —me interrumpe Eva a gritos—. Que por hacerte caso a ti y comprar el ridículo arbolito de Navidad estamos así. ¿Por qué no te vas de esta casa y nos dejas en paz?

El gesto de María es un poema.

—Eva, te estás pasando —levanto la voz.

—Eso díselo a ella, que es una mentirosa.

—Mentirosa, ¿por qué soy una mentirosa?

Eva me mira. En su mirada veo algo que no me cuadra.

—¡Por su culpa discutimos! —me grita—. Si ella no estuviera aquí, ese árbol no estaría. Ella..., ella ¡no es Marie Chantal! Y..., y no la quiero aquí.

Boquiabierto por lo que escucho, voy a hablar cuando María, que hasta el momento ha permanecido callada, me mira.

—Lo siento, Nico —me dice—. Enfádate conmigo. Pero no me voy a callar. —Y luego se dirige a Eva—: Sigues siendo la niñata egoísta que te dije. Tú o te sales con la tuya, o...

—Lo que tú me digas ¡no me importa!

—Lo sé. Pero me vas a escuchar —apostilla María.

—¡Porque tú lo digas!

—Porque yo lo digo —afirma María, que pregunta—: A ver, ¿por qué me llamas mentirosa?

Desde mi posición veo como las dos se miran a los ojos.

—¡Porque sí! —grita Eva.

—Esa contestación no me vale.

Eva se mueve. La mira. Y sin contestar a su pregunta vuelve a gritar:

—¡Esta es mi casa, no la tuya!

—No, Eva, esta no es tu casa —responde María—. Esta es la casa de Nico, Quique, Sía y, por supuesto, la tuya. Pero no es solo la tuya.

—María —murmuro, para pedirle tranquilidad.

—Y este hombre, al que llamas cortarrollos, y al que tratas todos los días con desprecio, es alguien que ha dejado su vida y ha sacrificado muchas de sus ilusiones para estar aquí cuidándote a ti. ¡Jodida niñata egoísta!

—¡María!

—¡¿Qué sabrás tú?! —grita Eva.

—Nico te quiere —insiste María—. Tus hermanos te quieren. ¿Qué narices haces tratándolos como los tratas? Que no me quieras a mí y te incomode el que yo esté aquí, ¡vale! ¡Es comprensible! Soy alguien que igual que llegó se irá. Pero que como una tirana trates a Nico y hagas llorar a tu hermano por a saber Dios qué has dicho, cuando sabes que es el niño más adorable que existe, eso es de ser mala y tener muy mala leche.

Eva me mira. Espera que diga algo a su favor, pero no puedo. María tiene razón, por lo que corre escaleras arriba y da un portazo.

María y yo nos quedamos en silencio, mientras Sía y Quique, desconsolados, lloran. Con cariño, cojo al niño en mis brazos. Me siento en el sofá con él.

—Tranquilo, campeón. Ya está. No pasa nada —susurro, arrullándolo.

Sía llora, Quique llora, y María y yo, como podemos, los consolamos. Durante un buen rato ambos decimos tonterías para hacerlos sonreír. Sía, del sofocón, se queda dormida, y cuando por fin conseguimos que Quique se tranquilice y deje de llorar, pregunto:

—¿Qué ha dicho tu hermana para que te hayas puesto así?

El niño me mira. Duda sobre si contestar mi pregunta, cuando María, tras dejar a Sía sobre el sofá y taparla con una mantita, se arrodilla ante Quique.

—Escucha, cielo —le pide—. Para poder entender qué ha pasado, y por qué le has querido pegar, necesitamos saber lo que ha dicho.

—Dijo algo muy feo —murmura el pequeño, que tiene los ojos hinchados de tanto llorar. Y cuando voy a hablar, entre sollozos, añade—: Ha dicho que ojalá te hubieras muerto tú en lugar de papá y mamá.

—La madre que la parió —murmura María, ofuscada.

Quique vuelve a llorar.

—Tranquilo, campeón. Tranquilo —le susurro, conmovido y dolido a partes iguales por enterarme de que Eva ha dicho algo así.

María me mira. En su gesto veo el enfado.

—A ti no sé —me dice, levantándose—. Pero a mí esa niñata ya me ha inflado los ovarios y me va a oír. Porque si te parece que he sido dura con ella con lo que he dicho, que se prepare, porque llevo tal munición cargada que lo va a lamentar.

Con mi mano la retengo. Veo el tremendo enfado en su mirada.

—Hablaré con ella yo —le pido.

—Pero, Nico...

—He de ser yo quien hable con ella —insisto.

—Voy... Voy al baño —murmura Quique.

—¿Por qué me ha llamado mentirosa? —me pregunta María cuando el niño sale del salón.

—No lo sé —respondo con sinceridad.

María me mira, como yo la miro a ella.

—Sé que quieres a Eva —dice—, pero, por Dios, ¡reacciona! ¿Acaso no ves que comportándote como lo haces no le beneficia?

Sé que tiene razón. Soy demasiado permisivo. Ella añade:

—Eres demasiado bueno y condescendiente con ella. La proteges y la consientes demasiado por miedo a que ella se aleje más de ti, y eso le está convirtiendo en una tirana terrible, que encima se cree las mentiras que esa imbécil le cuenta.

—¿Le cuenta? ¿Quién le cuenta?

María resopla. Sus palabras me hacen entender que sabe algo que yo no sé.

—Mira. Me pidió que no te lo dijera, y créeme que iba a hacerlo —suelta—. Eva me confesó esta mañana que ella y tu ex siguen hablando. Y que le ha jorobado verme en tu cama, porque su intención es que volváis.

—¡¿Qué?!

Incrédulo, la escucho. Lo último que pensé es que aquellas dos estuvieran en contacto. Ahora sé quién le informaba de mis movimientos. Por eso siempre que salía a tomar algo con los amigos, Marie Chantal me escribía. Era Eva la que se lo decía, no mis amigos.

—A ver, Nico —prosigue María—. Esa odiosa mujer le dijo que terminaste con ella porque salías con otras mujeres, e incluso que le prohibiste acercarte a los niños. Y, por supuesto, no le ha dicho que tiene un novio con el que se va a casar en mayo.

Maldigo. Marie, una vez más, ha jugado sucio.

—¡*Carallo*! Ahora entiendo muchas cosas —siseo.

Me incorporo. Está claro que hoy no es mi día.

—Sé que hablar con Eva no va a ser fácil —dice María, tomando mi mano—. Pero creo que ha llegado el momento de decir las verdades sin miedo y llamándolas por su nombre. Si le tienes que decir que es una tirana malcriada que solo se mira el propio ombligo, ¡díselo! Porque o lo haces tú o lo hago yo. Ah, y otra cosa —y bajando la voz cuchichea—: Eva el año pasado le contó a Quique quiénes eran esos tres que van en camello y el señor gordo que va de rojo y se mete por las chimeneas, e incluso le enseñó al niño que guardas los regalos debajo de la cama.

—Noooo...

—Sí.

Eso me duele. Que Eva, con su tiranía, haya acabado con esa magia de la Navidad para Quique me subleva. Y recordando dónde tengo guardados los regalos, murmuro:

—Luego los cambiaré de sitio.

Pero María tiene razón. No puedo seguir permitiendo que una niña de trece años domine nuestro hogar. Si hago eso, la estaré convirtiendo en un monstruo intransigente, y cuando me dirijo hacia las escaleras, me paro. Miro a María, y acercándome a ella, le doy un beso en los labios.

—Disculpa por cómo me comporté esta mañana —susurro.

—Disculpado.

—Escucha, bomboncito, tú y yo tenemos que hablar, ¿de acuerdo?

María sonríe. Adoro su sonrisa. Y tras guiñarle un ojo, me dirijo hacia las escaleras, que subo de dos en dos. Cuando llego ante la puerta de Eva, me detengo. Tomo aire.

—Eva. Voy a entrar —digo, tras golpear con los nudillos en la puerta.

Dejo que pasen unos segundos por deferencia, y cuando abro, veo que está sentada sobre la cama con sus cascos de música puestos y el teléfono móvil en la mano.

Me mira. En su mirada veo ese distanciamiento que hay entre nosotros, y le hago una seña con la mano para que se quite los cascos.

Obedece, pero protesta al instante.

—Quique se ha cargado la cámara de fotos de mi teléfono.

—No respondo. Eso es lo que menos me importa. Ella pide—: Ahora sí que necesito un teléfono móvil nuevo.

—Pues no seré yo quien te lo compre —afirmo con seguridad.

—¡Pues lo necesito!

—Lo que verdaderamente necesitas es aprender a respetar y a valorar a quien te quiere y...

—¿Pero tú de qué vas? —me corta—. Yo sé muy bien quién me quiere y a quién tengo que querer y respetar.

Dolor. Aquello me duele. A su manera me está diciendo que no me quiere ni me necesita.

—Espero que algún día entiendas que a las únicas personas que has de necesitar y querer en tu vida son aquellas que te demuestran con sus actos y hechos que te necesitan, respetan y te quieren en la suya —digo—. El día que aprendas eso, estoy seguro de que tu percepción de muchas cosas cambiará. —Resopla. Con su gesto me hace saber que lo que digo no le interesa lo más mínimo, por lo que cojo la silla que hay junto a su cama, me siento y continúo—: ¿Tienes alguna pregunta que quieras hacerme? —Aquello le sorprende. No habla. Solo me mira, y yo insisto—: ¿Algo que quieras preguntar o contarme?

Sigue igual. No habla. Por lo que, cogiendo su teléfono móvil, lo desbloqueo y al ver con quién estaba hablando antes de que yo llegara y lo que había enviado, pregunto:

—¿Te parece esto bonito? —La niña intenta quitarme el teléfono de las manos—: ¿Qué haces hablando con Marie Chantal?

—¡Dame mi teléfono!

—¿Por qué estás en contacto con ella y por qué le cuentas mis movimientos?

Eva resopla. No esperaba aquello.

—La chivata de María te lo ha dicho, ¿verdad? —escupe.

—Esa chivata, como tú dices, en el poco tiempo que lleva contigo, se ha preocupado más por ti y por tus hermanos de lo que lo hizo esa a la que tanto quieres y a la que tanto escribes. Y me avergüenza ver cómo le has hablado, cuando ella no se lo merecía.

—Es una mentirosa.

Aquella insistencia me sorprende.

—¿Por qué es una mentirosa? —quiero saber. Eva me mira con aquel gesto que conozco tan bien y sabiendo que no va a contestar, añado—: Tienes razón en una cosa. Te mentí. Te dije que ella y yo habíamos roto de mutuo acuerdo cuando no fue así.

—Lo sabía —afirma.

—¿Qué sabías? ¿Qué te contó ella?

—Que la habías dejado porque estabas con mujeres como María, y que le prohibiste acercarte a nosotros.

Eso me subleva. Mi rencor hacia aquella maldita mujer se redobla.

—Te mintió. Esa maldita mujer te engañó, como me engañó a mí y... —replico.

—¡A mí no me mintió!

—¿Y qué te hace creer eso?

Eva se revuelve en la cama. Comienza a estar incómoda.

—Porque a mí nunca me mentiría —responde—. Ella y yo tenemos un excelente rollo entre nosotras y...

—¿Te ha dicho que tiene novio y que se casa en mayo con él? —Eva me mira. Parpadea. Eso no se lo esperaba—. Escucha, cielo —prosigo—. La realidad de nuestra ruptura fue por cosas que te oculté para no hacerte daño. Una de ellas porque quería que volviera a mi vida anterior y me trasladara a vivir fuera de España. Y otra, y para mí la más grave, porque exigió que olvidara a Quique y a Sía, porque ella solo te quería a ti.

Al oírme, el gesto de Eva cambia.

—Eso no es cierto.

—Lo es, Eva.

—¡Mientes! —grita.

—Campeona, no miento.

—¡Mientes! Dirías cualquier cosa para que yo la odiara, y no te odiara a ti.

—Toma. ¡Pregúntaselo! —digo, tendiéndole su móvil.

No lo coge. No se mueve. Y, cuando me guardo su teléfono en el bolsillo de mi camisa, murmura:

—Tú eres el mentiroso, ¡no ella!

Dolorido por sus palabras y por lo que sé que tengo que hacer para que me crea, saco mi teléfono móvil del bolsillo del pantalón. Busco entre mis conversaciones de WhatsApp algo que no he borrado, y cuando lo encuentro, le doy al *play* y se oye:

> ▶ Escucha, *mon amour*. Sé que lo que hablamos el otro día no te gustó, pero te lo voy a repetir por aquí, para que lo escuches tantas veces como lo necesites. Eres un gran profesional que se merece el reconocimiento y la buena vida que llevaba antes de que tu hermana muriera, y no ser un simple veterinario de pueblo. Sabes que soy mujer de ciudad y me niego a vivir en una maldita granja, rodeada de vacas, bichos y demás. ¿Has pensado qué dirían nuestros amigos si se enteraran de dónde vives? *Mon amour*, esa vida no es para mí. En cuanto a los niños, me niego a cargar con Quique y Sía. Son pequeños, ruidosos y demandan un tiempo y unos sacrificios que a mí no me

competen. Te quiero. Eres mi media naranja. Pero te quiero a ti. ¡No a ellos! Y no voy a sacrificar mi cómoda vida ni mi tranquilidad por unos niños que no son míos y mucho menos vivir en una apestosa granja. En cuanto a Eva, al ser la mayor y valerse por sí misma, puedo hacer una excepción, pero en cuanto a los otros dos ¡no! Por lo tanto, si realmente quieres que lo nuestro continúe, solo tienes que renunciar a esos niños y regresar a tu vida anterior. En caso contrario, quédate en ese pueblucho y en esa granja, cuidando de los hijos de tu hermana y olvídate de mí.

Tan pronto termina de reproducirse aquello tan terrible, lo paro. Miro a Eva, que se ha quedado congelada.

—Lo siento, Eva. He intentado por todos los medios evitarte esto. Pero...

—Ella quería que abandonaras a Quique y a Sía.

—Sí.

—¿Se avergonzaba de nuestra casa?

—Ya lo has oído.

Eva se levanta. Camina hacia una pared donde, para mi desgracia, sigue teniendo varias fotos con aquella maldita mujer.

—Yo creía que nos quería —murmura, mirándolas.

Me levanto.

—También lo creí yo —susurro, poniéndome a su lado—. Pero, como ves, nos engañó.

Con rabia, veo que arranca las fotos de la pared. Las rompe.

—Quiero..., quiero quedarme sola —pide, después de tirarlas al suelo.

Suspiro. Lo que acabo de enseñarle le ha roto todos sus esquemas, pero no, no voy a hacer lo que ella pide y cogiéndola del brazo, hago que me mire.

—Te dejaré sola, pero antes quiero hablar contigo —digo.

—¿Ahora?

—Sí. Ahora.

—¡Pero yo no quiero! —grita.

—Pero yo sí. Y lo que te tengo que decir es importante. Por lo tanto, presta mucha atención, porque a partir de ese instante todo va a cambiar —afirmo sin levantar la voz.

Sin soltarla, la llevo a la cama. La siento. Me siento en la silla frente a ella y, por primera vez, decido llamar a las cosas por su nombre.

—La muerte de tus padres nos ha cambiado a todos la vida —empiezo—. Y ante algo así, solo hay dos caminos. El de la amargura. O el de la superación. Durante estos años, he intentado ser la mejor versión de mí mismo contigo y tus hermanos, pero mientras que ellos me aceptaron, en tu caso ha sido todo lo contrario. —Se le llenan los ojos de lágrimas. Ver aquello me conmueve. La abrazaría, pero consciente de que he de hablar con ella de una manera muy diferente a la que he empleado hasta el momento, sigo adelante—: Eva, te quiero de una manera que no te sabría explicar. Vivir contigo para mí es un regalo, pero siento que no es recíproco porque soy tu cortarrollos y te incomoda mi presencia. Por ello he pensado que quizá sería mejor que te fueras a vivir con tía Rosiña, como has dicho en alguna ocasión. —La cría abre los ojos. En su gesto veo la sorpresa cuando señalo—: No pondré objeciones. Hablaré con ella, trasladaré tus cosas a su casa y así podrás olvidarte de mí.

La emoción me sube por la garganta. Imaginar que ella decide hacer lo que he propuesto me parte el alma.

—¿Y..., y mis hermanos? —pregunta.

—A ellos también les preguntaré qué quieren y acataré lo que decidan. Pero algo me dice que Quique y Sía querrán seguir viviendo conmigo.

Más claro con ella no puedo ser. Hacer eso supondrá un nuevo cambio para todos, pero si ella lo necesita, creo que todos lo respetaremos.

No habla. Solo me mira. Lo que acabo de proponer la descoloca.

—Ojalá tu madre estuviera aquí. Y créeme cuando te digo que al primero que le gustaría sería a mí. Ella era mi hermana. Clara era mi única hermana. La persona, junto a mi madre, que más me ha cuidado y me ha querido en el mundo. Pero, por desgracia, pasó lo que pasó, y soy yo el que está aquí. —Eva, con los ojos llenos de lágrimas, me mira—. Tu madre fue quien dejó escrito en un documento que, si algo le pasaba a ella y a tu padre, tenía que ser yo quien me ocupara de ti y de tus hermanos. Y creo que eso estoy haciendo desde que llegué a la granja, aunque me destroza ver que no estoy siendo capaz de hacer lo que me pidió contigo. Desde que llegué he intentado no enfadarme, no regañarte, ser paciente, darte oportunidades, pero nada funciona, porque tú no quieres que funcione. En cuanto a Marie Chantal, para mí es un tema zanjado. Ahora que sabes la verdad, tú misma saca tus propias conclusiones de por qué no estoy con ella. Y en cuanto a la Navidad, durante estos tres años he hecho lo que tú querías, pero eso se acabó. A partir de este año, las Navidades se van a celebrar como en cualquier hogar. Vamos a celebrar la Nochebuena y la Nochevieja, y tanto Papá Noel como los Reyes Magos van a dejar sus regalos debajo del árbol. ¿Y sabes por qué? Porque, además de ti, hay dos personitas llamadas Quique y Sía que se merecen sentir la magia de la Navidad. Y si tú no quieres estar en esos momentos con nosotros, no pasa nada. Estarás en casa de tía Rosiña, sola, porque ella sí vendrá.

Las lágrimas a Eva le corren por las mejillas. Ver aquello me parte el alma. Me siento la peor persona del mundo por lo que acabo de decir, pero debo continuar. No puedo dar un paso atrás.

—Viviste con tu madre diez Navidades. Pero yo viví treinta y seis. Y sé que, si permito que un año más Sía y Quique no tengan la Navidad que se merecen, mi hermana, tu madre, no me lo va a perdonar.

—Pero ¿cómo voy a celebrar una Navidad sin papá y mamá?

Responder a aquella pregunta es difícil. Todos tenemos ausencias en nuestras vidas y según vamos creciendo más.

—El primer año que tu madre y yo celebramos las Navidades sin nuestra madre fue complicado. Difícil. Pero tu madre, al ser la mayor, tenía claro que nuestra madre hubiera querido que lo siguiéramos celebrando y se las compuso para que yo tuviera siempre unas bonitas Navidades. Unas Navidades como las que nos hubiera dado mamá. Dicho esto, tú eres la mayor de tus hermanos, y estoy seguro de que a tus padres les llenaría de orgullo ver que haces lo que puedes para que Quique y Sía sean felices. Al igual que mi hermana se sentiría muy orgullosa de mí, al ver que yo...

La voz se me quiebra. No puedo seguir hablando.

—La cámara de mi teléfono móvil está rota por culpa de Quique —replica con su habitual frialdad—. ¡Necesito una solución ya!

Oír eso me joroba. Me destroza.

Está claro que su maldito teléfono móvil es más importante que todo lo que yo le acabo de decir. Así que me levanto e ignoro su exigencia.

—Piensa en lo que te he dicho esta noche —digo—, y mañana me dices lo que has decidido para hablarlo con tía Rosiña. Ella no dirá que no a que te vayas a su casa a vivir.

Y sin más, salgo de la habitación.

Al hacerlo oigo las voces de Sía, Quique y María en el salón, por lo que entro en mi habitación y me siento en la cama. Como Eva decida marcharse a vivir con tía Rosiña, me va a partir el corazón, pero si la quiero, he de respetar su elección. Pero ¿y si Quique y Sía quieren irse con ella?

Angustiado, pongo mis manos en mi rostro y dejo salir mi pena. Aunque lloré la muerte de mi madre y de mi hermana, lo que acaba de pasar con Eva y lo que puede pasar con Quique y Sía me destroza. No quiero vivir más ausencias, e incapaz de contener las lágrimas, permito que broten.

—Heyyyy... —oigo.

Al mirar veo que se trata de María. Entra en la habitación y tras cerrar la puerta, acercándose a mí, me abraza. Me dejo envolver por sus brazos.

—Pssss..., tranquilo, cielo —susurra, enredando sus manos en mi pelo.

Como un niño lloro, mientras la abrazo y ella me da mimos. Los necesito. Necesito que alguien me arrulle. Que alguien me diga que este gran problema que tengo con Eva se va a solucionar.

Que esté a mi lado en este momento complicado en el que me siento tan solo lo convierte en algo especial, y cuando por fin consigo tranquilizarme y dejar de llorar le explico:

—He hablado con ella y le he abierto mi corazón. Incluso le he dicho que, si quiere, puede irse a vivir con tía Rosiña. —María asiente. Yo musito—: Y a ella lo único que parece importarle es que Quique le ha roto la cámara de fotos de su teléfono y necesita una solución.

María vuelve a abrazarme cuando la puerta se abre. Quique y Sía entran corriendo tirándose en bomba en la cama.

—Papá, ¿qué te pasa? —pregunta Quique.

María hace ademán de llevárselos.

—Déjales —le pido—. He de preguntarles algo.

María asiente. Los niños me miran y yo me muerdo los labios por dentro para no ponerme a llorar. Sé que tengo que hacerles una pregunta que puede cambiar de nuevo mi vida.

—He hablado con Eva y, entre las muchas cosas que le he dicho, le he propuesto que, si no es feliz viviendo conmigo, si quiere, puede irse a vivir con tía Rosiña. Y bueno..., quiero saber si Eva decide marcharse, ¿vosotros os querréis ir con ella?

Quique parpadea. En sus ojos veo el desconcierto que él tiene que ver en los míos.

—Papá, yo me quiero quedar contigo —no duda.

—Y yo *tambè*, papi —lo secunda Sía.

Al oírlos, vuelvo a respirar. Y mi corazón se descontrola. Inmediatamente los abrazo como ellos me abrazan a mí y entonces miro a María, que está frente a nosotros. En sus ojos hay lágrimas como las hay en los míos, y extendiendo una mano la agarro y la acerco a nosotros. La acerco a mí.

Capítulo 40

21 de diciembre de 2025

Cuando me despierto en el sofá, veo a Nico dormido a mi lado.

La noche anterior, con todo lo que pasó, ninguno podía conciliar el sueño, y como tampoco queríamos meternos en su habitación estando allí los niños, nos quedamos en el sofá para hablar.

Durante horas comentamos lo ocurrido con Eva. Nico estaba dolido. Mucho. Como pude, lo escuché, consolé, y finalmente le dije algo que mi abuelita decía: nunca hay que temer a las nuevas etapas, porque ellas son la vida en movimiento.

Pero Nico está destrozado. Asustado. La respuesta y la frialdad de Eva lo tienen inquieto. Yo, feliz de estar a su lado, le doy un dulce beso en los labios.

—Buenos días, guapetón —le susurro al oído.

—Buenos días, bomboncito.

Con una sonrisa nos miramos mientras estamos en el sofá.

—Tenías razón. La luz que entra ahora con esas cortinas es fantástica —dice.

—Lo sé —afirmo encantada.

—Eres una creída —se mofa.

—Lo sé, y te gusta —me río.

Ambos sonreímos. Shirly y Homer se paran ante nosotros.

—Yo veo a Shirly más gordita, ¿y tú? —señalo.

Nico sonríe.

—Hay que esperar un poco más para saber si está embarazada —replica sin mirarla.

Asiento, pero la impaciencia de no saber me puede.

—A ver qué nos depara hoy el día —suspira Nico. Que me incluya en su día me gusta. Se incorpora y dice—: Estoy nervioso y algo acojonado por lo que Eva haya podido decidir.

Con cariño, tomo su mano. Se la aprieto. Entiendo su nerviosismo ante lo que dice.

—Tranquilo. No te adelantes —le recomiendo. Asiente. Suspira, y yo, estirándome, digo—: Necesito una ducha y maquillarme. Debo de tener una pinta terrible.

Cuando me voy a levantar, Nico tira de mí, y me hace sentar de nuevo.

—Tú no podrías tener una pinta terrible ni queriendo —murmura.

Sonrío. Sonríe.

—Luego me acusas de ser una creída —rebato. Con complicidad sonreímos—. Gracias por decirme cosas tan bonitas.

—Gracias a ti por ser tan bonita.

—¡Nicooooo!

Este se ríe y me da un nuevo beso en los labios.

—Acepta los piropos que te mereces, bomboncito. Y, por cierto, cuando te maquillas, estás preciosa, pero cuando no lo estás, como ahora, estás más preciosa todavía.

—*Carallo...* —suelto, divertida.

Nos miramos. Me encanta sentir su mirada.

—Sé que esto es complicado, pero me gusta la sensación que me provoca.

—A mí también.

Sonríe. Sonrío.

—¿Qué te parece si el tiempo que estés aquí lo disfrutamos juntos? —sugiere.

—No quiero confundir a los niños —digo, aunque su propuesta me sorprende—. Nico, cuando terminen las Navidades, yo me iré.

Hace un gesto de resignación que me parte el alma.

—Lo sé. Y aunque me encantaría que te quedaras, yo...

—¿Te gustaría que me quedara?

Nico asiente. Ver su seguridad me pone tremendamente nerviosa.

—¿Y qué pasa con los niños y tu tía? —pregunto, totalmente confundida por los sentimientos que tengo hacia él.

Nico toma aire.

—Disimularemos —propone—. Ellos no tienen por qué enterarse. Pero lo he pensado y, aunque sea una sola vez en mi vida, quiero ser egoísta y pensar solamente en mí. Eres un bonito regalo que la vida ha puesto ante mí puerta y quiero, deseo, y necesito pasar contigo esta Navidad.

Sus palabras me erizan el vello de todo el cuerpo. Su mirada. Todo él me hace estremecer.

—Tú también eres un bonito regalo para mí —admito, aunque sin abrir mi corazón, como siento que él acaba de hacer.

Con mimo nos damos un dulce beso en los labios.

—Disfrutemos juntos esta Navidad —repite.

Conmovida por sus palabras, que siento como si yo misma dijera, claudico.

—De acuerdo.

—Madrecita... —murmura.

—*Carallo*... —sonrío.

Nos miramos, conscientes de que lo que vamos a hacer es una locura. ¡Nuestra locura! Y entonces, me besa. Lo hace de esa manera en la que parece que me roba el aliento.

—Papááááá... —oímos.

413

Es la voz de Quique. Nos separamos de inmediato. Por suerte, Quique lo llama de lo alto de la escalera.

—Campeón —dice Nico—. Ve a ver si Sía se ha despertado.

—¡Vale!

Sé que a Nico le reconforta saber que el niño no nos ha visto.

—Hoy y ahora estás aquí —dice—, y me niego a no disfrutarte, y más cuando tú quieres lo mismo que yo.

Ambos sonreímos cuando de pronto Eva baja las escaleras y nos mira. Uisss, madrecita, cómo nos mira.

En su mano veo que lleva una maleta. Malo. Malo. Si ya baja con la maleta preparada.

Nico y yo nos incorporamos. Nos preparamos para el huracán devastador llamado Eva.

—¿Podemos hablar? —dice, poniéndose delante de nosotros.

Nico se envara. Intuyo que las pulsaciones se le han puesto a mil. Yo me levanto a toda prisa.

—Iré a ver a los niños —digo.

—No, María. Quédate tú también.

Confundida, vuelvo a sentarme junto a Nico. Este toma mi mano, creo que en busca de fuerza y apoyo, y soy consciente de cómo Eva mira aquel movimiento con gesto serio.

—Tú dirás, campeona.

Eva toma aire. Suelta la maleta que lleva y la deja en el suelo. Creo que lo que acaba de ver no le ha gustado un pelo, e intentando leer su cara, realmente no sé por dónde va a salir.

—Lo que dije ayer y por lo que Quique lloró sé que está mal. Y..., y mis padres tienen que estar muy enfadados conmigo por haberlo dicho. —Asentimos los dos. A ella le suena el teléfono, pero ignorándolo, prosigue—: Echo mucho de menos a mamá y a papá. Y estoy tan enfadada porque tuvieran el accidente que siento que he puesto toda mi rabia en ti y hasta anoche no supe entender que tú lo dejaste todo para venir a cuidarnos a mis hermanos y a mí.

414

Nico aprieta mi mano. Sé que lo que oye le remueve. Eva me mira.

—Lo siento, María. No te merecías las cosas que dije, ni cómo me he portado en muchas ocasiones contigo. Desde que estás aquí, mis hermanos son más felices, y tú siempre estás ahí para cuando yo te necesito. Y..., y..., aunque no me gusta que me llames niñata egoísta, ahora entiendo por qué lo dices, y por eso te quiero pedir perdón.

Boquiabierta, parpadeo. Eso que ha dicho no me lo esperaba. Con una sonrisa cojo su mano para que me sienta cerca de ella.

—Estás más que perdonada, cielo —murmuro.

Eva asiente. El teléfono no le para de sonar, ella le quita el volumen.

—Ayer hice algo que no está bien —admite.

—¿Qué hiciste? —pregunta Nico.

Eva no contesta. Solo me mira y consciente de que ese «algo malo» es hacia mí, pregunto:

—¿Eso que has hecho me va a cabrear? —La cría asiente y yo, necesitada de quedar en un segundo plano, pues aquí los importantes son Nico y ella, indago—: ¿Y crees que se puede solucionar? —La cría vuelve a asentir, e indico—: Si tiene solución, ya lo solucionaremos.

—Pero...

—Eva —la corto—. Olvídalo, y habla con Nico. Eso es lo verdaderamente importante ahora.

La cría afirma con un gesto y mira a Nico.

—Siento haber hecho las cosas tan mal —se disculpa—. Y quiero que sepas que he hablado con Quique, y me siento fatal. ¡Soy una pésima hermana mayor! Y..., y con lo que me enseñaste ayer, y la forma en la que me hablaste, me hiciste entender lo equivocada que estaba.

—No importa, campeona...

415

—Sí, importa —lo corta—. E importa porque mamá me enseñó a respetar y a querer, y eso no lo he hecho contigo. Tengo trece años. Sé que solo soy una niña. Pero precisamente por todo lo que ha pasado y tú has hecho por nosotros, tenía que haber sido más lista y haber entendido las cosas. Tú dejaste tu vida y tus sueños, cuando podías haber mirado para otro lado, para estar aquí con nosotros, y yo no he hecho más que portarme como una *niñata*, como dice María. Yo..., yo soy la hermana mayor, y en vez de hacer lo que mamá hizo contigo para que tú fueras feliz, he hecho todo lo contrario. —Toma aire, y Nico hace lo mismo. Escuchar aquellas reflexiones de Eva es importante. Muy importante, cuando la niña añade—: En cuanto a mi teléfono, anoche comprendí que es un objeto material y que podría vivir sin él, pero..., pero no podría vivir sin vosotros.

Nico aprieta mi mano. Sé que aquellas palabras le llegan al corazón. Pero Eva aún no ha terminado:

—He pensado en lo que me dijiste de irme a vivir con abu, y aunque la quiero mucho, yo quiero vivir contigo, con Quique y con Sía, porque me demostráis, que, a pesar de mis enfados, me queréis en vuestra vida y yo os quiero en la mía. Y... Y...

—Tranquila, campeona.

Miro a Nico. Oír eso le acaba de quitar un gran peso de encima, cuando Eva, limpiándose las lágrimas que corren por su mejilla, susurra:

—Tú te desvives por mis hermanos y por mí, y a pesar de haberme portado tan mal contigo, sigues aquí. Sigues a mi lado. Nunca me has fallado. Continúas llamándome campeona y dándome mil oportunidades, y eso solo lo hace, como dice María, alguien que te quiere, pero que te quiere de verdad.

Me emociono como se emociona Nico. Aunque creía que ella nunca me escuchaba, lo hacía. Entonces abre la maleta que traía en la mano.

—Esto lo tenía escondido —revela.

—Son los adornos de Navidad de mamá —murmura Nico con un hilo de voz—. Los que tu madre guardaba y ponía cada año.

—Sí —afirma Eva.

—Los busqué y, al no encontrarlos, pensé que los habías tirado.

—Los escondí en mi armario el primer año cuando llegó la Navidad. Lo siento.

Nico asiente. Por su gesto veo que aquellos adornos de colores que tantos bonitos recuerdos le traen lo emocionan.

—No son blancos, pero podríamos ponerlos —dice Eva, mirándome.

Afirmo con la cabeza. Aquellos adornos no pueden seguir olvidados.

—Quedarán preciosos y serán los especiales —digo sin dudar.

Nico, emocionado, sonríe. Eva también.

—Si tú me dejas —le dice la niña—, me gustaría demostrarte que puedo cambiar y quererte tanto como tú me quieres a mí. Incluso que puedo ser una buena hermana mayor para Quique y Sía y...

Nico la abraza. No soporta seguir escuchando un segundo más lo que ella dice.

—Campeona, ya está..., ya está —le dice—. Todo está bien. Todo está bien.

Se abrazan. Pero se abrazan de verdad.

Por fin, Eva se ha dado cuenta de la increíble persona que la cuida y quiere, y yo disfruto del momento, cuando oigo la voz de Quique gritar desde lo alto de la escalera:

—¡Díselooooo!

Eva asiente y separándose de Nico murmura:

—Quiero llamarte papá. Pero con lo mal que me he portado contigo, no sé si tú vas a querer y...

417

—Claro que quiero, cariño. Por supuesto que sí —Nico no la deja terminar.

Tan pronto la oigo decir eso y veo cómo se abrazan, pienso en mi padre. En ese gruñón que me vuelve loca, y los ojos se me llenan de lágrimas. ¿Y si papá ya no quiere ser mi padre? ¿Y si ahora que sé la verdad, él decide alejarse definitivamente de mí?

Capítulo 41

22 de diciembre de 2025

Estoy feliz.

Llevo tiempo sin tener esta buena sensación en mi vida y simplemente disfruto del momento mientras ultimo los detalles finales para el mercadillo de Navidad de O Porriño. De fondo, en las radios de todos los puestos, se oye cómo los niños del colegio San Ildefonso cantan los números de la lotería.

Mientras paseo por los puestos, terminando de recoger la documentación requerida por el ayuntamiento para que los vecinos esta tarde puedan vender sus productos artesanales en el mercadillo, veo la ilusión con cada número que se oye por la radio, y sonrío. La lotería a mí este año me da igual. A mí ya me tocó ayer en casa.

Ayer fue uno de los mejores días de mi vida. Por primera vez, pude disfrutar de Eva y de sus abrazos y, por supuesto, de que me llamara papá. Porque, sí ¡soy su papá! Y a mi modo, me declaré a María. No sé cómo ha pasado, pero María se ha convertido en una pieza importante en mi vida, y aunque sé que se va a ir, necesito disfrutarla mientras este conmigo.

—*Nenoooo*, estoy tan feliz de saber que con Eva las cosas se solucionaron y que vamos a tener unas tranquilas Navidades, que siento que nos ha tocado la lotería.

419

Sonrío. Entiendo su felicidad, porque yo lo siento así también. De pronto oímos unos gritos. Al mirar, vemos a Antonio y Benedicta abrazados, dando saltos.

—¡Les ha tocado la lotería!

Junto al resto de los comerciantes, nos acercamos a ellos, que no pueden parar de reír y de llorar porque, efectivamente, ¡les ha tocado la lotería! Y por lo que dicen, unos doscientos cincuenta mil euros, gracias a un décimo que su hija les compró en Castellón. ¡Cuánto me alegro por ellos!

Minutos después, tras muchos besos y abrazos, todos brindamos con la sidra artesanal de Antonio y Benedicta. La felicidad es total.

A las cinco menos cuarto de la tarde, estoy con mi tía y las Susis en su puesto, y Magda dice:

—Ahí vienen la Mari Morena y los niños.

Al darme la vuelta, sonrío. María, tan guapa y elegante como siempre, viene sonriendo junto a los niños.

—¡Papiiiiiiii! —grita Sía.

Mi pequeña siempre me hace sonreír.

—Oy..., oy..., oy..., si para vender mermelada en un mercadillo, la Mari Morena se viste así, ¿qué se pondrá para ir a una boda? —suelta Magda, jocosa.

Me río. No lo puedo remediar. María, con aquel traje oscuro que lleva y con el jersey de cuello alto en blanco, está preciosa. Cuando vienen hasta nosotros, me acerco a María, y sin ser consciente de lo que hago, la beso en los labios. Pero según lo hago, me doy cuenta de mi error. No he pensado. Me he dejado llevar por el momento.

—La acabo de cagar —murmuro, al oír a los niños y a las Susis reír a carcajadas.

—Enormemente —afirma María.

—Papá, ¿María y tú sois novios? —pregunta Quique.

Uf... ¿Cómo explicar eso?

Sé que quiero vivir el momento con María, pero, como dice ella y yo también pienso, no les quiero crear falsas expectativas a los niños, por lo que digo:

—María y yo somos amigos. Y simplemente ha sido un beso cariñoso.

—Sí..., sí..., beso cariñoso —se mofa Eva.

Los críos me miran.

—A ver, niños —interviene la tía Rosiña—. El *neno* y la Mari Morena ya son mayorcitos. Dejemos que tengan una bonita Navidad, y lo que tenga que ser ¡será!

Todos sonríen.

—Contrólate y no confundas a los niños —cuchichea María en mi oído.

Tiene razón.

María y yo nos separamos, y ella se acerca a un carrito que lleva Quique.

—Susis, tengo algo para vosotras —dice.

Ellas la miran cuando abre el carro, de él saca algo verde con letras rojas que despliega.

—El otro día hice estos mandiles en Vigo para que vayáis conjuntadas —explica.

Las Susis se quedan paradas, mientras los comerciantes de otros puestos se acercan.

—El producto que ofrecéis es de lo mejor que he probado en mi vida —declara María—, y creo que tiene un enorme potencial para estar en espacios reservados a productos *gourmet*. Vuestra mermelada de As tres avoíñas tiene sabor, autenticidad, calidad, frescura, y eso es debido al gran cariño y a la dedicación con que la fabricáis.

—Aisss, *riquiña*, ¡si es que eres para comerte! —sonríe mi tía.

Varios de los comerciantes al oír aquello se interesan. Quieren saber qué es lo que María tiene que decir.

—Creo que ellas y cada uno de vosotros tenéis un gran potencial que deberíais explorar —prosigue ella, mirándolos a todos—. Vuestros productos son algo único y diferente, que estoy segura de que a más gente de la que creéis le encantaría probar. Dicho esto, cuando en enero echéis el cierre al mercadillo, si queréis, estaré encantada de tener una reunión con vosotros y contaros lo que se me ha ocurrido.

Todos asienten. Veo que la escuchan. Está claro que, aunque hace pocos días que la conocen, María se los ha ganado, y ella, sonriendo, saca más delantales verdes del carro y se los va entregando a todos aquellos que se han acercado, que los reciben felices.

—Estos son para vosotros, y ¡suerte con las ventas!

Cuando todos regresan a sus puestos, tía Rosiña me mira.

—*Neno...*, esta nena cada día me gusta más —manifiesta mi tía.

—¡Y a mí! —afirmo con seguridad.

Diez minutos después, junto a las Susis, María y los niños, me dedico a vender mermelada a todo el que se acerca al puesto, aunque no puedo dejar de mirar a María, que se ha convertido en alguien muy especial.

Capítulo 42

Cuando echamos el cierre en el puesto de mermelada estoy agotada.

¿Pero cuánta gente ha venido a comprar?

Las Susis y los niños están felices, como están felices los vendedores de todos los puestos, y cuando nos despedimos de todos, Nico, los niños y yo nos vamos al coche para irnos a casa.

El teléfono a Eva no le para de sonar. Es tal la insistencia que, en un momento dado, antes de montarnos en el coche, le pregunto:

—¿Quién te llama tanto?

—Es Nidia —responde—. Está muy pesada.

El viaje de regreso canturreando villancicos de Navidad es divertido. Que todos, incluida Eva, participen en las bromas y en el buen rollito que hay, hace que todo sea increíblemente mejor, y lo disfruto tanto como lo disfrutan ellos.

A las nueve de la noche, cuando llegamos a la casa, los niños salen escopetados del coche. Les hemos dicho que de cena habrá pizza congelada, y, emocionados, corren para elegir las que quieren.

—¿En serio por una pizza congelada se ponen así?

Nico sonríe. Cierra el coche y cuando los niños desaparecen dentro de la casa, se acerca a mí y me agarra por la cintura.

—Hay quien se vuelve loco por una pizza congelada y hay quien se vuelve loco por ti, bomboncito.

Madrecita, ¡es tan monooooooo!

No estoy acostumbrada a escuchar cosas tan tiernas. Tan dulces. No estoy acostumbrada a que el hombre que bebe los vientos por mí me diga cosas así.

—Yo te comoooo —murmuro, con una enorme sonrisa.

—¡Cómeme!

Y como no están los niños, ¡me lo como!

Le doy tal besazo que noto cómo le tiemblan hasta las rodillas.

—Que sepas que soy de primer plato, segundo y postre —anuncio—. Por lo que esto solo es un aperitivo.

Sonreímos. Entonces, saco del bolsillo de mi gabardina un *pendrive*.

—Este es un regalo para ti —digo, enseñándoselo. Sorprendido, Nico me mira, y yo le explico—: Ahí está la presentación de la página web El Refugio de Waldo. ¡Espero que te guste!

Nico coge el *pendrive* y lo mira como si fuera un gran tesoro.

—Gracias, cielo.

Madrecitaaaa, ¡me acaba de llamar cieloooooo!

Encantada por ver cómo me mira, me entran los nervios.

—Después de cenar lo vemos —le digo—, y si algo no te gusta, no pasa nada porque lo cambio.

—De acuerdo.

—Cuando lo aceptes, lo subiré al servidor y todo el mundo podrá conocer El Refugio de Waldo. Y solo espero que esto ayude a que muchos de los perretes que están allí en busca de un hogar lo encuentren.

—Seguro que sí. Y todo gracias a ti.

Nico me abraza. Vuelve a besarme. Sé lo importante que es para él ese lugar, y cuando me va a decir algo, de pronto vemos cómo varios coches se acercan.

—Ese es el coche de tía Rosiña y los que vienen detrás son los de Andrés, Julián y Min.

Sin movernos de donde estamos, los esperamos y ellos se bajan de los coches riendo y nos enseñan unas botellas.

—¡Toca copichuela en tu casa! —grita Andrés.

Nico suelta una carcajada al tiempo que veo que se guarda el *pendrive* en el bolsillo del vaquero. Claudia se acerca.

—Nosotros, cuando hacemos una cosa un año, al año siguiente es tradición —dice, cogiéndome del brazo—. Por cierto, me he fijado en que llevas los pendientes que te pusiste el día de la fiesta de los niños.

Me los quito y se los entrego.

—Como te dije ese día, te los dejo. Póntelos.

Claudia los mira. Le asombra lo que acabo de decir.

—No quisiera perderte las zirconitas —dice.

¡¿Zirconitas?!

Los pendientes que le estoy dejando son unos preciosos diamantes amarillos, engarzados en oro blanco. Pero no quiero sacarla de su error, para no asustarla.

—No los vas a perder. Póntelos —insisto—. Van perfectamente con el tono de tu jersey.

Encantada, lo hace.

—Estás preciosa y los luces de maravilla. —La miro con aprobación.

Divertida, sonrío y me fijo en que Nico se ríe por lo que sus amigos le dicen. Minutos después, todos entramos en casa y los niños se alegran al saber que habrá fiesta.

Con diligencia y ayudada por todos, me encargo de meter las pizzas en el horno. Eso lo hago muy bien. Después subo a mi habitación donde me cambio de ropa a toda prisa. Me quito el traje negro y el jersey de cuello alto blanco y me pongo unos vaqueros y una camiseta *vintage* de los Rolling.

Cuando bajo, entre todos sacamos comida de unas bolsas: pulpo, almejas, zamburiñas y langostinos.

—¡Qué fantasía más rica! —exclamo, al ver todo aquello.

—Fantasía la sudadera de Emporio Armani que llevabas uno de los días que fuiste a recoger a los niños al colegio —dice la Angelita, mujer de Juan—. Por cierto, ya me dirás dónde te compras la ropa, porque llevas las mejores imitaciones que he visto nunca.

—¿Imitaciones? —se burla Nico.

Lo fulmino. Estoy por matarlo por decir aquello.

—¿Son piezas originales? —pregunta la tal Angelita.

—Angelita —suelta tía Rosiña—, nuestra Mari Morena viene de una familia pudiente.

—Pero qué me estás contandooooooo —se mofa Angelita—. ¿Tan pudiente es tu familia como para comprarte esas piezas tan exclusivas de ropa?

Todos me miran. Lo último que quiero es que me prejuzguen por el dinero de mi familia.

—Nos va bien —respondo—. Pero tía Rosiña es muy exagerada.

—Si ya le dije yo a Nico que ese cochazo no lo tiene cualquiera —interviene Iria—. ¿Pero vosotros sabéis lo que cuesta? —Veo que el grupo niega con la cabeza, y ella comenta—: He investigado, y ese modelo rondará los ochenta y dos mil euros.

¡¿Que ha investigado?!

—¡Caralloooo! —oigo que sueltan algunos.

—¿Eso es verdad? —me pregunta Claudia.

Confundida y horrorizada por ver cómo me miran, rápidamente pienso: ¿qué digo? Si les digo la verdad, sé que su trato hacia mí cambiará. Siempre pasa. Y tras mirar a Nico, que me observa curioso, miento:

—Pues no sé lo que cuesta. Alquilé ese coche y...

—¿Que alquilaste ese coche? —pregunta Iria.

—Sí. Tengo un amigo que se dedica al tema de alquileres de coche y, bueno, se me rompió mi coche, y como me hace buen precio, me alquiló ese.

Me río. Se ríen. Y Ale pregunta:

—¿Entonces la preciosa gabardina beige de Karl Lagerfeld que llevabas antes es imitación, como dice Radio Fuentezuela?

—Pues claro —afirmo de inmediato.

—Oy..., oy..., oy..., con radio Fuentezuela.

Eso me hace gracia. Recuerdo haberles dicho a aquellas que la gabardina era falsa. Entonces Juan, el marido de Angelita, se acerca a mí.

—Pues viendo que te gustan las cosas buenas —señala—, seguro que tienes el *piquiño* fino, y traje unas excelentes ostras.

Todos me miran.

Mierda. Si algo no me gusta en la vida son las ostras.

—Lo siento, Juan, pero las ostras no me van —me disculpo con gesto de apuro.

—¡Qué sacrilegio! —se mofa tía Rosiña.

—Me da mucho *repelunchi* meterme algo tan blandito y baboso en la boca —confieso.

—¡Con lo caras que son!

—No todo lo caro es siempre lo mejor —indico sonriendo.

Nico me mira y sonríe. El grupo también. El buen humor reina en el ambiente, y yo respiro al ver que he capeado el temporal y todos me siguen tratando con normalidad.

—Siento haber hecho ese comentario —murmura Nico—. ¡Se me escapó!

—Tranquilo. Pero tú sí que no te escapas esta noche.

Nos miramos. Sé que deseamos besarnos, pero no lo hacemos. No debemos.

Cuando veo que las pizzas de los niños están, antes de que se carbonicen, las saco y se las pongo en unos platos para que cenen. Ufff..., qué profesionalidad la mía. Y aunque Eva y Sía están felices con las pizzas, Quique me hace saber que él también quiere langostinos. Este es de los míos.

Entre todos preparamos la enorme mesa del comedor. Allí no falta de nada. Todo está rico. Y con musiquita de fondo y rico vinito comenzamos a disfrutar de una cena impresionante.

Acabada la cena, en la que reconozco que me pongo morada de langostinos, Sía se queda dormida en el sofá y Nico con cariño la sube a su cama. Eso no evita que las Susis comiencen a cantar villancicos y todos se les unan con la tranquilidad de saber que ya se puede caer la casa, que Sía, cuando duerme, no se despierta.

Cantan «Los peces en el río», «El chiquirritín», «Campana sobre campana» y, por supuesto, no podía faltar el «Ande, ande, ande, la Marimorena». Por cierto, cuando la corean a voz en grito, todos me miran y me señalan a mí, y yo no puedo parar de reír.

En un momento dado, cuando estoy llevando unos vasos a la cocina, al ir a dejarlos, se vuelcan y los restos de vino terminan sobre mí. ¡Vaya lamparones que me acabo de hacer en la camiseta!

Rápidamente, con un trapo con agua estoy limpiándome cuando entra Claudia en la cocina.

—Dice Nico que vayas a la puerta —me pide.

Con una sonrisa, dejo el trapo sobre la mesa. Luego me cambiaré de ropa. Miro al grupo que sigue cantando y camino hacia la puerta. Sin pensármelo, abrazo a Nico por detrás, cuando de pronto oigo:

—Bendito sea Dios, ¡María!

—¡¿Mamá?!

—¿Qué haces con esas pintas? ¡Por Dios, qué lamparonesssss!

Boquiabierta, parpadeo. Ante mí están mis padres y mis hermanos. Eso me descoloca.

—¿Qué hacéis aquí? —pregunto, estupefacta, separándome de Nico.

Papá, que no me quita ojo, me abraza inesperadamente.

—¿Estás bien, cariño? —pregunta.

¡¿Cariño?!

¿Cuánto tiempo hacía que no me llamaba así? Sin reponerme todavía, intento recolocar mis ideas.

—Nico, son mis padres y mis hermanos —los presento.

La sonrisa de Nico se extiende. Le gusta aquella visita.

—Por favor, pasen. No se queden ahí —los anima.

—No. No hace falta —musito yo.

Pero mis hermanos, dando un paso al frente, se acercan a Nico.

—Encantado, soy Carlos.

—Y yo Ángel.

—Nico —responde, estrechándoles la mano.

Como si de un perdigón se tratara, aparece Shirly, que, al verlos, se les lanza y ellos, cogiéndola entre sus brazos, la besuquean y miman como siempre, mientras veo cómo Homer, desde el suelo, los mira y enseña los dientes.

Papá y mamá entran. A diferencia de todos, que vamos vestidos de sport, ellos van de lo más elegantes.

—¿Nico? —pregunta papá.

—Realmente es Nicolás Andazola —responde él con una sonrisa—. Aunque todos me llaman Nico.

Papá asiente. Y al ver que no les presento, extiende su mano.

—Soy Rodrigo Addams, el padre de María —dice.

—Un placer, señor Addams —se la estrecha Nico.

—Y yo su madre. Carlota.

—Encantado, señora.

Cuando pasan al interior y llegamos al salón, los gritos se detienen. Todos nos miran curiosos.

—Son los padres y los hermanos de María —dice Nico, rozando mi mano.

—¡Pero qué alegría! —exclama tía Rosiña, acercándose a ellos para abrazarles.

Desde mi posición, observo cómo todos saludan a mis padres con efusión, cariño y amabilidad, y cuando terminan, mi hermano Carlos, riendo, pregunta:

—¿Mari Morena?

Al oírlo, todos, excepto mis padres y mis hermanos, comienzan a cantar el villancico de «La Marimorena», y yo me río por no llorar. Las caras de mis padres son un poema. No entienden nada.

—¿Qué hacéis aquí? —susurro mientras todos cantan.

—No, hija. La pregunta es qué haces tú aquí —replica mamá, que levanta la voz, y provoca que todos se callen.

Resoplo. No entiendo nada.

—Tú nos dijiste que viniéramos —explica Carlos.

—¡¿Yo?!

Mis padres asienten y mi hermano Ángel me enseña su teléfono móvil.

—Recibimos un mensaje con esta foto tuya desde un número que no conocíamos, diciendo que habías perdido tu teléfono, que estabas aquí y que querías que viniéramos a recogerte.

Boquiabierta, miro lo que me enseña. En la foto se me ve con los niños. Fue la que me hice con ellos en el centro comercial.

—Así es, María —interviene mi madre—. Y, por cierto, ¿se puede saber por qué no nos cogías el teléfono? ¡Te he llamado mil veces a ese nuevo número!

—Curiosa esta Australia —se mofa Carlos.

Incrédula, los miro. ¿Pero de qué hablan? ¿Por qué tienen esa foto? ¿Por qué están aquí?

—Fui yo quien envió ese mensaje.

Al oír a Eva, la miro, y ella confiesa:

—Yo les escribí desde mi teléfono móvil.

—Eva... —murmura tía Rosiña.

—Cogí sus teléfonos de tu móvil y les dije que estabas aquí. Ellos eran quienes llamaban todo el rato a mi teléfono. No Nidia.

¡Joder!

Madrecita, dame paciencia, porque pelazo ya me has dado. Pero esto sí que no lo he visto venir.

—El día que te fuiste con las Susis —prosigue ella—, fui a tu habitación a por una diadema, y entonces vi que tu teléfono estaba encendido sobre la cama. En ese momento sonó y vi que te preguntaban: «¿Qué tal por Australia?».

—¿Australia? —murmura Nico.

Acalorada, asiento y entiendo por qué me llamó mentirosa.

—Y como sabía tu código de desbloqueo porque me fijé en cuál era —continúa Eva—, lo desbloqueé y..., y..., yo..., yo... leí las conversaciones, copié sus teléfonos en el mío y les escribí.

—Oy..., oy..., oy..., *jodía* la niña —murmura Magda.

—Ayer te dije que había hecho algo malo. Intenté contártelo, pero tú dijiste que lo olvidara. Que ya lo solucionarías cuando llegara el momento, porque lo importante era que arreglara lo mío con papá.

—Papá, ¿qué pasa? —pregunta Quique, acercándose.

Mis padres me miran. La situación les tiene tan descolocados como a mí.

—Bendito sea Dios, pero ¿cuántos hijos tiene usted, joven? —pregunta mi madre, asombrada.

Noto que Nico se aleja de mí.

—Mi *neno* tiene tres preciosos nenes —explica la tía Rosiña, con su habitual sonrisa—. Eva, Quique y Sía, que está *durmidiña*. Por cierto, preciosas perlas esas que lleva.

—¿Son auténticas? —pregunta Angelita.

—Por supuesto que son auténticas —afirma mamá, tocándose el collar que lleva—. Son perlas de los mares del Sur. Las más apreciadas del mercado.

—¡*Carallooooo*! —oigo que murmuran.

La situación es rara. Incómoda.

Lo último que esperaba era tener a mis padres allí, y la mirada de Nico me mata.

—Pues que sepas que el Señorito también recibió esa invitación —me informa mi hermano Carlos—. Y llegará en unos minutos.

—¡¿Qué?!

Carlos asiente.

—Nos lo encontramos en la gasolinera repostando —explica mi padre— y comprándote unas flores. Le dije que no se le ocurriera acercarse a ti, pero al saber que tú lo habías invitado a venir, tuve que callarme.

Oír eso me hace negar con la cabeza. ¿Que Dani también va a venir?

Miro a Eva. Estoy a punto de matarla, cuando la niña con un hilo de voz murmura:

—Estaba enfadada contigo por haberte pillado con papá en la cama y...

—¿Os habéis acostado? —pregunta, curiosa, Claudia.

—¿Fabricando un bebé? —se mofa Andrés, que lleva alguna copa de más.

—Vaya..., vaya..., hermanita —sonríe Carlos.

—Bendito sea Dios, hija, ¿te has acostado con el padre de esta niña? —pregunta mamá.

—¡Y tanto! ¿No ves el cutis tan terso que tiene? —afirma Emi, que lleva un par de copitas de más.

—¡Emi! —musita tía Rosiña.

Mamá se santigua. Lo que escucha le horripila.

—Por Dios, hija, ¿cómo has podido acostarte con un hombre casado? —se asombra mi madre.

—No está casado, mamá.

Todos me miran. A su manera, me juzgan. Entonces veo que mi hermano Ángel comienza a respirar con dificultad, y yo, tras mirar a mi alrededor, localizo una bolsa de papel.

—Respira y relájate —le recomiendo, entregándole la bolsa.

No sé qué hacer. No sé qué decir. De pronto, me encuentro en una situación en la que jamás pensé que me encontraría.

—¿Por qué nos hiciste creer que estabas en Australia? —quiere saber mi padre.

Nico me mira.

—Normal que nos mintiera, Rodrigo —suelta mamá—. ¿Cómo nos iba a decir que estaba en este horrible lugar y no en un hotel *spa*, que es donde le corresponde?

—Mamá —murmuro molesta.

—Pero, hija, eres María Addams, la hija del magnate Rodrigo Addams. ¿Qué haces en esta vieja granja? ¿Y si la prensa lo hubiera descubierto?

—Mamáááá...

—¡Rodrigo Addams! ¿El de los diamantes? —pregunta Angelita. Mamá asiente, y Angelita insiste—: ¿El dueño del imperio Harry Addams?

—Sí, señora. El mismo —afirma mi padre.

Desde mi posición veo como Angelita, que está puesta en cotilleos sociales, rápidamente los pone al día a todos, y yo me quiero morirrrrrrr.

—María, mira tus pintas —mamá vuelve a la carga—. ¿Pero qué es ese adefesio de coleta? ¡Mira tus manos! ¿Desde cuándo no te haces la manicura? Y ya no hablemos de los lamparones que llevas en esa vulgar camiseta. Pero, hija, ¿qué te ha pasado?

433

Nico me mira. En su mirada veo enfado.

—Tengo que hablar contigo, María —interviene mi padre.

Lo sé. Pero yo solo puedo mirar a Nico.

Su gesto no me gusta. Fuera se oye el motor de un coche, y yo maldigo al imaginar quién es. Por ello, sin esperar, salgo de la casa y veo a Daniel bajarse del coche.

—¡Ya te puedes ir por dónde has venido! —grito.

Este me mira. Como siempre, va arreglado como un pincel y trae un ramo de flores en la mano.

—¡¿María?! —se sorprende.

—Vete de aquí —siseo, acercándome a él—. No quiero saber nada de ti. ¿Pero en qué idioma te lo tengo que decir?

—Pero si tú me has escrito para que viniera —replica.

Resoplo. Él, al igual que mis padres y mis hermanos, ha sido engañado por Eva, y antes de que pueda hablar, le oigo preguntar:

—Pero... ¿qué te ha pasado?

—Dani.

—María, te escribí hace cuatro días, ¿por qué me hiciste creer que seguías en Australia?

Sus palabras me hacen mirar a Nico. Le dije que lo había bloqueado como él a Marie Chantal.

—Manda *carallo*, ¡qué cochazosss! —exclama Iria.

Al oírla miro hacia atrás y veo que todos, absolutamente todos los que estaban en el interior de la casa, ahora están en el exterior, con sus teléfonos móviles en mano e imagino que los miran porque están buscado información sobre mi familia.

¡Manda *carallo*!

Mis padres y mis hermanos se acercan a mí. Todos hablan al mismo tiempo. Y yo no sé a quién mirar ni a quién atender. Desde luego, Eva me la ha jugado bien, y yo me desespero.

Como era de esperar, el lío que organizamos es descomunal. Dani dice algo. Yo lo mando a la mierda. Mi madre lo manda a

434

paseo. Mis hermanos se meten. Papá levanta la voz. Yo la levanto más que él. Dani me reprocha. Yo le planto el ramo en la cabeza. Mi madre me regaña. Mis hermanos la frenan. Papá lo coge de la pechera. Yo me meto en medio para separarlos.

Vamos..., un espectáculo.

En un momento dado, mi mirada se cruza con la de Nico. Ver su gesto y, en especial, ver su seriedad, me hace saber lo incómodo que está.

—Por favor. Llevaos a papá, mamá y Dani de aquí —les pido a mis hermanos—. Idos a descansar a un hotel de Vigo.

—Pero tú te vienes con nosotros —apostilla mamá.

No. Ni quiero, ni debo. Primero he de hablar con Nico.

—Mañana iré —contesto.

—¡Pero, María, qué dices!

—Mamá. Prometo ir mañana.

—Tú te vienes ahora —insiste Dani, agarrándome del brazo.

—Dani, suéltame.

—Tenemos que hablar.

—¡Que me sueltes!

Nico se acerca a nosotros. Con una rapidez que me deja totalmente sorprendida, me quita a Dani de encima.

—Si vuelves a tocarla, el que te va a tocar a ti voy a ser yo —le amenaza.

Dani y Nico se miran.

—Te voy a decir una realidad —suelta Dani, dándole un golpe despectivo en un hombro con un dedo—. Ella es mucha mujer para un pueblerino como tú. Dúchate, que hueles a vaca.

¿En serio le ha dicho eso?

¡Pero será gilipollas!

Molesta, voy a contestar cuando Nico en un rápido movimiento le da un derechazo que hace que Dani caiga de culo al suelo.

—Te voy a decir una realidad, señorito de ciudad. Límpiate, que tienes sangre en la nariz y vete de mis tierras antes de que te saque yo a la fuerza.

—¡Buen derechazo, papá! —grita Quique.

—¡Muy bien, *neno*! —Y unos aplausos suenan.

Incrédula por ver aquella reacción que nunca esperé de Nico, lo miro, y este se aleja de mí.

—María, quiero hablar contigo —dice mi padre.

—Mañana.

—Necesito hablar contigo urgentemente —insiste.

—Por Diossss, papá, ¡mañana! —me desespero.

—Hija..., ya lo sabe —musita mi madre.

Oír aquello hace que el corazón se me paralice, mientras detrás de mí oigo que cantan: «Ande, ande, ande, la Marimorena».

¡La madre que los parió!

Sé que la conversación que debo tener con papá es vital e importante. Mucho. Pero yo primero necesito hablar con Nico.

—Te prometo que mañana hablaremos de eso y de todo lo que quieras —le aseguro a mi padre—. Pero ahora, por favor, marchaos y llevaos a Dani, antes de que cometa un asesinato y tengas que ir a la cárcel para hablar conmigo.

Papá asiente por fin. Me entiende.

—Eres mi niña y te quiero, ¿te queda bien claro? —me susurra, dándome un abrazo.

—Yo también te quiero, papá —musito.

Cinco minutos después, cuando veo que los coches de mis padres y de Dani se alejan, soy consciente de que nadie está ya en el exterior de la casa, excepto Shirly, Homer, Waldo y yo.

Acalorada, a pesar del frío que hace, me doy aire con la mano.

¿Pero qué ha sido esta locura?

Enfrentarme a Nico intuyo que no va a ser fácil. Le mentí. Le dije que mis padres sabían que estaba allí. Omití lo de Australia e incluso le aseguré haber bloqueado a Dani, y sé que esas mentiras le han molestado. Lo conozco.

Waldo me da con su cabezota en la pierna. Busca mimos, aunque la que los necesita ahora soy yo, y agachándome le doy lo que quiere.

—Gracias, Waldo. Eres el mejor —murmuro, cuando recibo un cariñoso lametón.

Y se aleja tranquilamente. Shirly y Homer entran corriendo en la casa, y yo les sigo. Oigo voces, pero ya nadie canta, ni ríe.

—El coche que conduce el padre es un Bentley Bentayga 4.0 V 8 Mulliner, que cuesta unos trescientos sesenta mil euros —oigo a Iria.

—¿Qué dices?

—Pero ¿cuánto dinero debes tener para poder comprarte un coche así?

—Madre mía, pero que su padre es Rodrigo Addams —afirma Angelita—. El rey de los diamantes, y son los dueños de las carísimas y selectas joyerías Harry Addams.

—¡Qué fuerteeeeee!

—¡*Carallooooo*!

—¿Tan rica es la Mari Morena? —pregunta Emi.

Oír aquellas preguntas que se hacen entre ellos me hace resoplar. Aquello era lo último que deseaba.

—Y el coche que traía el novio es un Aston Martin DB12, que ronda los trescientos quince mil euros. ¡Qué puta maravilla! —vuelve a informar Iria.

—Oy..., oy..., oy..., ¡qué barbaridad! —murmura Magda.

—El novio, ¡qué guapoooo! Y qué estilazo vistiendo —mete baza Angelita.

—Por lo que yo sé, es su exnovio —apostilla tía Rosiña—. Mi *neno* es mucho más guapo y lustroso que ese pelagatos.

En silencio, me quedo en la entrada sin que me vean mientras ellos comentan sobre mi familia y sobre lo ocurrido. Está claro que los han impresionado.

No sé qué hacer. No sé qué decir. Pero está claro que aquí, escondida en la entrada, no me puedo quedar, por lo que tomo aire y entro en el salón. Al hacerlo, todos me miran. En sus gestos veo cantidad de preguntas.

—¿Eres la hija de Rodrigo Addams, el rey de los diamantes? —empieza Claudia. Asiento. Decir lo contrario es ya ridículo. Entonces ella, señalándose los pendientes, afirma—: No son zirconitas, ¿verdad?

—No.

—¿Son diamantes?

—Sí.

Claudia, en silencio, se quita los pendientes y me los devuelve.

—Gracias por dejármelos, pero es mejor que los tengas tú. —Con tristeza, cojo lo que ella me tiende—. Creo que la tarde de compras juntas la tenemos que anular —añade.

—¿Por qué? —murmuro.

—Porque yo no estoy a tu nivel.

Dolor. Escuchar eso me duele.

—No digas tonterías, Claudia —objeto. Ella me mira. En su mirada veo una distancia que minutos antes no existía y yo, dirigiéndome a todos, trato de explicarme—: Si antes no os hablé de mi familia, y de quién soy hija, fue precisamente por esto. Para que no os alejaseis de mí. —Nadie dice nada. Solo me miran—. Sigo siendo la misma persona que hace una hora. No me juzguéis por mi padre ni por el dinero. Juzgadme por lo que habéis conocido de mí.

Se miran. Espero que lo que he dicho les haga pensar.

—¡Con razón eres la Mari Morena! ¡La que has armado! —exclama Emi, que tiene su puntito.

Sonríen. Yo no.

—Es tarde. Vayámonos a casa, que esta gente querrá dormir —propone Andrés.

En un raro silencio, se despiden de Nico, de los niños y de mí.

—Dijiste que no eres como las *Cagasian* —susurra la tía Rosiña, acercándose a mí—, pero, por lo que acabo de saber, se puede decir que estás a su nivel.

—Tía Rosiña...

—Para mí sigues siendo la misma de hace una hora, cielo.

—Gracias.

—El *neno* está *enfurruñadiño*.

—Lo sé.

—No es buen momento para que habléis.

—Pero yo necesito hablar con él.

—Dale espacio, cielo —me recomienda con seriedad—. Cuando el *neno* se enfurruña por algo que le duele, necesita *airiño* para respirar.

Asiento. Sé por qué lo dice. Si algo odia Nico son las mentiras. Y yo le he dicho unas cuantas.

Finalmente nos quedamos los niños, Nico y yo.

—Lo..., lo siento, María —se disculpa Eva, hecha un mar de lágrimas.

—¡Vete a tu habitación! —ordena Nico.

—Jopé, Eva, siempre la lías —gruñe Quique.

—Cada uno a su habitación, ¡ya! —insiste Nico.

La dureza de su voz me sorprende, y también noto que les sorprende a los niños, que sin rechistar suben las escaleras con gestos serios.

Al quedarnos solos, Nico me mira.

—Es mejor que hablemos mañana —dice.

—No me hagas esto.

—¿Que no te haga yo qué? —pregunta con gesto serio, y, al ver que no hablo, dice—: Mira, María, estoy tan enfadado por saber que me has mentido, que lo último que quiero ahora es hablar contigo. —Suspiro. Resoplo. Sé que tiene razón cuando pregunta—: ¿Por qué les dijiste que estabas en Australia? ¿Por qué me mentiste diciendo que ellos sabían que estabas aquí?

—A ver, Nico. Si les dije eso fue...

—¿Tan malo era decirles que estabas aquí?

—No.

—¿Te avergüenzas de este lugar como le avergonzaba a Marie Chantal?

—Por supuesto que no. —Que piense eso me molesta. Nunca he ocultado donde estaba por el motivo que él dice—. Si no les dije que estaba aquí fue porque necesitaba espacio para pensar —trato de explicar—, porque si hubieran sabido dónde estaba, ellos habrían venido. La verdad es esa, y no porque yo me avergonzara de ti ni de tu entorno.

—No aprendo. Sigo siendo el mismo idiota de siempre.

—Nico...

—Pero ¿cómo he podido creer que entre tú y yo...? —Lo miro, pero ya está lanzado—: ¡*Carallo*! Pero qué clase de idiota me creo al pensar que una urbanita adinerada, hija de una de las mayores fortunas, se puede fijar en un tipo como yo. ¡Joder! Que tú eres María Addams y yo solo un simple veterinario.

—Pero ¡qué dices!

—Digo la verdad, María. Hablo de la realidad.

No. No quiero que piense así.

Él es maravilloso. Increíble. Es lo mejor que me ha pasado en la vida, y con cautela me acerco a él. Quiero abrazarlo y que me abrace. Necesito que me llame bomboncito. Deseo que me mire de esa manera tan preciosa que me mira, pero no, no lo hace. Nico está muy enfadado y cuando voy a tocarlo se aleja de mí.

—Ese..., ese novio tuyo y yo, ¡nada tenemos que ver!

—Por suerte..., y es mi exnovio.

—Dijiste que lo habías bloqueado. ¿Por qué mentiste?

¡Joder!

—Tienes razón. —No puedo negarlo, soy consciente de que tiene razón.

—¿Lo bloqueaste o no lo bloqueaste?

—No.

—Pues ya está respondida mi pregunta. —Ofuscado, se da la vuelta, coge un tronco de leña, lo tira dentro de la chimenea y sisea—: Yo nunca te podría dar la vida que él te puede dar.

—¿Acaso te la he pedido?

—Pero ¡joder! Si el Aston Martin que lleva cuesta casi más que toda esta granja.

—Nico, por favor, ¡basta! ¡No hagas eso! Tú y yo no tenemos nada que ver, pero aquí estamos. Estábamos disfrutando juntos de algo que nos gustaba y tú mismo dijiste que querías ser egoísta por una vez en la vida y vivir conmigo estos días y...

—Mira, María —me corta—, en estos momentos me siento tan desencantado y ridículo con todo lo que ha ocurrido que no quiero escucharte. Por lo que, por favor, creo que lo mejor es que te vayas a la habitación, y pongamos algo de espacio entre nosotros.

En su mirada veo lejanía, desconfianza, un enorme cúmulo de cosas que me hacen sentir mal.

—Si tan mal te hago sentir, creo que lo mejor es que me vaya, ¿no crees? —digo, jugándomela.

Quiero que me diga que no.

Necesito que se serene y me diga que bajo ningún concepto quiere que me vaya, pero no responde. Simplemente coge otro tronco de leña y lo echa al fuego.

El silencio entre los dos se vuelve intenso, asfixiante.

—De acuerdo. Me iré —murmuro.

Con el corazón encogido, subo las escaleras y voy a grandes zancadas hasta mi habitación. Cuando cierro la puerta, las lágrimas ya caen por mis mejillas, y maldigo. ¡Por qué tengo que llorar ahora!

Con una tristeza que me parte el alma, le escribo a mi hermano Carlos para saber en qué hotel de Vigo se han alojado. Necesito saber.

Molesta y enfadada, mientras espero contestación, miro a mi alrededor. Hacer las maletas es lo último que me apetece. Entre las cosas que traje y las que me he comprado, tengo claro que no me cabe todo en las dos maletas, por lo que opto por coger una, llenarla con lo indispensable y el resto ya mandaré que vengan a recogerlo.

Con la pena pesándome, contemplo aquella habitación que al principio me pareció un horror y que ahora, tras mes y pico, se ha convertido en mi pequeño hogar, pero, tomando aire, agarro mi bolso, la gabardina y salgo de la habitación. Al hacerlo, me encuentro con Quique y Eva. Sía sigue dormida. Ambos me miran.

—Lo siento, María. Lo siento. Perdóname —se lamenta Eva, corriendo hacia mí.

Con mimo, la abrazo. No puedo no hacerlo.

—No te vayas, por favor —me pide Quique, abrazándome—. No te vayas.

Escucharlos y sentirlos me parte el alma. La conexión que tengo con esos niños es algo que yo no sé ni explicar, pero necesito salir de allí. Les doy un beso en la cabeza a cada uno, y con la frialdad de mi madre, me deshago de sus abrazos.

—Me tengo que ir —les digo.

—Pero, María...

—¡Basta, Quique! Me voy. Ya enviaré a alguien a que recoja mis cosas.

Sin mirar atrás, o no podría marcharme, bajo las escaleras sintiéndome la peor persona del mundo. ¿Cómo les puedo dejar en un momento así?

Bajo al salón donde Nico está sentado delante de la chimenea, cojo a mi perra que está tumbada con Homer.

—Me voy —digo, después de tomar aire.

—Adiós. Sigue desbloqueando pantallas.

Oír eso me duele. Me parte el alma.

—Mandaré a alguien para que recoja mis cosas.

—Perfecto.

Frío. Su frialdad me duele, y sin más salgo de la casa y me monto en mi coche. Cuando cierro la puerta, las lágrimas vuelven a correr por mis mejillas; recibo el mensaje de mi hermano. Me dice dónde están alojados. Arranco el motor, y viendo que Nico no sale a por mí, me marcho con el corazón destrozado.

Capítulo 43

23 de diciembre de 2025

El día está siendo complicado.

Eva llora. Quique llora. Sía llora. Homer llora. Waldo llora. Y yo no lloro porque no debo llorar. Soy el adulto que tiene que saber manejar la situación.

Pero la realidad es que el no tener a María con nosotros es difícil, porque nos ha dejado un hueco enorme y no sé qué voy a hacer para llenarlo.

Solo hace unas horas que María se ha marchado, y siento que mi mundo está al revés.

Estuve con Marie Chantal casi cuatro años, y aunque pensé que estaba enamorado, ahora me doy cuenta de que no. Lo que sentí por ella no fue amor, porque el amor lo estoy sintiendo hacia María. Ella me ha provocado un tsunami de sentimientos que yo no sabía ni que existían. Y me doy cuenta de lo mucho que la necesito y de lo solo y perdido que me encuentro ahora que no está conmigo.

¿Cómo es posible que esto me haya ocurrido en apenas mes y medio?

De pronto, María, con su curiosa manera de ser y sus locas excentricidades, se ha convertido en una pieza importante en el puzle de mi vida, porque siento que los niños la necesitan tanto como la necesito yo.

Miro a mi alrededor y veo la casa decorada de Navidad, y sé que ha sido gracias a ella. Como ha sido gracias a ella el acercamiento entre Eva y yo, y que Quique esté más seguro de sí mismo.

Pero he de ser objetivo y realista. Provenimos de mundos diferentes, y entre nosotros no puede haber nada, porque soy consciente de que nunca le podré dar el estilo de vida al que ella está acostumbrada.

Cabizbajo y cabreado a partes iguales, voy a la cocina y me preparo un café, cuando de pronto recuerdo que la noche anterior María me dio un *pendrive*, donde estaba la presentación de El Refugio de Waldo.

Subo a mi habitación de inmediato y lo busco en el bolsillo del pantalón que llevaba el día anterior, y tan pronto lo encuentro, lo miro con curiosidad.

Abro mi portátil, introduzco el *pendrive* y veo una carpeta que se llama «Proyecto Refugio de Waldo». Clico con el ratón en él y veo varios archivos que voy abriendo con curiosidad. En unos hay fotos de los perretes. En otros vídeos. Y me sorprendo al encontrarme con varios informes referentes al refugio y los animales. Tras examinar todo aquello, me fijo en la última carpeta que se llama «Para Nico», y clico en ella.

De inmediato aparece una imagen donde se ve una foto de Waldo y yo. Cuenta la historia de cómo Waldo apareció en mi vida y que, gracias a él, yo decidí crear aquel refugio para animales. Abro varias pestañas que aparecen en la web y a medida que voy mirando me sorprendo más. María, desde su propia perspectiva, ha creado una web preciosa, llena de encanto y dulzura, donde cada perrete tiene su propia foto, vídeo y ficha de presentación contando su historia. Conmovido por ver el cariño que María ha puesto en el proyecto, cuando acabo de ver aquello tomo aire. Lo que ha hecho desinteresadamente es precioso y nunca imaginé tener una página web para el refugio tan maravillosa.

Estoy pensando en ello cuando oigo un coche. Es tía Rosiña.

—*Neno*, aquí traigo el cordero y los langostinos para mañana por la noche —me dice cuando le abro la puerta—. En este táper ya tengo el relleno para los *oviños*, y hoy cocinaré la tarta de chocolate que a los niños les gusta.

—¡Perfecto!

Con una sonrisa la acompaño a la cocina donde guarda todo aquello en el frigorífico. Como siempre, trae comida para un regimiento, aunque para la cena de Nochebuena solo seamos los niños, ella y yo.

—¿Dónde están los niños?

—Han ido al corral a recoger los huevos.

—Con la Mari Morena.

—No.

—¿Y dónde está la Mari Morena? —Yo no digo nada, y la tía insiste—: *Neno*, ¿me has oído?

Asiento.

—Anoche se marchó —respondo finalmente.

—¡¿Qué?!

Molesto con toda la situación, hago un gesto afirmativo, y antes de que pueda hablar, mi tía se acerca.

—Si me dices que la has echado de aquí —me clava un dedo en el pecho—, te juro que te corto la *cabeciña*.

Tomo aire. La cojo de la mano, la siento en una de las sillas de la cocina, y me siento frente a ella.

—Me duele. Me joroba y me incomoda que María no esté aquí —reconozco—. Pero yo no la eché. Anoche, ella decidió marcharse, y por lo que me ha dicho Eva, está en un hotel en Vigo con su familia.

—¿Y por qué dejaste que se marchara?

—Porque estaba enfadado y discutimos.

—*Neno*, ¡serás *mamalón*! —Resoplo. Soy perfectamente consciente de la realidad. Ella pregunta—: ¿Me estás diciendo que no va a estar mañana por la noche en la cena de Nochebuena?

—Sí.

—¡Pero si estaba como loca por probar mi cordero al horno!

—Cenará con su familia.

—¡Pero si tengo *regaliños* para ella!

Oír eso me hace gracia. Yo también los tengo.

—A ver, tía, seamos sinceros. Ella...

—Me hacía hasta ilusión ponerme el pijama que ella nos compró —me interrumpe.

—Tía, por favor. —Y al ver cómo me mira, trato de concluir la conversación—: Cenaremos los niños, tú y yo solos, como todos los años. Y si quieres ponerte el jodido pijama, ¡póntelo!

—A mí no me hables así, que te sobo el *morriño*.

—Vale. Disculpa.

—Esa muchacha vale una barbaridad, y que conste que no lo estoy diciendo por el *diñeiriño* que tiene. Lo digo por ella. Porque es una muchacha alegre, juiciosa, maravillosa, y lo más importante, ¡quiere a los niños y viceversa! —Resoplo. Solo me falta ahora tener que aguantar a mi tía—. Pensé que te gustaba —indaga ella.

—Y me gusta.

—¿Entonces?

La cabeza me va a mil. Adoro a María. La echo mucho de menos y más ahora que soy consciente de que estoy enamorado.

—No soy lo que necesita. Ella está a otro nivel —admito.

—¿Pero tú eres tonto? ¿Me estás diciendo que te crees inferior al *relamío* ese al que le sobaste el morro?

—Tía...

—Ella merece la pena. No el loro francés. Y si por ese loro luchaste, ¿por qué no vas a luchar por ella?

447

.

—Tía, María es una profesional. Una mujer que adora trabajar y ser competente, y lo último que desea es...

—¿Pero se lo has preguntado?

La puerta de la cocina se abre y entran los niños.

—Papi..., ¡¿ha *vinido Madía*?! —grita Sía, corriendo hacia mí.

—No, bollito.

—¿Y *cando veneee*?

—A ver, chicos, ya sabéis que María vino solo para estar unos días.

—Papá —indica Quique—, dijisteis que estaría hasta después de Navidad.

Tiene razón.

—Todo es por mi culpa —se flagela Eva, antes de que yo pueda decir nada.

En silencio la miro. Sé que la conversación que tuve con ella al levantarnos no fue agradable para ninguno de los dos. Lo que hizo Eva no está bien y si algo tengo claro es que lo tiene que saber.

—Eva. Ya lo hemos hablado. No le des más vueltas.

—Pero..., pero es que sería bonito que ella pasara con nosotros la Navidad. ¡Eso fue lo que dijo! —insiste.

—Las cosas han cambiado.

—Pues cambiémoslas otra vez —arremete Quique.

Todos me miran a la espera de que yo solucione el problema.

Soy consciente de que todos necesitamos que María regrese, así que tomo aire y, dispuesto a hacer una locura que puede que no salga bien, pregunto:

—¿Qué tal si vamos a buscarla al hotel después de comer?

Ni que decir tiene que todos dicen que sí.

Capítulo 44

Tras una mañana en la que mi madre me vuelve loca con sus quejas, y en la que discuto con ella porque no me apetece ir a hacerme la manicura, y mucho menos aún pasar por la peluquería, tras recordarme mil millones de veces que, cuando regresemos a Madrid, tenemos que viajar a Sevilla para ir al atelier de Victorio y Lucchino, por fin consigo escapar de ella e ir a mi habitación un rato antes de reunirnos con mis hermanos y mi padre para comer.

Ya en la habitación, llamo a Soleá y le cuento todo mi drama. Ni que decir tiene que la pobre no sabe ni qué responderme, pero me anima y me escucha. Durante una hora hablamos. Me relaja hacerlo, y consciente de que está con su familia política en Ceuta, decido dar por finalizada nuestra charla. La pospongo para cuando regresemos a Madrid, aunque la conozco, y sé que se queda preocupada.

Alterada por cómo me siento, busco en mi teléfono la lista de Spotify con música de Navidad. Eso me tranquiliza. Por lo que, mientras Shirly dormita sobre el sofá, yo me dejo caer en la cama, sin dejar de pensar en Nico y en los niños.

¿Qué harán?

¿Cómo se las habrá ingeniado hoy Nico con ellos?

¿Me echarán tanto de menos como yo a ellos?

Cuando me desperté, tenía un mensaje de Eva en el Whats-App. De nuevo me pedía perdón por lo que había hecho y me suplicaba que regresara. Y sí, quiero regresar. Me muero por hacerlo. Pero hay dos cosas que me martirizan. Primero, el rechazo de Nico, y, segundo, el pensar si lo que hacemos es bueno para los niños.

No sé por qué mentí con respecto a Dani.

No sé por qué no le dije que ellos creían que estaba en Australia y no en una granja en Galicia.

Estoy con los ojos cerrados cuando Shirly de un salto se sube a la cama. Se acurruca contra mi cuerpo y me mira. En silencio nos miramos unos instantes.

—Lo sé. Echas de menos a Homer, tu amorcito —murmuro.

Según digo eso, Shirly suelta un quejido. ¡Pobre! La he separado de su amor y posible padre de sus hijos, y eso me sabe fatal. Comienza a sonar en mi teléfono móvil, la canción «I Need You Christmas», de los Jonas Brothers, y sin poder remediarlo lloro al escuchar la letra de la canción.

Pensé que iba a tener una bonita Navidad rodeada por Nico, los niños, las Susis, los amigos. Durante varios días imaginé que estas Navidades serían mágicas, especialmente por los niños, pero nada va a ser así, y lloro. No puedo dejar de llorar.

Mientras escucho la canción, me falta el aire. Siento tal opresión en el pecho que me levanto de la cama, y al mirarme en el espejo, murmuro:

—María Addams, ¿acaso te has enamorado?

Hay una parte de mí que grita que me he enamorado de Nico. Que lo que siento por él es algo que nunca había sentido por nadie. Que la sensación de vértigo y de ausencia que me parte el alma es por no estar con él y con los niños. Pero también hay otra parte de mí que me susurra que esto no es un juego. Que hay unos niños que pueden sufrir por mi culpa y me niego a que eso ocurra.

Estoy pensando en ello cuando me suena el teléfono. Es mi hermano Carlos para decirme que me esperan en el vestíbulo del hotel para comer.

Sin muchas ganas, me dirijo al baño, y, una vez que he repasado el maquillaje y me he recogido el pelo con un broche de lo más mono que mamá me ha comprado, decido no cambiarme de ropa. No me apetece.

Le doy un beso a Shirly, cojo mi teléfono, paro la música y bajo al *hall* donde está mi familia y, a una cierta distancia de ellos, Dani.

En su gesto se ve la misma incomodidad que se aprecia en el gesto de mi familia, además de la hinchazón en su pómulo por el derechazo de Nico.

—El Señorito ya se iba —me informa mi padre cuando me acerco.

Este me mira.

—Tienes cinco minutos para hablar conmigo —dice, aproximándose a mí.

—Dos —apostilla mi padre.

Dani se calla. No le replica, y oír aquello me hace gracia. Es algo que Nico suele decir también, y mirando a mi familia, viendo que Dani es incapaz de encararse a mi padre, digo:

—Entrad en el restaurante. Enseguida voy.

Cuando mis hermanos y mis padres se van, Dani y yo nos quedamos en el vestíbulo.

—Por Dios, ¡mira tus manos! —exclama.

—¿Qué les pasa?

—¡No tienes la manicura hecha!

Resoplo. Es lo mismo que me dijo mi madre.

—Me extrañó recibir tu mensaje —sigue Dani—, pero, como ves, no dudé en venir.

—¿Y?

451

Dani me mira. Lo conozco. Sé que busca llegarme al corazón, pero no le dejo hablar.

—Diez años, Dani. Me has engañado durante diez años. Y me engañaste no porque fuera tonta, sino porque confié en ti más de lo que merecías.

—María...

—Mira, como decía mi abuelita, uno cuida lo que le interesa, y descuida lo que le sobra.

—No digas eso, María.

—Sí. Claro que lo digo —afirmo con seguridad—. Y lo digo porque, cuando quieres de verdad, no haces acciones estúpidas que pueden hacer sufrir.

—Entonces, definitivamente, es un adiós.

—Lo fue hace meses —le corrijo.

Dani asiente. Creo que mi respuesta no le sorprende.

—¿Tienes algo con ese veterinario? —pregunta.

Que Dani mencione a Nico en ese tono me molesta.

—Lo que tenga o no tenga con él, a ti ni te va y, por supuesto, ni te viene.

—Tú eres una mujer que necesita un hombre con estatus social.

—¡Qué sabrás tú de lo que yo necesito!

Se ríe. Su sonrisa me hace saber que sigue siendo el prepotente de siempre.

—Mira, Dani —yo ya soy incapaz de callarme—, en la vida, lo importante es el «ser», no el «tener». Dicho esto, ocúpate de lo que tú necesitas, que de mí ya me ocupo yo.

Y sin más, me doy la vuelta y camino hacia el restaurante, sabiendo que acabo de terminar definitivamente con alguien de mi pasado, que, desde luego, mucho bien no me hizo.

En el restaurante, disfruto al ver a mis hermanos reír con mis padres. Durante la comida hablamos, y me sorprende descubrir que mi padre está tranquilo y, sobre todo, no nos está regañando.

Acabada la comida, mamá y mis hermanos se van, mientras papá y yo nos dirigimos hacia un salón privado para hablar. Nos sentamos uno frente al otro.

—Eres María Addams, mi hija —dice sin más preámbulos—. Y yo soy tu padre. Y eso, aunque discutamos mil veces, nadie ni nada en el mundo lo va a cambiar, ¿de acuerdo, cariño?

Emocionada y con lágrimas en los ojos, asiento.

Saber eso hace que la inseguridad que tenía de hablar con él, por si todo cambiaba, se esfume. Y entonces empezamos a recordar cosas del pasado que nos dolieron y por fin ponemos las cartas sobre la mesa. Con tranquilidad, dialogamos como nunca lo hemos hecho, y mientras lo hacemos, me percato de que los días pasados con Eva, Quique y Sía me han ayudado a entender mejor a mi padre. Y ahora soy consciente de la dedicación y paciencia infinita que ha tenido siempre conmigo, a pesar de ser la hija rebelde y contestona.

Oír a papá hablar de su miedo a que yo me pudiera enterar de la realidad que ocultaba es algo que me toca al corazón, y me emociono al saber que él, durante años, buscó a mi padre biológico, por si llegado el momento yo quería conocerlo, pero que nunca lo encontró.

Enterarme de aquel dato me agrada. Me hace saber que papá, aun en un caso así, se preocupaba por mí y, conmovida, lo abrazo. Percibo ese abrazo lleno de amor, ternura, conexión y cariño. Y me queda claro quién es mi padre.

Hablamos sobre momentos pasados que por fin resolvemos y sobre palabras como bestia parda, Señoro, troglodita recién salido de las cavernas, machirulo o niñata malcriada, y, sorprendentemente, ambos nos reímos al mencionarlas. Está claro que nos conocemos muy bien, y que ambos sabemos qué decirle al otro para molestarlo.

—También quiero pedirte perdón por esos micromachismos que siempre has señalado. Si te soy sincero, me he criado escuchando cosas así y, en ocasiones, las digo por pura inercia, y...

—Ya, papá, pero los tiempos han cambiado. Y hay comentarios, gestos o actitudes que, aunque parecen tontos e insignificantes, cuando se dicen, refuerzan roles de género y desigualdades.

—Ahora soy consciente de ello, hija. Y te prometo que voy a corregir todo aquello que, desde luego, pueda ofender a otras personas.

—¡Genial, papá!

—En cuanto al tema de la empresa y por qué te apartaba y me enfadaba contigo, no es por lo que tú creías.

—¿Ah, no?

—No, hija. Claro que no.

—A ver, papá. Siempre has dicho que Harry Addams había sido dirigida por hombres y debía seguir igual. Y...

—Sé lo que dije y no te lo discuto. Pero también sé que lo dije para intentar que tus hermanos espabilaran. A ver, cariño, desde pequeña nos dejaste claro tu gran carácter, empuje y fuerza. Y si me enfado con tus hermanos es porque no tienen esa fuerza y determinación que posees tú. Quiero que aprendan. Necesito que espabilen, pero contigo a su lado es imposible. —Aquellas palabras me sorprenden, y más cuando añade—: Sé que siempre eres tú quien soluciona las cagaditas que cometen. Temen tanto equivocarse que van a ti, a pedir tu ayuda, y tú, como siempre, se lo solucionas. Pero no les haces bien, hija. Ellos tienen que equivocarse y asumir errores para que espabilen y aprendan, pero contigo a su lado, nunca espabilarán, ni aprenderán, porque saben que tú estás ahí para resolver todos sus problemas.

Parpadeo, asombrada. Nunca lo había visto desde ese ángulo.

—Si te prohibí ver carpetas doradas —continúa explicando— y te exigí que te mantuvieras única y exclusivamente en el departamento de diseño de joyas, no fue porque creyera que no eres capaz de muchas cosas, sino porque quería que ellos fueran tan capaces como tú de llevar adelante sus departamentos.

No puedo evitar sonreír. Nunca imaginé algo así. Estaba tan cegada y confundida, que no fui capaz de ver eso que mi padre me explica.

—Papá, me lo tenías que haber dicho.

Papá se ríe.

—Imposible. Si te hubiera confesado lo competente que te veo, ya te me hubieras subido a la chepa —replica con gracia. Nos reímos—. Tenías razón en lo de abrir una delegación de Harry Addams en Roma. El informe que preparaste era magnífico, y sin duda allí tenemos un excelente mercado por explorar.

Asiento. Lo sé. Sonrío cuando propone:

—Para eso necesito que regreses a la empresa. Es tu proyecto y lo tienes que liderar. Es más. Cuando vuelvas a Madrid, todo cambiará y tendrás acceso total a toda la compañía, como lo tienen tus hermanos.

—Me gusta lo que oigo —afirmo con una enorme sonrisa.

Damos un traguito al café que tenemos ante nosotros y, antes de dejarlo sobre la mesa, papá pregunta:

—¿Definitivamente, has acabado con el Señorito?

—Definitivamente, acabé con él hace meses.

—¿Y qué me dices de ese veterinario? Nicolás, ¿no?

Asiento.

—Solo te puedo decir que es alguien maravilloso —contesto sin asomo de duda—, y que durante el tiempo que he estado en su casa me he sentido bien, tranquila y segura.

—¿Está divorciado? —se interesa.

—No.

—¿Viudo?

Niego con la cabeza.

—Está soltero, y esos niños son sus sobrinos. Su hermana murió y él dejó su vida para encargarse personalmente de ellos, llevando adelante la granja que su hermana había montado. —Él se sorprende, y yo prosigo mi explicación—: Nico es una buena persona y los niños son encantadores. Tanto, que los voy a echar mucho de menos. Y te vas a reír, pero estar con ellos me ha hecho darme cuenta de que la alta costura está muy bien, pero que una simple camiseta bien conjuntada con un pantalón también es maravillosa.

Nos miramos durante un rato en silencio. De repente le suena el móvil a papá.

—Es tu madre, para ver si hemos terminado —me dice.

Nos levantamos.

—¿Por qué te llaman Mari Morena? —curiosea, mientras caminamos.

Rápidamente y divertida se lo explico. Nos reímos.

—¿Hay algo entre Nico y tú? —sigue con las preguntas.

—Amistad.

—¿Con tus amigos te metes en la cama?

—Papáááá...

Ambos reímos.

—Somos adultos y hay atracción. Nada más —miento, sin querer aceptar mis sentimientos.

Papá asiente. Me agarro a su brazo, como llevaba años sin hacerlo y juntos nos dirigimos hacia el vestíbulo del hotel, cuando oigo:

—*Madíaaaaaaaa...*

¡Sía!

Me paro. Miro hacia la derecha y allí me encuentro con Nico, Eva, Quique, tía Rosiña y Sía, que corre hacia mí. Al verlos, el corazón casi se me sale del pecho. ¡Han venido!

Sonriendo, cojo a la pequeña entre mis brazos, y cuando esta me abraza murmuro:

—Hola, bollito.

Sía me abraza. Me da un beso con sus morretes en la mejilla.

—Mañana *vene* Papá Noel y tienes que *vení* a casa —me dice.

Oír eso me emociona. Entonces la cría mira a mi padre.

—Él se llama Rodrigo y es mi papá —le explico.

Sía, que es un ser de luz impresionante, de inmediato se echa a los brazos de mi padre y agarrándose a su cuello, saluda.

—¿*Po qué tenes* el pelo *dojo, Dodigo*?

Boquiabierto, papá me mira. Sé que lo hace porque recuerda que yo tampoco sabía decir la erre.

—Porque comí mucho kétchup y se me puso así —murmura, divertido—. Pero, shhhh, ¡no se lo digas a nadie!

La cara de Sía al escuchar aquello es inexplicable y papá y yo nos reímos cuando Nico y el resto se nos acercan. Quique y Eva me abrazan, tía Rosiña sonríe y Nico me mira.

Sonrío. Uf, madrecita, qué nerviosa me pongo de pronto. Veo que Nico le tiende la mano a mi padre y ambos se la estrechan.

—Excelente derechazo el tuyo —dice mi padre.

—Gracias, señor.

—Por favor, llámame, Rodrigo.

Ambos sonríen.

—Estamos aquí porque queremos que regreses a casa —dice Nico, mirándome.

¡A casa!

Oír eso me emociona. Ufff, madrecita, que me pongo a llorar. Apenas puedo respirar. Tía Rosiña se dirige a mi padre:

—Hemos pensado que, como mañana es Nochebuena y están ustedes por aquí, ¿qué tal si vienen todos a la granja a cenar? Prepararé un rico *cordeiriño* al horno, entre otras delicias, que le prometo que le harán chuparse los dedos.

Papá me mira. Sé que está esperando una señal, luego mira a tía Rosiña.

—Me lo pensaré si dejas de llamarme de usted —asegura.

Tía Rosiña sonríe.

—Tienes cinco minutos para hablar —me dice Nico.

—Dos —apostilla mi padre.

—Cinco —insiste Nico, sin dar su brazo a torcer.

Papá y él se miran.

—Ve a hablar con él —me dice papá.

Nico y yo nos separamos del grupo.

—Lo hice mal —murmura cuando estamos solos.

—Yo también lo hice mal. Pero créeme cuando te digo que no oculté que estaba en la granja por lo que dijiste; lo oculté porque necesitaba poner distancia durante unos días entre mi familia y yo.

—Me muero por besarte y abrazarte...

—No confundas a los niños —lo corto.

Nos miramos. Ufff..., cómo nos miramos.

—Bomboncito, regresa con nosotros a casa —me pide.

Ufff, madrecita, lo que me entra por el cuerpo. ¿Me ha llamado bomboncito? Definitivamente, no puedo decir que no. Por lo que miro a mi padre y tras hacerle una seña que él me entiende, oigo a tía Rosiña aplaudir y a los niños saltar.

—Me encantará regresar a casa —afirmo, mirando a Nico.

Capítulo 45

Regresar a la granja con María es una sensación maravillosa.

Cuando nos despedimos de su padre y después de quedar con él al día siguiente en casa para pasar la Nochebuena todos juntos, María recoge su maleta, y va en su coche con tía Rosiña, mientras yo voy en el mío con los niños y Shirly. Necesita ir de compras.

¡Ella y sus compras!

Pero lo entiendo, sus padres vendrán a cenar y quiere tener regalos de Papá Noel para ellos y también pijamas como los que nos compró a nosotros para la cena de Nochebuena. ¡Espero que los encuentre!

Cuando llego a casa me río a carcajadas al ver la alegría de Homer en su reencuentro con Shirly. Está claro que su amorcito ha regresado, y eso le hace feliz. Se puede decir que le pasa como a mí. ¡Se ha enamorado!

Dos horas después, llegan María y tía Rosiña, quien, tras explicarnos de nuevo las cosas que ha dejado en la nevera, obliga a los niños a marcharse con ella. A los niños no les hace ninguna gracia. Quieren quedarse con nosotros, pero ni María ni yo nos oponemos. Queremos estar solos.

En la puerta de la casa y sin tocarnos, María y yo les decimos adiós y cuando el coche desaparece, nos miramos y nos besamos. Ya estamos solos y lo podemos hacer.

La urgencia que sentimos el uno por el otro se vuelve loca, desesperante. Y entrando en la casa, nos quitamos la ropa y, sin subir a la habitación, nos hacemos el amor sobre el sofá, para luego repetir sobre la encimera de la cocina, y después en las escaleras.

Hacerle el amor, besarla, tocarla, es lo que más deseo en este instante, y cuando finalmente llenamos la bañera de mi baño y le echamos un buen chorretón de gel con olor a chicle, nos metemos.

De fondo se oye música de Navidad. María la ha puesto de su lista de Spotify y cuando comienza a sonar «Last Christmas», del grupo Wham!, murmuro en su oreja:

—Tu canción preferida.

María asiente.

—Me ha encantado que fueras a buscarme —susurra—. Me he sentido la heroína de una película o novela romántica.

Sonrío al escucharla.

—Me encanta hacerte sentir en una película romántica y no en un drama —afirmo.

Sonreímos.

—Hablé con mi padre —me dice, incorporándose.

—¿Y qué tal?

Me explica, con su graciosa manera, la conversación que tuvieron. Veo en sus ojos la alegría, la emoción y la felicidad por haber resuelto aquello que tan confundida la tenía, y cuando me habla de la propuesta que su padre le ha hecho relativa a la empresa, aunque el corazón se me para, digo:

—Será todo un éxito.

María asiente. Sonríe. Está feliz por la propuesta de Italia de su padre y por recuperar su trabajo en Madrid.

—Creo que será un buen inicio de año —asegura.

—Ciertamente —afirmo con humor, pese a saber que para mí será un desastre cuando se marche.

Un beso nos lleva a otro. Una caricia a la siguiente.

—Oye —interrumpo, recordando algo—, ¿crees que es buena idea que mañana cenemos todos en pijama?

María asiente sin asomo de duda.

—Es una tradición que tengo con mis hermanos y mi abuelita —explica—. Noche familiar, en pijama, con juegos de mesa y diversión hasta que llegue Papá Noel.

—Pero tus padres...

—Nico. Tranquilo.

—A ver, Mari Morena —me mofo—. No conozco a tus padres, pero no los veo cenando en pijama en una noche tan señalada.

María se ríe.

—Va a ser la primera vez que lo hagan.

Boquiabierto la miro, pero ella ni se inmuta.

—A mamá le dará un telele, pero, tranquilo. De mis padres me ocupo yo.

Si ella lo dice, yo ya no tengo objeción.

—Gracias por el proyecto de la web.

—¿Te gustó?

—Es impresionante. Los animalitos y yo te estaremos eternamente agradecidos por lo que has hecho desinteresadamente.

—Ha sido un placerrrr.

—¡Eres buena haciendo webs!

—Lo sé.

—Y creída.

—También lo sé. —Nos reímos, luego pregunta—: ¿Quieres hacer algún cambio?

—No. Está perfecto.

—¿Entonces mañana puedo subirla al servidor?

—Por supuesto, cuanto antes se conozca esa web, antes los perretes vivirán en un hogar, aunque las adopciones las aceptaré pasadas las Navidades. No quiero que nadie regale un animalito y que en dos meses esté solo y abandonado.

461

María asiente. Entiende mis palabras. Hay gente que es así de cruel.

—Hoy no he podido dejar de pensar en ti —admite.

—Ni yo en ti.

Nuestra sinceridad me gusta, pero me abruma.

—¿Qué estamos haciendo? —pregunta.

Entiendo lo que quiere decir, y dejándome llevar por el momento suelto:

—Ayer, cuando te marchaste, me dolió, pero estaba tan enfadado que fui incapaz de reaccionar, porque te comparé con quien menos te tenía que comparar.

—Créeme cuando te digo que no oculté dónde estaba porque me avergonzara estar aquí. Lo oculté porque necesitaba espacio con mis padres. Y, de hecho, ya viste que mi amiga Soleá vino a verme con su marido y su hijo.

—Lo sé...

—Y en cuanto a Dani... Ahí fallé yo. Cuando dijiste que habías bloqueado a Marie Chantal, no sé por qué mentí. Pero quiero que sepas que, si no lo bloqueé, fue porque me encantaba ver cómo se arrastraba como un gusano. No porque quisiera regresar con él.

Oír eso me gusta.

—Habéis estado alojados en el mismo hotel —señalo.

—Sí.

—¿Y hablaste con él?

—Sí. Y le repetí lo que ya le dije hace meses. Que lo nuestro se acabó. —Asiento, y ella cuchichea—: Por cierto, menudo derechazo le metiste.

—El que se merecía por gilipollas. —No podemos evitar una carcajada—. Necesito que sepas una cosa.

—Tú dirás.

—El tiempo que estuve con Marie Chantal, creí que estaba enamorado de ella. Pero no. Estaba equivocado. Si alguien me ha hecho sentir amor, necesidad, pasión y locura, esa has sido tú. —Noto que María se envara, y dispuesto a soltar todo lo que llevo dentro, prosigo—: No sé cómo ha pasado, pero la realidad es que me he enamorado de ti. Y sí, sé que decirlo probablemente esté fuera de lugar, pero necesito decírtelo. Necesito que sepas que tanto los niños como yo, te queremos, y...

No puedo continuar. Con su mano tapa mi boca.

—No puedes estar diciendo esto —dice.

—María...

—Ambos dijimos que esto solo duraría hasta que me marchara después de Navidad y...

—Sé lo que dije, y me siento fatal. Pero si no te lo digo, nunca me lo perdonaría.

Con un gesto que soy incapaz de descifrar, María me mira, y yo insisto:

—Necesito que sepas la realidad que vivo con respecto a ti. Si por mí fuera, ahora mismo te pediría que te casaras conmigo —musito, enseñándole el anillo de mi madre que llevo colgado al cuello.

—¡Madrecita! ¡Qué dices! —Exclama, se levanta y sale de la bañera—. No puedes estar diciéndome algo así. Solo..., solo nos conocemos desde hace apenas dos meses. ¿Cómo me vas a querer? Pero ¿te has vuelto loco?

Salgo también de la bañera y me acerco a ella.

—Definitivamente, me he vuelto loco por ti —reconozco.

María se aleja. Se separa de mí. Percibo que no le gusta lo que le he dicho, e intento reconducir la situación, así que voy tras ella y cojo su mano.

—Soy lo que ves, María —declaro—. Tanto para bien como para mal y en ocasiones ¡padreo! Si te he abierto mi corazón ha sido porque lo necesitaba y porque si hubiera la más mínima posibilidad de que tú sintieras algo así, querría explorarlo. Pero dicho esto, quiero que sepas que nunca te pediría que renunciaras a tus sueños. Sé lo que es hacerlo, y aunque no me arrepiento, todavía hay ocasiones en que pienso cómo hubiera sido mi vida si no lo hubiera hecho. —Se le llenan los ojos de lágrimas. Esto es un desastre—. No. Por favor, no llores —le pido.

—¿Cómo no voy a llorar con lo que me estás diciendo?

Y sigue llorando.

Me siento fatal. Nunca la había visto así. Está claro que ella no siente lo mismo que yo.

—Ehhh, bomboncito —trato de hacerla sonreír.

Según digo eso, sus llantos se redoblan, por lo que cojo una toalla, la envuelvo en ella, y sentándome en la cama, la arrullo entre mis brazos.

—Lo siento —susurro—. Lo siento. Me siento fatal por...

—Nico, ¡no puedes decirme algo así!

—¿Por qué?

—Porque no. Porque yo voy a regresar a Madrid. Voy a continuar con mi trabajo y me voy a trasladar a Roma para liderar un proyecto. Por eso no puedes decírmelo.

—Perdóname, entonces.

María poco a poco se tranquiliza.

—No pretendo que nada de lo dicho te condicione —le digo, martirizado por el mal rato que le estoy haciendo pasar—. Pero necesitaba que lo supieras.

En silencio, nos miramos, y entonces ella, que está sentada sobre mí, me besa. Lo hace de una manera y con una delicadeza que me vuelve loco, y dejándome llevar por el deseo que me crea, la tumbo sobre la cama y le quito la toalla.

Estamos desnudos. Y por cómo nos miramos, sé que nos consume el deseo. Por lo que beso su frente, beso su mejilla, beso su boca, y cuando voy repartiendo cientos de besos por su cuerpo, justo cuando llego a su monte de Venus, me para.

—Ponte debajo —me dice, cuando yo la miro a los ojos—. Yo también te deseo.

La entiendo con aquella simple frase unida a su mirada, por lo que hago lo que me pide, me tumbo sobre la cama, ella se pone sobre mí, pero al revés, y mientras mi boca va directa a su clítoris, su boca va directa a mi dura erección.

¡*Carallo*, qué placer!

Durante un rato, ambos disfrutamos del manjar que nuestros cuerpos proporcionan, y cuando siento que ambos no podemos más, María se incorpora. Y a horcajadas, coloca la punta de mi caliente erección en la entrada de su húmeda vagina, y sentándose sobre mí, murmura:

—Así me gusta.

Empalados el uno en el otro, me incorporo en la cama. Me siento. Jadeo. Mientras ella está sentada sobre mí y disfrutamos del placer que nos provocan nuestros propios movimientos y deseos.

Nos miramos. Mientras nos poseemos, nos observamos y entonces, incapaz de no hacerlo, la beso.

—Te quiero —susurro dentro de ese beso caliente.

Entonces, sus movimientos se avivan. Se recrudecen. El placer que tiene es tan grande como el mío, y acoplándome a sus exigencias, yo también exijo. Le doy algún que otro azote en su bonito trasero, mientras no paramos de movernos. De clavarnos. De poseernos, hasta que noto que toda la sangre de mi cuerpo está a punto de explotar, y cuando no puedo más, me dejo ir, con la suerte de que ella hace lo mismo.

Acalorados, nos quedamos sentados sobre la cama, y entonces murmura:

—No vuelvas a decirme «te quiero» —me pide.

—De acuerdo.

Nos quedamos abrazados durante varios minutos. De pronto ella me mira.

—Me gustas. Me encantas —afirma—. Te puedo asegurar que estos días contigo y los niños están siendo muy especiales, pero yo tengo que regresar a Madrid y continuar con mi vida.

—Lo entiendo.

—Tú y yo somos dos adultos que sabemos de qué va este juego, pero no quiero hacer sufrir a los niños. Les tengo mucho respeto, y lo último que querría sería crearles falsas expectativas en cuanto a...

—María. Ellos saben que te vas a ir.

—Pero son niños —insiste.

Asiento. Entiendo lo que ella dice. Sus sentimientos no son los míos.

—Te aseguro que el primero que no quiere que los niños sufran soy yo —declaro, metiendo mis dedos entre su bonito pelo oscuro—. Pero estás aquí y...

—Nico. No podemos confundir a los niños.

—Y no lo haremos. Mantendremos las distancias cuando ellos estén delante.

Nos miramos. En nuestras miradas hay miles de preguntas sin respuestas.

—A la mínima que vea que los niños se crean una película que no es, me iré —dice, rotunda.

Me duele oír eso, pero entiendo sus palabras.

—Y yo lo aceptaré y entenderé —claudico.

Capítulo 46

24 de diciembre de 2025

Cuando me despierto y veo a Nico dormido a mi lado, reconozco que se me pone una sonrisa de oreja a oreja.

¡Qué noche más maravillosa hemos pasado!

Mientras lo veo dormir, recuerdo las cosas que me dijo, y todo el vello de mi cuerpo se eriza. ¡Está enamorado de mí!

Mis ojos van hasta el colgante que nunca se quita del cuello. Observo el anillo de su madre, y sé que es un pequeño diamante engarzado fino y delicado. Una preciosidad.

Está claro que siente las mismas cosas que yo, pero uno de los dos tiene que echar el freno para que no descarrilemos, y está claro que esa persona he de ser yo. Y lo hago porque, aunque adoro a Nico y a los niños, no puedo dejar de preguntarme si esta locura de enamoramiento es algo momentáneo o no.

¿Cómo podemos habernos enamorado en apenas dos meses dos personas tan diferentes?

Siempre he oído aquello de que los polos opuestos se atraen, pero ¿verdaderamente nos ha pasado a nosotros?

Quiero a Nico, como quiero a los niños. No quererlos es imposible. Pero todos ellos buscan algo en mí que yo no sé si podré darles. Nico quiere una compañera de vida, y los niños una madre. Pero ¿qué locura es esta?

Cuando llegué a la granja por casualidad, nunca pensé que mi vida daría un giro de ciento ochenta grados, y sin embargo la realidad es que he visto que existe otra vida que yo nunca imaginé, y eso me tiene totalmente confundida.

—Buenos días, bomboncito.

Al oírle, vuelvo en mí, y me acerco a él.

—Esta noche viene Papá Noeeellll —canturreo.

—Mmmmm, ¿has sido buena?

Ambos nos reímos. Y luego pasamos al «Doctor, doctor, me duele por aquí», y de ahí a hacernos el amor con, ufff, madrecita, ¡qué pasión!

Después de levantarnos y darnos una duchita, vamos a la cocina a tomar un café y oímos el motor de un coche. Es tía Rosiña con los niños. Nico y yo nos miramos.

—Seamos juiciosos y no confundamos a los niños —le pido.

—Tranquila.

Segundos después, Sía, como siempre, entra corriendo para abrazarnos y esta vez la siguen Quique, tía Rosiña y Eva. Están contentos por mi regreso.

—A ver, familia, sentaos un momento —les dice Nico—. María y yo tenemos que hablar con vosotros.

¡¿Cómo?!

Oír eso me asusta. No sabía que iba a hablar con ellos delante de mí, y cuando se sientan, Nico, que está a mi lado, pero no me toca, dice:

—Como veis, María está aquí, pero también debéis recordar que cuando pasen las Navidades ella regresará a su casa.

—Joooo, pero yo quiero que su casa sea esta —indica Quique.

—Y nosotras —afirma Eva con Sía en brazos.

Nico me mira, y yo tomo aire.

—Os prometo —digo— que si vuelvo a pasar por aquí, vendré a visitaros. Pero mi casa está en Madrid.

Quique asiente. En su gesto veo la tristeza.

—¿Puedo preguntar algo? —dice Eva.

—Claro, campeona —afirma Nico.

La niña asiente. Nos mira.

—¿Vosotros estáis enrollados? —suelta.

¡Joder con la campeona!

Nico y yo nos miramos. En sus ojos veo lo que él debe de ver en los míos, por lo que saco esa parte fría que sé que está en mí.

—La respuesta es no —respondo con claridad—. Lo que visteis fue que Nico y yo pasamos una noche juntos como adultos que somos, pero eso no significó nada. Y aunque ahora no lo entendáis porque sois pequeños, estoy convencida de que cuando crezcáis lo entenderéis.

—¿Entonces no sois novios? —pregunta Quique.

—No, campeón. No somos novios —responde Nico—. Solo somos amigos. Nada más.

Los niños se miran mientras tía Rosiña, callada, nos observa.

—¿Alguna pregunta más que queráis hacernos? —dice Nico. En silencio, ellos niegan con la cabeza—. Quiero que sepáis que la prima de Andrés ya está buscando a alguien para que en enero venga a ayudarme con vosotros. Por lo tanto, ¿qué tal si disfrutamos de la Navidad mientras María esté aquí?

Finalmente, los niños asienten, y cuando se van de la cocina con Nico, tía Rosiña se acerca.

—A mí no me engañáis —susurra—. Pero si decís que no hay nada entre vosotros, ¡pues no hay más que hablar!

Pasamos el resto de la mañana como cualquier otra. Cuando la tía regresa a su casa, vamos a por los huevos al granero, pasamos por el refugio para atender a los perretes, y estando allí, mi madre me llama por teléfono, para, primero, quejarse por tener que cenar en Nochebuena en una granja con desconocidos y, segundo, para preguntarme cómo ha de venir vestida.

Me río. No quiero ni imaginarme su cara cuando le entregue el pijama de Navidad que se tiene que poner junto con la diadema con cuernos de reno. Eso va a ser épico y, sin duda, ninguno vamos a olvidar estas Navidades.

Estoy pensando en ello cuando Sía se acerca a mí.

—*Madía*, ¿qué le *pacha* a Waldo?

Me fijo en el enorme mastín al que adoro y siempre me sigue. Está tumbado, por lo que me acerco a él, me agacho y al ver cómo me mira con sus ojitos tristes, murmuro:

—¿Qué te pasa, corazón? —Y levantando la voz, grito—: ¡Nico!

Instantes después él se acerca.

—Creo que algo le pasa a Waldo —le digo, alarmada.

Nico se agacha y llegan Quique y Eva. Durante unos minutos veo cómo se ocupa de él.

—Tranquila. Está bien —dice, cuando termina—. Es solo que es muy mayor y los años le comienzan a pesar en ciertos momentos.

Conmovida, miro a aquel enorme perrazo que todo lo que tiene de grande lo tiene de bueno.

—¿Cuántos años tiene? —pregunto.

—Según dijo papá, sobre doce —afirma Eva.

—Es un abuelito —añade Quique.

—Un abuelito al que hay que cuidar —afirma Nico, llegándome al corazón.

Aiss, por Dios, ¿por qué es tan mono, achuchable e ideal? ¿Por qué tiene que ser tan maravilloso?

Durante varios minutos, todos nos dedicamos a mimar a Waldo, que, encantado, recibe todo nuestro cariño, hasta que se cansa y se levanta tan pancho.

—Está claro que solo quería uno poco de mimo —asegura Nico, riendo.

—Yo sí que quiero mimo —digo en bajito.

Nico me mira.

—Quique, Eva, Sía, id a echar comida a los perretes de la última caseta —dice, levantando la voz.

Los niños rápidamente obedecen y cuando se alejan, Nico me agarra, me lleva hasta el interior de aquella caseta y tan pronto quedamos protegidos por una pared, me besa con auténtico ardor.

—¿De momento te valen estos mimos? —pregunta cuando termina.

Acalorada. Excitada. Y loca por arrancarle la ropa, asiento. Él me da un pico rápido en los labios y oyendo la voz de Sía que corre hacia nosotros, sale de la caseta.

—Vamos, bollito. Echemos de comer a Banana y a Valentino —le dice.

Y sin más, se alejan, mientras yo me doy aire con la mano y me repito, una y otra vez, que tengo que controlar la atracción que siento por él.

Capítulo 47

A las cuatro de la tarde, tía Rosiña ha llegado a casa y se ha apoderado de la cocina. Como cada año, intento ayudarla y hoy se me une María, pero la tía se cierra en banda. La cena de Nochebuena es cosa suya, y la verdad, ¡cualquiera le dice que no!

María, sin que los niños se enteren, en un momento dado, nos pide a la tía y a mí los regalos que tengamos para Papá Noel. Los quiere juntar todos y nosotros se los entregamos. Nos fiamos de lo que ella quiera hacer.

Luego nos sentamos todos, menos la tía, claro, en el sofá del salón, y mientras escuchamos villancicos de Navidad, disfrutamos de un momento en familia. Sía está muy nerviosa. Esta noche Papá Noel va a venir a casa y quiere muchos regalos.

A las siete de la tarde, nos ponemos los pijamas rojos y blancos y las diademas con orejas de reno en la cabeza y nos partimos de risa. Tía Rosiña no puede parar de reír ante la propuesta de María. ¡Nunca se ha visto en otra igual!

Divertidos, nos hacemos infinidad de fotografías con mi teléfono y el de María.

—Podéis pasarme alguna foto, que mi cámara no funciona —pide Eva.

—Yo te las pasaré —afirmo.

Asiente. No se queja. Me tiene sorprendido con el tema teléfono, pues no ha vuelto a quejarse, y eso es de agradecer. Eso me demuestra que Eva comienza a pensar y a ser consciente de muchas cosas.

A las ocho de la tarde, oímos que llega un coche.

—Llega tu familia, María —anuncia Eva, que está mirando por la ventana.

Ella, que está ultimando los detalles de la mesa con los cientos de cosas que ha comprado, asiente.

—¿Qué te parece? —pregunta, buscando mi aprobación.

—Me parece una preciosa mesa para cenar en pijama.

Ambos nos reímos y ella se pone las orejas de reno.

—Mi madre, al principio, dramatizará y se quejará por todo —advierte—, pero tranquilo, ella es así, y cuando se relaja es un amor.

Me río. Se ríe. Y se va derecha hacia la puerta.

Desde donde estoy, veo a María salir, por lo que abro un poco la ventana.

—Bienvenidosssssss —la oigo saludar.

Sus hermanos salen del coche. Al verla de aquella guisa, se ríen a carcajadas.

—Pero, hija, ¿de qué vas vestida? —se asombra su padre.

María se acerca a él y le da un cariñoso beso en la mejilla.

—De lo mismo que tú en cuanto entres por la puerta —responde.

—María..., no.

—Papá..., sí.

—Pretendes que me vista de mamarracho y me ponga esas orejas de reno.

María se ríe. Está claro que aquel elegante hombre trajeado no le impone.

—Si tú lo ves así, ¡pues de mamarracho irás!

—¡María!

—Venga, papá, que es Navidad —insiste, poniéndole ojitos.

El padre de María se da por vencido. Está claro que después de haber tenido aquella conversación, aquel hombre, por ella, hace lo que sea.

Instantes después, veo salir a la madre del coche. Definir el estilo excesivo de aquella mujer de pelo cardado, llena de joyas y vestido largo es complicado.

—¿Qué haces en pijama y con esas orejas? —se horroriza. María se acerca a ella, le da un beso.

—Es la tradición. Ya lo sabes —replica.

Aquella mujer mira a su marido.

—Ah, nooooo. ¡Ni hablar! —exclama. El hombre sonríe, y la mujer se enfada—: Rodrigo, no te rías. Que no tiene gracia.

—Es cosa de tu hija, ¡no mía! —afirma él.

Desde mi posición, veo cómo los hermanos y María se miran con guasa.

—María Addams, esa tradición la tenías con mi madre —gruñe la mujer—, y era en Madrid y...

—Así es, mamá. Esa tradición la comencé con la abuelita, pero sigue adelante. Esté aquí o en Sebastopol.

—¡Me niego a ponerme un pijama!

¡*Carallo*..., mal empezamos!

—Mamá...

—Pero, hija, ¡qué he ido a la peluquería! ¿Cómo voy a destrozar mi peinado por ponerme unas orejas de reno?

—Pero si son monísimas.

—Que no, hija. Que no, ¡me niego!

—Mamáááá...

—¡Llevo un Roberto Cavalli!

—¿Y qué?

—¿Cómo que y qué?

Discuten. O al menos yo creo que discuten.

—Espero que haya verdura para cenar —dice la mujer—. Ya sabes que yo...

—Hay marisco, cordero al horno y muchas cosas riquísimas —la interrumpe.

—¡Qué maravilla! —exclama el padre.

—¿Y verdura?

—Eso mañana, mamá.

—Pero, hija...

—A ver, mamá —empieza María—. Cuando yo voy a tu casa a comer o a cenar, me acoplo a lo que tú me pongas. Por lo tanto, acóplate y deja de protestar. Porque una noche no cenes verdura, no pasa nada. Y en cuanto al pijama y las orejas de reno, si yo fuera a tu casa a cenar en Nochebuena, me tendría que poner un vestido de alta costura y taconazos. Pues bien, en esta ocasión, eres tú la que viene a cenar a la casa donde yo estoy, y te toca ponerte ¡un pijama de Navidad y orejas de reno!

Me río. Desde luego, María no se deja vencer por aquella mujer.

—Pero ¿cómo vamos a cenar en pijama?

—Pues cenando. Ya verás que a gusto vas a estar, sin ropa que te apretuje el estómago.

Durante varios minutos veo cómo aquella mujer se resiste. Se niega a cenar en pijama, pero, por fin, animada por los dos hermanos de María, que se meten para echarle una mano, la mujer da su brazo a torcer.

Cuando entran los hermanos de María, los niños, emocionados, los saludan y se comportan como los niños que son. A ellos el estatus social o el dinero no les impresiona.

Tras mi bienvenida a los hermanos, ellos, con guasa, les exigen a los niños sus pijamas de Navidad y sus orejas de reno, y los pequeños los acompañan a donde se pueden cambiar de ropa. El padre de María entra en la casa, se acerca a mí y me tiende la mano.

—Nico, gracias por la invitación —me dice.

—Es un placer que estéis aquí.

—Por cierto —se acerca—, en el maletero del coche hay varios regalos que hemos traído para esta noche. ¡Viene Papá Noel!

Me sorprendo. Su capacidad de reacción me parece increíble.

—Cuando estén entretenidos los niños, los sacamos —digo en bajito.

—¡Perfecto!

María y su madre siguen en el exterior enzarzadas. Las oímos hablar.

—Cenar en pijama es un sacrilegio para mi mujer —explica Rodrigo.

—Ya lo veo.

—Pero ¿sabes? Llevo años sin cenar en Nochebuena con mi hija, y si ella quiere que me vista de mamarracho para cenar, con tal de verla feliz, ¡lo haré! —Ambos reímos, y él indaga—: ¿Es tradición aquí cenar en pijama o te has dejado convencer por mi hija?

—Más bien lo segundo. Cualquiera le decía que no. —Sonrío.

—Hombre listo —afirma.

Volvemos a reírnos, cuando aparece Sía.

—*Ete* es tu pijama —le dice a Rodrigo—. Te lo *tenes* que *poné* o Papá Noel no te *dejadá* un *degalo*.

Rodrigo lo coge al instante. Su buena disposición me tiene totalmente sorprendido.

—¿Tú has sido buena para que te deje regalos? —le pregunta a Sía.

—Sí. Muchooooo...

Entra María con su madre y, sin darle tregua, coge uno de los pijamas.

—Mamá, ¡póntelo! —ordena.

—Pero, hija...

—¡Póntelo! —insiste.

—Aisss, por Dios. ¡Pero si ni siquiera me va con el color de uñas!

—Mamá, por favor. Simplemente es un pijama de Navidad.

La mujer me mira.

—Si me lo he puesto yo, te lo tienes que poner tú —le digo, señalando mi pijama.

—Bendito sea Dios. Con lo mona que voy con mi vestido de Roberto Cavalli, ponerme esto es un sacrilegio.

—Mamá, estarás monísima con el pijama, ¡ya lo verás!

Ella resopla. Intuyo que gracia no le está haciendo cuando aparece la tía Rosiña con su pijama puesto.

—¡Qué bien que ya estéis aquí! —saluda.

El padre de María saluda a mi tía con afabilidad. Eso me gusta.

—¿Dónde me puedo poner el pijama? —pregunta él.

—Podéis pasar a mi despacho —indico rápidamente.

Segundos después, los padres de María desaparecen.

—¿Te he dicho que ese pijama te hace un culito de melocotón increíble? —me susurra al oído María cuando Sía se va con tía Rosiña.

Sonrío. Estoy a punto de besarla cuando aparecen sus hermanos con los pijamas puestos y comienzan a bromear llamándole Plebeya, Miércoles y Morticia.

¿En serio?

Los contemplo contento, y veo la buena sintonía que existe entre ellos. Eso me hace recordar a mi hermana Clara, y sonreír. Clara y yo también nos llevábamos muy bien.

Dos horas después, todos estamos alrededor de la mesa disfrutando de la excelente cena que tía Rosiña nos ha preparado. Si todos los años se esmera, este año, al tener invitados, se ha esmerado el doble y yo se lo tengo que agradecer.

No solo prepara su famoso cordero al horno, sino que nos deleita con unas riquísimas vieiras rellenas, almejas a la marinera, langostinos, percebes, y todo lo que uno se pueda imaginar.

La madre de María, que ya está relajada, ríe, bromea, está encantada con la comida, y no ha mencionado ni una sola vez la verdura. Incluso alaba el cenar en pijama y disfruta con Sía, bromeando de las orejas de reno.

Acabada la cena, después de recoger la mesa, todos pasamos al salón donde comenzamos a jugar a los juegos que María ha organizado. Entre risas y buen humor todos disfrutamos del momento, y yo soy consciente de que llevaba años sin pasar una Nochebuena tan maravillosa.

Ver a los niños reír y pasarlo tan bien, junto a tía Rosiña, me hinche el corazón y sé que eso es gracias a María. Sin ella nada sería igual.

Emocionado y totalmente enamorado de aquella mujer, para no besarla ante todos, decido ir a la cocina a por hielo. Necesito serenarme o al final la voy a liar. Ocupado estoy en ello cuando la puerta se abre y aparece el padre de María.

—Quería agradecerte personalmente el que hayas cuidado de mi hija este tiempo —dice—. María me contó que apareció en tu puerta una noche que llovía y el coche la había dejado tirada, y tú la acogiste.

Oír eso me hace sonreír. Veo que María le ha contado una versión suavizada.

—No he hecho nada que otra persona no hiciera.

Asiente. En su gesto veo la gratitud. De pronto, oímos un bostezo.

—¿Y ese grandullón quién es? —pregunta Rodrigo.

Veo que señala a Waldo. El animalillo, huyendo del jaleo del salón, ha decidido tumbarse en la cocina.

—Es Waldo —respondo.

Rodrigo se agacha y lo acaricia con cariño.

—Es una preciosidad —afirma, incorporándose.

—Lo sé.

Nos quedamos unos segundos en silencio.

—¿Te importa si abro la ventana para fumar? —me pregunta.

—Claro que no. ¿Te apetece una cerveza?

—La verdad es que sí.

Saco dos cervezas. Las abro. Le entrego una.

—¿Quieres vaso? —le pregunto.

—A morro la cerveza sabe mejor, pero no se lo digas a mi mujer —apostilla.

Ambos reímos. Rodrigo, a cada segundo que pasa, me cae mejor. Chocamos nuestras cervezas, y apoyándome en la mesa para acompañarlo mientras fuma, lo observo.

—Siento mucho lo que le ocurrió a tu hermana —dice—, pero te aplaudo por lo que estás haciendo por tus sobrinos.

—Son mi familia. Los quiero. Y a la familia siempre se la cuida o al menos eso nos enseñó nuestra madre a Clara y a mí.

Rodrigo asiente. Sé que me entiende.

—Veo que mi hija y los niños tienen una excelente comunicación —señala.

—Aunque ganarse a Eva le costó más que a Quique y a Sía —le explico—, como ves, los tres están rendidos a sus pies.

Rodrigo asiente.

—Aun siendo la pequeña de mis tres hijos —afirma—, María siempre ha sido la que ha cuidado de Ángel y Carlos. ¡Es una madraza! No me extraña que se ganara a los niños. Esta hija mía tiene ese algo especial que...

—Que siempre le hace brillar —finalizo.

Aquel hombre y yo nos miramos. Deduzco que le he quitado la palabra de la boca.

—Intuyo que tú también has caído rendido a sus pies.

¡*Carallo* con él!

—Lo cierto es que sí —admito. Mentir es una tontería.

Rodrigo me mira. Su mirada, aún intensa, no me pone nervioso. Se le ve un hombre con carácter. Un hombre que sabe lo que se hace, pero yo también tengo carácter y sé lo que me hago.

—Veo que a María le ha venido bien estar este tiempo aquí contigo.

—Me alegra oír eso.

—Si te soy sincero, la veo tranquila y feliz, a pesar de no haber pasado por la peluquería ni de llevar un costoso traje de diseño. —Ambos sonreímos, y tras dar un trago a su cerveza, él añade—: Imagino que sabes las fatalidades por las que ha pasado últimamente.

—Sí. Me lo contó.

—Por suerte —prosigue—, los problemas personales y laborales que tenía con ella los hemos solucionado. Y, en cuanto al imbécil de su ex, me gustó ver cómo la protegiste de él, pero más me gustó que fueras a buscarla al hotel.

—Los niños se empeñaron y...

—¿Solo los niños?

Vaya con Rodrigo. Es directo.

—Yo también quería ir a buscarla —respondo con su misma claridad.

—Pero sabes que ella es una profesional muy competente que va a regresar a Madrid, ¿verdad?

—Sí.

—Le he dicho que abriremos una delegación de Harry Addams en Italia, concretamente en Roma, como ella propuso, y que ella debe liderar ese proyecto.

—Lo sé. Me lo contó.

—¿Y qué te parece?

Me encantaría decirle que me parece una putada. Una fatalidad. Lo último que quiero es que ella se marche tan lejos.

Pero decido callar algo que estoy seguro que sabe, así que me encojo de hombros.

—Si es lo que ella necesita y quiere, debe hacerlo —respondo.

Rodrigo asiente. Mi respuesta parece haberle gustado.

—Eso mismo pienso yo —se muestra de acuerdo.

Nos estamos mirando en silencio cuando de pronto entra María en la cocina.

—¿Estáis chismeando?

Nosotros sonreímos, y ella se acerca a su padre, y quitándole el cigarrillo de las manos, le da una calada, y dice:

—Papá, no te conté que Nico, además de llevar la granja ecológica y ser el veterinario de los alrededores, también se encarga de un refugio de perros y gatos.

—¿Un refugio?

—Sí —afirma María—. A él vienen a parar todos esos animalillos que gente sin escrúpulos ni corazón desecha o abandona. Se llama El Refugio de Waldo, precisamente por él. —Y agachándose para dar un beso en la cabezota de Waldo aclara—: Él fue el primer animalito que Nico encontró.

Rodrigo me mira. Asiente. María coge mi cerveza, y sin reparar en que lo hace delante de su padre, le da un trago.

—Vaya, hija, te acabas de manchar el pijama.

María se mira el lamparón de cerveza.

—No pasa nada —murmura.

Sorprendido, veo que aquel hombre me mira. María prosigue:

—Y bueno, he pensado que nosotros, Harry Addams, podríamos ser una de las empresas que colabora con él patrocinándolo.

Asombrado, miro a María. ¿Y eso cuando lo ha pensado?

—Por supuesto —afirma Rodrigo—. Ya sabes que colaboramos con otras organizaciones. ¿Qué necesitas, Nico?

Atónito y boquiabierto a partes iguales, pues María nunca me ha comentado nada de aquello, no sé qué decir.

—Lo que mejor le viene es apoyo económico —interviene ella—. Ese apoyo puede ayudarle a cubrir gastos tanto de alimentación como de veterinarios, e incluso se podrían mejorar las instalaciones para albergar a más animalitos. —Rodrigo afirma con la cabeza, y María continúa—: Yo misma, en el tiempo que he estado aquí, he creado una página web para el refugio.

—Muy bien, hija.

—Y, dándole otra vuelta, he llegado a la conclusión de que, al igual que los diamantes simbolizan la pureza y la fuerza, los perros simbolizan el amor y la lealtad. Por lo que podríamos hacer una campaña uniendo ambos conceptos, y su eslogan podría ser algo como «Brilla con amor» o «Los diamantes de mi vida».

—Me gustan los conceptos que unes —se interesa él—. Lo tenemos que mirar detenidamente cuando estemos en Madrid. Y en cuanto al patrocinio del refugio, cuenta con ello, Nico.

Impactado por recibir algo que no he pedido, voy a hablar cuando entran Carlos y Ángel.

—¿Cuál es el plan de la Operación Plebeya? —pregunta Carlos.

¡¿Plan de la operación?! ¿Qué plan?

María, sonriendo, asiente y baja la voz.

—El plan consta de cuatro partes. Recuperación, sugestión, colocación y sonrisas.

Los miro. No sé de qué hablan, pero ella explica:

—Cuando terminemos de jugar la partida que estamos jugando, tú, Carlos, di que vas al baño para que los niños te oigan y no te echen de menos. Una vez allí, tienes que salir por la ventana y...

—¿Por qué tú hermano tiene que salir por la ventana? —pregunto horrorizado.

—Operación Papá Noel —cuchichea Ángel.

No entiendo nada. ¿Pero de qué operación habla?

—Como tengo todos los regalos que Papá Noel va a traer esta noche, he planeado —murmura María— cómo poner los regalos bajo el árbol sin que los niños se den cuenta y los sorprenda.

Rodrigo suelta una carcajada.

—Mis hijos y sus operaciones especiales —afirma.

—Papááá... —se mofan los tres al tiempo.

El hombre sonríe.

—Cuando eran pequeños —explica, sin quitarme ojo de encima—, era yo quien organizaba esas operaciones para sorprenderlos, y me alegra ver que ahora son ellos quienes quieren sorprender a tus hijos.

En las caras de los tres se dibuja una gran sonrisa.

—Ni tú ni yo podemos hacerlo —explica María—, porque los niños, por corto tiempo que sea, nos echarían de menos. Pero si lo hacemos en equipo, ¡es factible!

Asiento. Ahora entiendo. Por norma, yo dejaba que los niños se durmieran y al despertar les daba los regalos en mano al no haber árbol de Navidad, pero está visto que María lo hace diferente.

—Como decía, Carlos, tú te ocupas de la primera parte de la operación —María prosigue con la planificación—. Sales por el baño de la planta baja. Vienes hasta esta puerta de la cocina, y en la caseta que hay detrás, y que no he cerrado con llave, encontrarás dos sacos llenos de regalos. Los coges, los llevas a la puerta delantera de la casa y allí los dejas. Después, vuelves a entrar por la ventana del baño, y regresas a donde estemos todos, con cuidadito de no traer nieve en las botas.

—Entendido.

—Tú, papá, te ocupas de la segunda fase. Sugestión. Si alguien es estupendo para hacer creer lo que no es, ese eres tú. Eres tan serio que los niños van a entrar en el juego rápidamente en cuanto digas que has oído campanillas. Por lo que, cuando entre Carlos, hay que decir que hemos escuchado ruidos y después salir todos por esta puerta de la cocina para ver si vemos a Papá Noel.

—De acuerdo, hija.

—Una vez fuera de la casa, tú, Nico, te ocuparás de tener a Sía sujeta. Tú, papá, te encargarás de Quique y yo de Eva. Y aquí es donde comienza la tercera fase.

—¡La mía! —exclama Ángel.

—Ángel —indica María—, cuando estemos todos fuera, con disimulo, entrarás en la casa, abrirás la puerta delantera, y tienes tres minutos como máximo para colocar todos los regalos debajo del árbol del salón. Hace frío y con la nevada no podemos estar en pijama más tiempo fuera. Tan pronto lo hagas, mete los sacos en el despacho de Nico, y vienes a donde estamos todos, para que yo sepa que podemos entrar para disfrutar de la cuarta fase..., ¡que son las sonrisas!

—De acuerdo —afirma Ángel.

Dos segundos después, Ángel y Carlos con su padre regresan al salón y yo, boquiabierto porque esta mujer no para de sorprenderme, pregunto:

—¿En serio vais a hacer todo ese teatrillo por los niños?

—Papá lo hacía por nosotros cuando éramos pequeños, y este año, que hay niños, he pensado que sería divertido repetirlo.

Animado, asiento, y consciente de que estamos solos, me acerco a ella y, pasando mi mano por su cintura, la beso, y cuando finalizo el beso que ha sido más breve de lo que me gustaría, musito:

—Llevo toda la noche deseando hacerlo.

—Y yo que lo hicieras.

Nos volvemos a besar, y cuando oímos una risa de Sía, nos separamos.

—¡Qué empiece la Operación Papá Noel! —susurro cuando nos dirigimos al salón.

Capítulo 48

Mamá, a pesar de su reticencia, sé que se está divirtiendo de lo lindo. Si algo le ha gustado siempre han sido los niños, y solo hay que ver cómo disfruta con aquellos tres como para saber que lo está pasando muy bien y que el pijama que lleva ahora es lo de menos.

La tía Rosiña, los niños y Nico cantan villancicos, y como era de esperar, entonan el de «La Marimorena», al que sorprendentemente se les une mi familia, y yo solo puedo reír. Pero ¿pueden ser más payasos?

Tras un agradable rato de villancicos y tonterías, pasamos a un juego de mímica, y cuando Eva dice el nombre correcto y la damos como ganadora lo celebramos.

—Voy al baño —dice Carlos, levantándose.

Cuando desaparece, Nico me mira y yo sonrío encantada. ¡Comienza la operación!

—¿No habéis oído algo? —dice mi padre de pronto.

Todos nos callamos. Escuchamos el silencio.

—Yo no... —murmura Quique.

El gesto de Quique me gusta. Aunque sabe la verdad, sus ojillos curiosos me hacen ver que la magia sigue en él.

—Quedan menos de cinco minutos para que llegue la hora mágica de Papá Noel —señalo el reloj—. A partir de esa hora, puede llegar en cualquier momento.

Sía, al escuchar aquello, se acurruca con rapidez en los brazos de Nico con su chupete.

—Sía, no tengas miedo, Papá Noel es bueno —le dice Eva.

La pequeña asiente. Aun así, ya no se separa de su padre.

—Acabo de escuchar campanitas —afirma mi padre.

Sía, que lo mira con los ojos muy abiertos, asiente, y con su chupete en las manos, susurra:

—Es *vedááá*.

Nico sonríe cuando es mamá quien insiste:

—Oh..., ¡yo también las escucho!

Tía Rosiña nos mira. Creo que en el fondo piensa que nos falta un tornillo.

—Creo que las he oído —murmura Quique.

—Las he oído hasta yo... —afirma tía Rosiña, entrando en el juego.

Eva me mira. Sonríe. Está feliz.

—Deberíamos salir por la puerta de la cocina —les digo—. Creo que los ruidos de campanilla vienen de allí.

Mis hermanos son los primeros en dirigirse hacia la cocina, pero Quique no se mueve. Intuyo que tiene algo de miedo, pero mi padre lo coge de la mano.

—Vamos, muchachote —le dice—. Acompáñame a mirar.

Nico se levanta con Sía en sus brazos. No la suelta. Y mamá y la tía Rosiña les siguen. Eva me mira sorprendida.

—Vamos a inspeccionar —le digo yo, agarrándola de la mano—. ¡Qué emocionante!

—¿En pijama?

—Con lo ideales que vamos, ¡claro! —afirmo.

Cuando salimos por la puerta de la cocina, todo está oscuro. La iluminación que hay en la parte delantera allí siempre ha sido escasa, y, consciente de que Ángel sin ser visto ha entrado en la casa, sin soltar a Eva, me pongo junto a Quique, que me mira algo acojonado.

—Hace un poco de frío —dice—. Deberíamos entrar.

—Estoy contigo —afirmo—. Pero antes miremos bien, a ver si podemos escuchar más campanitas.

Hace frío. Por eso le dije a mi hermano que no podía tardar más de tres minutos. No quiero que nadie coja una pulmonía, y cuando veo a Ángel junto a mi madre, digo:

—Uisss, qué frío hace. Todos para dentro. Vamos, niños, no os vayáis a resfriar.

Mamá, que ya ha pillado lo que pasa, empuja a los niños para que entren los primeros mientras tía Rosiña nos mira, y al ver que nos quedamos parados en la cocina, pregunta:

—¿Qué pasa?

Y mirándola, murmuro...

—Tres..., dos..., uno...

El chillido de Sía hace que la mujer entre despavorida al salón, Quique se acerca hasta nosotros.

—Papá..., papá..., ¡ha venido Papá Noel! —grita, muy nervioso.

—Pero ¿qué dices? —pregunta Nico, divertido.

Quique desaparece corriendo cuando aparece tía Rosiña en la cocina y nos mira.

—Pero ¿cómo lo habéis hecho? —se sorprende. Todos sonreímos cuando escuchamos a los niños gritar de felicidad, y tía Rosiña, mirándome, dice—: ¡Has armado la marimorena! Pero, por Dios, si el salón parece una tienda de todos los regalos que hay.

Lo sé.

Este año, con los niños, no me he podido contener. Se merecen todo lo que les pueda dar y más, y cuando entramos en el salón, mientras mis padres y mis hermanos aplauden al ver los regalos y disfrutan de la locura de los niños, Nico, boquiabierto, pregunta:

—¿Pero de dónde han salido tantos paquetes? —Sonrío con complicidad y él murmura—: ¿Pero te has vuelto loca?

Asiento. Sin duda alguna, me he vuelto loca, pero estoy feliz. Ver a Quique tan emocionado observando los paquetes de colores, tras sus gafitas redondas, me gusta.

—Vamos, mamá —animo a mi madre—. Haz eso que hacías cada año cuando éramos pequeños.

Mamá se emociona.

Desde que cumplí dieciocho años no ha vuelto a hacer aquello, y tras darme un beso y mirar a mi padre, que sonríe emocionado, coge una silla. Se sienta junto al árbol y agarrando un regalo pregunta:

—¿Aquí hay alguien que se llame Sía?

Mi bollito levanta las manos agitadas. Con su chupete en la boca, corre hasta mi madre, que le da un paquete y ella lo abre feliz. Emocionada, la miro. Son sus primeras fiestas con regalos bajo el árbol de Navidad, y aunque las olvide porque es muy pequeña, sé que en este momento lo disfruta conmigo y siempre estará dentro de su memoria y de su corazón.

Sentada sobre el brazo del sillón, contemplo a mamá, como una estupenda Mamá Noel con orejas de reno que da regalos a todos. ¡Qué felicidad siento!

Está siendo una bonita y especial Navidad, por muchos motivos. Mi familia está junta y reunida tras muchos años de separación. Nico, tía Rosiña y los niños están contentos y felices. Shirly, Waldo y Homer nos observan relamiéndose por las chuches que Papá Noel les ha traído, y yo, simplemente soy feliz.

¿Qué más puedo pedir?

Sía grita emocionada con cada paquete que abre, Quique está disfrutando de recibir cosas de dinosaurios y Eva, encantada de abrir paquetes con ropa. Sonriendo, la miro, dudé si comprarle el iPhone 16 Pro blanco que ella quería, pero al final desistí. Nico, en su momento, dijo que estaba castigada sin móvil, y no seré yo quien estropee ese castigo.

Cuando mamá le da a Nico una caja en la que pone Ralph Lauren, él me mira y se ríe. Al abrir la caja, aparecen varias preciosas camisas en distintos colores.

—Con estas no padreo, ¿verdad? —me pregunta.

Qué deseos de besarlo.

Pero ¿cómo puede ser tan bonito?

Durante un buen rato, veo como todos abren regalos. Los hay para todos, ya me he ocupado yo, y por supuesto, hay para mí. Ya se han ocupado todos ellos. Mamá me entrega un nuevo paquete. Es grande. Cuadrado.

—¿Qué es? —pregunto, moviéndolo.

Curiosa, quito el papel de regalo y, al ver de qué se trata, me parto de risa. Nico me ha regalado una preciosa y modernísima alcachofa de ducha efecto lluvia.

—¡Es justo lo que yo quería! —exclamo, contenta.

—Lo sé —afirma, divertido.

Y yo, literalmente, me muero de amor por ese hombre, aunque me contengo. Por los niños, debemos contenernos.

Capítulo 49

A las tres de la mañana los padres y los hermanos de María se van al hotel a dormir y de camino se llevan a tía Rosiña para dejarla en su casa. Hemos quedado con ellos en el hotel al día siguiente para comer todos juntos.

Los niños están felices y tan sobreexcitados por lo que ha pasado aquí esta noche que no se duerme ni Sía, que es la niña más dormilona que conozco.

Miro a María. Está feliz como lo estoy yo. Lo que ha ocurrido esta noche aquí es gracias a ella. Solo a ella. Encantado, la miro jugar con los niños, y mientras ayuda a Sía a montar un juego, saco con disimulo un regalo que he dejado para el último, y lo coloco en el suelo.

—Anda... ¿Eso no es un regalo sin abrir? —pregunto.

Rápidamente los niños miran.

—Pone «¡María!» —dice Eva, cogiéndolo.

Ella sonríe, y Eva se lo da. Al abrir la bolsita, en ella hay un papel.

—Vaya, parece que Papá Noel te dejó un mensaje. Vamos, léelo —la apremio, sabiendo ya lo que pone.

María sonríe, y, aclarándose la voz, lee:

Querida María:
Eva, Quique, Sía y Nico, y todos los animalitos de la granja, me han contado que has sido muy buena y me

han pedido este detalle para ti para que siempre los recuerdes.

Con amor,

Papá Noel

Cuando termina de leer esas palabras, sonríe, pero está emocionada. Lo veo en sus ojos. Sé que el mensaje le ha llegado al corazón, como ella ha llegado al mío, y cuando abre la cajita y aparece el bonito solitario en oro blanco, murmura:

—Es..., es perfecto.

—¡Halaaaaa, qué bonitoooo! —exclama Quique.

Sía sonríe. Eva también.

—Muchísimas gracias. Es..., es precioso —susurra María, conmovida.

Todos la miramos felices. Todos, cada uno a nuestra manera, tenemos mucho que agradecerle a María.

—¿Te lo pongo? —pregunta Eva.

María hace un gesto afirmativo. Me mira. En sus ojos veo las lágrimas.

—Morticia, no llores —cuchicheo en su oído.

Eso la hace reír, y una vez que Eva se lo coloca, Quique musita:

—Estás muy guapa, María.

—Sí, *Madía*. Mucho —afirma Sía.

Con cariño, veo cómo abraza uno a uno a los niños. Sus abrazos hacia ellos están llenos de dulzura y amor, y cuando se levanta para abrazarme digo, sin que me oigan ellos:

—Sé que tienes cosas mejores, pero...

—Pero esta es la más bonita y la más especial —me corta, emocionada.

Carallo, ¡me muero por besarla!

Pero no lo hago. No podemos. Si lo hacemos, los niños lo verán, y tal y como hemos hablado, no queremos confundirlos.

Por lo que, tras un rápido abrazo, nos separamos y, segundos después, continuamos hablando y disfrutando de lo que estábamos haciendo con los niños.

A las cuatro de la madrugada, por fin, veo que Sía bosteza.

¡Biennnn!

Estoy deseando que los niños se vayan a dormir para estar a solas con María. Lo necesito. El día ha sido intenso. Largo. Lleno de momentos y bonitas emociones, y la necesidad que tengo de abrazarla y agradecerle todo lo vivido es demoledora. La necesito.

Cuando subimos a las habitaciones, intento contener mi impaciencia, acompaño a Quique a lavarse los dientes, mientras María le pone el pijama a Sía.

Veinte minutos después, cuando todos están en la cama, yo ya no puedo esperar más, y con máximo cuidado y de puntillas, voy de mi habitación hasta la de María. Sin llamar, abro la puerta y entro, y cuando, sorprendida, me mira, sin hablar, voy hacia ella para besarla.

Un beso nos lleva al siguiente. El deseo que ambos tenemos es inmenso. Intenso. Rápidamente, nuestras ropas vuelan por los aires cuando, de pronto, suenan unos golpes en la puerta.

—María, ¿estás despierta? —se oye.

Horrorizado por la pillada, nos miramos alertados.

¿En serio?

En esa habitación no hay un baño para que yo me pueda esconder, como hay en mi habitación, y el armario lo tiene tan lleno de ropa que allí no entro. Paralizado, estoy buscando una solución cuando María levanta la voz y dice:

—Un segundo, Quique. Me estoy vistiendo.

Veo que saca de debajo de la cama sus maletas a toda velocidad.

—Corre. Métete ahí —me dice.

Sin tiempo que perder, lo hago. Me meto bajo la cama y ella me tapa con las maletas. Con un poco de suerte, Quique no me verá allí. María se pone a toda prisa el pijama, se dirige hacia la puerta y al abrirla, desde mi posición, veo que no solo está Quique, sino que lo acompañan Eva y Sía.

—¿Qué pasa, campeones? —saluda María.

Los niños se miran entre sí.

—¿Podemos hablar contigo? —dice Eva.

—Claro. Pasad.

Según lo hacen, yo me encojo debajo de la cama. Que me encontraran desnudo y en esta situación sería penoso. Ridículo. Veo que los cuatro se van al banquito que hay bajo la ventana y se sientan.

—Contadme. ¿Qué os pasa? —pregunta María.

—No queremos que te vayas —dice Quique.

Cierro los ojos. Mal empezamos.

—A ver, chicos... —murmura María—, vuestro padre y yo ya hemos hablado con vosotros sobre eso. Sabéis que yo estaré aquí hasta que finalicen las Navidades. Pero cuando comience el colegio he de irme y...

—No *quedo* que te *vadas*, *Madía* —lloriquea Sía.

Oír eso me parte el alma.

—Seguro que si hablas con papá te puede subir el sueldo —interviene Eva—. Quique y yo hemos pensado decirle que la paga que nos da los domingos te la dé a ti y...

—Pero ¿qué decís? —se sorprende María.

—Es una buenísima idea —insiste Quique, dentro de su inocencia—. Eso hará que ganes más dinero.

Joder..., joder... ¿Por qué todo es tan difícil?

—Escuchadme, chicos —dice María—. Esto no se trata de ganar más o menos dinero. Se trata de que mi vida está en Madrid y...

—¿No eres feliz aquí? —pregunta Eva.

Veo a María. Ella sonríe.

—Claro que soy feliz —afirma, con mimo.

—Pues si lo eres, ¿por qué te quieres ir? —insiste la niña.

María, que tiene a Sía sobre su regazo, suspira y responde:

—Porque mi vida y mi trabajo no es este. Llevo toda la vida formándome para desempeñar ciertos trabajos, y aunque estar con vosotros me gusta, yo quiero algo más. Aspiro a algo más, porque me gusta trabajar y...

—Yo sé que, a papá, aunque no te lo dice, le gustaría que te quedaras —le corta Quique.

María no dice nada. No contesta cuando Sía, se quita el chupete.

—¿*Po qué* no *edes nosta* mami? —pregunta.

No..., no..., no..., Sía, ¡estoy a punto de gritar!

—¡¿Qué?! —exclama María.

—Lo hemos pensado —afirma Quique, nervioso—. Y creemos que es una superidea. Si eres nuestra mamá, te tienes que quedar con nosotros aquí, y seguro que a papá le molará la idea. Porque, aunque no dice nada, yo sé que le gustas.

—Yo también lo sé —mete baza Eva—. Como dice Quique, lo hemos pensado y estamos seguros de que a mamá le caerías muy bien y estaría feliz de que tú fueras nuestra nueva mamá.

Oír eso me destroza. Que mis niños estén mendigándole a María que sea su mamá hace que me duela el alma. ¿Tan necesitados de una madre están?

En silencio, los cuatro se miran mientras soy consciente del gesto de María. Lo que han dicho va a impulsarla a poner fin a su estancia aquí. Ella se levanta como un resorte y baja a Sía de su regazo.

—Yo..., yo... no sé qué decir —balbucea.

—Di que sí quieres ser nuestra mamá —la anima Quique.

—María —insiste Eva—, en varias ocasiones me has dicho que debía querer a quien me quisiera de verdad, y nosotros te queremos y te elegimos para ser nuestra mamá, porque nos quieres, nos cuidas, y aunque no sepas cocinar, ni planchar o tampoco sepas...

Eva no puede proseguir porque ella, emocionada, los abraza. Desde mi posición veo cómo las lágrimas de María corren por sus mejillas, como corren por las de Quique.

—Sois los niños más bonitos que hay sobre la faz de la tierra —dice María, tratando de limpiarse las lágrimas—, pero yo no puedo ser vuestra mamá.

—¿Por qué? —pregunta Quique.

María lo mira. Con cariño, le da un beso en la frente y sin contestar lo que le ha preguntado, indica:

—Os quiero muchísimo y, por favor, nunca no lo olvidéis. Y ahora venga, os acompaño a vuestras camas.

Desde donde estoy, siento que se acaba de despedir de ellos, y todo el vello de mi cuerpo se eriza.

Veo cómo los cuatro en silencio salen de la habitación. En silencio y sin moverme, me quedo tirado debajo de la cama, consciente de que lo que ha pasado, aunque me ha llegado al corazón, era lo peor que podía pasar.

Sin hacer ruido, salgo de mi escondite y, agobiado, me acerco a la ventana y la abro. Necesito aire fresco. Necesito respirar. María se va a marchar. Lo sé. Como sé que tengo que respetar su decisión. Pasados unos minutos, ella regresa. Sus ojos están hinchados y llorosos. Cierra la puerta y me mira.

—Me..., me tengo que ir —balbucea con un hilo de voz.

—María...

—Me tengo que marchar —repite.

Asiento, y nos abrazamos en silencio.

Sobre las ocho de la mañana, tras pasar por las habitaciones de los niños que están profundamente dormidos y ver cómo ella con cariño les daba un beso, bajamos las maletas sin hacer ruido.

No quiero que se vaya. Quiero que se quede. Pero le prometí que, si llegaba ese momento, lo entendería, y eso estoy haciendo. Lo estoy entendiendo, aunque me esté destrozando por dentro. Ella elige su vida profesional en vez de a nosotros, y yo lo tengo que entender.

En el salón, María se acerca a la chimenea y con cariño veo cómo da un beso a Waldo en su enorme cabezota y otro a Homer. Después coge a Shirly en sus brazos, mientras yo encierro a Homer en la cocina, y juntos salimos de la casa.

Meto las maletas en su coche, y veo que sujeta a la perra en el asiento de atrás con el arnés de viaje. Me mira y con una triste sonrisa murmura:

—Me ha gustado mucho conocerte.

—Lo mismo digo.

Nos miramos. En nuestras miradas veo tristeza. Pena.

—Tienes una preciosa familia. Cuídala y quiérela mucho —me dice.

—Lo haré. Y tú cuídate mucho también.

—Lo haré.

Nos abrazamos.

—Le diré a uno de mis hermanos que te llame —me dice— para lo de patrocinar el refugio con...

—No.

Me mira con sorpresa.

—Si tengo que decirte adiós, quiero que sea en todos los sentidos. Ya sabes que a mí no me van las medias tintas. Y por el refugio no te preocupes. Si antes me apañaba, podré seguir haciéndolo.

María asiente. Me entiende. No insiste. Y yo, para acabar ese momento que me está partiendo en dos, le doy un rápido beso en los labios y me separo de ella.

—¿Has avisado a tus padres? —le pregunto.

—Sí. Papá ya sabe que voy para Vigo. Allí me esperan y regresaremos todos juntos a Madrid en los dos coches.

—Llevad cuidado en la carretera.

—Lo tendremos.

Silencio. Solo oigo el sonido del viento mientras nos miramos. Le retiro por última vez el pelo del rostro.

—Adiós, Morticia —susurro.

—Adiós, troglodita del norte.

Y tras una última sonrisa llena de tristeza, se monta en su precioso coche, arranca y se va, mientras me pregunto si al alejarse se dirá eso de nivel superado, a desbloquear nueva pantalla.

Capítulo 50

Sevilla, 29 de diciembre de 2025

Mientras tomo café en el atelier de Victorio y Lucchino, a la espera de que mamá y yo nos probemos los vestidos que llevaremos en la boda de mi prima Asunción, que es a finales de enero, miro por la ventana. Llueve. Y, ¡*carallo*!, la lluvia me recuerda a él. A ellos.

Con cierta melancolía, sigo hojeando las revistas que hay sobre una bonita mesita.

—Bendito sea Dios, hija —cuchichea mamá—. ¡No te vas a creer quién está en el probador del fondo!

—¿Quién?

—Begoña Pilsen.

—¿Y quién es Begoña Pilsen?

Curiosa, miro, y al fondo veo a una mujer de la edad de mamá, alta y muy elegantemente vestida.

—Fuimos modelos en la misma época y nos llevábamos muy bien. Begoña salía con Gervasio, el amigo de papá que murió hace dos años en el accidente de moto, ¿lo recuerdas? —Asiento. Sé quién era Gervasio; mamá prosigue—: Vinieron a nuestra boda, aunque dudo que se acuerde de mí, y poco después recuerdo que rompieron, pues ella prefirió marcharse a vivir a París para trabajar como modelo de Karl Lagerfeld, y ahí nos perdimos la pista.

—La vida da opciones, mamá, y cada una decidió seguir la suya.

Mamá asiente cuando, de pronto, la tal Begoña nos mira.

—¿Carlota? ¿Eres tú? —pregunta.

Mamá rápidamente sonríe. Asiente. Que se acuerde de ella sé que le gusta, por lo que se levanta y se aleja para saludar.

Durante unos minutos, veo como las dos hablan y ríen y luego mamá me señala.

—Ella es mi hija María —me presenta.

—Oh... ¡Tienes una hija!

—Sí. Y aquí donde la ves es una excelente diseñadora de joyas, entre otras cosas, y en un par de meses se trasladará con su perra a vivir a Roma, donde liderará un nuevo proyecto empresarial de Harry Addams.

—¡Qué maravilla!

Sonrío.

—María es como su padre. Ambiciosa y profesional —apostilla.

Durante varios minutos, mamá y ella hablan de las joyerías Harry Addams, y, por supuesto, de mí. A mamá se le llena la boca ensalzándome desde un punto de vista empresarial.

—En realidad tengo tres hijos —comenta—. Dos varones, llamados Carlos y Ángel, que también trabajan en Harry Addams, y María.

Begoña, con una sonrisa, asiente.

—¿Sigue Rodrigo tan perfeccionista como siempre? —se interesa. Mamá, e incluso yo, soltamos una carcajada, y ella, divertida, rememora—: Aún recuerdo vuestra boda. Qué guapa estabas con el vestido de Valentino y qué bien lo pasamos Gervi y yo ese día.

Su voz y su mirada al decir aquello cambian. Se suavizan. Por cómo lo dice, percibo que siente añoranza.

—¿Cómo puedes recordar el vestido que llevaba y lo bien que lo pasaste con Gervi? —pregunta mamá.

Begoña, con cierta tristeza, sonríe y se toca un anillo.

—Porque el vestido de Valentino era espectacular —indica— y porque Gervi ese día me regaló este anillo y me pidió que me casara con él. Y esas cosas nunca se olvidan, y menos cuando él fue el amor de mi vida.

¡*Carallo*! ¿Todavía lleva el anillo?

Mamá asiente. Me doy cuenta de que aquello la ha sorprendido.

—¿Cómo fue tu vida en París? —pregunta.

—Bonita. Loca. Interesante. Sigo viviendo allí, y estoy aquí por un tema profesional.

—¿Sigues en activo?

Hace un gesto afirmativo.

—Los actores mueren sobre el escenario, yo lo haré sobre una pasarela.

Se ríen.

—¿Te casaste y tuviste hijos? —pregunta mamá.

—No a las dos cosas. Y aunque soy feliz, pues me gusta mi vida, si pudiera dar marcha atrás en el tiempo, habría cosas que las haría de diferente manera —afirma mientras se toca el anillo.

Ambas se miran. Intuyo que se entienden, como he entendido yo. Entonces, la llaman desde el probador.

—Me ha encantado verte y conocer a tu hija —se despide—. Saluda a Rodrigo de mi parte.

Y sin más, se aleja.

—Pobre... —musita mi madre.

—¿Por qué pobre? —pregunto, sentándome.

Mamá se sienta a mi lado.

—Porque, aunque ha sido feliz, ha debido de tener una vida con carencias —explica—, comenzando por Gervi, que ya has oído que fue el amor de su vida. La verdad es que se quisieron mucho el tiempo que estuvieron juntos, aunque, al final, la ambición de Begoña la hizo marcharse a París y olvidarse de él.

—Guardamos silencio unos instantes, y de pronto mamá exclama—: Uis, pero ¿qué ven mis ojos? Acaba de entrar por la puerta mi amiga Charitina Menéndez y su hijo Julianín. Por cierto, está soltero y es el jefe de cirugía plástica en...

—Mamá, ¡para!

—Pero si no he dicho nada.

—Mamá, que te conozco —finalizo.

Me mira. Sé que me prejuzga.

—Hija, estás soltera, y ya no tienes veinte años —suelta, y se levanta.

—¡Mamá!

—Voy a saludarlos.

Veo que se acerca a ellos, que rápidamente la besan, y tras señalarme y yo sonreírles por educación, vuelvo a concentrarme en la revista que tengo en las manos, aún sorprendida por la tristeza que he percibido en Begoña cuando recordaba el pasado.

Así estoy unos minutos, hasta que decido levantarme e ir al baño. Necesito refrescarme. Cuando entro y cierro la puerta, dejo mi teléfono móvil sobre la encimera y suspiro, apoyándome en ella. No sé qué me pasa, pero me siento rara. Extraña. Siempre he adorado ir a un atelier de alta costura como aquel, pero hoy, desde luego, no lo estoy disfrutando.

Tras lavarme las manos y retocarme el pelo, salgo del baño y regreso al sitio que está justo al lado de la ventana, cuando Gabriela, una de las ayudantes de los modistos, se acerca.

—María, pasa al probador tres para probarte el vestido —me dice.

Asiento. Hago lo que me pide, y ya dentro de aquel bonito probador, en silencio me quito la ropa. Segundos después, aparece Gabriela y con mimo deja sobre la percha un precioso vestido azulón.

—Es una maravilla. Ya lo verás —afirma.

Sonrío. No lo dudo. Todas las cosas que hemos encargado en aquel atelier de alta costura siempre han sido increíbles. Me lo pongo y cuando ya me ha subido la cremallera trasera, Gabriela murmura:

—Oh, por Dios, María, ¡estás increíble!

Me miro en el espejo. El vestido es precioso. Pero la emoción que sentía tiempo atrás al probarme un vestido de alta costura de pronto es inexistente. ¡El vestido es lo que menos me importa! Porque mis ojos no pueden dejar de mirar el solitario que tengo colgado en mi cuello.

—¿Qué te parece?

—Precioso —afirmo por inercia.

—Es único y exclusivo, María —insiste Gabriela.

En silencio nos quedamos las dos, mientras soy consciente de que espera que diga algo más. Por norma, soy muy exigente con estas cosas. Nunca un vestido me ha quedado perfecto a la primera. Necesito unos segundos.

—¿Me puedes dejar a solas unos minutos? —le pido.

—Por supuesto. Iré a buscar a Victorio y Lucchino para que vengan a hacer los últimos ajustes.

La chica sale del probador. Agobiada, pongo mis manos en mi cintura, y mientras miro en el espejo el solitario de mi cuello, murmuro:

—Madrecita. Madrecita.

El teléfono me vibra. Es Soleá, lo cojo y pongo el manos libres.

—Si llamas para cabrearme, no es el momento.

—Eso porque lo digas tú, ¿no?

Vale. Desde que he regresado de Galicia, mi amiga no para de llamarme tonta. Idiota. Lela. Según ella, soy una cobarde por haber huido de allí. Según yo, soy realista.

—Soleá, no me toques los ovarios —refunfuño.

—Prefiero tocarte los ovarios, y que pienses, a que te atocines y no seas consciente de la verdad. Te has enamorado de ese veterinario. Ese hombre es un aprobado en toda regla, pero estás tan jodidamente entregada al trabajo que...

—Soleá... —Resoplo. Resopla. Soleá, con su tremenda sinceridad, me pone de los nervios, y respondo—: Vamos a ver qué parte no entiendes. En un par de meses me voy a trasladar a vivir a Roma. Y mi tiempo, cuando me instale, será escaso y limitado, porque tendré tanto trabajo que...

—Tú tiempo será el que tú quieras —me interrumpe—. Solo es cuestión de organización. Te digo lo que tú muchas veces me has dicho a mí en referencia a muchas cosas; si se quiere, se puede.

—Soleá...

—Esa soy yooooo —canturrea.

Me miro en el espejo. Me recojo el pelo en una coleta alta.

—Estoy loca por él —admito—, como lo estoy por los niños. Nuestra química es increíble. ¡Extraordinaria! Pero..., pero, Soleá. Me voy a ir a Roma y...

—Chicarrona —vuelve a la carga sin dejarme terminar—. La vida es como el cole, con unos se tiene física, con otros, química y con otros más, historia. ¿Crees que lo tuyo con Nico es historia? —No contesto. No quiero. Ella pregunta—: ¿Dónde estás y con quién?

—Con mamá en el atelier de Sevilla de Victorio y Lucchino probándonos los vestidos para la boda de mi prima Asun.

—¿Y cómo es tu vestido?

—Divino —afirmo, convencida.

—¿Tu madre está escuchando lo hablamos?

—No. Está saludando a una amiga suya.

—¿A quién?

—¡Serás cotilla!

—Mucho. Ya sabes que un buen chisme me encanta.

Oír eso me hace sonreír, por lo que asomo mi cabeza por el probador y veo que mamá todavía está entretenida.

—Saluda a Charitina Menéndez. Que, mira por dónde, aparece aquí con su hijo Julianín, del que mamá ya se ha encargado de decirme que está soltero y es jefe de cirugía plástica en no sé dónde.

—¿Encerrona?

—En toda regla —afirmo, segura de lo que digo.

Miro a mamá. Está feliz, riendo con ellos.

—¿Ese tal Julianín está bien? —quiere saber Soleá.

—Alto. Agradable a la vista. Bien vestido. ¡Un estilo al Señorito, pero sin ser tan guapo como él! Y, por cómo se mueve y sonríe, es de los que se creen los reyes del mundo.

—Estás acojonada porque Nico no se parece ni a ese ni a nadie.

—Madrecita, Soleá. ¡Basta!

—Haz el favor de espabilar y darte cuenta de que, si el veterinario es diferente, por algo será, ¿no?

No contesto. No puedo. Ella ataca de nuevo:

—No busques el mismo tipo de hombre que no cambia, ni al niñato que no madura, ni al imbécil que no ama.

—Soleá, yo no buscaba a nadie.

—Lo sé. Pero la vida ha puesto delante de ti a un tipazo de lo más interesante que, además de estar buenísimo y tener un trasero perfecto, es un hombre maduro, responsable, interesante y, sobre todo y muy importante, que te quiere y respeta, y no es por tu dinero. Joder, María, encontrar a alguien así, que merezca la pena querer y amar no es fácil, y tú lo has hecho. ¿Te atreves a ser feliz? Pero ¿no ves que, si no das el paso, vas a arrepentirte el resto de tu vida?

—Bendito sea Dios, hija, ¡estás preciosa con ese vestido! —nos interrumpe mamá, que mete la cabeza en el probador—.

Cuando termines de hablar por teléfono, sal, que quiero presentarte al hijo de mi amiga. Es encantador, y por lo que ha dicho, le gustaría muchísimo invitarte a comer cualquier día.

—Mamáááá.

—Hija, no me mires así. Lo ha dicho él. Y mira, cariño, hay que estar espabilada. Julianín es un buen partido y tú estás soltera. ¿Qué te cuesta comer con él?

La mato. Y a Soleá también, porque, cuando mamá se marcha y vuelvo al teléfono, oigo que dice:

—De lo que he escuchado prefiero no opinar o te van a estallar los tímpanos. ¡Ya hablaremos!

Y sin más, corta la comunicación, momento en el que la cortinilla del probador se vuelve a abrir y entra la tal Begoña, la antigua amiga de mi madre.

—Perdona que me meta en lo que no debo —me dice—. Pero he escuchado tu conversación con la tal Soleá y necesito preguntarte: ¿tu madre sabe que estás enamorada de ese veterinario?

Incrédula, la miro. ¿En serio?

Está visto que aquí todo el mundo opina sobre mi vida.

—No —respondo.

—¿Y por qué no se lo dices para que deje de atosigarte con el hijo de su amiga?

No digo nada. Estoy sin palabras. Entonces, aquella desconocida abre la cortina de mi probador y señala a Julianín, que ligotea con una de las dependientas del atelier.

—Mi consejo —declara— es que te quedes con la persona que te haga espacio en su vida, porque en su cama te lo hace cualquiera. Y ese es de la segunda opción.

Boquiabierta, parpadeo.

¿En serio ha dicho lo que ha dicho?

—No nos conocemos y posiblemente estarás pensando que me faltan veinte tornillos por decirte todo esto —continúa ella—. Pero si has encontrado el amor al lado de un hombre maravilloso y eres correspondida, no renuncies a él. Yo lo hice, y me llevo arrepintiendo los últimos cincuenta años de mi vida. —Sin palabras. Sigo muda cuando ella explica—: Siempre fui una mujer comprometida con mi trabajo y dedicada a él en cuerpo y alma. Mi vocación como modelo estaba por encima de todo, y cuando me ofrecieron la oportunidad de vivir en París y ser una de las modelos de Kart Lagerfeld, renuncié al amor y a tener una familia para centrarme en mi profesión. Y ahí fue donde cometí mi gran error. Pero solo me di cuenta de ello con el paso del tiempo, al ver que otras mujeres más listas y valientes que yo, modelos, secretarias, cajeras o empresarias, luchaban para conciliar sus vidas laborales con las personales, y lo conseguían.

—A ver, Begoña. Entiendo tus palabras, pero es que no todo depende de mí. Él tiene tres preciosos niños a los que cuidar y...

—¿Está casado?

—Nooooo. —Y al ver cómo me mira, añado—: Su hermana Clara murió y él dejó su vida para ocuparse de sus tres sobrinos. Sía tiene tres años, Quique, nueve y Eva, trece.

—Ohhh..., por Dios.

—Soy ambiciosa. Me gusta trabajar. Y me gusta liderar proyectos. Soy de las personas que no se pueden estar quietas y..., y... si no me atrevo a seguir adelante con la relación es porque no quiero ser una persona ausente en sus vidas. No puedo hacerles eso. Ellos necesitan a alguien que...

—¿Y eso lo has hablado con ellos?

Niego con la cabeza. Hacer aquello es lo último que se me habría ocurrido.

—Hazlo. Háblalo. Quizá te sorprendan.

—Pero...

—En la vida pasan muchas cosas, María, pero las más importante son las que uno quiere, y las que uno se permite. Dicho esto, ¿qué quieres y qué te vas a permitir?

No lo sé. La respuesta a su pregunta no la sé. Ella me da un cariñoso beso en la mejilla, y antes de salir del probador, murmura:

—Eres lista. Y yo sé que lo sabrás. Y, por cierto, con ese vestido estás espectacular.

Capítulo 51

O Porriño, 31 de diciembre de 2025

La cena de Nochevieja en casa de tía Rosiña es amena como siempre.

Un año más, congrega a amigos y vecinos de toda la vida, y juntos cenamos las exquisiteces que entre todos preparamos y, como siempre, nos ponemos morados.

A las doce menos diez de la noche, Emi reparte los cazos con las uvas.

—A los niños, como cada año, se las hemos comprado sin pepitas —precisa.

—Perfecto.

—¿Estas bien, Nico?

Asiento. Últimamente no hago más que oír aquella preguntita por parte de todos. Sé que quieren hablar de María. De hecho, me consta que hablan de ella, pero no, yo no quiero mencionarla.

—Sí, Emi. Estoy bien —afirmo.

Me mira. Intuyo que querría decirme algo más, pero finalmente se va y se lo agradezco.

Cuando se aleja, me fijo en los niños, que junto a otros críos están sentados delante del televisor a la espera de que suenen las doce campanadas. Por fin los veo sonreír. Llevan unos días bastante malos por la ausencia de María. Eva se acerca y me abraza.

—¿Estás bien, papá? —pregunta.

—Tan bien como tú —afirmo, sonriendo.

Eva sonríe. Desde que se ha marchado María es con la que más hablo. Su ayuda con los pequeños es primordial para mí estos días, pues Quique y Sía no paran de llorar.

El disgusto que se llevaron el día de Navidad cuando se levantaron y les tuve que decir que María se había marchado fue tremendo. Como niños que son, no lo quisieron entender y fue un día plagado de lloros y tristeza, aunque, por suerte, pude contar con Eva. Ella me ayudó y me ayuda mucho. Está claro que se ha tomado muy en serio su papel de hermana mayor.

Al día siguiente de la marcha de María, cuando estaba en la cocina, escuché a Eva hablar con Quique. El niño le proponía llamar por teléfono a María para preguntarle el porqué de su marcha. Eva, con una madurez que me dejó sin habla, le explicó a su hermano que no podían darle la tabarra a María. Que ella, como adulta, tendría sus motivos para marcharse y que ellos se los tenían que respetar.

Quique en un principio se resistió. Quería hablar con María. Pero Eva acabó por llevárselo a su campo, y Quique desistió. Está claro que Eva, cuando quiere, sabe hacer las cosas. Incluso no ha vuelto a mencionar a Marie Chantal. Creo que con lo que ella misma pudo ver se ha convencido de que no nos conviene.

Agarrada a mi cintura sigue cuando le suena su teléfono.

—Es Nidia —dice— para preguntarme si voy a ir a la fiesta que ha organizado en el local de sus padres con los amigos.

Tomo aire. A su edad, salir en Nochevieja es algo único y especial. Y consciente de que hay cosas que, aunque las intente retrasar, llegan, pregunto:

—¿Quieres ir? —Eva me mira. Parpadea, e insisto—: Si quieres ir, después de tomarnos las uvas, yo te llevo.

—¿En serio?

Vale. Sé que en cierto modo sigue castigada por las cosas que hizo, pero, como dice María, soy un blandengue.

—Claro que sí, campeona. Pero solo si me prometes que te portarás bien y que me avisarás para ir a recogerte cuando termine la fiesta.

Eva asiente. Desde que hablamos y le puse límites, reconozco que la niña ha cambiado en todos los sentidos.

—Vale. Pero antes de irme, me gustaría pasar por casa para cambiarme de ropa. ¡No puedo ir así! ¡Mira qué pintas!

Eso me sorprende, e inconscientemente sonrío. ¿A quién me recuerda?

Minutos después, amigos y vecinos, congregados ante el televisor de tía Rosiña, nos comemos una a una las uvas, con la esperanza de que el año que entra sea mucho mejor que el que se va. Y, al meternos la última uva en la boca, todos aplaudimos, nos besamos, y abrazamos y nos deseamos un feliz año 2026, e inevitablemente pienso en ella. En María.

A la una de la madrugada, tras ponerle a Quique el abrigo para ir a casa a que Eva se cambie de ropa, me fijo en que tía Rosiña y Eva están apartadas y me quedo extrañado cuando veo que le pasa algo, de una manera que parecen dos narcotraficantes.

Pero ¿qué hacen?

Cuando Eva se aleja, me acerco a la tía.

—¿Se puede saber qué le has dado? —le pregunto.

—Nada. —No la creo y confiesa al fin—: Aiss, *neno*, le he dado veinte *euriños*, para que se tome una limonada en el local de su amiga.

Me hace gracia.

—Pues que sepas que parecía que le pasabas droga —le digo con sorna.

—*Nenoooo* —se ríe.

—Sía se queda aquí, pero Quique se viene conmigo —le digo—. Vamos a casa. Después dejo a Eva en la fiesta y luego regreso con Quique, ¿de acuerdo?

Tía Rosiña asiente, y luego me coge del brazo.

—*Neno*, ¿estás bien?

—Sí, tía —afirmo, y le doy un cariñoso beso en la mejilla—. Tranquila.

Minutos después, cuando los tres nos metemos en el coche, miro a Quique por el espejo retrovisor.

—¿Por qué no te has quedado en casa de tía Rosiña? —le pregunto—. Yo solo voy a llevar a Eva a la fiesta y luego regreso.

—Porque quiero ir contigo —responde.

Al arrancar el coche, en la radio suena música.

—La tradición es que hasta el 7 de enero solo se escucha música de Navidad —dice Quique.

No digo nada. Sé que eso es algo que María les dijo. En silencio, Eva cambia la música. Pone el CD de Navidad que María grabó, y los tres vamos canturreando en el coche.

A la una y media de la madrugada llegamos a casa y mientras Eva sube a su habitación para cambiarse de ropa, Waldo y Homer, al ver que me siento en el sofá, se acercan a mí, y tras darles mimos, Quique se sienta a mi lado.

—¿María habrá tomado las uvas? —pregunta.

—Claro, campeón.

Nos quedamos en silencio.

—La echo mucho de menos —admite el niño.

Lo sé. Sé que ellos la añoran tanto como la añoro yo.

—Lo importante es que tanto ella como nosotros estemos bien —contesto.

—A ti te gustaba, ¿verdad, papá?

Sin dudarlo, asiento. No quiero negar algo que él ya sabe.

—Sí, campeón. María me gustaba mucho.

—¿Y por qué dejaste que se marchara?

Explicar aquello es complicado.

—Porque fue su decisión y, en la vida, si quieres que te respeten, tienes que respetar.

—¿Ella no quería vivir con nosotros?

—No, Quique. No es eso.

—¿Entonces?

—Quique, ella quería regresar a su mundo y a su trabajo, y...

—¿Somos poco para ella?

Oír eso me duele. Esa pregunta me hace saber que Quique escucha cosas que se dicen relativas a María y su dinero.

—No, campeón —respondo—. Eso no es verdad. Nunca fuimos poco para ella. Pero su vida profesional es importante. Y ella, y solo ella, es quien tiene que decidir lo que quiere hacer en su vida.

Quique me mira.

—¿Qué os parece mi *outfit*? —oímos a nuestra espalda.

Al mirar a Eva, sonrío. Se ha cambiado de ropa.

—¡Es perfecto! —exclamo—. Y estás preciosa.

—¡Mola! —suelta Quique.

Eva asiente. Sonríe.

—¿Me queda bien la diadema que llevo? —quiere saber.

—¡Sí!

—Es de María.

—Lo sé.

Quique y Eva se miran. Sé que esperan que diga algo más, pero yo no tengo ganas de volver sobre el tema.

—Vamos, campeona. Te llevamos a la fiesta.

Veinte minutos después, cuando detengo el coche frente al local de los padres de Nidia, Eva se baja del vehículo y se acerca a mi ventanilla.

—Pásalo bien y recuerda lo que has prometido, ¿vale?

Eva asiente y tras darme un beso en la mejilla que me gusta mucho, se aleja con una sonrisa, y yo sonrío. El tiempo no se detiene, y simplemente hay que aceptar y vivir.

Capítulo 52

Madrid, 5 de enero de 2026

El año ha empezado y no puedo estar más desganada. Por ello y animada por papá, tras recibir su llamada de teléfono, me paso por la oficina, donde los antiguos compañeros me saludan con amabilidad, y cuando entro en mi antiguo despacho suspiro.

¡Ya estoy aquí otra vez!

Miro alrededor. Nada está fuera de lugar. Nada ha cambiado. Todo sigue igual. Pero la que ha cambiado he sido yo.

Abro uno de los archivos y saco de él la carpeta del informe que le entregamos a papá con el estudio que hice para proponer abrir la tienda de Harry Addams en Roma. Concentrándome en él, lo leo. ¡Qué bien lo hice!

—Señorita Addams...

Al levantar la cabeza me encuentro con la secretaria de mi padre.

—El señor Addams indicó que cuando llegara pasara a su despacho.

—Gracias, Nuria. Ahora voy.

Diligentemente guardo la carpeta y me encamino hacia el despacho de papá, donde, al llegar, llamo con los nudillos en la puerta y después entro.

Papá y mis hermanos están reunidos y papá me invita a sentarme con ellos. En silencio escucho de lo que hablan. Es la primera vez que papá me permite asistir a una reunión como aquella, y me gusta. Está cumpliendo su promesa.

Sin abrir la boca, escucho sus comentarios y en cierto tema que mi padre señala, mis hermanos me miran.

—¿Tú qué opinas? —pregunta Carlos.

—Lo que decidáis estará bien.

Mis hermanos me asesinan con sus miradas.

—Pero ¿tú qué harías? —insiste Ángel—. ¿Crees que es mejor que vayamos juntos Carlos y yo a hablar con los coordinadores de esos países, o, por el contrario, crees que es mejor que cada uno se encargue de unas ciudades en concreto?

Con el rabillo del ojo soy consciente de que papá me mira.

En el camino de regreso de Galicia a Madrid, sin comentarles lo hablado con mi padre, les dije a mis hermanos que, a partir de aquel momento, tenían que comenzar a caminar solos en muchas de sus facetas de la vida, porque yo ya me había cansado de allanarles el camino.

En un principio, se negaron. Están tan acostumbrados a que sea yo siempre quien les resuelva los problemas, que aquello para ellos era una locura. Pero cuando llegamos a Madrid, ya pensaban diferente. A mi manera, conseguí convencerlos.

Finalmente, ellos, al ver que no pienso abrir la boca, se decantan por dividirse las ciudades y viajar en solitario. Asiento. Eso me gusta tanto como sé que le agrada a mi padre, que sonríe.

Al acabar la reunión, mis hermanos salen del despacho y papá dice:

—Lo has hecho muy bien.

Nos entendemos. No hace falta decir más.

—Bien o no, es lo que tenía que hacer —me muestro conforme—. Tenías razón. Ellos tienen que decidir por sí mismos para ganar en seguridad. Y que conste que mi consejo habría sido el que han decidido.

Ambos sonreímos. Entonces papá me entrega una carpeta doradita.

—Me han pasado esta información sobre un estupendo local que hay en la famosísima calle del Corso en Roma —señala—. Al parecer, está en venta y...

—¿¡En la calle del Corso!?

—Sí.

—Madrecita, papá. Esa calle es perfecta para Harry Addams —murmuro, cogiendo la carpeta.

Con avidez, leo la información sobre aquel local y examino sus fotos. Es grande. Espacioso. Tiene una increíble luz y unas inmensas posibilidades.

—He pensado en ir a verlo antes de hacerles una oferta —propone papá—. ¿Qué te parece si nos vamos a Roma tú y yo a mediados de mes?

Asiento. Me parece bien.

—¡Buenas noticias! —nos interrumpe Ángel entrando en tromba, feliz—. Me acaba de llamar Inka. Está en el aeropuerto de Atenas y llegará a Madrid para estar con nosotros en la cena de Reyes.

—¡Qué bien! —aplaudo.

Ángel está pletórico.

—Me alegra que esos dos por fin hayan hablado y resuelto sus problemas —dice papá cuando él se va.

—Yo también me alegro.

Sonriendo, dejo la carpeta dorada sobre la mesa.

—Y tú, ¿cuándo vas a solucionar tus problemas? —me pregunta de repente.

—¿A qué te refieres? —me sorprendo.

Papá levanta las cejas. Me mira.

—A mí no me engañas —susurra.

—No sé de qué hablas.

—Lo sabes muy bien —insiste—. Y ante eso solo te diré que decidas lo que decidas, lo respetaré, como veo que él te respeta.

—¿Pero de qué hablas, papá?

—Hablo de tu felicidad.

Vale. Sé que habla de Nico y de los niños, y aunque no los mencione, me agobio.

¿Tanto se me nota que los echo de menos?

Suspiro. Me levanto. Me acerco a la cristalera para mirar al exterior. Papá se aproxima a mí.

—María, desde que has regresado de...

—No quiero hablar de ello —lo interrumpo.

—¿Por qué?

—Porque no.

—María, la vida es para quien se atreve a vivir.

—Papá, me voy a Roma a iniciar un proyecto.

—¿Y?

Incrédula, lo miro.

—Pues que tendré que trabajar mil horas para sacarlo adelante —respondo—, y apenas tendré tiempo para nada más.

Papá asiente. Me entiende.

—En la vida, y con voluntad, todo se puede hacer —afirma, después de tomar aire—. Te conozco. Eres una excelente profesional. Tu trabajo te importa como a nadie en esta oficina, y sé que te dejas la vida por él. Pero a mí me importas tú y tu felicidad y...

—Papá. Vas a abrir esa tienda Harry Addams en Roma porque yo lo propuse.

—¿Y?

—Pues que lo normal es que...

—Lo normal es que yo, que soy tu padre, quiera que tú seas feliz. Eso es lo normal. Y si tu felicidad está en Galicia y no en Roma, con un hombre que me pareció una buena persona y con esos niños, pues no hay más que hablar. Y por tu madre no te preocupes. Ya sabes que dramatiza hasta cuando se cambia el color de las uñas, pero luego se adapta a la situación. —Oír eso me hace sonreír—: Galicia está más cerca que Roma. Y me gusta tenerte cerca.

—Papá.

—Escucha, mi vida. De Madrid a Vigo en vuelo comercial es una hora diez minutos. En avión privado, cuarenta minutos. En tren son cuatro con algo y en coche poco menos de seis horas. Cariño, puedes seguir con tu trabajo de diseñadora. Puedes teletrabajar desde O Porriño, ser feliz con Nico y los niños y venir a Madrid cuando lo necesitemos o cuando tú quieras.

—Pero ¿qué dices?

—Digo que quiero que seas feliz. Eso es lo que digo.

¡Madrecita!

¿En serio mi padre ha estado pensando todo aquello desde que regresamos de Galicia?

—A ver, hija. Lo poco que conocí de Nicolás me gustó —prosigue—. Ya con el simple hecho de saber que dejó todo para ocuparse de sus sobrinos tras la muerte de su hermana, y que le gusten los animales, me hizo saber que era una buena persona. Cuando le pregunté qué le parecía que tú te fueras a Roma, y me contestó que si era lo que tú querías estaba bien, me hizo entender que era un hombre cabal. Y cuando vi cómo le sobó el morro al idiota del Señorito, sin amilanarse ante mi presencia y, sobre todo, vi que a su lado eras capaz de llevan un lamparón de cerveza en el pijama sin ponerte histérica, supe que ese hombre te convenía.

—¡Papá!

Nos reímos.

—Decidas lo que decidas, cuenta con mi apoyo. Pero, hija, atrévete a vivir. Debes poder conciliar tu vida personal con la laboral. ¡Tú puedes! ¿Entendido, princesa?

Con una sonrisa, asiento. Es la primera vez que me llama princesa desde que cumplí dieciocho años. Y es la segunda persona que me dice eso de que me atreva a vivir. Primero Begoña, aquella amiga de mi madre en Sevilla, y ahora mi padre. De repente se abre la puerta y aparece Carlos.

—Venga —nos apremia—. Vayamos a casa. Mamá nos espera para la cena y, wooooo, ¡esta noche vienen los Reyes Magos!

Con la cabeza como un bombo, salimos de las oficinas centrales de Harry Addams. Que mi padre me haya dicho todo eso es importante para mí. Muy importante. Y no puedo parar de pensar si yo me atreveré a vivir.

Capítulo 53

O Porriño, 6 de enero de 2026

—Papiiii..., papiiii..., levanta, que han *vinido* los *Deyes* Magos.

Oír la voz de Sía y notar sus saltos sobre la cama me hace sonreír.

—¡Vamos, papá! —grita Quique.

Miro el reloj. Son las once y veinte de la mañana y estoy destrozado.

Me acosté a las seis de la mañana, pues salí de copas con los amigos como cada año la noche de Reyes. Es nuestro ritual. Tía Rosiña se quedó en casa con los niños y cuando regresé, coloqué los regalos que tenía para todos debajo del árbol de Navidad. Quería que, cuando se despertaran, ahí los tuvieran.

Tras pasar por el baño y lavarme los dientes y la cara, aún en pijama, bajo al salón. Allí me esperan los niños emocionados con mi tía.

—Aisss, *neno...* —dice la tía—. ¡Qué emoción! —Sonrío. Vivir este momento con los niños es algo nuevo para nosotros. Ella aprovecha la ocasión—: Sía..., aquí hay muchos *regaliños* para ti, ¿qué tal si me das el chupete a cambio?

La niña me mira. Niega con la cabeza.

—El *tete* es míooooooo —sisea.

Divertido por aquello, sonrío.

—Convéncete de que esta niña irá a la universidad con el *tete* en la boca —bromeo, asiendo a mi tía por la cintura.

—¡Uisss, por Dios! —se mofa ella.

Me preparo un café y me siento junto a la tía frente al árbol para ver cómo los niños disfrutan abriendo regalos. No hay tantos como cuando estuvo María, pero desde luego nada les falta.

Allí tienen todas las cosas que querían. Juguetes. Ropa. Música. Y cuando la tía Rosiña abre su regalo y ve que es una freidora de aire, aplaude feliz. Sé que María le habló de ella, y sé que la tía quería una, por lo que se la compré y espero que la disfrute.

Sía, al abrir un paquete y encontrarse con el hada dorada que ella quería, grita feliz. ¡Qué escandalosa es! Quique aplaude emocionado al ver el robot biónico que escupe fuego y Eva no se puede creer tener en sus manos el iPhone 16 Pro blanco.

He tirado la casa por la ventana este año, pero creo que se lo merecían. Ellos se lo merecen todo.

Por supuesto, yo tengo regalos. Tía Rosiña se encarga de que no me falten calcetines, camisetas y calzoncillos, y sonrío emocionado al ver que tengo un regalo de Eva. Ella, sin decir nada, me ha comprado un llavero de plata con la inicial de mi nombre.

Estoy disfrutando del momento cuando Eva se sienta a mi lado.

—Papá, ¡te has pasado! —exclama.

Lo sé. Me he pasado. Pero como soy un blando sonrío.

—Pórtate bien para que no te lo tenga que quitar —le advierto cariñosamente.

—Te lo prometo —afirma, dándome un beso.

Estoy hablando con ella de su nuevo teléfono móvil cuando Quique se acerca.

—¿Puedo llamar a María para contarle lo que me han traído los Reyes? —pregunta.

—¡Sería genial! —afirma Eva.

Tía Rosiña me mira. No pasa un solo día en que no la mencionen varias veces.

—No —respondo.

—Joooo, papááá —protesta Quique.

—No es buena idea —insisto.

Los niños resoplan.

—Síííí. *Quedo hablá* con *Madíaaaaaa* —aplaude Sía.

Los miro. Tomo aire. Volver a tener la conversación que ya he tenido en varias ocasiones con ellos comienza a ser agotador.

—Papá, no tenemos cole hasta dentro de dos días, ¿por qué no vamos a verla a Madrid? —insiste Quique.

¡*Carallo*! Lo que me faltaba ahora.

—No, Quique. Deja de inventar —trato de ser firme.

—Pero, papá...

—Ya hemos hablado de eso —lo corto—. María se fue. Tomo su decisión, y nosotros no podemos hacer nada.

—Claro que podemos —afirma Eva—. Si vamos a hablar con ella a Madrid y ve que la queremos y la echamos de menos, puede que regrese y cambie de idea.

Miro a la tía. La pobre, como yo, no sabe qué hacer.

—Olvidaos del tema —zanjo, levantándome.

—Jooo, papá —musita Quique—. María me dijo que hay que creer en la magia de la Navidad. Que hay que pedir deseos para que se cumplan y...

—Pero ¿no os dais cuenta de que ella ha elegido regresar a su vida? —lo interrumpo. Y tomando aire, insisto—: A ver, campeones, no lo hagáis más difícil, tenéis que aceptar que ella se marchó y que nosotros debemos seguir adelante. Por lo tanto, disfrutad de esos regalos que los Reyes Magos os han traído. ¿No era lo que queríais? ¿Acaso no son lo que tanto deseabais?

Los niños me miran. Ninguno dice nada. Está claro que no les gusta, una vez más, lo que oyen. Quique se acerca a la mesita baja, deja sobre ella su nuevo robot biónico y dice:

—Yo no quiero esto..., quiero a María, porque ella es especial.

Boquiabierto, lo miro. ¿En serio?

Permanecemos todos en silencio unos segundos cuando Eva se acerca a la mesita y deja su iPhone nuevo sobre ella.

—Estoy con Quique. Prefiero a María.

—Pero ¡qué decís! —murmuro boquiabierto.

Y ya el remate lo da Sía, cuando se acerca con su hada dorada a la mesa, pero quitándose su preciado chupete, suelta:

—Yo no *quedo e tete. Quedo* a mi mamá.

—Aisss, *neno* —murmura mi tía, emocionada.

Sobrecogido, miro a aquellos tres que me observan. Que se enfrentan a mí. Que me reclaman lo que yo soy incapaz de reclamar, y cuando voy a contestar, Eva murmura:

—Como decía María, piensa bien lo que vas a decir antes de cagarla.

Boquiabierto por aquello, voy a protestar. ¿Por qué no dejan de mencionarla? ¿Por qué no se dan cuenta de la realidad?

—Venga, papá, ¡vamos a por María!

—Sí, papi —insiste Sía.

Miro a tía Rosiña. Ella, dentro de su emoción, sonríe.

—Vamos, *neno*..., atrévete, y ve a por ella —me anima.

—Ya fui a por ella una vez y se marchó —reconozco.

—Pues vamos otra vez —insiste Quique.

Cierro los ojos. Lo que ellos me piden es una locura. Una auténtica locura. María probablemente habrá retomado su vida y cuando nos vea aparecer, me llamará de todo, pero incapaz de seguir reteniendo mi deseo, claudico.

—Tenéis cinco minutos para vestiros y coger lo que necesitéis para un par de días. ¡Nos vamos a Madrid!

Los niños gritan. Aplauden. Y cuando corren escaleras arriba, la tía Rosiña se acerca hasta mí y me abraza.

—Aiss, *neno*, qué orgullosa estoy de ti por lo que vas a hacer.

—Voy a hacer una locura.

—¡Bendita locura!

—Pero, tía, ¿y si dice que no quiere saber nada de nosotros?

Tía Rosiña suspira. Con cariño toca mi rostro.

—Pues si dice eso, sabrás que lo has intentado —declara— y, sobre todo, lo sabrán los niños.

Veinte minutos después, porque con cinco es imposible, estoy preparando una mochila con bocatas y algo de beber cuando oigo unos golpecitos. Al mirar hacia la ventana, de pronto me quedo sin habla al encontrarme a María, que, con su mano, me hace el gesto de que salga.

Pero ¿cuándo ha llegado y qué hace ahí?

Atacado y sin avisar a los niños, que están en la planta de arriba con tía Rosiña, salgo de la casa por la cocina. Durante unos segundos simplemente nos miramos y cuando me sonríe, le sonrío. Cuánto he añorado esa sonrisa.

María, que va acompañada por Shirly, Waldo y Homer, no se mueve, pero en un susurro dice:

—Dejé el coche en la entrada de la parcela. Quería hablar contigo a solas.

Con el corazón a mil, asiento. Ver que está frente a mí es de las cosas que más me han sorprendido en la vida. He pedido tantas veces el deseo de verla que, ¡*carallo*!, como dijo Quique, ¿debo creer en la magia de la Navidad?

—¿Qué haces aquí? —consigo preguntar.

—Te echaba de menos. Tanto a ti como a los niños. —Asiento. Ni en el mejor de mis sueños imaginé algo así—: Sé..., sé que fui una cobarde al marcharme como lo hice —añade—, pero si algo he temido todo este tiempo es hacerles daño a los niños. Nunca quise crearles falsas expectativas, y lo sabes. Soy una profesional, me gusta mi trabajo. Y..., y cuando Sía me preguntó si yo quería ser su mamá y Eva y Quique insistieron, yo me bloqueé, ¡cortocircuité!

La entiendo. Entiendo que se asustara y prosigue:

—Cuando llegué aquí la primera vez, nunca imaginé que mi vida cambiaría de tal manera en dos meses que todo lo demás pasaría a un segundo plano.

—Pero ¿qué estás diciendo, María?

Da un paso. Se acerca un poco más a mí.

—Estoy diciendo que te quiero —responde.

—María...

—Y sé que te dije que no me dijeras que me querías, pero ahora me muero por oírlo, aunque no sé si me lo merezco.

Atónito y sorprendido, no sé qué decir. ¿Me quiere? ¿En serio he oído bien?

—Sí. Lo sé —prosigue nerviosa—. Puedo ser intensa, y en ocasiones con el tema de la ropa sé que te saco de tus casillas. Desde que llegué he sido un completo desastre, que se ha empeñado no solo en cambiarte los muebles de sitio y redecorarte la casa, sino que también he carbonizado los desayunos, comidas y cenas. Incluso rompí la lavadora, y tú nunca te has quejado por nada, porque siempre lo has solucionado con paciencia y una sonrisa. —Se calla. La emoción le hace callarse—. He rechazado irme a vivir a Roma —murmura al fin. Oír eso me hace fruncir el entrecejo—. Pensé que quería liderar ese proyecto, pero no quiero, porque lo que yo realmente quiero es estar aquí contigo y con los niños y...

—Pero ¿tú te estás oyendo?

—Sí.

Apenas puedo respirar. Lo que dice me maravilla, me gusta, es lo que quiero. Pero también me da miedo. No quiero que se equivoque. No quiero que dentro de un tiempo los niños y yo seamos los culpables de su infelicidad.

—Nunca os culparía a vosotros por mi decisión, porque es algo que he decidido yo y solo yo.

¡*Carallo*! ¿Me ha leído el pensamiento?

—¿Ahora eres bruja también?

—Viviendo en tierra de meigas, ¿cómo no ser un poco bruja? —afirma. Sonreímos—. He pensado que si tú y los niños lo aceptáis, podría trabajar desde aquí y...

—No puedes renunciar a tu vida y tu proyecto así por nosotros.

—Pero es lo que quiero.

—Me niego a que lo hagas. Yo lo hice. Sabes que renuncié a mi anterior vida para ocuparme de los niños, y...

—¿Y tan mal te ha ido? —me suelta. Sobrecogido por su pregunta la miro, y entonces musita—: Quizá añores ciertas cosas de tu pasado porque eso es normal, pero si pudieras elegir entre vivir lo que vives o vivir lo que vivías, ¿qué elegirías?

—Lo que vivo —afirmo con rotundidad.

—Pues eso mismo me ocurre a mí —asegura—, porque me he enamorado de los niños y de ti, y ya..., ¡ya no puedo vivir sin vosotros! Y en cuanto a lo de Roma, no te preocupes. Porque sí, yo propuse abrir esa delegación, pero nunca dije que me quisiera ir a vivir allí. Anoche lo hablé con mi hermano Carlos y será él quien se traslade. Le hace mucha más ilusión que a mí, y papá lo acepta.

—Pero, María, no puedes hacer eso —trato de hacerla entrar en razón—. Tu vida y tu trabajo son importantes para ti y...

Con su mano tapa mi boca.

—Tú eres importante para mí. Tú y los niños —concluye.

Oír eso es música celestial para mis oídos. Inconscientemente, sonrío. Las cosas que me dice me gustan.

—Siempre quise conocer a la persona especial que me hiciera ver que, con los pies en la tierra, era capaz de volar —explica—. Y tú, mi querido troglodita del norte, lo hiciste.

Sonrío. No puedo evitarlo.

—Tú, con tu manera de ser, a pesar de que en ciertas ocasiones padreas con el *outfit*, has respetado mis tiempos, nunca me has exigido nada, has confiado en mí y siempre has remado para que las cosas salieran bien.

—Tú también has remado para que las cosas salieran bien. No te quites mérito, porque con los niños has sido fantástica y...

—Nico, ¿me quieres? —me interrumpe.

—Sí.

—¿Y por qué no me lo dices?

Sonrío. Esta mujer puede conmigo.

—Te quiero —murmuro.

—Cásate conmigo. —Al oír eso, noto cómo todo el vello de mi cuerpo se eriza. Ella continúa—: Lo sé. Soy de lo que no hay. Me voy porque me cago de miedo cuando me llaman mamá y ahora regreso y te pido que te cases conmigo porque te quiero y porque deseo ser su mamá. Pero..., pero si tú y yo fuéramos calcetines, ¡sé que haríamos una gran pareja! Y con lo que nos ha pasado, he llegado a la conclusión de que, en el amor, como en el wifi, lo importante es la conexión. Y tú y yo tenemos una excelente conexión.

No la dejo continuar. Con haberla visto aparecer, sin necesidad de que se me declarara, ¡ya me tenía! Y, acercándola a mi cuerpo, la beso con auténtico amor.

Los días que he pasado sin ella y sin sus locuras han sido difíciles, complicados.

—Morticia Addams, claro que quiero casarme contigo —le digo cuando dejo de besarla.

—¡*Carallo*!

—¡Madrecita! —me mofo.

Soltamos una carcajada.

—No te he sacado de mi cabeza ni un segundo —me confiesa.

—Yo ni un instante. Pero aquí estamos, y solo te puedo decir, nivel superado, desbloqueemos la siguiente pantalla.

Ambos reímos. Está claro que nos queremos. Que entre nosotros hay algo tremendamente especial.

—¿Cómo están mis niños? —pregunta.

—Tristes. Pero cuando te vean, eso cambiará.

—¿Crees que querrán hablar conmigo?

—Lo creo —afirmo, sonriendo.

De nuevo nos besamos. Con delicadeza, la estrecho entre mis brazos y cuando nuestras bocas se separan, musito:

—Oficialmente, somos pareja de calcetines, y los niños y el mundo entero lo van a saber.

—Me parece bien —afirma sonriendo.

—¡*Madíaaaaaaaa*! —grita Sía, que sale por la puerta.

Con una encantadora sonrisa, María deja de abrazarme, se agacha para coger entre sus brazos a Sía.

—Los *Deyes Magos man taído* el hada *dodada* que yo *quedía*.

—Guauuuu, ¡qué pasada!

—¡Maríaaaaaa! —grita Quique al salir.

Rápidamente va hasta ella. La abraza. Segundos después, lo hace Eva, y tras ella, oigo a mi tía.

—No quepo en mí de gozo. ¡La Mari Morena ha regresado!

María sonríe. Le tira un beso al aire que sé que mi tía recoge.

—Íbamos a coger el coche para ir a Madrid a buscarte —le dice Quique.

—Es verdad —afirma Eva, ante la cara de asombro de ella.

—Así es —afirmo—. Íbamos a ir a por ti.

María, emocionada, asiente y toma un poco de aire.

—A ver, campeones, quiero pediros disculpas por haberme marchado como lo hice, pero en ese momento la situación me superó. Os quiero. Os adoro. Sois lo mejor que me ha dado la vida y si me marché fue porque creí que quería regresar a mi anterior vida, pero cuando volví allí, me di cuenta de mi error. —Quique y Eva asienten, mientras Sía simplemente la abraza—. Cuando regresé a Madrid, ya nada era lo mismo sin vosotros, porque me di cuenta de que echaba de menos, además de carbonizaros la comida —todos sonreímos—, vuestros abrazos, vuestras sonrisas, e incluso vuestros enfados. Y bueno, mi plan es regresar con vosotros, solo si a vosotros os parece bien, y ser vuestra mamá. Trabajaré desde aquí para la empresa, pero debéis saber que de vez en cuando tendré que viajar a Madrid. Eso os tiene que quedar muy muy claro.

—Clarísimo —afirma Eva.

—Pero, aunque viajes, ¿vivirás aquí con nosotros? —pregunta Quique.

—Sí, campeón.

Los niños, emocionados, se miran. Está claro que María lo tiene fácil. Ella prosigue:

—Dicho esto, si os parece bien mi plan, quería preguntaros si me daríais otra oportunidad.

—Ais, Mari Morena, dudo que digan que no te dan otra oportunidad, con lo que han rechazado para convencer a Nico de que los llevara a Madrid.

—¿Qué habéis rechazado? —pregunta curiosa.

—Yo mi dinosaurio biónico que escupe fuego.

—Mi iPhone 16 Pro blanco nuevo —afirma Eva.

—El *tete* —musita Sía.

María gesticula. Que los chicos hayan rechazado aquello por ella sé que le toca el corazón.

—¿Me preferís a mí a tener esas cosas?

Al unísono los tres asienten.

—Yo *tero* a mi mamá —afirma mimosa Sía.

—Madrecita, me marimuero de amorrrrr por vosotros —musita emocionada.

Feliz, sonrío. Yo sí que me marimuero de amor por ella.

—Pues, campeones, ya estoy aquí, por lo que podéis recuperar vuestros regalos.

La primera en salir corriendo es Sía. Se las pela para recuperar su chupete, y cuando ellos regresan con sus regalos en la mano, dispuesto a dejar clara una cosa más, acerco a María a mi cuerpo y, tras besarla ante ellos, les notifico:

—Y que sepáis que María y yo ¡nos vamos a casar!

Los niños al oír eso saltan y gritan felices, mientras tía Rosiña nos abraza emocionada y nosotros, felices y enamorados, nos dejamos abrazar.

Se puede decir que el final de la historia que comenzó hace dos meses es el inicio de una nueva vida que ninguno esperábamos. Quizá sea una locura. Quizá no. Pero, como María le dijo a Quique, hay que creer en la magia de la Navidad, y yo, definitivamente, creo.

Epílogo

O Porriño, agosto de 2026

¡Me tienen loca!

Los cachorros de Shirly y Homer ¡me tienen loca!

Mi pequeñita tuvo cinco preciosos cachorretes, que, por supuesto, en casa se quedaron; ¡son mis nietos! Y bajo ningún concepto los alejo de mí. No son ni como Shirly ni como Homer, pero son preciosos, ¡me los comooooo!

Cuando consigo meter a Bimba, Disco, Malena, Sam y Rex en el corralito, salgo de la casa y veo a Nico que está con los amigos mientras suena de fondo la canción «Mr Electric Blue», del increíble Benson Boone.

—¿Queréis unas *cerveciñas*? —les pregunto.

Asienten y disfrutan de la piscina como si no hubiera un mañana.

Porque sí, ¡tenemos piscina!

Los niños y yo por fin convencimos a Nico. Éramos cuatro contra uno. ¡Pobre!

En un principio, Nico propuso comprar una de esas de plástico que se ponen y se quitan, pero, al final, con besos y mimos, lo persuadimos, y en la parte derecha de la casa, donde yo siempre dije, construimos una preciosa piscina en forma de ele, con cascada de masajes incluida, que es la envidia de la zona.

Cuando les entrego las cervecitas, Nico me coge entre sus brazos y se tira en bomba en la piscina. Mi troglodita del norte es tremendo. Y como era de esperar, tras nosotros caen los niños, los amigos e incluso las Susis. Mi padre se ríe, y mi madre, que no se moja el pelo, y se lo hemos puesto chorreando, nos mira con cara de querer matarnos.

Aisss, mamá, qué graciosa eres.

Una hora después, cuando todos estamos disfrutando de la excelente barbacoa que Andrés y Rómulo se curran con exquisita carne gallega, verduras y marisco, Nico se acerca a mí.

—¿Qué hace Eva hablando con ese chico allí a solas? —me pregunta con gesto serio. —Al mirar, la veo con el que ahora sé que es su nuevo noviete. Llevan saliendo dos meses, y cuando sonrío y voy a contestar, Nico cuchichea—: No me hace ni pizca de gracia. ¡Que lo sepas!

—Cariño, ¡no puedes ponerle puertas al campo! Eva crece y tendrá mil novietes. Vete mentalizando.

Nico gruñe. Sé que aquello no le hace mucha gracia, como no suele hacerle gracia a ningún padre que su niñita crezca, pero, al final, termina sonriendo. Sabe que por mucho que intente que el tiempo se ralentice, Eva crece, y ha de tener sus propias experiencias.

—Mami, *quedo* zumo.

—Ven, bollito. Yo te lo doy —se ofrece Nico.

—No. Tú no. Mami.

Nico pone los ojos en blanco, y yo, sonriendo, me voy con Sía a la cocina donde le entrego lo que me pide y después sale corriendo de nuevo hacia la piscina. Eso sí, con su chupete. No sé qué vamos a tener que hacer para quitárselo.

—Mamá..., ¿se pueden quedar Sami y Olga a dormir?

Quique me mira. Mi pequeñito de gafitas redondas, desde que he regresado, no puede ser más cariñoso y maravilloso conmigo.

—Si sus padres les dejan, ¡claro que sí! —afirmo.

—Molaaaa. —Se va feliz.

Entro en el salón sonriendo y me fijo en la foto que tenemos sobre la chimenea. Es la foto de nuestra boda. Nos casamos en marzo y para contentar a mis padres, especialmente a mi madre, lo hicimos en la iglesia de los Jerónimos, en Madrid, en una multitudinaria boda.

Por supuesto, me arreglé el vestido de alta costura de Valentino de mamá, y fui divina a más no poder. Por la noche, y para la fiesta posterior, me cambié de vestido y me puse uno muy sexy de Pronovias. Otra maravilla. Esta solo mía.

Nico, ese día, estaba impresionante con su traje oscuro, su camisa blanca y su preciosa sonrisa. El traje fue el regalo de tía Rosiña. Sé que lo encargó en una estupenda tienda de Vigo de moda para hombre y, por favor, ¡qué guapo estaba! Y aunque la fiesta posterior fue bonita y glamurosa, en la fiesta en que Nico y yo lo dimos todo fue en la que organizamos en O Porriño con los amigos, a la que, por supuesto, no faltó ni mi familia, ni mi Soleá, con Mohamed y Adrián. Eso sí que fue un fiestón.

Sonriendo por los recuerdos tan bonitos que tengo guardados en mi memoria de ese día, cojo mi ordenador portátil, que veo sobre la mesa del comedor, y lo llevo al que hoy en día es mi despacho: mi antigua habitación.

Allí, tras hacerle un cambio de imagen total, es donde trabajo y me tiro horas diseñando joyas para la nueva colección de Harry Addams y, de momento, las que he creado gustan. Se nota que estoy feliz e inspirada.

Papá y mamá, en el tiempo que llevo en la granja, han venido a visitarnos en varias ocasiones. A papá le gusta el campo más de lo que él pensaba y se lo pasa genial acompañando a Nico a ver a los animales de otros vecinos. Incluso ha adoptado a dos perretes del refugio y está como loco con ellos.

Mamá está encantada con los niños. Incluso los abraza, sorprendentemente, y ellos están encantados con ella. En especial, porque cada vez que viene se los lleva de compras al centro comercial, y Nico y yo nos echamos a temblar. Si yo soy exagerada comprando, ¡mamá es tremenda!

El Refugio de Waldo va viento en popa, aunque nos siguen llegando animalitos abandonados y perdidos. ¿Por qué hay gente que no tiene conciencia al respecto? La suerte para ellos es que llegan hasta nosotros y que, a través de la página web que creé, la visibilidad es más grande y las adopciones se han multiplicado. Ni que decir tiene, estamos enormemente agradecidos a los adoptantes. Porque sí. Igual que hay gente sin conciencia, por fortuna, cada vez hay más gente con conciencia, que quiere y trata a los animalitos como se merecen. Con respeto y amor.

Carlos, en Roma, está feliz. Lo veo centrado, y creo que su estancia allí y el hecho de tener que tomar decisiones cada dos por tres le están ayudando a madurar. Solo espero que algún día encuentre el amor y deje de ser un picaflor.

En el caso de Ángel e Inka, tras la crisis que tuvieron antes de Navidad por la puñetera Macarena, ahora están viviendo una bonita luna de miel. Y, como siempre dice mamá, su felicidad es la felicidad de todos.

Con las Susis y los vendedores del mercadillo de Navidad, cuando me trasladé a vivir a O Porriño, tuve varias reuniones para explicarles la idea que se me había ocurrido. A algunos les gustó. A otros, no. Pero estoy feliz de haber creado una cooperativa llamada La Mari Morena. Sí, sí. Se empeñaron en ponerle ese nombrecito.

Y gracias a mis contactos, he conseguido que sus productos artesanos, únicos y originales, estén en las mejores tiendas *gourmet* de toda España. Mi siguiente paso es exportarlas. Y lo conseguiré. Vaya si lo conseguiré. Pues no soy yo testaruda cuando se me mete algo en la cabeza.

Dejo el portátil sobre la mesa y voy a salir del despacho cuando veo aparecer a Nico.

—Dime que no estabas trabajando —me regaña dulcemente.

Al escucharlo me río. En eso sigo igual. Mi trabajo es importante para mí.

—No, cielo —respondo—. Simplemente quería dejar aquí el portátil.

Entra en el despacho. Veo que cierra la puerta y echa el pestillo.

—¿Sabes que estás guapísima con ese bikini?

Sonrío. Mi nuevo bikini plateado de Emporio Armani es una maravilla. Me lo compré en la luna de miel en la que los cinco nos fuimos a Nueva York.

—Tú sí que estás guapo con tu Moncler —musito cuando se acerca.

Nico sonríe. A él le siguen sin interesar las marcas de ropa.

—Mientras te guste yo más que ese tal Moncler, ¡vamos bien! —se mofa, y me besa.

Me coge entre sus brazos y, tras sentarme sobre la mesa de mi despacho, me da un cariñoso beso en el hombro.

—¿Qué tal si tú y yo, ahora que estamos solos, intentamos fabricar un bebé?

Oír eso me hace sonreír. Sé que estamos locos, pero queremos otro hijo. Hemos llegado a la conclusión de que donde caben tres, caben cuatro, y para nosotros la llegada de un nuevo integrante a la familia sería muy especial.

El deseo que sentimos el uno por el otro sigue tan latente como el primer día. Y la verdad, que Sía cada noche aparezca en nuestra cama no nos permite dedicarnos a ello todo el tiempo que querríamos, por lo que asiento.

—Cariño, es un excelente momento para fabricar, superar nivel y desbloquear pantalla —afirmo, deshaciéndole el nudo de su bañador Moncler.

Y sí. Fabricamos. Superamos y desbloqueamos.

Banda sonora

«Mystical Magical», ℗© 2025 Warner Records, interpretada por Benson Boone.

«End of the World», ℗ 2025 MCEO Inc., interpretada por Miley Cyrus.

«Conexión psíquica», ℗ 2025 Universal Music Spain, S.L.U., interpretada por Aitana.

«Seis de febrero», © 2025 Universal Music Spain, S.L.U., interpretada por Aitana.

«Last Christmas», ℗ 1984 Sony Music Entertainment UK Limited, interpretada por Wham!

«Christmas Without You», ℗© 2020 Atlantic Records, Artist Partner Group, Inc., interpretada por Ava Max.

«Like It's Christmas», © 2019 Jonas Brothers Recording, Limited Liability Company, under exclusive license to Republic Records, a division of UMG Recordings, Inc., interpretada por Jonas Brothers.

«Sleigh Ride», ℗ 2009 Phil Spector Records, Inc., Under exclusive license to EMI Blackwood Music Inc. / Sony Music Entertainment, interpretada por The Ronettes.

«Puppies Are Forever», ℗ 2017 Monkey Puzzle Music, Inc., interpretada por Sia.

«Please Santa», ℗ 2020 Kater Creative / Kater Enterprises LLC / David Kater Music — BMIm, interpretada por David Kater.